"O'Connell förvandlar läsare... om en vänstersväng blir det i sta... att bli utsatt för hennes berättarteknik. *Judasbarn* är en ... ... ryms under en rubrik. Förutom att vara en kriminalroman är den också en kärleksroman av udda slag och en allegorisk berättelse om förlåtelse och nåd."
Marie Peterson, DN

"En präst sitter sen femton år i fängelse för ett mord på en tioårig flicka. Men så försvinner ytterligare två små flickor från samma lilla stad och polisen drar igång ett stort pådrag för att hitta dem. Det är det yttre skeendet i denna oerhört spännande, märkliga kriminalroman. Det inre, de olika inblandades tankar och känslor är skildrade på en tät, poetisk prosa; persongalleriet mångfacetterat och fascinerande och det är med saknad man lägger den ifrån sig."
Ingalill Mosander, Aftonbladet

"En av årets bästa deckare."
Ingalill Mosander, Aftonbladet

"En av de – åtminstone i mitt tycke – allra bästa av årets kriminalromaner … Boken för alla som uppskattar psykologisk klarsyn, noirstämningar och makaber skönhet."
John-Henri Holmberg, Sydsvenska Dagbladet

"… upplösningen är riktigt kuslig. Aldrig har jag varit med om att föras så totalt bakom ljuset av en författare."
Kattis Streberg, Södermanlands Nyheter

"Den dramatiska vändningen i slutet är rentav så läskig att det tar flera dagar att inse hur skrämd man egentligen blivit. Ruskigt bra, helt enkelt."
Jenny Rydqvist, Sydsvenska Dagbladet

"O'Connell skapar fascinerande gestalter och lyckas hålla den psykologiska spänningen på hög nivå, från första sidan till den sista, lika skickligt som Ruth Rendell och Frances Fyfield. Dessutom bereder hon läsaren en omskakande överraskning i intrigens sista, rafflande scener."
Diana Holmberg, Helsingborgs Dagblad

"Carol O'Connells kriminalroman *Judasbarn* är obehaglig. Det är med stigande skräck och oro man läser om kampen för att finna flickorna, och upplösningen är lika oväntad som intensiv. Det är mycket svårt att hålla sig oberörd när man läser *Judasbarn*, skildringen är mycket gripande och spännande. Det här är en bok att läsa mörka vinternätter, när kölden kryper tätt inpå."
Lotta Holmquist, Bergslagsposten

"Boken är utan tvekan en riktig nagelbitare, en klassisk spännande historia som med stegrande spänning leder fram till den verkliga brottslingen, vilket som sig bör naturligtvis blir en rejäl överraskning … passar alldeles utmärkt för sträckläsning en mörk kväll."
Jonas Andersson, Laholms Tidning

"O'Connells starka och mångfasetterade porträtt av människor i våldets skugga gör detta till en briljant psykologisk thriller, som ständigt ställer läsarens förväntningar på ända. Upplösningen är både överrumplande och djupt skrämmande."
Kajsa Hindberg, Bokus

"Lika bra att erkänna direkt – trots att jag läser de grymmaste detaljerna i Carol O'Connells *Judasbarn* med vämjelse, så är det en fascinerande roman om ondska i dess allra mörkaste skepnad. *Judasbarn* har många trådar som vävs samman, och hela tiden får man som läsare nya vinklar att fundera över. När slutet kommer är det som ett slag i ansiktet – och allting ställs på sin kant och man får nästan gå tillbaka till historien för att få ihop det. Fruktansvärt och fascinerande på samma gång."
Diana Torbjörnsson, Svensk Bokhandel

"O'Connell har ett mycket stramt och stilsäkert språk, ovanliga och komplicerade karaktärer och dessutom en ordentlig nerv i berättandet. *Judasbarn* är en riktig nagelbitare som stannar kvar i minnet en bra stund efter det att sista sidan är läst."
Maria Söderlund, Östgöta Correspondenten

"Carol O'Connell skildrar polisernas arbete, människornas reaktioner och de bortförda flickornas situation – allt på ett mästerligt sätt. [Hon] för skickligt handlingen framåt och bygger upp en intensiv stämning. Här finns dessutom en bra skildrad kärlekshistoria. *Judasbarn* blir på så sätt en förstklassig deckare. En lämplig julklapp till den som uppskattar att läsa en bra deckare!"
Lisbeth Hellström, Bärgslagsbladet

"Carol O'Connells roman kan naturligtvis läsas som en spännande mordgåta, men historien är mycket mer märklig än så. På ett djupare plan tycks hela berättelsen handla om svekets natur. Sveket att, om än omedvetet, locka ut en vän till ett fasanfullt öde, sveket att vara den som blir kvar, men också det svek det innebär att offra människor för sina etiska principer. Att inte svika, kan också det ibland vara ett svek? Kanske skall denna välskrivna och fascinerande roman läsas som en saga, en saga om ondska och förräderi, men också en saga om hopp och försoning."
Inger Wassenius, Bibliotekstjänst

"Boken är oerhört spännande och välskriven. Intrigen är mycket originell. Den psykologiska skildringen av i synnerhet flickornas sätt att tänka och reagera är fascinerande."
Ria Törngren, BTJ (rec. Av den eng. uppl.)

Judasbarn

Carol O'Connell

Carol O'Connell

JUDASBARN

Översättning av Boel Unnerstad

bokförlaget minotaur

MALMÖ 2000

bokförlaget minotaur AB
Box 445
201 24 MALMÖ
www.minotaur.se
info@minotaur.se

Carol O'Connell: Judasbarn
Copyright © 1999 Carol O'Connell
Originaltitel: Judas Child
Originalförlag: Hutchinson
Översättning från engelska av Boel Unnerstad
Svensk originalutgåva © 1999 bokförlaget minotaur
Svensk pocketutgåva 2000

Satt med AGaramond av Gyllene Snittet AB, Helsingborg
Omslag av Fredrik Stjernfeldt/helvetica, Malmö
Rippning av Gyllene Snittet AB, Helsingborg
Tryck och Bind: Nørhaven A/S, Danmark 2000

ISBN 91-89380-05-3

Denna bok tillägnas minnet av Michael Abney, talangfull fotograf från Arizona och god vän till mig när jag var student. Vi tog oss ofta en öl tillsammans och då gav jag honom nyttig information om kvinnor. Men Mikes motsvarande information om män visade sig vara rent manfolksskryt, för den verklige prinsen förekom inte allmänt i naturen utan var tvärtom sällsynt – och jag saknar honom.

PROLOG

Längs båda sidorna av vägen löpte gräsremsor som fortfarande var klargröna trots att december månad var långt liden. Rader av granar kantade denna privata väg med dess urgamla kullersten fram till korsningen med den moderna allmänna vägen. Det fanns inget riktigt vägnamn utsatt på någon karta men stadsborna brukade kalla den Julgransvägen.

Dolda bortom granraden på västra sidan av vägen låg alla de bruna döda löven från den vinterkala skogen. Det torra liket av en ögonlös sparv krossades under mannens sko när han vägde över kroppstyngden från den ena foten till den andra. Dagen hade blivit kylig och ruggig. Dimstråk hängde strax ovan marken där granarna gav vindskydd åt den avlövade skogen. De översta grenarna på en ek som stod helt nära försvann i diset och träden bakom var bara spök-lika avbilder av björk och alm.

Mannen kastade en blick på klockan.

När som helst nu.

Han spretade med fingrarna och knöt sedan händerna hårt. Det var alldeles stilla omkring honom, och de spröda löven och dimmolnen i skogen förblev stilla när en frisk vindil svepte längs Julgransvägen.

Han satte en ära i denna konst att välja rätt tid och plats. Snart skulle en ensam flicka komma cyklande förbi, precis som hon brukade göra varje lördagseftermiddag vid den här tiden. Den lilla flickan skulle inte vara det minsta rädd, för den kullerstensbelagda vägen med det klippta gräset och de majestätiska granarna skilde sig helt från stämningen inne i skogen och kunde ha utgjort ett snitt ur en annan värld, en bättre värld, där denne man inte hade kunnat finnas.

FÖRSTA KAPITLET

Hon bromsade in sin lilafärgade cykel och vände sig om för att se rakt på honom, överväldiga honom med sina stora bruna ögon och sitt odygdiga leende.

Pojkens framhjul vinglade till just när han tvärbromsade. Och sedan fann han sig resignerat i att slungas den korta biten över styret, ja, han nästan ryckte på axlarna mitt under luftfärden. Den omilda landningen på vägen blev precis så smärtsam som han hade väntat sig.

Varför utsatte hon honom för allt detta?

Trots att Sadie Green aldrig hade så mycket som rört vid honom, förutom i dansskolan, var det hon som en dag i skolan fått honom att snava uppe på andra våningen, falla nerför trappan och slå upp ett jack i huvudet – men bara därför att han hade blivit blind och döv för vetenskapen, eller närmare bestämt för gravitationslagen, när han plötsligt fått syn på henne. Under bråkdelen av en sekund hade han trott att han ostraffat kunde stiga rakt ut i tomma intet.

Nu satt David Shore med benen i kors på den kalla marken intill sin omkullvälta cykel. Han drog av en tunnsliten yllevante för att plocka gruskorn ur handflatan. Lättjefullt lät Sadie cykeln göra cirklar på vägen, och det breda flinet sa honom att hon njöt enormt av situationen. När han pillade ut en skarp stenflisa fylldes fördjupningen i huden med en röd blodsdroppe. Han såg upp på henne.

Hur mycket blod är lagom, Sadie?

Trots att han var flera meter bort kunde han se hur alla hennes tvåhundra fräknar dansade när hon skrattade åt honom. Han kunde fortfarande höra henne skratta – som den galning hon var – när hon susade runt buskaget och svängde in på Julgransvägen. Han hade stigit upp på cykeln och fått upp farten när hennes skratt tvärt avbröts, inte avtog med avståndet utan slutade som om någon hade stängt av henne.

För första gången stannade han med cykeln i vägkorsningen. Alla andra lördagar hade han trampat vidare under förevändning att han hade ett eget ärende längre bort vid den allmänna vägen. Nu stirrade han längs den långa, tomma sträckan mellan de två granraderna.

Var var hon? Kullerstensvägen ledde direkt till Gwen Hubbles hus och Sadie kunde inte ha avverkat hela den sträckan så snabbt.

David stod med ena foten i marken och vaggade cykeln från sida till sida. Han ville inte gå och se efter i skogen bakom granarna för den händelse han skulle få se henne ligga och vrida sig på marken med händerna om sina blodiga inälvor.

Det hade hon utsatt honom för en gång tidigare.

På det hela taget ansträngde sig Sadie alldeles för mycket för att skrämma honom. Om hon bara vetat hur mycket rädsla hon väckte hos honom så snart han funderade på att faktiskt tala med henne – i stället för att bara smyga på henne på lördagarna.

Han cyklade vidare längs vägen men stannade när han kommit halvvägs till Gwens hus, som var en ståtlig vit 1700-talsbyggnad bakom låsta, skräckinjagande järngrindar. Säkerhetsvaktens profil och tidning syntes i grindstugans fönster. Men vakten kunde lika gärna ha stationerats på månen, för David talade sällan med folk – allra minst med flickor. Ångesten fick stämbanden att stelna var gång han försökte.

Pojken stod med huvudet på sned och lyssnade in bland granarna på vänstra sidan. Han hörde en massa svaga, halvkvävda ljud från skogen på andra sidan. Klart att det var Sadie – som försökte locka honom. Om hon hade tagit med en extra uppsättning grisinälvor från biologilabbet skulle hon vilja få användning för dem också.

Så fick han väl låta sig luras då, om det nu var det hon ville.

Han steg av cykeln och ledde den genom granarnas täta omfamning. En kvist med vassa barr rev honom i ansiktet, ännu ett blods-offer, men så stod han i skogen och betraktade de kala träden som berövats sina blad, höljts i dimma och längre bort svävade ut i disiga och otydliga fjäderformer.

Jojo, det här var Sadies rätta jaktmarker, perfekta för skräckupplevelser. Nu njöt hon säkert i sitt gömställe, var det nu var.

Han stod alldeles stilla och spände varje muskel i kroppen. När som helst skulle hon komma flygande fram bakom en trädstam, kanske med något nytt vapen, något nytt trick som hon skulle använda för att klyva hans stackars häpna hjärna i två lika delar fasa och förtjusning.

Två små djur korsade hans väg. En grå katt som förföljde en ekorre fick löv att prassla och torra kvistar att knäckas. Men det var inte sådana ljud han hade hört när han stod på vägen. Han lyssnade efter något feminint, tioårigt och nästan mänskligt. Han ledde cykeln längre in i skogen och nu såg han en liten lila metallbit.

Allt som Sadie ägde var lila, till och med träningsskorna som perfekt matchade den lila, halvlånga täckjackan.

Cykeln doldes delvis av en jutesäck som var täckt av lera och smälte ihop med de döda löven. Hon hade antagligen bråttom och tog sig fram fortare genom skogen till fots. Han kunde gissa vart hon var på väg, och det skulle kunna förklara varför hon inte hade kört ända fram till Gwens hus. Om de skulle träffas vid det gamla båthuset råkade Sadie säkert illa ut igen. Flickorna hade inte gått dit sedan Gwens pappa senast förbjudit dem att leka tillsammans.

Han slappnade av när han insåg att Sadie inte planerade något nytt bakhåll och tog god tid på sig när han ledde cykeln mellan trädstammar och runt nerfallna grenar. I utkanten av skogen vidgades synfältet mot den stora gräsmattan som hörde till St Ursula's Academy. Gräset böljade ner till sjön som lugnt speglade den grå vinterhimlen. Strandkanten närmast doldes av klippformationer och växtlighet. Han lade cykeln på marken och närmade sig båthuset. Nu kunde han se en bit av den långa bryggan som löpte längs byggnadens sida och sträckte sig långt ut över sjön. Bräderna var blankslitna av generationer barns barfotasteg.

St Ursula's Academy var en mycket gammal skola och i hundra år hade eleverna satt spår överallt. Den vidsträckta gröna gräsmattan som bredde ut sig nerifrån sjön var ärrad av urgamla, ojämna stigar som bildats när pojkar och flickor avvikit från den vanliga gångstigen och nött bort gräset. Och sådana avvikelser utgjorde hjärtat i denna internatskola för inte helt vanliga barn – en del människor ansåg att de var rent onaturliga.

Han drog sig tillbaka när han hörde en dörr stängas. Nu hördes ett enda ljudligt hundskall inifrån båthuset.

Hade Gwen tagit med sig sin hund den här gången? Det hade hon aldrig gjort förut.

David ställde sig inte på sin vanliga plats under fönstret, för då skulle kanske hunden ha börjat skälla igen. Han gick tillbaka upp mot skogen och satte sig på marken i skydd av några buskar. Här bestämde han sig för att vänta tills Sadie kom ut så att han skulle kunna följa henne hem.

Hunden skällde igen och höll på en lång stund. Sedan slutade den plötsligt, på samma sätt som Sadies skratt hade upphört på vägen – hunden hade blivit avstängd. Under timmen som följde upprepades detta tre gånger.

Vad gjorde Gwen och Sadie med det där djuret?

Nu hördes ett annat ljud bakom honom. Han drog sig tillbaka i skydd av en sekelgammal eks väldiga stam. En liten ljushårig flicka kom springande genom skogen. Gwen?

Men hur hängde det här ihop?

Gwen Hubble stötte ut moln av vit andedräkt och benen pinnade på ännu fortare. Det framrusande, flickrosa lokomotivet med flaxande röd halsduk och blåa jeans slingrade sig fram mellan träden. Oknutna träningsskor pulveriserade spröda höstlöv och knäckte torra kvistar med skarpa knallar synkroniserade med det bultande hjärtat.

Det tryckta meddelandet på hennes personsökare hade varit så konstigt. "Viktigt – båthuset – säg inget." Men sådan var Sadies stil, avbruten när det var som mest spännande.

Gwen trängde sig igenom en tät rad med fläckiga träd i utkanten av skogsdungen. Hon hade rivsår i sitt rödblommiga ansikte och yllesockorna var löst nedhasade kring fotknölarna. Andetagen rev strävt i halsen och för varje steg kändes det som om skenbenet skulle splittras. Den tjocka, blonda flätan dunkade mot ryggen på en röd jacka när hon rundade kortsidan på det gamla båthuset.

Hon klev ut på bryggan och saktade stegen när hon närmade sig båthusdörren. Ett rostigt hänglås, en lika rostig dörrklinka och en sten låg på bryggplankorna bland flisor av hundraårigt trävirke. Men kanske hade vaktmästaren bytt lås sedan Sadie kommit på kombinationen.

Eller kanske inte.

En sådan grov åverkan vore en förbättring av Sadies vanliga verksamhetsmetod. *Ja, så var det säkert.* Och Gwen var med på noterna. Det här var riktigt kusligt.

Hon knuffade upp dörren och klev in i mörkret.

Inga stearinljus?

Hon beredde sig på attacken. Stod Sadie kanske och väntade bakom dörren?

Nej – inte den här gången.

Ögonen hade vant sig vid ljuset som strömmade in genom dörren bakom henne. Och nu urskiljde hon den lilla kroppen, det välbekanta, ljusbruna håret och den lila dunjackan. Sadie låg mitt ute på golvet. Gwen blev besviken. Efter den ståtliga föreställningen med det uppbrutna låset hade hon väntat sig någonting mer fantasifullt. Hon föll på knä bredvid väninnan och skakade henne.

"Hördu, det här går jag inte på. Upp med dig."

Flickan som låg på golvet svarade inte. Gwen tittade upp och såg att låset till båthusets mynttelefon också var uppbrutet.

"Sadie, nu är det inte kul längre. Sadie?"

David reste sig och stampade med fötterna. De hade domnat medan han suttit hopkrupen och gömd i buskarna. Nu stack det i tårna när blodet återvände. Det hade blivit kyligare. Han slog upp jackkragen för att skydda sig mot en plötslig vindil utifrån sjön.

Sadie borde ha kommit ut för länge sedan om hon tänkt hinna hem före mörkrets inbrott. Han gick ut på öppen mark, djärv av nyfikenheten.

Han hade inte hört hunden skälla på länge. Om Gwen inte tagit med sig sin egen hund, varifrån hade då djuret kommit?

David flyttade sig närmare båthuset för att kunna tjuvlyssna bättre. Det var via fönstret mot sjön som han snappat upp allt han visste om Sadie. Han tryckte ena örat mot fönsterluckans grova trävirke men det hördes inga skall, inga fnissningar, inte någonting.

Gräset och träden smälte ihop i samma gråa nyans och himlen hade mörknat. Pojken gick runt till byggnadens kortsida och steg ut på bryggan. Han tog ett skutt rakt upp, hängde orörlig i luften ett ögonblick, osäker på vad han skulle göra. Vad skulle han väl ursäkta sig med om de kom på honom med att spionera?

Vilket problem. Som om han faktiskt skulle kunna få ur sig något. Men han behövde heller inte någon förklaring. Som elev på internatet hade han all rätt att vara här. Flickorna var bara dagelever, de bodde i stan.

David gissade att det inte var långt kvar till middagen, och snart skulle husmor stå i dörren och ropa hans namn så som riktiga mammor i Makers Village gjorde. Men han kunde inte gå än. Han måste ta reda på vad som pågick därinne, även om han misstänkte att det var ännu en av Sadies fällor som hon gillrat för att skrämma ihjäl honom. Han fick syn på hänglåset och klinkan på bryggan bredvid dörren.

Det var egendomligt.

Sadies intriger hade aldrig varit så utstuderade tidigare. Hon gick alltid in för plötsliga överraskningar. Men en långsam upptrappning mot skräckens ögonblick, och nu detta våld mot enskild egendom – nej, det här var definitivt för mycket.

Han sköt upp dörren och gick in. Trots att det var mörkt därinne, bortsett från någon halvmeter svagt ljus från dörröppningen, förstod han genast att båthuset var tomt. Men flickorna kunde inte ha sluppit förbi honom. Aldrig i livet.

David mindes var presenningstäckta kanoter, en segelbåt och uppstaplade lådor brukade ligga och gick tryggt längre in i mörkret. Spår av de båda klasskamraterna dröjde sig bara kvar i luften. Han vädrade i det unkna huset för att skilja lukten av sjövatten från lukten av hundhår och förnimmelserna av flicka i de svaga doftresterna av minttuggummi och talkpuder.

Pojken lade plötsligt huvudet på sned.

Vad var det där?

Någon drog ett egendomligt påträngande, iskallt finger längs hans ryggrad. Där var det igen – en dolsk skugga bland skuggor, ett krafsande från raska små tassar. En del av hans medvetande förstod att det var en råtta, men han vägrade att tro på det. Trots att han kunde tacka ett varigt råttbett lika mycket som sin intel-

14

ligenskvot för stipendiet han fått var han blind och döv för ska-dedjur. De kunde inte följa efter honom hit. Allesamman fanns där hemma hos fosterföräldrarna. Han hade sett det där stället för sista gången när en socialarbetare hade kört iväg med honom till sjukhuset. Det fanns inga fler råttor i världen. Han vägrade att tro på dem.

Vinden dängde igen dörren bakom honom och allt blev svart. David glömde att andas men gick tvärs över det stora rummet och slog benen mot en trälåda innan han fann dörrvredet. Och sedan hängde han fritt i luften, fastklamrad i dörrhandtaget, dinglande ovanför det iskalla vattnet. Han hade öppnat fel dörr och med sina långa ben tagit ett steg ut över den korta trappan som ledde ner till den överbyggda båtslipen. Den bredare dörren bortom denna stod öppen mot det kvarvarande dagsljuset.

David utnyttjade sin kroppstyngd och gungade in dörren mot dörrkarmen igen. Fötterna som trevat i tomma intet fann fast underlag på trappan och så kunde han klättra tillbaka in i båt-huset. I det svaga ljuset från slipdörren hittade han rätt dörr och steg ut på bryggans trygga plankor. Han gick bort till båthusets ände och stirrade på dörrarna ut mot sjön. Här fanns den enda andra utgången – via vattnet.

Det måste ha varit så de undsluppit honom, de hade paddlat bakom klipporna och växtligheten längs stranden. Han skulle kunna räkna kanoterna för att se om någon saknades. Men nej – han gick inte in dit igen, inte på villkors vis.

Han gick längst ut på den långa bryggan som hängde i pålar över vattnet. Vita gäss red på den upprörda sjön och vinden drev vågorna att slicka och slå mot pålverket. Ingen båt syntes till längs stranden. David vände tillbaka mot den massiva byggna-den i rött tegel som reste sig uppe på kullen likt en väldig, auk-toritär förälder, fem våningar hög inklusive de två låga raderna med sovsalsfönster som var infällda i de svarta takplattorna. Huset som han bodde i låg till vänster om huvudbyggnaden och längre in i skogen. Han längtade dit, för han frös förfärligt och var mycket hungrig.

Flickorna var säkert hemma vid det här laget. Det var snart tid att äta middag. Men ändå stod han inte ut med att låta denna gåta förbli olöst. Han begav sig tillbaka in i skogen för att leta efter Sadies cykel. Hon skulle inte ha låtit den ligga kvar där.

Han hittade jutesäcken men cykeln var borta. Då hade de i alla fall inte drunknat i sjön.

Naturligtvis inte, dummer.

De var antagligen hemma hos Gwen och åt en varm, god middag.

Han trängde sig igenom granhäcken och kom ut på Julgransvägen nära den allmänna vägen. Sadies lila cykel stod vid busshållplatsen, lutad mot en stolpe, och det var bara inte riktigt klokt – ingenting verkade klokt. Först en kanot och nu en buss? Varför skulle de ta bussen nu när det nästan var dags att äta? Vad var det här för ny slags lek?

David såg bort mot Gwens hus vid änden av den långa kullerstensvägen. Man tände därinne och det ena fönstret efter det andra lystes upp, som om någon i förtvivlan störtade från rum till rum och gripen av ohygglig mörkrädsla tände alla lamporna i hela huset.

Den lila cykeln låg mitt i miss Fowlers trasiga spjälstaket. Hon stod på gräsmattan framför huset, darrande av kyla i kappan som hon kastat över nattlinnet nu klockan två på natten, en vedervärdig tidpunkt. Bistert betraktade hon de förstörda spjälorna medan tre män skrek åt varandra som en djävulens kör. Polisen i uniform skrek högst, nästan hysteriskt barnslig när han nådde skalans höga C. Och nu slutade de andra två männen att ropa oanständigheter till varandra. De stirrade på honom med något som närmast liknade vördnad, precis som miss Fowler. Den här unge polisen var kanske en av mycket få amerikanska män som skulle kunna klara de svårare tonerna i nationalsången.

Polisen höll de båda männen åtskilda i var sin arm. Han hade lugnat sig nu och sa: "Nu är ni två så goda och passar er, annars börjar jag skriva ut böter."

"Böter?" Miss Fowlers röst hade samma effekt som ett pistolskott. Tre huvuden vändes samtidigt mot den högdragna sjuttiotvååriga kvinnan, en och åttio lång i fluffiga skära tofflor. Inte för inte hade hon ägnat de senaste fyrtio åren åt att terrorisera ungdomen.

"De ska inte ha några böter, konstapeln. De ska arresteras."

Hon såg från den ene syndaren till den andre. "Såvida inte en av er betalar för den skada ni åstadkommit på mitt stängsel – och det genast. Är det förstått?" Hon vände sig till den unge ordningspolisen som knappast kunde ha börjat raka sig tidigare än förra veckan och då bara skurit av ett och annat strå med sin första rakhyvel.

"Det var hans fel!" vrålade den mindre av de unge polisens fångar och riktade ett benigt finger mot den större mannen, som vred sig ur polisens grepp och sprang sin väg längs trottoaren. Polisen satte av efter flyktingen och högg tag i honom. Miss Fowler tog den mindre mannen hårt i armen så att inte han också skulle försöka rymma. Och nu fick hon syn på en välbekant bil som långsamt gled förbi. En av de igenimmade rutorna var halvt nedvevad så att det skulle gå bättre att se vad som pågick.

Det var Rouge Kendall, och han var civilklädd. Utan tvivel hade han just kommit ut från Dame's Tavern i slutet av gatan. Han hade säkert bara tänkt köra förbi, glida hem och ner i en varm, skön säng för att sova länge och gott.

Nå, det skulle de bli två om.

"Rouge, nu *stannar* du!" ropade hon. Röstläget antydde att hon fortfarande kunde förpesta hans liv med förlängda övningspass vid pianot, fast han inte varit hennes elev sedan han var nio.

Skuldmedvetet stannade han. Vanans makt är stor, och redan som barn hade han varit artig och aktningsfull mot äldre. Bilen gled in vid trottoarkanten just som den andre polisen kom tillbaka till det trasiga staketet med fången. Den uniformerade polisen vände sig till Rouge och vinkade avvärjande. "Det här klarar jag själv."

Det trodde inte miss Fowler. Hon vände en iskall blick mot Rouge. Han log och ryckte på axlarna. Nötbruna, lättjefulla ögon under kastanjebrun lugg granskade skadorna på staketet. Även om han nu var över en och nittio hade han inte förändrats mycket sen den tiden då han varit hennes sämste elev. Den lille grabbens drag fanns kvar hos den vuxne mannen – med undantag för ögonen. Hon tyckte att hans ögon var för gamla för att tillhöra en pojkspoling på tjugofem, det var nästan mot naturlagarna.

Nåväl, alla eleverna på St Ursula's hade varit lite speciella på det ena eller andra sättet.

Medan den andre polisen bläddrade igenom sin anteckningsbok betraktade Rouge den lila cykeln. "Phil, vem av dem satt på cykeln?"

"Lägg dig inte i det här", sa polisen i uniform och bröstade sig som en blåsfisk som imiterar en större släkting. Han vände sig till de två männen. "Jag tänker ge er böter för störande av – "

Böter nu igen?

"Det var den där", sa miss Fowler och pekade på den större av de två. "Jag såg när han föll av cykeln."

Hon hade sett hans sort förr, en sjaskigt klädd, orakad luffartyp. Och att döma av lukten förstod hon att han var på dekis och i trängande behov av rena underkläder. Så hon hade hoppats kunna sätta dit den mindre som verkade mer solvent och kunde tänkas betala för det trasiga staketet.

Rouge vände sig till mannen i uniform. "Det är en flickcykel, Phil. En racer av senaste modell – kostar kanske tre, fyrahundra dollar." Han vände sig åter till den orakade mannen som var klädd i andras kläder och luktade illa. "Har du nåt att invända?"

Phil gick på mannen som vred sig i hans grepp. "Du *stal* den där cykeln", sa han som om det plötsligt gått upp ett ljus för honom.

Den utslagne vred sig lös igen och skulle ha börjat springa om inte Rouge sträckt ut ett långt, lättjefullt ben och satt krokben för honom så att han föll.

Den uniformerade polisen placerade sig ovanpå tjuven och satte handklovar på honom. "Rouge, jag klarar det här själv."

"Du måste kasta ut all vägspärrsutrustning om du ska få plats med cykeln i bakluckan på bilen", sa Rouge vänligt, trots avsnäsningen.

"Va?" sa polisen.

Miss Fowler tittade på bakänden av polisbilen. Bagageluckans handtag hölls fast med ståltråd och genom springan kunde hon se en bit av en blå trafikbock och spetsarna på de brandgula koner som användes för att leda bort trafiken från en olycksplats.

"Phil, du får ensam äran av att ha fångat den store cykeltjuven. Men nu har du två bråkiga fyllon och en cykel som du måste transportera. Och vittnet, miss Fowler? Hon har inget körkort."

Phil stirrade på sin bil och grubblade på logistikproblemet med vem som skulle sitta var. Han nickade besegrad.

Fem minuter senare svängde Rouge ut från trottoarkanten. Den lila cykeln låg i baksätet och miss Fowler satt bredvid honom. Hon tyckte att han klarade hennes kritiska påpekanden ganska bra, för han svarade "Ja, ma'm" var gång hon föreslog att han skulle använda körriktningsvisaren. Hon belönade honom med ett sällsynt leende. Rouge var en underlig typ och hon var säker på att han satt alldeles för ofta och länge på Dame's Tavern, men i grund och botten var han en snäll pojke.

Rouge svängde vänster in på uppfarten till polisstationen, tätt efter den enda polisbilen i Makers Village. En gång i världen hade staden kunnat skryta med två polisbilar men den andra hade försvunnit in i Green's Auto Shop förra sommaren och aldrig återsetts. En del hade hävdat att fordonet skulle kunna räddas, andra trodde det inte. Till slut hade borgmästaren avgjort disputen och påstått att polisbilen kommit till himlen för att bo hos Jesus. Miss Fowler misstänkte att även borgmästaren drack.

När de stannade på polisstationens parkeringsplats kunde de inte undgå att se kameramännens skarpa strålkastare och alla skåpbilarna med de stora nyhetsstationernas logotyper tryckta längs sidorna. När hon steg ur bilen lade hon också märke till fyra polisbilar från staten New York, dessutom en lång svart limousin samt två förarlösa motorcyklar.

Miss Fowler var först uppför trappan. Hon höll upp dörren för Rouge medan han bar in cykeln i polishuset. Receptionen var inte mycket större än hennes eget vardagsrum och så full av folk att det säkert var ett brott mot brandföreskrifterna. Innan dörren hade gått igen bakom dem skrek en kvinna: "Cykeln!"

En korpulent gestalt i formlös blå klänning kom emot dem, en kvinna av medellängd med alldagligt utseende och med matchande råttbrunt, livlöst hår. En fotograf bländade Rouge med sina blixtar och en annan man närmade sig, försedd med mikrofon.

Så mycket uppståndelse för en stulen cykel.

Eller handlade det kanske om något mer, för det syntes tydligt att kvinnan som skrek hade gråtit och nu smekte hon sin dotters lila cykel. Jaha, detta var uppenbarligen en heltidsmamma. Miss Fowler kände väl till sorten: de mjuka, fylliga armarna och den rikligt tilltagna barmen kunde trösta tre barn samtidigt när det ville sig illa, och den tjocka midjan talade väl om hennes kokkonst. Kvinnans ansikte lyste av en mors skräck och rösten lät som en siren på gränsen till brandlarmets högsta beredskapsnivå.

Miss Fowler nickade gillande inför moderskapets typiska kännetecken, då en annan kvinna steg fram. Den här var smal och elegant klädd med misstänkt ljusa slingor i sitt uppkammade, askblonda hår. Hon var inte typen som skrek – här fanns bara kylig behärskning och världsvana.

Och verkar hon inte bekant?

Denna blondin var snygg som en klassisk tv-personlighet, men när hon talade dröp rösten av sarkasmer. "Se där, det finns i alla fall nån i poliskåren som är vaken och gör sig förtjänt av sin lön." Den blonda vände sig mot fångarna och såg från den ene till den andre, som om hon bestämde sig för vem av dem hon skulle ha kokat levande till sin supé.

Miss Fowler gjorde en ful min när hon kände igen kvinnan från ett nytaget fotografi i söndagstidningen. Den blonda hette Marsha Hubble och hade separerat från den tillbakadragne Peter Hubble, vars familj bott i samma hus sedan 1875. Just det, och så var hon viceguvernör i staten New York också.

Och nu insåg miss Fowler att hon hade överskattat den kvinnliga politikerns behärskning, för rädsla lyste ur mrs Hubbles ögon. Inuti gallskrek denna kvinna – tyst, vilt.

Ännu en mor.

ANDRA KAPITLET

Sent på eftermiddagen hade Rouge Kendall avslutat sitt längsta skift och nu satt han på en barstol på Dame's Tavern. Ögonen var rödkantade och sved, och han hade inte varit i närheten av sängen sedan föregående dags morgon. Fyndet av den där lila cykeln hade ändrat hans planer på att sova bort gårdagskvällens spritintag.

En tv-apparat satt högt uppe på väggen bakom baren och bilder av de försvunna barnen, en blandning av amatörvideor och fotografier, dök upp på skärmen. Barmhärtigt nog hade bartendern stängt av ljudet. De tysta bilderna övergick till ett reportage om pojken som hade hittat Sadie Greens övergivna cykel vid en busshållplats. Unge David Shore hade till punkt och pricka bekräftat tjuvens historia. Kameran fångade tjuven som dragit upp jackan över huvudet för att dölja ansiktet från pressen när han leddes bort av delstatspoliser.

I nästa bildsvit zoomade kameran in tioårige David när han kom ut ur byggnaden tillsammans med sin målsman mrs Hofstra, en smal kvinna med järngrått hår. Pojken var lång för sin ålder, rörde sig smidigt och såg bra ut. Han hade all anledning att vara full av självförtroende, men under hela förhöret hos polisen hade blyge David inte sagt ett enda ord som inte viskats i mrs Hofstras öra och sedan återgivits hörbart av henne.

Nu visade skärmen en händelse som Rouge inte själv bevittnat från sin plats inne i polishuset. Reportrarna samlades kring pojken, och deras vinterrockar flaxade i vinden som kråkvingar när de vrålade fram sin frågor och stack upp mikrofoner i grabbens ansikte. Davids blåa ögon var uppspärrade i yttersta förfäran och han lyfte båda händerna för att avvärja angreppet. Mrs Hofstra lade beskyddande armen om tioåringen och förde honom till den väntande bilen. Rouge kunde inte avgöra vad mrs Hofstra sa till reportrarna, men han hoppades att det var någonting anstötligt.

En kamera gled tillbaka till polisstationens dörr. Viceguvernör

Marsha Hubble stod överst på trappan, en diktatorisk blondin i svart skinntrenchcoat. Hon var inte söt som dottern Gwen, men män lade märke till henne. Hon stod mellan de två manliga FBI-agenterna som hade förhört David på polisstationen. De var visserligen längre än Marsha Hubble, men det gick inte att missta sig på vem det var som hade makten i den här trion. Viceguvernören höjde ena handen och Rouge kunde gissa vad det gällde. Cykeln vid busshållplatsen stödde teorin om att flickorna hade rymt. Men den kvinnliga politikern föredrog sin egen strategi med ett myller av federala agenter, delstatspoliser, vägspärrar och jakt i tre delstater efter en kidnappare. Ansiktet lågade av vrede.

Gwens mor var stark och påstridig som bara fan, och det beundrade Rouge. Den här politikern skulle göra vad som helst för att få tillbaka sitt barn och hon struntade i om väljarna uppfattade henne som en första klassens ragata.

Rouge lyfte glaset mot tv-apparaten. *På dem bara, Marsha, på dem.*

Nya bilder igen. Med sitt alldagliga, breda ansikte och sin enkla yllekappa väckte Sadies mor, Becca Green, större sympati. Den gråtande kvinnan kramade en mikrofon och bönföll alla att hjälpa till med att hitta hennes lilla flicka.

Det var lika gott att tv-ljudet var avstängt. Rouge ville aldrig mera höra de orden igen. Hans egen mor hade sagt likadant, femton år tidigare, i en fåfäng bön för hans systers liv.

Just när han tänkte på Susan rörde sig något i spegeln på andra sidan om mahognybaren. Han fick syn på sin döda tvillingsysters nötbruna ögon som kikade fram bakom en rad flaskor.

Dåre. De var naturligtvis hans egna ögon och inte Susans – bara en spegelbild, inget annat. Ändå flyttade han sig till en barstol längre bort längs disken, undan spegeln. Mellan Rouge och den bakre, mörka träväggen speglades hans bleka ansikte i en stor uppstaplad pyramid av vinglas som bildade en honungskaka med små förvrängda bilder som förlängde hans korta hår så att det svepte in vartenda kupigt glas. Och därmed rörde tjugo små flickor med axellånga, rödbruna lockar sina ansikten sida vid sida med Rouge när han svängde runt stolen för att se ut över rummet.

De flesta av borden var tomma. Två kvinnor satt nära fönstret mot gatan. Den ena var blond och den andra ännu blondare. Båda två kastade ögon på honom, de tittade upp och lät sedan tjocka slöjor av mascara sjunka.

En annan kvinna intresserade honom mer, men hon hade ännu inget ansikte. När hon gick över golvet gungade de smala höfterna till en rockballad från jukeboxen. Slätt kastanjebrunt hår hängde ner till axlarna och bildade en rak linje tvärs över ryggen på den gräddfärgade sidenblusen. Den långa, svarta kjolen slutade några centimeter ovanför de högklackade skorna.

Alla Susanhuvudena i vinglasen nickade gillande. Rouge älskade högklackade skor.

Kvinnan satte sig vid ett bord intill och visade honom sin vänstra kinds rundning, men inget mer. Kjolslitsen gled upp och avslöjade ett långt ben, ett knä och en bit av låret.

Tack så mycket, Gud.

Och hon bar ingen extrahud – inget färgat nylonlager mellan hans ögon och den vita huden – en fest för ögonen på vintern. En högklackad sko dinglade från tårna på ena foten. Skon föll i golvet och blottade omålade, nakna tår.

Då så.

Han tänkte ge upp utan det sedvanliga låtsasmotståndet. Hon kunde komma och ta honom närhelst hon ville.

Kvinnan vände sig om och stirrade på honom och han förmådde inte se bort. Endast två saker kunde fascinera till den grad, och extrem skönhet var den ena. Men det han betraktade var det mest groteska ansikte han någonsin sett en kvinna visa upp offentligt. En ojämn linje löpte längs högra kinden och bildade ett ilsket rött ärr som vred upp läpparna på ena sidan och tvingade henne att le med halva munnen.

När hon uppfattade hans reaktion for även den andra mungipan upp. De ljusgrå ögonen satt onaturligt brett isär och ögonbrynen, som var tjocka och mörka, gick nästan ihop över en liten, rak näsa, det enda anletsdrag som var perfekt.

Hon reste sig graciöst och gick fram till baren. "Hallå där, herr Fåfäng", sa hon och gled upp på barstolen bredvid hans.

"Förlåt?"

"Visst är väl du en fåfäng man?" Hon lutade sig mot honom. "Du är snygg och du vet om det."

Han tyckte om den milda rösten men blev nervös av ögonen. Hon hade använt ögonskuggan på ett så skickligt sätt att ögonen tycktes sitta ännu längre isär än de faktiskt gjorde, på var sida av huvudet, som om hon kunde se åt alla håll som en fågel och överblicka hela rummet. Men nu riktade hon blicken mot honom, och det kändes hypnotiskt, oroande.

Ärret ömsom förlängdes och drogs ihop när hon talade. Hon lutade sig närmare och tvingade honom att enbart se på hennes ögon och han upptäckte en humoristisk glimt.

"Det måste kännas tryggt", sa hon, "att vara kär i sig själv. Att inte riskera att bli avvisad – aldrig nånsin. Du kanske är en fegis. Ingen vet, eller hur?" Hon lutade sig tillbaka på pallen och nu var läpparna bara uppdragna på ena sidan.

Först visste han inte vilken sida av munnen som han skulle ta fasta på men sedan bestämde han sig för att hon säkert skrattade åt honom. "Får jag bjuda på en drink?"

Hon nickade bara och det var en ren formalitet. Han förstod att hon väntade sig detta, att det var något som tillkom henne. Han drog slutsatsen att ärret varken hade gjort till eller från i grundförhållandet mellan man och kvinna – mannen fick fortfarande betala.

"Jag tar samma som du." Hon tog hans glas och drog det hastigt under näsan för att pröva bouqueten. "Billig scotch och kranvatten."

Jaha, för var minut som gick blev hon intressantare. Han höjde handen mot bartendern, pekade på sin egen drink och sedan på kvinnan intill. Medan de väntade på hennes glas försökte han inte ens att låta bli att se på ärret. Hon verkade inte bry sig om det, log bara, lät honom hållas, som om hon tillåtit en gratistitt på sin nakna kropp.

Nog behärskade denna kvinna konsten att lägga makeup. Ovanför blusens höga krage strålade huden av hälsans friska rosor ur tub och burk. Men hon hade inte gjort någonting för att dölja sitt stympade ansikte – snarare tvärtom, för hon bar brandbilsrött läppstift på sin förvridna mun. När han bestämde sig för att tolka detta som trots tyckte han bättre om henne.

Han stirrade på ärret. "Hur gick det där till?"

Ögonbrynen sköt upp och ett litet sprött skratt stöttes ut på en häpen utandning. Nu var hon lika överlägsen som vilken kvinna som helst som ställts till svars av ett litet barn, en hund eller en man. "Det där otäcka ärret på ditt ringfinger? Det fick du när du var nio år." Hon rörde lätt vid ovansidan av hans hand. "Du råkade ut för en olycka när barnen i kören var ute och åkte skridsko tillsammans. Men jag ska inte skvallra för någon. Din historia är din."

Hans eget ärr syntes inte under den tunga guldringen som han ärvt när fadern dog. "Vi har aldrig träffats. Så hur – "

"Är du säker på det, Rouge? Jag kommer ihåg *dig*." Hon läppjade långsamt på drinken och drev honom till vansinne under sekunderna som rann bort innan hon sa: "Du krossade många hjärtan när du reste. Tyckte du bättre om militärskolan än St Ursula's?"

Hon kunde inte ha gått på St Ursula's Academy. Han skakade på huvudet. "Jag skulle ha kommit ihåg dig."

"Det tror jag inte", sa hon med en vag antydan om att han nog var rätt trög och att hon således inte väntade sig mycket av honom.

Kvinnor var så skickliga på sådant.

Hon rörde vid sin vanställda kind. "Det här såg du inte." När hon vände sig om för att titta upp på tv:n doldes ärret av profilen.

Ett fotografi av Rouge dök upp på den ljusa skärmen över bardisken. Kvinnan och hennes ärr vände sig åter mot honom. "Så du är den smarte snuten som knäckte fallet med den lila cykeln."

Var hon sarkastisk? Absolut. "Nej, det var en annan snut." Kanske höll han på att bli kär och kanske skulle känslan dröja sig kvar medan de tog ännu en drink. "Jag råkade bara komma förbi just när cykeln skulle fraktas iväg till polisstationen."

"Ett sammanträffande? Du var precis på rätt plats i rätt tid?"

Han ryckte på axlarna. Det var knappast ett sammanträffande. Han tog sig alltid en titt kring miss Fowlers hus när han var på väg hem från Dame's Tavern – varenda kväll. Eftersom hans forna pianolärarinna bodde vid huvudgatan kunde han inte åka någonstans i Makers Village utan att passera hennes hus.

"Ja, du Rouge, det var nog dig kameran tyckte bäst om. Där är du ju igen." Hon pekade på skärmen. "Det där inslaget såg jag i morse. Du är duktig på att framstå som den stoiske, tyste typen."

Ja, han kunde mycket väl vara på väg att bli kär i hennes vänstra sida.

"Icke desto mindre", sa hon, "vilket sammanträffande. Din syster blev dödad av en kidnappare och nu har du tagit fast en annan."

Han ryckte till som om hon hade siktat på honom med ett gevär. "Han är ingen kidnappare – han är en cykeltjuv. Och flickorna har rymt." I alla fall var det delstatspolisens officiella version till pressen. Var denna kvinna –

"Gwens mor tycks inte hålla med om det", sa hon och pekade på en bild av viceguvernören som gick nerför trappan och styrde stegen mot en talesman för kriminalpolisen. "Och din syster snappades också bort precis före jullovet. Det bör ha varit ett par månader efter det att du skickades iväg till militärskolan."

Han vände sig mot pyramiden av vinglas och de tjugo små porträtten av Susan, som alla utgjorde en studie i chock. "Mannen som dödade min syster sitter i fängelse. Är du reporter?" Delstatspolisens utredare hade särskilt sagt till stadens poliser att inte tala med pressen.

"Och alla tre barnen gick i samma privatskola." Hon tömde sitt glas.

Var snäll och lägg av.

"Det finns inget samband mellan min syster och de där rymlingarna. Är du – "

"Nej, jag är inte nån reporter." Hon höll upp glaset mot bartendern och höjde ena ögonbrynet för att be om påfyllning. Hon tittade på programmet när hon sa: "Men jag läser tidningarna. De där två småflickorna var lika gamla som Susan."

"Vad heter du?"

"Du kan omöjligen minnas det, Rouge. Min familj flyttade härifrån när jag gick i femman." Ett fotografi av Gwen Hubble fyllde tv-skärmen. "Den där ungen kommer från en familj som är lika rik som din var förr."

"Kommer du från FBI?"

"Din syster var också söt. Precis som Gwen – en liten prinsessa. Ett sammanträffande till och det börjar likna ett jävla mirakel." Hon vände sig om och såg honom i ögonen. "Nej, jag är inte från FBI. Jag är bara här på semester och hälsar på min farbror. Intressant gubbe – en hängiven ateist. Hans enda religiösa tanke är en växande misstanke att ingenting sker av en slump. Är du säker på att det var prästen som dödade din syster?"

Denna sista bomb släppte hon som om hon bara kommit på den i förbifarten.

"Det var den jäveln som gjorde det." Det låg ingen bitterhet i konstaterandet, det var bara ett torrt återgivande av information som han lagt på minnet, precis som han gjort med mått- och vikttabeller. Han föredrog helt enkelt "jävel" framför "präst".

"Han dömdes enbart på indicier", sa hon som om hon bara funderade på om det skulle börja regna eller snöa. "Man hittade aldrig någon lösensumma."

"Han dödade henne." Rouge lät lugn när han upprepade detta enkla faktum om verkliga livet – eller döden. "Säg nu vem du är."

Hon såg bara djupt besviken på honom, som om han hade blivit vägd och befunnen för lätt. "Jag ska till damrummet."

Han såg efter henne när hon gick sin väg mot toaletterna längst in i baren. De små bilderna av Susan uttryckte mild förvirring och huvudena vaggade från sida till sida. Hur kunde han ha träffat denna kvinna och sedan glömt henne? Medan han väntade roade han sig med att dra sig till minnes alla sina gamla klasskamrater, men hon fanns inte bland dem.

Militärskolan hade blivit ett kortvarigt experiment som syftat till att skilja honom från tvillingen. Sedan Susan dött och han åter börjat på St Ursula's Academy hade samma ansikten hälsat honom välkommen och följt honom genom åren. Att han fått börja på skolan igen hade varit ännu ett experiment som inneburit trösten att ha en invand miljö omkring sig som motvikt till det nya med att ha en död syster.

Efter tjugo minuter väntade han fortfarande på att kvinnan skulle komma tillbaka från damrummet.

Hur dum får man vara?

Han stannade den stund det tog att tömma ännu ett glas, för han vägrade tro att han blivit dumpad.

Ännu dummare.

Rouge lade pengarna på disken och gick ut. Himlen hade

mörknat under de senaste timmarna. Blinkande kulörta lyktor hade satts upp i de kala träden längs trottoarkanten och alla skyltfönstren var överfulla av skrikiga julprydnader och dyra presenter. Utseendet på skyltfönstren i staden hade inte ändrats under innevarande århundrade. Men jullovet hade ändrat karaktär: två av stadens barn saknades – men kommersen lät sig inte hejdas. Gatan var igentäppt av den tröga trafiken och trottoarerna kryllade av jäktade julklappsköpare som snabbt och beslutsamt travade i butik, ur butik med sina skrymmande paket.

Bara Rouge Kendall stod stilla. Fastän han visste att brunetten för länge sedan hade försvunnit betraktade han uppmärksamt varje förbipasserande kvinna med långt, mörkt hår.

Dåre.

Han bestämde sig för att gå hem och inte tala med fler kvinnor. Hans mor stod alltid på hans sida, så henne räknade han inte in bland dem.

Dotterns döda kropp hade hittats den 25 december och några fler julgranar hade inte förekommit hemma hos Ellen Kendall under de femton år som gått sedan dess. Denna kväll satt hon framför tv:n och stirrade på de två förtvivlade mödrarna vars barn försvunnit. Hennes egen inre monolog överröstade nyhetsuppläsarens.

God jul, mina damer – nu har ni bara sex dagar på er att hitta den perfekta julklappen. Nånting nätt från helvetet som för all framtid förstör julhelgen, en liten kropp, kall och stel – en åt er var.

Ellen hade en burk med tabletter som kunde fördriva dessa mörka tankar men hon gillade inte biverkningarna: känslan av att trampa i dy och få kämpa för att lyckas tänka ut vad hon skulle ha till middag.

Hon stängde av tv:n och hennes egen spegelbild fyllde den mörka rutan – ett porträtt av en magerlagd kvinna med fin benstomme och stark längtan efter en drink. Nu var håret mera grått än brunt och hon visste att hon i en bättre spegel skulle se tio år äldre ut än sina femtiosex år. Det hade spriten åstadkommit, även om det numera aldrig förekom någon sådan i hennes hem.

Men det hade inte varit hennes egen idé. Rouge hade tagit

bort alla flaskorna när han bara var sexton år och övade sig i att vara mannen i huset – hela tre år före faderns död.

Så förutseende. Men så hade han också varit en ovanlig pojke i hela sitt liv.

När hon hörde bilen köra in på den runda uppfarten gick hon tvärs över det stora rummet fram till fönstret mot gatan och drog undan gardinen. Den gamla Volvon stod framför huset. Motorn var avstängd men Rouge gjorde inga ansatser till att stiga ur bilen. Han satt bakom ratten och stirrade upp mot husgaveln. Betraktade han sin systers mörka fönster? De talade aldrig om henne nu men den döda flickan verkade alltid mer närvarande så här nära jul. Det var treenighetens helg: modern, sonen och Susans ande.

Hela morgonen hade Ellen Kendall varit försjunken i minnena av den ändlösa väntetiden på brevet med dotterns lösensumma. Hela eftermiddagen hade hon sett för sig Susans lilla kropp i snödrivan där hon dumpats när det inte längre var liv kvar i henne. Och just nu var det begravningen Ellen återupplevde.

Rouge hade varit så tyst den dag de hade begravt hans syster. Ellen hade beundrat sin rejäle lille man, bara tio år gammal och ändå så balanserad, så lugn. Men sedan hade hon sett att pojkens ena arm var utsträckt från kroppen i en underlig vinkel. Hon upplevde alltsammans ännu en gång – den lilla kupade handen med fingrar som slutits kring en annan hand som inte funnits där. När systerns kista sänktes ner i graven hade han vänt sig mot tomrummet bredvid. För första gången den dagen hade han sett chockad ut och Ellen förstod att hennes lille son hade väntat sig att se någon stå där bredvid, någon med hans egna unga ögon och med hår i samma färg som hans. Pojken hade svimmat och fallit huvudstupa framåt. Han skulle ha fallit ner på kistan om inte fadern sträckt ut ena handen och ryckt undan deras enda kvarvarande barn från den öppna graven.

Ellen återvände till nutiden och stirrade ut genom fönstret. Hennes son satt fortfarande bakom ratten i bilen.

Och God jul önskar jag dig, Rouge. Grubblar du på mord?

Han kanske hade någonting mer vardagligt i tankarna. Kanske undrade han hur han skulle kunna betala fastighetsskatten och underhållet på det här kolossala huset. Det var på tok för stort för de två återstående medlemmarna av familjen Kendall. De hade stängt av de två övre våningarna för att spara på uppvärmning och elektricitet, men underhållet kostade ändå mycket pengar. En gång hade hon föreslagit att de skulle flytta till ett mindre hus. Då hade Rouge blivit arg. Under dagarna efter det samtalet hade tystnaden mellan dem varit plågsam, för hon visste hur hårt sonen arbetade för att hon skulle kunna bo kvar. Men det var bara för hans skull som hon stannade här och genomled varje ny dag med sorgliga påminnelser. En smärtsam uthållighet var den komplicerade gåva de gav varandra, var och en med de bästa avsikter.

Konstsamlingen och större delen av antikviteterna hade sålts. Hon tyckte bättre om huset nu när det inte var så belamrat. Terapin och faderns hjärttransplantation, lösensumman och mer pengar till detektiven – allt hade tärt på den förmögenhet som hennes avlidne makes familj skapat i tidningsbranschen under många generationer.

Ellen hörde att ytterdörren öppnades och stängdes och att sonen kom gående över marmorplattorna. Den omåttligt stora hallen slukade oerhörda mängder värme. Hon hade velat använda ingången på husets baksida så att de kunnat stänga av hallen men sonen hade sagt ifrån att de inte skulle förvandla sitt eget hem till en lägerplats.

När hade Rouge blivit familjens överhuvud?

För länge sedan.

Hon och hennes döde man hade gjort honom till en liten man innan han var fullvuxen – en oavsiktlig grymhet. De hade inte kunnat vara till någon tröst för det barn som överlevt, de hade bara gått förbi hans rum och mekaniskt utfört allt som livet krävde, automatiskt uttalat sådana fraser som "godmorgon" och "godnatt".

"Hej mamma."

Hon vände sig om när Rouge släntrade in i förmaket. Lampskenet spelade henne ett spratt och det såg ut som om hans skugga gick bredvid honom som en självständig gestalt.

"Hej raring." Lät det för muntert? Var det sökt och artificiellt? *Ja.* "Middagen kan stå på bordet om tjugo minuter."

"Toppen", sa han och kysste henne på kinden.

Och gjorde han inte det på ett sätt som var en smula för slentrianmässigt? Verkade Rouge mer disträ än vanligt?

Ellen anade sig till hans smärta, eller någonting som liknade smärta. Var han sjuk? Någonting, en rest av den mor som hon brukat vara på den tiden då hon hade två levande barn, fick henne att reagera. Hon höjde handen för att röra vid hans panna, känna om han hade feber, men just då vände han sig bort.

Han gick ut i hallen och sedan uppför den ståtliga trappan till våningarna de inte längre använde. Hon följde efter fram till trappräcket och trodde knappt sina ögon när hon såg vad han gjorde uppe i övre hallen. Han drog bort tätningslisterna från Susans dörr.

Gwen Hubble var inte riktigt vaken men kämpade för att tänka klart och medvetet. Hon försökte sätta sig upp men föll utmattad tillbaka i tältsängen som om hennes lilla kropp hade varit gjord av mycket tyngre material än en tioårings kött och blod. Hon låg stilla ett ögonblick och samlade krafter till ett nytt försök. Hon riktade blicken mot det svaga ljuset från en nattlampa av plast som satt i väggkontakten.

När tankarna klarnat blev det lättare att sitta upp.

Det stod en ny bricka på det lilla bordet bredvid sängen. Förra gången hade det varit ett glas apelsinjuice och ett ägg. *Inte tillräckligt med mat.* Nu betraktade hon en halv kopp choklad och ett mycket litet franskbröd. *Inte tillräckligt.*

Slött stirrade hon på ljuset som föll på kakelplattorna. Det här rummet var lika stort som hennes fars badrum. Och badkaret här var också antikt och hade fyra kloförsedda lejonfötter till ben. Toalettstolen tycktes stå långt bort; nattlampan glimmade bara helt svagt i porslinet.

Behovet att kissa var starkare än hungern. Hon vek undan sängkläderna och satte ner sina bara fötter på en grov ullmatta.

Vart hade sockorna tagit vägen?

Första dagen var det bara den röda täckjackan som var försvunnen och morgonen därpå – i morse? – var skorna borta. Hon lade handen på kedjan runt halsen och slöt fingrarna om amuletten som Sadie Green hade gett henne, en talisman med en inristad bild av ett allseende öga. Så den hade hon fortfarande kvar. Men flätan hade gått upp under natten.

Är det natt?

Hon försökte resa sig men rörde sig för fort och huvudet började värka. Långsamt ställde hon sig upp och gick på ostadiga ben mot toaletten. När hon gick förbi dörren prövade hon handtaget utan att på allvar tro att den skulle öppnas nu heller.

Varför har jag råkat ut för det här?

Den tanken var för tung att dröja vid och hon lät den glida undan medan hon med automatiska rörelser fällde upp toalettlocket, rev av fyrkanter från toalettpappersrullen och noga placerade ut dem på träkransen, som hon brukade i främmande badrum, och så till sist spolade.

Nu när hennes ögon hade vant sig vid det dåliga ljuset kunde hon se fler detaljer i rummet. Det fanns ingen spegel över handfatet. Det hade hon inte märkt förra gången. Däremot mindes hon den kolossala möbeln som stod vid den bortre väggen. *Ett klädskåp i ett badrum?*

Korgen hade hon inte heller sett, eller hur? Hon stirrade på den nu. Den liknade de utdragbara korgar som fanns hemma, inbyggda i väggen. Men på den här löpte en lång kedja ett varv genom handtaget och två varv genom handdukshängaren som satt på väggen bredvid. Kedjan hade hänglås.

Varför det? Vad fanns i korgen? Frågan var borta nästan i samma ögonblick som hon ställt den.

Hon var så hungrig.

Hon gick tillbaka till den smala tältsängen och stirrade på brickan på bordet. När hon hade ätit sitt ägg i morse hade hon genast somnat. I alla fall *trodde* hon att det första målet hade varit på morgonen – om hon nu kunde lita på att apelsinjuice och ägg var den accepterade frukostmaten. Nu betraktade hon det ynkliga franskbrödet och chokladen. Gwen hade fått en annan idé och började se ett samband mellan mat och sömn. Men sedan gled tankarna över på bästa väninnan. Var fanns Sadie och hur *mådde* hon?

Gwen åt det lilla franskbrödet. *Inte tillräckligt med mat.* Magen kurrade. Hon förmådde knappt hålla en enda tanke i huvudet. Hon stirrade på chokladen i koppen. Återigen kopplade hon ihop maten och sömnen. *Maten? Eller drycken?* Hon gick tillbaka till handfatet och hällde ut chokladen i avloppet, och sedan spolade hon vatten för att skölja bort de mörka stänken.

När Gwen gått tillbaka till sängen betraktade hon korgen och dess hänglåsförsedda kedja. Hon gick fram till den men rörde sig mycket långsamt – så sömnigt. Det var som att ha influensa – eller också var hjärnan full av bomullsvadd; flickan tyckte att den ena möjligheten dög lika bra som den andra. Hon rörde vid handtaget på korgen men sedan vek sig benen under henne och hon sjönk ner på knä.

Så det var inte chokladen som gjorde henne sömnig; hon hade gissat fel. Ansiktet trycktes mot den grova ytan på en liten oval yllematta. Och trots att hon låg raklång på golvet upplevde hon ett ögonblick av skräck när hon trodde sig falla och tänkte att den kakelklädda ytan kanske inte bar henne, att universums lagar inte längre gällde för henne.

Ögonlocken föll ihop.

Sent den kvällen då hennes dotter hade dött, då för så många år sedan, hade Ellen Kendall öppnat dörren till Rouges sovrum och hittat sin lille son hoprullad till en boll med utstickande kastanjebruna lockar och fingrar och pyjamasfötter. Han hade genast slagit upp ögonen. Hastigt hade han rätat på sig, brett ut armar och ben, ett barn som vecklat ut sig som om han blottat bröstet för att utgöra ett lätt mål för vad det nu än var som tänkte ge sig på honom i mörkret. När han upptäckte att det bara var hans rädda mor som stod på tröskeln syntes det hur besvikelsen vällde upp. Och Ellen förstod att hennes tioårige son ville dö, ville följa med systern – ner i jorden. Dagen därpå hade hon överlämnat sitt enda barn till en psykiaters vård, för hon trodde inte att hon kunde hålla liv i Rouge själv. Till vilken nytta hade hon varit för Susan?

Och sedan hade hon låtit sig sjunka i en flaska – ingen liten bedrift, för Ellen hade inte blivit ett fyllo på en enda dag.

Nu många nyktra år senare stod hon i dörren till Susans rum och stirrade en stund på väggarna, en smula häpen över vad tiden gjort med dotterns sovrum. Under de gångna femton åren hade den en gång klara väggfärgen dämpats till en lugn blekrosa nyans.

Rouge satt i skräddarställning på en dammig matta flätad av trådar i regnbågens färger, alla blekta nu. Spöklika, vita skynken täckte möblerna och en grå hinna låg över varje tum av brädgolvet. Han letade igenom en stor kartong full av Susans tillhörigheter.

Ellen smög sig tyst in i rummet. Sonen lade inte märke till henne, så uppslukad var han av en gammal årsbok från St Ursula's Academy.

Varför måste han utsätta sig – henne – för detta?

Hon ville gråta men när hon talade till honom lät rösten häpnadsväckande normal. "Behöver du hjälp? Letar du efter nåt av – ?"

"Jag träffade en kvinna i kväll." Han lade ifrån sig en bok och slog upp en volym från ett annat år. "Hon kände oss när vi var nio eller tio. Men jag minns inte hennes namn. Jag tänkte att det kunde finnas en bild här."

Ellen var på sin vakt nu och hade blivit orolig. *Oss* och *vi* hade dröjt sig kvar i Rouges meningar under mer än ett år efter tvillingsysterns död. Och nu var orden tillbaka igen, som spöken i hans mun.

"Kan du beskriva henne?"

Han valde en annan volym från stapeln med skolans årsböcker. Allesammans var från tiden innan Susan blev mördad. "Hennes ögon sitter brett isär och hon har – " Plötsligt smällde han igen en av böckerna. "Hon finns inte här. Hon gick inte på St Ursula's." Han sköt undan böckerna och körde båda händerna genom håret.

Ellen föll på knä på mattan bredvid honom. "Vet du nåt om hennes familj? Vad hade fadern för yrke – modern?"

"Nej." Han slog ut med händerna, erkände sig besegrad. "Hon sa att familjen flyttat från stan när hon gick i femman." Nu dunkade han ena näven i golvet och högen med årsböcker välte.

Hon visste att han inte hade sovit sedan dagen innan, men det här var någonting mer än trötthet. Hans frustration hjälpte henne att bedöma hur mycket han hade druckit. Så här lät han bara när han inte tänkte klart, när berusningen stod i vägen för idéerna. Normalt tänkte han mycket fortare än hon och bättre. Kanske var det därför han gick på Dame's Tavern varje kväll, just för att han ville sakta ner den där härliga, snabba tankeförmågan.

"Du vet i alla fall att hon inte gick på St Ursula's. Alltid något."
När hon var ung och arbetade som reporter hade hon letat rätt
på folk utan att veta mycket mer. Flickan hade alltså flyttat när
hon gick i femman. Staden hade bara en allmän grundskola och
det fanns säkert grupporträtt i arkivet. Men vänta – hon hade ju
egna fotografier.

Ellen sträckte sig fram och drog ut den nedersta lådan i Susans
byrå. Hon lät handen vila på dotterns klippbok. "Rouge? Den
här kvinnan du träffade? Hon kanske var med i barnkören. Där
fanns barn från båda skolorna." Hon drog fram klippboken och
bläddrade igenom den för att hitta fotografierna som togs varje
år när kören gjorde utflykt.

"Kören – det har du rätt i. Hon mindes mitt ärr." Nu stod han
vid hennes axel. Han sträckte ut handen för att hejda de fallan-
de sidorna vid ett stort fotografi. "Det där. Togs det samma år
som jag skar mig i fingret?"

"Skar dig? Du praktiskt taget högg av det." Hon såg ner på de
tre raderna med barn som låg på knä eller stod upp och alla hade
skridskor i handen och log mot kameran. Hon pekade på den
första flickan i främre raden. "Det där är Meg Tomlin, brand-
chefens dotter. Hon flyttade till Cooperstown när hon gifte sig
för tre år sen. Och det där är Jenny Adler. Minns du henne från
St Ursula's? Hon tog examen vid tekniska högskolan i Massachu-
setts och fick jobb på ett företag i Tokyo."

Han stirrade på henne – full av nyfikenhet nu. Hon förstod.
Rouge undrade hur en hemmasittande enstöring som hon kunde
känna till vad som hände i världen utanför.

"Jo då, gubbe lille, familjen kanske inte äger några tidningar
längre men nog läser jag dem. Du anar inte hur mycket jag vet."

"Har du fortfarande kontakt med dina gamla källor?"

"Det kan jag säkert fixa." Och tydligen hade alla de gamla vän-
nerna ställt upp för henne. Det fanns ett antal likheter mellan
kidnappningen av hennes dotter och det aktuella bortförandet av
ytterligare två barn från St Ursula's, men likväl fanns det ingen-
ting om Susan i tidningarna och på tv. Men de skulle inte skyd-
da henne länge till om flickorna hittades döda på juldagsmorgo-
nen.

35

Sonen stirrade på henne och hade tillfälligt glömt klippboken. "Mamma, vad vet du om viceguvernören?"

"Marsha Hubble? Hon kommer från en familj med en lång rad politiker men jag tror säkert att hon är helt okej. Trots att hon samarbetar med en senator som får stöd av maffian."

"Och marionettguvernören då?"

"Den *påstådde* marionettguvernören, kära du. Han har försökt att bli av med Hubble hela året. Min teori är att hon inte leker så snällt med kackerlackorna. Jag menar de stora kampanjsponsorerna, alltså."

Rouge böjde sig över klippboken men blicken var inåtvänd. Ellen visste att han höll på att försvinna från henne igen. Hon pekade på ett barn i mittraden på fotografiet. "Titta här. Den flickans ögon sitter brett isär men jag har ingen aning om vem hon är. Attan också, jag som alltid brukade kunna sånt."

Hon vände på fotografiet för att läsa namnen på alla barnen. Ett namn fattades på listan som hon själv skrivit. Flickan vars ögon satt så brett isär var den enda körmedlemmen hon inte kände till. "Tyvärr, Rouge. Henne kommer jag inte ihåg."

"Hon har ett ärr. Här." Med fingret drog han en taggig linje längs sin högra kind. "Minns du några andra olyckor som barnen råkade ut för?"

"Nej, och en sån grej skulle ha varit nåt i särklass." Hon vände blad. "Du är inte med på det här fotot. Det togs sen du hade börjat på militärskolan. Och här är hon igen, precis bakom Susan, ser du? Inga ärr i hennes ansikte. Olyckan hände nog när hon flyttat härifrån."

Hon förstod att sonen höll på att dra sig undan igen, att han seglade bort på det där välbekanta havet som passade så bra i ett whiskeyglas. Ellen kände lukten, nästan smaken. Men hon var knappast rätt person att läsa lagen för Rouge om superi. Hon hade inte slutat dricka förrän hon upplevt den yttersta förödmjukelsen att bli hittad asberusad på badrumsgolvet av sin tonårige son. "Rouge? Du sa att hon hade flyttat härifrån när hon gick i femte klass?"

Han stirrade på albumbladet och nickade.

"Skolorna är stängda eftersom det är jullov, men du skulle kunna försöka med kyrkan. Fader Domina kanske har kvar de gamla närvarolistorna. Det kan löna sig med ett försök." Hon rufsade om i hans hår för att fånga hans uppmärksamhet. "Jag skulle kunna hjälpa dig. I morgon bitti?"

"Det går inte. Jag måste ta första skiftet i morgon." Rouge reste sig och borstade dammet från jeansen. "Jag är utkommenderad i civila kläder." Han granskade boktitlarna på den lilla hyllan vid sängen. "Vart tog Susans dagbok vägen?"

"Polisen tog den med sig. Jag vet inte om de nånsin lämnade tillbaka den. Vi skulle kunna se efter i de andra lådorna på vinden om du vill?" Hon såg åter på fotografiet av kören. "Det är konstigt att jag inte kan placera den här flickan."

Eller också var det kanske inte så konstigt. Bortsett från ögonen var det ingenting särskilt märkvärdigt med henne. Hon var medelmåttan personifierad – liten men inte minst och heller inte fulast.

Rouge drog bort ett skynke från skrivbordet. Ett silverarmband låg på det urblekta gröna skrivunderlägget. Det var den sista födelsedagspresenten som Susan fått av sin far. Rouge tog upp det. "Jag har för mig att pappa sa att hon hade tappat det här?"

Tappat det? De kanske borde tala mer om Susans död. Vad mer kunde han inte ha missförstått under de där dagarna då hans far hade stängt in sig i arbetsrummet och hans mor umgicks med flaskan sju dagar i veckan. Eller kanske armbandet *hade* tappats bort i stället för stulits – och senare *hittats*, inte *beslagtagits* som bevismaterial.

"De där sista månaderna brukade din syster alltid tappa nånting när hon var på körövning." Och Ellen hade tyckt att det var så konstigt. Barnen hade alltid varit så noga med sina ägodelar. Vid den tiden hade hon trott att de underliga förändringarna i dotterns uppförande berodde på att de hade skilt tvillingarna åt.

Ibland, sent på kvällen, brukade Ellen leka den morbida leken "tänk om". Tänk om hon hade satt sig upp mot sin man och låtit tvillingarna gå kvar i samma skola? Då skulle Rouge ha varit med sin syster den dagen då hon blev kidnappad. Tvillingarna hade alltid varit tillsammans, vart de än gick, och inte brytt sig om att umgås eller prata med någon annan. Skulle Susan ha levat då eller skulle de ha blivit dödade båda två?

Hon stirrade på silverarmbandet när Rouge lät det glida ner i hennes hand. När hade hon senast sett det? Vid rättegången? Ja, armbandet hade blivit använt som bevismaterial. Polisen måste ha lämnat tillbaka det till hennes man. Hon såg för sig hur Bradly Kendall tyst gått in i det här rummet och omsorgsfullt placerat det lilla smycket på dotterns skrivbord. Och kanske hade Bradly satt sig på sängen och gråtit för att den cirkel som armbandet bildade varit så hjärtslitande liten.

Ellen slöt handen om silvret. "Polisen sa att de hittade det här i prästens rum."

"Du menar Paul Maries rum." Rouge rättade henne sakligt men skarpt. Med tanke på sonens stillsamma sätt kunde det här nästan uppfattas som ett gräl. Hon hade glömt hur irriterad han blev när hon talade om barnamördaren som prästen.

Men var gång hon tänkte på Paul Marie såg hon för sig prästrocken och kragen, kyrkans yttre tecken. Mannen hade varit så ung, just fyllda tjugo, när hon senast såg honom och han stod bredvid den äldre prästen under nattvardsgången. Ingenting intressant hade ännu satt sina spår i hans ansikte, inga fåror sade något om karaktär eller personlighet. En del hade tyckt att han var så stilig, så mycket mindes hon, men för övrigt hade han inte haft några utmärkande drag. Han hade varit en sådan vanlig man, oinspirerad när han predikade och knappt godkänd som körledare.

Men barnen älskade honom.

Ellens händer flög upp för att dölja de blossande kinderna, som om hon uttalat denna tanke högt – eller just berättat en oanständig historia i kyrkan.

TREDJE KAPITLET

"Jag tycker om det." Hans beundran för det taggiga ärret och den förvridna, klarröda munnen lät uppriktig.

Ali Cray mindes prästen som en lång man, om än spensligt byggd, nästan finlemmad. Han hade gett ett förfinat intryck då och ansiktet hade varit blekare, förandligat och inramat av mörkt hår och svart prästdräkt. När hon var tio år och Paul Marie bara drygt tjugo hade hans stora, strålande ögon mött henne i ett porträtt av lord Byron på en vältummad sida i hennes diktbok.

Nu, femton år senare, var den fjättrade mannen på andra sidan bordet muskulös med breda axlar som drog i sömmarna på den blå jeansskjortan. I ansiktet fanns ett hårt drag. Kedjorna kring händer och fötter förminskade honom inte utan fick honom snarare att verka ännu kraftfullare, han var en man som hölls i schack enbart av dessa bojor. Han fyllde hela rummet med sin personlighet.

Ali Cray kände hur hennes egen personlighet trängdes upp mot väggen när han såg på henne. Borta var poetblicken. *Godnatt, Byron.*

Hon stirrade ner på sina anteckningar trots att hon kunde varenda rad utantill. Blicken gled över bordet mot fängelsetatueringarna på hans händer. Det var så typiskt, detta att fångarna vanställde huden med nålstick och bläck för att fördriva dagarna. Men han hade inte några vanliga tatueringar. På ovansidan av högra handen fanns ett *S* och på den vänstra ett *E*, båda utförda som dekorerade anfanger i medeltida manuskript.

Hon såg upp mot hans ansikte, mötte ett svagt leende.

"Bokstäverna står för *sin eater*", sa han. "En förskönande omskrivning för kuksugare. Jag tvingades till mycket sånt när jag satt på den allmänna fängelseavdelningen."

"I det här fängelset placeras alla sexbrottslingar för sig", sa hon som om hon hade kommit på honom med en lögn.

"Ett skrivfel – enligt fängelsechefen. Man blandade ihop mina papper med nån annans."

Knappast troligt. Hon visste att någon skulle behöva använda sitt inflytande eller en hel del pengar för att åstadkomma ett misstag i den storleksordningen, för det var praktiskt taget liktydigt med en dödsdom för en pedofil. Susans far skulle ha kunnat fixa det. Bradly Kendall hade varit rik nog och haft de nödvändiga politiska kontakterna. "Men din advokat kunde ha – "

"Han trodde inte att jag var oskyldig. Det var därför den lille skiten släpade fötterna efter sig i två år." Paul Marie ryckte på axlarna som om detta grova svek egentligen inte betydde särskilt mycket. "Advokaten visste hur jag blev behandlad. Jag tror att det stämde med hans uppfattning om primitiv rättvisa."

"Men jag har fattat det som att kyrkan trodde på er. Ni blev inte avsatt."

Fången lutade sig fram och Ali lutade sig tillbaka.

"Kyrkan har ont om präster. Jag skulle inte bli befriad från mina löften bara för att jag mördat en liten flicka. Det är ju inte som om jag förespråkat preventivmedel."

Ali såg ner i sina papper igen och gjorde en hastig anteckning längst ner på ett blad. Hon såg inte på honom när hon frågade: "Har ni fortsatt att verka som präst?"

"Ja – under de första två åren. Jag var biktfader och föreskrev botgöring."

Paul Maries röst hade förlorat all mildhet. Hon klarade inte mycket mer av detta bortbytingsfenomen. Det var som ett slags död.

"En man såg till att säga 'Fader, förlåt mig' var gång han våldtog mig", fortfor denne främling. "En dag slog jag honom sönder och samman med ett blyrör. Och *sen* förlät jag honom. Röret trasslade till hjärnvindlingarna på honom så han mindes inte vad det var jag förlät honom. Men jag behöll faktiskt sakramenten. Fast jag fick improvisera när det gällde botgöringen. För en bruten näsa får man ett *Hell dig, Maria*. En krossad testikel blir tre *Fader vår*."

Ingenting fanns kvar av körledaren från förr.

"Jag önskar att jag hade fått vara kvar på allmänna avdelningen. Här hör jag bara kräkens bikter. Pedofilerna berättar allt för mig, allt det som de inte ens vill tala om för sina advokater."

"Talar de nånsin om det som har hänt nu? Om de två flickorna?"

"Ibland. Men de föredrar att prata gamla minnen och berätta om sina brott mot kvinnor och barn. De ligger i sina sängar när ljuset släcks och så runkar de medan de biktar sig för mig i mörkret. Och sen stinker hela korridoren av sperma." Han sköt tillbaka stolen från bordet. "Men jag tror inte att du vill höra om det. Att vara biktfader hör inte till prästämbetets höjdpunkter. Det är ett slags helvete."

"Fader, jag vet att ni inte minns mig. Jag var – "

"Jag minns att du inte var med på körövningen veckan innan jag greps." Han lutade sig tillbaka och betraktade henne mer uppmärksamt, han granskade hennes hår, kläder, ärr. "Fader Domina sa att din familj flyttat från stan."

Då var det åtminstone några som märkt att hon gått förbi, att hon tagit upp utrymme i världen, och hon förundrade sig över detta en stund. "Mina föräldrar berättade inte om Susan Kendalls död." Hon hade varit arton år gammal innan hon fått veta något om mordet.

En olustig tystnad lägrade sig. Andra ljud trängde in i rummet, ljud från fängelsegården utanför fönstret, mansröster och det rytmiska dunsandet av en boll mot ytterväggen. Hon lade märke till det dova mullret från någon maskin. Fängelsetvätten måste ligga strax intill, hon kunde se ångan som släpptes ut vid sidan om gallerfönstret.

"Jag var ofta lite orolig för dig, Sally", sa han till sist. "Du var det enda barn jag nånsin träffat som helst ville smälta in i väggen."

Hon förstod att hon kunde ha uppfattats så. Som barn hade hon varken varit söt eller ful, varken lång eller kort, och hon hade bara tagit sig ton när hon sjöng i kören.

"Jag heter Ali nu", påminde hon. Hennes plånbok med identitetskortet låg fortfarande öppen på bordet mellan dem och det ändrade namnet följdes av titeln fil. dr. Hon undrade om han inte tyckte att det var konstigt att hon tagit en sådan hög examen med tanke på att hon varit så intetsägande som barn.

Han nickade gillande. "Ali passar dig bättre. Som jag minns

41

det var risken stor att ditt liv skulle ha blivit alldeles vanligt. Jag är glad att du inte fastnade i medelmåttighet. Jag kan tänka mig att ärret har stor del i det."

Barndomens körledare var tillbaka och gjorde ett kort besök hos henne. Fader Pauls blick var genomträngande, sökte milt efter de ömma punkterna, frågade tyst var det gjorde ont – precis som förr. Å, men nu fick han syn på något nytt i hennes ansikte. Hade hon omedvetet avslöjat sig? Vad det än var blev han uppskakad. Han flyttade sig längre bort och slog ner blicken, och kanske hade han hunnit rädda sig från en upptäckt.

Den här morgonen var det delstatspolisen som bemannade receptionen och hade kört bort stadens polisinspektör som brukade sitta bakom glasrutan med sin tidning och en kopp kaffe.

Rouge tyckte att polismästare Croft hade skött sig snyggt när han överlämnade sin polisstation till utredarna från BCI, delstatspolisens kriminalavdelning. Men så hade Charlie Croft också alltid hävdat att han kunde leda stadens polisstyrka på sex man från en telefonkiosk. Polismästarens eget lilla kontor låg en trappa upp och övrigt utrymme hade bara använts för kommunstyrelsens möten en gång i månaden samt som röstlokal när det var valår. Nu hördes många par skor vandra omkring i taket. Stämningen på bottenvåningen i polishuset kändes nästan kuslig utan gårdagens bullercirkus och otyglade energi. En enda man satt på en plaststol i receptionen. Ett presskort var fäst på kavajslaget.

Vart hade alla de andra nyhetsreportrarna tagit vägen?

Rouge klämde fast det nya ID-kortet på jackan och skrev sitt namn i delstatspolisens journal. Sedan tog han den smala trappan upp till andra våningen och öppnade dörren till det stora rummet mot gatan, där ett oavbrutet surr av röster uppblandade med telefonsignaler slog emot honom. FBI-agenter och utredare från delstatspolisen satt vid bord och skrivbord som blivit byte under en räd i biblioteket intill. De förhörde stadens invånare medan uniformerade poliser släpade högvis med papper från ena änden av rummet till den andra. En portabel radioutrustning vräkte ur sig brus och förvanskade ord från patrullbilarna ute på vägarna.

Den gamla byggnaden reste sig som ett landmärke och hade kvar sitt nästan fem meter höga tak, men de långa lysrören passade inte ihop med denna enda originaldetalj. Den nakna tegelväggen hade målats över för att få byggnadsmaterialet att framstå som någonting mer plastigt, mindre bastant. Enligt polismästare Croft var den nya väggfärgen "kräkgrön" och kunde *inte* kallas "äkta pilträd", vilket målaren hade försäkrat att den gjorde. Flyttbara, vadderade tygskärmar hade satts upp av kriminalpolisen för att dela upp det yttre utrymmet i bås, och datorer stod på varje tänkbar yta som en mer påtaglig påminnelse om att världen hade förändrats över en natt.

Rouge blev förvånad när han fick syn på Marge Jonas som satt vid sitt skrivbord. Den civilanställda sekreteraren var den enda som överlevt delstatspolisens maktövertagande. Den här morgonen hade hon på sig sitt platinablonda hår. Marge hade peruker i alla färger utom sin egen järngrå.

Han tänkte säga hej men sekreteraren var försjunken i en teknisk manual. Att döma av hennes frammumlade eder förstod han att hon hade gått i närkamp med det senaste avbrottet i det nya datasystemet som insatsstyrkan från BCI installerat. Under hakan darrade tre fettvalkar i takt med huvudet som rytmiskt studsade upp och ner när blicken växlade mellan manualen och textröran på dataskärmen.

Han gick förbi och hon ropade efter honom: "Sakta i backarna, Rouge Kendall!" Det var bara när Marge var irriterad som hon använde hela namnet.

Han tvärstannade och vände sig om. "Hej, Marge."

Ett knubbigt finger markerade stället i den igenslagna manualen när hon lutade sig fram över skrivbordet och glodde på hans ben. "När jag sa till dig att komma hit i vardagskläder menade jag *kostym*. Är det där dina söndagsgåbortsjeans? Jag ser att de fortfarande är liksom svagt blåaktiga."

"Jag har inga andra." Den döde faderns tweedkavaj hade passat perfekt men det fanns inget modern kunnat göra åt gubbens byxor som sytts åt ben som var en halv decimeter kortare än hans.

"Vi måste göra nåt åt dig." Marge reste sig i all sin hundrakilostunga, imponerande auktoritet och vinkade åt honom att komma närmare. "Kom hit nu, lille vän. Jag ska fixa till dig." Hennes skickliga fingrar knöt snabbt upp den hafsiga knuten under skjortkragen. "Vi ska väl inte låta kommissarie Costello se att du aldrig har haft på dig slips förr."

Det var nästan sant. I arbetet hade han alltid burit uniform och på fritiden var det jeans som gällde. Alltså stod han vid hennes stol, foglig och besegrad, medan hon knöt hans fars sidenslips på rätt sätt. Han hade en brun, fårskinnsfodrad mockajacka över armen. Den var hans egen men köpt när han gick på college och nu tämligen blanksliten.

Marge tog ett steg tillbaka för att beundra sitt hantverk. "Nu ser du ut som en BCI-utredare."

"Men hallå, jag har bara fått order att inställa mig för kommendering i civila kläder."

"Säg inte emot, vännen min. I morse skrev jag själv ut din pressrelease."

"Min vad då?"

Hon kastade en varnande blick på honom och nickade mot polismästarens kontor som BCI-chefen lagt beslag på. Sedan mer än tio år var alla i Makers Village vana att möta mannen som stod i dörröppningen. Kommissarie Costello hade sommarstuga vid sjön men besökte butikerna och restaurangerna i stan året om. Många av stadsborna hade kommit att betrakta honom som en bygdens son, en av dem själva, även om de tyckte att han var en smula högdragen. Under de senaste tio åren hade kommissarien inte satt sin fot på ortens polisstation en enda gång – och nu hade han tagit över den.

Costello var på väg fram till dem. Han såg inte glad ut och inte heller såg han ut som man kunde vänta sig av en höjdare inom BCI. Kommissarien hade nog varit nästan 1,80 i sin krafts dagar men nu som medelålders var han ständigt hopsjunken och verkade minst tio centimeter kortare. Han var klent byggd och inbunden i sitt sätt, till synes mer lämpad för något akademiskt arbete.

Men när Costello talade till sina mannar *en masse* lät han som en man från arbetarklassen och hans ordförråd var råbarkat och färgstarkt på ett sätt som helt skilde sig från kroppsbyggnaden och den prydliga flugan. Ryktet förtäljde att han i privata samtal inte behövde mer än högst tio ord för att göra mos av en betydligt större man.

Rouge undrade om det var medfött eller om det gick att lära in.

Kommissarie Costello smällde med en tidning mot sekreterarens skrivbord så att det lät som ett pistolskott. Marge hoppade till men inte Rouge, han stirrade på ett fem år gammalt fotografi av sig själv i den basebolldräkt som bärs av Yankees blåbärslag. Rubriken löd: ORTENS HJÄLTE. På bilden bredvid bar han på Sadie Greens cykel.

Costello höll upp rapporten om gripandet med Phil Chapels underskrift längst ner. "Varför skrev inte *du* ut den här rapporten, Kendall?" Det fanns något vagt hotfullt i kommissariens fråga.

"Det var Phil Chapel som grep dem. Jag bara bar cykeln."

Costello skakade på huvudet. "Miss Fowler talade noga om för reportrarna vem som gjorde vad och varför." Hotet var knappast vagt längre. "Kendall, sånt här *avskyr* jag. Från och med nu rapporterar du direkt till mig och du rapporterar varenda jävla grej du gör. Du kan börja med en *korrekt* rapport. Sen vill jag tala med dig."

När dörren till hans rum smällt igen lade Marge ena handen på Rouges axel. "Det är inte så illa som du tror." Hon slog upp sin almanacka. "Ser du här? Jag har satt upp dig för en anställningsintervju. Det är därför han vill träffa dig. Det handlar om att du ska flyttas till delstatspolisen *och* bli befordrad." Hon tecknade åt honom att hålla tyst. "Det spelar ingen roll att du inte lämnat in nån ansökan. Den skulle inte ligga på hans bord om han inte hade bett om den. Så nu ska du bli nybörjare på BCI. Fattar du?"

Hon räckte honom en hög papper. "Det här är din rapport. Jag har tagit alla fakta från förhöret med miss Fowler. Du behöver bara underteckna den och vänta tio minuter innan du lämnar in den. Om du inte låtsas att du har skrivit ut den själv går han i taket en gång till."

"Tack, Marge."

"Nånting annat jag kan göra för dig?"

"Jag måste ha tag på en kvinna."

"Så lätt går det inte, Rouge. Mig måste man förföra. Jag vill ha blommor."

"Hon är lång och har brunt hår – "

"Brunt hår kan jag fixa. Men jag passar bättre i ljust."

"Polisen i receptionen sa att hon var här i går men hennes namn står inte i journalen. Hon har ett ärr på höger kind. Det löper ända ner till munnen. Det ser ut som om hon alltid ler med ena sidan."

"Henne har jag sett." Marge ruskade på huvudet i låtsad förundran. "Herregud, snacka om att folk vände sig om efter henne. Jag vet inte vad som väckte mest uppmärksamhet, ansiktet eller kjolen. Den var uppslitsad till – "

"Var finns hon?"

"Du kommer att träffa henne i morgon under genomgången." Marge såg ner i almanackan. "Hon ska hålla föredrag inför insatsstyrkan klockan tio. Men tänk dig noga för, Rouge. Min erfarenhet är att fina flickor har strumpor på sig."

"Och vad tycker du om vår vän Ali nu?" Fången talade till skuggan som låg under hans säng. Han fann ro i att bara sitta på golvet, luta sig tillbaka mot den svala väggen och stirra in i mörkret där.

Det var vansinne att betrakta en skugga som en medveten varelse. Eller också hade kanske barnen kommit något på spåren när de misstänkte att deras sängar hyste okända väsen. Alla barn visste att de inte var ensamma i mörkret. Och nu visste Paul Marie det också.

Skuggan förstod sig på sådant som rörde barn, och då i synnerhet små flickor. Varelsen under sängen hade tagit till sig all skuld som fångarna i cellerna intill ruvade på, men också deras omfattande kunskaper. Den var alltid beredd att höra deras bekännelser så att prästen skulle kunna sova under nätternas oändliga, framviskade ohyggligheter.

Under fängelseperiodens första tid, när han drabbats av våldtäktsmännen, hade skuggan utstrålat sorg för hans skull – och förlåtelse för dem. När Paul Marie hade ökat sin fysiska styrka och nästan slagit ihjäl en av sina angripare hade skuggan tagit på sig slagen, känt all smärtan och på så sätt låtit prästen göra bruk

46

av blyrör och knytnäve, bryta ben i ansikten och lemmar utan att känna ånger, utan att besväras av empati.

I utbyte mot dessa tjänster erbjöd fången detta väsen en till-flyktsort under sängen. Ibland misstänkte han att det var en till-tufsad och något skamfilad gudom som sökte förlossning och slet hårt som surrogatsjäl för en präst. Han visste att han antingen hade blivit vansinnig eller funnit tron. Endera möjligheten måste stämma.

Men vilken?

Det kvittade. Han tänkte inte släppa in detta väsen i sig igen. Det kunde få dö under sängen, det spelade ingen roll. Ändå gjorde han inget för att skada det, försökte inte döda det trots att det skulle ha varit lika lätt som att lyfta upp madrassen och utsätta skuggan för lampan ovanför.

Nu böjde fader Marie huvudet som inledning till ett samtal med det mörka väsendet. "Är du hungrig? Vad skulle du tycka bäst om? Ska jag kasta åt dig ett ben – eller en liten flicka?"

Han reste sig och gick en fyrkantig tur i sin lilla spartanska cell, tre gånger tre meter, drog ena handen längs med den nakna väggen och sedan över gallret.

Ytterligare två barn har alltså försvunnit.

Hade någonting nytt fogats till hans villfarelse? Han kunde höra flugor surra, men det fanns inga flugor där. *Inget sus av änglaving-ar – bara surr från feta, svarta insekter?* En hjärntumör kanske. Den skulle han välkomna. Ja, kanske fanns flugorna inom honom.

Men nu flög en förbi honom och sedan snuddade en annan vid hans hud, och han ryggade tillbaka.

En vända till i cellen. Till slut stannade han framför sängen och föll på knä för att tala mer privat med skuggan. "De där små flickorna – du vet väl hur allt det här kommer att sluta?"

Flugorna hade slutat surra. De hade försvunnit och lämnat honom i den djupa tystnaden där det verkliga vansinnet fanns. Nu kunde prästen höra sitt hjärta slå och sedan ett annat hjärta ovanpå det, lätt och snubblande, ett hjärta som hoppade över slag, som var fyllt av skräck – ett barns vilda hjärta.

Det var bara kommissarie Costello som såg David Shore. Pojken var inte bara blyg eller nervös, han var uppenbarligen rädd och

47

nästan tryckte sig in i väggen när han vek undan för de vuxnas tunga steg i det stora, bullriga rummet. Costello betraktade grabben genom en springa i persiennerna som täckte glasrutan i dörren. Pojken verkade fixerad vid den rödhårige polisen som satt precis utanför polismästarens rum.

Blyge David stod och vägde på tå i sina gympadojor, beredd på flykt, kvarhållen enbart av sin fascination för assistent Rouge Kendall. Nu vågade David sig bort från väggen med små, tvekande steg och Costello påminde sig sin första, ändlösa vandring över ett dansgolv för att bjuda upp och helt säkert bli nobbad.

Pojken stannade framför den unge polisen som var försjunken i en bunt papper. David bet sig i underläppen. Gympadojorna tvekade, tog ett steg framåt och ett tillbaka. I handen kramade han ett kort av en basebollspelare. Kommissarie Costello fick kisa för att kunna urskilja New York Yankees logotyp och ett foto av Rouge Kendall där han hade på sig pitcherns handske.

Den bilden var väl knappast särskilt bra att byta med eftersom pitchern hade åkt ut under sin första säsong i nybörjarlaget.

Den unge polisen tittade upp och fick till sin förvåning se David hänga över bordet. Kendall stirrade på pojkens kort med bilden av honom själv som tjugoårig basebollspelare med hela livet framför sig.

Kommissarie Costello höll andan.

Kendall, missa inte den här chansen nu.

Hittills hade grabben från St Ursula's Academy inte talat med någon utom med mrs Hofstra, föreståndarinnan i huset där han bodde på skolan. Costello var säker på att David kunde berätta mer om han bara fick mål i mun.

Kendall tog det framsträckta kortet ur pojkens hand och medan polisen sökte i fickorna efter en penna så att han skulle kunna skriva sitt namn på det försvann David in bland de uniformerade konstaplarna, BCI-utredarna och FBI-agenterna. Pojken försvann så tyst att Kendall inte märkte det. Han satt böjd över kortet medan han skrev sin autograf åt den tioårige beundraren.

Costello rynkade pannan. Den nye aspiranten hade missat chansen.

Rouge Kendall såg upp och upptäckte att det var tomt där David nyss hade stått.

Så dags nu. Kommissarien öppnade dörren. "Här inne, Kendall."

Polisen kom in i rummet och Costello kunde inte märka att han visade något tecken på rädsla. Men så var det också första gången som han var ensam med den yngre mannen. Under de fyra senaste åren hade Kendalls slätstrukna bana i en stad där polisen bara förfogade över en enda bil inte gjort honom synlig för staten New Yorks polisledning. Om det inte hade varit för den uppslagna mappen på skrivbordet skulle Costello inte ha vetat någonting om honom.

Alla invånarna i kommunen kände till namnet på barnamördaren Paul Marie, det visste kommissarien fast han bara bott i delstaten i tio år. Med tiden hade offret, Susan Kendall, börjat falla i glömska och hennes bror blivit totalt okänd. Inte förrän i går kväll, då Costello hade begärt fram personuppgifterna, hade han förstått sambandet mellan denne vanlige bypolis och den tidigare så mäktiga publicistfamiljen.

När Rouge Kendall satte sig i stolen bredvid skrivbordet kände sig kommissarie Costello plötsligt olustig till sinnes. Den han betraktade var en man som var i blomman av sin ungdom, bara tjugofem år, men ändå hade en mognare mans lugn och en mycket gammal mans trötta blick. Kanske kunde det förklaras med förlusten som drabbat honom – och en syster som mördats var en stor förlust. Det fanns förvisso ingenting annat som utmärkte denne polis. Kommissarien hade redan avgjort att Rouge Kendall inte hörde hemma inom delstatspolisen – inte som utredare och inte ens som konstapel.

Costello tittade ner på den hastigt sammanställda mappen som var alltför tjock för en så medelmåttig polis. "Allt det här handlar om dig, min gosse." Han slog lätt på mappen. "Idioterna på internutredningen fick syn på att du betalar fastighetsskatt för en villa med femton rum och då ringde varningsklockorna i deras uppblåsta skallar. De vet inte att till och med fattigt slödder har fina hus i den här stan. Så en av dem kollade varifrån du får dina inkomster och nu tror han att en auktionsfirma på Manhattan säljer ditt tjuvgods."

Costello skrynklade ihop de här papperna till en boll. "Vi brukar flytta alla klantskallar till IA. Då kan de inte leka med revolvrar och skjuta sig i foten." Han plockade ut huvudparten av pappersbunten och sköt den åt sidan. "Jag vet att du föddes i det där huset. Du sålde väl ut arvegodset för att klara skatterna och underhållet?"

Rouge Kendall nickade.

"Då kastar vi ut IA-skiten – utom detta." Han höll upp två papper. "De har förhört bartendern som serverar dig på Dame's Tavern. Därför råkar jag veta att du dricker för mycket och att du gör det ensam."

Inget svar. Tydligen hade nykomlingen inget emot att hans kommissarie tyckte att han var ett fyllo. Eller så var kanske det här vittnesmålet också rena skitsnacket. Costello lade det i strunthögen på skrivbordskanten.

"Vad finns kvar nu då, Kendall? Det räcker med en sida, kanske en halv, för resten av ditt liv. När du var liten gav du upp på militärskolan efter mindre än fyra månader. Du spelade baseboll på gymnasiet och blev värvad av Yankees när lagen var ute på talangjakt. Men i stället började du på Princeton University och slutade när du var nitton. Du återvände till Yankees och skrev på ett mycket lukrativt avtal. Men så gav du upp igen. En av tränarna för blåbärslaget kommer ihåg dig. Killen sa att du hade talang men inte lade ner din själ i spelet. Du sumpade varenda chans att göra intryck på ledningen och klarade inte uttagningen. Tränaren undrade varför du ens försökte."

Och nu lutade sig Costello tillbaka i stolen och väntade, men Rouge Kendall tycktes inte ha någon brådska att fylla tystnaden med ursäkter och förklaringar.

Kommissarien gissade så gott han kunde. "Jag förmodar att du behövde pengarna. Din pappa lämnade mest skulder efter sig, eller hur? Det där lönsamma kontraktet var din enda chans att tjäna rejält med pengar. Gissar jag rätt?"

Den unge polisen stirrade bara på honom. Det fanns ingenting i hans uttryck som antydde insubordination, så tydligen struntade han blankt i om Costello hade uppfattat saken rätt eller ej.

"Kendall, jag tror inte att du lägger ner din själ i det här jobbet heller – du har inga förutsättningar att bli en bra utredare. Du är tjugofem år gammal och du vet inte vad du vill bli när du blir stor. Jag tror inte att du skulle klara ens en månad."

"Varför sitter jag här då?" Det fanns ingen sarkasm i frågan. Kendall verkade bara nyfiken.

Costello tog upp Kendalls ansökan och bläddrade fram den sista sidan, en blankett som krävdes för att lämna polisen i Makers Village. *Ingen underskrift?* Tydligen hade ingen ens frågat om den här polisen ville bli förflyttad. *Vem låg bakom det slarvet?* Han lade ansökan åt sidan.

"Bra fråga, Kendall. Du är här för att du fick oss att framstå i god dager när du bar in den där flickans cykel." Och det var sant, till stor del i alla fall. "Tack vare dig kom vi att ligga steget före FBI och det kom som en skänk från ovan." Herregud, vilken lycka det hade varit. "Och så har jag användning för dig ett tag."

Kommissarien väntade på ett svar av något slag. Han hade ingen aning om vad den unge mannen tänkte och kände sig egendomligt manipulerad av den utdragna tystnaden.

Costello såg åter ner i den magra biografin. "Du gick alltså på St Ursula's Academy. Bra. Marge Jonas har fixat ett möte med skolans rektor. När du har talat med honom vill jag att du försöker vinna David Shores förtroende. Jag tror att grabben vet nånting som han inte vill säga, men antagligen är det ingenting viktigt. Han kanske bara är lite efterbliven. David lämnades kvar på ett varuhus när han var tre år och bodde i fosterhem tills han var sex – mer vet vi inte om honom. Försök skaffa lite kött på benen."

Han hade tänkt sig att Kendall skulle ge sig iväg och sätta igång med sina arbetsuppgifter, men den unge mannen reagerade mer bokstavligt på det han hade sagt.

"Han är inte efterbliven", sa Kendall. "Om David inte kommer från en förmögen familj har han fått ett stipendium till St Ursula's. Det innebär att hans IQ pekar rakt upp i himlen. Det är färre betalande elever som slutar men alla ungarna med stipendier ligger högt på geniskalan."

Nybörjaren höll upp pojkens idolkort och nu kunde Costello läsa den lögnaktiga profetian: "Morgondagens stjärna", som stod tryckt längst ner på specialutgåvan.

Kendall stoppade ner det i jackfickan. "David är så helgalen i baseboll att han behöll ett fem år gammalt kort på en spelare som inte ens blev uttagen. Han kan inte säga två ord högt, inte till en främmande, men han talar med Mary Hofstra. Han – "

"Mary? Känner du husmor?"

"Jag kommer ihåg henne och hon kommer antagligen ihåg mig. Om David går och trycker på nånting är det inte för att han inte kan kommunicera. Antingen vill han inte skvallra om nånting som flickorna gjorde eller också skäms han för nånting som *han* gjorde."

Costello nickade när han lutade sig långt tillbaka i stolen. *Den här polisen kan alltså tänka. Hur skulle han ställa sig till det?* Ingen hade ifrågasatt Rouge Kendalls hjärna men hans tidigare liv talade emot honom. "Okej, se till att du blir Davids nye kompis. Hävda att det är en rymningshistoria. Några frågor?"

"Ni läckte teorin om att flickorna hade rymt *innan* jag kom in med Sadie Greens cykel." Det var ingen anklagelse, bara ett torrt konstaterande av faktum. "Varför det?"

"Gwen Hubbles pappa har säkerhetsarrangemang på hjärnan. Beklämmande, inte sant? Den stackars jäveln har installerat ett avancerat alarmsystem för att hålla fula gubbar borta. Det föll honom inte in att systemet inte kunde hålla en unge *inne*. Vi hittade Gwens fingeravtryck på sifferpanelen till dörrlarmet. Så hon smög sig ut för att träffa sin lilla väninna Sadie och så reste de från stan med bussen."

"Ni har hunnit förhöra alla chaufförerna som kör den turen."

"Bravo. Och vi fick inget napp. Intressant va?" Ögonblicket därpå undrade Costello när – exakt *när* som han hade blivit Rouge Kendalls intervjuobjekt.

"Jag ska alltså vara den ende som följer upp rymningsteorin", sa den yngre mannen, "därför att ni egentligen tror att de blev bortförda."

Costello log. Kendall visste uppenbarligen sin plats. Medan de riktiga BCI-utredarna arbetade med fallet skulle Kendall bli den som snokade rätt på obetydliga fakta och redde ut oklarheter, han skulle vara insatsstyrkans portvakt och, viktigast av allt, lockbete för journalisterna.

Rouge Kendall reste sig ur stolen. "Ni tror inte på allvar att en tioåring gick ut för att i hemlighet träffa den här pedofilen – som om han varit en älskare. Ni tänker er att det var nån som visste att Gwen skulle träffa Sadie den dagen. Men ni vet inte om det var en släkting, en vän till familjen eller någon som blivit avvisad och nu trakasserar familjen."

Okej då, Kendall har väl det som krävs. Men frågan om han tänkte lägga ner sin själ i jobbet kvarstod.

Den unge polisen vände ryggen till och gick bort till dörren. "Ni tror att David Shore döljer något, att han kanske såg nåt – viktigt." Handen vred dörrhandtaget. "Är ni säker på att ni inte vill att en *riktig* utredare försöker ställa sig in hos killen?" Kendall gick ut genom dörren och rösten hördes från rummet bredvid. "Nej förresten, nu var jag dum. Ni har förmodligen redan prövat det och så gick det inte."

Costello suckade. Det där med själen var kanske överskattat.

Och säg mig, doktor Mortimer Cray, hur växer det i trädgårn? Där dolska brott och barnalik grävts ner i rad vid rad.

Luften i drivhuset var tjock och fuktig, tyngd av dofterna från blommande växter och mull. En brummande liten motor drev fuktspridaren, och spadtagen mot metall, jord och lerskärvor åstadkom ett strävare, skrapande ljud. Utanför glasväggarna hade de härdigare av hans korsningar ännu inte tappat sina löv, men pärlgrå moln hängde hotande lågt. Naturen hotade att döda hans trädgård med vinterns första snö.

Numera tänkte han ständigt på döden. Mortimer Cray visste när han skulle dö och hur, precis som han kom ihåg när patienterna skulle komma och allt som rörde dem.

Höger hand, kullrig av ådror och täckt av leverfläckar, tappade spaden och började skaka. Förmodligen en följd av att han hade slutat med sin medicin. Detta lilla självbedrägeri varade inte länge; han visste vad darrningarna betydde.

Han var sextionio år och halvtidspensionerad från sin psykiatrimottagning, med några undantag befriad från de verkligt farliga sinnena. Likväl tänkte han på döden sex gånger i timman. Det grämde honom att han under dessa sista dagar skulle besväras av en söndagsskolegud som han gjort sig av med redan i barnaåren men som kommit tillbaka med sådan stark vrede på sista tiden. Nya ohyggligheter frodades i doktorns hjärna och ville inte lämna honom i fred.

Under dagarna som gått sedan flickorna försvann hade han börjat gå till sängs allt senare. Fullt påklädd hade han flera gånger somnat vid skrivbordet i arbetsrummet och vaknat fram på småtimmarna. Disciplin och vanor var som bortblåsta och han levde oorganiserat undantaget den ordning som tjänstefolket skapade åt honom. Måltiderna serverades och åts fortfarande vid samma tidpunkter men mannen som åt dem var orakad och otvättad. Och han hade alltid med sig någonting till bordet, någonting i blicken så att betjänten Dodd helst undvek att se honom i ögonen.

Hans brorsdotter Ali hade planerat ett litet cocktailparty i dag och på grund av detta evenemang hade han tillåtit Dodd att göra honom presentabel med hjälp av rakhyvel och ren skjorta. Det var också betjäntens förtjänst att skräddaren nyligen hade sytt om hans kostym så att den skulle passa hans ständigt minskande kroppsmått. Nu kunde han passera som blott smärt, inte sjuk och borttynande.

Gruset på uppfarten krasade makligt under en otymplig vikt. Han torkade ena handen på förklädet och rättade till de guldkantade glasögonen för att bättre kunna se den svarta Porschen som parkerades jämsides med hans egen gamla fina Mercedes. Mortimer stod camouflerad bakom dinglande vildvin och blommors mosaik och kikade genom glasväggen när doktor Myles Penny vecklade ut sin gängliga kropp från passagerarsätet.

Ali hade bara bett att få träffa William men naturligtvis skulle Myles följa med. Bröderna Penny bodde tillsammans, åt tillsammans och tog emot sina patienter på samma läkarmottagning.

Myles tog några steg närmare drivhuset. Helvitt, glesnande hår och dålig hållning fick allmänläkaren att se tio år äldre ut än sina femtioåtta år. Och eftersom han aldrig hade lärt sig hur man sätter sig när man är klädd i kostym hade byxbenen fått påsar vid knäna och kavajen var skrynklig mitt på.

Den äldre brodern, doktor William Penny, klev ut från förarplatsen på sin sportbil. Doktorns hår var fortfarande glänsande brunt utan ett enda grått strå. Dubbelhakor och alla djupare fåror hade tagits bort, men att han med kirurgins hjälp hade låtit förkorta näsan var ett allvarligt misstag. Den hade blivit alldeles för lik en mopsnos, som om det blivit fel i hundaveln, och den fick William att se ut som ett missfoster, en åldrad pojke med hundansikte. Och trots att detta flagranta misstag satt mitt i ansiktet tycktes hjärtkirurgen helt omedveten om det när han kråmade sig inför sin spegelbild i drivhusfönstren.

Mortimer lämnade sin skyddade plats bakom växterna, flyttade sig närmare glasväggen och vinkade till besökarna. Ordentlige William – aldrig Bill eller Will – stod bredvid sin skrynklige bror och lyfte behagfullt dröjande ena handen för att hälsa tillbaka.

Mortimer tryckte på snabbtelefonen.

"Ja, sir", hördes Dodds metalliska röst.

"Säg till min brorsdotter att gästerna har kommit."

Glastaket sluttade så att man kunde se en del av huvudbyggnaden. Fyra våningar med putsad fasad och synliga träbjälkar hade en vägg gemensam med drivhusväggen. Drivhuset var stort även i jämförelse med en handelsträdgård men mitt bland växterna hade man ändå åstadkommit en trivsamt intim plats med några stolar och ett bord.

"Då har Ali alltså doktorerat." Myles Penny var inte så noga med etiketten utan serverade sig vin ur karaffen, varpå han skvätte i lite i Mortimers och Williams glas. "Kan slå vad om att du inte trodde att hon skulle ha kommit så långt redan vid tjugofem."

"Hon var faktiskt tjugotre när hon var färdig med sin avhandling." Och det var alldeles riktigt att Mortimer Cray inte hade trott att brorsdottern någonsin skulle försöka sig på en högre examen.

William läppjade på sitt vin och nickade gillande som om han var finsmakare och kunde skilja en god bourgogne från en dålig. "Så stolt du måste vara, Mortimer."

Överraskad vore ett bättre ord. Mortimer kom ihåg Ali när hon var liten och knappt ens märktes, en tyst, alldaglig liten flicka utan några utmärkande drag eller speciell personlighet.

"Har hon låtit göra nånting åt ärret än?"

"Nej, Myles." *Hon är inte färdig med den jävla grejen än.*

"Jag känner till en plastikkirurg på Manhattan – en bra kille", sa William. "När han har fixat henne kan hon dölja det lilla som är kvar med makeup."

Mortimer skakade på huvudet men inte för att Williams näsa var sådan dålig reklam för en plastikkirurg. Han visste att brorsdottern aldrig tänkte göra sig av med sitt förvridna ärr. En så avig ung kvinna – men visst var hon kolossalt mycket intressantare nu? "Tyvärr var det inte för att be dig om en remiss som Ali bjöd hit dig, William."

"Hon oroar sig väl inte för ditt hjärta?"

"Nej, men det gäller ett slags konsultation. Förlåt – jag vet att du officiellt är på semester." Och William var rent fanatisk med sin fritid. Patienter kunde falla som käglor utan att det påverkade hjärtkirurgens semesterplaner.

"Men Alis specialitet är pedofili", sa William. "Inte mitt område." Han såg mot dörren längst bort i drivhuset och höjde handen till en hälsning. "Se, goddag unga dam."

Ali Cray gick långsamt längs raderna med orkidébord och Mortimer såg att den långa kjolen inte var uppslitsad. Utan tvivel var detta hennes eftergift åt förnäme William. Men det fanns ändå ett slags sinnlig frihet i Alis naturliga sätt att svänga på armar och höfter. Hon förde sig med sådant självförtroende. Som liten hade hon smugit längs väggarna med blicken ödmjukt sänkt som en mycket liten nunna.

"Ali, du ser strålande ut", sa den höviske William och drog ut stolen åt henne. "Det akademiska livet måtte bekomma dig väl. Tillåt mig att gratulera i efterhand till din doktorsgrad. Duktig flicka."

Myles Penny lyfte vinglaset. "Instämmer, Ali. Men varför gick du inte på St Ursula's när du var liten? Visst var du tillräckligt begåvad. Och jag vet att din farbror här skulle ha pungat ut med den där otillständiga avgiften."

"Alis föräldrar kunde inte förmå sig till att ta emot pengar av mig", sa Mortimer hastigt för att hinna prata färdigt innan Ali ogenerat skulle ha erkänt att hon körde i intagningsprovet.

Med tanke på hur långt hon nått nu, och hur fort det gått, undrade han ibland om Ali medvetet hade åstadkommit ett dåligt resultat i St Ursula's intelligenstest. Som liten hade hon undvikit att väcka den minsta uppmärksamhet. Men det var många år innan ansiktet blivit vanställt och kommit att dra till sig allas blickar när hon steg in i ett rum. Han misstänkte att hemligheten med Alis akademiska framgång var en smula mörkare, att hon hade arbetat hårdare än de flesta begåvade studenter brukar göra – så att hon skulle kunna leva upp till ärret.

Brorsdottern motsade allt han visste om mänskligt beteende och mänsklig logik. Hennes ego borde ha krossats när ansiktet blev vanställt. Inget rimligt scenario borde ha kunnat få Ali att blomma upp så som hon gjort.

"Tillåt mig, unga dam." William hällde upp ett glas vin åt henne. "Jag sa just till Mortimer att jag inte fattar hur jag skulle kunna hjälpa dig. Du vet förmodligen mer om pedofili än nån annan på östkusten. Jag har aldrig ens försökt mig på ämnet."

"Men för femton år sen gjorde du det", sa Ali. "Då när du var tillförordnad rättsläkare här i kommunen? Du undersökte ett brottsoffer – Susan Kendall."

William lutade sig tätt intill henne och lät konspiratorisk, nästan sipp. "Men varför vill du rota i den där sorgliga historien med lilla Kendall?"

"Jag undrar varför du inte lade fram nån kriminalteknisk bevisning?"

"Det var ju uppenbart att hon dog av bruten nacke. Fanns ingen anledning att gå längre. Jag vittnade – "

"Ingen våldtäktsutredning?"

"Nej!" William blev mörkröd i ansiktet. "Ali, det behövdes inte. Prästen var anklagad för mord, inte sexuella övergrepp."

"Ett år efter mordet publicerade du en artikel om en genetisk abnormitet."

"Genetik?" Mortimer blev förvånad, ty detta var långt utanför kirurgens område. De flesta av William Pennys artiklar hade handlat om behandlingsmetoder, produkter och mediciner för hjärtsjukdomar. Men det förstås, att publicera sig inom ett annat område skulle stämma väl med hans bild av sig själv som en renässansman inom den moderna medicinen.

"Det var en obduktion av en liten flicka. Hennes enäggstvilling, som levde, var en pojke – ett fall på miljarden."

"Enäggstvillingar?" Mortimer spillde röda droppar av vinet på den vita duken. "Ali, du kan väl inte mena monozygoter?" När hon nickade vände han sig till William. "Med olika kön? Är det *möjligt?*"

"Här har vi problemet med psykdoktorer", sa Myles Penny med en blinkning åt Ali. "De håller sig inte ajour med de senaste medicinska rönen." Och nu log han mot värden. "Men du är *långt* bakefter. Det första fallet rapporterades redan på sextiotalet."

Psykiatern försökte torka upp vinfläckarna men gjorde dem värre. "En hermafrodit kanske? Testiklar som inte vandrat ner?"

"Nej, Mortimer, en *riktig* flicka", sa Myles trots att brodern gjorde tecken åt honom att hålla tyst. "Susan Kendall hade enbart kvinnliga könsdelar. Men äggstockarna var förstås bara bindvävsknutor."

William lutade sig tillbaka i stolen och pressade ihop läpparna till en smal linje. Han blängde ovänligt på sin bror.

Ali log, och nu förstod Mortimer att hon hade varit ute på fiskafänge. Vilken läkare som helst skulle ha varit mycket noga med att dölja undersökningsobjektets identitet och ändrat flickans ålder eller datumet för obduktionen.

"Tackar mjukast, Myles", sa William. "Ljushuvud. Ali, du får inte föra det här vidare till någon."

"Jag läste obduktionsprotokollet", sa hon. "Du nämner inte de abnorma organen eller det här med att hon var enäggstvilling. Utelämnade du de där detaljerna så att du skulle kunna bli den förste som publicerade en artikel om det?"

"Absolut inte!" William verkade förfärad över Alis fråga.

Men som Mortimer såg saken innebar inte detta att det var osant. "Men inte kan väl William ha varit den förste som skrev om tvillingarna Kendall?"

"Jag var den *ende*", sa William, något förolämpad. "Tydligen misstänkte tvillingarnas läkare inte ens en sån möjlighet. Förmodligen föddes de med var sin moderkaka – sånt händer ibland. Alla *vanliga* läkare hade säkert tagit för givet att de var tvåäggstvillingar."

Ali tog sikte för att skjuta ett nytt skott mot William. Mortimer stoppade henne och sa: "Så med undantag för genitalierna var tvillingarna identiska?"

"Inte helt." William intog förtjust föreläsarrollen. "När de blev äldre skulle man ha kunnat iaktta en väsentlig ökning av skillnader i kromosomer. Men de höll ihop mycket mer än tvåäggstvillingar brukar göra."

Ali tänkte säga något men Mortimer förekom henne. "Hur var det med brodern då? Hade han några problem?"

"Fysiska problem? Nej", sa William. "Helt normal. Han var pojken Susan skulle ha blivit – om det inte varit för att nåt gick snett med kemin i livmodern. Det finns en teori som går ut på att zygoten bara delar sig när den upptäckt ett fel och vill göra sig av med den skadade – "

Ali klingade med gaffeln mot glaset. En smula taktlöst enligt Mortimers åsikt, men effektivt. "Kan vi ägna oss åt obduktionsprotokollet igen?"

"Till en början", sa William, "höll jag inne med de mest bisarra detaljerna av medkänsla med familjen."

Ali verkade inte övertygad. "Och fadern var mäktig – han hade inflytande."

"Det hade inte nån betydelse", sa kirurgen ilsket.

Och Mortimer tyckte att William gjorde rätt som tillrättavisade henne, för på brottsskalan var det rätt långt mellan att ta mutor och att vara allmänt uppblåst och hänsynslöst skynda sig att publicera. Han smuttade på vinet utan att egentligen känna hur det smakade och lyssnade knappt mer på vad William sa.

"Varför skulle jag ha förvandlat tvillingarna Kendall till en freak-show i kvällspressen?"

"Du hade inte behövt göra nån fullständig obduktion", sa Ali. "En våldtäktsutredning kunde ha friat Paul Marie. Ett bevarat prov för DNA-undersökning – "

"Vi gjorde inga DNA-test. På den tiden var de inte godkända som bevis. Och sperman var från en ickesekretor, så vad skulle det vara för mening med att behålla – " Och nu insåg William att han just hade bekräftat övergreppet och han stängde långsamt munnen.

Myles tog upp tråden. "Ali, man kan inte blodgruppsbestämma en ickesekretor, men prästen var också en ickesekretor. Hans egen advokat accepterade allt det här. Det skulle bli mindre fientlig publicitet före rättegången om de uteslöt våldtäkten."

"Allt lades fram helt öppet." William hade samlat sig igen.

"Ingenting skedde under bordet."

"Men inga bevis från obduktionen finns kvar, eller hur?" Tystnaden som följde var svar nog.

Mortimers magra hand slingrade sig om vinkaraffens hals och han grubblade på om han kunde hälla upp utan att darra på handen. "Dessutom hittade de Paul Maries fingeravtryck på flickans armband. Det var ganska förödande."

"Det är inte säkert." Ali stirrade på sin farbror över vinglasets kant. "Susan brukade gömma saker under dynorna i kyrkbänken. Jag tror att hon ville ha en förevändning för att gå tillbaka till kyrkan efter körövningen. Hon var nog lite kär i prästen. Det var alla flickorna i kören. Han hade såna vackra ögon."

Mortimer Cray längtade efter att få fylla på sitt glas igen och överskrida en sjuklings tillåtna alkoholmängd. Men det var en fin kristallkaraff. Om han skulle darra på handen –

Myles Penny sträckte sig fram och tog karaffen. Han höll den nonchalant ett ögonblick, nästan som en pant i ett försök att fånga Mortimers blick, men psykiatern stirrade bara på sitt tomma glas. Myles föll till föga och fyllde vinglaset nästan till brädden.

"Jag kan mycket väl tänka mig att flickan var kär i prästen." William var åter på defensiven. "Det är du som är experten, Ali. Pedofili är ett slags perverterad förförelse, inte sant?"

"Ibland." Ali talade till William men blicken vilade på farbrodern. "Men det är en ensidig historia. Barnet äcklas av övergreppet. Eller hur, farbror Mortimer?"

Han undrade vad brorsdottern syftade på och vilken den exakta innebörden var i undertexten. Han valde omsorgsfullt sina ord. "Det förekommer att små flickor beter sig förföriskt, oftast i all oskuld. Men det är kanske tänkbart att spekulera kring flickans eventuella medvetenhet om detta beteende."

"Ett sånt resonemang antyder att farbror kanske är påverkad av patienterna. Särskilt en?"

Mortimer låtsades inte höra frågan och drack törstigt av vinet. "William har rätt. Rättegången mot prästen sköttes korrekt."

William Penny makade sin stol närmare Alis. "Du är väl inte ute på nåt inbillat uppdrag? Inte vill du väl få ut den där besten ur fängelset?"

"Jag tror inte att besten nånsin sattes i fängelse", sa hon.

Ytterligare två röda droppar föll från Mortimers glas och fläckade den vita linneduken, och han betraktade dem förfärat, som om de hade kommit från hans egen kropp och han överraskats med att dö offentligt utan något sinne för det passande.

"Jag tror att monstret fortfarande går löst därute och har fortsatt att döda." Det fanns spår av vrede i repliken. "Jag har uppgifter om en massa barn. Det händer alltid precis före ett lov." Och nu stirrade hon på vinfläckarna på den vita duken som om de just hade påmint henne om en annan sak. "Farbror Mortimer? Jag ska föreläsa för polisens insatsstyrka i morgon. Har du nån teori om de saknade flickorna?"

Psykiatern skakade bara på huvudet och hon fortsatte. "Inte? Min gissning är att den här pedofilen inte finns i polisregistret. Han är för smart och för klyftig för att åka fast."

"De flesta åker aldrig fast. Till och med de med medelmåttiga begåvningar kommer undan i åratal – eller för gott." Nu erinrade han sig att detta hade varit huvudtemat i Alis doktorsavhandling och att hon knappast skulle glömma bort det. Försökte hon få honom att –

"Det är riktigt", sa hon. "Men den här har inga likheter med en vanlig pedofil. Här finns ett påfallande drag av sadism som alls inte bara gäller offren. Och han väljer inte det mest sårbara barnet – det är en annan avvikelse. Han väljer utmaningen – han för bort flickorna mitt på ljusa dan. Jag tror att han gillar risker, eller också ligger det mer bakom. Tycker du inte att han nästan ber om att bli avslöjad? Låter det som nån härifrån som du känner? Som yrkesman kanske – "

"Du borde veta bättre än att fråga mig om mina patienter, Ali."

"Då behandlar du alltså en pedofil?"

"Så lätt går jag inte i fällan." Han log hastigt och ursäktande mot William som gjort det alldeles *för* lätt.

"Det var en begåvad gissning i alla fall." Myles vände sig till Ali. "Den du satsar på är således en sadist? Du menar att han aldrig skulle missa chansen att tortera? Tänk er vad hans bekännelser skulle påverka psykdoktorn som han lättade sitt hjärta inför. Rena julafton för en sadist."

"Det vore tryggare med en präst", sa Mortimer. "Under vissa omständigheter kan lagen tvinga en psykiater att vittna."

Myles skakade på huvudet. "Bara en psykiater skulle verkligen förstå att uppskatta detaljerna."

Mortimer satt tyst, ovillig att dra in Myles i diskussionen, han som var den mer begåvade av bröderna om än mindre framgångsrik i sin läkargärning. Och detta var bara ännu ett bevis på att världen hade förlorat sin förankring i förnuftet. De ordinära begåvningarna utmärkte sig och de utomordentliga släpade efter. Pojken Kendall hade haft förutsättningar att gå en lysande framtid till mötes men hade blivit en vanlig konstapel. Ali borde ha blivit en anonym kontorist och inte ha doktorerat och blivit lärare på universitetet. Och den jävla prästen borde ha fått åldras obemärkt. Mortimer funderade på om han kanske skulle ägna sina återstående dagar åt att skriva en artikel om ett universum som vänts ut och in, om ett bakvänt förnuft, om slutet för logiskt framåtskridande.

Och var blev vintern av? Han vände sig mot glasväggen och de gröna växterna strax bortom den. Det borde finnas flera decimeter snö i trädgården. Vad tänkte moder Natur på när hon var så försenad? Vad mer skulle inte kunna vara galet med denna värld?

Myles tog fatt i det avtynande samtalet. "Om du var biktfar åt en sån skit som en barnamördare, Mortimer, skulle du skydda honom då?"

Mortimer bara stirrade på de sista dropparna vin i glaset men han kände Myles blick. Ur ögonvrån såg han att doktorn satt med det vita huvudet frågande på sned.

När Dodd till slut dök upp hade allt meningsfullt samtal upphört, ebbat ut och blivit banalt småprat. Medan betjänten dukade ut karaffen och vinglasen följde Ali William till bilen och Myles dröjde sig kvar en stund vid glasväggen tillsammans med värden.

Mortimer betraktade uppmärksamt den sista skvätten bourgogne och en droppe av den röda vätskan som fallit på manschetten till den vita skjortan. Och nu riktade Myles också blicken mot denna fläck och pekade på den.

"Och vad påminner den dig om, Mortimer?"

Psykiatern vände bort blicken från fläcken och från mannen

som väntade så nära – alltför nära. Mortimer kände att varje gest noga granskades, ja, kanske till och med hans tankar, ty Myles var en slug iakttagare.

"Jag vet varför du inte tänker tala om det." Myles lät som om han var ute på ett försiktigt strövtåg. "Det är inte hotet om undergång för att du avslöjat en patient som ligger bakom. Det är högmod, inte sant? Dina etiska rättesnören, dina rigida levnadsregler och lagar. Hjärtat är visserligen min brors område men jag skulle vilja påstå att du lever som en man som snart kommer att drabbas av en omfattande hjärtinfarkt."

Mortimer visade på intet sätt att han hört detta trots att varje ord var sant. Eftersom han hade slutat att ta sin medicin kunde han till och med på ett ungefär ange tiden för sin slutliga infarkt.

Rouge parkerade sin gamla Volvo vid huvudingången till St Ursula's Academy. Framsidan på den kolossala institutionen var om möjligt ännu mer imponerande än baksidan mot sjön. Fyra vita kolonner som bar upp portiken markerade allvaret här och uppe på de svarta takplattorna fanns en kupol av trä och glas – en hög hatt enligt arkitektens uppfattning. Det enda som gjorde ett lättsamt och vänligt intryck var dekorationerna i klassrumsfönsterna på andra våningen: julänglar av papper i klara färger, snöflingor och klockor.

Rouge kastade en blick på klockan. Han hade kommit en kvart för tidigt till mötet med Eliot Caruthers, skolans rektor.

Han gick runt hörnet på byggnaden och fortsatte grusgången fram till mrs Hofstras hus. Den här veckan skulle det bara finnas en stipendieelev och en husmor i vart och ett av elevhusen. Alla eleverna från riktiga familjer skulle ha åkt hem över lovet. Trots att det var tidigt på eftermiddagen var himlen mörk och molntäckt. Varmt gyllene lampsken och mångfärgade julgransljus glimmade i fönstret. David stod på trappan, väl påbyltad i en jacka som svällde av flera lager med tröjor. En vantklädd hand vilade på dörrvredet av mässing.

"David!"

Pojken drog tillbaka handen från dörrvredet som om han överraskats med att försöka stjäla det. Häpet stirrade han på polisen.

"Förlåt", sa Rouge när han kom närmare. "Det var inte meningen att skrämmas." Han stack handen i fickan och tog fram basebollkortet. "Jag tänkte att du kanske ville ha tillbaka det här."

David sträckte fram handen och tog emot kortet. Han såg ner på det, förtjust över den nya autografen.

"Så du gillar baseboll?" En dum fråga men hur skulle han annars börja?

David nickade, fortfarande med blicken på kortet som han höll i handen.

"Vilken position har du i laget?" Aha, nu blev det problem. Denna fråga krävde svar i ord. Men David såg i alla fall på honom. Det var ett framsteg.

Dörren öppnades och mrs Hofstra stod där i en fyrkant av varmt och vänligt ljus. "Men se Rouge Kendall. En sån trevlig överraskning."

Rösten och leendet sa honom att hon var glad att se honom igen men inte överraskad. Under skoltiden hade han bott i föräldrahemmet. Det var bara internateleverna som var husmors skyddslingar. Men med tiden hade dessa kvinnor på St Ursula's blivit mer än bara bekantskaper. När Susans död hade fått hans mor att söka sig till ensamheten i sitt låsta sovrum hade Mary Hofstra vaggat honom i timmar medan han grät av längtan efter sin tvilling. Husmor i alla husen hade varit snälla mot honom, anat vilka behov han hade, förstått när han ville ha en kram och när han ville bli lämnad i fred. Allesamman hade stoppat i honom obegränsade mängder honung och pepparmintste. Han var väl förtrogen med varje köksbord i alla husen och än i denna dag kunde smaken av pepparmynta locka fram minnen av kärleksfullhet och smärta.

"Goddag, mrs Hofstra. Jag frågade just David vilken position han har i basebollaget."

David satte upp sin kupade hand vid munnen och kvinnan böjde sig fram så att han kunde viska svaret i hennes öra. Hon log mot Rouge. "Han vill bli pitcher – precis som du."

"Vill?" Han såg ner på David. "Vilken position har du nu?"

"Ingen", sa mrs Hofstra i pojkens ställe. "Just nu spelar han ensam. Han är jätteduktig som slagman. De har fortfarande kvar samma gamla maskin i gymnastiksalen, den som du använde när du tränade att slå."

David gick baklänges in i huset med blicken fäst på Rouge tills han försvann bakom mrs Hofstras klänning.

"Kyligt ute, inte sant, Rouge? Kom in och ta en kopp te." Hon vred på huvudet och såg David gå uppför trappan. Hon sänkte rösten och sa: "Misströsta inte. Det dröjde en månad innan han ville tala med mig. Jag hoppas att du inte tänker ge upp." Och nu drog hon in honom med en lätt tryckning av handen som vilade på hans arm. "Stressa nu inte. Jag vet att du ska träffa Eliot Caruthers. Jag ska bara ringa och säga att du är här hos mig."

Han visste att rektorn med oändligt tålamod skulle vänta tills mrs Hofstra var klar med sin gäst. Rouge mindes vilken makt husmor hade. Hon hade sista ordet när det gällde behandlingen av barnen, oavsett om det gällde internatelever eller dagelever. Månget straff hade stoppats därför att eleven hade stått på god fot med just denna kvinna. Ledningen hänvisade alltid till mrs Hofstra, fulländad i moderlighetens konst.

När han tagit plats vid bordet märkte han att ingenting hade förändrats utom namnen på kartongerna med frukostflingor. Det skulle kunna vara samma gamla kopparkittel på spisen, och han föreställde sig att lågan som brann under den var evig. Tesorter med frukt- och godisnamn fyllde hyllorna, för de var den hemliga ingrediensen i Mary Hofstras botemedel mot alla slags sår. En lång, späd hand snuddade vid burkarna som om hon läste av innehållet med fingertopparna.

Hon stod med ryggen åt honom när han frågade: "Vad är det för fel med David?"

"Han är mycket blyg", sa hon utan att vända sig om.

"Det är värre än så."

"På medicinskt fikonspråk kallas det selektiv mutism, om det var det du ville veta."

"Och det betyder – "

"Att han är mycket blyg." Hon tog ner en burk från hyllan och öppnade den. "En psykiater rekommenderade en behandling med läkemedel. Men jag är inte särskilt förtjust i tanken att stoppa medicin i små pojkar, så jag fick mr Caruthers att sluta anlita den kvinnan."

Tekittelns vissling drog henne till spisen. "Nu arbetar David och jag på gammaldags sätt. Vi uppmuntrar honom att tala, han får till och med en belöning om han gör det, men det förekommer absolut inga påtryckningar. Om han känner sig hotad drar han sig tillbaka och terapin försenas." Hon såg på Rouge över ena axeln och log blitt medan hon hällde det skållheta vattnet i temuggarna. "Om det är nånting i den vägen du funderar på, min vän, så tillåter jag det inte."

Den underförstådda hotelsen dröjde sig kvar mellan dem trots att hon uttryckt sig så artigt. Han var visserligen vuxen nu, men han tänkte akta sig noga för att komma på kant med husmor. Han tog sin tillflykt till vanan från barndomen att vinna henne för sin sak. "Men hur ska jag få honom att öppna sig för mig?"

"Oroa dig inte, Rouge. Jag ska uppmuntra det. Jag vet hur gärna han vill tala med dig. Det var jag som körde honom till polisstationen i morse. Men ert möte gick visst inte så bra."

Under minuterna som följde njöt de av friden i huset och doppade sina tepåsar i sällskaplig tystnad. Redan innan han kände doften från muggen visste han att det skulle vara pepparmintste med en massa honung i.

"David gör stora framsteg", sa mrs Hofstra i förtroende. "Det förekommer mer ögonkontakt nu och han talar med de flesta av pojkarna som bor här hos mig. Men han talar inte med någon av lärarna och han säger ingenting under lektionerna. En ljuspunkt är att han verkar väldigt motiverad att tala med dig." Och det gladde henne. "Det kommer att kräva tid och tålamod, det är hela saken."

"Men nån tid har vi inte. Finns det inga genvägar?"

Hon lutade sig fram och det fanns en antydan till misstänksamhet i hennes blick när hon granskade hans ansikte, kanske för att spåra avvikelser från det barn som hon en gång känt. "Det finns ett sätt." Och nu log hon. Hon måste ha kommit fram till att han inte förändrats – att han fortfarande var hennes Rouge.

"Det handlar om tillit. Du måste föreställa dig hur det är att vara David och sen ska du skapa en trygg zon åt honom. Lyssna noga." Hennes rynkiga hand låg över hans, varm men fjäderlätt och torr som ett papperstäcke. "Om du går rakt på honom kommer han att dra sig in i sig själv till den grad att du aldrig kommer att nå honom igen – och då får du ingenting."

Rouge blev inte förvånad över att St Ursula's rektor mindes honom så väl. Tvillingar har en benägenhet att dröja sig kvar i minnet, särskilt när den ena hittats mördad.

"Hur har du haft det, Rouge?"

Han var alltså "Rouge", inte "assistenten" eller någonting annat vuxet. Och naturligtvis skulle han tilltala den äldre mannen med "rektorn" eller "sir"; vissa saker ändrades aldrig.

Eliot Caruthers var samme outgrundlige jultomte i tredelad kostym som han alltid varit. Och precis som när det gällde doktorns mytiske dubbelgångare kallade man gärna hans skäggiga ansikte tidlöst i stället för åldrat. Det gråa håret hade blivit snövitt men det var fortfarande i grund och botten ett fågelbo av borttappade pennor som stack ut i farliga vinklar. Nu erinrade sig mr Caruthers var han hade satt en av dem och drog ut den bakom örat och knackade med den på bordet som en uppmaning till Rouge. Här inne var skolan inte slut. Rektorn hade ställt en fråga och väntade på svar.

Hur har jag haft det?

Jo, han hade trampat vatten i större delen av sitt liv – livet efter Susan – och han var mycket trött. "Bara bra. Och rektorn?" Han tittade på klockan och hoppades att det skulle ge en vink om att polisens tid var dyrbarare än skolpojkens. Och så övergick han direkt till sitt ärende. "Vad kan rektorn berätta om Gwen Hubble?"

"Bara vad som står i hennes mapp." Mr Caruthers hade inte tagit illa vid sig av Rouges bryska sätt. Faktum var att han inte hade lagt märke till det alls.

"Så Gwen var inte den som utmärkte sig på något sätt?"

Rektorn slog upp den svällande mappen som låg på skrivbordsunderlägget och tittade ner på den blanka färgbilden som satt fast med ett gem på Gwens papper. "Hon är sannerligen en av de sötaste flickor jag nånsin sett. Ibland tror jag att det räcker om man har fått skönhet som gåva. Ett gott intellekt hos ett vackert barn verkar nästan skrytsamt, eller vad tycker du?"

Rouge märkte inviten till en annan samtalsnivå. Han valde att inte låtsas om den. "Bortsett från det söta ansiktet menar rektorn att Gwen Hubble är medelmåttig?"

"Vi har inga medelmåttiga elever här." Rektorn röjde bara de svagaste tecken på otålighet med denne tidigare elev. "Minns du inte ditt eget inträdesprov?"

"Rektorn har helt enkelt ingen lust att samarbeta?"

Nu log han. "Under vissa omständigheter har jag definitivt för avsikt att utbyta förtroenden med dig."

Alltså får ingenting som sägs lämna det här rummet. Rouge fortsatte att stirra tyst på mannen.

Mr Caruthers log uppskattande åt detta drag. "Dessutom kan jag ställa viktiga resurser till ditt förfogande."

Okej, jag ställer upp. "Kan jag göra något för rektorn i gengäld?"

Den gamle mannen nickade, knappt märkbart, och ett avtal var upprättat. "Jag har en present till dig – en av våra lärare." Han drog ut en låda i skrivbordet och tog fram en annan mapp. "Fast det är nog inte honom ni söker. Den här gillar bara små pojkar. Men jag vill att du tar honom med dig när vi har pratat färdigt. Du behöver bara hänga ut honom för några reportrar. Och om det går skulle du kunna läcka lite olyckligt till pressen – du kunde nämna NAMBLA några gånger. Du känner väl till förkortningen?"

"Vuxna som vill träffa småpojkar."

"Ungefär så."

"Finns det bevis?"

"Nej, min gosse. Om jag hade haft bevis skulle jag inte behöva dig. Jag har kontrollerat hans bakgrund mycket noga och inte hittat nånting utom de mest lysande rekommendationer. Det är inte ovanligt – den ena skolan skjuter över problemet till den andra. Om bevisen inte räcker till en anklagelse för pedofili vill de undvika en process. Och det vill vi på St Ursula's också."

Han sköt en meritförteckning över skrivbordet. Ett fotografi satt fast med gem på papperen, ett porträtt av en blekfet man med slappa anletsdrag. "Men den här skolan tänker inte skjuta över Gerald Beckerman till nån annan. Helst skulle jag förstås vilja att han burades in. Men om du inte kan fixa det får jag nöja mig med en uthängning i pressen."

"Skulle det inte vara lättare att avskeda honom?"

"Men inte alls lika tillfredsställande. Och Beckerman har en mäktig beskyddare i styrelsen. Jag föreställer mig att det skyddet kommer att försvinna om pressen går på den lille perverse skiten."

Rouge ögnade igenom de första raderna i meritförteckningen.

"Du ser", sa mr Caruthers, "att han är trettioåtta år. Ett sjukligt intresse för barn visar sig inte för första gången så sent i livet."

"Och rektorn tror att det finns uppgifter om honom nånstans?"

"Jag vet att du kommer att hitta dem. Sen kan du hävda inför Beckermans advokat att du stötte på pedofilifallet under utredningen av kidnappningen."

Alltså trodde inte rektorn heller på rymningsteorin. "Hur kom rektorn på den här mannen?"

Caruthers tvekade och undrade kanske i vilken utsträckning han kunde lita på denne forne elev. "Jag vill inte att skolan ska bli stämd för att ha läst hans privata brev", sa han försiktigt. "Men jag medger att jag har läst hans e-mail. Mjukvaran som ger möjlighet att tjuvlyssna fick vi ihop med datanätverket. Saker och ting har ändrats en hel del sen du var här, Rouge. Varje elev har en egen pc, till och med femåringarna, så vi övervakar barnens chattande på Internet. En sak är intressant med datakommunikation – folk skriver ofta så som de talar. Formella strukturer försvinner. När man skriver i realtid till nån är det inte som att skriva brev. En pedofil deltog i ett av de där samtalen. Han skrev som Gerald Beckerman talar. Man skulle kunna säga att jag kände igen honom på rösten och det kröp i mig av obehag."

"Varför skulle jag kunna hitta nånting om honom om ingen annan klarat det?"

"Jag vet att du kan, Rouge. Jag vet mer om dig än din mamma gör." Med en nonchalant gest viftade han bort dessa illavarslande ord. "Nå, men vad kan jag göra för *dig*? Be mig om vad som helst."

Rouge såg ut genom fönstret intill stolen. På andra sidan rutan rörde sig en liten gestalt och fångade hans uppmärksamhet. David gick över den sluttande gräsmattan i riktning ner mot sjön. "Jag hör att David Shore är här på stipendium."

Mr Caruthers nickade. "Jag har hört ryktena på stan. Man tror att alla barn som är här på stipendium har blivit sålda till oss för vetenskapliga experiment. Och det är ju sant förstås."

Rouge log fastän det inte alltid var så lätt att avgöra när mr Caruthers skämtade. Han såg fortfarande ut genom fönstret och följde David på vägen mot båthuset. Nederdelen av bryggan och allt utom taket och den bortre änden av byggnaden doldes av en dunge med barrträd. David försvann bakom detta skydd.

Rektorn fortsatte. "Sadie Green är också stipendiat, men med henne är det annorlunda. Hennes föräldrar är rätt fästa vid henne så det föll oss aldrig in att erbjuda dem pengar."

Rouge log inte längre. David hade dykt upp på bryggan bortom den punkt där han dolts av träden och han gick långsamt mot den ände som sträckte sig långt ut i sjön. Pojken stannade och såg tillbaka mot båthuset.

"De flesta av stipendiaterna plockas från fosterhem. De frånvarande föräldrarna spåras upp och får betalt. Våra advokater slår fast att det är vi som har fullständig vård – "

"Stopp", sa Rouge. Nu riktade han hela sin uppmärksamhet mot mr Caruthers igen. "En gång till. Ni gör verkligen så? Ni *köper* ungarna som fått stipendium?"

"Javisst. Fast rent juridiskt är det husmor som är vårdnadshavare. Vi kan inte tillåta att de fattiga biologiska föräldrarna kommer tillbaka och trasslar till barnens framtid."

Men barnen då? Trodde mr Caruthers inte att de saknade sina föräldrar, att –

"Det här kan knappast kallas ett hårt och opersonligt barnhem", sa den tankeläsande rektorn. "Varje husmor har en stipendiat som hon tar hand om hela året. En mycket trygg miljö."

Rouge vände sig mot fönstret igen. David var åter försvunnen. Bryggan låg tom. Nu dök pojken upp igen på andra sidan om den täta barrträdsdungen och han ställde sig att stirra mot båthuset nästan som om han stod i givakt. Sedan vände han tvärt och såg tillbaka upp mot skolan. David var för långt borta för att Rouge skulle kunna gissa vad han tittade på, men han fick en oroande känsla av ett slags gemenskap.

Utan att vända sig bort från fönstret sa Rouge: "David står

högt upp på geniskalan, inte sant? Planerar ni att göra honom till en liten vetenskapsman?"

"Sånt gör vi aldrig. Vi lägger oss aldrig i barnens ambitioner. Det gjorde vi väl inte med dig eller Susan? Nej, självklart inte. Det skulle vara tvärt emot våra syften. Vi ägnar oss åt förutsägelser." Mr Caruthers svängde runt på sin stol för att se ut genom fönstret och tillsammans betraktade de pojken som gick tillbaka uppför backen mot skolan.

Rouge drog fram anteckningsbok och penna. "Vad förutsäger ni för Davids del?"

"Jag tror nog att han har en framtid inom baseboll. Då utgår jag från hans starka intresse för sporten och fysiska lämplighet. Det var inte vad vi förutspådde för dig, Rouge. Trots att förlusten av familjeförmögenheten blev ett streck i räkningen tror jag att vår ursprungliga förutsägelse kommer att slå in."

Mr Caruthers svängde runt i stolen så att han satt mitt emot sin besökare och det syntes en vag besvikelse i mannens ögon som kanske berodde på att Rouge inte verkade bry sig om denna profetia om hans framtid. Rektorn fortsatte i sakligare ton. "Längre fram kommer David att få lust till en andra yrkeskarriär, i fysik. Här utgår jag från hans intellektuella kapacitet."

Nu stod pojken på gräset under fönstret. Rouge såg förbi honom ut mot sjön och undrade vad det han sett egentligen handlat om. David stirrade också ut mot sjön och nickade.

Någonting pågick här. David vände sig om och såg upp mot fönstret. Deras blickar möttes och Rouge hörde knappt vad rektorn sa längre.

Vad är det jag inte fått veta, David?

"Personlighetsprofilen berättar mycket intressantare saker", sa mr Caruthers. "Tidigt dessutom. Du och din syster till exempel. Redan när ni var åtta visste vi att ni båda två var ämnade för aktningsvärda karriärer inom juridiken."

David gick sin väg i riktning mot det lilla huset. Rouge såg ner i anteckningsboken och ritade en grov skiss av bryggan och båthuset.

Mr Caruthers malde på. "Din egen profil matchades mot framstående studenters under de senaste hundra åren. Men du var unik i ditt sätt att behandla information. Vi har alltid hyst ett livligt intresse för din framtid."

"Och för min fars pengar." Rouge markerade var dungen med barrträd stod mellan fönstret och båthuset.

"De höga avgifterna gynnar eleven som har pengar att utveckla alla sina möjligheter. Utan det stödet kanske barnet inte når det avsedda målet och det skulle förstöra vår statistik."

"Så som jag gjorde?"

"Gjorde du? Det var tråkigt att du fick lämna Princeton men begripligt med tanke på din fars död, alla familjeskulderna – och din mors problem med *hälsan*. Det där basebollåret var ett intressant påhitt. Men jag tyckte att det var ännu intressantare att du blev polis. Och nu när du just blivit befordrad till utredare vid BCI tycks du ha hittat rätt. Du föddes rent bokstavligt till det arbetet."

Rouge vred sig i stolen. Han kände sig avklädd och tyckte inte alls om det. Även om rektorn höll fast vid sin jultomteimage tycktes den ha fått en mörkare nyans.

"Är du förvånad, Rouge? Trodde du att vi hade tappat intresset för dig? Ingalunda. Vi samlar alltid information."

"Jag måste få veta mer om flickorna." Han vände upp ett nytt blad i anteckningsboken. "Skulle de kunna överlista en normalbegåvad vuxen?"

"Räkna inte med det. Gwen Hubble har högst IQ av de två – hon ligger nära dig. Men hon är ganska fantasilös – hon kommer inte på några knep." Han bläddrade igenom papperen i hennes mapp. "Med utgångspunkt från omfattande psykologiska profiler som gjorts anser jag att hon skulle avskärma sig, både fysiskt och känslomässigt, i alla slags farliga lägen. Jag skulle vilja påstå att utsikterna för att hon skulle kunna hitta hem själv är ganska dystra."

"Och Sadie Green?"

"Hon är helt annorlunda. En gång lyckades Sadie lura både skolsköterskan *och* lokalpolisen. Hon låtsades att hon hade träffats av en pil och dött."

"Var det hon?" Rouge mindes när det hände för bara tre veckor sedan. Två poliser hade kommit tillbaka till polisstationen när deras skift var slut, och den ene skrattade medan den andre var röd i ansiktet av förödmjukelse. Polismästare Croft tråkade fortfarande den stackars gröngölingen som hade tillkallat polisens likbil. Stadens yngste konstapel, Billy Poor, hade inte misstänkt att pilen i flickans bröst kanske avsiktligt satts dit och prytts med låtsasblod – men så hoppade flickan upp och sprang skrattande sin väg. Assistent Poor svor på att ungen inte blinkat en enda gång, vilket var hans kriterium på ett lik.

Rouge tecknade en pil överst på den blanka sidan i anteckningsboken. "Är Sadie en duktig elev?"

"Sämsta sorten. Hon dagdrömmer under lektionerna och kommer sent med alla sina läxuppgifter. Hon fantiserar på det mest ohyggliga sätt och älskar allt blodigt våld. Men vi vill ändå gärna ha henne här igen."

"Skulle Sadie kunna ligga bakom försvinnandet? Hon verkar ha –"

"Inte hennes stil även om hon faktiskt *har* dåligt inflytande på Gwen Hubble. Nej, jag skulle vilja påstå att det är alldeles för subtilt för henne att hitta på en kidnappning. Sadie siktar direkt på måltavlans prick – det vill säga dödsscenen. Jag tror att det enda som gör henne nöjd är när hon får folk att skita på sig av skräck."

Uttrycket "skita på sig" hörde inte hemma i denne mans ordförråd och Rouge undrade om Sadie hade haft dåligt inflytande även på mr Caruthers. "Hur smart är den här ungen egentligen?"

"Jag skulle vilja påstå att vi är jämbördiga. När Sadie och jag drabbar samman över nåt disciplinproblem vinner vi lika många gånger var."

"Men sa inte rektorn att hon hade fått stipendium? Då är hon väl lika intelligent som David?"

"Hon är inte ens i närheten av honom. Sadie erövrade sin avgiftsbefrielse med hjälp av en serietidning." Mr Caruthers sträckte sig efter en mapp på skrivbordshörnan och slog upp den. Han räckte Rouge en hemmagjord liten tidning med teckningar i krita och små textstycken noga präntade inuti vita pratbubblor. "Jag hoppas att du åt lunch tidigt. Den är äcklig. Hon var sju när hon gjorde den."

Rouge bläddrade igenom serietidningen med dess grälla färger och skandalösa teckningar. Alla de bisarra seriefigurerna hade ganska intressanta idéer om hur de kunde döda varandra med maximalt antal stympningar.

"Jag vet inte vad som pågår inuti det barnet", sa mr Caruthers. "Det finns inget test för sånt."

Rouge lade ihop serietidningen och höll upp den mot rektorn. "Och detta var alltså hennes inträdesprov?"

Caruthers skakade på huvudet. "Sadie körde i provet. Hon är mycket begåvad men hon var rätt många poäng från godkänt. Även om föräldrarna hade haft råd med hela undervisningsavgiften skulle vi ha nekat henne en plats här. Men nu är det så att Sadies mor inte gillar att bli avvisad. Kvinnan insisterade på att få träffa mig."

"Övertalade mrs Green – "

"Nej. Jag väntade mig ett utbrott men mrs Green var smartare än så. Hon sa inte ens goddag när hon klev in. Hon ledde fram Sadie till skrivbordet, räckte mig serietidningen och gick ut. *Glömde* att ta med flickan när hon lämnade rummet. Intressant kvinna."

Han smällde ena handen i bordet. "Jag läste varenda sida i den där obegripligt bloddrypande, vedervärdiga – *saken*. Och sen såg jag upp på Sadie. Det är svårt att beskriva hennes leende – jag kan svära på att hon utmanade mig, att hon sa 'ta in mig om du törs'." Mr Caruthers tog tillbaka serietidningen med en försiktighet som nästan kunde kallas ömhet. "Nu har det gått tre år och Sadie förtrollar fortfarande folk – men så gullig kommer hon inte att vara länge till."

Det fanns inget fönster i rummet och hon visste att det var något konstigt med det, men tanken gled bort när hon stirrade på brickan.

Aldrig tillräckligt med mat.

Den här gången hade Gwen Hubble vaknat till choklad och ett smörat franskbröd. Juicen och ägget hade varit hennes senaste måltid, så då måste ännu en dag ha gått.

Hur många dagar var det nu? Tre?

Hon hade tänkt spola ner den senaste måltiden i toaletten eftersom hon förstod att den var fördärvad av drogen som fick henne att sova hela tiden. Trots att hennes hunds medicin alltid

74

blandades i vatten hade hon eliminerat möjligheten med ett gift i vätskeform genom att dricka morgonjuicen och ingenting hade hänt. Sedan hade hungern tagit ut sin rätt och hon hade ätit det drogade frukost-ägget. Hade hon kunnat tänka klarare skulle hon kanske ha kunnat räkna ut det tidigare, för vätska kunde hon få från vattenkranen och fast föda skulle utgöra den starkaste frestelsen.

Nu smulade hon mer beslutsamt sönder franskbrödet i små bitar som inte skulle fastna i toaletten. Magen knöt sig i hungersmärtor och illamåendet vällde över henne igen.

Ljus kom bara från den svaga nattlampan. Den räckte inte för att hon skulle kunna se klart, så genom att känna sig fram upptäckte hon det mjuka, fuktiga mittpartiet i franskbrödet. Kanske hade sömnmedlet sprutats in mitt i brödet.

Så hungrig.

Hon prövade en av de torra smulorna i ytterskorpan och lät den vila på tungan. Smaken var som vanligt så hon svalde den.

Kanske skulle hon inte behöva spola ner hela brödet.

Flickan skilde ut det misstänkta mittpartiet från resten av brödet och lade det åt sidan på tallriken. Hon fortsatte att smula sönder de torra delarna för att den pyttelilla måltiden skulle vara längre. Hon åt en torr smula till och stirrade på den fastkedjade väggkorgen. Sedan reste hon sig och gick över den ovala mattan för att lyfta på locket. Det öppnades så att det blev en springa, men ljuset räckte inte för att hon skulle kunna se vad som fanns därinne och öppningen var för smal för hennes hand. Gwen gick tillbaka till tältsängen och satte sig utan att ta blicken från den låsta kedjan som dragits mellan korghandtaget och handdukshängaren.

Hon försökte minnas något viktigt om hänglås men sedan vandrade blicken tillbaka till det stora klädskåpet som inte alls verkade höra hemma i ett badrum. Hon kämpade för att minnas en tankegång som rört denna kolossala möbel men det var som i drömmen: ju mer hon ansträngde sig för att minnas den desto mer drog den sig undan i hjärnans mörka och otydliga gömslen.

Hon åt ännu en smula.

Hon tog några långsamma steg över mattan och ut på de nakna kakelplattorna med händerna utsträckta mot skåpet. Dörrarna var låsta. Hon funderade på vad det kunde innehålla – eller dölja.

Just det.

Det borde finnas ett fönster i det här rummet, för det var ingen garderob eller skrubb. Och det här var inte något modernt hus som Sadies med elfläktar för ventilationen. Att döma av takhöjden och sättet att foga ihop kakelplattorna gissade hon att det här huset var lika gammalt som deras eget, och i det fanns det fönster i alla de otaliga badrummen.

Hon klämde in en liten hand mellan skåpets rygg och väggen. Fingrarna hittade en träarm och sedan en fönsterbräda – ett fönster. Hon skuffade på möbeln av alla krafter men den gick inte att rubba. Hon gick tillbaka till brickan på bordet bredvid tältsängen och åt mer smulor för att få större krafter.

Å, så korkat. Hon behövde hävstångskrafter, inte muskler.

Gwen plockade bland de återstående smulorna medan hon såg sig om i rummet efter någonting som hon skulle kunna använda som hävstång. Tältsängen med sina ben och tvärslåar var rena guldgruvan. Och nu sökte sig hennes blick mot brickan. Hon såg bättre nu – alltför bra.

Hon hade ätit upp hela franskbrödet, även det farliga, fuktiga mittpartiet.

Å, dumma Gwen! Dumma, dumma!

Tårarna strömmade nerför kinderna när benen vek sig och den lilla kroppen segnade ner på golvet. Ögonlocken föll igen. Och först nu slog det henne att någon kanske utsatte även Sadie för svält och förgiftade bästa väninnans ägg och bröd.

Handen gick till amuletten med den magiska, ingraverade bilden av det allseende ögat, en present som hon fått av Sadie, en tröst i mörkret.

Den var borta.

Gwen kämpade emot sömnen och satte sig upp. Hon bredde ut händerna och sökte över golvet med fingertopparna, utforskade alla ojämnheterna i mattan och putsen mellan kakelplattorna.

Den fanns där inte. Hon hade tappat sitt öga. Amuletten var borta.

Och nu kändes kroppen blytung. Hon sträckte ut sig på kakelgolvet och den mjuka, runda kinden trycktes mot de hårda plattorna.

Först viskade hon sin fråga och sedan lyfte hon huvudet med stor möda och gallskrek: "Sadie! Var är du?"

Reportrarna var mangrant tillbaka på kvällen och fyllde den korta stentrappan som ledde upp till polishuset. De flesta livnärde sig på smörgåsar och kaffe. Några stampade med fötterna för att skaka av sig den kalla nattluften.

Rouge öppnade dörren på passagerarsidan och drog hårdhänt fram mr Caruthers present. Gerald Beckerman såg häpen ut och munnen gapade när han släpades iväg från framsätet. Engelskläraren hade lockats in i bilen under förevändning att man ville ställa några försynta frågor till honom om de saknade eleverna. Beckerman hade småpratat älskvärt hela vägen till polisstationen. Men nu behandlades han som en brottsling. Och sedan började han uppföra sig som en sådan och ögonen lyste skräckslaget när han försökte frigöra sig från Rouges fasta grepp.

En reporter vädrade nyheter. Och sedan vände sig alla de andra mot bilen och huvuden vreds för att iaktta snuten och hans fånge. Männen och kvinnorna rörde sig långsamt nerför trappan. En del hade redan hunnit bort till parkeringsplatsen och var på väg mot Rouge och läraren. De samlades i ring runt dem, de stirrade och väntade.

När mediafolket samlats och omringat dem kom Rouge med sitt utlovade tillkännagivande. "Gerald Beckerman är bara här för att hjälpa polisen med utredningen. Det här har inget att göra med den eventuella kontakt han kan ha med NAMBLA."

En reporter i främsta ledet tog till orda. "Du menar alltså att han bara bryr sig om småpojkar?"

Första blodsutgjutelsen.

Två angrep samtidigt från två håll. "Jaså, Beckerman, stämmer det? Eller är du tvestjärt?"

Och nu var de på mannen, hela packet, de armbågade sig fram och trängdes med varandra, manövrerade för att komma i bättre läge, skrek ut frågor, anföll Beckerman från alla håll och trängde upp honom mot bilen – ingen flykt var möjlig, det fanns ingenstans att ta vägen.

Rouge stod i utkanten av bråket och såg på medan läraren gick under, bildligt och bokstavligt, för Beckerman gled ner längs Volvons sida och dolde huvudet medan han sjönk till marken. Händerna var utsträckta och han fäktade vilt i sina försök att hålla kamerorna borta.

Bakom sig hörde Rouge en av reportrarna som talade med Marge Jonas och titulerade henne *doktor*. Sekreteraren hade just gett sig ut för att vara polisstationens psykdoktor och Rouge tyckte nog att det stämde bättre med hennes verkliga befattning. Han såg sig om över ena axeln och upptäckte att hon fixade till den blonda peruken med en bred kameralins som spegel.

"Var inte det där samma snut som tog killen med den lila cykeln?" sa reportern just.

"Jovisst", sa Marge och blinkade åt Rouge. "Nån bättre finns inte. En riktig stjärna, håller ni inte med om det?"

"Då har delstatens polis alltså tagit in två misstänkta på två dar. Och vad har FBI åstadkommit?"

"Ingenting", sa Marge. "Men FBI-agenterna är jättetrevliga. De köpte munkar åt oss både i går *och* i dag."

En butter kommissarie Costello stod överst på trappan med händerna nedkörda i fickorna och betraktade slakten på parkeringsplatsen. En kvinna med mikrofon kom upp mot kommissarien följd av en kameraman. Och än en gång var det en reporter som överlämnade nybörjarens rapport om gripandet.

Det sista Rouge hade väntat sig att få se var kommissarie Costellos breda flin.

FJÄRDE KAPITLET

De dagliga rutinerna för stipendiaterna som stannade på St Ursula's över jullovet hade ändrats. De vuxnas försiktiga lögner om "klass-kamrater som gått vilse" hade sipprat in i barnens samtal och destillerats tills sanningen återstod.

Flickorna hade blivit kidnappade, deras dagliga liv hade avbrutits – men barndom är något som pågår. Två elever hade trotsat de nya reglerna som förbjöd dem att gå utanför skolans område och färdats över sjön för att osedda genomföra ett experiment. De hade tagit en kanot men inte medfört den vuxne som krävdes – och brutit mot ännu en regel.

Den ene tolvåringen var ljushyad och den andre mörk men bortsett från de kosmetiska skillnaderna i hud och hår var de omöjliga att skilja åt; de hade rackartyg i sinnet när de gav sig ut efter frukost. Därför var det självklart att de skulle råka riktigt illa ut redan en halvtimme efter landstigningen på stranden mitt emot.

De var inte bara tyngda av skuldkänslor och hotande undergång, deras strumpor och skor var dessutom våta. De hade inte dragit upp kanoten tillräckligt långt på den steniga stranden och vågorna som oavbrutet slog mot stranden hade lirkat ut den i sjön igen. Pojkarna såg farkosten glida iväg och försvinna bakom några utskjutande klippor. De vände sig om mot det stora, oregelbundna gamla huset. Det hade sett så vanligt ut när de kom, men nu verkade det olycksbådande. De tolkade den flagnande, blekta målarfärgen som tecken på sjukdom, och de mörka fönstren med fördragna gardiner antydde svek och hemligheter. En styv, kall vind drog in från sjön och fick dem att söka skydd på skuggsidan av byggnaden.

Här tog de sig en närmare titt på den förstörelse de nyligen åstadkommit – ett trasigt fönster. En vidrig lukt trängde ut mellan skärvorna som satt kvar. Pojkarna höll på att kräkas och fick påminnelser om morgonens korv och ägg – en föraning om vad

79

som komma skulle. Vänta bara tills de vuxna kom på deras vetenskapliga experiment som var kraftfullare, snabbare och – bäst av allt – åstadkom mer oväsen än en vanlig leksakspistol.

"Den här gången ska vi ta den." Jesse dolde den omgjorda pistolen bakom ryggen som om de redan hade avslöjats på bar gärning. "Det spelar ingen roll om vi talar om det för honom eller inte, för han kommer ändå att få reda på det. Ibland tror jag att mr Caruthers vet vad vi tänker göra innan vi gör det."

Mark dunkade honom lätt på armen. "Vet du varför, pappskalle? När han hälsade på oss i morse blev du illröd i ansiktet. Tror du inte att det var ett tips?"

De såg ut över sjön mot den röda tegelbyggnaden uppe på kullen. Iakttog gubben dem nu kanske? Under åren på St Ursula's hade de glömt den obegränsade frihet som likgiltigheten i den gamla uppväxtmiljön gett dem och de hade vant sig vid en ständigt vaksam husmor och vid att vara föremål för skolans intensiva intresse vad de än gjorde, tillåtet eller otillåtet.

De vände sig mot det trasiga fönstret igen. En gardin täckte hålet och ingen av pojkarna ville se vad som fanns bakom.

"Vad *är* det för lukt?" Jesse tyckte att den var väldigt lik lukten kring åldringar – till exempel hans egen farmor som ruttnade bort på ett kommunalt vårdhem.

Men Mark kom från en råttlabyrint i stan med tusentals anonyma dörrar i trettio våningskorridorer och han visste precis vad det var. "Så luktar döden."

"Helvete också." Jesse släppte pistolen. "Har vi dödat nån?"

"Nej då, knäppgök. *Gammal* död." Den sortens stinkande död som sipprat ut under dörrarna i det hyreshus som en gång varit hans hem. Kroppar som väntat på att bli upptäckta hade skickat doftande inbjudningar till begravningsentreprenörerna längs korridorerna. Mark letade efter en referens som hans mer lantligt präglade klasskamrat skulle kunna förstå. "Det är som djur som blivit överkörda på vägen – och legat där i flera *dar*."

Trots att genomgången var begränsad till dem som ingick i insatsstyrkan var reportrarna och politikerna fler och mer högröstade än FBI-agenterna och utredarna från BCI. Att beväpnade poliser från delstaten fanns på plats hade ingen effekt på tv-folkets och journalisternas tilltagande upphetsning. Kroppar trängdes tätt omkring Rouge Kendall när han retirerade mot väggen i bottenvåningens reception.

Kommissarie Costello dök upp vid foten av trappan och hopen vände sig mot honom så att det vrålande, guppande havet av huvuden och kameror tillfälligt delades. Knappast överraskande fick han syn på senator Berman, lång, gänglig och likblek. Så snart mänskligt elände var på tapeten, och det fanns chans att bli fotograferad, var statens mest maffia-lierade senator på plats för att förmedla intrycket att han tog sitt ansvar, trots att han aldrig gjorde någon nytta. Men nu riktade reportrarna all sin uppmärksamhet mot Costello och vände ryggen mot senatorn. När inga kameror sökte honom såg Berman helt uttryckslös ut och gick mot dörren. De livlösa, mattbruna ögonen tycktes inte märka den sjudande trängseln runt omkring.

Bara någon meter bort stod en känd och mer frånstötande gestalt, nämligen förre BCI-utredaren Oz Almo. Han var insvept i vinterrock och äckligt söt colognedoft. Rouge kom ihåg den överdrivna parfymdoften från sin barndom trots att Almo hade använt ett billigare märke när de träffades första gången. Som tioåring hade Rouge undrat om parfymen hade vräkts på för att dölja någon annan lukt, för han kunde inte frigöra sig från en intuitiv men stark känsla av att någonting doldes här. Den före detta BCI-mannen vände sig långsamt om medan han befriade sitt skalliga, svettiga huvud från en pälsmössa. De rödkantade ögonen som nu blev synliga fullbordade intrycket av en plussig, rynkig baby som drack för mycket.

Snabbt, innan Oz Almo fick ögonkontakt med honom, flyttade Rouge sig därifrån. Han skulle just gå uppför trappan till grupprummet då Marge Jonas stod framför honom, utstyrd som en brandbil i klarröd strumpklänning. Alla hakorna dallrade när hon bestört skakade på huvudet åt honom. "Gubben min, säg inte att du har på dig samma kläder som i går."

Han log sitt mest strålande leende. "Jag har bytt skjorta och kalsonger bara för din skull."

"Din rackare." Hon sänkte sin lösögonfransgardin och satte en varm kopp i hans hand. Kaffet var svart och han visste att det skulle innehålla exakt tre sockerbitar, som alltid när Marge hade

81

för avsikt att komma med ett förslag som knappast var förhandlingsbart.

Oz Almo tittade på honom nu och höjde ena handen till en vänlig vinkning. Rouge hade inte en chans, för Marge höll honom i ett järngrepp. "Jag såg alla papperen om din löneförhöjning. Du har råd med en ny sportjacka nu, inte sant? Kanske ett par byxor? En ny slips?"

Almo var utom synhåll men han kände mannens cologne. Och nu tyngde en fet hand på ena axeln.

"Rouge, min pojke", sa Almo som om de var gamla vänner. Det var de inte. "För helvete, hur står det till med dig? Vet du, vi träffas alldeles för sällan nuförtiden."

"Almo", sa Rouge och nickade bryskt till den äldre, kortare mannen trots att hans mamma lärt honom att uppföra sig bättre. Nog visste han att man tilltalade en person som var sextiofem med större aktning.

Oz Almo grabbade tag i Rouges högra hand och pumpade den upp och ner mellan sina svettiga handflator. "Så roligt att se dig igen. Hallå där, Marge, hur mår du?"

"Hej Oz." Marges känsliga näsborrar vidgades och tog uppenbarligen anstöt. Hon lämnade dem hastigt och försvann utan svårighet in i trängseln som slöt sig bakom henne likt en dörr.

Rouge befriade sin hand från Almos och torkade av den på kavajen som om han hade rört vid någonting orent. Vilket han hade.

Den äldre mannen tycktes inte märka förolämpningen. Munnen stod på vid gavel i ett tillgjort, gultandat leende. "Du måste hälsa på hos mig nån gång. Du har väl aldrig varit i huset nere vid sjön? Hur vore det om du åt middag hos mig i kväll?"

Rouge stirrade bara på honom utan att svara. Den gamle blev lång i ansiktet men strax log han igen. "Hör du, jag läste att du tagits ut till insatsstyrkan. Gratulerar. Jag blev inte utredare förrän jag nästan var fyrtio." Han nickade mot dubbeldörrarna i slutet av korridoren. "Kan du fixa in mig på genomgången?"

"Varför det?"

"Jag vill gärna hålla mig i form, förstår du. Jag saknar faktiskt det här livet."

Att döma av den dyra vinterrocken hade verksamheten som

privatdetektiv blivit mycket lönsammare. Något att grubbla över med tanke på att stan var så liten.

"Det går verkligen bra för dig, Rouge. Såg dig på tv i går kväll när du tog in den där perverse läraren. Jo, och så cykeltjuven – det var fanimej fantastiskt. Hur hittade du ungens cykel så kvickt?"

"Rena turen – precis som när du hittade min systers kropp."

Almo tappade hakan. "Det där var inte snällt. Din pappa skulle inte ha gillat det. Vet du, sen din far dog betraktar jag dig som min egen – "

"Ut med dig, Oz!" Kommissarie Costellos röst skar genom sorlet omkring dem. Han var nästan framme vid Almo när gubben, snabb som en vessla, försvann in i trängseln. Kommissarien vände sig till Rouge. "Du behöver inte vara med om genomgången, Kendall."

"Jag tillhör insatsstyrkan. Oz läste det i morgontidningen, så då måste det vara sant."

Kommissarie Costello valde att inte höra den milda sarkasmen. Han nickade mot trappan som ledde upp till grupprummet. "Det sitter fotografier av brottsplatser som förekommit i gamla fall på alla väggarna. Massor med små flickor – alla döda."

"Jaha?"

Howard Chainy, rättsläkare, var en medelålders, medellång man. I jämförelse med den minutiöst välklippta mustaschen framstod de buskiga ögonbrynen som oklippta häckar. Och eftersom han förälskat sig i sina eländiga gamla sportskor och vägrade att skiljas från dem kunde man ha trott att han stulit den välskräddade överrocken och svarta filthatten. Under vinterkläderna var han klädd för att spela squash. Han kastade en blick på klockan och oroade sig för att den beställda banan skulle gå till någon annan.

Var det här verkligen så komplicerat?

Doktor Chainy hade klivit ut ur sin privata bil lagom för att avgöra tvisten om vem som skulle ta hand om den döda kroppen. Likbilen från kommunens bårhus hade parkerats nära sjön och dess grå plåtdörrar stod öppna i väntan på liket. Endast några få meter bort låg en tillsluten svart plastsäck på en bårvagn.

Doktorn granskade assistentens snabbt nedkastade anteckningar och höjde samtidigt handen för att hälsa på Eliot Caruthers från St Ursula's Academy. Sedan kastade han en hastig blick på de två pojkarna som befunnits heta Mark och Jesse. Båda såg ut som om de väntade sig något plågsamt. Tydligen sparade Caruthers sin utskällning till ett mer enskilt tillfälle när han hade de två syndarna för sig själv på rektorsexpeditionen. Denna typ av lindrig sadism utövades av alla goda föräldrar eller vårdnadshavare: låt ungarnas egen fantasi göra hela jobbet, låt dem föreställa sig värsta tänkbara straff för innehav av blyhagelbössa och för fönsterkrossning. Senare skulle straffet nog komma, men först den verkliga tortyren – föraningarna.

Rättsläkaren granskade de övriga i sällskapet som samlats. Två män i mörka kostymer stod vid den svarta likbilen från begravningsentreprenören i Makers Village. De var inbegripna i ett hetsigt gräl med ortens polis, Phil Chapel, som sa – röt – att liket på bårvagnen tillhörde honom.

Doktor Chainy hade ingen aning om varför den unge polisen kunde vilja ha en död kropp.

Polismästaren i staden ställde sig utanför kampen. Polismästare Crofts hår hade blivit grått och det väderbitna ansiktet fick ständigt nya rynkor men de blå ögonen var unga och glada. Chefen för begravningsfirman var uppretad, den unge polisen var rasande och en annan polis i uniform studerade molnen ovanför och låtsades att han inte kände Phil Chapel. Charlie Croft njöt uppenbarligen av spektaklet som ren åskådare.

Doktor Chainy fångade polismästarens blick och nickade mot Phil Chapel. "Jag anar att det var han som beordrade ut min likbil?"

Polismästare Croft log. "Hur kunde du gissa det?"

"Å, det var ett rent hugskott."

För några år sedan hade begravningsfirman övergått till en idiot som var känd för sina flinande lik, det vill säga han ordnade till de dödas anletsdrag så att de förde tankarna till en vintersemester i tropikerna. Kundernas glada, om än döda, ansikten förmedlade vykortsstämningar av typen "Här är underbart, önskar du var med." Vid en rättvis jämförelse var assistent Chapel inte helt blåst. Han hade bara blivit lite konstig i dag.

Rättsläkaren såg åter på klockan. Kanske kunde han fortfaran-

de hinna till squashmatchen. Han pekade på den tillslutna plast-
säcken på bårvagnen. "Min assistent säger att döden var natur-
lig."

"Det hoppas jag verkligen. Gumman måste ha varit nittio.
Titta efter själv."

"Nej tack, Charlie. Jag har hört att hennes egen läkare under-
sökte henne för ett par dar sen?"

"Det stämmer också. Jag hittade en medicinburk med doktor
Pennys namn på och ringde hans mottagning. Sjuksköterskan lät
lite förnärmad. Hon sa att hon redan lämnat den upplysningen
till begravningsentreprenören."

Assistent Chapel och begravningsentreprenören var inbegrip-
na i en fäktscen med utsträckta pekfingrar. Den andre polisen i
uniform var på väg bort från likbilen; kanske ville han inte vara
på den vinnande sidan i en strid om ett lik.

Förståndig ung man.

Doktor Chainy vände sig åter till polismästaren som fortfa-
rande iakttog strikt neutralitet. "Vad har jag här att göra, Char-
lie? Hennes egen doktor kan underteckna dödsattesten."

"Jo, du förstår att Phil blir lite upphetsad ibland. En del av
taket hade rasat ner i tantens sovrum. Phil tror att det kan vara
ett tecken på nåt skumt. Han hoppas att det är ett gigantiskt kul-
hål."

Doktor Chainy såg åter på den lilla hagelbössan som Eliot Ca-
ruthers höll i handen, och han skakade på huvudet. "Men det
fanns inga hål i kroppen? Det är fortfarande fråga om en natur-
lig död?"

"Visst, din kille har alldeles rätt. Min gissning är att hon dog
i sömnen. Hon såg så fridfull ut när vi hittade henne. Doktor
Penny är på väg hit nu."

"Men Charlie, tittade du ordentligt på det *påstådda* kulhålet i
taket?"

"Jadå. Det är en otrolig röra där. En stor armékanon skulle
kanske ha kunnat åstadkomma den. Men skytten, vem det nu än
var, kunde inte sikta alls. Han missade tanten med flera mil.
Hennes säng stod långt bort på andra sidan om – "

"Och om det nu inte *var* en kanon?"

"Du förstör allt det roliga, Howard. Jo, det rann en massa

vatten från hålet. Jag var tvungen att stänga av tilloppet till en toalettbehållare på andra våningen. Det luktade rejält. Jag tror kanske att det varit stopp i den ett tag innan den brast. Det var antagligen därför som takputsen hade rasat. Antingen det, eller så hade kanonkulan träffat ett rör. Phil tyckte att det fanns en doft av krut mellan stanken från liket och toaletten. Själv kunde jag inte känna det. Hör du, du kanske skulle kunna sticka in näsan genom dörren och avge ett yrkesmässigt utlåtande om – "

"Jag gillar teorin med röret som läckt." Doktor Chainy ropade till den upprörde unge polisen som fortfarande grälade med begravningsentreprenören. "Phil? Vi ska låta dem ta det jävla liket."

Männen i mörka kostymer var på väg fram till bårvagnen men polisen tog ett fast grepp i kromhandtaget med båda händerna.

Polismästare Croft tog ett steg fram och skrek: "Jag tror att de faktiskt är mer angelägna om det där liket än du, Phil. Var lite hygglig nu, va?" Han vände sig till doktor Chainy. "Jag vill inte gärna att Phil ska tappa sugen."

En stukad ung konstapel steg åt sidan när männen i de mörka kostymerna erövrade bårvagnen och rullade den mot den svarta likbilen.

De måste ha dödsattesten innan de kunde föra bort liket. Rättsläkaren drog motvilligt fram ett block med formulär ur portföljen och ställde resignerat in sig på att förlora squashbanan. Det var osannolikt att den gamla kvinnans egen läkare skulle dyka upp i tid för att befria honom från pappersarbetet.

"Charlie, har du förhört grabbarna?"

"Du menar salt och peppar-gänget?"

Doktor Chainy undertryckte ett leende när han gick bort till Eliot Caruthers och den skuldtyngda duon, Mark och Jesse. "Ta det lugnt, ungar. Ni kommer inte att råka illa ut. Faktum är att det var bra att ni hittade henne. Hon var mycket gammal – och förmodligen hade hon inga anhöriga här som såg till henne."

Han kastade en blick på den hemmagjorda bössan som Eliot Caruthers hade i handen. Den såg ut som en klumpig plastleksak. "Det där är alltså *vapnet*. Jag tror minsann att man skulle kunna ställa till det rejält för en medelstor loppa med ett blyhagel från en sån. Jag hade en sån där när jag var liten."

Mark och Jesse tittade upp på honom och deras blickar sa att nja, det trodde de nog inte – inte en bössa som var riktigt likadan som den här.

Nåja, tänkte han, barn brukade inte kunna föreställa sig att de vuxna varit unga. "Eliot", sa han till Caruthers, "du kan ta dem med dig tillbaka till skolan. Hur många ungar har du kvar över lovet?"

"Elva." Skolans rektor visade inte utåt vad han kände. Pojkarna sneglade skuldmedvetet på honom i ett fåfängt försök att bedöma vilka efterräkningar som väntade.

"Ja, jag skulle då hålla dem under uppsikt tills vi får veta vad som hände flickorna."

"Tack, Howard, det ska jag." Eliot Caruthers skakade hand med rättsläkaren. När han var på väg med sina unga skyddslingar mot den åldriga Rolls Roycen hejdade han sig och gick tillbaka. "Hör du Howard? Det här kommer väl inte ut i – "

"Tidningarna? Nej, inte om jag har nåt att säga till om." Det fanns redan tillräckligt med rykten i omlopp om denna skola för de rika och de udda. Fanns ingen anledning att ge ortsbefolkningen uppfattningen att barnen var farliga. Han såg på medan rektorn föste in pojkarna i bilen och sedan körde bort mot grusvägen som löpte mellan husen längs sjöstranden.

Charlie Croft ryckte på axlarna och sa: "Ja, se ungar." Uttrycket sammanfattade all världens hyss, oanständiga ljud och nu dessutom en död kropp.

En annan bil kom längs vägen med hostande motor och moln av virvlande damm efter sig. Det var en herrgårdsvagn och den stannade bredvid den svarta likbilen. Föraren, doktor Myles Penny, verkade lätt irriterad när han öppnade bildörren. Allmänläkarens hår stod på ända och ännu hade han inte rakat sig.

"Hallå där Myles", sa Charlie Croft. "Tråkigt med din patient."

"Hon var Williams patient, inte min. Men han har semester den här veckan." Myles dängde igen bildörren lite hårdare än nödvändigt. "Du vet väl hur det är med William och hans förbannade semestertider."

Ja, sannerligen. Emellertid visste doktor Chainy att William var kvar i stan. Han hade sett karln smyga omkring i tobaksaffären som förde den blandning som han ville ha. Men gud förbjude att en död patient skulle störa hjärtkirurgen på hans fritid.

Myles Penny drog ner plastsäckens blixtlås och betraktade en äldre kvinnas elfenbensvita ansikte. "Ja, nog är hon död så det räcker." Allmänläkaren blängde på rättsläkaren. "Ni har alltså tvingat ut mig hela den här långa vägen för att få ett andra utlåtande? Hur många stadier av död finns det? *Mycket* död, *verkligen* död, *totalt* död – "

"Jag har hört att hon blev grundligt undersökt för fyra dar sen. Stämmer det, Myles?"

"För tre eller fyra dar sen. William ville lägga in henne och såga upp bröstkorgen på henne igen. Tanten sa åt honom att stoppa upp hela sjukhuset där solen aldrig skiner. Ordagrant."

Och nu var det doktor Chainys tur att bli arg. "Så den jäveln *visste* att hon var i dålig form och ändå brydde han sig inte om att kolla upp – "

"Lugna dig, Howard." Myles lade ena handen på rättsläkarens axel för att påminna honom om hans höga blodtryck. "Hon var inte alldeles ensam här ute. En tjänsteflicka kommer in varje dag för att laga mat och städa." Han gned ena handen över skäggstubben på hakan. "Jag minns inte vad hon heter."

"Ja, det här är då bortkastad tid." Doktor Chainy rev ett papper från blocket. "Här får du, Myles. Du kan ta hand om pappersarbetet."

Myles Penny rynkade pannan när han tog emot det förtryckta formuläret för dödsattesten. "Förmodas jag tacka dig för det här, Howard?"

"Det behövs inte. Vet du om hon hade nån familjeadvokat?"

"Nix." Myles bredde ut formuläret på herrgårdsvagnens motorhuv och började fylla i på de streckade linjerna. "William vet säkert. Hon har varit hans patient i tio, elva år nu." Han såg på det trasiga fönstret och skakade på huvudet. "Dessa förbannade ungar. Var det en sten, eller vad använde de? Sköterskan sa – "

"Å, men det var tur att pojkarna råkade komma förbi så att de hittade henne", sa doktor Chainy utan att låtsas om frågan. Han vände sig till Charlie Croft. "Jag tror inte att vi behöver ta med ungarna i rapporten. Ingen kommer att begära ersättning för det där fönstret. Men nån borde ta ett snack med den där tjänsteflickan. Ta reda på varför hon inte anmälde dödsfallet."

Polismästare Croft nickade. "Jag ska sätta Phil på det. Tror de att flickan kan ha stuckit med nåt värdefullt?"

"Det har jag väl inte sagt?" Ett brott skulle komplicera saken men det fick han ta itu med senare. Just nu var det en squash-match som väntade. "Du och Myles kunde kanske ta er en titt. Se om det finns några *uppenbara* tecken på stölder." *Och var god hitta inga.* Han njöt av en svacka, en ovanlig brist på aktivitet i bårhuset. Ett inbrott skulle kunna lägga denna gamla kvinnas lik på hans bord.

Myles såg upp från formuläret. "Och eftersom du har så mycket att göra tycker du att alla mina patienter kan vänta medan jag sätter igång med det här lilla bestyret?"

"Tack ska du ha, Myles. Och så kanske du kan skicka ut nån hit som kan spika igen det där fönstret."

"Visst. Och lite senare skulle jag väl kunna ta och diska upp i köket också?"

Howard Chainy dunkade honom i ryggen. "Myles, du är verkligen en hedersknyffel."

Det var inte många ansikten som Rouge Kendall kände igen i gruppen från FBI. Ännu fler agenter hade kommit till staden under det senaste dygnet och nu utgjorde de nästan hälften av de femtio personer som samlats.

Längst bak i insatsstyrkans rum satt några få män och kvinnor med cigarretter dinglande ut genom fönstret och blåste blåa rökmoln ut i vinden. Andra BCI-utredare satt på bord och skrivbord som skjutits in mot väggarna. De flesta av de federala agenterna stod samlade i smågrupper och samtalade lågt. Resten satt på hopfällbara stolar som ställts upp i rader framför en manuskripthållare i svart metall – den var misstänkt lik notstället från grundskolan i närheten. Kvinnorna var i minoritet – där fanns högst en kvinna på sex man. Inte någon mer än Rouge var under trettiofem och de flesta var tio år äldre.

Den ende som var någorlunda jämnårig med honom var konstapeln från delstatspolisen som posterats vid dörren för att hålla alla utom de inbjudna borta. Rouge gick förbi raderna med stolar och ställde sig vid fönstren längst bak. Om han vände ryggen åt rummet såg han ut över ödetomten intill polisstationen. Gräset var nött i form av en basebolldiamant. Här hade baseboll-klubben i Makers Village hållit hus, här hade poliser och brandmän tagit sig tid att lära generationer ungar konsten att utöva denna helamerikanska sport. Nu var hela tomten omgiven av ett ovänligt nätstängsel och i det bortre hörnet låg en hög med tegelsten och byggmaterial. Till våren skulle den gamla baseboll-planen hysa ett varuhus med lågprismöbler, en ny källa för skatteintäkter för staden. Rouge tyckte att kommunstyrelsen hade bytt ner sig.

När han vände sig om skymdes sikten delvis av den satte Buddy Sorrel, en erfaren BCI-utredare. Över Sorrels grånande stubbfrisyr skymtade Rouge ett collage med färgbilder i storlek 20 gånger 25 centimeter och tidningsbilder i svartvitt, alla föreställande döda barn. Fem fotografier var i affischstorlek och hade ställts upp på fristående stafflier. Det första i denna rad av stora porträtt doldes av kommissarie Costellos kropp. Rouge anade några kastanjebruna lockar och lite ljus hy – Susan?

Naturligtvis var det hon.

Två män gick förbi framför honom och när han kunde se staffliet igen var fotografiet av systern borta och kommissarie Costello stod i den improviserade talarstolen.

"Mina damer och herrar?" Kommissarien såg sig om i rummet. Alla huvuden vändes mot honom. Pappersmuggar med kaffe stöddes i knän och samtal upphörde. "Först vill jag meddela senaste nytt angående det här fallet. Var snäll och titta på kartan över bussturer som ni har fått."

Alla utom Rouge drog fram ett papper med röda och blå buss-linjer.

"En av delstatspoliserna hittade en barnjacka nära motorvägen." Costello höll upp sin egen karta så att alla kunde se och pekade med pennan på ett ställe uppe i högra hörnet. "Observera avfarten till Herkimer. Bussen som stannar nära Hubbles hus går inte långt från det stället. Så det kan fortfarande vara fråga om en rymning. Vi har inte övergett den teorin. Jag vill inte få veta senare att de två tjejerna frös ihjäl medan vi väntade på besked om en lösensumma." Han stirrade på Rouge när han sa detta och sedan vandrade blicken vidare över alla huvudena i rummet.

"Jackan som vi hittade är lila och överensstämmer med beskrivningen av Sadie Greens kläder. Den är ganska sönderriven. Teknikerna säger att det ser ut som om en hund varit på den. Vi väntar på att Sadies mor ska komma hit och identifiera den så att vi får klart besked."

Kommissarien vände sig till en grupp män och kvinnor som stod nära fönsterväggen. "Den andra teorin som vi arbetar efter är att man är ute efter en lösensumma. Specialagent Arnie Pyle kommer att lägga fram det scenariot för oss."

Gruppen med FBI-agenter spred sig längs fönsterväggen och såg till att det blev lite avstånd mellan dem själva och en man som satt på den breda fönsterbrädan och dinglade med benen. Han närmade sig nog fyrtio och överensstämde inte med Rouges uppfattning om en typisk FBI-agent. Specialagent Pyles hållning liknade inte en eldgaffels och kroppstypen var mera magert senig än massivt muskulös, som kollegernas. Till och med de kvinnliga agenterna verkade mer bastanta. Men det var mannens stora, bruna ögon som fångade Rouges uppmärksamhet. Han kände igen de där ögonen trots att inget annat i det kantiga ansiktet var det minsta välbekant.

Dörren öppnades och en delstatspolis klev åt sidan för att släppa in kvinnan som Rouge hade mött på Dame's Tavern, hon som bara log med halva ansiktet. Kommissarie Costello tycktes lättad att se henne.

"Men vår första talare", sa kommissarien, "är doktor Ali Cray." Alla blickar riktades mot den mörkhåriga kvinnan med den långa kjolen och den förvridna, röda munnen. När hon vände sig mot dem var det alldeles tyst i rummet. Sedan hördes ett undertryckt mummel och flera viskade synonymer till ordet ful kunde urskiljas i det allmänna babblet från männen som stod längst bak i rummet.

"Doktor Cray ska arbeta som frivillig med den här gruppen", sa Costello. "Hon kommer att stå till vårt förfogande som rättspsykolog med särskild expertis inom pedofili. Detta är den tredje teorin som vi arbetar efter." Han signalerade åt henne att komma fram. "Doktor Cray?" Han tog ett steg tillbaka och ställde sig vid väggen med alla fotografierna.

När Ali Cray gick den långa vägen över golvet öppnades och

slöts slitsen i kjolen så att en glimt av vitt ben syntes för varje steg hon tog och männen slutade att stirra på det ärrade ansiktet. När hon kommit fram till notstället kunde man tack vare dess smala skaft se henne i helfigur, och trots att kjolgardinen var fördragen fortsatte männen att iaktta slitsen.

Ingen sa någonting, ingen hostning eller viskning hördes. Damen hade full kontroll över hela rummet. Ändå tycktes hon så sårbar, hon som var den enda civilpersonen i denna bataljon med upprätthållare av lag och ordning. Det var det första man kunde hålla emot henne – Ali Cray var inte en av dem. Sedan skulle hon sjunka till botten på den skala enligt vilken män graderar kvinnor; det hade ärret kostat henne. Och slutligen skulle de kvinnliga utredarna och FBI-agenterna inte förlåta henne för den hastiga men totalt opassande förevisningen av naket ben – ytterligare ett brott.

Plötsligt tyckte Rouge att hon var mycket modig som stod där framme ensam, uthängd i kritikens skarpa ljus med sitt ärr och sin slitsade kjol.

"God morgon", sa hon från sin plats mitt emellan två jätteporträtt av döda barn. "I går kväll på Internet besökte jag en chatsida full av pedofiler. Där pågick en sansad diskussion om *etiken* i sexuella övergrepp mot barn – hur skulle man kunna avgöra om man fått ett ickeverbalt medgivande från en femåring eller ej? Ni förstår att när barnet gråter och säger *nej* tror de att barnet kanske menar *ja*. Och oftast talar de om barnet som *det*."

Utredaren Buddy Sorrel flyttade sig så att han skymde talaren, och därmed kunde Rouge obehindrat låta blicken glida över stafflierna. Två av barnen hade blivit illa misshandlade och företedde tecken på att skogens asätare gett sig på dem. Två andra kroppar var helt oskadade. Det såg ut som om de hade förmåtts att posera framför kameran.

"Alla som förgriper sig på barn tror sig bestämt veta, att om vi andra bara prövade på det en gång skulle vi *förstå*", sa doktor Cray. "De betraktar sig inte som särskilt annorlunda än vi och i vissa avseende har de rätt i det. Så glöm era förutfattade meningar. Ni kommer inte att hitta den här gärningsmannen om ni vänder på stenar. Han skulle kunna vara mannen som sitter bredvid er, nån som ni känt i tio eller tjugo år."

Rouge stirrade på det tomma staffliet där bilden av Susan hade stått. Han fyllde ut det tomma utrymmet med ett fantasifotografi, en bild som han som tioåring skapat utifrån de vuxnas samtal. Systern låg i snön med armarna längs sidorna och ögonen öppna mot himlen, en studie i vitt på vitt med iskristaller glittrande i de kastanjebruna lockarna. Och han såg poliserna som stod samlade kring hennes lilla kropp och stirrade.

Susan.

"Flertalet av dem som förgriper sig på barn åker aldrig fast", sa Ali Cray och drog åter till sig uppmärksamheten. "Och det vet de. De anser att det är samma odds för avslöjande och åtal som för en oprovocerad olyckshändelse. När de trots allt åker fast är det bara en av fem som sitter en enda dag i fängelse."

Den äldre utredaren flyttade sig så att Rouge kunde se Ali Cray. Just då upptäckte hon honom i trängseln. Kanske hade hon inte läst morgontidningarna, för hon verkade förvånad över att se honom i det här sällskapet.

Hon fortsatte sitt anförande något mer dämpat. "Man kan inte klämma in mänskligt beteende i bekväma fack. Här finns ett brett spektrum av olika nyanser. Men jag kan beskriva breda kategorier av förövare. Först har vi den som utnyttjar situationen – chanstagaren som ibland kallas för en regredierad pedofil. I medeltal förgriper han sig åttio gånger på fyrtio barnoffer, men han föredrar inte småflickor framför vuxna kvinnor. Ibland är det bara bekvämare för honom med en flicka. Han är inte sjuk. Han har bara inte tillräckligt av det moraliska medvetande som Gud har tilldelat en kackerlacka. Men han är inte den ni söker den här gången."

Och nu tittade hon på Arnie Pyle, FBI-agenten. Åter tycktes hon bli förvirrad. Rouge undrade om hon kände igen Pyles stora, sorgsna ögon. Agenten log lite när han nickade åt henne och Rouge förstod att de hade träffats tidigare.

"I nästa grupp", fortfor hon, "finns preferenspedofilen. Vissa av dem är så hämmade att de aldrig förverkligar sina fantasier. Men inte ens den mest extroverte av dem brukar föra bort barnet. Han har kanske ett jobb som gör det möjligt för honom att komma åt barn. I medeltal gör han sig skyldig till trehundra övergrepp på etthundrafemtio offer. Han åstadkommer stor skada men han brukar låta dem leva."

Ena handen gjorde en gest bakåt mot bilderna på stafflierna, men hon vände sig inte om för att se på dem. "Den ni söker är sadisten, barnarövaren – en seriemördare. Han vet att han kommer att mörda flickan från det ögonblick han har tagit henne. Ibland handlar det bara om en kallblodig eliminering av det enda vittnet och ibland är mordet rituellt. Han är den minst vanlige i det här packet och hans offer är inte alls lika många."

Hon stod tyst en aning för länge i detta rum som var fullt av poliser som hade viktiga saker att uträtta.

"Har du – " En irriterad BCI-man på främsta bänkraden erinrade sig plötsligt hur man uppför sig på sammanträden och sträckte upp handen. När hon nickade åt honom ställde han sin fråga. "Finns det en mer specifik profil på den här typen? Nånting användbart?"

"Man kan inte lita till profiler. I tidigare fall har det förekommit mördare som varit allt från förståndshandikappade vagabonder till raketforskare. De flesta har aldrig varit gifta, men man kan inte vara säker på det. Man måste se hela brottsmönstret för att kunna snappa upp nåt användbart om individen. Förmodligen är han vit – offren tillhör i regel samma ras. Han är heterosexuell och föredrar tioåriga flickor. Jag anser att han har hållit på i femton år."

Kommissarien räckte upp handen och en ordlös överenskommelse mellan dem bekräftades med en nick från henne.

Hon vände sig åter till åhörarna. "Kommissarie Costello vill att ni ska veta att detta bara är en teori. Men *om* min teori är riktig kan jag berätta mer för er om den här specielle mannen med utgångspunkt från detaljer i tidigare brott. Han befinner sig inte i den förståndshandikappades ände av skalan – han gillar utmaningar. Det främsta målet är det minst tillgängliga offret, en flicka från ett synnerligen förmöget hem. Och han har hittat ett sätt att bemästra vartenda säkerhetssystem som en förälder kan komma på för att skydda sin dotter."

En annan BCI-utredare sträckte snabbt upp handen. "Men flickan Hubble gick hemifrån ensam", sa hon. "Vi hittade hennes fotavtryck på – "

"Jag vet. Han utnyttjar flickans bästa vän för att locka ut henne. Mönstret är mycket intrikat. Det var så jag kunde koppla honom till de tidigare kidnappningarna. Efter den här genomgången ska jag dela ut sammanfattningar av de andra fallen. Det är en lång lista med barn. En del hittades döda, men de flesta har aldrig återfunnits. Huvudmålets bästis kommer oftast från en välbeställd familj men aldrig från nån riktigt förmögen. Väninnan är inte så övervakad utan mer sårbar, lättare att överfalla. Första gången – "

Hon vände sig om för att se på staffliet där Susans porträtt hade stått. När hon upptäckte att det var tomt tycktes hon ändra sitt anförande och sökte efter orden. Hon slog ut med handen mot nästa staffli med en bild av en misshandlad flicka. "I början brukade han kasta bort liket efter väninnan. Liken efter dessa flickor hittades i närheten av det ställe där de hade mördats. Det här hade kastats i ett konstbevattningsdike. Lägg märke till hur vårdslöst han lämnat henne. All synlig hud visar märken efter slag som tillfogats henne före döden, men han förgrep sig inte sexuellt på henne. Det var den här flickan som var lockbetet."

Hon övergick till nästa fotografi, en flicka som föreföll att bara sova, helt oskadd. "Huvudoffret lämnade han fullt synligt ute på en livligt trafikerad motorväg – så att föräldrarna snabbt skulle hitta henne."

Ali sökte Rouges blick och lät nästan ursäktande när hon fortsatte. "Den första flickan – lockbetet – dödades samma dag han rövade bort henne, sannolikt inom en timme. Flickan från den förmögna familjen hölls vid liv fram till samma morgon kroppen hittades. Detta mönster upprepades med nästa flickpar här till höger och det framhäver det sadistiska inslaget. När huvudoffrets familj fick klart för sig att flickan dog på juldagen blev helgen för alltid förstörd för dem."

Några av de mer grånade huvudena bland åhörarna vände sig om och Rouge förstod att de kopplade ihop detta med kidnappningen av en tioåring med kastanjebrunt hår som hette Susan Kendall och också hittats på juldagen. Först nu kopplade de äldre utredarna ihop henne med den unge polisen med samma namn – och med samma kastanjebruna hår. De kastade forskande blickar ut över rummet, fann honom bland alla de andra och letade i hans ansikte efter likheter med Susans – och fann dem. Överraskade och besvärade tittade de hastigt bort.

"När DNA-bevis började få användas i rättegångar", sa doktor Cray, "slutade den man ni söker att lämna kropparna så att de kunde hittas. Detta är intressant. Jag tror att de rättsmedicinska möjligheterna oroade honom. Han har alltså ett mönster men han är också flexibel – han förbättrar det. Flickorna som aldrig hittades står kvar i registren som försvunna. Ingen letade efter en mördare längre. Resten av mönstret finns kvar oförändrat. Flickorna rövas alltid bort två och två, de – "

En av detektiverna i mittraden lyfte handen och hon nickade åt honom.

"För att vara ett psykfall verkar han ha rätt god organisationsförmåga." Han lät tvivlande, misstrogen.

"Det är ingen galning", sa hon. "Underskatta honom inte. Även framstående psykiatrer ändrar sitt språkbruk och talar om *ond* i stället för *sjuk*. Den här mannen fungerar helt normalt. Han har jobb, nåt slags förbindelse med samhället. Jag vet att han förstår skillnaden mellan rätt och fel för han ser till så att han inte ska åka fast. Och så tror jag att han kommer härifrån trakten."

Hon ställde sig vid sidan av staffliet i mitten där man satt upp en karta över de tre närmaste staterna. "De flesta av barnen kommer från staterna här omkring men fotografier av dem har förekommit i rikstäckande veckotidningar och större dagstidningar. Men *inte* Gwen Hubble. Han har sett flickan i hemtrakten – hans *egen* hemtrakt."

Samma sak gällde Rouge och hans syster – inga fotografier av dem hade någonsin förekommit i offentliga sammanhang. Tvillingarna Kendall hade levt ett mycket skyddat liv. Han undrade om Ali Cray visste det. Han trodde nog att hon gjorde det.

"Det finns mer att veta." Hon vände sig mot kartan. "De här röda flaggorna utmärker var barnen som bodde på andra sidan delstatsgränsen hade sina hem. Varje ställe ligger på en dagsresas avstånd härifrån. En full tank som han köpt här räcker för en tur och returresa. Inga kreditkortsköp, ingen servicepersonal som minns en främling på besök i stan. Inga undertecknade motellräkningar. Han är bara en bilist, vilken som helst, på genomresa. Som jag sa hittas inte kropparna längre. Jag tror att de andra flickorna ligger tillsammans – en massgrav på ett säkert ställe.

Detta kan stöda teorin att han äger mark."

Hon nickade mot en annan uppsträckt hand bland åhörarna.

"De här andra fallen – kallade man in FBI då?"

"Ja." Hon gestikulerade mot stafflierna. "I de här två kidnappningsfallen kallades de in sen kropparna hittats." Hon pekade på det första fotografiet på vänster sida. "I det här fallet ansåg FBI att den misshandlade flickan var huvudoffret eftersom det fanns ett sånt raseri i våldet som hon utsattes för och dog av. Men jag tror att det var den här flickan som var lockbetet. Han använde henne för att locka ut den andra flickan – och han var tvungen att göra henne illa för att förmå henne till det."

En annan hand for upp och en kvinnas röst hördes. "Hur ofta inträffar de här överfallen?"

"Ibland går det ett par år mellan fallen. Det tar inte särskilt lång tid att hitta den privatskola där den förmögna flickan går. Artiklar i tidningarna löser ofta det problemet. Men det tar lång tid att hitta det rätta betet, en nära vän från en miljö som inte är så avskild – mindre pengar, inget yrkesmässigt skydd. Detta är viktigt för honom – allt måste stämma. Det intrikata mönstret är det som identifierar honom. I alla sammanfattningar som jag gjort av fallen ingår samma grundelement."

Hon stirrade ner i papperen på notstället och mötte inte blickarna som riktades mot henne. "Till sist ska jag bara säga att alla flickorna rövades bort vid terminens slut. Familjerna var inte så vaksamma. Perfekt timing. Han är en sadist men han kommer att ta det lugnt med Gwen Hubble. Han har investerat i henne. Han kommer att hålla liv i Gwen fram till juldagens morgon."

"Gwen?" En kvinnlig FBI-agent reste sig utan att vänta på att få ordet. "Den andra flickan då?"

"Sadie Green är död." Ali Crays tonfall antydde att hon trott att detta var underförstått. "Sånt är mönstret. Antagligen dödade han henne bara nån timme efter det att han rövat bort henne."

I den absoluta tystnad som uppstod i rummet märktes en svag rörelse bland alla människorna. De yngre skakade avvärjande på huvudet men de äldre nickade som om de sa: *Ja, naturligtvis är hon död. Allt stämmer.*

När Ali Cray lämnade talarens plats mötte hon specialagenten

Arnie Pyles blick. Ett samtal ägde rum mellan dem i form av dessa hastigt utväxlade blickar och Rouge tänkte att det måste finnas något mer i deras förhållande till varandra än bara en brottsutredning.

Senige agenten Pyle verkade nästan stöddig när han gick fram till talarens plats. Han rörde sig elegant som en solochvårare och kläderna satt snyggt på hans magra kropp. I ett ytterligare avsteg från den klonade FBI-agentens vanliga utseende lossade han på slipsen tills knuten satt flera centimeter under den uppknäppta kragknappen. När han kommit en bit bort från de andra FBI-agenterna tycktes han ta steget över till delstatsutredarna och han nickade menande mot poliserna och log bistert mot dem. Och de log tillbaka mot denne riktige polis, denne sanne snut. Pyle hade blivit en av dem redan innan han tog plats som talare. Och på grund av detta skickligt genomförda men skenbara avhopp misstrodde Rouge honom i grunden.

Agent Pyle stod framför dem utan några anteckningar eller någon rekvisita, för detta var inte ett anförande inför främlingar utan ett samtal med gamla vänner som han träffade för första gången.

"Doktor Cray plockade bara ut de fakta som stöder hennes teori. Ni vet att den rikstäckande statistiken över försvunna handlar om enorma antal. Vi har över nittiotusen ungar ute på luffen varje dag, varje år, eller hur?" Han förmedlade intrycket att detta var ett känt faktum, att de alla visste att damens teori var rena smörjan.

Rouge såg sig om i rummet och huvuden nickade, instämde i att Ali Cray var en civilperson, en outsider – en amatör.

"Gör jag en översikt över hundra slumpvis valda fall kan jag använda statistik för att skapa en massa mönster som inte existerar."

Att döma av hur de övriga utredarna såg ut förstod Rouge nu att Alis fallbeskrivning hade reducerats till någonting utan praktisk betydelse; så snabbt hade FBI-agenten tagit kål på henne.

Agent Pyle vände sig om mot stafflierna och pekade på fotografiet längst till höger. "Den där lilla flickan hette Sarah. En lösensumma begärdes. Det talade doktor Cray inte om." Det hördes att hon var fördömd. Och sedan höjde han rösten en aning

och lade en glöd i sina nästa ord som om han varit en väckelse-
predikant. "Vi *tog* den som skickade brevet med kravet på lösen-
summa och den jäveln *fälldes.*" Underförstått: *Gud och FBI ske
pris, bröder och systrar i tron.*

Spridda applåder hördes men dog snabbt ut när varje man och
kvinna insåg att detta inte var ett väckelsemöte. Men det var ett
slags tvekamp, en uppvisning i konsten att platta till någon
annan. Emellertid fick agenten föra kampen ensam. Ali Cray var
bara en passiv iakttagare nu. Om Rouge kunde utläsa något i
hennes ansiktsuttryck var det besvikelse över agent Pyle, men
inte den minsta fientlighet.

Märkligt.

"Jag kan inte ta upp de fall som vi inte kopplades in på", sa
Pyle. "En del av ungarna kan ha haft all anledning att rymma –
det kan ha förekommit övergrepp i hemmet, misshandel, incest
– allt sånt har jag sett. Nu till statistiken över doktor Crays grupp
med tioåringar. Ibland kan man se en anhopning i ett område
utan nån rimlig anledning. Och dessa tre stater är tättbefolkade."

Rouge fick intrycket att det här handlade om att få ryggen fri
eller att ge igen. Det var någonting i Pyles framställningssätt som
fick hans angrepp på Ali Crays teori att låta på tok för personligt.

"Jag tror inte att vi har att göra med en pedofil", sa agent Pyle.
"Orsaken är tämligen uppenbar. Detta brott handlar om pengar.
Det faktum att det inte finns några publicerade fotografier av
Gwen Hubble stöder denna teori. Kidnappningen av Sadie
Green var ett misstag, en oavsiktlig avvikelse från planen att kid-
nappa flickan Hubble för att begära en lösensumma. Förövaren
befann sig på rätt plats men tog fel flicka. Det enda doktor Cray
och jag är ense om är att Sadie Green förmodligen är död. Sadie
var bara ett felsteg i – "

"Jag hör nog vad ni säger!"

Allas blickar vändes mot dörren där Sadie Greens mor utkäm-
pade en strid med en av delstatspoliserna. Kommissarien vinka-
de undan den uniformerade polisen. Kvinnan steg in, och kan-
ske kände hon en plötslig kyla ty hon svepte sin bruna yllekappa
tätare om sig. Costello gick henne till mötes med snabba steg för
att hejda henne innan hon fick se fotografierna på väggen längst
fram. "Mrs Green? Den lila jackan – var den er dotters?"

"Ja, det är Sadies jacka!" skrek hon åt kommissarien men blicken vilade på FBI-agenten längst fram. Hon sträckte ut ena armen och pekade fördömande på Pyle. "Hon är *inte* död", skrek hon. Hon knöt handen. "Och hon är inte nåt felsteg! Inget *misstag!*" Rösten dog bort när hon fortsatte, inte för att hon inte var arg längre utan för att hon var så utmattad. "Hon är en liten flicka och jag vill ha henne tillbaka." Hon hade fortfarande sin arga näve höjd och nu avbröt hon sig för att stirra på den som om hon var förvånad över att se den där i änden på en fyllig arm.

"Å, förlåt." Handen sjönk ner. Fyra federala agenter flyttade sig på rad för att skymma stafflierna med sina kroppar så att hon inte skulle få syn på jättefotografierna av döda barn.

"Ni får förlåta mig", sa hon till dem alla. "Bli inte arga på mig." Hon sökte tröst och uppmuntran hos männen och kvinnorna som stod runt om henne och hon log när hon kikade upp på dem.

Det högg i Rouge av medkänsla med henne. Det där leendet måste ha kostat ofattbart mycket. Ryggen var hopsjunken och denna ansträngning att försöka se vänligare ut tycktes beröva henne alla krafter.

"Jag har råkat illa ut, det vet jag." Hon vände sig till kommissarien. "Men ni sa att om jag kom ihåg nåt viktigt – och det har jag gjort nu."

Costello försökte ta hennes arm men hon undvek honom. I ett utbrott av ny energi steg hon in mitt i rummet, inte olik en dansare som finner scenens kritmärken. "Men först vill jag tacka er alla för att ni ryckte ut den där gången då min dotter spelade upp sin pil-i-hjärtat-scen." Hon log bevekande mot alla ögonpar i publiken. "Sadie anser fortfarande att det var en höjdardag."

Rouge såg inte vad som hände sedan. Han stod för långt bak. Kanske snavade kvinnan på någonting eller också vek sig benen helt enkelt efter chocken att identifiera dotterns lila jacka. Mrs Green föll ihop på golvet. Alla poliserna i rummet kom på fötter och närmade sig med utsträckta händer.

"Nej, nej, jag behöver ingen hjälp. Jag vill inte vara till besvär." Hon log brett och hjärtligt men sedan skakade hon på huvudet. "Bondkomik tycks inte vara min starka sida."

Kommissarie Costello föll på knä bredvid henne men rörde

inte vid henne trots att han ville. Han lutade sig över henne som en förälder som övervakar barnets första steg. Becca Green kände efter om benen bar och reste sig långsamt.

"Mrs Green, ni sa att ni hade kommit ihåg nånting viktigt", sa Costello överraskande milt.

"Nånting viktigt – ja." Hon öppnade handväskan och grävde i den med ena handen. "Min Sadie är artist." Och nu hade hon hittat det hon sökt efter och tog fram det. "Titta här! Det här är Sadies öga."

Agenterna och utredarna stirrade förfärat när mrs Green höll upp ett till synes drypande, blodigt öga som spetsats på en gaffel. Ingen rörde sig. Ingen andades.

"Hon har en massa andra", sa Becca Green. "Men det här är bra för specialtillfällen. Som när vi har gäster till middag, fattar ni? Och de inte känner Sadie så bra? Hon gömmer det i handen så här." Mrs Green drog ut gaffeln ur ögat. Ett svagt sugande ljud hördes.

Trots att det nu var uppenbart att det var ett låtsasöga av gummi ryste en av veteranerna bland BCI-männen och spillde kaffe på byxorna när han slog sig ner på en stol. Han satt trollbunden och märkte inte fläcken som bredde ut sig.

Becca Green kupade handen om låtsasögat och täckte sitt eget blåa öga med samma hand. "Sen sticker hon in gaffeln mellan fingrarna, så här."

Rouge ville inte se på när kvinnan stötte in gaffeln mellan fingrarna och in i ögonhålan men han förmådde inte titta bort.

"Och *voilà*", sa Becca Green och drog ut gaffeln igen samtidigt som hon fortfarande täckte ögonhålan med ena handen för att upprätthålla illusionen att hon nu var halvblind. Hon höll upp gaffeln i luften så att alla kunde se. Gummiögat satt åter fast på silverspetsarna. "*Det* är vad jag kallar underhållning."

Hon sänkte armen och såg ner på den blodiga, slemmiga saken på gaffeln. "Naturligtvis missar ni en del av effekten", sa hon en smula nonchalant. "När Sadie gör det här numret stoppar hon ögat i munnen och tuggar på det – det är hennes tjusiga final. Men det kan jag inte." Hon hötte med det spetsade ögat för att betona det hon sa. "För mig finns det gränser, fattar ni?"

Ett nervöst skratt hördes från en agent längst bak i rummet

och sedan porlade det framåt bland de andra. Becca Green stämde in på sitt mer hjärtliga sätt medan hon än en gång stack ner handen i sitt skräckkabinett till handväska. "En sån tjej, va?"

Den här gången tog hon fram ett litet monster. Det hukade i hennes hand. Agent Pyle hade lämnat notstället och ställt sig bredvid henne. Hon höll upp leksaken mot hans ansikte och sedan kastade hon den till golvet vid hans fötter. Fjädringen i gummibenen fick det lilla monstret att studsa tillbaka som om det varit levande.

"Det var det här jag kom ihåg", sa hon och vände sig så att hon såg in i de ängsliga ansiktena medan hon höjde ena handen i luften och äskade tystnad. "Lyssna nu."

Och det gjorde de. Allesamman lyssnade, spetsade öronen så att det bildades en märkbar spänning i rummet, ett elektriskt nätverk av förväntningar.

"Min flicka har ägnat all sin tid åt att öva sig i att möta fula gubbar. Hon *lever!* Fattar ni? Men hon är så liten. Ni måste hitta henne fort och föra hem henne."

Arnie Pyle nickade och stirrade på henne med sina stora mörka ögon som så behändigt förmedlade medkänsla och sorg eftersom de var skapta sådana – en genernas nyck.

"Behåll den!" Becca Green pekade på leksaken som låg vid agentens fötter. "En påminnelse om Sadie – så att ni inte glömmer bort henne. Våga bara ge upp sökandet efter min dotter. Jag tror inte på att hon är död förrän jag ser hennes kropp. Och då kommer jag antagligen att sticka henne med en nål – bara för att vara på säkra sidan." Sadies mamma började skratta igen. Och fick svar här och där, skrattet spred sig som en smittsam, nervös hosta.

Hon kom farligt nära väggen bakom där alla de mindre fotografierna satts upp, bilderna av döda små flickor med ögon och hud som bar märken av väder och vind och vilda djur. Rouge knuffade sig fram till främsta ledet. "Mrs Green." Han tog henne milt om axlarna för att hindra henne från att se sig om, från att se väggen. "Låt mig ringa efter er make. Han kan komma och – "

"Nej, inte än – *snälla* ni." Hon snurrade bort från honom, tillbaka till rummets centrum, till mitten av scenen. "Ni måste se min Sadie sån hon egentligen är. Hon är inte bara en kortvuxen, halvfärdig person. Jag lovar och svär att ni kommer att älska den här ungen."

Och nu rev kommissarie Costello ner de brutala bilderna från väggen och stafflierna så att inte modern skulle vända sig och få syn på de små flickornas ruttnande kroppar. Fotografierna flög genom luften och utredare kravlade på händer och knän medan de samlade ihop bilderna och gömde dem. En del grät och Becca Green skrattade högt och gällt. Vem som helst som kommit in i rummet just då skulle ha kunnat tro att de alla blivit galna tillsammans, Sadies mamma och snutarna.

FEMTE KAPITLET

Rouge Kendall tittade i backspegeln. Inga reportrar förföljde hans gamla bruna Volvo och det gjorde honom nyfiken. Nyhetsfolket uppförde sig alldeles för väluppfostrat denna morgon.

Becca Green hade sjunkit ihop mot passagerardörren och betraktade skyltfönstren och trottoarerna som drog förbi utanför sidofönstret. Kvinnan kämpade mot gråten och han trodde att hon ansträngde sig för hans skull. I dag hade hon förbrukat all sin energi på att hitta ett passande sätt att umgås med polisen. Hur många gånger hade hon inte bett om ursäkt för något inbillat övertramp under samvaron med dessa underliga, beväpnade människor.

"Mrs Green?"

"Förlåt. Ni frågade om pojken – Sadies skugga?" Hon gjorde ett ynkligt försök att le. "Min dotter kallar honom David Alien, rymdvarelsen, eftersom han varken talar eller äter." Nu log hon mer naturligt. "Var gång han får syn på Sadie i skolans cafeteria spiller han mat i knät, blir illröd i ansiktet och går sin väg utan ett ord."

Rouge nickade, han kände igen symtomen. Kommissarie Costello kanske hade missförstått Davids oro. Grabben undanhöll säkert ingenting, han var bara förälskad. "Så David Shore talade *aldrig* med er dotter? De brukade inte ha några hemligheter ihop eller så?"

Becca Green skakade på huvudet. "Sadie är inte den lättaste tjej att närma sig när man är så blyg som David. En gång, det var kanske ett år sen, sa skolkuratorn åt Sadie att sluta plåga pojken. Två dar senare dyker husmor i Davids hus upp hemma hos mig."

"Mrs Hofstra?"

"Just hon. Hon sa att hon ville dricka te med mig. Men ni förstår, hemma hos mig dricker vi kaffe. Då tar den här damen fram en liten plåtburk ur väskan. Innan jag vet ordet av sitter vi i köket och dricker örtte. Inte så dumt – aningen sött kanske, men nuförtiden köper jag det åt Sadie. Hur som helst så bad den här kvinnan om ursäkt för vad skolkuratorn hade sagt. Hon berättade för mig att David blivit deprimerad. Han trodde att Sadie inte ville vara i närheten av honom längre för att hon tyckte illa om honom. Mrs Hofstra ville faktiskt att jag skulle bussa min dotter på David. Om Sadie lovade att aldrig försöka tvinga grabben att tala fick hon plåga honom så mycket hon ville – det kom vi överens om. Ni förstår, Sadie genomförde tricket med pilen bara för Davids skull. Han hojtade till högt för allra första gången."

"Varför hittar Sadie på sånt där?"

"Å, inte vet jag. Tror ni kanske att hon vill väcka uppmärksamhet?"

Sarkasmen var mild och Rouge log. "Hon fick mycket uppmärksamhet när poliserna ryckte ut för att hon hittat på piltricket."

"Ja, och Sadie lurade till och med skolsköterskan", sa Becca. "Tänk bara så genialt det var att sätta pilen över hjärtat så att ingen kunde kolla om det slog."

Rouge stannade vid trottoarkanten. Vid den här änden av återvändsgränden hade man en makalös utsikt över sjön. Trots att bebyggelsen runt omkring var över fyrtio år gammal kallades denna förnäma gata med vackra villor, gröna gräsmattor och uppvuxna träd fortfarande för det nya området. Han hade inte väntat sig att bensinstationsägarna skulle ha ett stort, grått tegelhus i kolonialstil.

Mrs Green läste hans tankar. "Det är rena ladan", sa hon ursäktande när de gick upp längs den stenlagda gången. "Det är inte klokt att det kan ta så lång tid att städa ett hus. Harry vill att jag lejer en städerska men hushållsarbetet är nästan den enda motion jag får. Och så tycker jag att det skulle vara konstigt om en annan kvinna rörde vid mina saker. Förstår ni hur jag menar?"

"Ja", ljög han. Ända tills han var långt upp i tonåren hade ett antal kvinnor städat efter hans lilla familj, lagat maten, tvättat kläderna och uträttat ärenden. En privatsekreterare hade tagit hand om kondoleansbreven när systern dött.

Mrs Green öppnade dörren och bjöd honom att stiga in. Han trädde in i kompakt värme och en mogen, pikant doft av möbelpolish och nypålagt bonvax. Han följde efter henne genom en luftig hall och in i ett stort rum där värmen var inbyggd i miljön med böcker i skinnband, orientalisk, rikt mönstrad matta och väggfärg i honungsgul lyster. Här fanns rejäla möbler av god kvalitet som tillverkats för att kännas bekväma och som var dyra. Och han visste att åtminstone en av målningarna på väggen inte var någon reproduktion, för den hade en gång ägts av familjen Kendall.

Han hade aldrig varit särskilt förtjust i konsten som funnits hemma, bortsett från att den kunnat omsättas i pengar. Han hade sålt alltsammans, objekt efter objekt. Och nu stod han och stirrade på den gamla välbekanta tavlan av Arthur Dove. Det var ett anspråkslöst verk av en mindre framstående konstnär men den hade inbringat tusentals dollar på auktion. Han betraktade de inramade fotografierna som täckte väggen intill. Alla bilderna av berömda personer hade tagits av en lika berömd fotograf och en av dem var ett Stieglitz-porträtt av Georgia O'Keeffe.

"Vem är konstsamlaren i familjen?"

"Min man." Hon vände sig långsamt om i vardagsrummet som om hon betraktade det med en främlings ögon. "Stämmer inte riktigt med att fylla på bensin och laga bilar, eller hur? När vi var studenter drömde Harry om att bli en svältande konstnär – han ville bli fotograf. Sen dog hans farbror och han fick ärva en bensinstationskedja och en tjock bunt sedlar. Hela grejen med att svälta blev liksom meningslös." Hon ryckte på axlarna. "Livet kan vara så grymt."

Rouge log inte. Grymhet och ironi var inte obekanta företeelser. Inget av fotografierna i det här rummet hade tagits av Harry Green.

Det var så tyst i huset. Han hade trott att en FBI-agent försedd med avlyssningsutrustning skulle ha slagit läger i vardagsrummet. Vem kontrollerade alla de sjuka telefonsamtalen? Var fanns horderna med reportrar som bokat varenda uthyrningsrum på orten? Varför var dessa människor så ensamma?

"Er telefon är avlyssnad, inte sant?"

Hon nickade. "Jag har undertecknat alla formulären. FBI var här och installerade nån utrustning i källaren. Jag hoppas att de inte är alltför förargade. Så mycket besvär för en telefon som aldrig ringer." Hon lät apatisk på rösten när hon gick bort till trappan.

"Det kan ta några dar innan tidningarna får tag på ert hemliga telefonnummer. Sen kommer telefonen aldrig att sluta ringa." Han sa det som en bortförklaring, som en komplimang till en charmlös flicka på skoldans.

Hur hade reportrarna distraherats? Gräsmattan borde ha kryllat av kamerafolk.

Mrs Green gick mot trappan. "Vill ni gå husesyn? Det tar bara nån minut. I alla fall gick det så fort för de andra poliserna. Sadies rum ligger här borta."

Hon gick före uppför trappan och längs en korridor kantad med fotografier från ett annat århundrade, familjegrupper och porträtt av sedesamt snörda kvinnor och män i stärkkragar. All höviskhet och förnämitet upphörde vid den dörr där mrs Green väntade. Den var prydd med en blodig affisch för en gammal skräckfilm som hette *Freaks*.

Han vände sig till kvinnan bredvid, hon som verkade så normal.

"Väntade ni er en affisch för *Unga kvinnor*?" Hon öppnade dörren. "Kanske *Snövit*?"

Hon klev åt sidan och han trädde in i ett färggrant collage av Halloweenmasker, låtsasuppkastningar och flaskor med blodröd vätska. Monster stirrade på honom ur ramar som hängde tätt, tätt på alla väggarna. Endast utrymmet ovanför flickans säng var fritt från våld. Här fanns en vårdslöst uppsatt samling blå prisband.

"Det där är gymnastikpris", sa Sadies mor.

Hon lät inte det minsta stolt och Rouge tyckte att det var konstigt för det fanns inte ett enda andrapris i samlingen. "Er dotter måste vara mycket skicklig i gymnastik."

"Jag undrar det", sa hon och lät uppriktigt tveksam. "Ibland tror jag att de blå banden bara är en följd av hennes djärvhet. Ni skulle se henne på barren. Hon skjuter ifrån, flyger genom luften och tittar aldrig ner. Hon hjular och slår baklänges saltomortaler – hon snurrar genom rummet och varenda gång tror jag att hon ska bryta nacken av sig. Hennes far älskar det. Harry går på alla tävlingarna. Själv kan jag inte se på längre."

Han gick bort till nästa vägg där det fanns en stor anslagstavla och en häpnadsväckande samling långbenta gummiinsekter uppsatta på nålar. Ett halvdussin låtsasögon stirrade upp på honom från en öppen äggkartong på skrivbordet. Han skummade titlarna i en bokhylla full av videokassetter. De flesta tillhörde skräckgenren från trettio- och fyrtiotalen, det verkade snarast charmigt, och ytterligare några var välkända barnfilmsklassiker.

Becca Green tog ut ett band som hade en etikett klistrad över en annan. Där stod: *"Heidi*, originalversionen av Richard Hughes." Hon drog av den översta etiketten så att han kunde läsa filmförfattarens riktiga titel.

"Eyeball Eaters from Hell?"

"Hon märkte den som barnfilm för min skull. Min Sadie saknar inte viss barmhärtighet."

"Låter ni henne titta på sånt?"

"Låter henne? Sadie är en mogen person. Hon föddes sån – direkt ur det förbannade ägget." Becca Green log igen och var märkbart stolt över detta. "Har ni sett tillräckligt?"

Hon fick det att låta som om hon utmanade honom att våga ta en titt in i den mörka garderoben eller kanske kika under sängen, om han nu stod pall för det.

"Jag fattar nog." Han följde henne ut ur rummet och tillbaka nerför trapporna. Tystnaden i huset lämnade honom ingen ro. "Har mrs Green haft mycket besvär med reportrarna?"

Hon skakade på huvudet medan hon gick in i vardagsrummet. "Tvärtom." Hon drog från de blekgröna gardinerna från fönstret mot gatan. "Ser ni killen som sitter och sover i bilen på andra sidan gatan? Han är poolreportern. Om Harry och jag plötsligt blir galna och springer omkring nakna på gräsmattan måste den här killen dela med sig av den nyheten till de övriga reportrarna. Alla de andra är borta hos Hubbles. Han säger att de har fått ett eget pressrum med en massa telefoner och gratis sprit och mat."

Becca Green drog av sig kappan och kastade den på soffan. Hon stirrade fortfarande ut genom fönstret, en liten rund kvinna som förmodligen själv klippte sitt hår. Rouge lade märke till att det bruna håret var ojämnt i nacken och han blev rörd. Han önskade att han hade kunnat säga det till henne.

"Jag tycker nästan lite synd om den där killen", sa hon och nickade åt den sovande reportern i bilen. "Han går miste om alla de stora presskonferenserna och bulletinerna från FBI. Jag funderar på att springa bort dit efter lunch och visa brösten för honom. Bara helt hastigt så att han blir lite uppiggad. Hur vore det tycker ni?"

"Jag tycker att det är jävligt synd att ni redan är gift."

Hon vände sig mot honom och log vänligt. "Vilken lögnhals ni är. Men jag gillar er faktiskt."

Han hörde ytterdörren öppnas och stängas och så kom en djup mansröst från hallen. "Becca?"

"Här är jag, Harry", ropade hon och fortfor mer dämpat: "Vänta er inte för mycket av min man är ni snäll."

En storvuxen, bredbröstad man fyllde upp dörröppningen. Vindsvepta, ljusbruna hårtestar snuddade vid kragen på en dyr bomberjacka. Halsduken i många färger var helt klart hemstickad och så orimligt lång att dess fransade ändar hängde en bra bit nedanför knäna på de blå jeansen. Rouge frågade sig om Becca Green hade stickat halsduken utifrån teorin att den blev varmare ju längre den var. Med detta fåniga plagg som enda bevis förstod han att hon älskade sin make mycket, och det faktum att Harry Green faktiskt hade halsduken på sig var precis lika vältaligt.

Mannens mörka ögon var uttryckslösa och han stirrade rakt framför sig som ett spöke som drar igenom ett rum utan att se någon. Tyst gick han långsamt över den tjocka mattan, på ett ungefär i riktning mot hustrun.

"Det är inte så illa som du tror, Harry", sa mrs Green. "Vi behöll kläderna på hela tiden."

Mannen hajade till när han fick syn på en lång polis som stod i hans vardagsrum. Och sedan återvände han helt till livet och åstadkom ett svagt leende mot hustrun. Milt och kärleksfullt strök han henne över håret. Han nickade åt Rouge, men sedan blev blicken bortvänd igen när han lunkade iväg för att spöka i något annat rum.

Becca Green vände sig mot den öppna spisen och tog ett papper från en hög som låg på spiselkransen. Hon räckte det till Rouge. "Harry har själv gjort det här flygbladet. Han satt i timmar och gick igenom våra fotoalbum – han ville hitta precis rätt bild. Sen monterade han den och lät kopiera bladet. Han tog bilden av flickorna när det var föräldradag på sommarlägret."

Rouge stirrade på den svartvita bilden som fyllde upp halva papperet. Två små flickor satt på en bänk med armarna om varandra. Gwen lutade huvudet mot Sadies axel. De stirrade långt bort åt olika håll, båda försjunkna i tankar. Långa skuggor sneddade över gräset i bakgrunden. Kameran hade fångat ett fridfullt ögonblick i slutet av en dag fylld av aktiviteter, just när barnen var trötta och nöjda med att bara vara tillsammans. Under fotografiet stod endast ordet "PLEASE", handskrivet med en markörpennas djärva, breda drag. Var snäll och hjälp oss.

Det grep honom på ett sätt som han inte kunde förklara, ty detta var ett verk av en konstnär och därmed bortom hans ordförråd. Han kände bara till priset på konstnärers verk.

Rouge lämnade tillbaka det.

"Nej, behåll det bara. Jag har hundratals. I morse åkte Harry ner på stan för att sätta upp dem i butikerna men då var redan de här som har gjorts av fackfolk uppsatta i vartenda fönster." Hon höll upp ett annat flygblad så att han kunde se. Det var tryckt på ett dyrare, blankare papper. "Snyggt, va? Gwens mamma lät göra dem hos en riktig tryckare."

Nog var det en grandios flopp Gwens mamma åstadkommit.

Där fanns alldeles för mycket information: barnens längd, vikt och vartenda igenkänningstecken på deras små kroppar – tillräckligt med underlag för att galningarna skulle fortsätta ringa i all oändlighet. Mitt i natten skulle en viskande röst berätta för Greens exakt var födelsemärket på Sadies axel satt och sedan skulle den perverse jäveln fortsätta med att beskriva saker som skulle få föräldrarna att vråla av smärta. Rouge tyckte inte om fotografierna heller. De var rakt på sak men valda för att de visade flickorna framifrån och från sidan, och de såg ut som förbrytarfotografier av mycket små brottslingar.

Han vek ihop Harry Greens flygblad och stoppade det i innerfickan på jackan. "Jag föredrar er makes. Får jag några till?"

"Det var roligt – för Harry också. Ta allesammans."

När Rouge lämnat familjen Greens hus såg han till sin förvåning att Ali Cray satt i framsätet på hans gamla Volvo. Det fanns ingen bil i sikte som skulle kunna vara hennes. Bortsett från poolreporterns hyrbil var alla fordon som syntes längs vägen parkerade på privata uppfarter.

Hade hon tänkt fortsätta samtalet som inletts på Dame's Tavern?

Han öppnade dörren och utan ett ord eller en blick som sa att hon inte hade där att göra gled han ner bakom ratten och lade högen med flygblad ovanpå instrumentbrädan. Hon tog ett blad från bunten och stirrade på det.

"Hjärtskärande", sa hon i stället för hej.

"Sadies pappa har gjort dem." När Rouge stack nyckeln i tändningslåset vandrade hans blick över de fridfulla gräsmattorna längs återvändsgränden. Leksaker och cyklar låg övergivna på gräset utanför praktiskt taget alla husen. Inget surr från inliners, inga springande fotsteg på trottoaren. Inga rop, inte en enda förolämpande liknelse med snorkråkor, inte heller de gälla skriken som stod för både glädje och ilska. I dag hade pojkarna och flickorna och allt deras oväsen gömts undan inomhus. Kanske ville inte grannarna plåga paret Green med en demonstrativ uppvisning av högt älskade barn.

Han undrade om Becca Green hade märkt det.

Självklart hade hon det.

"Herregud, den är ju fantastisk." Ali Cray beundrade fortfarande Harry Greens flygblad. "Den här är förstås inte tänkt för allmänheten. Den är en direktkommunikation med den här pedofilen. Om tillräckligt många sätts upp kommer monstret att se dem varje dag. Synd bara att han inte är mänsklig – inte har nåt hjärta. Hur som helst är det för sent för Greens flicka."

"Det är jag inte så säker på." Rouge lade in en växel och körde ut från trottoarkanten – förmodligen tänkte hon väl stanna en stund. "Du kanske är den enda som gett upp om Sadie."

"Mamman gjorde i alla fall en häpnadsväckande PR-grej inför insatsstyrkan. Hon är begåvad. Hon sa att ni alla skulle komma att älska ungen – och nu gör ni det. Men den där lilla tjejen är död sen flera dar, Rouge. Tro mig."

"Det kan jag inte." Han log.

Ali lutade sig fram och rörde vid hans jackärm. Det var en varning. Hon var mycket allvarlig men också mild i rösten; hon ville bara skydda honom. "Bli inte kär i den här lilla. Hon är död."

Julgransvägen var kantad av skåpbilar och personbilar. Ännu fler fordon fyllde den cirkelformade uppfarten. Rouge vinkade åt delstatspolisen som stod vid grinden. Precis bortom det utsirade järngallret hölls en hund tillbaka i ett koppel som så när strypt den, vilket var tillräckligt för att Rouge skulle ogilla djurets förare, en medelålders man med glest blont hår, små flackande ögon och en flickas mjuka mun.

John Stuben? Ja, så var namnet. Två hundar i delstatspolisens hundstall hade köpts från denne mans kennel. Enligt artiklar i tidningarna hade båda hundarna varit våldsamt aggressiva och ansträngt sig långt utöver vad plikten bjöd för att lemlästa allt mänskligt de kom i kontakt med. Fyra år senare höll delstaten New York fortfarande på att betala för processerna och kenneln hade gått i konkurs. Tydligen hade Stuben börjat arbeta hos Hubbles, för jackan var välskuren och dyr men alldeles för stor, säkert övertagen från den långe och förmögne arbetsgivaren.

Kanske hade säkerhetsfanatikern Peter Hubble anställt mannen på grund av hans rykte och inte trots det. Hittills hade ingen någonsin kommit oskadd ifrån en tvist med en hund uppfostrad av John Stuben.

Rouge och Ali visade åter sina identitetskort i dörren. En FBI-agent bockade av Alis namn på en lista med väntade gäster och pekade sedan mot festsalen där viceguvernören förberedde för presskonferens. De gick längs det långa galleriet med marmorgolv och ovärderliga tavlor på panelklädda väggar, förbi en öppen dörr till ett rum där två kvinnor i jeans matade papper i en kopiator. Rouge placerade dem bland dem som ställt upp frivilligt. I nästa öppna rum kände han igen en FBI-man som satt i en soffa med slipsen på sned och pratade i ett headset. En utrustning för avlyssning täckte kaffebordet. En kvinnlig agent arbetade vid sin bärbara dator. Både de frivilliga och agenterna såg slitna ut, så som man gör efter en sömnlös natt. Rummet bredvid måste ha tilldelats reportrarna, tänkte Rouge när han hörde kakofonin av ringande telefoner och klirrande glas och kände lukten av mat, sprit och tobaksrök.

De närmade sig slutet av galleriet och huvudnumret, det vill säga viceguvernörens presskonferens. Hundra olika, pågående samtal växte i ljudstyrka. Ett par höga, vackra dörrar stod öppna så att de hade fri sikt in i den stora balsalen. Ihopfällbara stolar fyllde halva golvytan och en provisorisk träestrad hade placerats mot den bakre väggen. Kameramän myllrade omkring med bländande, bärbara strålkastare. Fler ljusstrålar kom från strålkastare på stolpar. Tekniker och reportrar fanns överallt.

En grupp på fem män i mörka kostymer stod på ena sidan av podiet. Samtliga hade hörlurar och blickarna svepte oavbrutet över rummet, vandrade från ansikte till ansikte bland alla de församlade. Nu riktades alla fem ögonparen mot Rouge och hans följeslagare. Han stannade vid dörren och höll fram sin polisbricka mot en delstatspolis som sedan nickade åt männen på andra sidan rummet. De återtog sin granskning och ansiktena vändes långsamt åt vänster, sedan åt höger med en precision värdig balettflickor. Bakom ett ormbo av mikrofoner på estraden stod guvernören flankerad av senator Bermans och viceguvernörens längre gestalter – den senare mer känd som Gwens mamma. Sminköser gick från den ena politikerkändisen till den andra och piffade upp dem med puder och läppstift.

Rouge vände sig till Ali. "Hur vore det om du bevakade den här tillställningen. Jag tänker leta efter Peter Hubble."

Hon nickade och han gick tillbaka mot balsalsdörren. Delstatspolisen som stod på vakt visade hur han skulle gå längs en smal korridor som ledde till husets baksida, där man senast sett Peter Hubble.

Den här korridoren mynnade i ett rymligt, varmt rum med synligt tegel i väggarna och skåp i körsbärsträ. Några kastruller hängde från en rund ställning över en stor fristående arbetsbänk och solen som sken in genom en rad höga fönster fick kopparn att glänsa. En kvinna i jeans skötte en kaffebryggare medan hennes kollega staplade upp pappersmuggar på en bricka.

En annan kvinna, stor och stark i sin vita uniform, tycktes hålla vakt över Gwens far. Peter Hubble satt vid bordet med huvudet vilande mot armarna och ögonen slutna. En orörd tallrik med mat hade skjutits åt sidan.

När Rouge närmade sig den sovande mannen flyttade sig kvinnan så att hon stod mellan dem. Han gissade att hon var kokerskan eller hushållerskan, för helt klart var detta rum hennes revir och han själv en inkräktare. Allt i hennes ansikte och hållning utstrålade: *Gosse lille, slå till reträtt medan du kan.*

"Hej på dig, Rouge."

Han vände sig om och fick syn på en delstatspolis som han kände. Denne hade länge brukat titta in på stadens polisstation en gång i veckan för att ta en kopp kaffe.

"Hur går det?"

"Uselt." Rouge nickade mot Peter Hubble. "Han sov förstås inte en blund förra natten."

"Han är ute hela nätterna", sa delstatspolisen. "Varenda natt."

"Vad gör han då?"

"Det ville kommissarie Costello också veta. Min partner och jag fick skugga honom ett par gånger. Han kör omkring på små-vägarna – bara kör och kör. Han letar efter sin dotter. Otroligt, va?"

Peter Hubble lyfte på huvudet, yrvaken och förvirrad. När han såg på Rouge och delstatspolisen fylldes blicken av hopp, vilket snabbt ersattes av yttersta skräck. Rouge ryckte på axlarna för att förmedla till honom att det inte fanns något att rapportera, och Peter Hubble lät huvudet sjunka igen. Ansiktet var dolt och det hördes ingenting, men axlarna skakade, andningen var ansträngd och de förstod att han grät.

Hubbles beskyddare, kvinnan i vitt, behöll fattningen. Tydligen hade det hänt tidigare. Men mannens gråt fick de två poliserna att backa. Sedan vände de och lämnade rummet under besvärad tystnad.

Specialagenten Arnie Pyle ställde sig myndigt mitt i vägen för den unga psykologen och hejdade henne när hon var på väg fram mot estraden längst bort i balsalen. Ett ögonblick trodde han att Ali tänkte gå runt honom – eller över honom. Han lekte lite med tanken på att ha små runda, djupa sår i ryggen efter hennes sti-lettklackar. Vissa ärr var mer romantiska än andra.

"Hej, Ali. Du är väl inte sur?"

"Arnie", sa hon lätt, nästan ljuvt. "Jag skulle sparka dig i gre-nen om jag trodde att där fanns nåt."

"Men det vet du, Ali. Du vet till och med hur min kuk smakar."

Hon såg frågande ut, som om det var svårt för henne att minnas detta. "Å, javisst, ja. En liten skrynklig sak, va? Var det inte den som var så otäckt deformerad? Man skulle kunna tro att en skicklig kirurg – "

"Ska du säga." Han rörde milt vid hennes ansikte, som om de fortfarande var älskande, och följde det taggiga ärret med fingret. Det var en sådan välbekant handling att det gick sekunder innan hon kom sig för att stryka bort hans hand.

Han såg mot balsalsdörrarna men Rouge Kendall var borta. "Den där polisen som du jämt hänger ihop med – han den rödhårige? Jag undrar vad han skulle tänka om han kände till historien bakom det där ärret."

"Så som du gör?"

Han flinade. "Försöka duger."

"Vad gör du här, Arnie? Blev du degraderad från gruppen som håller på med den organiserade brottsligheten?"

"Viceguvernören har kallat in de riktiga höjdarna för att hitta dottern. När jag jobbade på barnroteln var jag den bäste av alla de haft. Det trodde jag du kom ihåg."

Fast det hon bäst skulle komma ihåg var all spriten han lyckats få i sig, i tjänsten och på fritiden. På den tjänst han fick därnäst krävdes det inte av honom att han skulle gråta ihop med föräldrarna till döda barn, så då hade supandet minskat väsentligt. Men då han nyktrat till var Ali Cray borta. Hon hade gått sin väg tidigt när han var för bedövad för att kunna hindra henne.

"Hade du användning för alla mina filer, Ali? Jag såg att du angav en del av mina siffror i informationen som du delade ut. Och nu håller du på att komma på förtrolig fot med den där BCI-utredaren. Är du fortfarande till salu för statistik?"

Vilket tarvligt försök. Och han slet för att komma på ett till, ett bättre – ett ännu tarvligare.

"Tänker du börja förfölja mig igen, Arnie?"

"Vi kan väl säga att du alltid är i mina tankar och alltid kommer att vara det också."

Hon stirrade bort över hans axel.

Arnie vände sig om mot estraden. "Ser man på, är det inte senator Bermans lille assistent – själve guvernören." Staten New Yorks högste politiker stod bakom estraden och donade med sina anteckningar. Formen på den lille mannens ögonbryn fick honom att ständigt se lika förskräckt ut, en naturens nyck och inte en följd av att hans skapare och herre, senator Berman, stod strax intill.

"Titta till höger, Ali. Ser du gamlingen som går uppför trappan?" Han pekade mot ryggen på en välklädd man med silvervitt hår och promenadkäpp av utsirat rosenträ. "Du minns väl Julie?"

Hon sträckte på sig för att se över reportrarnas huvuden. "Skulle det där vara Julie Garret?"

"Japp. Titta nu noga."

Julian Garret räckte ett glas vatten till senator Berman. Senatorn drack ur glaset just som guvernören inledde sitt anförande. Stönanden och kvävda skratt spred sig genom hela journalistkåren trots att guvernören inte hade sagt något lustigt. Senator Berman räckte hastigt tillbaka glaset till Julian Garret och såg sedan ut över havet med flinande reportrar. Han var inte road.

Nu kom Julian Garret fram till dem med långa steg, flott svängande sin promenadkäpp. En del betraktade rosenträkäppen som en ren tillgjordhet, och det gjorde de rätt i. Journalisten såg ut som en sober och distingerad pensionär men när han fyrade av ett brett flin mot Ali Cray liknade han mer en ung grabb med åldrat hår. Han sträckte fram handen mot Arnie Pyle med handflatan upp så att gesten inte skulle kunna tas som en uppmaning till handslag. "Betala nu."

FBI-agenten gav reportern en tjugodollarsedel. "Jag trodde faktiskt inte att du skulle göra det, Julie."

Den äldre mannen sa avsides till Ali: "Arnie sa att guvernören inte kunde tala om – "

"Om senatorn drack vatten." Ali nickade och rynkade bara pannan lite åt det dåliga skämtet. "Men du däremot, du visste att senatorn är en buktalare i världsklass." Ali stack armen under reporterns och han verkade förtjust, men så hade han också alltid varit hennes störste beundrare. "Julie, berätta nu hur det kommer sig att en politisk krönikör rycker ut för en kidnappning?"

"Den här veckan händer det inget inom politiken, min sockerpulla. Men man kan alltid lita på att senator Berman gör bort sig i tre personliga framträdanden av tre. Bara en liten munsbit för min spalt."

"Då är du bara här över dan?"

"Mja, det var väl tanken från början." Nu kastade Garret en blick på Arnie Pyle. "Men nu har det hela blivit en liten aning mer intressant. Jag kanske stannar i stan ett tag." Han räckte henne ett kort som det stod Makers Village Inn på. "Ring mig. Vi kan väl äta lunch."

"Hej då, Julie." Hon såg inte ens åt Arnie Pyle när hon gick sin väg mot de stora dörrarna där den unge rödhårige polisen stod och pratade med Marsha Hubble.

Journalisten, som förstod att uppskatta en vacker bakdel, iakttog gillande Alis återtåg. "Jag märker att du fortfarande står på damens svarta lista. Det gläder mig. Ali är värd nåt bättre. Och vad gör *du* här, Arnie? Hoppas du att idioten på estraden ska råka bekänna att han stöder maffians intressen?"

"Kanske det. Men jag hade ingen aning om att de där fårskallarna skulle komma."

"Nej, *självklart* inte."

"Oss emellan, Julie?"

"Varför inte."

"Flickans mor bjöd hit dem – och de är de största förespråkarna för dödsstraff som finns här i landet. Mrs Hubble trodde väl inte att förövaren hade tillräckligt motiv att döda hennes dotter."

"Kan du inte påverka henne?"

"Nej, Julie. I dag är det amatörerna som kör showen."

"Men maffiavinkeln då?"

"Har ingen. Jag är här för att hitta tjejen."

"Naturligtvis." Och att döma av hans vänliga ton var reportern rätt van vid simpla lögner och betraktade dem kanske som sällskapslivets älskvärdheter – upptakter till fulare handlingar och bättre nyhetsartiklar. "Jag kan väl få gissa, Arnie? Om jag har rätt får jag ensamrätt. Överens?"

"Sätt igång."

"Alla vet att den kvinnliga politikern har stora bekymmer med Berman. Han har sagt åt guvernören att befria henne från plikterna men hon klamrar sig fast. När man tänker på hur snuskig den här staten är och hur hätskt det politiska maskineriet kan vara borde hon ha varit slut vid det här laget. Uppenbarligen har hon nåt att förhandla med – kanske en pålitlig anknytning till maffians kampanjmedel?"

"Så du tror att det är maffian som ligger bakom kidnappningen? Äh, lägg av."

"Är det för riskabelt? Eller alltför Hollywood-artat? För dig och dina syften är det bara viktigt vad *Marsha* tycker. Så hon ger efter lite mer för var dag, sörjer sitt enda barn – vilken press hon har på sig. Och hela tiden finns du vid hennes sida, antyder nånting, viskar nåt i hennes öra. Sambandet med maffian står med eldskrift för hennes inre syn när dottern i sinom tid återfinns död. Och de brukar ju dö, eller hur Arnie? Det kan man väl nästan räkna med? Sen böjer du dig över flickliket och frågar modern, mycket artigt, om hon vill uppträda som kronvittne för att hämnas."

"Julie, du måtte verkligen tro att jag är genomusel."

"Och följaktligen den bäste för jobbet. Då ringer du när du lyckats."

Rouge höll upp den tjusiga affischen som Marsha Hubble hade designat. "Men det är alldeles för mycket information. Titta på den här." Han räckte henne flygbladet som han fått av Becca Green. "Sadies pappa har gjort den."

Viceguvernören stirrade på den en stund och sedan log hon. "Ni har alldeles rätt. Den här är bättre – den är alldeles underbar. Harry Green är rena poeten fast han bara hade ett enda ord att arbeta med."

En småväxt, nervös kvinna i strikt grå dräkt stod bredvid viceguvernören med pennan i högsta hugg, beredd på politikerns nästa ord. Marsha Hubble lade pappersarket på assistentens skrivunderlag som om hon var ett vandrande bord. "Se till att det trycks tusen ex av det här. Före klockan tre ska vartenda flygblad ha bytts ut."

Den nervösa kvinnans huvud guppade fortfarande upp och ner som en mekanisk leksak när hon skyndade iväg längs korridoren och försvann in i ett sidorum.

Marsha Hubble vände sig åter till Rouge. "Nånting annat?"

Han hade varit beredd på en ordväxling. Nu gick det upp för honom att viceguvernören var lika lättlurad som folk i allmänhet. Hon trodde på det som stod i tidningarna och godtog honom som delstatspolisens underbarn.

"Ja, om jag får besvära om en titt på Gwens rum. Jag vet mycket väl att det redan har – "

"Självklart." Hon talade till Rouge men hon stirrade på Ali som just kommit fram till dem vid foten av trappan.

"Å, förlåt", sa Rouge. "Det här är – "

"Jag heter Ali Cray, mrs Hubble." Hon sträckte fram handen till viceguvernören. "Ursäkta mig om jag inte använder rätt titel för – "

"Säg Marsha. Jag vet vem ni är, doktor Cray. Men ni ser verkligen inte ut som jag hade tänkt mig. Så ung och har ändå hunnit doktorera."

Men att döma av uttrycket i Marsha Hubbles ansikte var detta långt ifrån en besvikelse. Uppenbarligen satte hon stort värde på underbarn. Rouge blev inte förvånad när hon inte tycktes märka Alis ärr, ty viceguvernören kunde förtränga hela individer som till exempel FBI-mannen som stod bredvid och artigt väntade tills det skulle bli hans tur att tala med henne.

"Gwens rum ligger häruppe", sa hon och föste Rouge och Ali uppför trapporna så att den väntande mannen stod ensam kvar och såg dum ut.

"Nå, doktor Cray, sätter ni ihop såna där fascinerande brottslingsprofiler? Kan ni verkligen tala om vilken färg brottslingen har på ögonen med utgångspunkt från detaljer i brottet?"

"Nej, nån kristallkula har jag inte."

"Inte som FBI, menar ni? Bra."

Viceguvernören var alltså besviken på sina federala knähundar. Hur länge skulle det dröja innan Gwens mor var mindre förtjust i honom själv och Ali?

När mrs Hubble nästan var uppe för trappan snavade hon och Rouge tog henne under armen för att hejda fallet. Hon såg överraskad ut när hon tittade upp och mötte hans blick – så nära att han kunde känna hennes andedräkt mot sin kind.

"Så klumpig jag är. Tack."

Nu såg han henne privat, när hon inte var på sin vakt, och han återsåg sin mor under de första dagarna efter Susans försvinnande – samma gallskrikande ögon. Han hade alltså tagit fel. Det var inte av ohövlighet som Marsha Hubble inte såg sin omvärld, utan hon var helt enkelt oerhört koncentrerad. Bara nätt och jämnt klarade hon att ta sig igenom nästa minut, nästa sekund, utan att förlora förståndet.

Politikerns yrkesleende satt åter på plats när hon gick före dem genom hallen på andra våningen och in i ett hörnrum som flödade av ljus. På väggarna i Gwen Hubbles sovrum hängde inramade bilder av rockgrupper och fotografier av hundar. En svart mellanpudel låg på himmelssängens duntäcke. Hunden hade en ljusblå rosett på huvudet och som ytterligare förödmjukelse var pälsen klippt i de sedvanliga tofsarna. Marsha Hubble måste ha sett Rouges förakt för rasen avspegla sig i hans ansikte som sa: *Det är ingen riktig hund.*

"Haka inte upp dig på pudelfrisyren, Rouge. Får jag säga Rouge? Han är mycket klok. Titta nu." Hon knäppte med fingrarna och hunden lyfte på huvudet. "Harpo, hämta *engelskan.*"

Hunden hoppade ner från sängen och sprang bort till skrivbordet där två anteckningsböcker i klara färger låg så att de stack ut några centimeter över bordskanten. Hunden tog den gröna anteckningsboken och bar den till Gwens mor. En etikett med ordet "Engelska" hade klistrats mitt på omslaget.

"Duktig vovve. Harpo, hämta *geografin* nu."

Hunden återvände med den gula anteckningsboken mellan tänderna.

"Han kan bara två ämnen. Min dotter låter honom inte bita i anteckningsboken för de naturvetenskapliga ämnena. De är Gwens älsklingsämnen. Hon vill bli biolog."

En mansröst hördes från hallen. "Man ska ge Harpo en godsak när han har varit duktig."

John Stuben stod i dörröppningen. Hundföraren gick bort till en blå keramikburk som stod vid sängen. Han lyfte på locket, tog upp ett kex i form av ett köttben och kastade det till pudeln.

Rouge undrade om inte denne man var lite väl hemtam i en liten flickas sovrum.

När Gwens mor och Ali gick ut i hallen igen passerade de agent Arnie Pyle. Han stod nonchalant lutad mot dörrposten och stirrade på John Stuben. "Hjälpte ni tösen att träna hunden?"

"Ja, jag gav henne några tips."

Stuben lät arg. Han hade redan utstått timmar av förhör och

tydligen lät han sin vrede även omfatta FBI, inte bara delstatspolisen.

"Det måste ta en god stund att lära ett djur såna tricks", sa Pyle.

"Inte om man vet vad man gör." Stuben verkade bli lite mildare stämd av en fråga som gällde hans specialområde. "Det tog bara tjugo minuter att lära Harpo att hämta anteckningsböcker. Gwen är mycket duktig med hundar. Hon har lärt honom en massa – "

"Har *hon* lärt honom? Enligt vad resten av personalen säger – " Pyle tog fram en anteckningsbok och gjorde stort nummer av att bläddra igenom sidorna. "Ja, här står det. De har sagt till mig att ni har varit mycket tillsammans med Gwen – *mycket*. Så alla dessa *timmar* krävdes inte för att träna pudeln?"

"Tjejen gillar att titta på när jag arbetar med vakthundarna. Vad är det med det?" Stuben hade nog tänkt att låta vresig men den flickaktiga munnen putade och motverkade hans försök i machostilen.

Pyle skrev i sin anteckningsbok och såg inte upp när han talade till mannen. "Gett henne tips – hör det till ert arbete? Eller det kanske ni gjorde på fritiden?"

"På fritiden. Jag tycker om Gwen."

"Det kan jag tro." Pyle såg upp och flinade långsamt. "Hur *mycket* tycker ni om henne då? Söt liten tös. Tänder ni på henne?"

Stuben gick till attack på ett sätt som antydde att han menade allvar. Pyle verkade inte bry sig om det utan stod kvar och visade bara ett milt intresse för mannen som kom farande emot honom. Hundföraren stannade strax innan han nådde målet, det vill säga den orubblige FBI-agenten som inte rört en min, och backade en bit.

Stuben hade redan sagt allting som agenten ville veta. Arnie Pyle nickade och Rouge kunde gissa vad han tänkte.

John Stuben saknade alltså fysiskt mod – i alla fall ihop med män. Kanske inte ihop med tioåriga flickor?

Men Rouge kunde tänka sig andra scenarier. John Stuben hade redan förlorat allt en gång. Besparingarna hade gått åt till processer och kenneln hade lagts ner. Han var inte ung. Även om det kunde vara mycket tillfredsställande att slå ner en FBI-agent hade det sitt pris. Han skulle förlora allt och få börja om igen.

Denne man var kanske bara trött.

Rummet var fyllt av dödens jordiska lukt insvept i desinfektionsmedel. En kropp låg på ett rostfritt bord nära den bortre väggen. Halva skallen var borta, prydligt bortsågad med hjälp av snickarverktyg hanterade av rättsläkaren Howard Chainy. Men Rouge var mer intresserad av föremålet som doktorn höll i handen.

Rättsläkaren tycktes vara på gott humör. "Varsågod, Rouge." Han höll upp den fasta mörka svampen som till sin struktur var så lik en stor, missbildad champinjon. "Den är förvisso fräschare än genomsnittet här, och man skulle nästan kunna kalla den doftande." Doktor Chainy lade svampen på en liten rostfri bricka på skrivbordet. Han satte sig och mönstrade ett antal skalpeller. Sedan han skurit av en tunn skiva placerade han den på en platta under mikroskopet och såg ett ögonblick på den genom okularlinsen. "Nog ser jag ett och annat kreatur som rör sig och en massa som är döda. Det skulle kunna säga nåt om tiden och temperaturen. Men jag kan inte säga nånting om jordpartiklarna."

"Det behövs inte heller", sa Rouge. "Prover på jorden har gått till en expert på sånt vid universitetet."

"Och finns det ingen botaniker vid fakulteten?"

"Kommissarien säger att han har bett en kille härifrån trakten komma hit. Han vill inte att det läcker ut nåt till pressen om det här."

"Ja, han sa det – *tre* gånger." Chainy justerade linsen medan han såg ner. "Skulle det inte vara enklare att bara lämpa över alltsammans till FBI? De har väldens bästa kriminaltekniska anstalt – så kunde ni få allt på samma ställe."

"*Än* är det inte deras fall", hördes kommissarie Costellos röst bakom dem.

Doktor Chainy hoppade till. "Herregud, Leonard, vad du skräms." Han böjde sig över mikroskopet igen. "Jag hör att du leker kurragömma med agenterna."

"Jag kan inte minnas att jag bad dem komma och leka." Costello räckte en hög fax till Rouge. "Det här är analyserna från universitetet. Jorden i fodret – "

Han avbröt sig när dörren slogs upp och en mager gammal man med guldkantade glasögon dök upp bredvid en uniformerad eskort. Costello nickade avfärdande mot delstatspolisen och så stod den vithårige civilpersonen ensam på tröskeln, tveksam och osäker på om han skulle stiga in eller gå sin väg. Rouge blev förfärad när han kände igen doktor Mortimer Cray. Den tillbakadragne psykiatern syntes inte ofta på stan och nu hade de inte träffats på många år. Förändringarna hos den gamle var stora. Han var fortfarande välklädd men undernärd och alldeles för smal för att vara frisk. Som Rouge mindes honom förde han sig med mer auktoritet. Just nu rörde sig den gamle som en tjuv, tog försiktiga steg in i rummet, prövade stämningen.

"Doktor Cray?" Costello gick fram mot honom.

Psykiatern nickade när kommissarien sträckte fram handen för att hälsa. Mortimer Cray skakade handen ängsligt som om den kunde tänkas dölja ett vapen.

"Det är jag som är kommissarie Costello. Detta är en av mina utredare, Rouge Kendall."

Den gamle nickade åt Rouge som om han träffade honom för första gången.

"Tack för att ni kom så snabbt", sa Costello. "Jag behöver hjälp med ett problem. Doktor Cray är väl psykiater? Tystnadsplikten faller sig säkert naturlig för er?"

Såg doktorn Cray en aning blekare ut nu? Det gjorde han, och vaksam verkade han också, för blicken for från ansikte till ansikte i hopp om att upptäcka något. Rouge såg på kommissarien och förstod att Costello också hade lagt märke till detta och funnit det intressant.

Kommissariens attityd ändrades en aning, ögonen smalnade, leendet blev bredare. "Det handlar om de försvunna flickorna, sir. Jag tror att ni kan hjälpa oss."

Ett välriktat skott. Mortimer Crays armar hängde slappt vid sidorna men händerna höll han inte stilla, de öppnades och knöts som munnen på en strandsatt fisk. Och psykiaterns hållning var en hårsmån ur balans.

Rouge visste att polisen kunde få vissa människor att känna sig lite darriga till och med under de gynnsammaste omständigheter; kanske var det bara det. Men de rika hade fickorna fulla av advokater och de verkade aldrig bli så nervösa som de fattiga. Den här mannen hade stelnat till. Stålsatte han sig inför ett slag?

Costello höll fram plastpåsen med resterna av den mörka, jordfläckiga svampen. "Vi har hittat en jacka som tillhörde en av tjejerna och det här låg i det trasiga fodret. Er brorsdotter säger att ni har botanik som hobby."

Doktor Cray stirrade på påsen och Rouge undrade om mannen hade slutat att andas. Han verkade förvirrad och Rouge drog slutsatsen att han rakt inte hade väntat sig att bli konfronterad med en svamp.

"Kan ni berätta nånting om den för mig, sir?" Costello höll upp påsen och plötsligt glittrade det i hans ögon. Hans flin var opassande och oroande. Rättsläkare Howard Chainy såg upp från sitt mikroskop och himlade sig. "Vad är nu allt detta, Leonard? Du ber mig obducera en jävla svamp och nu vill du att en psykiater ska analysera den?"

"Egentligen är det en hypogéisk växt", sa Mortimer Cray och kikade på påsen genom starka bifokalglas. "Det är tryffel."

Var han lättad? Stelheten i kroppen försvann som för tidig rigor mortis och han uppträdde mer avspänt.

"Jag måste få veta varifrån den kommer", sa Costello. En tvetydighet som antydde att tryffeln skulle kunna tillhöra psykiatern.

"Får jag smaka?" Mortimer Cray lät kommissariens antydan gå sig förbi. Han granskade bara svampen. "Den ser ut som en Svart diamant, men kineserna har en liknande art. Får jag smaka kan jag säga varifrån den kommer."

Costello nickade till Chainy. Rättsläkaren skar en tunn skiva av tryffeln och räckte den till psykiatern med orden: "*Så där*. Nu serverar jag snabbmat också."

Mortimer Cray lade skivan på tungan som om den varit en nattvardsoblat och smakade på den en stund. "Det är äkta vara, en Svart diamant. Tuber melanosporin. Den kommer från Quercy- och Périgordregionerna i Frankrike. Finns också i Umbrien – "

"Odlas den här i närheten?"

"Kommersiell odling, menar ni? Här? Det är inte troligt. De växer bara vilt, i regel i närheten av – "

"Jaså?" Kommissarie Costello tog faxen ur Rouges hand. "Jag har en rapport här som säger att det finns gödningsmedel i jordprovet som vi skrapade bort från tryffeln. Och vi har ett annat prov från jackfodret."

Doktor Cray lät inte märka att han snott in sig i en lögn. "Det är riktigt att det förekommer experiment i stater med mer passande jord och klimat – Texas, Oregon, Washington. Men här finns inget och i alla fall är det bara experiment – ingenting i kommersiell skala."

Costello vände sig till rättsläkaren. "Flickans jacka hittades tidigt i morse. Det var minusgrader natten till i dag. Den där saken låg i fodret. Kan du säga mig om den är frostskadad?"

"Ja men för fan, Leonard", sa doktor Chainy lätt irriterad. "Jag behöver inget mikroskop för att se att den aldrig varit fryst. Den är fortfarande fast, precis som en nyplockad champinjon. Har du nånsin sett en som varit frusen? Alldeles geggig och brun."

"Instämmer." Mortimer Cray tog upp påsen med provet och klämde på tryffeln genom plasten. "Mycket fast, mycket färsk. Och ser ni marmoreringen här? Den skulle ha försvunnit om tryffeln varit utsatt för minusgrader."

Costello gick närmare Mortimer Cray. Rouge drog slutsatsen att matchen fortfarande pågick eftersom kommissarien invaderade den andres privatsfär. "Vad slags anordningar krävs för att odla tryffel inomhus?" Det var ingen artig fråga, det var ett krav på besked.

"Det går inte." Psykiatern backade undan från Costello och sköt upp glasögonen längs näsan. Små svettpärlor hade gjort skalmarna hala. "Inte om man inte kan ha ett träd inomhus. Det måste finnas ett symbiotiskt förhållande mellan – "

"Ser ni rapporten här?" Costello viftade med faxet och höjde rösten på ett nästan stridslystet sätt. "Här finns en massa bakterier som trivs i höga temperaturer. Det innebär att tryffeln kommer från ett drivhus eller i alla fall inifrån ett hus. Och under rubriken 'Förekommer endast lokalt' finns en lång lista på all möjlig goja. Så vi kan nog lugnt räkna med att flickans jacka inte varit väster om Mississippi. Det och gödningsämnet säger mig att det finns en tryffelodling här i trakten."

"Mycket osannolikt", sa psykiatern men lät inte lika säker på sig själv längre utan mer defensiv. "Tryffel växer bara tillsammans med ekrötter. Man måste odla trädet särskilt för det ändamålet så att rötterna inte blir förorenade. Det tar sju år att utveckla ett symbiotiskt förhållande mellan trädroten och tryffeln."

"Den växte inomhus", sa kommissarien.

"På grund av gödningsämnet och bakterierna? Nej, det mest sannolika scenariot är att nån tappade tryffeln i ett växthus eller en krukväxt. Ni skulle kunna höra med svampimportörer och – "

Costello tog tillbaka plastpåsen med beviset och höll upp den framför psykiaterns ansikte. "När den här skickas till FBI:s labb ska jag säga till dem att undersöka drivhusteorin." Det fanns någonting milt hotfullt i orden. "Ni har väl ett fint drivhus, sir? Er brorsdotter har sagt att det är bättre utrustat än många vanliga handelsträdgårdar."

Det lät som en anklagelse.

"Jag kan försäkra att jag inte odlar tryffel i – "

"Å, har jag antytt det? Då får jag be om ursäkt."

Rouge tyckte att kommissariens ursäkt lät påfallande falsk.

"Jag vill veta om ni har nån kontakt med folk som håller på med sånt här", sa Costello. "Sånt här *experimenterande*. Har någon, någonstans, *någonsin* odlat tryffel inomhus?"

"Bara de nordamerikanska sorterna. De är förskräckliga. Smaka aldrig på dem. Experiment med Svart diamant skulle vara hemliga – dem skulle inte allmänheten ha tillgång till.

"Alltså pågår det såna nånstans."

"Jag har bara hört talas om ett experiment i drivhusmiljö. Svampen som utvecklades *utan* ekroten hade samma DNA som tryffeln men den smakade annorlunda. Jag kan försäkra att den här inte har växt inomhus. Den har Svart diamants mustiga smak. Alldeles säkert har den vuxit i symbios med rötterna till en ek." Doktorn höll på att återta auktoriteten nu och lät nästan indignerad. "Och man kan inte ha en fullvuxen ek växande inomhus."

Doktor Chainy sköt tillbaka stolen från skrivbordet och tyckte tydligen att han slösade bort sin tid vid mikroskopet. "Jag har ett atrium hemma – mitt i huset, för fan. Det är sex meter upp till takfönstret, så visst skulle väl jag kunna plantera ett träd där om jag ville."

Mortimer Cray ruskade på huvudet som om Howard Chainy var en galen patient. "Rotsystemet skulle förstöra grunden till huset. Och man kan inte få fram en tryffel på mindre än sju år. Inte ens en takhöjd på sex meter räcker för en fullvuxen ek. Vet ni hur stort ett sånt träd skulle bli?"

Kommissarie Costello vände sig till Rouge. "Jag vill ha fotografier från taxeringsmyndigheten. Vi kan kanske hitta ett atrium med hjälp av flygfotografier."

Han gick på Mortimer Cray igen. "Skulle doktorn tala om för mig om ni hade en mycket sjuk patient med ett atrium hemma?"

Costello lät frågan hänga i luften ett tag men den påverkade inte Mortimer Cray. Svaret var ett outtalat *nej*.

Nu kunde man ana förakt i Costellos röst. "Hur djupt ner växer tryffel?"

Den gamle mannen stirrade på påsen med svampen som hade hittats i en liten flickas jacka. I hans ansikte avspeglades insikten att Costello bad honom att uppskatta djupet på en möjlig barngrav.

"Femton till tjugo centimeter under jordytan."

En grund grav.

Kommissarien anlade lätta diplomatmaneret och sa: "Men tack för att doktorn kom hit." Avfärdande vände han ryggen mot den gamle och talade till Rouge. "Jag har fått papperen om pedofilen. Jag vet att det är sent men jag skulle vilja gå igenom dem med dig innan du går."

Rouge lade märkte till att Mortimer Cray sträckte på halsen, han nästan spetsade öronen. Men kommissarie Costello utvecklade inte det han sagt för att tillfredsställa mannens nyfikenhet. När kommissarien vände sig mot doktor Cray igen låtsades han bli förvånad över att psykiatern fortfarande stod kvar. Han sträckte fram handen. "Tack än en gång, sir", sa han. "Ska jag be nån komma och eskortera er tillbaka till – "

"Tack, jag hittar själv." Men det var uppenbart att doktorn endast motvilligt lämnade rummet och gick ut i korridoren.

Costello ropade ut genom dörröppningen: "Förresten, doktor Cray? De där små flickorna har råkar förfärligt illa ut, sir. Ni tänker väl inte varna den här jäveln?"

Mortimer Cray vände sig om och stirrade på kommissarien, men sedan föll dörren igen och dolde den gamles bestörta ansikte.

Det var inte mycket aktivitet i grupprummet. De mest tillförlitliga utredarna jagade importörer av tryffel och champinjoner och andra besökte hus som fotograferats från luften. Två av hans män bevakade psykiaterns hus och noterade vilka som kom på besök. Kommissarie Costello hade velat avlyssna Mortimer Crays telefon men två domare hade avslagit hans begäran rakt av och förbjudit honom att kränka förtroendet mellan läkare och patient under telefonkonsultationer.

Kommissarien stod i dörröppningen till sitt rum och såg ut över tomma stolar och släckta datorer i det stora rummet. Bara Marge Jonas skärm levde och lyste blå medan texten rullade fram. Hon satt och arbetade vid tangentbordet men tittade upp ett ögonblick för att le mot honom, en belöning för att han tagit det vackert med hennes favoritpolis. Rouge Kendall satt vid fönstret försjunken i en akt om Gerald Beckerman, läraren från St Ursula's Academy.

Costello gick tillbaka till skrivbordet och lät sin trötta kropp sjunka ner i en välstoppad skinnstol. Han tog fram en brun papperspåse ur lådan längst ner och öppnade den, varpå han dukade fram en nyinköpt flaska och två pappersmuggar i miniformat. Skulle han fråga om Rouge ville ha en drink eller kunde han lita på IA-rapporterna från Dame's Tavern? Säker var han inte. Det här lilla experimentet med whiskeyflaskan var snarare ett vetenskapligt experiment än en social gest.

Den oerfarne utredaren kämpade inte emot, hade inga invändningar, men uppförde sig för den skull inte som ett fyllo som behövde en drink i slutet av ett långt skift. Han tog sin pappersmugg och smuttade på den gyllene vätskan av god årgång som för denne unge polis precis lika gärna tycktes ha kunnat vara vatten.

Kommissarien drog slutsatsen att grabben drack därför att han ville och inte för att hans kropp krävde det. Han var väl förtrogen med alkoholens smärtstillande verkan.

"Jag ska spara tid åt dig", sa Costello och avbröt Rouges läsning. "Det finns ingenting på Beckerman i USA. Men kanadensarna vill gärna snacka med honom." Kommissarien lutade sig fram och knackade på akten som Rouge höll i handen. "Gå till sista sidan. Den smarte lille skiten var aktiv i ett sommarläger på andra sidan gränsen. Kontrollen sträcker sig som regel inte utanför vårt land. Det var därför skolan inte hade nånting på honom."

Rouge granskade sista sidan. "En rik student med examen från ett förnämt universitet tar jobb som sommarlägerledare. Det är urdåligt betalt. Varför – "

"Han tog inte med det när han sökte jobbet och det var smart. För det är då varningsklockorna börjar ringa. Lägret var ett sånt där litet föräldrainitiativ – inga kontroller och kontant betalning. De visste inte ens att han inte var kanadensisk medborgare."

Rouge lade akten på skrivbordskanten. "Men Beckerman är bara intresserad av småpojkar. Det hjälper inte oss mycket."

"Men nu får han inte fler småpojkar. Vi behåller honom och överlämnar honom åt kanadensarna. Utlämningen blir snart klar. Det där gjorde du bra. Har du funderat nåt på tryffeln?"

"Om vi söker en svampfanatiker med intresse för tryffel, varför inte säga det till delstatspolisen och stadspolisen?"

"Jag vill inte ha några läckor."

"Men polisen och delstatspolisen känner ju distriktet och folket."

"Om den här typen får klart för sig att vi är honom på spåren har tjejerna inte en chans. Inte ett ord till de andra."

"Men den ena tjejen är redan död. Kommissarien vet ju att jackan har legat i jorden. Hon blev begravd. Då kan jag glömma rymlingsteorien, eller hur?"

"Nej. Jag gav dig en linje att arbeta efter och den ska du fortsätta med även om det bara är för syns skull. Så länge vi bara letar efter rymlingar ställer villaägarna inte till med nåt besvär. Men om pressen får veta att vi letar efter mordbevis kanske sommarstugeägarna inte längre ger oss tillträde till de tomma husen. Då måste jag kunna hävda sannolikhet och begära speciella tillstånd.

Fattar du? Så du fortsätter som förut, annars får du återgå till uniformen. Frågor?"

"Om jag ska degraderas – "

"Jag ljög väl då." Costello lutade sig tillbaka och betraktade den unge polisen. "Så blir det inte. Jag vet att det här uppdraget är påfrestande för dig – två små flickor som är jämnåriga med din syster. När de hittade Susans kropp var det väl rena avgrunden för dig. Och nu återupplever du förstås det." Han förstod vad det måste innebära. "*Officiellt* måste jag låta dig jobba vidare med rymningsteorin så länge pressen är så tänd på dig. Det som du tar reda på vid sidan om kommer du med till mig. Jag finns alltid här. Om du behöver hjälp, om det är nåt du vill fråga om."

Rouge drack upp whiskeyn och kramade ihop den lilla muggen när han lutade sig fram för att säga något mer privat. Det var underförstått att detta stannade mellan dem. "Jag vet att fotografiet av Susan ingick i Ali Crays föredragning. Hon måste ha sett ett samband men du tog ner det från staffliet."

"Hon hade inte lyckats övertyga mig. Fallet följde inte mönstret. Det skulle bara ha rört till – "

"Hon sa att den jäveln var flexibel och kunde anpassa sig. Tänk om det inte var Paul Marie som dödade min syster?"

"Prästen? Men för – " Ena handen for upp till ansiktet ett ögonblick men sänktes sedan. Costello skakade långsamt på huvudet. När han talade var det nästan en viskning.

"Glöm det."

Det var en kortfattad order till Rouge att överge den tanken – bara två ord som milt dröjde sig kvar mellan dem, utsagda med största vänlighet. Det var en varning för att riva upp gamla sår och låta dem börja blöda, en varning för att gå nära avgrunden igen.

Fönsterna i alla husen längs strandkanten var mörka och den klara natthimlen prickig av stjärnor. Det fanns inga träd på den här delen av kullen och vindar svepte ohejdade upp från sjön och for fram mellan stenarna. Ostyriga döda löv virvlade runt i en djävulstratt och trådde en dammig dans runt hans ben.

Rouge Kendall stängde järngrinden bakom sig som om han hade stigit in på privat område. Han kunde inskriptionerna på varje gravsten mellan grinden och systerns grav. Årtalet 1805 var inristat på hörnstenen vid familjegraven. Bredvid denna reserverade gravplats fanns äldre lämningar efter brevbärarens anfäder.

Bland de överlastade marmorstenarna prydda med långa inskriptioner, slingor och keruber framstod systerns anspråkslösa, rent vita gravsten som någonting helt för sig. Endast namnet var ingraverat över födelsedag och morddag. En del människor tyckte att det var konstigt att där inte fanns någon sentens eller några diktrader. Men när Susans kropp hade hittats återstod inga fler ord för föräldrarna. Tystnaden hade varat i åratal.

Detta var första gången som Rouge kommit till kyrkogården utan blommor.

När han var liten och gick i sorgeterapi hade han vandrat omkring i drivhuset med doktor Mortimer Cray och lärt sig den uråldriga persiska konsten att tala med blommornas hjälp, studerat innebörden i blommornas former och väsen som ett andra språk. Efter dessa sessioner brukade han gå till kyrkogården med vita nejlikor, ett barns budskap om innerlig kärlek. På våren hade han tagit med blåklockor för att påminna Susan om sin trofasthet. Han kunde tala med henne men aldrig mer kunde de bli mer än till hälften levande. Tvilling hade inte kluvits från tvilling; för all framtid var han på två ställen, över och under jord.

Rouge tittade upp mot den mörka himlen. I stället för stjärnor såg han en öppen rektangel med ljust blå himmel kantad av sörjande i mörka kläder. Och så flög den första skoveln mull i ögonen på dem – på honom och Susan.

Han tittade ner på den enkla gravstenen som om han efter denna långa tid skulle kunna hitta någon oläst rad som han tidigare missat. Och där var den. En annan besökare hade varit här före honom – helt nyligen dessutom. Han satte sig på huk vid stenen och tog upp två blommor, ett anonymt budskap i färg och form. Den lila hyacinten stod för sorg och pionen för skam.

Vem har gett dem till dig, Susan?

Inte vår mamma. Hon går aldrig hit nu längre.

Båda stjälkarna var skurna på sned så som man gör i blomsterbutikerna. Men de skulle ha kunnat komma från ett privat drivhus. Den som lagt dessa blommor här visste någonting om hans systers död, det var Rouge säker på. Och det handlade om någonting mer än bara skuldtyngd visshet, ty känslorna talade även om delaktighet.

Ilsket drev han omkring bland gravarna tills han hittade kransar och buketter från en begravning som ägt rum helt nyligen. Han stal en röd ros och medan han gick tillbaka till Susans grav skalade han av alla bladen men lät törnena sitta kvar. På persernas poetiska språk fick systerns besökare sitt besked: *Du har allt att frukta.*

Klockan tre på morgonen var de två bilarna de enda fordonen på Lakeshore Drive. Det var bitande kallt och röken steg som spöken ur avgasrören när Bentleyn och Forden möttes från motsatta håll. Förarna reagerade likadant – båda åstadkom en ansiktsstor cirkel med klar sikt i sina igenimmade vindrutor. De bara stirrade på varandra, utan ord eller gester, och sedan gled de vidare – Gwens far åt öster och Sadies åt väster. De körde långsamt, för det är lätt hänt att man missar ett vilsegånget barn i mörkret.

Hunden stod på bakbenen och kvävde sig nästan i kopplet var gång han försökte kasta sig fram. Mannen log var gång hunden ylade, gnällde och skällde, för han visste att det svältfödda djurets raseri berodde på att han kunde känna lukten av köttet men inte komma åt det.

Mannen arbetade vid källarlampans kusliga sken och grävde ut en grund fyrkant, alltmedan jorden föll med mjuka dunsar på marken bredvid det andra hålet. Luften var fuktig och varm, jorden lät sig villigt grävas upp. Och nu tog han paus, lutade sig mot spaden och betraktade sitt verk, två små gravar sida vid sida – en full och en väntande.

SJÄTTE KAPITLET

Utredare och agenter åt sin middag ur bruna papperspåsar, färdig-matskartonger eller formar redo för mikrovågsugnar. Läskburkar och kaffekoppar stod och skräpade överallt i grupprummet. Ali Cray hoppade till när en av burkarna landade med en smäll i papperskorgen av metall bakom hennes stol. Hon såg sig om och upptäckte syndaren tre skrivbord bort. FBI-mannen som hade skjutit långskottet log ursäktande och fortsatte att äta från plastbrickan.

Det var bara en polis som inte tycktes ha någon aptit den här kvällen och Ali visste att det var hennes fel, för hon hade gett honom en utskrift av fader Maries rättegång. Rouge Kendall satt vid sitt skrivbord i hörnet, högtidlig som en skolpojke, och tröskade igenom en fem centimeter tjock pärm. Han var så uppslukad av läsningen att han inte märkte mr Frund, som var kontorist och dessutom synsk.

Ali betraktade intresserat denne lille man som var klädd i grå kostym och som kommit resande från Connecticut. Han stod bara några meter bort och talade med kommissarie Costello. Martin Frunds ljusa, vattniga ögon förstorades av tjocka linser. Fötterna ömsom lyftes och sattes ner i en försiktig stepp, som om golvbräderna varit heta. På uppmaning av Costello satte han sig tveksamt på en stol mitt i rummet men fötterna fortsatte sin dans. Trots att Ali knappt kunde höra hans ynkliga, spända röst förstod hon vad samtalet med Costello handlade om. Frund hävdade att han var novis i de synskas skara.

Nära Alis stol satt två BCI-män på var sin sida om ett skrivbord som också fick göra tjänst som middagsbord.

"Detta är slöseri med tid", sa den yngre och stack gaffeln i en plastburk med sallad som tydligen lockade bra mycket mer än den synske kontoristen.

"Det hänger väl på vad den lille mannen vet – kanske nåt han inte borde veta", sa Buddy Sorrel som var en av de äldre utredar-na och hade järngrått, snaggat hår.

Sorrel bar kostym men så snart Ali tänkte på honom såg hon honom i arméofficersuniform, kanske för att byxorna hade skarpa veck på de rätta ställena och kavajen inte hade några alls. Men den riktiga ledtråden till hans förflutna var skorna, skinande blanka på militäriskt spotta-och-putsa-sätt. Han skalade av rågbrödskivan som låg överst och riktade en djupt misstänksam blick mot högen av pastrami som täckte underskivan. Men å andra sidan hade Ali märkt att misstänksamhet var det enda Sorrel kunde uttrycka. De grå ögonbrynen var ständigt vinklade, som om de frusit fast i ett oavbrutet ifrågasättande efter årtionden av polisarbete. De var användbara för en lagens väktare. Man kände sig alltid lite ur balans i hans sällskap och misstrodd redan i inledningen av även det mest lättsamma samtal.

"Hur gör den här gärningsmannen, Buddy?" Den yngre av de två männen var kanske trettiofem och uppriktigt förbluffad. "Hur bär man sig åt för att ta kontroll över ett barn? Jag klarar inte ens av min femåring. Jag har sagt till min fru att jag inte tänker bada honom fler gånger."

"Nej, ingen klarar väl *våta* barn", sa Sorrel en smula filosofiskt och satte tänderna i smörgåsen.

En svag röst fördes bort till henne från rummets mitt. "Jag har aldrig förr berättat för nån om mina syner", sa mr Frund. "Men den här gången visste jag att jag måste träda fram – för flickornas skull." Rösten lät ursäktande och ödmjuk.

"Vi tar tacksamt emot all den hjälp vi kan få, mr Frund." Kommissarie Costello var ytterst älskvärd i dag – inte hans naturliga tillstånd. Precis som Sorrel brukade han i regel utstråla djup misstro mot allt som rörde sig och allt som inte gjorde det. Men nu föreföll han snarast charmfull och strålade av värme och gott kamratskap.

"Namnet var *Martin* Frund, inte sant? Kallar era vänner er för Marty?"

"Eh, nej, sir. Bara Martin i all enkelhet."

Costello lade ena handen på kontoristens axel. "Är ni gift? Har ni kanske egna barn?"

"Nej, sir, ingen fru, inga barn." Martin Frund rodnade när han svarade och Ali gissade att han inte hade haft någon särskild framgång hos kvinnor.

Men hur var det med små barn då?

Undrade Costello samma sak? Det hände att förövare nästlade sig in i polisutredningar. En del gick så långt som till att ansluta sig till skallgångskedjorna som letade efter deras offer. Men enligt Alis erfarenhet var de synska oftast ute efter något annat.

Inför sitt framträdande denna kväll hade Martin Frund klätt upp sig i en splitter ny, billig kostym och den oknäppta kavajen avslöjade vecken i en vit skjorta som just plockats från en låda i ett lågprisvaruhus. Men skorna var inte nya. När han lade det ena benet över det andra syntes en sula som var så sliten att varje steg hotade att ta hål på den, och klacken var snedgången.

Den lille mannen var kanske ute efter alla pengar som fanns att få från kvällstidningarna, eller också drömde han om berömmelse. Det var också tänkbart att Frund verkligen trodde på sig själv och i all oskuld låtit sig förledas av drömmen att han hade fått gåvan. Behovet att känna sig utvald var säkert mycket starkt, och Ali tyckte att hela hans liv, förflutet och kommande, trädde fram i den nervöst flackande, närsynta blicken, i foten som oavbrutet klappade mot golvet och i den slitna skosulan.

I hela det stora rummet sneglade beväpnade män och kvinnor på den lille kontoristen, de tuggade och iakttog och försökte bedöma hans personlighet.

Avsmaken var uppenbar i Buddy Sorrels ögon. Den erfarne utredaren hade förmodligen sett män av det slaget förut när andra barn försvunnit, när föräldrar varit utom sig, helgalna av skräck, och bara längtat efter att en charlatan skulle ljuga för dem och hjälpa dem att stå ut med dessa väntans dagar.

Men Sadie Greens mor verkade inte galen även om båda fäderna tycktes katatoniska. Ali letade efter Gwens mor bland de församlade. Hon fick syn på Marsha Hubble som stod vid väggen längst bak en bit bort från händelsernas centrum och hade lagt armarna i kors som skydd mot denna charad. Den kvinnan hörde definitivt inte till de troende. Ali gissade att viceguvernören inte trodde på någonting utom på sig själv och inte hade någon gud utom politiken. Den frånskilde maken, Peter Hubble, satt tyst vid raden av höga fönster med ansiktet vänt upp mot himlen som om han sökte efter goda tecken bland molnen som ilade förbi. Harry Green hade tagit plats bredvid honom och granskade en karta. Då och då drog han streck på den med en röd markörpenna.

Buddy Sorrel satt böjd över en öppen anteckningsbok som låg på skrivbordet och skrev med snabba penndrag ner lösryckta ord och fraser. Ali kunde utan svårighet läsa dem: "vatten, träd, telefonlinjer, kraftledningar, enstaka bokstäver, siffror, ensam man, svårbestämbar bil, oklar väg, lila färg och andra uppgifter från flygbladet." Och nu lade Sorrel ifrån sig pennan och tog fram en fickbandspelare.

Då hade hon gissat rätt. Denne BCI-man var väl förtrogen med de synskas tricks.

"Titta hit nu, allesammans", ropade kommissarie Costello och drog till sig allas uppmärksamhet utom Rouges. "Då sätter vi igång. Mr Frund? Martin? Var snäll och berätta för oss om era visioner." Kommissarie Costello drog sig tillbaka till dörröppningen och stod där med armarna i kors så att han blockerade rummets enda utgång.

"Skulle jag kunna få ha nånting i handen som tillhör nån av flickorna?" Frund vände sig till kommissarien och log blekt, än en gång full av outsagda ursäkter. "Det skulle underlätta koncentrationen."

Becca Green grävde i handväskan när Buddy Sorrel fångade hennes blick. Han skakade på huvudet för att hejda henne. Hon drog tillbaka handen och stängde väskan med en smäll. Sorrel sträckte sig mot ena hörnan av skrivbordet och tog ett förseglat, tjockt kuvert. Utan att ens resa sig kastade han kuvertet till den lille mannen. Frund missade och föll på knä för att plocka upp det.

"Det tillhör en av flickorna." Sorrel gläfste fram orden och mr Frund blev förskräckt. "Bryt inte plomberingen." Det var en order.

Frund dammade av byxbenet och gick tillbaka till sin stol.

Med kuvertet tryckt mot bröstet såg han upp mot takets skarpa lampor och tog av sig glasögonen. Linserna var så tjocka att Ali undrade om han i praktiken var blind utan dem.

"Jag ser bara en flicka. Hennes hår är kort och ljusbrunt."

Becca Green lutade sig fram, för Gwen hade långt, blont hår så detta måste vara en vision av Sadie.

"Jag ser ett namn – eller en del av ett namn – inte flickans namn. Det enda som syns tydligt är bokstaven *S*." Frund var på väg upp ur stolen. "Bokstaven *S*." Han avbröt sig och väntade.

Trots att Buddy Sorrel satt på andra sidan av rummet fick han Becca Green att vara tyst bara genom att höja handen och än en gång långsamt skaka på huvudet. Hon skulle inte få ge mannen någon information. Sedan böjde han sig över sin lista och Ali såg hur han bockade av posten "enstaka bokstäver".

Frund reste sig långsamt och fortsatte upp på tå. Han stod kvar i den ställningen och skapade en olustig stämning bland åhörarna. "Bokstaven *S*", sa han och nu gick det inte att missta sig på att han ville bli sufflerad. Frund vände sig mot modern i stum bön om att få höra bokstäverna som saknades. Men hon såg på Sorrel.

Den synske lille mannen sjönk ner i stolen och andades djupt medan han satte på sig glasögonen och samlade krafter för en ny framstöt mot Becca Green. Den här gången stirrade han på henne tills hon vände sig mot honom. "Jag ser en annan bokstav." Frund kisade som om visionen höll på att glida ur synhåll. Han höjde ena handen högt över huvudet och fingrarna öppnades och slöts som om han ville nappa till sig innebörden ur luften. "Det är bokstaven *B*."

Becca Green satt fortfarande tyst.

Den synske mannen sänkte blicken till en fläck på golvet bredvid stolen. "Det finns nånting strax intill – nåt som kravlar – det är så mörkt, det är bara en skugga i – " Ett uttryck av rädsla drog över hans ansikte men var snabbt borta. Ögonen glänste nu och rösten förändrades lite och blev mer självsäker. "Det luktar jord och jag känner att det är fuktigt."

Han reste sig igen, den här gången med en grace som Ali inte hade väntat sig. Bakom Frund utgjorde fönsterväggen en dramatisk fond med vita moln som seglade över en mörkblå himmel. På andra sidan gatan tändes en gatlykta och när skenet bröts i linserna såg det ett ögonblick ut som om ögonen var upplysta inifrån.

Ali vände sig mot Becca Green. Kvinnan såg stint på Frund och brydde sig inte om Sorrel.

"En man finns i närheten och det vet hon." Frund började vilt veva runt med händerna. Han vände sig till vänster och fäste blicken en bit över golvet. "Hon blundar – rör sig inte."

"Hon spelar död", sa Becca Green entusiastiskt. "Duktig flicka!" Kvinnan reste sig, hon klarade inte att sitta kvar i stolen längre. Med lätta steg rörde hon sig längs stolarna och borden som stod i en vid ring omkring den synske mannen.

Frund vandrade fram och tillbaka med korta steg som om han hade gått vilse i ringen, och sedan stannade han tvärt. Becca Green gjorde likadant.

"Nu ser jag!" Ena handen for rakt upp med pekfingret riktat mot ingen och intet utom den tomma väggen ovanför ett dokumentskåp. "Där! Jag ser vattnet. Det är så mörkt." Han kisade. "Det skulle kunna vara en sjö." Fingertopparna sträcktes ut mot luften omkring. "Jag känner fukten."

Den här gången bockade Sorrel av flera ord på listan.

Becca Green stirrade mot väggen som om hon också kunde se genom den synske mannens fönster. Energin i rummet var på kokpunkten när Frund återtog sitt vankande fram och tillbaka. Längst ut i ringen anpassade Sadies mor sina steg efter hans för att följa honom på denna färd med fyra steg åt höger och fyra åt vänster.

Frund hejdade sig igen och modern stelnade till. Han kastade huvudet tillbaka och slöt ögonen medan han ritade i luften och formade en böjd linje. "Det finns en biväg utan nån skylt." Han lade båda händerna över ögonen, kanske för att slippa se hur en detektiv som satt vid ett skrivbord strax intill gäspade. "Och så finns det ledningar i luften. Jag ser en byggnad – kanske är det någons hem. Jag känner lukten av vatten nu." Frund sjönk ner på stolen eller snarare draperade sig över den så att han gav intryck av att plötsligt ha drabbats av smärta och utmattning.

Becca Green slog sig ner i en stol bredvid Sorrel men hon satt på kanten, som om hon väntade på knallen från startpistolen och när som helst var beredd att delta i loppet. Sorrel bockade av fler ord i anteckningsboken.

"Den lilla flickan gråter. Hon längtar efter sin mamma. Det är en mycket stark känsla." Frund kröp ihop så att hans kropp verkade mindre.

Barnstorlek? Ja.

Och nu hörde Ali ett litet, kvävt skrik från hans hals – barnagråt.

En sån skitstövel.

Ali vände sig hastigt mot modern för att bedöma vilken effekt det haft på henne. Det var grymt. Kvinnans hand trevade på klänningsbröstet och under handen dunkade hjärtat säkert allt hastigare. Full av empati kände Ali hur det tjocknade i halsen, att någonting vällde upp inifrån, från den tysta Becca Green som höll på att gå under i ultrarapid.

Frund svettades och Ali såg att hans fingrar lämnade våta fläckar på kuvertet.

"Den lilla flickan är mycket svag."

Hon är död, din jävla knölföda.

"Jag ser nånting annat. Jag kan inte urskilja färgen. Det skulle kunna vara – " Han viftade frustrerat med handen. Han höjde huvudet och mrs Green följde hans exempel. Hon var på väg upp ur stolen när Frund reste sig, hon stod på tå och sträckte sig upp när Frund lyfte handen allt högre.

"Färgen – nu är den borta", sa han. "Det är för många träd."

Ingen skyndade sig att anteckna, kanske för att det här i trakten fanns mängder med träd av alla sorter. Bara Sorrel gjorde bruk av sin penna. Utan att utredaren märkte det tittade Becca Green ner på sidan i den öppna anteckningsboken och iakttog förfärad hur han satte en ny bock bredvid ett ord på listan. Hittills, om än med undantag för Sadies älsklingsfärg, hade BCI-utredaren förutsett de flesta av de föremål som den synske mannen beskrev.

Utom sig av förtvivlan såg Becca Green upp från anteckningsboken. Hon vände sig åter mot Frund som kanske hade fått för sig att hennes förkrosselse var en följd av hans egen skicklighet.

"Färgen – kan den vara duvblå, som min dotters tröja?"

"Ja, det ser jag nu", sa Frund. "Hon har på sig ett ljusblått plagg."

Blått? Inte lila? Tydligen hade inga flygblad ur den första omgången tagit sig över gränsen till mr Frunds hemstat Connecticut. Men så hade de ju bara suttit uppe i skyltfönstren under några få timmar. *Gubbe lille, vilken praktgroda.*

Mrs Green verkade lugnare nu men det hördes på rösten att

hon var gråtfärdig. "Och bokstäverna ni nämnde, *S* och *B*? Skulle det kunna vara *P* i stället? Vore det möjligt?"

Nu såg Frund förtjust ut. Äntligen lite samarbete. Han belönade henne med ett brett leende. "Ja, det händer att man tar fel på *B* och *P*."

"Det kanske inte är ett namn, inte en människas namn – utan en företeelse?"

"Ja", sa Frund. "Det är inte en person utan nånting – nånting – " Han knep ihop ögonen, djupt koncentrerad, och väntade på att hon skulle avsluta meningen åt honom.

"Nånting varmt och fuktigt?" föreslog hon hjälpsamt.

Han nickade mycket entusiastiskt. "Det är precis det jag upplever." Ena handen täckte ansiktet. "Nu är det klarare, det är mer som – "

"Skit, kanske? Skitprat?"

Frunds hand sjönk och munnen stod öppen när han stirrade på modern. Han förstod att hon var arg nu, att han hade misstagit sig, men det var för sent att backa tillbaka till det ställe där det blivit fel. Han såg sig om, letade efter ett vänligt ansikte.

Han hittade inget.

Med fruktansvärd beslutsamhet i stegen gick Becca Green fram till den synske mannens stol och stannade framför honom. Utredare Sorrel var på väg upp, utan tvivel i tron att hon tänkte slå honom och att hon skulle behöva hjälp.

Alla de andra satt orörliga och stirrade, totalt fascinerade av denna rundhyllta lilla mor som nu tagit makten över Frund och fick honom att rygga tillbaka när hon böjde sig ner mot hans ansikte och tvingade honom att se på henne. Och fastän hon viskade var rummet så stilla att ingen undgick att höra vad hon sa: "Ett sånt billigt trick."

I fullständig dödstystnad gick Sadies mor sin väg i riktning mot dörren. Ansiktena i rummet visade inte längre någon likgiltighet för den lille mannen i cirkelns mitt. Maten i papperspåsarna och på plastbrickorna var slut. Blickar vändes mot honom.

Ali lämnade dörren på glänt när hon följde efter den förtvivlade modern in i rummet bredvid och hittade henne sittande i trapphallen. Hon satte sig på översta trappsteget och lade armen om mrs Greens axlar. Det verkade bara rätt och rimligt att varna

denna kvinna för att hoppas och förbereda henne på vad som
väntade. Becca levde för det ögonblick då polisen skulle hitta
Sadie och funderade inte ens på risken att de skulle komma med
en död flicka. Hon måste ta den risken med i beräkningen.
Någon måste förbereda henne. Hur började man?

*Sadie har fått ro. Hon känner ingen smärta, hon är inte rädd
längre. Hon har varit borta från världen länge nu, i dagar och nät-
ter.* Men Ali blev torr i halsen. Hon tappade rösten och sin yr-
kesmässiga distans – allt sitt försvar. Becca Green mötte henne
med ett varmhjärtat leende, hon var så sårbar för Alis alla goda
avsikter – denna förfärliga, välmenta handling, detta sannings-
sägande.

"Jag vet, jag vet", sa mrs Green. "Ni trodde att jag var så des-
perat att jag skulle gå på vad som helst. Det är säkert rena nipp-
ran att lyssna på sån skit men man måste ju försöka allt, inte
sant?"

Genom den öppna dörren kunde Ali se Sorrel gå fram till den
avslöjade, synske mannen i rummets mitt. Utredaren log och
Frund log tillbaka och uppfattade tydligen leendet som ett teck-
en på sympati.

Där misstog han sig.

Becca sa: "Nå, men tiden var inte helt bortkastad. De kommer
i alla fall inte att glömma Sadie nu, eller hur?"

Och nu förstod Ali det verkliga syftet med dagens uppvisning.
På grund av det som Arnie Pyle sagt var Becca besatt av den hem-
ska tanken att hennes dotter skulle bli betraktad som ett ovid-
kommande misstag i en större plan. Därför hade den här kvin-
nan använt det enda redskap som dykt upp, ett telefonsamtal
från en man som påstod sig vara synsk; hon hade utnyttjat
honom och alla männen och kvinnorna i det där rummet så att
varenda polis och agent nu var utom sig och bedrövad in i mär-
gen. Hon hade fått dem att ändra inriktning. *Mästerliga kvinna,
förtvivlade kvinna.*

Folk var på väg från sina skrivbord när Costello förde Marsha
Hubble och de två fäderna in på sitt rum.

Ali vände sig åter mot Becca Green. Här arbetade en hjärna,
en hjärna som inte höll på att falla sönder utan bedömde förlus-
terna och gick till handling på ett oroväckande praktiskt sätt.

"Flickorna är så små – och det är kallt ute. Ni måste försöka *allt*."

Ali såg på medan FBI-agenterna lämnade rummet *en masse* eftersom de inte ville bli vittnen till vad som skulle hända härnäst men heller inte ville förhindra det. De kvarvarande BCI-utredarna bildade ring kring Frund och en del av dem tog av sig kavajerna. Ingen log längre. Frund försökte dra sig undan sittande i sin stol och fötterna arbetade som besatta. Stolsbenen flyttades bara några få centimeter tillbaka. Han öppnade munnen och utanför fönsterna tjöt en siren.

Rouge svängde runt i sin stol utan att bry sig om vad som försiggick ett par meter ifrån honom. Han satt vänd mot fönstren och betraktade molnen som flockades till ett jämngrått täcke och förebådade vinterns första snö. Den gamla utskriften av Paul Maries rättegång låg uppslagen på skrivbordet och han undrade hur åklagaren hade fått honom fälld.

"Det var en vision." Rösten från rummets mitt var hysterisk och lät mest som ett pipigt gnällande. Större mäns ljudligare röster lät frågor regna som knytnävsslag.

"Från en som är blind", sa Sorrel. Och en annan röst frågade om flickorna fortfarande levde. "Och var är de?"

"Jag hade en vision", sa den lille mannen som börjat gråta. "Jag såg flickan i – "

"I din *vision*. Just det." Sorrel lät syran drypa. Alla talade lågt nu, vilket på något sätt var mer hotfullt.

När Rouge lät stolen svänga tillbaka mot skrivbordet var Martin Frund dold av alla poliserna som omringat honom. Han såg ner på utskriften av den gamla mordrättegången. Han lät sig inte störas av den synske lille mannens allt ljudligare klagolåt och hörde knappt att en stol föll och att någon sakta grät.

Rouge granskade listan över ägodelar som bifogats längst bak i utskriften. Det enda påtagliga beviset mot Paul Marie var silverarmbandet. I vittnesbåset hade BCI-utredaren Oz Almo insisterat på att armbandet hittats i prästens sovrum. Paul Marie hade medgett att han hittat det men sa att han hade lagt det i församlingens låda med hittegods.

Försvarets enda vittne, fader Domina, hade vagt erinrat sig att han sett en "blänkande silverring" i lådan bland de mer vardagliga borttappade föremålen. Distriktsåklagaren hade underminerat prästens trovärdighet med hjälp av indirekta angrepp mot mannens försämrade syn och minne. Men inget kunde rubba fader Dominas tro på den unge prästens oskuld.

Nu äntligen förstod Rouge varför fader Domina hade stannat kvar i kyrkan långt över pensionsåldern. Han undrade om den bräcklige gamle mannen inte hade börjat överleva sig själv också och klamrade sig fast i väntan på ett mirakel: nåd för en barnamördare, så att Paul Marie kunde ta över hans plats som församlingspräst.

Rouge ögnade igenom Jane Norris vittnesmål. Hon var den unga kvinna som hävdat att Paul Marie hade försökt våldta henne när hon bara var femton år. Under försvarsadvokatens ovanligt håglösa korsförhör hade det kommit fram, nästan som av en slump, att Paul Marie bara var fjorton år vid tillfället och att förhållandet hade varat i ytterligare fyra år och slutat med en bruten förlovning.

När Rouge tittade upp från den här sidan såg han att Sorrel räckte Martin Frund hans rock. Den synske mannens ögon vandrade från det ena ansiktet till det andra och kanske undrade han om detta var ett trick. Sedan tog han rocken på armen, makade sig mot dörren och snavade över rockskörten så att han slog huvudet i väggen med en duns.

Bra. Rouge återvände till läsningen och hörde knappt ljudet av Frunds springande steg i trappan.

På nästa sida satt ett hopvikt blad med en sammanfattning av polisanmälningar som samma vittne gjort. Bistådd av en entusiastisk terapeut hade Jane Norris erinrat sig hur hon tidigt utsatts för incest och andra sexuella övergrepp av poliser, lärare, läkare och skolbussens förare. Den man fanns knappt som hon inte anklagat för våldtäkt. Längst ner fanns en handskriven fotnot som sade honom att allmänne åklagaren hade läst samma rapport innan han lät detta falska vittne träda fram. Ännu otroligare än detta var att försvarsadvokaten hade blivit fullständigt informerad och undertecknat ett kvitto på att han tagit emot polisanmälningarna.

Men inga överklaganden hade kommit in för svaranden.

Andra fällda förbrytare hade sluppit fängelsetid trots pålitligare vittnesmål och färre rättegångsfel.

Mindre betydelsefulla bevis var spår efter Susans kamp i snön nära kyrkan. Men hon hade varit i kyrkan på körövning bara några få timmar tidigare. Försvarsadvokaten hade inte ifrågasatt den ganska lättvindiga beskrivningen av barns och vuxnas fotavtryck och inga fotografier hade tagits. Rouge undrade om även detta bevismaterial var falskt.

Han slog igen utskriften. Där fanns ingenting som sa att Paul Marie var oskyldig men där fanns heller inga mordbevis.

När han drog ut skrivbordslådan såg han häpet att en gammal baseboll-boll med hans egen autograf på började rulla. Den hade inte funnits i lådan för tjugo minuter sedan då han gick på toaletten.

Redan innan han såg ut genom fönstret visste han vad han skulle få se på parkeringsplatsen nedanför. David Shores vita ansikte tycktes sväva fritt i skymningen som tätnade allt mer. Pojken gnuggade sina röda vanthänder och stampade kylan ur fötterna. Hur länge hade David stått där och tålmodigt väntat på att bli upptäckt?

Rouge stirrade på autografen. Han hade spelat en enda säsong, så det var bara då som han kunde ha signerat den. Hade David varit ett ansikte bland många i trängseln efter en match en av dessa sommardagar? Han mindes bara hundra små händer med framsträckta kort och bollar och pappersbitar som hjältarna skulle signera. Och nu erinrade han sig en särskild dag då han hade fått syn på Mary Hofstra som stuckit upp som en mast i skaran av små fans vid grinden. Han hade vinkat till henne i tanke att hon kommit för att se honom spela och heja på honom. Men husmor hade försvunnit när alla autograferna var skrivna och alla barnen blivit nöjda. Och nu insåg han att hon måste ha kommit den där dagen för Davids skull, för den lille pojken som lade ner själ och hjärta i sporten.

De hade alltså träffats förr – under de få sekunder det tog att krafsa ner en autograf på pojkens boll. David kunde bara ha varit fem eller sex år gammal.

Mary Hofstra hade sagt åt honom att skapa en trygghetszon för att lindra pojkens blyghet, men han hade inte gjort någonting åt saken och David kunde inte vänta längre, han hade gjort en väldig ansträngning att övervinna sin rädsla för att tala med en vuxen, en polis.

Det fanns inga civila bilar på den främre parkeringsplatsen. Var fanns Mary Hofstra nu?

Det ringde. Han lyfte luren men flyttade inte blicken från David. "Kendall."

"Du Rouge?" Delstatspolisen lät trött och plågad. "Du har samtal från St Ursula's Academy. Det är en dam – en mrs Hofstra? Tar du det?"

"Visst, koppla in det bara." Rouge undrade om mrs Hofstra fortfarande kunde läsa hans tankar, därtill på så långt avstånd.

"Rouge?"

"Mrs Hofstra." Han kände den efterhängsna doften av pepparmintste som om den trängt fram genom telefonledningarna.

"Är David hos dig?"

"Ja, han är här. Jag ska köra honom hem."

"Tack ska du ha, Rouge." Mary Hofstra var borta och pepparmintskontakten bruten.

Han drog upp fönstret och lutade sig ut i kylan. "Hallå, David?" Pojken höjde sin röda vanthand och andedräkten kom i rökpuffar i den kalla kvällsluften. "Vänta där, va? Mrs Hofstra vill att jag kör dig tillbaka till skolan. Jag kommer om ett par minuter."

Rouge stängde fönstret, tog på jackan och lade bollen i fickan. Han gick inte ut genom huvudentrén till parkeringsplatsen utan tog baktrappan ner i källaren. Han tände lampan nära dörren och ljuset studsade tillbaka från raden med nya metallskåp som insatsstyrkan låtit installera för sin utrustning. Det gamla gröna träskåpet hade skjutits undan mot bakväggen och blockerades av högar med kartonger märkta med logotypen för staten New Yorks polis. Han röjde snabbt undan dem för att komma åt skåpet. Till slut svängde dörrarna upp på gnisslande gamla gångjärn och där låg alla handskarna och slagträna som en gång använts av basebollklubben i Makers Village. Nu när planen hade sålts till ett möbelvaruhus undrade han om utrustningen någonsin skulle komma till användning igen.

Han drog fram ett slagträ, gammalt men välgjort. Detta hade

varit hans eget bidrag till skåpet, en souvenir från tiden med ny-
börjarlaget i Yankees. Han vägde det i handen, prövade vikten i
denna äkta Louisville Slugger.

"Hallå där", sa en välbekant röst bakom honom.

Han vände sig om och fick syn på Buddy Sorrel. Utredaren
stirrade på slagträt som måste verkat lite udda så här på vintern.
"Finns det nån anledning för mig att veta vad du tänker göra
med det där?"

"Jag ska ge mig in i leken igen." Rouge tog fram bollen ur fick-
an och höll upp den som bevis inför den äldre mannen.

"Det är rätta tag. Vet du, jag har inte spelat baseboll sen jag var
liten grabb." Sorrel sprack upp i ett leende som om han kommit
på ett gammalt minne, men sedan dystrade han till igen. "Okej,
Kendall, du kan reglerna. Om du klår upp en reporter går du på
honom där det inte syns – och ser till att det *inte* finns några vitt-
nen. Fattar du?"

Rouge fick inga fler frågor när han lämnade polisstationen för-
sedd med slagträ och handske.

David stod kvar på samma plats i kanten av ljuset från en gat-
lykta och ansiktet såg kritvitt ut mellan den mörka skidluvan och
kragen på en midnattsblå jacka. Ögonen blev klotrunda när han
stirrade på slagträt och handsken.

Rouge tog fram bollen ur fickan och kastade den. David fång-
ade den i luften och kastade tillbaka. Samtalet hade börjat.

Den här gången varken åt eller drack Gwen någonting från
brickan trots att hon var utsvulten och frestelsen stark. Hon spo-
lade ner chokladen och bullen i toaletten utan att bry sig om att
smula sönder brödet, för det skulle ha varit alltför frestande att
äta bara en smula och sedan en till. Förtvivlad såg hon hur den
dyrbara maten snurrade runt i skålen och sedan försvann ur syn-
håll.

Hon var yr och blicken inte helt stadig när hon långsamt gran-
skade varenda detalj i det stora badrummet och till slut dröjde
kvar vid korgen i väggen. Hon gick fram mot den, snubblade en
gång och föll, kröp resten av vägen.

Varför sätta hänglås och kedja på en korg? Gwen var säker på att
kunna räkna ut det om hon bara kunde tänka samma tanke två

minuter i sträck. Hon tryckte örat mot metallkorgen och höll andan. Inte ett ljud, inget levande därinne – något döende? Sadie? Den var lagom stor för att rymma en tioårig flicka.

Flickan bankade på metallen. "Sadie!" skrek hon och satte sedan händerna för munnen, plötsligt rädd för ljudet av sin egen röst. Ja, och fanns det något som hon *inte* var rädd för? Gwen bankade åter med knytnäven på metallen, den här gången av ren frustration. Nu var hon tacksam för sömnmedlets effekter, för hon sprang i alla fall inte omkring i rummet och skrek och fäktade med armarna som en gås.

Gwen grep tag i kedjan på korgen och reste sig långsamt, stadigare på benen nu. Hon började långsamt gå runt, runt i badrummet och tvingade sin hjärna att städa bort sömnmedlets spindelvävar. Än en gång gick hon tillbaka till korgen och koncentrerade sig på hänglåset i klarblått och krom. Hänglås av den typen hade delats ut till alla elever på St Ursula's som hade cykel.

I september hade en våg av cykelstölder inträffat. Internatelever och dagelever från stan hade drabbats i samma utsträckning. Det här hänglåset var en dyr sort med sifferkombinationer som kunde ställas in individuellt. Den dagen då låsen hade delats ut hade lärarna visat varje elev hur han eller hon skulle ställa in kombinationen på det egna födelsedatumet så att de inte skulle glömma den. Gwen hade ordentligt gjort som hon blev tillsagd. Men det här låset kunde inte vara hennes. Det fanns hemma, det satt på kedjan som låg i ryggsäcken.

Sadies?

Hon snurrade visaren till dagen, månaden och året för Sadies födelsedag men det gick inte upp.

Hon lyfte hastigt huvudet och stod käpprak, andlös. Hon hörde ljudet av en tung möbel som drogs över golvet i rummet intill.

Hon gick tillbaka till tältsängen och kröp ner under lakanet. Varje muskel var spänd, varje led stel, hela kroppen var frusen till en sammanhängande, orörlig klump av skräck. Rädslan lade sig ett ögonblick när hon stirrade på det kolossala skåpet och försökte komma ihåg något viktigt. Det hörde inte hemma här – och någonting som verkligen gjorde det saknades.

På andra sidan om badrumsdörren hörde hon trä dras över trä. Ett tungt föremål släpades ur vägen.

Det gick inte att komma in på basebollplanen. Fältet var omgivet av ett nätstängsel och grinden var låst. Rouge tecknade åt David att följa med honom ut på den främre parkeringsplatsen som användes av besökare till biblioteket. Asfaltplanen som försetts med gula parkeringsrutor var tom nu när folk åt sin middag.

Han räckte David slagträt och i nästa ögonblick var det första kastet i luften. David lyfte slagträt och en skarp smäll hördes. En lång svårtagen boll flög mot bakre delen av parkeringsplatsen där den studsade mot en svart personbil och sedan rullade över ett skidräcke av trä på taket till en herrgårdsvagn.

Assistent Billy Poors hand stannade på väg mot bildörren. Han stirrade på bollen och fattade inte genast vad den gjorde där, för varenda människa visste väl att baseboll-bollar bara flög genom luften på sommaren. Sedan såg han bort mot parkeringsplatsen. När han upptäckte Rouge och pojken med slagträt lyste han upp.

"Hallå där, ni är ju för fan farliga. Ni behöver en ytterfältare."

Och så deltog stadens ordningspolis i denna match för tre. Inom bara några minuter förenade sig en uniformsklädd delstatspolis med dem. Sedan kom en BCI-utredare, som också ville spela, springande ut med slipsen på sned och famnen full av basmanshandskar till alla. En från stadens polis, Phil Chapel, dök upp bakom David som älskvärt överlät sin plats som slagman till honom.

Utredarna, delstatspoliserna och stadens pojkar i blått ryckte ut i full styrka och fler var på väg nerför polisstationens yttertrappa. Rouge såg hur deras ansikten strålade i lyktskenet. De hade varit slitna och tärda i slutet av sitt skift och de stod inför ännu några timmars övertid. Men nu var de som pånyttfödda och det var inte längre december utan högsommar, inte kväll utan dag, en varm, torr dag. Än en gång var de pojkar, och handskar sträcktes ut mot en flygande bolls långa, höga kurva, mot en ballistikens poesi, mot upphävd gravitation.

Buddy Sorrel dök upp vid grinden i stängslet försedd med en

bultsax och snart hängde kedjan avklippt. Grinden svängde upp och spelarna troppade in på den gamla basebollplanen.

På trottoaren stannade julklappsköparna för att stirra på dem genom stängslets öglor. Planen var väl upplyst av strålkastare som skyddade en trave stöldbegärligt byggnadsmaterial.

Poliser stod på ytterfältet och en var slagman. Buddy Sorrel hade tagit på sig catcherns ansiktsmask och stod hopkrupen vid innemålet. David kastade snabba bollar och slagmännen åkte ut en efter en. Nu slog en delstatspolis, fortfarande i uniform, en lång boll ut på vänster ytterfält och började förtjust flinande springa från bas till bas i sina reglementsenliga läderkängor.

Rouge var slagman när julklappsköparnas barn övergav sina föräldrar på trottoaren och strömmade in genom öppningen. De som inte hade upptäckt den öppna grinden mot parkeringsplatsen klättrade över nätstängslet mot trottoaren. Pojkar och flickor lät sig falla ner på planen, den ena efter den andra. En del sprang mot home base för att turas om som slagmän, andra rusade ut på ytterfältet.

Poliserna vid baserna skrattade och överlät sina handskar till barnen. Männen drog sig tillbaka till hejaklacken på trottoaren där allt fler skattebetalare hade samlats.

En ny catcher, mycket kortare till växten än Sorrel och synnerligen fräknig, kastade bollen tillbaka till David som stod på pitcherplattan. Det var ett dåligt kast som gick långt förbi målet. David tog bara ett steg åt sidan, sträckte långsamt ut armen och tog bollen, till synes utan besvär, som om han hade lärt den att flyga hem till hans handske – det såg nästan ut som trolleri. Han tittade upp mot himlen på denna låtsassommardag och fick snö-flingor i ögonen.

Hejarop och visslingar hördes från trottoarläktaren när en annan pojke passerade alla baserna och gled fram till home base på sin lilla rumpa. Bilar flyttades till bra lägen längs den sektion av stängslet som vette mot parkeringsplatsen och nu blev det ljust som på dagen ute på planen. Stora, fluffiga snöflingor dalade ner som en skur vit konfetti.

På varje bas stod ett barn berett att springa, endast väntande på nästa slagman. Rouge räckte slagträt till en liten flicka med klara blå ögon, en hjärtekrossare till brunett med röd basker.

Han betraktade henne när hon stod hopkrupen över slagträt som ett proffs och han nästan väntade sig att hon skulle spotta tuggtobak ur ena mungipan. David stod på andra bas när hon slog iväg bollen ut på höger ytterfält. Iväg flög David till tredje bas medan flickan gled in på första och baskern for all världens väg. David sladdade in på tredje och jäntan stal andra. Medan bollen var på väg tillbaka till pitcherplattan var David framme vid home base och ett vrål steg från alla åskådarna på trottoaren.

David blev överraskad när den lilla flickan, utan röd basker, kom farande och landade på marken bakom honom, sedan hon mot alla odds lyckats stjäla ytterligare en bas. Hon hoppade upp igen, slog armarna om hans hals och kramade honom i sin ohöljda, spontana glädje.

David stod där röd i ansiktet med strålande ögon och fåraktigt leende – det vill säga, han såg precis ut som en alldeles vanlig pojke i armarna på en flicka.

För första gången under de senaste dagarna var Gwen skrämmande klarvaken. Dörren öppnades med ett metalliskt klick från låset, tydligt som ett pistolskott i mörkret. Hon hade öppnat ögonen så lite att bara en knappt märkbar springa bildats när den stora, mörka silhuetten avtecknade sig mot det skarpa ljuset i rummet utanför. Gwen blundade och ljuset spreds till en skär fläck på ögonlockens fina hinna.

Hjärnan arbetade trots rädslan; den var den enda del av henne som fortfarande fungerade och försökte lösgöra sig från hennes fångna kropp med hjälp av distraherande, nya frågor. Hon visste att badrumsdörren hade varit låst för hon hade just hört hur nyckeln lyfte tillhållarna. Men någonting tungt hade dessutom blockerat den enda utgången, hon hade hört hur det hade skjutits bort från dörren. *Varför det?* Nog måste väl låset –

Dörren stängdes. Ljuset bortom ögonlocken försvann och nu såg hon absolut ingenting. Men hörseln var förfärande skarp. Saken var på väg fram till tältsängen. Den kom på två ben som en människa, ändå kunde hon inte frigöra sig från bilden av en stor insekt.

Gwen stelnade till när saken slog sig ner i korgstolen bredvid sängen. Hon hörde stolens typiska stress- och protestljud när de flätade vidjorna gav efter under en stor tyngd.

Total tystnad nu.

Lyssnade saken också? Visste den att en sovandes andning lät annorlunda? Sadie Green visste det, hon hade tjatat hur länge som helst om konsten att låtsas sova i skräckfilmer.

Gwen lät andedräkten komma ljudligt och mödosamt. Överdrev hon? Nej. Varelsen i stolen verkade nöjd, för nu kunde hon höra hur den andades också. Och den rörde sig på något sätt, hon fick en känsla av att det ryckte vilt i jätteinsekten, att den sträckte ut sina antenner och blev större i mörkret. Sedan andades saken hastigare, mer upprört. När den rörde lätt vid hennes hår förmådde hon inte skrika, hon var som förlamad. Det var en övervinnelse bara att börja andas igen.

Stolen drogs närmare sängen. Lukten av unken svett och vindränkta utandningar kom i vågor. Hon kände hur den slöt sig omkring henne. Någonting tornade upp sig precis framför hennes ansikte. Vad gjorde saken med händerna? De kanske närmade sig hennes ögon. Om den rörde vid henne en gång till, skulle hon skrika då? Den närmade sig, hon kunde föreställa sig den, nästan se den, genom huden som ryste och fick små knottror.

Var det så David Shore kände sig när mr Beckerman smekte hans ansikte eller rufsade om i hans hår under lektionerna? Hon tänkte på lärarens feta spindelfingrar som rörde vid klasskamraten. Blev David illamående på det här sättet, kände han sig så här smutsig, greps han av samma längtan efter att få bada, om och om igen? Mr Beckermans obehagliga ögon sökte sig till små pojkar, mest till David, och han visste knappt att flickorna fanns. Och därför förstod hon att saken här hos henne i rummet inte var Beckerman, men ändå var det någonting snarlikt läraren som satt i stolen bredvid sängen. Kanske alla insekter var likadana när det inte fanns något ljus, när det var mörkt så att man ingenting såg.

Hon var för spänd i kroppen, för stel. Hon tvingade sig att låta varje muskel slappna av så att saken inte skulle förstå att hon var vaken och skräckslagen, om den rörde vid henne.

En hand snuddade vid hennes ansikte, med fingrar lätta som spindelns långsamma kravlande. Den trevade sig fram i hennes hår och hon fylldes av äckel. Fingrarna snuddade vid de mer känsliga läpparna och nu förstod hon att det inte var hud hon kände utan gummihandskar. Sakens kropp närmade sig, böjde sig över henne nu, för hon kände en stöt av stinkande andedräkt mot ansiktet.

Ett pipande ljud hördes; om och om igen hördes den låga men envetna tonen. Gummifingrarna försvann hastigt från hennes läppar och hon hörde fraset av tyg när saken trevade i kläderna och stängde av pipandet.

Korgstolen knakade igen, den här gången av lättnad, när saken reste sig. Och nu kändes rummet annorlunda, det var fuktigt och klibbigt, och där fanns en stank av något vidrigt, orent.

Jätteinsekten var på väg ut, stegade snabbt iväg på bakbenen i riktning mot dörren. Gwen låg med ögonen slutna ifall den skulle vända sig om och upptäcka att hon kikade.

Dörren stängdes. Hon öppnade ögonen i nattlampans matta sken. Det glimmade till i metallen i hänglåset på korgen, som ett hån.

Rouge stod nära fönstret och såg upp mot himlen. Månen syntes inte men här och där framträdde en stjärna när molnens spetsmönster glesnade. Det lätta snöfallet hade upphört och alla tecken på vinter hade smält bort i ett stilla regn som släckte alla barnens hopp om ett vilt snöbollskrig som kunnat bli grädden på moset efter basebollmatchen.

Poliser och ungar fyllde snabbmatsrestaurangen med skrik på hamburgare och pommes frites, chokladshake och Coca-Cola. Det var en uppsluppen kväll som gjord för glada, skrytsamma historier och det upplevde man i regel bara varma kvällar efter en match under den rätta säsongen. Kanske var detta det sista mötet av det slaget. Så snart det blev vår skulle planen täckas med cement.

David stod nära kassan och skrattade åt en sidoreplik som en av pojkarna från stan viskat i hans öra. I kväll verkade denne tyste pojke precis som alla andra, han var bara en i laget, och Rouge ville inte förstöra det intrycket. Han drog med sig pojken från den långa kön vid disken och tog honom med bort till ett bord i andra änden av rummet. David verkade lättad över att inte behöva sällskapa med barnen från stan. Ingen av dem hade ännu

152

fattat att han var för blyg för att tala, att han inte var helt normal, inte *riktigt* en av dem.

Hamburgarna åts under ett samtal som bestod av ord från honom själv och nickningar från pojken. Rouge följde Mary Hofstras råd att inte tvinga David att tala och han utformade alla frågor så att de kunde besvaras med nickningar eller skakningar på huvudet. Han hade just frågat om pommes friten från St Ursula's cafeteria var lika bra som snabbmatsrestaurangens.

"De kidnappades från båthuset", sa David och sänkte blygt huvudet när han tog en klunk av milkshaken. "Gwen och Sadie."

"Hur vet du det?" *Å, det var dumt.* Han ändrade frågan så att den inte blev pressande. "Är du säker på det?"

David nickade och blev illröd i ansiktet. Nu snuddade de säkert vid det hemliga som David inte kunde tala om ens för Mary Hofstra.

"Såg du dem gå in i båthuset?"

"Ja."

Ännu ett ord. Fler framsteg.

"Såg du mannen som tog dem?"

David skakade på huvudet. "Men han måste ha varit där hela tiden när jag – " Orden tröt. Han såg så förtvivlad ut att man kunde tro att han tyckte sig se världens undergång.

Sedan började David tala igen, orden kom fortare och i en obruten ström, en kaskad av ord. Innan tårarna blev för många hjälpte Rouge honom på med täckjackan och följde honom ut.

Tioåringen satt tyst medan de körde ut från parkeringsplatsen. Under färden tillbaka till St Ursula's blev han mer pratsam och orden kom i plötsliga strömmar och utbrott utan uppmuntran från Rouge. Pojken såg sjuk ut, möjligen för att han hade ätit fler ostburgare än någon annan på restaurangen. Eller också var det bekännelsen som gjort honom illamående. Han hade medgett att han följt efter flickorna den dagen och spionerat på dem. Men just nu grubblade Rouge oroligt på Davids uppgift om den skällande hunden i båthuset. Han förknippade den med Sadie Greens sönderrivna jacka.

"Jag trodde att du skulle tycka att jag var konstig." David såg ner på sina hårt knäppta händer. "Jag *är* konstig."

"De andra barnen tyckte inte det. De känner igen en naturbe-

153

gåvning när de ser den. Eller menar du det här med att du följde efter flickor? Det är liksom meningen, David. Du är kille – det är det som är grejen."

Pojken log åt att så där i förbifarten få höra att han kanske inte var något naturens missfoster och att ett intresse för flickor var vanligare än han hade trott.

"Men David – vad tror du om den där skällande hunden?"

"Jag vet att det inte var Gwens pudel. Hon hade inte Harpo med sig. Det har hon aldrig, inte till båthuset. Och det var inte Sadies hund. Hon får inte lov att ha hund för mrs Green."

"Har Sadie sagt det?"

Pojken vände bort ansiktet och stirrade ut genom vindrutan mot det plötsliga skenet från strålkastarna på en mötande bil. Bilen for förbi och dess bakljus försvann i en vägkurva. I mörkret där han kände sig trygg fortsatte han: "Jag hörde henne säga det till Gwen – när jag lyssnade utanför båthusfönstret. Men det var en annan gång."

Rouge svängde in på skolans uppfart och fortsatte till parkeringsplatsen på baksidan. "Så flickorna träffades regelbundet i båthuset?"

"Ja. När de inte fick leka tillsammans för Gwens pappa brukade hon smyga ut och träffa Sadie i båthuset." David steg ur bilen och gick fram till Rouge som stod i kanten på den stora gräsmattan där man hade en sådan vidsträckt utsikt över sjön. "Det var som om hon hade utegångsförbud – bara på lördagar. Då tänkte jag att mr Hubble var arg på Sadie igen."

De gick nerför sluttningen i riktning mot det mörka båthuset och månen gav dem var sin skugga. En klunga med unga barrträd dolde allt utom taket och en del av bryggan. När de hade gått igenom klungan och hela byggnaden syntes blev David efter och hade plötsligt regredierat till småbarnssteg. Rouge väntade tills han hade kommit i kapp och undrade vad det förfärade uttrycket i pojkens ansikte kunde betyda.

Den hundraåriga byggnaden var förbjudet område så här dags. Dess enda fönster var stängt med luckor, som ett blundande öga. Silhuetten av huset avslöjade att det inte var riktigt rakt. Det var nästan som om de lutande väggarna och den skröpliga lutningen av takryggen hade ett eget språk. Men han trodde att det var något mer bakom Davids nya oro som blev värre för varje steg han tog.

Rouge såg ut över sjön. Om David hade rätt kunde kidnapparen finnas i något av husen närmast vattnet. Vem som helst som hade en kikare skulle kunna iaktta när två små flickor kom och gick. Men alla husen längs stranden hade blivit genomsökta av poliser både från stan och delstaten.

Han vände sig åter mot det som syntes av St Ursula's huvudbyggnad över träddungen. Beckerman kanske inte var den ende pedofilen där. Skolor var som magneter för abnorma typer.

David rörde vid hans ärm när de steg ut på bryggans träplankor. "Jag tror att de gav sig iväg i en av kanoterna. De kunde inte ha kommit förbi mig på nåt annat sätt." Han pekade på en hög med stora stenar längre bort vid stranden. "Stenarna kan ha dolt kanoten om den kom från dörren vid båtslipen ut mot sjön."

"Vi ska kolla." Rouge öppnade den smalare dörren mot bryggan. "Står det alltid olåst här?"

"Nej, sir, aldrig. Det fanns ett hänglås på dörren. Nån bröt upp det. Jag hittade låset och klinkan precis där – bredvid en sten." Han pekade på de slitna plankorna nära tröskeln. "Sadie visste hur man skulle få upp hänglåset. Hon smilade in sig hos vaktmästaren och följde med gubben överallt tills hon hade kommit på kombinationen. Det är därför jag vet att nån annan bröt upp låset."

Rouge riktade ficklampan mot dörrkarmen. Den var fläckig av ren vit färg som nyligen målats över. Han kunde urskilja märkena efter träspackel som fyllts i de långa, djupa skårorna efter förstörelsen. Någon hade städat upp, men ingen från skolan hade rapporterat om ett inbrott.

Han gick in i huset och hittade strömbrytaren högt upp på väggen, klokt nog placerad utom räckhåll för ett barn. Han lade märke till segelbåten och kanoterna på sina slipvagnar, alla noga förtecknade. David höll sig utanför och lämnade inte bryggan. Stället skrämde honom, till och med när ljuset var tänt.

"När jag såg cykeln vid busshållplatsen trodde jag att de bara hade försökt att bli av med mig." Pojken körde händerna i täckjackans fickor och granskade sina skor. "Jag fattade ingenting den dan. Det blev inte verkligt förrän jag såg det på tv. Förstår du hur jag menar? Det var då jag berättade för mrs Hofstra om Sadies cykel."

Rouge förstod. De flesta människor trodde mer på vad de såg på tv än på det de såg med egna ögon. Och David hade också behövt se händelserna redigerade som en sammanhängande historia innan de delar som han bevittnat blev begripliga.

Pojken väntade på tröskeln nu men ville fortfarande inte gå in. "Först trodde jag att de måste ha rymt – eftersom cykeln stod på busshållplatsen. Men varför skulle Sadie komma tillbaka samma väg för att flytta sin cykel från ett bra gömställe? Varför skulle hon låta den stå så öppet? Fattar du? Det stämde inte. Och så blev jag inte klok på hunden. Sen kom polisen hit och sökte igenom hela skolan – även båthuset. Så jag trodde inte att de ville att jag skulle berätta det för dem. Men det ville de nog. Jag är så ledsen att jag inget sa."

Rouge gick längs bryggan till båthusets bortre ände. Nu tittade han på dörrarna vid båtslipen som öppnades ut mot sjön. "Du menar att han förde bort dem i en kanot när det började bli mörkt? Inget buller, ingen som såg nånting. Senare måste han ha kommit tillbaka och flyttat cykeln till busshållplatsen."

David nickade där han stod bredvid Rouge. "När jag äntligen hade fattat – " Han stack händerna ännu djupare i jackfickorna och vände sig bort från Rouge. "Jag var här hela tiden när det hände." Pojken sjönk ihop på bryggan och skakade långsamt på huvudet. "Jag är så ledsen för det."

Och nu förstod Rouge vad det var som David Shore egentligen skämdes för – som om pojken kunde ha vetat vad mannen gjorde med Sadie och Gwen, som om han kunde ha hindrat det. David var sjuk av skuldkänslor.

De hade alltså mer gemensamt än baseboll.

Susan som låg med ansiktet ner i snön, så kall. Hans syster hade dött ensam; det hade varit det värsta för Rouge. Om han bara hade varit hos sin tvilling den där dagen, fått dö *för* henne eller *med* henne. Den gången för så länge sedan hade han inte önskat sig något högre än att lägga sig ner och sova, dö, få ett slut på smärtan och aldrig mer vakna till ännu en dag av skuldkänslor över synden att vara vid liv. *Susan, min Susan.*

Han hade varit lika gammal som David då.

Nu föll han på knä bredvid pojken som mrs Green en gång hade beskrivit som Sadies skugga. David slog armarna hårt om Rouges hals och i mörkret tröstade de varandra, vaggade mjukt fram och tillbaka så som barn sedan urminnes tider har gjort för att söka lindring för sorgen.

Gwen försökte med Sadies födelsedag en gång till, för hon tänkte att hon kanske hade slagit fel, men kombinationen fungerade ändå inte.

Konstigt nog kändes det som en lättnad, för hon var inte längre säker på att hon ville veta vad som fanns i korgen. Hon sköt problemet åt sidan för att i stället undersöka det smala utrymmet mellan skåpet och väggen. Långsamt sträckte hon in ena handen i mörkret. Plötsligt drog hon tillbaka den och hade fått spindelväv på fingrarna. En del av spindelns middagsmat sparkade fortfarande med benen. Hon torkade av handen mot ena jeansbenet.

Förra gången hon försökte detta måste hon ha varit för yr för att låta sig hejdas av småkrypens lämningar. Gwen stack in handen igen och rörde vid träkarmen. Sedan letade sig hennes blinda fingrar nedåt och hittade fönstrets nederkarm.

Flickan satte axeln mot skåpet men det gick inte att rubba. Hon gick bort till tältsängen och drog bort lakanen så att smärtingen som spänts över en träram kom i dagen. Hon vände på sängen så att hon kunde granska undersidan och särskilt de smala spjälorna som var inflätade i smärtingen. Med ena foten tog hon spjärn mot en lång bräda och drog i en kort spjäla i änden av ramen. Trävirket var gammalt och spiken lossnade lätt. Hon drog ut spjälan ur smärtingen och stack in den i springan mellan väggen och skåpet. När hon drog i sin hävstång bröts den mitt av. Hon satte sig på golvet och stirrade på den vassa träflisan hon hade i handen, uppriktigt förbluffad över att en sådan god idé inte skulle fungera i verkligheten trots det kraftiga materialet.

Då tog hon loss de återstående ramdelarna och lossade dem från smärtingen. Hon lade ihop de längsta spjälorna så att de blev en enda hävstång och stack in dem i springan. Den här gången rörde sig den tunga möbeln en bit när hon drog i spjälorna.

"Å, dumma Gwen", viskade hon. Det är ju lättare att skjuta än att dra. Hon tog spjärn med ryggen mot väggen och sköt på hävstången. Skåpet flyttade sig några centimeter. Nu vräkte hon sig på hävstången med hela sin tyngd men den här gången rörde sig skåpet inte alls.

Nähä, men det var ju inte logiskt, inte rätt. Någon hade ändrat reglerna som styrde fysiska föremål. Utmattad avbröt hon sig och blicken drogs bort mot korgen igen. Hon tittade bort och lade all sin kraft på spjälorna. Ingenting hände. Gwen satte sig på golvet för att vila före nästa försök. Trots att hon inte tittade på korgen en enda gång var det som om den ropade hennes namn och utmanade henne att lösa ett annat logiskt problem: Varför låsa en korg? I stället återgick hon till problemet med det orubbliga föremålet, och då löste hon det.

Flickan stirrade ner på de spräckta kakelplattorna och sjöarna och åarna i den upplösta putsen mellan dem. Träbenen hade fastnat i de stora hål som uppstått där delar av kakelplattor saknades. Hon satte spjälorna under skåpet och använde all sin kraft för maka tillbaka det så mycket att hon kunde stoppa in den lilla mattan under de främre benen. Ena axeln värkte och hon undrade om hon hade sträckt en muskel. Bara möjligheten av att hon kunde ha sträckt en muskel hade fått hennes far att förbjuda henne att vara med i gymnastiken en månad. Men hon hade varit nöjd med att sitta på golvet i gymnastiksalen och titta på medan Sadie arbetade sig igenom programmet på barren.

Sadie, var är du?

Hon gjorde en ny paus, drog djupa andetag och undvek att se på korgen. Hon visste att gåtans lösning fanns i hennes huvud. Naturligtvis var det Sadies hänglås. Om fönstret erbjöd henne en väg ut, skulle hon då kunna lämna rummet utan att veta vad som var inuti den där saken? Tänk om det var så att hon lämnade kvar sin bästa vän?

Gwen sköt undan dessa förfärliga frågor och återgick till arbetet. Skåpet stod nu snett ut från väggen och det fanns plats att stå mellan dess trärygg och fönstret. Hon tryckte ansiktet mot den svala rutan. Det fanns träd överallt och konturerna av avlövade ekar och björkar lyste som silver i månskenet och tallarna blev runda i formen. Med inget elektriskt ljus syntes, inga tak eller skorstenar fanns inom synhåll – ingen skulle höra om hon skrek – som om hon skulle våga föra oväsen.

Det var långt ner till marken att döma av storleken på uppfarten. Nästa projekt inställde sig automatiskt, det var av den sorten som förekommer i dåliga filmintriger. Och hennes far sa alltid att filmerna skulle förstöra hennes hjärna. Han skulle se henne nu.

Han skulle få slag.

Men Sadie skulle vara stolt.

Vad finns det i korgen?

Gwen skakade på huvudet, hon avvisade denna mörka tanke. Hon tog upp ett av lakanen och försökte riva isär det på mitten för att göra ett längre rep.

Men hon var fortfarande svag och nu blev hon frustrerad när det inte ville gå sönder. Hon skavde det över en spik som stack ut från den kvarvarande sängspjälan tills hon lyckades få hål på tyget. Sedan gick det lätt att riva sönder det. När alla längderna av de två sönderrivna lakanen var ihopbundna satte hon fast dem med en dubbelknut i det bakre benet på skåpet.

Gwen öppnade fönstret och än en gång trängde sig verkligheten emellan och kullkastade hennes planer på att rymma med ett lakansrep. Det var kallt ute – förfärande kallt. Darrande sköt hon lakanshögen över fönsterkarmen och stack ut huvudet så att hon såg när den vecklade ut sig längs husväggen. Det vita tyget föll ner förbi två mörka fönster. Hur långt var det från repets ände till gården nedanför? Ett fönster?

Hon lutade sig ut med hela överkroppen och tittade rakt ner på marken och på en soptunna och ett fågelbad som lyste i månskenet. Föremålen trycktes ihop nedåt och tycktes krympa och försvinna längre och längre bort. Gårdsplanen snurrade, golvet under hennes fötter lutade och magen vände sig i en våg av illamående. Hon kunde inte andas – den plötsliga rädslan hade förlamat lungorna. Hon blundade, drog sig in och smällde igen fönstret.

Gwen andades djupt och tryckte sig upp mot den bastanta, stillastående väggen. Ögonvitorna syntes och andningen blev allt hastigare medan hon vägde skräcken för att ge sig iväg mot skräcken för att stanna. Tänk om hon tappade taget om lakanet, om hon nu kunde förmå sig att klättra över den där fönsterkarmen? Tänk om tyget gick sönder? Då skulle hon falla och bryta benen i hundra bitar mot den hårda marken. Även om hon kunde hålla sig fast tills hon nådde änden av lakansrepet skulle hon mycket väl kunna bryta benen när hon fallit den långa biten som var kvar ner till gården. Hon stod inte ut med minsta smärta. Och så var det kylan. Barfota skulle hon inte komma långt. Hur avskydde hon inte kyla.

Varje muskel i kroppen var tryckt mot väggen, lemmar och fingrar spretade över väggytan som en andra hud på den målade putsen. Mödosamt vände hon sig mot fönstret, den enda vägen ut. Natten skulle inte vara hur länge som helst. Himlen skulle ljusna i grått. Snart skulle jätteinsekten komma tillbaka till henne med en bricka där det fanns juice och ägg. Hans gummifingrar skulle kravla i hennes hår, i hennes ansikte och den här gången skulle hon vara fasansfullt vaken. Inom sig skrek hon redan av förfäran vid tanken på saken.

Det fanns bara en väg ut.

Sadie skulle kunna klara detta, hon skulle kunna klättra över den där fönsterkarmen utan att vara rädd för att landa hårt. Under gymnastiklektionen kunde Sadie flyga.

Det kunde inte Gwen.

Inte på miljoners triljoners år skulle hon kunna sänka sig ner från det där fönstret. Marken verkade vara längre bort för var gång hon betraktade den ur minnet. Hon var så till den grad feg att hon inte ens vågade se ner på den genom fönstret en enda gång till.

Flickan makade sig bort från fönstret längs väggen och hörde hur hjärtat bankade allt hårdare, allt snabbare, hur det markerade tidens gång i ursinnig fart. Snart skulle det vara ljust. Hon måste därifrån, men hur? Gwen blundade och plötsligt föll hon fritt, förbi alla de mörka fönstren, och den obarmhärtiga marken snurrade, virvlade, rusade henne till mötes.

Flickan tittade plötsligt upp och fann sig stirra på den ihopkedjade korgen. Nu föreföll den inte riktigt lika skrämmande. När hon återgick till denna olösta gåta spred sig ett lugn inom henne och hon kunde tänka klart igen. Hon hade använt sitt födelsedatum till kombinationen i sitt eget lås, precis enligt instruktionerna.

Men när hade hennes väninna någonsin följt instruktioner?

Vilka siffror tyckte Sadie allra mest om? Tretton? Det var inte tillräckligt många. Hur vore det om hon lade till siffran 6 för fredag? *Fredagen den 13* var titeln på en älsklingsfilm. Men så associerade hon den idén med en annan och erinrade sig intrigen i en ännu populärare film om en bortbyting som var en demon.

"Och ni skall känna honom på detta märke", viskade hon när hon böjde sig över låset och flyttade visaren till höger, sedan till vänster och, för sista siffran, åter till höger. Hänglåset öppnade sig i hennes hand vid vilddjurets tal, 666.

Så passande.

Vid midnatt sjöd båthuset av aktivitet. Poliser från staden och från delstaten sökte igenom området i täta led, axel vid axel nästan, med blicken riktad mot marken. Bortom det skarpa ljuset från stora strålkastare på metallstolpar syntes ficklampsstrålar som finkammade gräset i strandkanten. Längre upp höll en annan grupp på med den steniga delen av stranden.

Rouge stod på bryggan precis utanför dörren. Det gamla huset hade blivit genomsökt för flera dagar sedan. Men delstatspolisen hade letat efter två försvunna flickor, inte efter tekniska bevis i damm som rörts upp. Han lade märke till det andra uppbrutna låset, det som hörde till telefonautomaten. Han hade förbisett det när han sökte igenom byggnaden första gången. Precis som den person som reparerat den splittrade dörrkarmen och städat upp efter det uppbrutna ytterlåset.

FBI:s tekniker var i full gång med all sin utrustning inne i båthuset. De granskade varenda por i träytan och öppnade till och med gamla färgburkar som stått orörda i åratal. En tekniker stod i dörröppningen och släppte med hjälp av en pincett ner en remsa lila rayon i en bevispåse.

Buddy Sorrel och Arnie Pyle kom fram till Rouge på bryggan.

"Snyggt jobbat — för att vara av en nybörjarsnut", sa agent Pyle och kastade en blick ut över brottsplatsen.

Sorrel dunkade Rouge i ryggen. "Kendall, jag tror att du har hittat din nisch. Vad mer sa grabben till dig?"

"Han sa att det fanns en hund därinne och att den varken var

Gwens eller Sadies. Han såg den inte – han hörde bara när den skällde."

"Jaha, då vet vi i alla fall att den jäveln har hund." Kommissarie Costello kom långsamt gående på bryggans blankslitna plankor. Blicken vilade på plastpåsen som agent Pyle hade i handen. Den innehöll en liten elektronisk apparat. Plasthöljet var krossat. "En personsökare. Av en dyr sort dessutom. Är det en blodfläck?"

"Förmodligen", sa Pyle. "Det finns inga avtryck på den men vi tror att den kanske tillhör vår förövare."

"Den tillhörde inte nån av flickorna", sa Sorrel. "Föräldrarna har sagt att de inte hade personsökare. Fast Peter Hubble lät sy in en sändare i dotterns ryggsäck. Synd att Gwen inte hade den med sig när hon blev bortförd."

Kommissarie Costello höll upp en liten adressbok med vått och bleknat tygomslag. "En delstatspolis hittade den här på klipporna nere vid stranden. Det ser ut som om den har legat i vattnet ett tag." Han räckte den till Rouge. "Det är din brottsplats, unge man. Vad får du ut av den här?"

Rouge stirrade på den lilla lila boken. Utan tvivel tillhörde den Sadie Green. Han bläddrade igenom sidorna som hade registerflikar med alfabetet på, och de var de enda skrivtecken som klarat vattenskadorna. Allt som varit skrivet på sidorna var upplöst i blåa bläckfläckar. "Det här stöder Ali Crays teori. Sadie var inget misstag – missfostret behövde henne för att komma åt Gwen. Han försökte tvinga Sadie att få ut Gwen, men hon vägrade."

"Hur menar du då?" Arnie Pyle tittade misstroget på adressboken.

"Sidan H saknas", sa Rouge. "Vi vet att Sadie inte skulle riva ut den. Det var den sida där hennes bästa väns telefonnummer stod. Kanske kunde hon det numret bättre än sitt eget men den sidan var antagligen den viktigaste i hennes bok ändå. *Han* rev ut den – han, pedofilen. Det stämmer med det uppbrutna låset till telefonhytten. Han var tvungen att använda den här adressboken för att få tag på Gwens nummer. Sadie vägrade att tala om det för honom. Jag undrar om det var därför han dödade henne?"

Självklart gjorde han det.

De andra männen stirrade på den lila boken men sedan tittade de bort, för de ville inte se den mer och inte heller alla de visioner som klibbade fast vid den. Tanken på tösen som satt sig upp mot denne man var ofattbar. Ändå var det ingen som lade fram någon annan teori, de var förstummade och bedrövade, en liten trupp på fyra män, fyra sörjande, som stod tysta för att hedra en tioårig flicka som alldeles säkert var död.

Ali Cray hade haft rätt i allt.

Costello tog påsen med den trasiga personsökaren från Pyle. "Jag tror att vi kan ha missat nånting." Det såg ut som om han stod och vägde detta stycke högteknologi i högra handen. "Det är tänkbart att en man som är så besatt av säkerhet som Peter Hubble har begärt specifikation av samtalen till och från hans telefon."

"Skulle den vara avlyssnad?" Rouge trodde att han hade hört fel. "Men har vi inte – "

"Nej, en *specifikation*", sa Sorrel. "Det första jag gjorde var att fråga om linjen var avlyssnad. Hubble sa nej, men jag är inte säker på att jag tror honom."

Nej, men Sorrel brukade inte tro på någon.

"Hur som helst", sa Costello, "en specifikation vore bättre än inget. Inga samtal, men den skulle klara lokalsamtal, tider och nummer." Han vände sig mot Sorrel. "Buddy, kolla det."

Männen vände sig åter mot stranden när de hörde en kvinnas arga röst. Marsha Hubble försökte tränga sig förbi delstatspolisen vid det gula bandet som märkte ut brottsplatsen.

Costello lade ena handen på Rouges axel. "Du är vår kontakt med familjen. Kan du ta hand om viceguvernören? Jag tror att hon gillar dig."

Rouge stod tyst och bara stirrade på kvinnan. Hon hade en slinkig kavaj ovanpå sin pyjamas. De bara fötterna var instuckna i trätofflor och helt oskyddade mot den kalla nattluften. Folk gjorde sådana egendomliga val när de var skräckslagna.

"Inte?" Costello tog Rouges tystnad för en önskan om att få hålla sig i bakgrunden. Han vände sig till sin närmaste man. "Okej då, Sorrel, du följer med mig."

De gick längs bryggan mot stranden. Rouge och Arnie Pyle följde efter. Gwens mor hade slitit av det gula avspärrningsbandet, passerat det så som en maratonlöpare spränger ett målsnöre,

163

och nu stormade hon rasande fram mot Costello och pekade på honom som om fingret varit ett gevär. "Jag hörde nog om base-bollmatchen!" skrek hon. "Hade era killar kul i kväll?"

Costello lade ena handen på hennes arm. "Var så snäll och följ med mig – "

"Jag följer inte med *nånstans!*" Marsha Hubble skakade av sig hans hand. "Jag såg den jävla matchen på nyheterna. Alla såg den. Hur i helvete kan ni era skitstövlar komma undan med att ägna er åt larviga barnlekar när Gwen fortfarande är borta och gudarna vet – "

"Och *Sadie*", sa kommissarien och påminde henne rått om att det var två barn som saknades. "Det var den jävla matchen som förde oss till brottsplatsen."

Det fick tyst på henne ett ögonblick. Kommissarien fortsatte snabbt innan hon hann hämta sig. "Det var ni som ville ta över PR-skiten – utmärkt. Jag skiter blankt i vad pressen tycker. Och nu när jag ska pensioneras bryr jag mig inte om vad ni *tror* att ni kan göra för att förstöra min karriär. För det var väl det ni hade tänkt säga nu, eller hur? Ni hade tänkt hota mig?"

Costello log men inte vänligt. Med en svepande handrörelse visade han på alla lagens tjänare som arbetade där. "Varenda en av dessa poliser arbetar övertid. Tror ni att de skulle sköta arbetet bättre om ni hotade att avskeda dem också?"

Viceguvernören backade ett par steg men Rouge tolkade inte detta som en reträtt. Hennes ögon smalnade när hon bytte fot, det var nästan som en boxares dans för att hålla motståndaren borta. Och så steg vreden igen i ett plötsligt utbrott av energi inför nästa rond med Costello, den ende fiende hon kunde iden-tifiera. "Nån måste hantera pressen. Ni gör det förvisso inte – "

Hon tystnade när Costello höll upp plastpåsen med den trasi-ga personsökaren.

"Känner mrs Hubble igen den här? Det är ett ovanligt märke, inte sant? Och mycket dyrt."

"Det är inte min dotters personsökare. Gwens ligger i ett brunt skinnfodral."

Costello vände sig till Sorrel. "Buddy?"

Sorrel skakade på huvudet och bläddrade i sin anteckning-bok. "Jag talade med Peter Hubble samma dag flickan försvann.

Jag frågade honom – hade hon en personsökare? Han sa nej."
Sorrel höll fram anteckningsboken med de handskrivna raderna
så att Costello kunde få svart på vitt.

Kommissarien viftade bort anteckningsboken. "Hur är det
med den andra flickan då?"

"Harry Green sa samma sak", sa Sorrel. "Sadie har aldrig haft
nån personsökare. Och flickans mor var med när jag talade med
honom. *Ingen* personsökare."

"Sadie har också en", sa mrs Hubble, "med ett svart fodral som
den där. Jag gav flickorna personsökare så att de kunde hålla kon-
takt när Peter inte lät dem leka tillsammans. Peter hindrade ide-
ligen Sadie från att komma. Det var – "

Costello höjde handen och avbröt henne. "Av vilket skäl tala-
de ni inte om det här för oss?"

"Ingen frågade. Jag tänkte inte – förlåt. Jag gav dem var sin
personsökare förra året. Jag betalade rätt mycket i förskott så jag
har inte fått nån räkning än. Jag lovar att jag bara glömde – det
var så mycket att göra – "

"Buddy, glöm nummerspecifikationen och kolla personsökar-
tjänsten." Costello hade blivit mildare i rösten när han åter vände
sig mot viceguvernören. "Var det nån annan som hade tillgång
till den – till koderna eller servicenumret? Kanske ni skrev ner
dem nånstans, i en Rolodex eller adressbok? Kan nån bland er
personal – "

"Nej", sa Marsha Hubble. "Det var bara för de där båda. Ingen
annan kunde använda personsökarna."

Sorrel kastade ner en hastig anteckning och krängde av sig sin
överrock. "Så om Gwen fick ett skrivet besked på personsökaren
tog hon för givet att det kom från Sadie. Mrs Hubble, jag tror att
vi måste gå igenom alltsammans en gång till. Det kanske är nåt
mer ni har glömt." Han svepte rocken om hennes axlar. "Ibland
kan det gå veckor innan folk kommer på saker." Sorrel tog av sig
halsduken och knöt den om hennes hals med förvånande mild-
het. Och det var denna sista lilla gest, denna ridderlighet en lång,
kall natt, som till slut knäckte henne.

Marsha Hubble mumlade bara ett ohörbart tack. Insvept i
Sorrels rock såg hon mycket mindre ut och hon protesterade inte
när han lade en kraftig arm om hennes axlar och förde henne

165

uppför sluttningen mot parkeringsplatsen. De hade inte hunnit långt när hon stannade. Sorrels hand gled ner när hon hastigt vände sig om för att stirra på båthuset med strålkastarna och det gula bandet som markerade en brottsplats. Hakan blev slapp och Rouge förstod att hon äntligen hade förstått hur alltsammans gick till: Gwen kunde inte lockas hemifrån av en främling med vuxen röst. Den lilla flickan hade blivit lurad av en rad elektroniska bokstäver på en personsökare – en hemlig present från modern. En vit hand for upp till kvinnans mun.

För att kväva ett skrik?

Sorrel lade åter armen om henne och det syntes att han tog ett fastare grepp nu och stödde henne, nästan bar henne, resten av vägen uppför sluttningen.

Costello vände sig till Rouge. "Jag vill att du stannar kvar här ett tag. Kolla upp grabbens historia om låset på båthusdörren och ta reda på vem det var som städade upp efter inbrottet." Kommissarien nickade mot rektorn, Eliot Caruthers, som stod vid det gula bandet. "Prata en gång till med den där gamle räven. Han döljer nånting för oss."

Teknikernas bil rullade iväg och delstatspolisernas bilar var på väg tillbaka till polisstationen. Allt bevismaterial som kunde tas med hade lagts i påsar och märkts. Och så släcktes strålkastarna, den ena efter den andra runt hela brottsplatsen, och kopplades loss från batterier och bars in i lastbilar. På mindre än tjugo minuter var allt borta, inte ens en uniformerad polis bevakade det de hade lämnat kvar. Allt som vittnade om nattens aktivitet var det gula bandet som spänts från träd till träd, från båthus till bryggstolpe och som fladdrade i vinden.

Och mr Caruthers hade försvunnit.

"Rouge?"

Rösten kom från den plats där han hade parkerat sin gamla bruna Volvo och nu kunde han urskilja skuggan av en pojke som gömde sig bakom den. "Du borde sova. Det är sent."

"Det är en sak som jag glömde säga." David ställde sig upp och såg sig om åt alla håll. När han var säker på att de var ensamma kom han fram. "Mrs Hofstra påminde mig. Hon hörde det också."

"Hörde vad då?"

"Ett gevärsskott. Det var ute på sjön eller kanske på andra sidan. Jag är inte säker på det. Men det var flera dar efteråt så jag trodde inte att det var viktigt."

"Det är bra, David. Jag är glad att du talade om det. Är du säker på att det var ett gevärsskott?"

"Mrs Hofstra var säker på det. Hon trodde att det kanske var tjuvskyttar i skogen igen. Jag vet att hon ringde till mr Caruthers. Han vet nog vad det var. Han sa åt henne att han skulle ta itu med det."

"Tack. Nu är det bäst att du hoppar i säng och sover lite, va?" Han såg efter David tills pojken var i säkerhet innanför dörren till mrs Hofstras hus.

Han gick tillbaka mot huvudbyggnaden och det enda upplysta fönstret. Eliot Caruthers mörka, knubbiga gestalt avtecknade sig mot en stark lampa. Mannen lyfte handen och hälsade när Rouge gick över gräset utan att ta blicken från fönstret förrän rektorn flyttat sig bort från ljuset.

Rouge hade tänkt ringa på klockan vid bakdörren men prövade i stället dörrvredet. Dörren var olåst och det irriterade honom för han visste att det inte var slarv; hans besök var väntat. Mr Caruthers ville ha en rapport, som om skoltiden inte var tillända.

För all del, men den här gången skulle allt vara annorlunda.

Han gick över den tjocka, röda mattan i hallen, fortsatte uppför den välbekanta, ståtliga trappan och vidare längs korridoren. Dörren till rektorns rum stod också öppen; det visste han att den skulle göra. Mr Caruthers hade satt sig bekvämt tillrätta bakom skrivbordet i den miljö som var hans med dess träpaneler, förstaupplagor och konst, alla de yttre tecknen på rikedom och makt. Han log varmt mot sin unge besökare – sin medarbetare. I dunklet borta i ett hörn stod en byst av Voltaire med ett liknande leende – arrogant och överlägset. Caruthers nickade i riktning mot trästolen framför skrivbordet och gav så den unge mannen tillstånd att sätta sig.

Rouge avböjde. Han ställde sig nära skrivbordet, så att han drog fördel av att vara längre, och såg ner på rektorn. "Det har varit inbrott i båthuset. Rektorn måste ha gett order om reparationen av dörrkarmen. Hade ni alls tänkt tala om det?"

"Jag fick faktiskt inte reda på att låset brutits upp förrän för två dar sen. Det var knappast nån hemlighet. Vaktmästaren – "

"Berätta om gevärsskottet ute på sjön. David hörde det och det gjorde mrs Hofstra också. Jag måste fråga mig när rektorn tänkte berätta för mig om *den* lilla detaljen."

"Det har inte med den här historien att göra. Vi har haft bekymmer med tjuvskyttar tidigare. Du vet att det finns rådjur i de här skogarna."

Rouge såg ner på den tomma stolen bredvid sig. Han drog den runt till Eliot Caruthers sida av skrivbordet och satte sig bara några få centimeter från den gamle mannen. "Jag har natten för mig."

Och så inlät de sig i en olustig tävling om vem som kunde se den andre längst i ögonen, något som hotade att övergå i en pisstävling, denna hävdvunna metod som män, pojkar och hundar använder för att avgöra vem som är i överläge. Efter tio sekunder ryckte mr Caruthers lätt på axlarna, men det var ändå ett slags kapitulation. Han drog ut den översta skrivbordslådan och tog fram ett svart plastgevär.

"En smula klumpig, eller hur? Knappast ett dödligt vapen. Det förvånar mig att pojkarna lyckades skjuta sönder ett fönster med den. Polismästare Croft såg inte ens nån anledning att rapportera händelsen."

"Eller så bad rektorn honom kanske att inte göra det."

"Det var bara ett hyss av några tolvåringar. Tyvärr är det här nog en återvändsgränd för dig." Mr Caruthers såg ner på geväret som han höll i handen. "Jag tvivlar på att det åstadkommer särskilt mycket oväsen, så antagligen var det inte det skottet som mrs Hofstra hörde, men jag försäkrar dig att det här är det enda gevär jag känner till. Tala med polismästaren och rättsläkaren – de kommer att säga samma sak. Två små pojkar med ett leksaksgevär. Knappast nån särskilt farlig händelse. Om det emellertid börjar gå rykten i en liten stad – " Han gestikulerade vidlyftigt med handen och målade fram otäcka bilder av bybor som stormade slottet med facklor i händerna.

"Var inträffade denna *händelse*, och vad gjorde rättsläkaren där?"

"På andra sidan sjön. I ett gammalt hus. Innehavaren hade dött några dar tidigare – i sömnen. Ingenting särskilt allvarligt med det heller. Så när pojkarna krossade fönstret hjälpte de faktiskt polisen att hitta kroppen. Faktum är att doktor Chainy till och med tackade dem så mycket för hjälpen."

"Hur kom pojkarna över sjön? Med kanot?"

"Ja."

"Låset på båthusdörren krossades med en sten. Men det visste ni redan. Ni såg ju stenen vid dörren, eller hur?"

"Jag begriper inte vad det har med er utredning att göra. Du vet väl hur pojkar är, de är bara – "

"Bara pojkar som lekte – med en hagelbössa." Rouge såg ner på plaststycket som låg på skrivbordsunderlägget.

"Knappast ens en bössa." Mr Caruthers log än en gång som om han tyckte att detta var skrattretande. "En leksak som två små pojkar tillverkade på fritiden."

"Jaha." Rouge tog upp geväret. Det såg faktiskt ut ungefär som en dåligt gjord leksak, bortsett från pipan – som var för stor för vanliga kulor, för att inte tala om hagel. Endast ett skott hade hörts ute på sjön och det grova, roterande patronläget var gjort för att rymma två skott. Han såg på den tunga marmorbysten av Voltaire som stod på sin piedestal i hörnet. "Så hagel skulle bara studsa bort från de flesta ytor då?"

"Ja, fast jag vet att det kan krossa glas på nära håll. Det har pojkarna redan demonstrerat."

Rouge tog noga sikte, tryckte av och Voltaires huvud exploderade i hundratals hårda stenfragment. Knallen hade gjort honom döv och därför hörde han inte skrapet när Caruthers sköt bort stolen från skrivbordet och inte heller dunsen av stolen som föll bakåt på mattan när rektorn hastigt for upp med förfäran målad i ansiktet.

Det ringande ljudet i Rouges öron hade dämpats och ersattes nu av ringsignaler från telefonen på skrivbordet. Alla samtalsknapparna lyste, en för varje husmor. De ville säkert fråga om en bomb hade exploderat, för riktiga gevär lät inte så mycket som denna leksak.

Mr Caruthers tryckte på en knapp och fick tyst på telefonen. Han återvann fattningen och reste upp stolen. "Jag tror nog att jag har sagt att vi inte har några vanliga elever på den här skolan." Han stirrade på geväret som Rouge höll i handen. "Du vet

169

vad som skulle hända om det kom ut nånting om den där saken."

"Ja, det vet jag." Rouge lade ner geväret på skrivbordsunderlägget och det försvann snabbt ner i rektorns översta skrivbordslåda. Ännu ett avtal hade ingåtts.

"Jag måste fråga mig vad mer rektorn kan tänkas undanhålla oss." Rouge lade upp fötterna på skrivbordet. Det är möjligt att mr Caruthers blev mer förfärad över denna exempellösa ohövlighet än av att Voltaire var krossad. Han öppnade munnen för att tala men ingenting hördes.

Rouge lät blicken långsamt vandra över spillrorna av marmorbysten. "Kanske skyddar ni någon? Någon som kände flickorna – eller kanske bara Gwen. Söt liten flicka – det sa ni själv så sent som häromdan."

"Är jag misstänkt?"

Rouge nickade. "Vi ska prata om skyttekalaset mot huset på andra sidan sjön. Jag vill höra varenda jävla detalj. Jag skulle kunna fråga ut pojkarna men jag vet att rektorn redan gjort det."

"Jag märker att du koncentrerar dig på Gwen Hubble. Det är nog vettigt – men bara om det gäller en lösensumma. Men nu verkar du helt säker på att det är en pedofil. Rouge, om jag var den sorten som blev kär i ett barn skulle det ha varit i Sadie Green. Hon är en udda liten person. Du tror väl inte – " Caruthers hade till slut lärt sig att tolka Rouges ansikte och nu ryggade han tillbaka. "Hon är död, inte sant?"

Rouge svarade inte och mr Caruthers slog ner blicken och nickade till tecken att han förstått tystnaden.

"Rektorn känner till allt som pågår här – allt." Rouge tog ner fötterna från skrivbordet för han hade gjort sin markering. "Inbrottet i båthuset inträffade samma dag som flickorna blev kidnappade. *Innan* pojkarna sköt sönder fönstret."

"Jag svär på att jag inte visste det. Jag tog för givet att pojkarna hade gjort det när de tog kanoten."

"Tog för givet? Berättade de nåt annat?"

"De sa att de hittade kanoten strandad bland klipporna vid sjön nära den där tillfartsvägen. Du vet vilken jag menar. Den går till ruinerna av ett hus som brann ner för många år sen. Jag svär på att jag trodde att pojkarna ljög om det uppbrutna låset och

170

kanoten. Jag tänkte att de ville försöka slippa mer straff. Du förstår alldeles säkert varför jag var tvungen att hålla tyst om hela den där skjuthistorien."

Mannen trevade sig fram i tystnaden och tappade åter fattningen, för han måste ha insett att Rouge inte förstod och heller inte förlät. Caruthers såg in i den unge mannens ögon och fann där något att vara rädd för. Han hade sagt det själv: På St Ursula's Academy gick inga vanliga barn – och Rouge hade varit ett av dem.

Kedjan till korgen gled rasslande ner i kakelgolvet. Gwen drog efter andan och vågade knappt röra sig medan hon lyssnade efter ljud i huset. Men det hördes inga springande fotsteg eller något hasande med möbler på andra sidan badrumsdörren. Hon vågade andas igen.

Dumma Gwen, grälade hon. För flera timmar sedan hade hon hört hur en bil körde bort från huset. Motorljudet hade dött bort och han var antagligen långt borta men hon vågade ändå inte skrika och var noga med att arbeta tyst.

Hon öppnade korgen och sträckte ner armen så långt det gick i dess mörka inre. Det låg bara några hårt ihopknölade handdukar på botten – ingenting mer.

Så varför låsa korgen?

Hjärnan fungerade bättre nu och denna fråga ledde till en till och ännu en: Varför hålla henne hungrig hela tiden? Varför låsa in henne i ett litet rum? Kunde det vara insektens sätt att roa sig? Eller var kanske kedjan på korgen en parallell till trollkarlens förmåga att villa bort sin publik. Om den låsta korgen blev föremål för hennes nyfikenhet skulle hon kanske aldrig utforska resten av badrummet och upptäcka fönstret – vägen ut.

Men nu fortsatte hon tankegången och log för första gången på många dagar när hon betraktade korgen i ljuset av de nya möjligheter som den innebar.

Här fanns vägen ut.

Gwen återvände till fönstret. Hon måste öppna det igen annars skulle planen inte fungera. Kall luft svepte förbi hennes ansikte när hon drog upp fönstret och en virvlande, isig vind förföljde den darrande flickan när hon vände och barfota gick bort till väggkorgen.

Låset var den riskabla delen av planen. Men hon trodde inte att jätteinsekten kunde känna till Sadies kombination. Han struntade förmodligen i om låset gick att öppna igen; han hade bara velat ordna så att det inte gick att få upp korgen.

Hon lät kedjan löpa lite lösare från handdukshållaren till metallhandtaget. När hon väl var inne i korgen skulle hon behöva en större springa så att hon kunde nå ut och stänga hänglåset. Om han trodde att hon hade klättrat ut genom fönstret skulle han gå ut och leta efter henne. Och då kanske han inte brydde sig om att barrikadera badrumsdörren igen. Då kunde hon låsa upp och lämna både korgen och huset.

En bra plan.

Gwen klättrade ner i det lilla mörka utrymmet. Hon sträckte sig ut genom den trånga öppningen och stängde hänglåset. Sedan gungade hon fram och tillbaka för att maka tillbaka korgen in i vägghålet.

Och nu försvann den sista tillstymmelsen av förnuft från världen. Korgens botten, bestående av sammanpackat tyg, lossnade under hennes fötter och hon föll. Fingrarna krafsade på de långsträckta, släta väggarna utan att finna något fäste. Högen med handdukar följde med under fötterna och hon föll och föll i fullständigt mörker förbi husets alla våningar.

Handdukarna hejdades kring hennes ben och dämpade fallet när de trånga väggarna kröktes och bildade en brant lutning. Äntligen blev fötterna befriade och kunde sparka fritt. Sedan var hon helt ute ur rutschbanan och hamnade i en stor vidjekorg. Kroppen vilade mjukt på den sammanpackade tvätten som hon felaktigt hade trott vara korgens botten.

Ett matt ljus kom uppifrån och hon kände lukten av tvättmedel och blekmedel. När hon reste sig såg hon ett svagt sken från visarna på en stor panna som utstrålade värme. Det var svagare än nattlampan men hon kunde ändå urskilja en del av omgivningarna. Högt ovanför tvättmaskinen fanns ett litet fönster infällt i en cementvägg. Över hennes huvud löpte ledningar och rör. Hon hade alltså fallit ner i källarens tvättstuga.

Vad skulle hon göra nu?

Hon kunde nästan höra Sadie ropa den bästa repliken ur den sämsta spökhusfilmen — *Stick!*

Gwen klättrade upp på tvättmaskinen men hon nådde inte upp till fönstret. Hon klättrade ner på cementgolvet igen. Var fanns dörren? Det var för mörkt för att hon skulle kunna se några detaljer i rummet så hon gick på upptäcktsfärd genom att känna sig fram och strök med ena handen över väggen medan hon gick. Hon hittade dörrvredet och prövade att öppna.

Dörren var olåst.

På andra sidan dörren var det svart. En bar fot trevade sig fram i mörkret och fann bastant trä, men så när hon tog nästa steg tumlade hon framåt, föll igen, och medan hon var på väg ner hann hon med att känna en viss harm — alla trappor i en källare borde leda *uppåt*. Hon hade inte lärt sig ett dugg av den nya upplevelsen att falla genom alla våningarna i ett hus. Att falla ner när man redan var i en källare var på något sätt ojuste.

Fingrarna strök över trä och den rullande färden slutade med endast lindriga plågor i huvudet och ena armen som utsatts för det hårda mötet mellan ben och trätrappsteg. Hon hämtade andan och såg upp mot mörker och en smalnande remsa matt ljus. Sjuk av förtvivlan hörde hon det svaga, metalliska klicket från övre delen av trappan. Hon visste att dörren skulle vara låst redan innan hon krupit upp på översta trappsteget och försökt vrida om handtaget.

En liten näve dunkade på träpanelen. Det måste vara en självstängande, hydrauliskt arbetande dörr. Gwens far hade skaffat sig alla sorters lås som Vår Herre och nervösa husägare hört talas om. Enligt honom var källaren den svagaste länken i trygghetskedjan, det ställe där det fanns störst risk för mänskliga misstag, och därför hade han installerat en liknande dörr som låste sig själv och motverkade tjänares slarv.

Men nu då?

Ner igen var enda vägen. Trappan måste leda någonstans. Hennes far hade en gång funderat på att gräva en källare under källaren så att vinet kunde förvaras ännu längre ner i marken där det var svalare. Fingertopparna förde Gwen längs väggen längre och längre ner, och helt förblindad nu lät hon sig ledas enbart av huden på händer och fötter. Vid foten av trappan hittade fingrarna ett annat dörrvred. Det var svårt att skjuta upp den här dörren eftersom den var gjord av tjock plåt.

Och sedan syntes ljus, om än svagt och långt borta. Källan till det här ljuset var mer som en fjärran glöd.

Den här gången tog hon inga risker och höll i vredet för att dörren inte skulle glida igen, medan hon med ena foten försiktigt utforskade vad som fanns utanför. Hon kunde känna jord under tårna men hon visste att hon fortfarande var inomhus, för luften var en varm och tung blandning av lukter – fuktig jord och gödsel som i trädgårdsmästarens drivhus. Fuktigheten var så hög att hon nästan tyckte sig kunna sträcka ut handen och röra vid dropparna som hängde framför ansiktet.

Nu kunde hon urskilja silhuetterna av det som fanns helt nära, men hon trodde knappt sina ögon.

Åter svek universums lagar henne. Hon hade trott att hon skulle komma in i ett litet, svalt rum med låg takhöjd, något som liknade hennes fars planer på en vinkällare. I stället sträckte sig en kolossal rymd utåt och uppåt. Det ljus som fanns kom från den bortre sidan av ett enormt rum och på andra sidan om en skog med fullväxta träd.

Hon kunde bara räkna till fyra tjocka stammar, men *träd*? Som växte i ett hus?

Blicken vandrade en bit uppför grov bark och in bland tjocka löv på en ek. Bortom lövverket kunde hon se resterna av det gamla taket som rivits ner för att träden skulle få mer plats att växa. En av de fyra ekarna var död, det syntes tydligt, och dess grenar var grymt amputerade så att kala stumpar stack upp mot det mörka, höga taket. Gwen såg bättre nu – här fanns ett nätverk med rör åt alla håll och –

Plötsligt var det som om ett starkt ljus hade exploderat, skarpt, bländande och smärtsamt. Det höga taket flödade av tusentals lysande elektriska solar. Gwens händer for upp för att skydda ögonen. Ett litet skrik undslapp henne och det förvånade henne. Långsamt, gradvis vande hon sig vid ljuset och kunde se igen genom springorna mellan fingrarna.

Alla fyra träden hade tjocka stammar. Hennes öga för proportioner sa henne att de borde vara högre än taket tillät, trots att höjden var två våningar. Alla var förvridna och missformade av sin onaturliga miljö – denna soliga och varma dag i december.

Vad var det för ljud?

Hon var inte ensam. Gwen lät händerna sjunka. Musklerna spändes igen. Med ena handen höll hon fortfarande i dörrvredet och fingrarna kramade metallen. Knäna låste sig och hela kroppen stelnade. Hon var fortfarande känslig för det skarpa ljuset men tvingade sig att försöka se vad det var som kom henne till mötes – en vanskapt hund.

Detta djur var ytterligare ett av naturens misstag. Han hade mastiffens alltför stora huvud och han höll det lågt ner mot marken som om han var för svag för att kunna lyfta denna tyngd högre. En dobermanns spetsiga djävulsöron låg platt mot skallen, nosen var tvär som på en pitbullterrier och han visade alla sina tänder. Gråa jordklumpar satt fast i den mörka pälsen. Som en sista förolämpning mot all estetik var svansen krokig. Förmodligen hade den brutits och inte gipsats ordentligt.

Alldeles tyst kom djuret tassande mot henne, långsamt och smygande. Det här var inte familjens vanliga kelgris som skällde på alla främlingar utan mer lik en av mr Stubens vakthundar, som tränats att lömskt närma sig sitt offer. Han stödde försiktigt och lätt på höger framtass och lyfte den snabbt igen.

Hon såg honom oavvänt i ögonen fast hon mycket väl visste att hon inte fick stirra. Mr Stuben hade lärt henne att hon aldrig fick utmana ett fientligt djur genom att ha direkt ögonkontakt. Hon visste att hon borde sänka blicken och vända sig åt sidan så att hon stod rätt, men hon förmådde inte – fötterna ville inte lyda. Hon kunde bara stå stilla och titta.

Nu när hunden inte längre kunde utnyttja något överraskningsmoment började han skälla medan han kom klivande. Det var något alldeles galet med djuret. Han tänkte gå till attack och trots att tassen var skadad borde spänningen fått honom att röra sig snabbare, han borde springa, skutta.

Hunden hade minskat avståndet och nu kastade han sig framåt, reste sig på bakbenen och träffade hennes kropp med sina utsträckta tassar så att hon föll till marken. Han hängde där i luften över henne. Kopplet lät honom inte komma längre, det räckte inte ända fram till väggen. Hon hade slagit huvudet i plåtdörren och tappat taget om dörrvredet när benen vek sig under henne.

Den tjocka dörren slog igen.

Hunden hade hennes högra fot i munnen och släpade henne tillbaka till det område som kopplet täckte. Han släppte foten ett ögonblick men bara så länge att han kunde låta tänderna sjunka in i vadmuskeln på höger ben. Nu hade han ett bättre grepp och släpade iväg henne ytterligare en bit.

Skriket var högt och först fattade hon inte att det kom ur hennes egen mun.

Hunden släppte henne igen men hon hade ansiktet till hälften täckt av löv och jord. Allt hon kunde se var en smal träkäpp som gång på gång stacks in i hundens päls. Djuret vände sig mot sin angripare och nafsade efter käppen. Och nu kunde Gwen höra ljudet av springande fötter tillsammans med hundtassarna och metallrasslet från kedjan när han satte av åt ett annat håll.

Tårarna strömmade över kinderna av smärtan och hon kunde inte se ordentligt. Men hon kunde röra sig igen. Hon lyfte huvudet och strök med handen över ögonen. Nu såg hon otydligt att hunden förföljde något vitt byte som sparkade upp jord och löv precis utom räckhåll för hans tänder. Djuret löpte kedjan ut och tvärstannade med ett tjut av raseri.

Gwen kom långsamt på fötter och reste sig. Hon skakade i hela kroppen och knäna hotade att vika sig. Men så slutade hon skaka och kroppen stelnade till igen – hunden hade vänt om.

Han gick tillbaka med huvudet nästan nere i marken, stödde bara lätt på den skadade tassen och rörde sig ännu långsammare än förra gången.

Det här djuret var mycket illa däran. Hon *kunde* springa ifrån honom — om hon bara kunde röra sig. Hon behövde inte ens springa. Hundens koppel räckte inte till väggen, hon behövde bara flytta sig bakåt — bara några få steg. Men först låste sig knäna och sedan spred sig förlamningen genom varje muskel i kroppen tills hon inte ens kunde blunda inför det som var på väg att hända. Och till sist – slutade hon andas. Bara hjärtat levde, det dunkade fortare för varje sekund och skickade ut en ström av blod och panikkänslor.

Hunden var så nära.

Gwens ögon svämmade över av nya tårar och hon kunde knappt urskilja den sista chockartade synen: En suddig barfotafigur i vit t-tröja och trosor kom springande mot henne – precis bakom djuret som just gick till angrepp.

Omöjligt!

Sadie Green gjorde sitt livs språng, hon hoppade bock över hundens rygg och for genom luften för att dänga Gwen tillbaka mot väggen.

Sadie!

Hundens koppel räckte inte så långt att han kunde hugga tänderna i henne igen men Gwen kände den heta andedräkten, fradgan som stänkte, stanken från käften. Sadie hade armarna hårt om henne när de sjönk ner på marken tillsammans och låg hopkrupna, tryckta mot den grova stenväggen. Gwen drog ett darrigt andetag och det sved i bröstet. Hunden skällde, han nafsade och högg i luften bara några centimeter från deras ansikten. Men Sadie skrattade – i triumf.

SJUNDE KAPITLET

Hjärnan ville släcka ner igen och kändes som vadd. Kanske hade sömnmedlet inte försvunnit helt. "Va?"

"Jag sa att det inte är nån idé." Sadie bände försiktigt bort Gwens fingrar från dörrvredet. "Den går inte att öppna från det här hållet. Vredet är låst."

Gwen nickade, och som om detta var någonting direkt relaterat till dörrvred sa hon: "Jag har tappat mitt öga."

"Nej det har du *inte*." Förfärad tog Sadie om väninnans axlar och stirrade på hennes ansikte. "Det är inget fel på dig – du ser helt okej ut, bara du – "

"Amuletten jag fick av dig – den med det allseende ögat. Jag har tappat den."

Sadie log lättat. "Det gör inget. Jag ska skaffa en ny åt dig. Jag vet ett ställe där man kan köpa kilovis med såna."

"Är du inte arg då?"

"På dig? Aldrig i livet."

Gwen vägde ingenting längre, jordens gravitationskraft påverkade henne inte, hon bara svävade fram som en tjudrad ballong ledd av Sadie. När de flyttade sig bort från dörren, tätt intill väggen, inspekterade Gwen lugnt den skada som uppstått, som om det sönderrivna byxbenet med smala strimmor blod från ett hundbett tillhört någon annan. När hon snavade lade Sadie armen om hennes midja för att stöda henne och de fortsatte längs utkanten av den lilla skogen med fyra ekar. Djuret hävde upp ett sista svagt tjut när hans enda chans att få någon mat vandrade bort.

"Jag kan inte fatta att du klarade det där hoppet", sa Gwen. "Han kunde ha dödat dig. Jag har sett en av mr Stubens hundar riva en träningsdocka i trasor."

"Nej då. Han svälter – han blir svagare för var dag som går." Tydligen fann Sadie detta tillfredsställande. "I morgon vid den här tiden kan man klå upp den hunden med ena handen."

Sadie var så blek att till och med fräknarna hade tappat färgen. Trots det bländande ljuset var denna inomhushimmel alltså ingen ersättning för den äkta varan. Gwen stirrade på de fyra ekarna. Bara en hade dött men inte ens de överlevande hade nått ett fullvuxet träds dimensioner. När hon såg omkretsen på dem förstod hon att de var gamla, men de tjocka stammarna var förvridna och på tok för korta. De var dvärgar – sex meter höga.

De gick förbi några stockar som stod på högkant ombundna med läderremmar och skyddade från takljuset av lövverket. Barken på stockarna blommade av svamp. Gwen kände igen shitake, hennes mammas favoritsvamp, men formen och färgen på några andra som stod intill var okända för henne. De gick förbi ytterligare tre knippen med stammar som stod närmare väggen. Alla var raka och lika tjocka och långa. På den sista växte gredelina plantor med en geléartad, köttig struktur och även om de mest liknade några vilsekomna djurorgan tog hon för givet att de också var en sorts svamp.

Hon såg upp genom grenverket och skymtade det lysande taket. Ovanför nätverket av ledningar satt knippen med vanliga glödlampor, men de var många, kanske tusen, och de tycktes växa ut ur murbruket. Där fanns former som hon aldrig hade sett förut, fyrkantiga och sexkantiga glödlampor som skruvats i uppochnervända lampor som stack ut ur hål. Tyngre armaturer bar upp avlånga och runda lysrör. Julgransbelysningar dinglade från ena kanten av den elektriska himlen där det bara var hälften så högt i tak. Det var en bländande samling av alla de sorters glödlampor och armaturer som stått att uppbringa.

Gwen gjorde en grimas. Chocken började släppa och hundbettet hade börjat värka. Det dunkade liksom i såret. Hon böjde sig fram för att dölja tårarna för Sadie. "Då har du varit här nere hela tiden? Med det där djuret?"

"Ja, till slut fick jag den hund jag alltid velat ha", sa Sadie. "Fast det finns en hake – han vill äta upp mig."

"Vad har *du* ätit?"

"Svamp, och jag är skittrött på det."

De kom fram till den sista stockbunten som skilde sig helt från de övriga och bestod av förvridna, knotiga grenar. Gwen förstod att de var de vanskapta, avhuggna armarna på den ek som hade dött. Svamparna som växte på denna bunt var egendomliga och vackra och liknade tjocka klarrosa kronblad som smält ihop.

Ett lågt surrande ljud ökade i styrka när de närmade sig en lång grottliknande del där det var lågt i tak. Här var väggarna av oregelbunden sten och proportionerna mer som en vanlig källare. Ett utskjutande trätak skyddade utrymmet från det bländande taket över skogen. En ensam glödlampa lyste över en dörr i den enda släta delen av väggen. Mildare ljus kom från flera rader med hyllställ av metall som stod på smala stålbord. I två av dessa ställ fanns drivhuslådor med halm och svamp i klara färger och på de övriga låg grova block av hoppressad träflis med svamp spirande från sidorna. En del såg ut som gråa knappar, andra liknade kraftiga runda paraplyer i klart orange och dämpat grön färg.

Det var inte lika varmt i den här fuktiga grottan som i skogen bakom dem. Det var som att komma in i augustiskugga på vintern och för varje steg de tog blev världen allt konstigare. Gwen glömde bort smärtan när de gick förbi en hylla med träflisblock där det växte utsökta, lila parasoller samt en sort som liknade skulpterade maskar löst samlade till en svampkupol. En klargul grupp hade en struktur som runda honungskakor och en annan extrem variant liknade stora, rödbruna pannkakor. Den sista svampsorten på träflisblocken i den här raden utgjordes av gräddfärgade bägare som var rosafärgade på insidan och liknade fågelungar som gapade och väntade på mat. Trots att botanik var Gwens älsklingsämne hade hon ingen aning om att det fanns så många olika sorters svamp i världen, och att de kunde vara så olika i färg.

Hon tittade på Sadies enkla vita underkläder. "Var är dina kläder?"

"Det är för varmt för kläder. Jag har stoppat undan dem."

Det var verkligen varmt – och kvavt. Den fuktiga luften var svettdrivande. Hon såg upp över den närmaste hyllan med träflisblock och fick syn på ett virrvarr av plaströr och ett munstycke. En lätt dusch av vatten sköljde över hennes ansikte som en miniatyrregnskur. Blicken vandrade nerför hyllorna till bordet under, där det stod en liten surrande motor som liknade den som drev akvarierna i skolans biologilaboratorium. Dessa motorer drev säkert fuktspridaren för växterna.

Sadie ledde henne vidare längs den breda mittgången. "Hungrig?"

"Ja gissa."

Sadie stannade vid det sista bordet i raden och sträckte sig upp till en mitthylla för att skörda några svampar av den sort som brukar säljas i vanliga livsmedelsaffärer. "Vi kan bara plocka från baksidan av blocket. Du glömmer väl inte det?"

Gwen nickade medan hon tog champinjonerna ur Sadies händer och stoppade dem i munnen och försökte äta upp allesamman på en gång.

"*Så* hungrig." Sadie gjorde en påse genom att lyfta upp nederkanten på Gwens röda tröja och så fyllde hon den med mer svamp. "Hur hittade du mig?" Hon väntade tålmodigt medan Gwen tuggade och svalde.

"Jag kom via tvättkorgen – i ett tvättnedkast från ett badrum på övervåningen. Jag har varit däruppe i flera dar."

"I ett badrum?" Sadie gick bort till en primitiv och tunn dörr i en vägg av vitmålad spånplatta. Hon öppnade dörren och visade en liten toalett täckt av spindelväv. Rostiga rör klädde den bakre väggen i det lilla rummet och golv saknades. Det luktade som det brukar göra när avlopp inte fungerar – fuktigt och äckligt. "Var ditt badrum lika mysigt som den här toaletten?"

"Mysigare och större – där fanns plats för en tältsäng och en stol, och så det här stora – "

"En tältsäng och en stol? Då är saken avgjord. Han tycker definitivt bäst om dig."

Smärtan högg till igen och Gwen lutade sig över bordet i slutet av raden för att låtsas kika på undersidan av en hylla och dölja ansiktet. Små glödlampor doldes av en utskjutande list. Hon gissade att svampblocken inte behövde lika mycket ljus som ekarna.

Smärtan klingade av och hon rätade på sig och betraktade alla borden längs gångens sidor. Under vart och ett av hyllborden fanns smala trävagnar. Några av dem innehöll stora genomskinliga plastpåsar med slangar som löpte från vitkantade hål. Inuti en av påsarna fanns ett mörkt, poröst material som måste vara levande, för en del av det hade gröna mögelränder. Två av vagnarna innehöll ingenting utom samma jord som fanns på golvet.

Och en var full med sågspån med ett lila tygmaterial överst – Sadies jeans och tröja.

"Han slet ner mig från cykeln när jag var på väg hem till dig. Men hur fick han tag på dig?"

"Sadie, har du glömt? Du sa åt mig att möta dig i båthuset."

Sadie skakade på huvudet. "Vi träffades inte den dagen. Jag var inte ens i närheten av ert hus när han – "

"Men du skickade ett meddelande till min personsökare. Där stod det: 'Viktigt – båthuset – säg inget'."

"Gjorde jag inte. Jag har inte skickat några meddelanden till dig. Men jag tror att *han* sa nånting sånt. Jag är inte säker. Gud, han har nåt slags heläcklig viskande röst – när han inte ryter åt hunden. Den jävla hunden släpade omkring med mig överallt i båthuset. Tuggade sönder min täckjacka. Morsan kommer att strypa mig när hon får se den. Sen slog jag huvudet i nånting och vaknade här."

Där gången tog slut såg Gwen det inre av ett annat rum. Sadie drog henne med genom den öppna dörren och vred på en strömbrytare. I det här rummet var allting vitt och alldeles rent. Det målade cementgolvet kändes svalt under hennes bara fötter. Ett kyligt, susande luftdrag kom in genom en liten ventil nära taket vid den bortre väggen. Trots att dörren stod öppen kunde hon knappt höra surret från de små motorerna utanför. Luften var torr och temperaturen säkert tio grader lägre.

En rostfri diskbänk glimmade i kapp med flaskorna i vitrinskåpen längs ena väggen. På arbetsbänken stod rader med provrör och travar med petriskålar bredvid en prydlig rad inbundna anteckningsböcker. Varje skinnband var daterat i kronologisk ordning med gammaldags handskrift. Det första i raden var trettio år gammalt. En av dagböckerna var uppslagen och låg så nära kanten på bänkskivan att den kunde falla ner vilket ögonblick som helst. Utan att tänka sig för sträckte hon ut handen för att skjuta in den från kanten.

"Rör den inte!" Sadie lät för ovanlighetens skull panikslagen men hon hade återfått sitt lugn när hon förklarade: "Vi måste lämna allting precis så som vi hittade det, fattar du?"

Gwen nickade och tog till sig denna nya spelregel utan frågor. Hon distraherades av den dunkande smärtan i benet, men sedan vann hungern. Hon tog fram mer svamp ur tröjpåsen och stoppade den i munnen.

Några petriskålar låg på arbetsbänken nära den öppna dagboken. En saknade lock och dess innehåll var förstört och övervuxet av svart mögel. Hon åt en svamp till. Hungern dämpades och smärtan var på väg tillbaka igen.

"Törstig?"

Gwen nickade och satte sig på en metallstol på hjul. Sadie fyllde en glasburk med vatten från kranen och ställde den på bänken. Gwen drack i stora klunkar.

"Här har han allt rengöringsjox." Sadie rotade i skåpen under diskbänken och drog fram en rulle tjock vit gasväv, en handfull pappershanddukar och en flaska flytande tvål. Hon ställde sig på knä framför Gwen och rev upp hålet i det trasiga jeansbenet. Sadie blötte en pappershandduk och tvättade bort blodet från såret.

Tvålen sved. Gwen bet sig i underläppen. Hon gnisslade tänder och knöt nävarna hårt. Hon torkade bort den nya strömmen av tårar och då såg hon ena änden av en burk som låg på golvet nästan dold av kanten på underskåpen. Små vita tabletter hade runnit ut ur den öppna plasthalsen. "Är det där värktabletter?"

Sadie böjde sig ner för att kunna läsa den vita etiketten på burken. "Tylenol med kodein."

"Vår trädgårdsmästare tar såna för sin reumatism. Ge mig några. Det gör så ont i benet."

"Vi får inte röra dem. Vi får inte röra *någonting*." Sadie reste sig och drog ut en låda bredvid Gwens stol. "Det finns mer här. Jag tror inte att han märker nåt om det saknas några tabletter ur en av de här – bara vi lägger tillbaka burkarna *exakt* så som vi hittade dem." Hon läste på etiketterna på en mängd olika apoteksburkar. "Motrin, Advil, Orudis, Soma Flexeril – "

"Ge mig en av var."

"Det går inte." Sadie höll upp en burk och läste på etiketten. "Det finns anvisningar på allesammans. På de flesta står det en tablett var fjärde timma."

"Och när började du bry dig om anvisningar? Jag vill att det ska sluta göra ont *nu*."

De kompromissade med en tablett från tre olika burkar. Sadie lade tillbaka burkarna och vred dem noga så att samma del av etiketten syntes som när hon tog upp dem. Sedan föll hon på knä igen och stirrade på Gwens sår, fascinerad av stickmärkena och de rodnande ränderna. "Det har redan börjat svullna. Det gick fort. Kommer du ihåg jättemyggan på naturhistoriska museet?"

Gwen nickade. Det var en modell i monsterstorlek och var gång hon tänkte på insekten hade den vuxit sig större, så att den nästan fått samma dimensioner som saken som besökt henne i badrummet däruppe. Hon hatade museimyggan.

"Skithäftig", sa Sadie. "Största insekt jag nånsin sett. Den var *enorm*." Hon böjde sig över såret igen och studerade den rosa vätska som sipprade ut ur de djupa hålen. "Om jag inte sett vad som hände skulle jag ha trott att det var den som gjort det här."

Sadie var mycket lätt på hand när hon sköljde bort tvålen från såret och torkade det genom att bara klappa lätt kring hålen. Gång på gång kikade hon upp på Gwen för att se om hon gjorde henne mer illa. Till slut lät Sadie hålen försvinna under ett bandage av vit gasväv som hon avslutade med en knut, medan Gwen läste en konstig shoppinglista som satt på en anslagstavla över diskbänken. Med bleknad bläckskrift på gulnat papper nämndes cementsäckar för att göra färdigt golvet i odlingsrummet och plastväv att fodra väggarna med. På raden under stod det: "Förbannade insekter", men det stod ingenting om något medel som kunde lösa problemet.

När Gwen svalde de sista svamparna började tabletterna redan göra verkan. Det dunkade fortfarande i benet men smärtan avtog. Hon lutade sig fram och öppnade ett annat underskåp där hon fick se en hög tillknölad, lila canvas. "Är inte det där din ryggsäck?"

"Jo, men personsökaren är borta." Sadie stängde skåpluckan och började sedan göra rent på golvet med en pappershandduk och en noggrannhet som inte var lik henne. "Han tog adressboken också."

"Då var det så han fick tag på numret och koden." Och nu var smärtan bortglömd och Gwen kände sig yr när hon drog ut tablettlådan lite längre. Det här måste vara det förråd där han hade sömnmedlet som han använt på henne. Längst in i lådan låg en öppen ask med engångshandskar av gummi – så var ännu ett mysterium löst. De här var alltså monstrets gummifingrar. Hon tittade upp mot överskåpet. Genom glasdörren såg hon ett gammalt mikroskop. Det liknade skolans föråldrade modell som nyligen ersatts med ett nytt. På hyllan ovanför stod rader med burkar märkta Blekmedel och Alkohol, Jäst och Vitmossa. Maltagar? En vägg kantades av en stående armé med igenproppade flaskor innehållande någonting mörkt. Andra var fulla av sågspån.

"Är det inte ungefär som i biologilabbet i skolan?" Sadie gick tvärs över rummet och öppnade dörren till ett stort skåp för att visa henne en cylindrisk metallbehållare med en termostat vid ena sidan. Gwen visste vad det var – en överdimensionerad tryckkokare. Det skulle stämma med petriskålarna på arbetsbänken. De här kulturerna liknade dem hon hade odlat under laboratorielektionerna.

"Historierna som går om St Ursula's är kanske sanna", sa Sadie och flinade. "Vi har blivit sålda till hemska vetenskapliga experiment." Hon stod i dörröppningen och såg ut över raderna med odlingsblock på bordshyllorna. "Kidnappade av svampfolket."

Och nu slog det Gwen att hon höll på att bli indragen i ännu en av Sadies skräckhistorier. Det kändes så välbekant att hon för ett ögonblick glömde att skräcken var på riktigt. Hon log mot Sadie, denna makalösa sagoförtäljerska. Sömnigheten gjorde att stämningen blev precis som under en typisk övernattning hos bästa kompisen.

"Just det." Sadie kom tillbaka och kikade ner i den öppna petri-skålen på arbetsbänken. "Definitivt hemsk vetenskap." Och så visade hon Gwen etiketten på en förpackning. Leendet var nästan ondskefullt när hon läste texten: "Odlingsmaterial."

"Hmmm." Gwen såg upp på flaskorna i vitrinskåpen och läste namnen på kemikalier som var okända för henne. En burk innehöll ett grönt pulver som var det kraftfulla gödningsmedel som trädgårdsmästaren hos Hubbles hade använt för att liva upp ett döende träd. Tydligen hade det inte räckt för att rädda den kala, stympade eken i källarskogen. Den gamle trädgårdsmästaren hade kallat den gröna blandningen för den magiska nödfallsdrycken. En liten mängd outspätt pulver hade dödat en av mr Stubens vakthundar. Trädgårdsmästaren hade så när fått sparken. Mr Stuben påstod fortfarande att det hade rört sig om en avsiktlig förgiftning. Men Gwen kunde inte tro att trädgårdsmästaren var så grym, för hunden hade dött på ett mycket plågsamt sätt. Den hade fått brännsår i munnen och på tungan av de frätande kemikalierna.

Hon såg ner på arbetsbänken och granskade de handskrivna raderna på en sida i den öppna dagboken. Hon började bli sömnig och texten blev suddig när hon kom till de sista orden som tog slut mitt i en mening med ett långt, darrigt streck som fortsatte ut till papperets kant.

"Han höll alltså på att ympa svampkulturer och sen måste han ha blivit avbruten av nånting." Gwens blick gick till en plastlåda som stod längst in på bänken. Hon öppnade locket och såg ner på en samling stora svampar som var mörka, marmorerade och täckta av jord. Hon vädrade. Lukten kändes välbekant. "Sadie, vet du vad det här är? Det är tryffel."

"Fula, eller hur?"

"En tryffel är en – "

"En svamp som växer under jorden", sa Sadie. "Du tror att jag sover under *alla* lektionerna."

"Tryffel kommer från Europa och den kostar skjortan. Till och med pappa klagar på priset."

"Jaså?" Sadie sträckte ner handen i lådan, tog ut en och sköljde av den under diskbänkskranen. "De kanske inte är så fula. Titta på den här till exempel." Hon höll fram den så att Gwen kunde se. "Den ser ut som en gullig liten fågel, eller hur?"

Gwen nickade sömnigt och tappade nästan balansen på den hjulförsedda stolen. Hon stirrade på tryffeln i Sadies hand. Den lilla utväxten upptill skulle kunna vara ett huvud med näbb och den underliga formen på själva svampen kunde tas för mjukt infällda fjäderpennor. Hon gapade av häpnad när Sadie bet av huvudet och skrattade.

"Inte så illa." Sadie höll fram lådan. "Vill du smaka?"

"Tror inte det." Gwen log. "Vet du att tryffelsporer oftast sprids med det som kommer ut ur skithålet på grävande gnagare?"

"Gnagare? Råttskit?" Sadie tog ut tryffeln ur munnen och spottade i diskhon. Gwen kände sig synnerligen nöjd med sig själv; äntligen hade hon överträffat äcklets mästarinna.

När Sadie hade sköljt munnen med vatten såg hon upp på väggklockan. "Vi måste vara mycket försiktiga." Hon tog fram en trasa ur ett skåp och började torka upp alla blodsdroppar på det vitmålade cementgolvet. "Han kommer hit två gånger om dan. Om han upptäcker att nånting inte stämmer kommer han att förstå att jag andas."

"Tror han att du är död?"

"Han är rätt säker på det." Sadie gjorde en våt boll av den smutsiga trasan och stoppade in den bakom förrådet av lådor och burkar under diskbänken. "Han begravde mig levande."

"Ja*haaa*." Tack vare tabletterna kände sig Gwen vimmelkantig nu och endast väl inövad artighet hindrade henne från att skratta högt.

"Det *gjorde* han", sa Sadie uppfordrande. Hon kände sig en aning sårad av detta tvivel. "Och jag kunde ta mig en ordentlig titt på honom medan han fyllde igen min grav." Hon öppnade ett annat underskåp och drog fram en skrymmande, grön sopsäck. "Vill du veta hur han ser ut?" Flickan öppnade säcken och där syntes hoprullade, svarta textilier: en bit av en stickad tröja, slaget på ett yllebyxben och så tån på en stor sko. Sadie grävde djupt i säcken och drog fram någonting av svart filt, en skidluva som gick ner över ansiktet. Hon drog den över huvudet – och förvandlades omedelbart till en helt annan varelse.

Gwen hoppade till och var plötsligt klarvaken och stirrade som förhäxad på den svarta filtmasken. Det var alltså den här saken som hade kommit och satt sig vid hennes tältsäng på toaletten. Ögonen var grymma slitsar med vita, påsydda streck som liknade arga ögonbryn. Munnen var ihopsydd med tjocka vita broderstygn så att det skulle se ut som om trekantiga huggtänder stack ut. Sadie visade henne ett monsteransikte.

"Vad tror du?" Orden kvävdes av tyget och Sadies röst gick inte att känna igen, knappt ens att urskilja.

"Ta av den! *Snälla du*, ta av den!"

"Okej, okej." Sadie drog skyndsamt av masken och stoppade ner den i säcken igen. "Vi måste snart gömma oss. När han upptäcker att du är borta kommer han att vända upp och ner på det här stället för att leta efter dig."

"Han kommer att tro att jag är utomhus. Jag band ihop laka-nen och lät dem hänga ut genom badrumsfönstret."

Sadie nickade gillande. "Bra gjort. Men han kommer snart till-baka och han tänker säkert ändå söka igenom huset. Det skulle *jag* göra. Vi kommer att veta när han är här, för man kan höra bilmotorn. Vi måste hitta ett gömställe."

De gick ut ur det sterila rummet och tillbaka in i den enorma svampodlingen med surret från de små motorerna. Alla vagnar-na under borden med hyllorna skulle kunna bli bra gömställen med gott om plats.

Hunden skällde igen. Gwen vände sig mot träden, det fjättra-de djurets domän. "Om han släpper lös hunden kommer det inte att finnas *någon* plats att gömma sig på."

"Det finns ett säkert ställe." Sadie gick före fram till mitten av bordsraden och drog ut en vagn full av jord. Hon pekade under bordet på en mörk rektangel mellan hjulspåren. Små högar med jord hade lagts upp på sidorna om den och jorden i vagnen ut-gjorde nog resten. "Där. Han blev inte färdig med att fylla igen det. Personsökaren pep och då gick han. Men det var där han be-gravde mig."

"Du kan inte mena allvar."

Sadie log. "Det där är min grav. Jag sa ju att han begravde mig levande."

Gwen höll för öronen. "Det gjorde han inte."

"Jo, för fan, visst gjorde han det."

"Sluta nu, det är inte roligt."

"Han trodde att jag var död." Sadie tog bort Gwens händer från öronen. "Lyssna nu på mig. Det var ett av mina mest lycka-de verk. Tricket är att hålla ögonen öppna."

Gwen slog armarna om sig själv och skakade på huvudet. "Nej." Men nu såg hon på hålet i marken och det *var* mycket likt en liten grav.

Sadie stack ner handen i vagnen under bordet bredvid och drog fram sina kläder som var täckta av intorkad jord – mer bevis. "Jag måste först ta på mig de här. Han begravde mig med kläderna på." Hon drog den lila tröjan över huvudet. "Jag har funderat mycket på det här. Den död som ser bäst ut är den med öppna ögon. Det är klart att det är svårare. Man får inte blinka.

Men om jag hade blundat skulle han kanske ha lyssnat på mitt hjärta."

Sadie klev i sina lila jeans och drog upp blixtlåset. "Jovisst, jag kom på en annan bra grej! Jag gjorde mig stel i hela kroppen. Han kom ner för att kolla mig senare när det var precis lagom för rigor mortis att sätta in. Det var perfekt. Jag hade inte täckjackan på och jag låg där en halvmeter ner i kall jord. Fattar du, Gwen? Kall? Stel?" Hon sträckte ut sig i hålet och lade armarna i kors över bröstet på traditionella filmliks sätt. Hon stirrade stint upp i taket. "Fattar du? *Död*." Hon flinade. "Snyggt, va?"

Gwen nickade, förstummad, utan att riktigt orka ta in att Sadie låg i sin egen grav.

"Om hunden leder honom hit tror han att den bara vill avsluta det den började på i båthuset." Sadie satte sig upp och öste upp mer jord från marken så att hålet blev djupare. "Det här är det bästa gömstället – det *enda* gömstället."

"Jag tänker inte lägga mig där."

"Jodå, Gwen. Det är enda sättet."

Och nu hörde de bilen, först bara svagt men den kom närmare. Sadie sprang tillbaka in i det sterila rummet och ropade till Gwen: "Lägg dig i hålet. Jag glömde att lägga tillbaka säcken i skåpet. Jag måste göra det annars fattar han."

Gwen kröp in under bordet och lade sig motvilligt i hålet, ner i jorden så som Sadie hade gjort. Det var faktiskt inte så farligt och det var svalare här. Ögonlocken kändes så tunga nu och slöts långsamt. Hon lade armarna i kors över bröstet och undrade om det kunde anses passande eller bra att be aftonbön när man låg i en grav.

"Gud som haver barnen kär", viskade hon.

Motorljudet hördes precis ovanför. Var fanns Sadie? Hon kände sig varken särskilt rädd eller angelägen om att få reda på det, det var mest en sömnig fråga. Nästa gång skulle hon kanske bara ta *två* tabletter.

"Se till mig som liten är." Och sedan kom hon ihåg en bättre bön, en urgammal och kraftfullare relik från någon folksaga. Även den hade varit en gåva från hennes bästa vän, en magisk ramsa som kunde låta en ständigt skräckslagen flicka slippa mardrömmar – så att hon kunde sätta igång med den verkligt tuffa

terapin som innebar att se på skräckfilmer. "Från ghuler och gen-
gångargubbar, från bestar med beniga ben och saker som dunsar
på natten bevare oss, milde Herre Gud."

Hon hörde bara fötter komma springande tillbaka. Och nu
trängde sig Sadie ner i graven och öste jord över dem. "Han hann
inte skyffla på så mycket, så det blir inte så farligt. Bara så myck-
et att det ser ut som om jag inte varit härifrån, va." Hon drog
upp Gwens tröja över hennes ansikte. "Nu kan du inte få jord i
ögonen och munnen."

Gwen hörde inga fotsteg men hon visste att mannen fanns i
huset. Hon kände att han var där. I tankarna följde hon honom
upp till badrummet. Hon föreställde sig hans raseri när han såg
det öppna fönstret, lakanen, alla tecknen på att hon flytt.

Stygg flicka. Å, han är så arg.

Nu var han säkert snabbt på väg nerför trappan för att söka
utanför huset, för han trodde kanske att hon hade klarat hoppet
ner på den hårda marken och inte förstått vilken eländig fegis
hon var.

Stygg flicka.

Hon blundade och höll om Sadie som sträckte sig upp för att
rulla tillbaka vagnen, deras kistlock på hjul, till dess plats över det
öppna hålet. Gwen kände sig yr igen och andades djupt. Det oe-
motståndliga sömnbehovet spred sig i hela kroppen så att varje
muskel slappnade av. Men plötsligt slog hon upp ögonen i mörk-
ret. Saker rörde sig i jorden under henne. Marken kryllade av in-
sekter och de kröp in i hennes kläder och kravlade omkring på
huden. Hon ville skrika men när hon var som räddast ryckte ena
foten ofrivilligt till och hon somnade. Och sedan föll det dun-
kande hjärtat in i ett trött barns milda rytm.

Ellen Kendall tog av sig läsglasögonen och gnuggade sig i ögo-
nen. Mitt på köksbordet i morgonsolens flödande ljus låg pär-
men med utskriften från rättegången. Hon tittade ut genom fön-
stret. Högljudda kråkor hade samlats kring soptunnan på gården
och flaxade och skrek. En mager stare slog sig ner på fönsterbrä-
det. Någonting fett glänste på klorna och nu kladdade den ner
fönsterbrädan.

Äckligt litet kräk.

Hon viftade med handen över rutan för att sjasa bort den. Men den fräcke rackaren knyckte bara på huvudet och glodde på henne, oförfärad och likgiltig för varningen.

Men vad kan man vänta sig av en fågel som är för dum för att flyga söderut inför vintern?

Hon såg ner på utskriften. För flera timmar sedan, när det fortfarande var natt, hade hon lagt igen den tunga pärmen och tagit sin tillflykt till sängen och duntäckets värmande trygghet. Men känslan av att hon måste läsa färdigt hade hållit henne klarvaken och tvingat henne tillbaka till köket, frusen och barfota. Nu var hon trött i ögonen och osammanhängande tankar trängdes i huvudet.

Tänk om prästen var oskyldig?

Hon hade inte träffat Paul Marie sedan den dagen en jury hade funnit honom skyldig till mordet på hennes dotter. Han hade varit klädd i svart med undantag för den vita prästkragen.

Staren flög.

Ellen vände sig mot Rouge som stod lutad mot dörrposten och smuttade på kaffet. Han hade på sig jeans och en av faderns gamla smalrandiga skjortor. En röd slips hängde oknuten om halsen och han log besvärat. Hon beundrade sin vackre son och avundades honom hans ungdom; unga ansikten var oförstörbara, i dem syntes varken trötthet eller påfrestningar. Fast Rouge hade väl sovit gott? Och det var kanske därför han log – för att be om ursäkt för att han förstört hela natten för henne.

Ellen knackade med läsglasögonen mot tänderna. "Du har rätt. Försvarsadvokaten var definitivt mutad." Hon öppnade pärmen och bläddrade i utskriften. "Allt finns här. En förstaårsstudent skulle ha gjort bättre ifrån sig i rätten. Det är synd att prästens advokat är död. Du kunde ha grillat honom med kvittot på det falska vittnets polisanmälningar."

"Så nån köpte honom?"

Hon nickade. Inte bara *nån*, dock, inte vem som helst. "Den mest sannolike misstänkte för den manövern är din pappa. Han var besatt av att sätta fast prästen. Men Paul Maries verkliga dom kom i familjetidningarna – alla tre. Nederlaget i rätten var bara en formalitet."

Läkare hade låtit henne gå på kraftiga lugnande medel större delen av det året, och så hade hon medicinerat sig själv med alkohol, men något av feststämningen hade trängt igenom ridån av valium och whiskeyångor. Så vitt hon kunde minnas hade det över hela landet varit ett bra år för den som ville klå upp präster.

"Skulle du vilja att jag försökte spåra utbetalningen?" För några år sedan skulle hon inte ha frågat, hon skulle kastat sig över storyn. Men hon var inte med i leken längre, hon var ingen reporter numera. Just det, och den här gången var hon den huvudmisstänktes änka också.

Rouge stod vid köksbänken och fyllde på kaffemuggen. Han tog med kannan till bordet. "Jag är mer intresserad av pappas ekonomiska arrangemang med Oz Almo."

"Tyvärr kan jag inte hjälpa dig med det. Han höll mig utanför. Jag vet bara att din far betalade en enorm lösensumma." Men sonen visste nog mer om penningdetaljerna i Bradly Kendalls affärer. Vid nitton års ålder hade Rouge gjort bouppteckningen och lagt upp en budget för att rädda huset och hålla dem båda vid liv. Vid det laget hade hon varit nykter men inte till mycket hjälp för sonen.

Rouge lutade på kannan för att fylla på hennes kopp med doftande kaffe. Ellen log åt denna lilla tjänst som hennes son förr hade utfört vanemässigt. Den påminde henne om den tiden då hon hade varit för berusad för att kunna anförtros en kanna med varm vätska. Ibland undrade hon vad som fick passera som nostalgi i mindre dysfunktionella familjer.

"Jag vet hur stor lösensumman var", sa Rouge. "Men hans aktieportfölj minskade med ännu mer och alla fastigheter var intecknade upp över skorstenarna. Jag kunde inte redovisa ens hälften av allt som saknades när pappa dog."

"Då tror du att han gav Oz Almo pengar? Mutade advokaten? Så var det kanske."

"Vad pappa än höll på med använde han kontanter – det finns ingenting dokumenterat. Rimligen var det Almo som var mellanhanden för utbetalningarna."

"Gud, vad jag föraktade den där vidrige lille skiten, men din far hade stort förtroende för honom. Oz var fortfarande aktiv då och han gjorde mycket bra ifrån sig som åklagarvittne. Och det är klart, när sen försvarsadvokaten arbetade för åklagaren – "

"Varför skaffade inte kyrkan en bra advokat åt Paul Marie?"

Hon lät motsägelsen passera. "De skaffade honom den bäste expert som fanns att få för pengar. Men prästen avskedade honom." Hon lyfte upp pärmen och under den låg hennes avlidne mans hemska klippbok med varje offentlig detalj om mordet på dottern i gulnat tidningstryck. "Allt finns där. Den förste advokaten ville förhandla men fader Marie envisades med att han var oskyldig." Hon krafsade ner några anteckningar på ett gult block. "Jag kan spåra en del av Oz ekonomiska förehavanden då med hjälp av en kreditupplysning. Det är en början. Jag kan förmodligen få tag på resten via en banktjänsteman på Manhattan. Hon är skyldig mig en tjänst. Alla banker plaskar omkring i samma stora guldfiskskål."

"Skulle du kunna ta en titt på Oz klienter under de senaste femton åren också? Han verkar ha en massa pengar – snygga kläder, stort hus. Jag undrar om de kommer från hans verksamhet som detektiv – "

"Eller om det är lösensumman?" Och nu förstod hon att även Rouge hade tänkt på denna obehagliga möjlighet. "Det är så gott som fixat." Hon förstod att sonen behövde hjälp av någon som stod utanför polisen. Delstatspolisen skulle inte se med blida ögon på att deras nyanställde gröngöling gav sig på en före detta BCI-man. "Jag ska börja väcka liv i mina gamla källor redan i dag. Nånting mer?"

Rouge nickade. "Ali Cray tror att nån blandade ihop Paul Maries papper så att han hamnade på allmän avdelning. Med tanke på brottet var det nästan samma sak som mordförsök. Det skulle kunna förklara en del av de saknade pengarna. Om Oz Almo fick muta nån på fängelset – "

"Nej, nej." Ellen skakade på huvudet. "Såna konspirationsteorier ger inget. Dessutom visar den hur okunniga ni är om vårt trassliga straffsystem."

"I det där fängelset har man som policy att skilja sexbrottslingar från andra. Jag har kollat."

"Och är det detta faktum som ligger till grund för Ali Crays teori? Hör upp nu, Rouge. Nu ska mamma lära dig ett och annat. Folk tappas jämt bort i pappershanteringen – det händer hela tiden. Därför måste man vara försiktig med logiska slutledningar. Nej förresten, skit i logiken helt och hållet. Håll dig till fakta. Arbeta i nutid och i verkligheten. Låt dig inte snärjas i andras konspirationsteorier."

"Om hon har rätt skulle prästen – "

"Glöm det ädla och upphöjda fallet, va? Det här handlar inte om rättvisa. Om du vill ta reda på sanningen har du inte råd att bli en av dem som tror – inte på någon viss person eller på den personens fall. Inte på prästens – inte på ditt eget."

Rouge knackade lätt på pärmen med utskriften. "Du har bevis för att Oz var oärlig. Det där armbandet – "

"Nej, vännen min. Jag har en ledtråd till en *tänkbar* utbetalning. Tänk om det är rätt? Skulle det vara bevis för att han lade ut spår? Nej. Men om han nu gjorde det? Vad är det med det? Sånt gör poliser jämt – det ger inte heller nåt. När jag var reporter i Chicago fanns det poliser som brukade ha med sig *extra* bevismaterial i sina jävla bilar – i regel var det knark."

"Silverarmbandet – "

"Det *var* Susans armband. Din far gav henne det när hon fyllde år sista gången. Och hon hade det faktiskt på sig den dagen. Oz fick det *inte* av din far för att kunna lägga ut det. Allt detta är fakta." Hon bläddrade igenom utskriften. "Prästen fick inte en rättvis rättegång men det finns ingenting här som säger att han är oskyldig – så det är inte ett faktum. Rör inte Oz förrän du har torrt på fötterna."

"Men om jag skulle fråga ut Oz – ensam."

"Nej. Ingen bra idé. Lyssna inte på vad hjärtat eller magen säger. Båda två är inlagda i testosteron. Hör nu vad mamma säger."

"Jag ska inte slå honom. Jag vill bara – "

"Rouge? Gör anteckningar." Hon höll upp utskriften som om den var ett bevisföremål. "Du kan varken lita på poliserna eller domstolarna." Nu höll hon upp klippboken, bevisföremål nummer två. "Och du får inte tro på vad du läser i tidningarna. Så om du inte vill lita på din egen mamma – vad finns det kvar då?"

Äntligen fick hon en känsla av att de var på samma våglängd. Han lutade sig tillbaka mot ryggstödet och log när han drack upp sitt kaffe.

De samarbetade.

Hur många år var det sedan hon känt sig så nära sin son? Men sedan insåg hon att detta var revisionistens historieskrivning. När dottern levde hade Ellen i stor utsträckning överlåtit vården av tvillingarna till andra kvinnor och inte bekymrat sig särskilt mycket om dem. Hennes barn hade alltid velat klara sig själva och inte sökt annat sällskap än varandras. Efter Susans död hade hon dränkt sig i skuldkänslor över sitt bortslarvade föräldraskap. Och inte hade hon blivit bättre på modersyrket utan supit kopiöst och inte uppmärksammat sin lille son när han behövde henne som mest. Hade hon skrämt Rouge då när hon inte bara sluddrade fram ett godnatt utan också ett godmorgon? Hur hade det varit för en tioåring att se sin mor somna som om hon varit klubbad timmar innan det var sängdags för en liten pojke?

Men nu hade hon fått sin andra chans: barnet som var kvar behövde en dold källa, måste ha hjälp av en ful inkräktare som kunde gå bakvägen, någon som hade till yrke att förstöra andras privatliv och var väl förtrogen med världens avskum och dess avskyvärda illdåd.

Så detta är moderskapet.

Gwen vaknade till ljudet av glas som krossades. Saken var i källaren hos dem – den sökte i det vita rummet och var alldeles nära gömstället under vagnen. Hon kunde höra hundens kvävda skall, kände fotstegen som gick längs gången med svampborden. Sadie låg ovanpå henne och händerna arbetade frenetiskt för att fylla på mer jord kring Gwens kropp. Hunden var mer upphetsad nu, skällde högre och hon föreställde sig hur han drog i kopplet när de närmade sig. Skällandet avtog och blev till små ylanden djupt ner i hundhalsen och till tunga flåsanden och fnysningar.

Gwen lyssnade till mannens fotsteg och hundens flämtningar. Hon ryckte till när kärran fick en spark och tröjan gled ner under hakan så att hon fick jord i ögonen och munnen. Hon trodde hon skulle kräkas. Hon hörde hur hjulen rullade undan. Jord rann ner från Sadies tröja och hon blundade hårt. Och så sköts vagnen tillbaka in under bordet med en smäll. Hunden skällde en gång men ljudet tog tvärt slut och sedan hördes ett gläfs av smärta.

"Dumma hund", sa den viskande rösten utanför.

Han hade alltså sett vad han väntade sig att se – en, men bara en, död flicka som låg i sin grav, alldeles stel, med stirrande ögon i det svaga ljuset under bordet.

Nu hördes hundens flämtande och mannens fotsteg allt svagare bortifrån andra sidan av källaren. Källardörren slog igen och så blev det äntligen tyst.

Sadie rullade åt sidan. Gwen försökte sätta sig upp och slog huvudet i träkärran när hon spottade ut jorden. Smärtan i benet hade kommit tillbaka och kändes värre. *Fler tabletter. Jag måste ha fler tabletter.* Hon var på väg upp ur hålet och sköt undan vagnen när Sadie hejdade henne.

"Inte än. Han har inte åkt. Bilen är kvar. Vänta tills vi hör motorljudet."

"Sadie, jag måste ha såna där tabletter. Jag kan inte – "

"Stanna här. Jag ska hämta." Och så kravlade hon sig upp ur marken, ur graven, och kröp ut mellan vagnshjulen.

Gwen satt kvar ensam i mörkret. Ljus sipprade in under kärran och spred sig ovanför såret och det trasiga jeansbenet. Svullnaden putade ut runt bandagets kanter. Det onda hade spridit sig utanför själva såret. Hon sträckte fram benet mot ljuset och knöt upp gasväven.

Och nu blev hon rädd.

Huden runt hålen var inte längre klarröd utan hade mörknat. Hon rörde vid de små hålen efter hundens tänder och det var som om någon hade stuckit en glödhet nål genom kroppen. Hon skrek, ett långt, utdraget tjut, och märkte inte att Sadie hade kommit tillbaka och klättrade ner i hålet. Sadie stoppade in tabletterna i hennes mun och höll burken med vatten så att hon kunde skölja ner dem.

"Lägg dig", sa Sadie. "Bara tills vi hör att bilen kör bort."

"Jag kan inte. Det är alla insekterna." Gwen slog sina smutsiga händer för ansiktet. "Jag vet inte vad det är för fel på mig. Jag brydde mig väl aldrig om insekter förut." Hon grät. "Kommer du ihåg när vi lekte och hade skalbaggstävling?"

"Då var vi åtta." Sadie log och smekte Gwen över håret. "Dina vann alltid."

De satt tysta en liten stund tills smärtan klingade av. En skalbagge kravlade ut ur Gwens tröjärm och hon knäppte bort den, plötsligt kall och fuktig i huden.

"Men nu när de är i kläderna står jag inte ut med dem. Vad är det med mig?"

"Du håller på att bli kvinna." Resignationen i Sadies röst sa henne att detta var förutbestämt och att det inte gick att göra någonting åt saken.

"Och den där *mannen*, Sadie. Det är samma känsla, det är som den stora myggmodellen på museet – han är som en stor insekt."

"*Flugan.*"

"Versionen från 1958? Eller den nya inspelningen från 1986?" Gwen gled automatiskt in i den gamla tävlingen om filmkunskap. Det var en betingning sedan flera år tillbaka. Förberedelserna inför Sadies skräckfilmsfrågetävling hade kommit före läxarbetet i många år.

"Det gillar jag", sa Sadie. "Nu vet vi vad han heter – Flugan."

Och nu kom den sista otroliga händelsen i denna underliga odyssé, för Gwen hörde ljudet av regndroppar mot trädens blad. Hon tittade ut mellan hjulen och sträckte på halsen för att se en bit av taket med alla glödlamporna bortom svampodlingsgrottan. Stora vattendroppar föll från ledningarna som sträckte sig härs och tvärs över den elektriska himlen.

Det regnade inomhus.

"Håller ni med om att ni alltid har varit lite besatt av tanken på kidnappning?" Arnie Pyle riktade sina sorgsna bruna ögon mot Peter Hubble men Rouge kunde varken spåra medkänsla eller empati i agentens sätt.

Peter Hubble nickade bara och höll med om att det var så, och sedan lade han huvudet lite på sned, vilket kunde betyda: *Och vad är det med det?* Som om alla fäder i Amerika hade sytt in en sändare i kanten på sitt barns ryggsäck. Vilken man doppade inte sin lilla flickas händer i bläck och rullade varje liten fingertopp i rätt ruta på kortet som var avsett för fingeravtryck? Naturligtvis hade alla föräldrar ett blodprov i frysen för den händelse att det skulle uppstå behov av att jämföra DNA.

Och sedan var det alla korten med Gwens fotavtryck, tagna varje år från den dagen hon föddes, som nu låg på konferensbordet. Utsökta öglor och virvlar beskrev hennes tår och fotsulor, så pyttesmå och mer hjärtslitande än något fotografi kunde vara.

Ingen av männen som satt runt det långa bordet ville titta på dem igen.

Tre FBI-agenter satt på rad bredvid Pyle. Peter Hubble flankerades av Rouge och Buddy Sorrel. Den äldre utredaren hade suttit tyst hela tiden och bara gjort en anteckning då och då. En annan BCI-man stod lutad mot dörren och visade inte minsta tecken till att ens lyssna på samtalet.

En timme tidigare i kommissarie Costellos rum hade agent Pyle klargjort att sedan utpressningsbrevet nu kommit och haft en poststämpel från en annan stat var utredningen en uppgift för FBI. Kommissarien hade endast svarat med ett gåtfullt leende. Rouge kunde inte låta bli att fråga sig vad Costello visste om utpressningsbrevet som Pyle inte kände till. Ingen av föräldrarna hade ännu sett det, för FBI hade tagit på sig uppgiften att gå igenom familjen Hubbles inkommande post. Rouge undrade när agenterna tänkte nämna för föräldrarna att brevet kommit – och hur.

Agent Pyle pressade ihop läpparna till ett rakt streck och trummade med pennan mot bordet. "Kan det vara så att er ex-hustru har tagit Gwen?"

"Marsha?" Det var uppenbart att Peter Hubble undrade om FBI-agenten var riktigt klok. "Nej, naturligtvis inte." Och nu fanns det vrede i hans blick. Han reste sig från bordet. "Pyle, ni kan ju inte ens hålla reda på fakta. Min hustru och jag har separerat, vi är inte skilda. Varför slösar ni bort tid på sånt här trams? Varför är ni inte ute och letar efter Gwen? Låt åtminstone mig åka ut och – "

"Ni ska inte åka nånstans", sa Arnie Pyle. "Men om ni vill ha en advokat kan jag ordna det. Under alla omständigheter ska ni tala med mig."

Peter Hubble lutade sig tillbaka i stolen och himlade sig som om han frågade: *Vad kommer väl härnäst?* Och Rouge undrade faktiskt om det var Kafka som skrivit manus till detta förhör med den nedbrutne fadern. Vem som helst kunde se hur plågad mannen var.

"Er hustru stämde er för att få vårdnaden om Gwen." Pyle lät torr och koncis.

"Det var två år sen." Hubble riktade sitt svar mot taket.

198

"Marsha och jag har kommit överens."

"Mr Hubble, ni har vidtagit en mängd försiktighetsåtgärder för att er dotter ska vara trygg." Pyle uttryckte sig artigt men tonen lät annorlunda. "Ni trodde att er hustru skulle försöka ta Gwen. Stämmer inte det?"

"Jag är en förmögen man", sa Peter Hubble som lät lugnare nu, eller kanske bara trött. "Orsakerna till säkerhetsåtgärderna är väl uppenbara." Mellan raderna: *Till och med för en idiot som du.*

Sorrel log men såg inte upp från anteckningsboken. Rouge önskade att han kunnat få möta den äldre mannens blick, för han kände sig förvirrad. Ingen i rummet, inte ens Pyle, hade någonsin spekulerat över möjligheten att Marsha Hubble hade kidnappat flickorna. Hon hade varit i Albany vid tiden för försvinnandet, fullt synlig för sin personal på åtta personer som samtliga var rejält uppretade för att de inte fick vara lediga över veckoslutet. Alibi för den förälder som inte hade vårdnaden om ett barn kontrollerades alltid mycket noga av delstatspolisen och det visste säkert FBI-agenten. Så vart ville han komma med den här inriktningen av förhöret?

Arnie Pyle gjorde stor show av att ta emot en mapp från agenten som satt bredvid. Han tog god tid på sig när han skulle slå upp den. Han letade bland papperen och drog ut ett med ett brevhuvud där det stod Familjerätten i fetstil. "Förra sommaren anklagade er hustru er för barnmisshandel. Gav ni flickan stryk?"

"Nej!" Peter Hubble kom åter på fötter. "Varför snedvrider ni det här? Min hustru gjorde gällande att vår dotter utsattes för *psykisk* misshandel och jag tror att ni vet att det är nåt annat. Hon sa att jag var överbeskyddande." Hubble lutade sig fram med båda händerna på bordet. Han var mindre lik ett offer nu och tycktes snarare vara en man som tänkte ge en annan på nöten. Rouge undrade om någon av poliserna i rummet skulle hindra Gwens far från att golva FBI-agenten. Han trodde inte det. Men Hubbles liv skulle bli ännu mer komplicerat om Arnie Pyle polisanmälde honom för överfall.

Rouge reste sig från bordet och lade handen vänligt på Hubbles axel, och trots att beröringen var så lätt räckte den för att få mannen att sätta sig igen. "Er hustru är politiker. Jag kan föreställa mig att hon använder en del fula tricks, men jag vet

inte vad FBI har för bevis. Skulle ni vilja berätta om misshandels-
anklagelsen?"

Hubble tycktes kunna acceptera Rouges mer måttfulla fråga.
"Marsha drog mig inför rätta för att hårdra en fråga. Anklagel-
sen togs tillbaka när jag gav Gwen tillåtelse att åka på sommar-
läger med Sadie Green. Jag hade tänkt ta med mig min dotter
på en resa i den grekiska övärlden. Uppenbarligen ansåg min
hustru att en sommar tillsammans med Sadie skulle bli mer bil-
dande. Och det hade hon rätt i. Gwen kan numera citera dialo-
gen i flera skräckfilmer ordagrant. Och ibland uttrycker hon sig
anstötligt."

Rouge undertryckte ett leende. "Det låter som om ni inte kan
acceptera Sadie."

"Nej det kan jag inte – och har aldrig kunnat." Men så vekna-
de han. "Men jag tycker kolossalt mycket om henne. Det skulle
ni också göra – om ni kände henne." Rösten dog bort.

Rouge såg hur krypskytten Pyle tog sikte, för i detta ögonblick
var Hubble oerhört sårbar. Han skakade långsamt på huvudet för
att hejda agenten.

Men Pyle lät precis lika ohövlig när han fortfor: "Vi hittade er
dotters fingeravtryck på knappsatsen till tjuvlarmet. Gwen stäng-
de av larmet så att hon kunde gå ut genom bakdörren utan att
nån visste om det. Vem, bortsett från er hustru, kunde ha bett
henne komma ut? Nån vän till familjen, folk er hustru samarbe-
tar med?"

"Bara Sadie. Hon är den enda människa i världen som har
större inflytande över min dotter än jag."

Arnie Pyle, misstänksamheten personifierad, lutade sig fram.
"Vi vet att det inte var Sadie. Nån annan? Mrs Hubble har en
massa fiender, allt ifrån guvernörens kansli till senator Bermans
läger."

Hubble skakade på huvudet, mer i förundran över det lång-
sökta politiska motivet än för att svara nekande.

"Jag vet att ni har rykte om er att vara en enstöring", sa agen-
ten. "Men er hustru har stort umgänge. Kan ni ge mig en lista på
folk som – "

"Ni slösar bort tid med det här." Peter Hubble sköt tillbaka
stolen från bordet så att Rouge fick fri sikt mot Sorrel, och den

här gången lyckades han fånga den äldre mannens blick. Sorrel nickade. Nu visste de båda vilket syfte Pyle hade med förhöret. Det var ett attackuppdrag på den politiska arenan och hade ingenting att göra med apolitiska små flickor. Sorrel skakade på huvudet och upprepade Peter Hubbles uppfattning att detta var slöseri med tid.

"Det jag vill ha är namn på människor i familjens närmaste krets, folk som kände er dotter." Arnie Pyle drämde båda handflatorna i bordet. "Vi vet att Gwen hade för vana att smyga sig förbi barnsköterskan och ta sig ut."

"Ja, i så fall vet ni mer än jag. Det här är nytt för mig." Det syntes tydligt att han inte trodde på agent Pyle.

Rouge nickade. "Det stämmer. Vi har fått den uppgiften från en jämnårig pojke – han som hittade Sadies cykel vid busshållplatsen. Han säger att Gwen brukade smyga sig ut för att träffa sin väninna i båthuset när ni inte tillät dem att leka tillsammans."

"Det visste jag inte." Peter Hubble verkade uppriktigt förvånad och kände sig kanske också lite dum. Inte ens Pyle kunde tvivla på att denne man med sina tusen lås och modernast tänkbara övervakningsutrustning var totalt okunnig om dotterns hemliga liv.

Rouge lutade sig fram och brydde sig inte om Pyle som tecknade åt honom att lägga av. Han riktade sig bara till Peter Hubble. "Sist David Shore talade med mig – "

"*Talade* David verkligen med er?" Peter Hubble trodde knappt sina öron och lutade sig tillbaka för att smälta denna nyhet. Ena mungipan krökte sig sardoniskt och antydde en viss humor. "När Sadie var åtta år talade hon om för mig att David Shores tunga hade blivit utskuren när han var nyfödd. Hon sa att det hade rört sig om nåt slags egendomlig religiös ritual. Sadie trodde att han kanske var protestant."

Mot sin vilja log både Gwens far och alla utredarna och agenterna runt bordet.

Det vanvettiga inomhusregnandet hade upphört och dörren öppnades. Mannen var tillbaka. Hunden ylade av smärta än en gång och den tjocka plåtdörren slog igen med en smäll. Flickorna stannade i graven tills de hörde att bilmotorn startades och att ljudet dog bort i fjärran.

Sadie sköt undan kärran och klättrade upp ur hålet. Hon sprang bort till änden av gången mellan hyllborden. "Titta." Hon pekade in bland träden där hunden låg utsträckt på marken, orörlig. Gwen haltade fram på sitt skadade ben och kom långsamt i kapp. Nu fick hon syn på knytet som låg intill det fastkedjade djuret. Inuti den genomskinliga plastpåsen låg någonting hoprullat och klarrött.

"Gwen, är inte det där din täckjacka?"

"Han gick säkert ut för att leta efter mig. Det var därför han tog med sig hunden och jackan – den luktar av mig. Han kanske tror att alla hundar kan spåra. Mr Stuben säger att det tar lång tid att lära en hund det."

Hunden rullade över på sida och stönade.

Gwen tittade igenom påsarna i en kärra strax intill. En hade påskriften hundkex. En annan innehöll en välkänd sorts torrfoder som måste blandas med varmt vatten för att bli någonting som liknade kött och sås. Hon körde ner handen djupt i kärran och drog fram en burk hundmat. Det var samma sort som hon gav sin pudel Harpo. Mr Stuben hade sagt att det var den bästa som fanns att få för pengar.

Hunden hade kommit upp igen och rörde på sig, satte ner tassarna på det vacklande sätt som är typiskt för ett försvagat och illa skadat djur. Han stannade trött strax innan kedjan tog slut, för det plågsamma stryphalsbandet hade lärt honom vilka begränsningar som gällde.

"Kedjan når inte så här långt", sa Sadie. "Var inte rädd."

Men Gwen var inte rädd för hunden längre och det berodde inte på att tabletterna hade haft en lugnande verkan. Det vildsinta, skällande djuret framför henne stod för det enda välbekanta i denna totalt nya värld med okända svampar och höga dvärgekar, med regn som föll inomhus samtidigt som en mängd elektriska solar lyste klart – en värld där ett monster strövade fritt.

Hunden förstod hon sig på.

Det fanns inget hat mellan dem, flickan var inte arg för att hon hade blivit biten, för det hade inte legat någonting personligt i bettet. Ett svältande djur fick ta sin föda där den fanns. Hunden uppförde sig normalt, förutsägbart, och resten av världen gjorde det inte. Hon hade fått den egendomliga idén att de kunde bli vänner eftersom hon redan visste så mycket om honom. Det tysta angreppet hade bevisat att han var tränad av yrkesfolk, kanske var han en polishund. Han hade bara skällt en gång innan han anföll. Och det sa henne att hunden också varit rädd.

Naturligtvis var han det. Han hade anat skräcken hon känt och instinkten sa honom att alla rädda djur var farliga. Nu var hon också skadad och således dubbelt så farlig, ett dubbelt hot mot hunden. I detta ögonblick var han skräckslagen, just nu när han drog upp sina svarta läppar över huggtänderna och morrade. Djuret var skadat och fruktade för sitt liv, men han var inte feg. Mr Stuben skulle ha sagt att denna varelse var mycket modig.

Enligt hundföraren fanns det mycket att lära av djur – och då särskilt av den stora skillnaden mellan feghet och rädsla. Under träningen utnyttjade han hundens kluvenhet, det vill säga kärleken till och rädslan för människan, men han slog aldrig ett djur. Om hundens överlevnad hotades av någons grymhet skulle dess stora mod övervinna rädslan och den kunde till och med vända sig mot sin herre. Gwen stirrade på hunden och fick till slut kontakt med dess skräckslagna blick.

Ja, allt handlade om överlevnad nu. Men hon hade Sadie på sin sida, medan hunden var ensam.

Gwen var tio år och levde i skräck för hela världen, för allt utom detta morrande djur som slet och drog för att komma åt henne igen. Hon var inte det minsta rädd för honom, i stället blev han hennes enda förbindelse med det som var kvar av den vanliga världen, det som hon kunde förstå sig på och styra. "Vi kanske skulle kunna göra nåt med hunden."

"Jag har redan satt igång med det." Sadie stack ner handen i en kärra som var full med verktyg och drog ut ett långt knivblad med runt handtag. Det var en trädgårdssax, det vill säga ena halvan av en trasig sax. "Den är inte tillräckligt vass än." Hon gick bort till stenväggen och filade metallen mot en ojämnhet, vässade bladet noga och kärleksfullt.

"Du kommer aldrig att få en chans att använda den där", sa

Gwen. "Det tar honom bara en sekund att slita upp strupen på dig. Vore det inte bättre att ha hunden till vän?"

"Gwen, han vill hellre ha mig till middag."

"Du sa ju att du alltid önskat dig en hund."

"Jag har ingen lust att bli av med handen när jag klappar honom, fattar du?"

"Han ser rätt svag ut. Vill du ge honom lite mat?"

"Har du inte hängt med alls?" Sadie såg på sin gamla bästis som om hon var helt förvirrad. "Jag hatar den hunden. Och titta bara vad han gjorde med dig."

Gwen betraktade sitt bandagerade ben med något slags egendomlig objektivitet. Den här gången hade hon bara tagit två tabletter. Huvudet verkade klarare och smärtan hölls ändå nere. Benet kändes tyngre, som om hon bar på något litet men tungt föremål inne i vadmuskeln. Men hon hade inte ont och nu tyckte hon att benet var ett främmande ting som satt fast vid kroppen.

Tillbaka till problemet med hunden. "Sadie, låt oss närma oss detta på ett logiskt sätt, som mr Caruthers skulle ha sagt. Skulle det inte vara *klokt* att bli god vän med hunden?"

"Jovisst. Men jag ska döda honom."

"Vet du vad han heter?"

"Flugan säger aldrig nåt namn. Ger honom inte mycket mat heller. Jag kan slå vad om att han inte fick nånting i dag." Knivbladet åstadkom ett gnisslande ljud mot stenen när hon med påfallande välbehag drog det fram och tillbaka. "Det här kommer att bli lätt som en plätt."

Gwen fick syn på den blänkande metallskålen som stod under det närmaste trädet. "Det finns inget vatten i hundens skål."

"Han får vatten när det regnar från rören i taket."

Men skålen stod så nära trädstammen att det täta lövverket skulle hindra vattnet från att samlas. "Jag tror att mannen vill att hunden ska bli farlig. Mr Stuben säger att ett djur som är galet av hunger och törst är en bra vakthund för den hatar hela världen. Vi skulle kunna ge den vatten. Det vore en början." Hon tog upp en kvast och ställde sig på alla fyra.

"Jag sa ju att jag ska – " Sadie avbröt sitt slipande. "Vad håller du på med?"

Gwen sträckte ut kvasten för att nå fram till hundens skål. "Vad tror du?" Djuret iakttog henne, hopkrupen och redo till språng, medan hon manövrerade kvastskaftet för att flytta skålen och sköt den i en vid båge bort från trädstammen.

"Gwen, akta dig! Du får inte – "

I samma ögonblick som hon tog skålen gick hunden till angrepp. Och nu drog Sadie tillbaka henne i hälarna. Gwen hade felbedömt gränsen för kedjans räckvidd och hundens kraftiga käkar var bara några decimeter från hennes hand när Sadie till slut släppte taget och hon befann sig på den säkra sidan av den osynliga demarkationslinjen. Men Gwen hade ett stadigt tag i skålen och kände sig kolossalt stolt.

Sadie satte sig på huk bredvid henne. "Jag tror att du är full. Det är de där tabletterna."

"Hög", rättade Gwen henne. "*Full* blir man på alkohol, *hög* heter det när det är droger." Men nu undrade hon faktiskt hur mycket av hennes nyfunna djärvhet som berodde på innehållet i medicinburkarna.

Sadie skakade på huvudet när hon tog skålen. "Du blev nästan av med handen för den här dumma plåtsakens skull. Och nu tänker du ge honom vatten?"

"Att inte ge honom vatten är precis samma sak som att tortera honom."

"Vad händer om äcklet ser att vattenskålen är full? Vill du att Flugan ska förstå att vi är här?"

"Och det där då?" Gwen pekade på det vässade knivbladet som låg på marken där Sadie hade tappat det. "När han hittar hunden med det där i hjärtat – tror du inte att han kommer att misstänka nåt då? Eller hade du tänkt att det skulle se ut som självmord?"

Sadie var mycket tyst när hon reste sig med skålen i handen. Bistert vände hon ryggen åt Gwen och gick bort längs gången mellan svampborden.

"Vart ska du gå?"

"Till diskbänken och hämta ditt jävla vatten."

Gwen kom ifatt henne, linkande på sitt skadade ben. "Förlåt." Men hon kände sig inte ångerfull. Hon var fortfarande stolt över sig själv och tyckte inte längre att hon var en sådan fegis. Hon stod vid diskbänken medan Sadie fyllde skålen med vatten. "Minns du några ord som mannen använde åt hunden? Kommandoord?"

"Han använder indiannamn", sa Sadie. "När han tussade hunden på mig sa han 'Geronimo'. När han ropade honom tillbaka sa han 'Sitting Bull'." Hon vände sig mot dörren med den fulla skålen i händerna. Tungan stack ut mellan tänderna när hon koncentrerade sig på att inte spilla.

De gick långsamt tillbaka till kanten av den lilla skogen. Gwen stannade till och tog en handfull hundkex från hundmatskärran medan Sadie satte ner plåtskålen vid randen av den magiska cirkeln, kedjans yttre gräns, och sköt den framåt med kvastskaftet. Hunden kom krypande fram på ömma tassar och med öronen spetsade, nosen höjd.

Gwen studerade blandrashundens aggressiva stamträd som syntes i de tre argsinta och bitska hundrasernas karaktärsdrag. "Här, ta ett sånt." Hon räckte Sadie ett hundkex. "Kasta det till honom."

"Vill du att han ska få krafterna tillbaka? Är du inte riktigt klok?"

"Okej då, kasta ett halvt till honom."

Hunden hade druckit upp innehållet i skålen, eller snarare sugit upp det. Han lyfte huvudet och lade öronen bakåt när misstänksamheten tog över igen. Sadie bröt ett kex mitt av och kastade ena halvan till hunden. Han slängde sig på godbiten och slök den. När han lyfte huvudet igen kom ett läte som påminde om människogråt ur strupen, ett hundspråk för *Snälla, lite till*.

"Håll upp den andra halvan så att han kan se den", sa Gwen. "Ryt 'Sitting Bull'."

"Sitting Bull!"

Hunden backade en bit och satte sig med varje muskel i kroppen spänd och blicken fäst på hundkexbiten i Sadies hand.

"Kasta den till honom."

Sadie gjorde det och hundens käftar slog igen om kexet medan det ännu var i luften. Trots det mekaniska surrandet från alla de små motorerna bakom dem hörde flickorna hur raderna med vassa tänder malde och tuggade.

"Snyggt kast", sa Gwen. "Nu ska vi göra om det med ett nytt

kex. Vi ska inte trassla till det – vi håller oss till de tricks han redan kan. Men det är viktigt att det är från dig han tar order."

"Varför från mig? Det är du som är hundexperten. Du lärde Harpo att – "

"Men du blir en bättre alfavarg – ledarvarg."

Sadie var varken skadad eller rädd. Gwen var en fegis och det visste hunden även om hennes bästa väninna inte gjorde det. Hon skulle aldrig kunna kommendera detta djur, därtill respekterade hon honom för mycket. "Allt han gör från och med nu handlar om att överleva. Men till och med vargar lyder order."

"När de kommer från ledarvargen?"

"Just det." Och så snart hunden blev Sadies skulle hon bli mindre benägen att döda den. Det hade bara varit en tidsfråga innan Sadie hade börjat experimentera med hundmaten och kemikalierna i det vita rummet. Man behövde bara dra in ångorna från det gröna pulvret för att förstå att det var livsfarligt.

"Den som ger honom mat, vem det än är, ger orderna", sa Gwen. "Så Geronimo är attackkommandot. Han behöver nåt att gå till attack mot."

"Då vet jag precis." Sadie sprang längs gången mellan svampborden och försvann in i det vita rummet. Minuten efter kom hon gående tillbaka med den svarta filtmasken i sin uppsträckta hand. "Vad tycks?" Hon stannade till vid en kärra, tog upp en handfull plastpåsar och stoppade in dem i masken medan hon gick. När hon räckte den till Gwen var den rundad i formen som ett människohuvud.

Gwen kastade in den i mitten av hundens cirkel. "Nu ska du skrika – "

"Jag vet. Geronimo!"

Hunden kastade sig över masken. Han lät tänderna sjunka in och skakade den tills Gwen viskade kontraordern och Sadie röt: "Sitting Bull!"

Hunden avbröt angreppet och hon tänkte knäcka ett kex till.

"Nej", sa Gwen. "Kasta *hela* kexet till honom. Och sen ska du berömma honom. Mr Stuben säger att det är mycket viktigt."

Sadie kastade missunnsamt kexet till honom men verkade inte ha någon lust att säga någonting vänligt till hunden.

"Sadie, säg det nu", viskade Gwen.

"Duktig hund."

"Högre. Och säg det så att det låter som om du *menade* det."

"En sån duktig hund. Snäll vovve."

Under timmen som följde gjorde de fler turer till hundkex-påsen.

"Jag tror att hunden gillar dig, Sadie. Han morrar inte längre. Titta på hans ögon. Det är ju en vänlig blick du får? Det är väl trevligt?"

Den andra flickan tycktes inte låta sig övertygas. "Geronimo! Ja, se bara när han sätter tänderna i det där huvudet. Vilken trevlig hund."

Gwen såg på och log när djurets käftar slöts om det mörka tyghuvudet. Han slängde det fram och tillbaka och rev sönder filthuden. "Våra föräldrar håller säkert på att bli galna nu."

"Inte mina", sa Sadie. "Sitting Bull! Mamma är med barn." Hon langade iväg kexet på ett slappt sätt, redan led på denna nya lek att låta djuret kastas mellan raseri och vila. "Just nu får mina föräldrar säkert höra av skolkuratorn att jag har rymt hemifrån – att jag agerade ut min ångest med hjälp en bön om uppmärksamhet." Sadie kunde jargongen. Hon hade skickats till skolkuratorn rätt många gånger.

"Doktor Moffit är en sån idiot. Men föräldrar tror faktiskt på all den där skiten, eller hur?"

"Geronimo! Gwen, jag har länge tänkt att jag borde tala med dig om ditt språk."

"*Mitt* språk?"

"Sitting Bull!" Sadie kastade ännu ett kex. Hon behövde inte kasta långt för de satt närmare hunden nu, bara någon halvmeter från den osynliga gränslinjen. "Om du säger *skit* till din pappa en gång till kommer han inte att låta mig sova över fler gånger. Jag säger aldrig skit inför mina föräldrar."

"Skit, skit, skit."

"*Mera skit, mera skit*", sjöng Sadie på melodin "Bjällerklang".

"*Skit, skit, skit*", stämde Gwen in.

Och så sjöng de *skit, bajs, fis* i stämmor i sista versen.

Gwen applåderade och trots att det borde ha varit svårt för henne att tappa balansen i sittande ställning gjorde hon det och föll baklänges som en omkullvält bowlingkägla. Kanske Sadie hade rätt om tabletterna, hon var kanske lite hög. Men hon hade i alla fall inte ont – hon stod inte ut med smärta. Flickan flinade alldeles för brett när hon satte sig upp och lade benen i kors. "Nu tar vi 'Stilla natt'. *Skiiiitiga* – "

Sadie satte upp ena handen för att hejda henne. "Kommer du ihåg filmtiteln? Jag bandade den åt dig förra året."

"*Stilla natt, dödliga natt*, 1984? Mördarjultomten mot den onda nunnan?"

"Ja." Sadie gjorde en ganska skicklig imitation av mr Caruthers, den person som i verkligheten var mest lik jultomten, och putade ut med magen och sänkte rösten. "Och vad lärde vi oss av den filmen, Gwen?"

"Att aldrig lita på en nunna?"

"Det bränns." Sadie viskade, som om hunden kanske lyssnade: "Det finns *två* monster i den filmen, inte sant?"

Den fjättrade hunden skällde.

"Sa David det? David *Alien*?" Sadies far log för första gången sedan förhöret började.

"Han är en egendomlig liten grabb, inte sant, mr Green?" sa Arnie Pyle.

"Kanske det, men några av de egendomligaste människor jag känner är barn." Han log mot FBI-agenten. "Säg Harry."

"Känner mr Green många små barn?"

"Javisst", sa han vänligt. Insinuationen och oartigheten hade gått honom förbi. "Jag började träna baseboll med knattarna när Sadie var stor nog att kunna svinga ett bollträ. Men min dotters verkligt starka sida är gymnastik."

Rouge avbröt Arnie Pyles svar. "Då visste ni alltså inget om de här mötena i båthuset?" sa han i vänligare ton.

"Nej, jag hade ingen aning om att de här dumheterna med utegångsförbudet pågick. Peter Hubble är lite knepig. Jag förstår inte varför han ville hålla isär dem. Han gillade förstås inte filmerna som de tittade på, men jag trodde att han hade kommit över – "

"Vilka filmer?" frågade Pyle. Han hade inte haft tillgång till Rouges detaljerade rapport om Sadies val av filmgenre.

"På lördagarna", sa Harry Green, "brukade jag köra tjejerna

till Milltown. Det finns en liten biograf där på George Street."
Han vände sig till Rouge som var från trakten. "Du känner väl
till det där stället där åtta miljoner ungar står i kö för att se ur-
gamla skräckfilmer? Har du varit där nån gång?"

Arnie Pyle lutade sig fram för att dra till sig mannens upp-
märksamhet igen. "Har ni utsatt flickorna för skräckfilmer?"
Han kunde lika gärna ha föreslagit att denne storvuxne man med
det sorgsna leendet hade utsatt flickorna för sin nakna kropp.
Men än en gång missade Pyles pil sitt mål.

"Det är rätt oskyldiga, faktiskt." Harry Green verkade inte ta
illa vid sig. "Ni skulle skratta åt dem. Det gör ungarna. Ibland
kan man se sömmarna i monsterkläderna och alla ståltrådar och
hjul. Men sen sa Peter Hubble att bion var förbjuden mark för
Gwen. Så nu bandar tjejerna samma gamla filmer från kabel-tv
och så tittar de på video i stället." Han ryckte på axlarna. "Men
det verkar Peter inte ha nåt emot. Förstå det den som kan."

Arnie Pyle reste sig som tecken på att förhöret var slut. Det
gick inte att få ut någonting ur den här store och vänlige man-
nen som vägrade att förstå när han hade blivit förolämpad. En
annan agent följde Harry Green ut.

Buddy Sorrel reste sig också och tecknade åt Rouge att följa
med honom in i ett annat rum. "Bra gjort. Nu klarar du dig
själv." Sorrel log stelt. "Gå in dit igen och stanna hos agenterna.
Kommissarien vill inte ha nåt att göra med förhöret av mrs Hub-
ble. Den här gången låter du Pyle vara. Jag bryr mig inte om vad
han gör med den kvinnan, men se till att det han gör faller till-
baka på *honom* – inte oss. Fattar du?"

Ja, han fattade. Han skulle vara kommissarie Costellos fluga på
väggen och inget annat. Rouge såg ut genom den öppna dörren.
En tekniker stod bortvänd vid ena änden av det långa bordet
medan han ställde ifrån sig lögndetektorutrustningen. När Rouge
kom tillbaka in i rummet verkade Arnie Pyle inte bli glad att se
honom. Agenten vände ryggen till och såg ner på maskinen.

"Varför lögndetektorn?" Rouge tittade på medan teknikern
justerade visarna. "Föräldrarna har redan förhörts med den – alla
fyra."

"I alla fall ska mrs Hubble förhöras med den igen", sa Pyle
utan att vända sig om.

"Varför just hon och inte de andra?"

"Därför att jag har några frågor som ni inte ställde." Papper rullade fram över apparaten och FBI-agenten ägnade all sin uppmärksamhet åt att testa de böljande svarta linjerna under de tre rörliga visarna. "Och så är hon politiker, eller hur? En professionell lögnhals." Han stod fortfarande med ryggen mot Rouge när han sa: "Det fungerar bättre om det inte är så mycket folk i rummet." Han vinkade vagt mot dörren. "Lille vän, kan du tänka dig att ...?"

Rouge satte sig vid bordet. Agenten log. "Som du vill." Han vände sig till delstatspolisen som stod vid dörren. "Ta in henne."

"*Be* henne att komma in", sa Rouge till samma polis.

Mannen i uniform flinade och rörde vid mössan på ett ickereglementsenligt sätt när han gick ut.

Arnie Pyle nickade till tecken på att Rouge tagit poäng. "Den här gången är det jag som ställer frågorna, fattar du?"

"Visst. Men om hon manglar dig tänker i alla fall inte jag gå emellan."

"Å, jag tror till och med att du skulle köra hennes flyktbil. Lille vän, jag tror att du har hittat din uppgift i livet – du är riddaren på den vita springaren."

"Kan vi inte komma överens om en sak, du och jag? Du slutar säga *lille vän* till mig så ska jag inte kalla dig *knöl* längre."

"Men det är han ju", sa den vithårige mannen som ställt sig precis innanför dörren. Rouge blev överraskad och kom sig knappt för med att sträcka fram handen mot denne gamle vän till familjen. De hade inte setts på åratal. Julian Garret var förr en ständig gäst vid familjen Kendalls middagsbord. Men när den berömde politiske journalisten kastade en blick på den yngre mannen märktes inget igenkännande. Inte heller låtsades han om handen som hängde i luften, utan vände ryggen åt Rouge.

Julie, känner du inte igen mig?

"Stick", sa Arnie Pyle till journalisten, "och det på stört."

Pyle var alltför angelägen om att bli av med den här mannen och Rouge måste fråga sig varför. Han skyddade förvisso inte viceguvernören från pressen. Alla reportrarna kunde ta kontakt med Marsha Hubble dygnet runt.

Julian Garret vände sig mot Rouge och log när han ryckte på

axlarna åt denna ohöljda oförskämdhet. "Arnie hade en sån tragisk barndom. Jag anser att det är därför som han uppför sig så illa nu." Den gamle mannen satte sig på en bordskant.

"Gå din väg", sa Pyle.

Blev han nervös av att Julie var där? Ja.

Garret låtsades inte om FBI-agenten utan talade enbart med Rouge, fortfarande som om han var en främling. "Man har sagt mig att mrs Pyle bara serverade potatis och rovor till middag, och sånt slår sig på hjärnan förr eller senare, det påverkar personligheten." Julie låtsades intresserad av sina välvårdade naglar. "Stackars lille Arnie." Han vände sig mot FBI-agenten igen. "Jag ser att du tänker snärja vår viceguvernör. Du undrar säkert hur jag – "

"Försvinn, Julie", sa Pyle. "Jag menar det."

Det lät som en förtäckt hotelse och kanske röjde han ett avtal. Med en politisk krönikör? Tänk om det var så att den berömde reportern inte enbart bevakade presskonferensen med en betydelsefull senator som hade en guvernör helt i sin hand och dessutom påstods ha maffiakontakter – även om Rouges mor inte använt ordet *påstods*.

Journalisten log och sänkte huvudet någon centimeter som avskedshälsning. Garret svängde sin promenadkäpp i det yttre rummet med en elegans som Rouge mycket väl kom ihåg.

Rouge stängde dörren. "Hur kommer det sig att jag får intrycket att ditt intresse för Marsha Hubble inte har nåt med hennes försvunna dotter att göra?" sa han, mycket likgiltigt. "Vem är det du egentligen siktar in dig på? Senator Berman?"

Arnie Pyles uppenbara förvåning sa Rouge att han hade blivit grovt underskattad men att agenten börjat tänka om. Politiska tricks var alltså viktigare än försvunna barn. Så kallsinnig var agenten. *Det kan du ge dig fan på*, som hans mamma skulle ha sagt.

Tystnaden var tryckande i rummet, men sedan eskorterades Gwens mor in i rummet. Inget artigt småprat förekom och Arnie Pyle hälsades inte ens. Men viceguvernören verkade inte bry sig om denna nonchalans. Hon såg oavvänt på apparaten och förstod mycket väl vad det innebar att den nu skulle användas igen. Pyle låtsades inte om henne medan den unge civile teknikern fäste ledningarna vid hennes hud. Den misstrogna blicken övergick i resignation.

Pyle steg åt sidan så att Rouge för första gången kunde se teknikern som skötte lögndetektorn, en mycket ung man med pojkaktiga tjusarlockar och fräknar över näsroten. Det fanns mer erfarna yrkesmän på FBI och Rouge frågade sig om det här förhöret bara var en demonstration.

När teknikern var färdig med de vanliga testfrågorna lutade sig Pyle över Marsha Hubble, så nära att han nästan verkade hotfull. Han hade fjättrat henne med alla ledningarna och nu förstod hon säkert att han tänkte göra henne illa. Hon knöt händerna och rätade en smula på sig, beredd på den första salvan.

"Ni har ingen aning om vad som hänt flickorna?"

"Nej", svarade hon.

"Men ni värjer er fortfarande mot tanken att Gwen rymde?"

"Det stämmer inte med min dotters personlighet."

Den unge teknikern lutade sig fram och sa: "Vill ni vara vänlig och bara svara ja eller nej, ma'am."

"Håll käften", sa hon utan att ta blicken från Pyle.

Och teknikern höll käften. Det breda bondpojksansiktet rodnade och han såg ner på svajande visare och rullande rutpapper.

Agent Pyle stod bakom henne och vilade händerna på stolens ryggstöd. "Er make säger att Sadie har dåligt inflytande på Gwen."

Teknikern lät mer timid nu. "Det vore bra om ni kunde ställa frågorna så att – "

"Lägg dig inte i det här!" FBI-agenten höjde handen i en uppgiven gest, kanske önskade han att han kunnat ta tillbaka orden. Bubblan med lögndetektorn var spräckt – det syntes tydligt i damens ansikte. Rouge önskade att Arnie Pyle kunde se den oroande nya glimten i Marsha Hubbles ögon.

Agenten lät händerna glida nerför ryggstödets sidor. Hon måste ha kunnat känna hur hans fingrar strök förbi kläderna men hon visade det inte. Rouge blev mer och mer fascinerad för varje sekund som gick, för Pyle tycktes inte inse att spelet var slut. Han talade lugnt och lågt. "Er make är en mycket orolig människa."

"Och saknar humor. Sadie anser att det är *han* som har dåligt

213

inflytande. Jag tycker ofta att hon har rätt." Hon lät retligare nu.

"Jag tror att er make oroar sig för andra människor också, fiender som – "

"Att oroa sig hör till Peters livsstil. Han skulle vaddera Gwen i sammet om min advokat inte var smartare än hans." Nu lät rösten starkare, kraftfullare.

"Ni har några rätt skräckinjagande fiender. Jag förstår att han är orolig."

"Vad i helvete är ni ute efter?" Nu var det slut på leken.

Han gick runt stolen och lutade sig mot bordet stödd på ena handen. Han betraktade Marsha Hubble med milt förakt och låtsades inte ens märka hur arg hon var.

Allvarligt misstag, Pyle.

Rouges erfarenhet var att det alltid lönade sig att hålla ett öga på stubintrådens ände – så att man kunde dra sig undan innan man fick tasken bortsprängd. Alla kvinnor var försedda med dynamit; den, och ett antal tändstickor att tända stubinen med, delades ut till dem redan vid födseln.

"Jag tror att ni vet vem som förde bort flickorna."

"Så nu påstår ni att *jag* planerade det hela? Ni är en idiot. Vad tror ni att jag gjorde med den andra flickan?"

Pyle hörde uppenbarligen inte hur spänd hon lät, uppfattade inte varningen att hon nu strök eld på tändstickorna. Agenten slog sig ner i en stol intill hennes och lutade sig tillbaka med händerna knäppta bakom nacken. Han var på tok för nöjd med den effekt han hade på henne. "Ni sa – "

"Ni tycker att ni är så smart. Men ni är bara en liten skit. Försök ni bara att bygga hus på lösan sand."

Rouge kände lukten av svavel och rök i luften.

"Okej", sa Pyle så lättvindigt att han retade upp henne ännu mer – ännu ett misstag. "Låt oss tala om era fiender. Senator Berman var verkligen angelägen om att få bort er från kandidatlistan. Men ni lyckades hålla er kvar under ännu ett val. Då måste jag ju fråga mig vad det var för hållhakar ni använde. Ni måste ha betraktat maffian som en tänkbar – "

"Jag känner till er bakgrund, Pyle. Jag menar vad ni gjorde *sedan* ni lämnat centret för saknade och utnyttjade barn." Hon slet av sladdarna till lögndetektorn, en efter en, med stor beslutsamhet och utan några oöverlagda rörelser. "Jag har hört att ni fick lovord för ert arbete med kriminella familjer i New York." Den sista sladden var borta och viceguvernören var fri och på väg upp ur stolen. "Ni kan alltså tänka er att utnyttja min lilla flicka för att bygga upp ett jävla maffiamål mot Berman?"

Rouge tänkte att hon lät alldeles för lugn på rösten när hon hängde över Arnie Pyle. FBI-mannen blinkade inte ens. Rouge undrade om Pyle helt enkelt inte hade vett nog att flytta sig från henne innan –

"Du din jävla skitstövel!" Hennes knutna näve landade på agentens högra öga med sådan kraft att stolen gungade över på de bakre benen och välte honom bakåt så att han drämde huvudet i väggen när stolen gled undan.

Den civile lögndetektorteknikern stod först förstummad men sedan spred sig ett stort pojkflin över hans ansikte. "Snyggt jobbat, ma'am."

Hon var ute ur rummet innan Arnie Pyle hade rest sig från golvet. Han strök över nacken med handen. "Hon beter sig som en jävla kärring men hon har ballar som en hel karl. Jag blir rent förvirrad."

"Och så är ni så uppfylld av er själv." Det var Becca Green som stod på tröskeln. Hon kom in i rummet åtföljd av kommissarie Costello. "Jag vet inte vad ni gjorde mot Gwens mor men om ni gör om det hoppas jag att hon bankar skiten ur er på allvar." Hon gick fram till honom och satte pekfingret mitt på hans bröst.

Pyle tog ett steg bakåt. Han hade plötsligt fått ett visst mått av aktning för mödrar. "Jag hör inte till hennes fiender."

"Nej, det har ni alldeles rätt i. Ni är bara nånting som hon råkade stöta till i mörkret. Nå, tänker ni berätta för mig om utpressningsbrevet *nu* eller ska jag be henne komma tillbaka in och göra slut på er?"

Arnie Pyle gjorde en rörelse mot innerfickan. "Jag hade just tänkt berätta om det för er allesammans när – "

"Visst, säkert. Lägg av skitsnacket, va? Ge mig det."

Han tog fram ett hopvikt papper och hon nappade till sig det. Hon läste de handskrivna raderna och såg upp på kommissarie Costello. "Ni har rätt, det är inte äkta. Sadie har inte lila underkläder." Hon skrynklade ihop papperet till en hård boll och höll den elegant mellan tumme och pekfinger när hon stoppade ner den i bröstfickan på Pyles kostym. Hon klappade på bulan i tyget. "Jag har trots allt *lite* koll på min dotter. Det är inte riktigt allt i hennes liv som är lila." Hon log överdrivet medkännande mot agenten. "Jag förmodar att ni nyss blev nedflyttad till B-laget." Hon vände sig till kommissarie Costello. "Stämmer det?"

Kommissarie Costello log. Marsha Hubble släckte leendet när hon kom in i rummet igen.

"Få hit en bil som kan köra mig hem. *Nu.*"

Rouge visste att viceguvernören hade låtit artigare om hon talat till en taxiväxel. Kommissarie Costello låtsades inte höra oartigheten. "Om en liten stund bara, mrs Hubble. Det är en sak som jag måste diskutera med – "

"Jag har inte tid med det här", sa hon. "Jag har pressintervjuer och möten med medborgargrupper som väntar för att – "

"Nej, det har ni inte", sa Costello. "Jag beklagar att ni inte kan ha kvar er uppgift som chef för presskontakterna. Det finns ingen sån tjänst längre. Från och med nu kommer medierna att hänvisas till mig."

"Ni kan inte bestämma vad jag ska – "

"Jo, det kan jag – om ni hindrar utredningen av fallet. Och det gör ni."

"Det här är ju löjligt. Ni har ingen aning om hur man hanterar medierna. Det har jag."

Kommissarie Costello vände sig till mrs Green. "Är det er åsikt också, ma'am?"

"Det vet jag faktiskt inte", sa Becca Green. "Jag har inte blivit tillfrågad. Det har varit hemma hos Marsha, inte sant?"

Rouge tyckte att Marsha Hubble log en aning för nedlåtande när hon lade handen på den andra kvinnans axel. "Becca, jag vet vilken prövning det här har varit för dig. Det var därför som jag träffade ett avtal med pressen. De får ta kontakt med mig när som helst, och får tillgång till FBI:s bulletiner – bara de lämnar dig i fred. Jag ville inte att du och Harry skulle behöva stå ut med att de där hyenorna ringde dag och natt."

Och kanske trodde hon inte heller att Sadies mamma skulle veta hur man utnyttjade medierna. Rouge såg vreden i Costellos blick när politikern gick på med sin föreställning och lät sitt bästa PR-leende blixtra och sin varma blick stråla mot mrs Green. Marsha Hubble kunde inte ha låtit mer omtänksam. "Jag kan klara alltsammans själv. Du kan lita på att jag – "

Munnen stängdes sakta och hon såg frågande ut när hon stirrade på sin man. Peter Hubble satt bredvid Sadies far på bänken mitt emot dörren. Tillsammans studerade de en vägkarta med en mängd blyerts- och bläcklinjer kors och tvärs. "Vad håller de på med?"

"De planerar dagen", sa Becca Green sakligt. "Visste du inte det? De kör omkring hela dagen och letar efter flickorna. Förut körde de på nätterna men jag övertygade dem om att de kunde se mer när solen var uppe. Min erfarenhet är att män ofta missar såna där små detaljer. De behöver lite vägledning."

"Och du då?" Oron i Marsha Hubbles röst verkade äkta. Hon lade armen om mrs Greens axlar. "Vad gör *du* på dagarna?"

"Jag? Å, tidigt på morgonen gör jag smörgåsar som killarna kan ha med sig i bilen. Jag är rädd att de skulle glömma att äta om jag inte gjorde det. Män – de är som barn. Sen lagar jag frukost. Jag vill gärna att de ska ha ätit ordentligt innan de ger sig av. Och sen sitter jag i timmar och väntar på att telefonen ska ringa. Det gör den inte, men man vet ju aldrig." Hon nickade mot männen och deras kartor. "När det mörknar börjar jag laga riktig mat åt de där två. Resten av tiden sitter jag och gråter över ungarna. Och ibland gråter jag över fäderna. Det är mycket jobb men då går dagen."

Politikerns arm gled ner och hängde slapp. "Jag visste inte – " Så mildare, med en röst som lät som en mekanisk dockas: "Å, Gud, nej."

"Du tror alltså inte att Gud låter sig bevekas av tårar?" Becca Green verkade ta denna missförstådda åsikt under övervägande. "Ja, du har kanske rätt. Men man måste försöka allt – gråt – allt."

Viceguvernören var inte så rak i ryggen längre och Rouge blev orolig att knäna skulle ge vika på henne, för all energi var som bortblåst, kampen var äntligen över. En rand av våt mascara störde den omsorgsfullt lagda makeupmasken.

"Det är rätta tag." Mrs Green slog sina tjocka armar om den något längre kvinnan och kramade henne. Det gyllene huvudet

217

sjönk ner mot Beccas axel. "Och om det inte hjälper att gråta", viskade Sadies mamma, "prövar vi nåt annat."

Gwen satt på marken på tryggt avstånd från hundens cirkel. Hon skyddades från det skarpa ljuset av grenarna på en ek och runt om henne låg dagböcker i små högar. Dagböckerna var ordnade efter datum. Hon tog den ena efter den andra, bläddrade igenom dem och granskade uppgifterna om skötsel och underhåll som var införda den första dagen i varje månad. Och nu förstod hon varför källartermostaten visade tjugosex grader trots att det inte kom någon värme från ångelementen längs de bakre väggarna.

"Sadie, rören är inte till för att vattna träden – det finns ett underjordiskt bevattningssystem för det. Regnet sänker temperaturen i rummet. Det blir för varmt av alla de där glödlamporna, men ekar behöver en enorm massa ljus. Så då installerade hon –"

"*Hon*? Flugan är inte nån kvinna. Du såg honom ju, du hörde honom." Sadie bröt ännu ett hundkex mitt av och skrek: "Sitting Bull!" När hunden backade från det uppstoppade filthuvudet kastade hon kexet åt honom. Sedan lutade hon sig fram och kände med handen på Gwens panna. "Du har fått lite feber. Vad menar du med det här att det är en *hon*?"

"Äsch, jag vet väl inte säkert att det är en kvinna. Det är bara en känsla jag har, men den som skriver de här dagböckerna, vem det än kan vara, är en *annan* person."

Sadie verkade skeptisk.

"Det är sättet hon behandlar hunden på." Gwen valde ut en annan dagbok och slog upp den vid en sida som var märkt med ett vikt hörn. "Här", sa hon och lät handen glida längs raderna. "Hon köpte honom från en kennel som skulle upphöra. Just det, och här står det att han *är* bra på att spåra. Han gräver upp hennes tryffel."

Gwen bläddrade igenom en annan dagbok och hoppade över alla uppgifter om experiment med nya odlingar tills hon hittade ett annat vikt hörn. "Hör här. 'Hunden var så elak som hundar kan vara, men med tiden lärde jag honom att vara snäll. Nu slickar han mig på handen hundra gånger om dagen och viker aldrig från min sida.' " Hon stängde anteckningsboken och pekade på kärran som innehöll hundmat. "Alla de där burkarna och påsarna är väldigt dyra. Den här människan misshandlar inte djur. Det här är nån *annan*."

"Han kanske är en dubbelnatur – en *Doktor Jekyll och mr Hyde*."

"Conrad Veidt, 1920." Det fanns många filmer med samma titel men den här tyska versionen var deras favorit eftersom butlern spelades av Bela Lugosi. "Nej, jag tycker inte att det stämmer. Jag tror att det är två olika människor."

Sadie ryckte på axlarna. "Står det nånting om låset?" Hon vände sig mot hunden igen och röt: "Geronimo!"

"Har inte hittat nåt än." Gwen fick höja rösten för att göra sig hörd över morrandet. "Men jag vet varför det inte finns nån stege att klättra på när glödlamporna ska bytas. Det finns kryputrymme strax under taket. Hon byter glödlamporna där uppifrån, ungefär en meter under bottenvåningen."

"Sitting Bull!" Sadie kastade ett kex till. "Då är det därför man inte hör hans fotsteg när han kommer in i huset." Hon vände sig bort från hunden och satte sig på huk bredvid en hög med mörka kläder.

"Just det. Så sen kryper hon omkring däruppe och byter glödlampor. Och hon har väldigt ont när hon gör det. Hon har reumatism – det är därför det finns så mycket smärtstillande medel där – men hon fortsätter att ta sig in i det där kryputrymmet på alla fyra." Gwen tittade ner och läste ur boken: "Dubbelvikt av smärta, likgiltig för smärtan, allt gör jag av kärlek till träden."

Sadie såg upp från arbetet med att fylla en stor svart tröja med sönderrivna tidningar och plastpåsar så att den skulle se ut som en vuxen människas överkropp. Hon höll upp ett halvt kex och skrek: "Geronimo!" Och än en gång gick hunden till angrepp mot den uppstoppade masken som var så lik ett människohuvud.

"Låt honom inte tugga på den mer nu. Han kommer att förstöra den." Hunden hade slitit bort några av stygnen som föreställde huggtänder. En del av munnen hängde öppen. För varje kex blev hunden lite våldsammare, lite kraftfullare.

"Cool jycke." Sadie log gillande när han slet i masken i ett anfall av särskilt vilt raseri. "Sitting Bull!"

Hunden backade och satte sig med blicken fäst på Sadies hand, varifrån all maten kom.

Gwen bet i en shitakesvamp från stockarna som stod lutade mot väggen. Hon hade känt sig frestad att äta av de vackra svamparna som växte på stockarna intill men tvekat av ren respekt. Enligt dagböckerna hade hon gissat rätt i fråga om de knotiga grenarna; de hade kommit från det döda trädet som hade stumpar i stället för grenar. Trädet hade ett namn som om det var en människa.

Sadie trädde in lösa trådar från tröjkanten i skärphällorna på de uppstoppade byxorna. Sedan lade hon ut den huvudlösa kroppen på marken. "Vad tycks?"

"Ser bra ut men du måste sätta på skor också." Gwen höll tummen som märke i boken innan hon lade igen den. "Skorna luktar mest. Du kan kanske binda fast dem vid byxbenen med skosnörena."

"Synd att inte Mark är här. Jag kan slå vad om att han skulle kunna göra krut av kemikalierna i det vita rummet. Då hade vi bara kunnat spränga upp dörren." Sadie böjde sig över den huvudlöse igen. "Tror du att Mark och Jesse nånsin fick geväret att fungera?"

"Aldrig i livet." Gwen fortsatte att läsa. Hon hade hittat ett mönster i de skrivna raderna och nu plockade hon i högen med dagböcker och letade upp samma datum i var och en av dem. "Det var ganska korkat av Jesse att använda koden och hämta alla gevärsritningarna från Internet. Det var som att vifta med filen framför mr Caruthers. Det var ju han som *köpte* krypteringsprogrammet åt dem."

"Dumt av dem." Sadie hade lyckats sätta fast skorna vid byxbenen. Nu återstod bara att fästa huvudet på kroppen. Hon vände sig mot hunden som tycktes gilla huvudet mer än hon. Han satt i sin Sitting Bull-ställning men dreglade när han glodde på det runda, mörka föremålet. "Men tänk om de faktiskt får geväret att fungera?"

"Ingen fara", sa Gwen. "De skryter alltid så mycket. Se till att hunden sitter så där en stund. Jag vill veta hur länge han kan hålla samma ställning." I dagbok efter dagbok fick hon napp på samma datum.

Sadie såg från hunden till huvudet och tillbaka igen. Han längtade verkligen efter det där huvudet.

Gwen slog upp en annan bok för att leta efter några rader om låset. "Jag tror att killarna är alldeles uppfyllda av det – och alltsammans är bara prat."

"Det tror inte jag", sa Sadie. "Jag tror att de gör mr Caruthers riktigt nervös."

"Avundsjuk?"

"Ja."

"Jag har hittat nånting om dörrproblemet." Gwen såg upp från dagboken. "Jag vet vad det är för fel på den. Plåten var för tjock för ett vanligt lås så hon fick specialbeställa ett. Men det gick sönder efter tjugo år. Knoppen på andra sidan skjuter undan regeln. Men knoppen här går inte att vrida alls – den har rostat ihop. När hon är härnere och arbetar sätter hon upp dörren med den där cementklumpen vid väggen. Dörren sitter snett. Det är därför den faller igen av sig själv."

"Varför lät hon inte bara laga det?" Sadie undersökte en handfull hundkex, kanske i avsikt att idka byteshandel – hundkex mot huvudet.

Gwen läste vidare en stund. "Hon ville inte kalla hit en låssmed", sa hon. "Hör här. Hon skriver: 'Det behövs bara att någon dumskalle börjar prata om ekarna ute på stan. Då spärrar de in mig.'"

"Det *är* inte riktigt klokt – att ha träd växande inomhus."

"Hon behövde träden för att kunna odla tryffel. Hon ville ha ett exemplar av varje svamp i – Vänta ett slag." Gwen tog upp en annan dagbok och bläddrade igenom den tills hon hittade det datum som hon letade efter. "Här. Det här skrev hon när ett av träden hade dött. 'I början kretsade allt mitt arbete kring svampsamlingen. Men nu handlar det bara om träden. Jag står inte ut med att förlora fler av dem. Det är så svårt att skaffa sig nya vänner när man är gammal.' Hon tycker att det är hennes fel att trädet dog. Hon sörjer det som om det vore en människa."

"Jaha, men vad vill hon med oss då? Och vem är Flugan?"

"Han kanske är en släkting eller nåt, men den här kvinnan vet antagligen inte att vi är här."

"Varför tror du det?" Sadie hade vänt sig bort från hunden och han kröp några centimeter närmare huvudet.

"Hon är inte ens hemma." Gwen vilade ena handen på högen

med dagböcker på marken intill. "Varje anteckningsbok täcker ett år. Varje år avbryter hon skrivandet på precis samma dag. Jag har kollat datumen i varje dagbok. Och sen börjar hon skriva igen *exakt* nio dagar senare. Så hon kommer tillbaka dagen efter jul. Om vi bara kan hålla ut till dess behöver vi inte använda hunden."

Sadie såg på djuret igen och han slutade genast att maka sig närmare masken. Gwen tyckte att det såg ut som om han blev skamsen över att bli avslöjad. Sadie vände sig bort och hunden kröp närmare masken igen. Gwen iakttog honom fortfarande men tydligen brydde han sig inte om vad hon tyckte om honom, för hon var ingen ledarvarg, långt därifrån.

"Du tror inte att hunden faktiskt kan göra det här, va?"

"Det kan han. Han vill", sa Gwen. "Jag vet att mannen gjorde honom illa då när vi hade grävt ner oss och – "

"Flugan. Kalla honom *Flugan*." Sadie rättade henne milt men bestämt, för den här skillnaden mellan människa och insekt var mycket viktig för henne – den var mer än en filmtitel. För egen del hade Sadie redan besegrat mannen – insekten, Flugan.

"Okej", sa Gwen. "Hunden haltade redan när jag kom hit. Flugan misshandlar honom säkert mycket. Om man håller på och misshandlar ett djur på det sättet vänder det sig mot en."

"Du menar att vi tränar hunden att göra det som han faktiskt vill göra."

"Ja. Jag tror inte att mannen – förlåt, *Flugan* vet nånting om djur. Hunden är dagboksdamens husdjur, inte hans."

"Varför tror du inte att hon är med på det här? Du kan inte veta om – "

"Hon är inte tillräckligt elak, hon är inte elak alls. Du ser det döda trädet där borta?" Gwen pekade på den kala eken. I stället för grenar hade den grymt och tvärt avsågade stumpar. "Hon har skuldkänslor för att hon inte kunde hålla liv i det. Här är den dagbok som hon började föra när trädet dog." Gwen höll upp en av dagböckerna och slog upp en sida med hundöra. "Hon skriver att hon sörjer. Hon döpte alla ekarna efter människor som hon älskade. Den döda eken heter Samuel. Han var soldat, tror jag. Det står att han dog i ett krig."

Sadie vände sig mot hunden. Han hade flyttat sig en bit närmare den svarta filtmasken och än en gång rest sig från sin Sitting Bull-ställning – det vill säga fuskat. En bister blick från ledarvargen fick honom att backa några steg. "Hon döpte alltså ett *träd* efter en död soldat? I min familj döper man *barn* efter döda människor. Men ett träd?"

"Hmmm. Hon höll liv i det i mer än tjugo år." Gwen lät ett finger glida nerför sidan tills hon hittade raden hon sökte. "Och när eken dog skrev hon: 'Det är som om sorg söker sig till mig. Han sa att han gick ut i kriget för min skull. Och nu har Samuel dött igen. Förlåt mig för andra gången, min älskade.' "

Gwen var den som först märkte att det hade blivit tyst. Fuktspridarna hade slutat att sprida fina vattenstrålar i luften ovanför svampborden och pumparna hade upphört att brumma och puttra. Den lysande himlen blev mörk och alla glödlamporna vid borden under hyllorna med svampblock släcktes.

"Det är likadant varje kväll", sa Sadie.

"Men lamporna – och värmen." Tabletterna hade slutat att verka. Smärtan kom krypande och Gwen hörde hur rädslan smög sig tillbaka i hennes röst.

"Var inte orolig. Pannan sätter igång igen när temperaturen faller. Alldeles strax kommer du att höra hur det börjar susa i elementen."

Men för stunden var det alldeles tyst och det enda ljuset kom från en ensam glödlampa ovanför dörren till det vita rummet. Den hade fått en gloria av brutna ljusstrålar från fuktdropparna i luften och tycktes hänga där som en sak för sig, en svävande, rund skiva, en elektrisk måne.

Flickorna satt tätt ihop i mörkret och lyssnade till ljudet av hunden som tuggade på huvudet.

ÅTTONDE KAPITLET

Doktor Mortimer Cray undertecknade papperet där han medgav att hans liv var värdelöst om de intagna skulle ta honom som gisslan, att han förstått att det inte skulle föras några förhandlingar för att rädda honom och där han gick med på att varken han eller hans arvingar skulle föra juridisk talan eller uppträda fientligt mot delstaten New York om han lemlästades eller avled. Sedan lämnade han ifrån sig sina nycklar i ett plastråg eftersom de kunde användas som vapen – i alla fall hävdade fängelseledningen det.

Psykiatern stod med armarna utsträckta och benen särade inför mannen i den mörka uniformen. Vaktkonstapeln undersökte alla de förbjudna zonerna och förvissade sig om att doktorn inte bar på något smuggelgods. Till slut fick Mortimer Cray komma in i ett avlångt rum där fången, iförd hand- och fotfängsel, satt och väntade på honom bakom ett bord nära väggen mitt emot.

En vakt stod vid dörren tillräckligt långt bort för att inte kunna tjuvlyssna om samtalet fördes i normal ton. Detta var inte den avskildhet som psykiatern hoppats på men den fick duga. Han litade inte på telefonerna i de allmänna besöksutrymmena och inte heller ville han att en glasvägg skulle hindra ett förtroligt samtal.

Mortimer rättade till sina glasögon när han närmade sig fången. Han tänkte vända sig mot vakten och säga till honom att det var fel fånge; den här hulken var inte Paul Marie. Mannen han ville tala med var spensligt, nästan klent byggd. Då lyfte fången på huvudet och Mortimer blev varse mannens ögon, stora, mörkbruna och strålande – så vackra. En gång hade de varit prästens enda utmärkande drag.

Från det ögonblick då psykiatern satte sig vid bordet började fången växa. Doktorn blinkade men illusionen bestod. Mannens axlar blev bredare och de tjocka armarna mer muskulösa. Bojorna verkade mindre bastanta nu. Mortimer kastade en hastig blick över axeln och såg att vakten satt försjunken i sin tidning och inte lade märke till denna skrämmande förvandling.

Doktorn ställde diagnosen att hans vanföreställning var en följd av de ökande påfrestningarna under de senaste dagarna – och av rädslan under alla långa år.

"*Mr* Marie", inledde psykiatern och tilltalade honom avsiktligt på fel sätt. Men fången rättade honom inte och inte heller märktes något tecken på att han brydde sig om att han berövades sin titel. Kanske betraktade sig Paul Marie inte längre som präst.

"Jag tror inte att ni minns mig." Mortimer förmådde inte att se bort från den andres ögon. De inkräktade, undersökte. Uppenbarligen gjorde fången en bedömning av sin besökare. Och nu, när Paul Marie i sina bojor satte sig tillrätta i stolen undrade doktorn hur analysen utfallit. "Jag är psykiater. Jag var – "

"Ni är Alis farbror." Rösten var så civiliserad, så gentlemannalik, men var gång han rörde sig det minsta rasslade kedjorna. En varning? En påminnelse om att detta var ett synnerligen ociviliserat ställe? "När jag var församlingspräst kom ni inte en enda gång till gudstjänsterna. Men checkarna som ni har skickat till fader Domina – under tiden därefter – har alltid varit mycket generöst tilltagna."

Den sista meningen kunde nästan uppfattas som sarkasm, men en sarkasm av sådant subtilt slag att Mortimer blev osäker. Hur mycket kunde prästen extrapolera utifrån tionden?

"Jag läste rapporten från det senaste förhöret med er. Ni visade ingen ånger över brottet. Det är antagligen skälet till att ni nekades villkorlig frigivning. Ni har aldrig erkänt att – "

"Min religion förbjuder mig att komma med falska bekännelser."

Det kröp i huden på doktorn. Han vände hastigt på huvudet, men ingen stod bredvid eller bakom honom. Vakten satt kvar nära dörren halvt dold bakom den uppslagna tidningen.

Då och då under de senaste dagarna hade Mortimer tyckt sig känna att någon stod tätt intill honom. Och flera gånger hade han sett skuggor bakom bilden i rakspegeln och undrat om han verkligen var ensam i badrummet. Än en gång ställde han diagnos på sig: han var aldrig ensam, döden fanns alltid helt nära –

och närmare nu när han hade slutat att ta sin medicin. Man fick acceptera ovanliga symtom och reaktioner – hjärtat som rusade, slagen som det hoppade över. Inte ens andningen gick längre att ta för given. Han försökte erinra sig hurdana andetagen hade varit för bara några minuter sedan – varken för ytliga eller för djupa. Mortimer sänkte rösten trots att han var säker på att vakten var omedveten om allt som sades. "Det kanske vore möjligt att ge er en ny rättegång. Jag har ett visst – "

Hade han avslöjat något? Paul Marie skakade på huvudet som om psykiatern redan hade nämnt ett pris för detta mirakel.

Försök inte med mig, sa prästens ögon.

Doktorn andades mer och mer överlagt, djupare nu och långsammare. Ändå ökade hjärtat takten utan att bry sig om att det innehöll ett bestämt antal slag och att dessa nu förbrukades av irrationell skräck. Han skyndade vidare i en faktisk kapplöpning med sitt lättsinniga hjärta, för han ville avsluta sitt ärende innan det blev dags för sista ronden och slutstriden. "Men först undrar jag om vi skulle kunna diskutera en annan sak – fader Marie – i absolut förtroende, förstås."

Han avslöjade mer när prästen fick tillbaka sin titel. Paul Marie var förolämpad, det syntes tydligt. Kunde mannen redan ha börjat misstänka att detta var förspelet till en religiös ritual?

"Doktor Cray – det här handlar väl om de försvunna flickorna?" Paul Marie lade sina kraftiga armar i kors över bröstet. "Jag är trött på att ta emot andras synder. Jag ägnar mig inte längre åt sånt." Han kastade en blick på vakten och sa med högre röst: "Allt ni säger kommer jag att föra vidare till den där mannen."

Vakten såg upp från tidningen och i det ögonblicket visste Mortimer att prästen ljög och att han höll fast vid de heliga sakramenten och alltid skulle göra det. Fader Marie hade bara dömt sin besökare till ett mer offentligt sanningssägande och tillät ingen oetisk sidoverksamhet till den skyddade bikten.

"Jag skulle vilja berätta en sak för er, fader. Jag är mycket sjuk. Jag har inte mycket tid kvar – "

"Men ni vill ha nåt mer än absolution, inte sant?"

Mortimer kände hur han bleknade och trodde hjärtat skulle stanna. Luften tycktes inte räcka och andetagen blev till ytliga läppjanden – han greps av skräck. Kropp och själ kapitulerade inför prästen som tycktes vara den skickligare av dem när det gällde konsten att förstå psyket.

Paul Marie talade lägre nu, inte så mycket till hela världen. "Fromma män tror på ett brinnande helvete. Doktorn svettas och det säger mig att ni befinner er nära elden – ni är en verkligt troende." Han lutade sig fram över bordet så att han kom så nära den gamle mannen som bojorna tillät. "Var är barnen, din förbannade skitstövel?"

Psykiaterns skelettlika kropp satt i givakt och varje skör led av bräcklig benmassa stelnade plötsligt till. Munnen formade ordet *nej* – mer av förundran än som förnekande. Den här prästen stod för en återgång till sådana som spådde i inälvor och avläste svetten i helveteselden och skulden som strömmade ur syndarens porer. Trots att fader Marie inte hade rört vid Mortimer en enda gång pressades han tillbaka mot ryggstödet. Han fick en känsla av att prästen blev större igen nu när han reste sig från bordet så att kedjorna klirrade.

Vakten hade börjat ge akt på dem nu och han reste sig också och tog ett steg framåt, men Mortimer vinkade avvärjande mot honom. Efter en stunds tvekan slog han sig ner i stolen igen men blicken vilade fortfarande vaksamt på fången.

Prästen stod alldeles stilla men i Mortimers ögon fortsatte han att växa och ökade oavbrutet i massa och form. Snart skulle fader Marie vara en jätte.

Och han själv? Helt försvunnen.

"Jag kan inte minnas att doktorn var religiös. Har ni funnit Gud nu på sistone? Söker ni förlåtelse? Eller hade ni bara tänkt lägga över bördan på nån annan?"

"Skulle ni skvallra?"

"Ögonblickligen. Inte under några omständigheter skulle jag skicka de där små flickorna till Gud. Det är fullständigt uppenbart att han inte vet hur man tar hand om dem."

Lögnhals. "Förlåt mig fader ty jag har syndat. Min senaste bikt var för fyrtio – "

"Nog!" De kedjade händerna lyftes. Sedan dog prästens vrede bort och han lät händerna sjunka. "Flickorna är döende. Ni måste berätta för någon, inte sant?" Det kom en listig glimt i prästens ögon. "Jag ser hur trycket ökar. Ni knyter händerna, knogarna vitnar, ådern vid tinningen bultar – och nu svettas ni ännu mer. Är det närheten till elden?"

Mortimer började om – uttalade de magiska orden. "Välsigna mig fader, ty jag – "

"Aldrig."

"Ty jag har syndat."

"Må ni brinna i helvetet."

Prästen sträckte ut ena handen mot Mortimer. Vakten steg upp från sin plats igen och var på väg över golvet med tidningen ihopskrynklad i handen.

"Jag dödar er hellre än hör er bikt." Prästen lät händer falla på bordet och kedjorna skrällde mot träet. Och så sa han, som om han hade varit en fullständigt förnuftig karl: "Men jag tänker inte göra det."

Vakten stannade och bara gapade mot fången. Var denne man också rädd för prästen? Kanske var det ingen illusion utan –

"Doktorn har inget emot att dö, eller hur? Den långa, ljuva sömnen? Tänk om den sista sekunden i livet är den verkliga evigheten som utbreder sig för all framtid – evig fruktan, evig skuld. Och så all den där fysiska smärtan ni upplever just nu? Känner ni besvär från hjärttrakten?"

Prästens ögon följde Mortimers hand som långsamt kröp mot den plats där organet dunkade vilt och orytmiskt.

"Dödens mjukt behandskade hand? Är det så ni uppfattar den? Jag tror inte det. Jag ser en näve med tortyrens alla redskap – alla är ämnade för er." Paul Marie lutade sig längre fram med händerna platt mot bordet, han tornade upp sig närmare och närmare.

Vakten makade sig fram mot dem. Tidningen föll till golvet med ett stilla prasslande.

"Lockar det inte? Vad återstår det då för dig, Mortimer?" Prästen spottade ut det mer familjära dopnamnet. "Att fortsätta leva med vetskapen att de där barnen dör en plågsam död? Klarar du det?" Paul Marie rätade på sig i sin fulla längd. "Naturligtvis gör du det. Vad tänker jag på? Hur många gånger är det nu?" Prästen pekade fördömande med fingret men inte mot den gamle mannens ansikte utan – mot hjärtat. "Hur många barn?"

Fader Marie, tre meter lång i Mortimers ögon, dängde händerna med kedjor och allt i bordet och röt: "Säg var barnen är!"

Mortimer kände att en het rodnad flammade i ansiktet och att hjärtmuskeln drog ihop sig som en knytnäve inne i bröstet. Och nu spelade hans ögon honom nya spratt. Blixtrande vita stjärnor for över synfältet. Sedan såg han röda, flammande eldklot och svarta sjöar. Hysterin nådde ett crescendo när han upptäckte en långsamt krypande skugga mot en väl upplyst vägg bakom bordet. Inte vaktens skugga – inte prästens.

Plötsligt fylldes öronen av ett högt surrande som steg i ljudstyrka. Han stirrade upp mot Paul Marie. Surrandet dränkte alla tankar, det var bedövande, oavlåtligt, som en insekts. Huvudet höll på att brista, förnuft och logik försvann, sveptes bort av stegrande terror och panik. Surrandet kom inifrån och ljudstyrkan ökade när prästen lyfte händerna högt upp som om han ledde, orkestrerade, detta vansinne.

Mortimer vacklade upp och kolliderade med bordet. Han slog undan vaktens utsträckta händer. Skuggan fanns runt omkring honom nu, han var som uppslukad av den när han flydde över rummet till dörren.

Den var låst. *Nej! Nej! Nej!*

Han bankade med knutna händer mot plåten och surret från en miljon bevingade insekter överröstade den orolige vakten som fumlade med snabbtelefonens knappar. Mortimers ben gav vika. Han slutade kämpa emot och sjönk ner på golvet. Ögonlocken föll ihop när den gråa, insjunkna kinden träffade det hårda golvet. Det sista han såg tydligt var prästen som långsamt lät händerna sjunka. Sedan upphörde surrandet, och mörkret som lägrade sig dolde Flugornas herre.

Sadie tog dagboken ur Gwens slappa hand och lade den på högen vid väggen i det vita rummet. "Du borde inte ha hållit dig vaken så länge." Hon såg upp på den utbrända glödlampan över dörren. "När vi hör bilen måste vi handla snabbt."

"Förlåt." Gwen hade somnat stödd mot väggen under den enda ljuskällan. Alla muskler värkte men smärtan i benet var någonting helt annat; den kom snabbt utan någon förvarning och högg, högg. Hon tog den enda tabletten ur Sadies hand och sedan burken med vatten. Hon slukade det smärtstillande medlet, och när hon tittade upp fick hon syn på väninnan som balanserade på den rullande stolen från det vita rummet och bytte den utbrända glödlampan mot en ny.

"Det var bara en tablett, Sadie."

"Vi kan väl se om det räcker med den, va?" Hon klev ner från stolen och pekade på den närmaste eken. "Vad kallar dagboksdamen den där?"

"Hon har döpt den till Elvira efter en babyflicka som dog innan hon ens fötts. Elvira fick inte nån gravsten men nu har hon en ek. Jag tycker det är gulligt."

"Jaså? Men det stackars Samuelträdet då?" Sadie tittade på de knotiga grenarna som stod mot väggen, grenar från en död ek som fått sitt namn efter en soldat. "Samuel dör och sen hugger hon av grenarna för att odla mer svamp. Hur gulligt är det?"

"Jag måste ha en tablett till, Sadie."

"Om en liten stund, va?"

Det var den lilla stunden som skrämde henne. Hon stod inte ens ut med att vänta på smärta. Det dunkade i benet och när hon reste sig kände hon den döda tyngden mitt på vaden där hålen satt. Det var någonting alldeles förskräckligt fel på hennes kropp och den tanken kom tillbaka gång på gång, hur energiskt hon än förnekade att det pågick en nedbrytning inom henne. "Vad tror du händer när man har dött?"

"När man blivit begravd? Vem bryr sig väl om det? Begravningen är ju huvudsaken." Sadie rullade tillbaka stolen på hjul in i det vita rummet och Gwen traskade efter. "Om man är polis spelar de säckpipa och sveper in kistan i en flagga. Innan de sänker ner en i jorden viker de ihop flaggan och ger den till morsan. Rätt snyggt." Sadie såg på den utbrända glödlampan hon hade i handen. "Men nu när jag har blivit levande begravd kan jag inte komma på nånting som går upp mot det." Hon slungade glödlampan mot väggen Den exploderade i en sky av pyttesmå glasfragment och sockeln i silvermetall for iväg in i ett hörn.

Sadie brydde sig inte längre om att sätta tillbaka allting på dess rätta plats. Gwen försökte att inte tänka på vad detta innebar, förträngde det genom att tänka på döden. "Men Sadie, *efteråt*, sen när man är begravd. Vad händer då?"

"Då blir man maskmat."

Hunden skällde och ville ha uppmärksamhet, och när de sprang ut ur rummet hittade de honom sittande under ett träd nära den vältuggade kroppen som de gjort av kläder och stoppning.

"Hur länge har han suttit så?"

Sadie sträckte på nacken för att se in genom den öppna dörren på väggklockan. "En kvart – det är nytt rekord."

"Ge honom attackordern och sen ett kex till."

"Geronimo!" vrålade Sadie. Hunden kastade sig över dockan och började tugga på den. Sedan slet han av en sko när han slängde med dockan från sida till sida.

"Hejda honom innan han förstör den."

"Jag trodde att det var det som var hela grejen. Sitting Bull!"

Hunden backade till trädstammen och satte sig för att vänta på kexet. Sadie kastade det till honom. Han hoppade upp i luften och så slog käkarna igen om maten. "Duktig vovve! Fick du reda på vad hunden heter då när du läste så länge i går kväll?"

"Han har inget namn." Hon hade ögnat igenom alla sidorna på jakt efter nyckelord i all text som handlade om hunden. "När kenneln stängde auktionerades hundarna ut av främmande människor. Det finns inga registreringspapper – fast det skulle det ändå inte ha funnits på en hund av blandras."

"Menar du att dagbokstanten inte hittade på ett namn åt honom? Hon måste väl kalla honom någonting."

"Hon skriver bara om honom som 'min vän hunden'. Du kan väl kalla honom vad du vill. *Blodbesten?*"

"*Blodbestens natt*, Ross Sturlin, 1958. Det går inte", sa Sadie. "Hunden hade ett namn en gång. Jag kan inte ändra på det."

Gwen försökte förstå hur Sadie menade, hon som utan vidare hade uppkallat mannen efter en berömd insekt. Kanske var detta ett tecken på att hon kände större aktning för hunden, ungefär som dagboksdamen som inte heller hade gett honom något namn – hon ansåg inte att hon hade någon rätt till det.

Sadie kastade ännu ett kex till hunden, denna gång utan att han hade gjort sig förtjänt av det. "Han är så väl förberedd som han nånsin kommer att bli."

"Nej, inte än." *Inte någonsin.* "Vi måste vara helt säkra på att han bara tar order från dig." Och nu när Sadie inte var så inställd på att döda hunden skulle de kanske kunna komma härifrån allesammans – om de bara kunde hålla ut tills dagboksdamen kom hem. "Kanske i morgon eller i övermorgon."

Sadie vände sig mot henne och det bleka lilla ansiktet uttryckte bara ett skrik: *Vad är det du säger? Är du inte riktigt klok?*

Gwen tittade på resterna av den sönderslitna dockan. Plastpåsarna hade börjat tränga ut ur byxorna och tröjan. Hela röran måste städas undan. Hur skulle de kunna hämta tillbaka det som låg inom räckhåll för hunden? Det gick inte att lita på djuret om de kom så nära att han kunde ge sig på dem. Och vart hade mannen – Flugan – tagit vägen? Varför hade han inte kommit tillbaka? "Flugan håller väl på att bli galen av att inte veta var jag är. Han kanske tror att jag gick till polisen. Han kanske har stuckit."

Sadie skakade långsamt på huvudet, hon sa *Nej, hoppas inte på nåt sånt.* Högt sa hon: "Vi borde byta ditt bandage. Det har blivit så smutsigt." Hon lade en sval hand på Gwens panna. "Och du håller på att brinna upp."

"Jag måste ha en tablett till. Det gör så *hemskt* ont i benet." Nej – egentligen dunkade det bara men smärtan var alldeles säkert på väg att ta över igen.

De gick längs mittgången mellan borden och hyllorna in i det vita rummet och dess dyrbara förråd av medicinburkar. Sadie sackade efter lite men gick sedan ifatt Gwen. "Du haltar mer nu."

"Jag har nog sträckt en muskel. Kommer du ihåg när du gjorde det i gymnastiken? Du haltade i flera dar."

Sadie gick före henne in i rummet och drog ut medicinlådan. "Det finns säkert biljoners triljoner mediciner här." Hon tog upp en burk och läste etiketten noga. "Den här ska vi inte använda mer. Det var nog den som höll dig vaken."

Gwen tog upp en annan burk och läste vad som stod på den. "Vi kan väl pröva en av de här? Flurazepam hydrochloride?"

Sadie tog den milt ifrån henne och lade tillbaka den. "Nej, det där är gammalt jox. Etiketten är alldeles gul."

"Här är en som är nyare men den ser likadan ut."

"Nej." Sadie lade sin hand över Gwens innan hon hann ta upp burken. "Läs *hela* etiketten. 'En tablett vid sänggående.' Det be-

tyder nog att du kommer att somna. Det är fel tid för det nu."
Till slut hittade hon en sort som hon gillade och räckte Gwen ta-
bletten tillsammans med en burk nytt vatten.

Så snart Sadie vänt ryggen till lät Gwen ytterligare en tablett
glida ur burken, och sedan mötte hon vännens blick som spegla-
des i skåpluckans glas. Men ingen tillrättavisning hördes; Sadie sa
ingenting alls utan stod bara frånvarande och rullade på burkar-
na med ett finger.

"Står det nåt namn på medicinburkarna?" Gwen drack upp
allt vattnet. Hon var ständigt törstig nu. "Min mammas namn
står på tabletterna som hon tar för sin migrän."

Sadie tog upp den ena burken efter den andra. "På de flesta
står det 'Prov. Får ej säljas.' På den här står det två namn. E.
Vickers – det är nog dagbokstanten."

"Och vilket är det andra namnet?"

"Doktor W. Penny."

"Det namnet känner jag igen", sa Gwen. "*William* Penny. Han
finns med i dagböckerna."

Sadie lade tillbaka medicinburkarna i lådan men struntade i
om etiketterna syntes på samma sätt som när hon tog upp dem.
Hon var inte längre rädd för att bli upptäckt. Alltså tänkte hon
använda hunden *i dag*.

Men Gwen visste att det inte skulle gå. Mannen var större och
mer skrämmande för hunden – en överlägsen ledarvarg. När
mannen kom på vad de hade gjort, när han fick syn på röran här,
skulle han bli alldeles rasande.

Sadie föll på knä framför Gwen och lindade upp gasbinde-
bandaget för att blotta såren efter hundbettet. De små hålen hade
inte läkts och gult var vällde ut. Huden runt om var bronsfärgad,
mörkare i dag, och benet var svullet. "Det stinker." Sadie lutade
sig närmare såret.

Gwen tittade bort, hon ville inte se på det. "E. Vickers. Jag un-
drar vad E:et står för?"

"Vi måste få ut dig härifrån. Du håller på att bli sämre, inte
bättre. Du måste gå till doktorn."

Gwen tog upp tablettburken ur lådan och stirrade på namnet
på etiketten. "Doktor Penny. Miss Vickers skriver mycket om
honom."

"Hör på mig nu, Gwen. Ditt ben – "

"Doktor Penny är hennes hjärtspecialist. Han kommer ofta på hembesök. Men miss Vickers tror att han bara kommer för att träffa hemhjälpen, Rita. Hon hör hur de viskar tillsammans hela tiden. Rita är också ledig nu. Allesammans kommer tillbaka om några dagar."

"Det är inte säkert. Vi måste komma härifrån – snart. Hunden är beredd." Sadie gjorde mycket försiktigt rent såret med tvål.

Ett hugg av smärta trängde igenom värktabletterna och Gwen bet sig i underläppen tills smärtan klingade av. "Alla åker på semester vid samma tid varje år, miss Vickers, Rita och Ordentlige William – det är vad alla kallar doktorn bakom ryggen på honom." Ännu ett hugg. Gwen stirrade på burken som hon kramade i handen och försökte tvinga bort smärtan innan hon bröt samman och grät och därmed bekände sin stora feghet och det förfärliga pris de fick betala på grund av den.

Men visst måste Sadie redan ha förstått vilken bluff hennes bästa vän var, för hon kunde ju lägga ihop två och två, inte sant? Hon kunde räkna ut hur långa två iturivna lakan blev, hur långt ner lakansrepets ände skulle dingla, hur långt det skulle vara kvar ner till marken. Men hon hade inte frågat Gwen varför hon inte hade klättrat ut genom badrumsfönstret. Den modiga Sadie var en sådan sann vän som till och med inför sig själv förträngde denna otäcka hemlighet.

Mannen skulle bli så rasande när han hittade dem.

Gwen stirrade på medicinburken. Hur många behövdes det för att ta bort panikkänslorna? Burken slogs ur hennes hand just som hon öppnade den. "Varför gjorde du så?"

Såg Sadie en aning rädd ut? Ja. Och nu mindes Gwen att hon redan hade tagit tre tabletter. Nåja. Hon kände sig lugnare nu och smärtan var borta igen. Inget annat spelade någon roll.

Enligt Rouges uppfattning såg doktor Lorimer mest ut som en välbeställd begravningsentreprenör. Hjärtspecialisten var klädd i mörk kostym som såg dyr ut och när han flyttade sig från Mortimer Crays säng kastade han en dystert begrundande blick över patienten som om han frågade sig om kropp och kista skulle passa ihop.

Lorimers begravningsutstyrsel kontrasterade tvärt mot Myles Pennys skrynkliga, vita rock, udda strumpor och säckiga byxor. Doktor Penny stod vid sängens fotända och stirrade på papperet med taggiga linjer som rullade fram ur en maskin. Allmänläkaren sa någonting avfärdande till sin patient och antydde att Mortimer Cray slösade bort hans dyrbara tid. "Din gamla pump är inte sämre nu än när William undersökte dig senast. Jag tror nog inte att vi behöver såga upp bröstkorgen på dig i dag." Han pekade på hjärtspecialisten. "Ser du inte att doktor Lorimer stänger igen väskan och tänker åka hem?"

Och nu vände sig doktor Penny till kommissarie Costello och Rouge Kendall. "Men så oartig jag är. Det här är Ed Lorimer. Han tar hand om min brors del av mottagningen den här veckan."

Lorimer nickade bara åt de två poliserna när han stängde väskan och gick mot dörren. När den mest välklädde läkaren lämnat rummet vände sig kommissarie Costello till Myles Penny. "Jag vill helst ta det här förhöret mellan fyra ögon om ni inte har – "

"Det kan ni ge er fan på att jag har", sa doktorn och rynkade pannan. "Jag stannar här. Mortimer behöver inte opereras men han är inte utom all fara. Har ni hittat brorsdottern än?"

"Ja", sa Costello. "En av FBI-agenterna spårade upp henne. Han kommer hit med henne nu."

Patienten låg alldeles stilla i sängen men följde samtalet med blicken. Det magra ansiktet var nästan lika vitt som sängkläderna och Rouge tyckte att den gamle mannen såg förfärligt rädd ut. En hotande hjärtinfarkt kunde vara orsaken. Eller också kanske psykiatern hade någon annan anledning att vara rädd. Och inte skulle han känna sig lugnad av att kommissarie Costello var med. Sist de träffades hade kommissarien så gott som anklagat honom för medhjälp till barnamord.

"Jag försäkrar att vi inte ska bli långvariga", sa Costello, "men jag tror nog att han skulle känna sig – "

"Nix." Myles Penny slog sig ner i en stol nära dörren. Han viftade med handen mot Costello. "Sätt igång ni bara med det ni ska göra. Bry er inte om mig." Läkaren slog upp sin tidning – diskussionen var avslutad.

Rouge lutade sig tillbaka mot väggen när kommissarie Costello drog den återstående stolen närmare sängen. Mortimer Cray såg upp i taket och visade inte längre några tecken på medvetenhet.

"Vi tror att doktor Cray kan bistå oss med viktig information."

Inget svar. Det var tyst i rummet, bortsett från de mekaniska ljuden från utrustningen bredvid sängen och prasslet från tidningen när doktor Penny vände blad.

Costello väntade ytterligare ett ögonblick och sedan drog han stolen närmare så att stolsbenen skrapade hårt mot golvet. Patienten kunde inte undgå att lägga märke till honom om han inte var stendöv, och att döma av den gamles plågade ansiktsuttryck var han inte det.

"Var prästen någon gång doktorns patient?"

Mortimer Cray vände för första gången på huvudet för att se på mannen. "Det kan jag inte svara på. Ni förstår säkert varför."

"Nej, jag förstår inte ett jävla dugg mer." Costello talade för högt nu, visade för mycket känslor och gjorde det alltför snabbt. Rouge kunde inte låta bli att fråga sig om fallet började gå kommissarien på nerverna eller om han bara spelade teater. Costello sänkte rösten och lät mer resonabel. "Hjälp mig att förstå. Varför kan ni inte ge oss denna ynkliga lilla upplysning?"

Rouge förstod psykiaterns yrkesetik. Doktor Cray tänkte inte tillåta polisen att dra åt snaran kring en patient genom uteslutningsmetoden, inte ens när det gällde att eliminera en man som hade en fånges alibi. Han tänkte inte göra någonting för att hjälpa dem.

"Om det här handlar om tystnadsplikt gentemot en patient kan vi tvinga er att hjälpa oss", sa Costello.

En liten luftstöt pressades fram mellan doktor Crays spruckna läppar. Ett ynkligt försök att skratta? Kanske gubben tyckte att han var bortom lagen och stod närmare döden eftersom han inte trodde på de lugnande beskeden från medicinsk vetenskap och maskinell hjärtövervakning.

Kommissarien drog fram sin plånbok ur fickan. Han öppnade den och visade bilder av två små pojkar.

Mortimer Cray kastade en blick på fotografierna och såg bort.

"Mina barnbarn", sa Costello. "När de var nyfödda brukade jag visa bilder av dem för alla och envar." Han stoppade ner plånboken i fickan igen. "Men det gör jag inte längre. Det gör inte någon av mina utredare. Vi har allesammans börjat tänka som pedofiler, förstår ni. Er brorsdotter säger att flera av barnen dog därför att nåt monster blev kär i fotografier av dem i en veckotidning eller dagstidning."

Doktor Cray stirrade på en fläck i taket. Han såg ut som ett snarat djur – för mycket av ögonvitan syntes.

"Inga bilder av Gwen Hubble har nånsin publicerats", sa Costello. "Och jag har svårt att föreställa mig att föräldrarna viftar med fotografier ur plånböcker inför främmande människor. Modern har inte ens ett porträtt av dottern på skrivbordet. Mrs Hubble utsätter sig naturligtvis ständigt för allmänhetens blickar. Och jag tror att hon inser att en del av de där blickarna är sjuka – och att munnarna dräglar. Men den här pedofilen behövde inte titta på nåt fotografi. Han finns här i stan, inte sant, doktor Cray?"

Mortimer Cray såg på Myles Penny men allmänpraktikern var fördjupad i *The New England Journal of Medicine*. Ingen hjälp stod att få från det hållet.

Dörren öppnades och Ali Cray kom in. Hon verkade lättad när hon såg ner på den gamle i sängen. Agent Arnie Pyle steg in bakom henne ståtande med ett blått öga, ett minne från förhöret med Marsha Hubble.

Costello visade inget tecken på att han ens lagt märke till de nya besökarna. Han koncentrerade sig helt på Mortimer Cray. "Vi har vittnesmål från Paul Marie och från fångvaktaren. Prästen var arg på allvar, eller hur? Jag vet vad det var som retade upp honom. Det vore bäst om ni redogjorde för samtalet med egna ord."

Mortimer Cray stirrade upp i taket. Costello talade i hans öra, bara någon decimeter bort. "Det är julafton i dag. Om er brorsdotter har rätt – och hon har haft rätt om mycket – lever en av flickorna. Hon kommer att dö på juldagsmorgonen. Det är väl så det går till?"

Ali Crays reaktion blev inte den som Rouge hade väntat sig. När tystnaden vilat tung ytterligare några sekunder gick hon

fram till sängen. "Säg det." Hon visade inga som helst känslor
när hon såg ner på den gamle mannen. "Jag vet att den här man-
nen är en av dina patienter."

Psykiatern vände åter blicken mot doktorn. Och nu slog
Myles Penny igen sin läkartidning och lade den på ett lågt bord.
"Ali, om det är så slösar du bara bort tiden. Han kommer aldrig
att avslöja nånting om en patient. Det vet du."

Allmänläkaren reste sig och sköt undan Ali, som om hon varit
en möbel. Han lutade sig ner och höll en smal ficklampa mot
vart och ett av Mortimer Crays ögon. "En god moral är Morti-
mers religion. Är det inte så, gamle skurk?" Förolämpningen lät
nästan som en smekning. "Han kommer aldrig att avslöja nam-
net på den patienten. Har jag inte rätt, Mortimer?"

Den gamle nickade. Och sedan tittade han plötsligt upp, för
han hade just bekräftat Alis anklagelse; han hade låtit sig luras av
sin egen doktor. Patienten borrade ner huvudet i kudden och att
döma av hans ansiktsuttryck trodde Rouge att den outtalade re-
aktionen kunde vara någon förnäm variant av *fan också*.

Myles Penny såg rätt förtjust ut över den framgång han haft
med sitt drag. Costello var det förvisso. Rouge tyckte att det var
svårare att förstå sig på Alis sinnesstämning. Hon verkade inte ha
några känslor alls. Och sedan förstod han att det handlade om
den yttersta behärskning som hon bara knappt lyckades behålla.
Ansträngningen syntes i ögonen.

Hon lutade sig över sängen. "Ge upp nu, farbror Mortimer.
Ett namn, en plats – vad som helst." Alis ansikte var tätt intill
farbroderns. Hon var den enda kvinna bland Rouges bekanta
som kunde viska så att det lät som ett skrik. "Jag vet att Gwen
Hubble lever. Sånt är mönstret. Det finns fortfarande hopp för
en av flickorna."

Myles Penny ruskade på huvudet som om han sa *meningslöst*
medan han gick till fotändan av sängen och tog upp ett journal-
kort som hängde i en kedja i järngaveln. "Ett jävla slöseri med
tid, Ali. Hundra små flickor hinner dö innan han säger ett enda
ord till dig."

Ali Cray nickade och blängde på sin farbror. Rouge anade ett
spänningsfält mellan dessa två; här fanns starka vibrationer som
bara blev allt mer påtagliga. Mortimer Cray tycktes ana att nå-

gonting skulle hända och han drog upp sina bräckliga axlar och tycktes ta spjärn. Det var så stilla i rummet. Ett benigt finger krafsade på filten, kanske markerade det framtickande sekunder från någon inre klocka. Och nu slöt den gamle mannen ögonen som om han ville utestänga vad det nu var som skulle hända med honom, detta något som skulle ske.

Agent Pyle hade stått tyst hela tiden. Han såg på Ali med något som liknade ömhet, till och med då hon höjde handen för att slå den totalt hjälplöse gamle mannen i sängen.

"Ali!" Myles Penny släppte journalkortet som dinglade fram och tillbaka i kedjan.

Ali Cray lät långsamt armen sjunka och Rouge tyckte sig se en blandning av sorg och frustration i den enkla rörelsen.

Costello reste sig tvärt och ställde stolen mot väggen. Han gjorde stort nummer av att han nu tänkte gå, men vände sig åter till mannen i sängen. "Bara en sak till, sir. Varför hälsade ni på prästen i dag? Tala bara om för mig om Paul Marie var patient hos er nån gång."

Mortimer Cray tittade upp men sa ingenting.

"Nej, han var inte patient hos min farbror", sa Ali. "Fader Marie har aldrig gått i nån terapi alls."

"Inte ens som fånge?" Costello lät klentrogen. "Jag trodde att det var obligatoriskt med terapi för sexbrottslingarna."

"Nej, det är frivilligt", sa hon. "Enligt fängelsedirektören deltog fader Marie inte."

Kommissarien lät sig inte övertygas. "Det var väl underligt, Ali? Jag vet att det är lättare för en fånge att bli villkorligt frigiven om han gått i terapi."

"Jag vet. Det är skälet till att de flesta accepterar den. Men inte fader Marie." Ali såg åter ner på Mortimer. "Jag har talat med prästen. Han ger inte mycket för psykiatrer – han uppfattar dem som kråmande magiker som luras med rök och speglar." Hon vände sig mot Costello igen. "Så han skulle aldrig ha sökt upp min farbror. Fattar du inte det? Det var förstås tvärtom."

Plötsligt gällde helt nya förutsättningar. Costello gick tillbaka till sängen. "Prästen sa att ni vet vem gärningsmannen är. Då kan vi – "

"Aldrig att han har berättat nåt för er." Mortimer Cray såg upp på kommissarien med en hastig, bitter glimt av ett leende.

"Tror ni inte det?" Costello lät misstrogen. "Varför inte? För att han var präst förut?"

"Han *är* präst." Mortimer Cray talade med låg röst men med omisskännlig övertygelse. "Kommissarien sa det ju själv förut. *Prästen* har inte sagt något."

"Det är riktigt", sa Costello. "Det var vakten. *Han* sa att ni kunde tala om var ungarna är."

Ali Cray steg fram till sängen och böjde sig djupt ner över sin farbror. "Biktade du dig för fader Marie?"

Den gamle mannen tittade bort och vägrade möta hennes blick.

Med en omild rörelse vände hon hans ansikte mot sig. "Var det så, farbror Mortimer? Du ville att prästen skulle bryta sin ed eftersom du inte ville göra det själv?" Rouge såg hur hennes fingrar satte djupa märken i farbroderns skrynkliga ansikte. "Du var inte där av religiösa skäl – ånej, inte en sån professionell ateist som du! *Svara!*"

"Nu räcker det!" Myles Penny stod tätt bakom henne. "Ali, fresta inte mitt tålamod för långt nu för då kastar jag ut dig."

Ali verkade inte höra även om hon flyttade handen till kudden bredvid Mortimer Crays huvud. "Biktade du dig för prästen? Fick fader Marie veta vem det är?" Handen gled ner mot farbroderns bröst, en tämligen otvetydig hotelse mot en gammal man med hjärtfel.

"Vad för trofé tog mördaren från Gwen Hubble? Har han berättat det än? Eller väntar han alltid tills flickan är död?" Hon tog tag om hans axlar som om hon hade tänkt skaka ur honom svaret. "Gwen är bara tio år!"

Mortimer Crays ögon var uppspärrade och han stirrade klentroget, förfärat framför sig. Huvudet riste från sida till sida och han kastade sig hit och dit under hennes händer.

Myles Penny stod vid sitt ord och tog om Alis axlar och ryckte henne hårdhänt bort från sängen. Hon gjorde inget motstånd när han omilt sköt henne mot dörren och knuffade ut henne i korridoren. Sedan gjorde han ett tyst tecken åt de andra att följa efter.

Rouge var den siste av besökarna som lämnade rummet och

stängde dörren efter sig när doktor Penny fyllde en spruta från en flaska. Det sista han hörde var att doktorn sa: "Den här oron blir din död, Mortimer." Och sedan hörde han ett stilla stönande från patienten, vilket han uppfattade som ett instämmande.

"Försök inte med mig. Jag vet allt om killarna med bössan." Utredare Sorrel höll upp lokalpolisens rapport över huvudet på rättsläkaren. "Doc, jag måste ju fråga mig vem det är som tryckt på."

"Va? Så du pratar." Doktor Howard Chainy sköt tillbaka stolen från skrivbordet och rättade till glasögonen som om det skulle hjälpa honom att bättre förstå hur BCI-utredaren resonerade.

"Polismästaren här uppger att du har sagt åt honom att utelämna killarna och deras gevär från rapporten."

"*Geväret?* Men herregud, Buddy, det var ju bara ett sketet hagelgevär. En leksak. Pojkarna krossade ett fönster och hittade en död människa – död sen tre *dar*. Mer var det inte." Han återgick till sitt skrivbordsarbete.

"Varför gör du dig då sånt besvär att undanhålla – "

"Folk i den här stan vårdar ömt alla rykten som rör St Ursula's", sa doktor Chainy. "Om man petar i det där kommer den där dumma leksaken att förvandlas till en stridsvagn i naturlig storlek innan veckan är slut."

"Du skulle kunna bespara mig en tur till huset om jag bara fick reda ut allt som är oklart."

Chainy skakade misstroget på huvudet. "Du kan väl inte mena att du tänker slösa bort mer tid på det här tramset?"

Det var precis vad utredare Sorrel hade tänkt göra, för om denne före detta marinsoldat hade en särskilt framträdande egenskap var det ordentlighet. Hans hustru lät honom alltid ta hand om sängbäddningen på morgnarna, för när han var färdig kunde man studsa stenkulor på filten. Han tolererade varken veck på lakan och säng-överkast eller oklarheter i en polisrapport. Obesvarade frågor gjorde honom galen och därmed också till en mycket bra polis. Han skulle kunna vandra till världens ände om han på så sätt kunde avslöja en inkonsekvens.

Ja, han var en förbannat noggrann person och nu var han dessutom mäkta upprett. Det som hänt i huset vid sjön hade kanske inte något med det aktuella fallet att göra. Enligt rapporten hade alla rummen blivit noggrant genomsökta av polismästaren och två av hans konstaplar. Men det fanns obesvarade frågor. "Vems idé var det att fixa till rapporten? Din eller den där rek –"

"Min. Är du nöjd?"

Nej, det var han inte.

Howard Chainys leende blev nästan ondskefullt ett ögonblick och han höjde rösten. "Nå men Buddy, hur går det med den stora *tryffeljakten* då?"

Rättsläkarens medhjälpare såg upp från sitt arbete vid bordet intill. Chainy hade lovat att hålla tyst om tryffelspåret, men nu liknade det utpressning. Patologen svängde runt på sin stol och tittade på den unge mannen i laboratoriets vita rock. "Hastings? Har du nånsin hört talas om att man obducerar en jäkla svamp?" Det var en oförtäckt hotelse.

Sorrel knuffade upp svängdörrarna till obduktionssalen och stormade ut genom korridoren mot parkeringsplatsen. Han passerade genom ännu en dörr som retsamt mjukt och automatiskt stängdes bakom honom. Ute på parkeringsplatsen åstadkom bildörren äntligen den tillfredsställande smäll som hans vredgade sorti ur huset hade nekat honom.

Morgonen hade varit en enda lång följd av irritationsmoment. En annan BCI-utredare hade utsetts att granska lokalpolisens dagboksblad och han hade inte märkt hur misstänkt mager just denna rapport hade varit. Stadens polismästare hade inte alls brytt sig om att komplettera med det som fattades och var inte ens klar över vad det var. Mer irritation. Och nu den förbannade rättsläkaren, han som förmodades stå på lagens sida – nu dolde han något, ja, han kom rent av med *hotelser*.

Under färden tillbaka till polishuset började Sorrel fundera på nästa oklarhet och blev knappast lugnare. Den avlidna gamla damen hade en städhjälp som ingen hade förhört. En av polisassistenterna, Phil Chapel, hade varit med bland dem som ryckt ut och enligt polismästare Croft hade han haft i uppdrag att spåra upp kvinnan och ta reda på varför hon inte anmält arbetsgivarens död. "Grannen intill uppger att hon är på semester" stod det i den hafsigt maskinskrivna rapporten – här fanns inte ens en uppgift om vad kvinnan hette. Och polisassistenten hade gjort tre skrivfel i en enda mening, vilket i sig räckte för att Sorrel skulle ösa förakt över den filuren.

Sorrel tog biltelefonen och ringde delstatspolisen som var i tjänst i polishusets reception. Denne försäkrade honom att den patrullerande polisenheten var på väg in och att polisassistent Chapel inte skulle tillåtas försvinna innan BCI-utredaren hade kommit tillbaka och kunde ta itu med honom.

En kvart senare satt Sorrel vid sitt skrivbord i det provisoriska grupprummet. Han var ensam. Alla andra var ute på uppdrag och den civilanställda sekreteraren var inte på plats.

Polisassistent Phil Chapel stod i givakt. Han var mycket ung och såg ut som ett skuldmedvetet barn. Säkert hade han gjort något fel, han hade bara inte den blekaste aning om vad det skulle kunna vara.

"Hur var det med städtanten då?" gläfste Sorrel och Chapel ryckte till.

"Hon är mer som en hushållerska, sir. Hon lagade mat och –"

"Var finns hennes vittnesmål?"

"Hon kommer inte tillbaka förrän dan efter jul, sir."

"Ni ville inte störa när hon var på semester. Så rart. Chapel, ni vet inte ens vad kvinnan heter, eller hur?"

"Eh, nej, sir. Grannen på västra sidan nämnde inte hennes namn. Och eftersom hon inte hade tagit nåt ur huset tyckte jag inte – "

"Och den gamla damen som dog? Vad vet vi om hennes familj?" Sorrel höll upp den enda, ofullständiga rapportsidan. "Det står ingenting här om att de ens underrättats."

"Jag trodde att polismästaren skulle ta hand om den saken, sir."

"Charlie Croft säger att han sa åt *er* att göra det."

"Så var det egentligen. Men hennes vanliga doktor var på semester. Och utan – "

"Vi struntar i det, Chapel. Det är viktigare med hemhjälpen. Tror ni att grannen vet var vi kan få tag på henne?"

"Nej, sir. Hon tar semester samtidigt som den gamla svamptanten. Men hon har aldrig sagt vart – "

"Den gamla *vad för nåt?*"

"Den *döda kvinnan*, sir", sa Chapel som kanske trodde att han hade gjort bort sig genom att så informellt använda ett öknamn.

"Ni sa *svamptanten*."

"Jo, hela huset var fullt av svampar, sir. Små statyer, teckningar. Massor av böcker med svampar på omslagen."

"Såg ni nån riktig, ätlig svamp?"

"Nej, sir, inte en enda."

"Hur kunde du släppa hem farbror Mortimer?"

"Jaså, *nu* passar det att vara orolig." Myles Penny talade ur mungipan och tittade inte upp från skrivbordet där han satt och skrev i sin uppslagna mottagningsdagbok. "Det var inte jag som fattade beslut om att han skulle hem. Det gjorde han själv." Han sköt undan dagboken och knackade med blyertspennan mot skrivbordsunderlägget, vilket innebar att han hade mer brådskande angelägenheter att ta itu med och att Ali Cray borde ge sig iväg – och det genast.

"Men Myles, han fick ju en hjärtinfarkt."

"Njä, det kan man inte säga. Din farbror drabbades av en kraftig ångestattack. Det stämmer bra med symtomen – synsvårigheterna, det surrande ljudet, smärtorna i bröstet. Förmodligen kunde han inte andas och det var därför han fick en blackout." Han ryckte på axlarna som om han ville säga *är du nöjd nu?*

"När jag kom in såg han ut som om han var en hårsmån från döden."

"Nå, men det är han inte." Myles lät retligare nu och hon anade varför. Hennes oro lät inte särskilt äkta, inte efter hennes uppvisning i sjukrummet. Doktorn var en utmärkt människokännare.

"När jag talat med doktor Lorimer frågade jag ytterligare en läkare – din farbror. Gamle Mortimer ställde själv diagnosen. Ingen i den här stan kan det bättre än han. Han kommer att leva länge än om han bara tar den medicin som William har skrivit ut." Och någonting i hans blick sa *som om du brydde dig om det*.

"Kan du inte få tag på William?"

"Jag vet inte ens var jag skulle börja leta, Ali. Men doktor Lorimer är bra. Han tar alltid hand om Williams hjärtpatienter och ingen enda har dött. Lita på mig, det är rätt diagnos. Han har det kolossalt mycket bättre hemma – om du bara ställer upp och inte talar om för snuten var han finns. Du tror väl inte på allvar att han är inblandad i det här?"

"Jag vet inte vad jag ska tro", ljög hon. "Jag beklagar att jag bar mig så illa åt." Ännu en lögn.

"Ali, om det inte är nåt annat jag kan göra för – "

"Har inte telefonhänvisningen nåt nummer som man kan nå honom på?"

"Jag önskar att det var så. Varenda gång William åker härifrån blir det ett jävla trassel. Alla hans förbannade patienter vet vilken dag han ger sig iväg. Och sen börjar de perversa små rackarna att ringa och fråga om alla möjliga plågor och besvär. Men som sagt, Lorimer är bra – "

"Jag tror dig, men det var nåt annat jag tänkte på. Du kan kanske hjälpa mig. Det var en sak jag glömde fråga William om nu senast – "

"Är det om Susan Kendall?"

"Ja. Jag vet att det var länge sen, men det var han som vikarierade för Howard Chainy – "

"Du undrar varför en framstående kirurg ställde upp som rättsläkare? Han var skyldig Howard en tjänst, Ali. De har varit vänner mycket länge."

"Nej. Jag tänkte på enäggstvillingtestet. Han måste ha haft tillgång till ett blodprov från vardera tvillingen för att kunna genomföra det, inte sant? Tillät föräldrarna – "

"Nej, min bror frågade *inte* föräldrarna om han fick suga blod från deras enda kvarvarande barn."

"Hur genomförde han testet då?"

"Ingen aning. Såvida han inte hade behållit ett blodprov från vintern innan. William sydde på Rouges finger sen han hade råkat ut för en olycka. När var det nu det hände? Jag tror att grabben var nio."

"Jag var med", sa Ali. "Han föll på isen och en annan skridskoåkare åkte över hans hand."

"I alla fall körde prästen hit med honom i bil. Rådigt gjort, även om han är en äcklig pedofil. Han väntade inte på vår förträffliga ambulanspersonal som inte vet hur man ska åka från ena änden av stan till den andra. Pojkens finger var praktiskt taget av. William är en makalös kirurg, oavsett vilken del av kroppen han skär och syr i. Faktum är att han nog var den ende läkaren inom tio mil som kunde klara en så vansklig operation. Den mänskliga handen är en enorm utmaning för en kirurg, den är helvetes lurig. Men pojken återfick full rörlighet i fingret. Ett verkligt snyggt jobb."

"Följde Susan med sin bror till sjukhuset?"

"Gissa tre gånger. Vi hade inte kunnat bända isär tvillingarna ens. Det var Williams idé att Susan skulle få vara med om operationen. Jag vet nog att han framstår som en självförhärligande nolla. Men han är mycket känslig när det gäller smärta av alla de slag. Han hade tänkt genomföra en akut operation med lokalbedövning och jag tror att han tänkte sig att den ena tvillingen skulle lugna den andra."

"Tror du att det var då som William började misstänka att de var enäggstvillingar?"

"Jag tror säkert att de väckte hans nyfikenhet. Bortsett från håret var tvillingarna Kendall identiskt lika. Jag har sett många tvillingpar men inga som det där. Här ska du få höra nåt underligt. Susan hade också ont och visade tecken på chock. Och då menar jag inte sån där psykosomatisk skit. Hon hade *ont*. Jag gav Rouge lokalbedövningen medan vi förberedde honom på operationen. Sjuksköterskan gav Susan en operationsrock och ansiktsmask – så därför såg tösen aldrig nålen. Men bedövningen verkade på henne också. Det var som att behandla ett barn med två kroppar."

Ali undrade om Rouge hade känt smärta när hans syster dog. Kunde han ha vetat i vilket ögonblick hennes nacke bröts? Hade den lille pojken känt det som om också han hade dött?

Myles reste sig och den här gången gick det inte att missa sig på att han tänkte kasta ut henne. Charm hade aldrig varit hans starka sida. Hon lyfte ena handen till en likgiltig hälsning och drog igen dörren efter sig.

Hon hade sagt åt Arnie Pyle att inte vänta på henne, men där satt han i mottagningens väntrum, till hälften dold av bladen på en palm i kruka. Sitt blåa öga gömde han bakom en uppslagen tidning, kanske för att slippa frågor från patienter och besökare. Arnie hade inte brytt sig om att förklara blåmärket. Hon hade dragit slutsatsen att det måste vara något genant med det hela, någonting som inte stämde med hans machoimage, och taktfullt låtsades hon inte märka det. Men när han reste sig och dök upp bakom palmbladen blev hon än en gång överraskad.

Någonting var helt fel.

Häromdagen hade hon inte tänkt närmare på hans hånflin, det hade stämt så perfekt med sarkasmerna. Men han log fortfarande bara med halva munnen. Flera års vredgad separation låg bakom dem och Ali kunde faktiskt inte minnas om han alltid hade flinat på det här underliga sättet. Fantasin drog iväg med henne och hon undrade oroligt om han kanske hade lagt sig till med detta maner under det år de hade bott ihop så att spegelbilden av hennes egen förvridna mun skulle kunna vara en följd av nära samvaro – en skada som smittat.

Leendet dog snabbt bort. Kanske var han generad – avslöjad som han blivit med en äkta känsla. Agenten körde händerna i byxfickorna och stannade mitt i rummet. "Tänker du berätta för mig vad du och doktor Penny talade om? Jag talar alltid om allting för dig."

"O ja, säkert." Hon hade tänkt gå förbi honom men han flyttade sig och stod i vägen. "Okej då, Arnie. Jag var där som patient."

"På grund av ärret? Häftigt. Så då är det alltså inte ärftligt? Du kunde ju ha låtit ta bort ett jättelikt födelsemärke till exempel. Det är förstås våra barn jag tänker på. Fast vi skulle ju kunna adoptera i stället."

"Ja, jag försöker föreställa mig små bebisfyllon som vacklar runt hemma och kräks på mattan." Lät det bittert? Hon hoppades det.

Det halva leendet var där igen. "Jag tvättade din matta, Ali. Stående på alla fyra. Du glömmer detaljerna."

Han flyttade sig närmare och hon tog två steg tillbaka. Samma gamla dansturer. "Du har rätt, Arnie. Och den gången du kräktes på mina skor köpte du nya skor åt mig." Fan ta all taktfullhet. Hon pekade på det blåa ögat. "Hur fick du det där?"

Han gjorde en avfärdande gest. "Å, det var bara det gamla vanliga."

"Har en *kvinna* fixat det där?"

"Men hon hade inte ditt handlag, Ali. Och inte var jag kär i henne heller. Det var bara på kul, en liten meningslös brutalitet vid sidan av." Han tog fram ett paket cigarretter och tände en. "Okej, slutbråkat. Har du nåt vi kan ta fasta på angående den här sjuke jäveln?"

"Du bryter mot lagen. Detta är en offentlig plats."

"Vad har du fått veta? Säg nu, annars blåser jag en rökring – här och nu. Och sen kanske jag blir alldeles galen och askar på mattan."

"Men du gillar inte mina teorier. Det sa du klart och tydligt i ett rum fullt av poliser och FBI-agenter. Varför frågar du inte en beteendevetare?"

"Du vet mycket väl att jag inte låter några medicinmän trassla till mina fall. Om du har nåt på den här galningen vill jag veta det. Eller också skulle jag kunna ta ett snack med kära farbror." Han log igen. "Du tror på fullt allvar att han behandlar den här typen?"

"Typen är en *sadist*. Koncentrera dig på det." Hon kunde inte sluta stirra på hans mun. "Det går säkert för honom när han berättar om mordet för en psykiater. Vilken kanongrej för honom – en ögonblicklig njutning." *Var snäll och sluta le.* "Det skulle vidga kretsen av offer så att den omfattade fler än bara flickan och hennes familj. Han skulle kunna njuta av sin sadism så länge han ville – rena himmelriket."

"Så vår gärningsman torterar psykdoktorn och psykdoktorn kan bara lätta sitt hjärta inför en präst."

"Just det." *Eller en annan psykiater.* Och nu började hon fundera över varför farbror Mortimer inte utnyttjat den möjligheten. Men det var inte en idé som gick att utveckla tillsammans med Arnie Pyle. "Men att gärningsmannen går till en psykiater innebär inte att han är vansinnig utan bara smart och sadistisk – inte olik dig."

"Tackar, tackar. Men om du har rätt om alla de där andra fallen måste du ha fattat att den här killen är fullständigt helknäpp."

"Säg nu om jag har fått det här totalt om bakfoten. Du tror att han är mentalt otillräcklig därför att hans fantasier kretsar kring en liten prinsessa. Är *du* galen bara för att du har våta drömmar om att en supermodell knackar på och ber att få bli påsatt?"

"Så du menar att den här bara är mer *realistisk*?"

"Det handlar bara om kontroll." Hon stirrade på cigarretten som han hade i handen och undvek att titta på hans ansikte igen. "Det är därför han helst riktar in sig på ett litet offer. Han har total kontroll över ett barn. I din fantasi är du alldeles svettig och tacksam mot gudinnan. I hans scenario är det han som är guden."

"Okej, sjuk men inte helgalen. Och vad tycker du om dödsstraffet nu då, Ali?"

"Jag har inte ändrat mig."

"Ä, lägg av. Du skulle helst se att den här jäveln var död, precis som jag."

"När ryssarna införde strängare straff för pedofili blev fler barn dödade av monstren. Du får gärna påstå att jag är galen, men jag tror att föräldrarna helst vill ha tillbaka barnen levande."

Och först nu upptäckte de att det stod någon tätt intill dem och lyssnade till vartenda ord, någon som tyst och artigt väntade på att de skulle prata färdigt. Det var Rouge Kendall, vars syster inte hade kommit tillbaka levande. Han hälsade med en nick på henne. "Hon i receptionen sa att din farbror var utskriven från sjukhuset." Han låtsades inte se Arnie Pyle, det var uppenbart.

Vad hade Arnie gjort för att reta denne man?

"Rouge? Kan du hålla det för dig själv ett slag? Doktor Penny anser inte att farbror Mortimer klarar ett nytt förhör."

"Visst, det går bra. Men det är en annan sak som jag skulle vilja – om du har tid ett ögonblick?" Den unge utredaren talade till henne men såg på FBI-mannen. Arnie bara log mot honom och låtsades att han var för trögtänkt för att förstå att de ville vara ifred.

Rouge var mer älskvärd till sitt sätt, han *tänkte* bara ordet *skitstövel*, framförde bara denna sin åsikt med sitt ansiktsuttryck och vägrade på så vis att ge sig in i Arnies favoritlek – två skällande hundar. Den unge polisen vände sig till Ali. "När vi var på sjukhuset sa du att gärningsmannen tar troféer. Det stod inte i fallbeskrivningarna som du gav oss."

"Det var Costello som ville ha det så. Han ville inte att uppgifter om troféerna skulle driva omkring i femtio tryckta kopior."

"Så då har du en förteckning?"

Ali nickade. Hon stack handen under hans arm och ledde bort honom till andra änden av rummet utom hörhåll för väntande patienter och FBI-agenter. Hon såg på Arnie. Blicken var en befallning. *Stanna där.*

"Den här mannen tar bara mycket små föremål. En gång var det en ring. Ett annat barn berövades en pytteliten brosch i form av en blomma. Andra saker var ett hängsmycke med ett religiöst motiv, en tunn guldkedja med en enda pärla. Alltid något bräckligt."

"Då skulle inte den här stämma i mönstret?" Han tog upp ett silverföremål ur fickan och höll fram det. "Det här användes som bevis mot prästen. Det är min systers armband."

Ali tog det framsträckta smycket och fingrade på det. Armringen hade en mycket liten omkrets men var bred och utplattad och kändes tung i handen. "Omöjligt är det väl inte. Men i så fall är det det största föremål han nånsin tagit. Om det här var det enda smycke hon hade på sig, men du – "

"Jag vet. Jag läste listan på Susans personliga tillhörigheter. Hon hade ett hängsmycke om halsen. Så då borde han väl ha tagit det innan han tog armbandet, eller hur?"

Ali nickade. De visste båda två att Susan fortfarande hade haft på sig hängsmycket när de hittade henne död.

"Det fanns en annan sak", sa Rouge. "Jag gav Susan en ankellänk när jag åkte till militärskolan. Hon hade den på sig varje dag men under sockan så att ingen annan skulle veta om den. Det skrev hon till mig i brev – det var så hon uttryckte det. Kedjan var tunn och mycket bräcklig med en liten oval ingraverad platta av guld."

"Då är det den som är trofén. Om vi hittar kedjan har vi också hittat mannen som dödade henne."

"Egentligen behöver man inte ankelkedjan för att hitta honom", sa Arnie Pyle. Han hade smugit sig fram till dem.

Ali blängde argt på agenten. "Han har rätt, Rouge. Vi behöver bara hitta en man som vet att hon hade den på sig. Om hon inte berättade det för nån i familjen eller nån – "

"Inte ens mina föräldrar visste om den. Det var en grej mellan oss två."

Ali föreställde sig den tunna kedjan runt en tioårig flickas fotled, en bräcklig hemlighet som blänkte värmande mot huden under en vit socka, ett barns kärleksfulla present till sin tvilling. Hon såg för sig hur Susans mördare tog fram den varje kväll och använde den för att återuppleva våldtäkten och mordet. Kanske onanerade han med den i handen.

Buddy Sorrel parkerade sin bil vid avtagsvägen. Han promenerade längs den långa uppfarten fram till huset vid sjön och såg sig om till höger och vänster efter tecken på svamp. Enligt flygfotografierna från taxeringsmyndigheten fanns det inget atrium i denna fastighet. BCI-utredaren kände sig som en idiot som slösade bort tiden här men kommissarien hade utsett honom till den officielle svampmannen och allt som handlade om svamp tillhörde nu hans ansvarsområde.

Kanske borde han tillkalla en patrullbil som kunde hjälpa till att söka igenom skogen efter drivhus. Träden skulle kunna dölja en sådan anläggning så att den inte syntes på flygfotografier.

Nej, strunt i det. Kommissarien skulle inte gilla om han läckte sådana upplysningar till ordningspolisen. Och även om han hade hjälp av hundra delstatspoliser skulle han inte kunna hitta den gäckande tryffeln under ett sökande som pågick på marken. Just den svampen skulle gömma sig nere i jorden, möjligen i sällskap med ett litet lik. Men det fanns gott om ek längs denna privata väg och doktor Mortimer Cray, amatörbotaniker, hade påstått att rötterna till dessa träd var ett absolut krav för tryffelodling. Kunde en hund vädra sig fram till dem? Hundpatrullen spårade ju upp sprängämnen – så varför inte tryffel?

Vad skulle han kunna åstadkomma här? Förmodligen ingenting. Tre konstaplar från lokalpolisen hade sökt igenom huset och spår efter två barn skulle inte ha kunnat undgå dem. Men oklarheter måste redas upp.

När han rundat en klunga granar fick han syn på hela detta oregelbundna, stillösa hus som bredde ut sig åt olika håll med träväggar hopbyggda med tegelstensväggar och med en gemensam, fyra våningar hög fasad i grov sten. Han dröjde sig kvar vid träden och stirrade upp mot fjärde våningen. En bit vitt tyg stack ut genom springan vid nederkanten av ett stängt fönster och fladdrade i den lätta vinden som en plågsam, tredimensionell metafor för det eländiga, outhärdliga slarvet.

Han gick uppför den stensatta gången till bakdörren. Polisen hade förseglat dörren. När han såg närmare efter upptäckte han att klisterbanden hade lossats och satts tillbaka flera gånger.

Tja, det kunde förstås vara ungar. I sin ungdom hade han varit ordningspolis och fått ägna åtskilliga nätter åt att köra ut tonåringar från de jävligaste ställen.

Han sträckte upp handen till den övre dörrkarmen och hittade nyckeln där polismästaren hade lagt den. Men polismästare Croft hade inte varit säker på att han verkligen brytt sig om att låsa dörren. Enligt polismästaren fanns det äldre invånare i Makers Village som inte ens ägde nycklar till sina originallås från sekelskiftet.

Sorrel rev bort tejpen och vred prövande på dörrknoppen. Dörren öppnades lätt. Han steg in i köket, vilket borde ha legat på andra sidan av huset, för bakdörrarna satt i regel på sjösidan av de här husen. Han såg sig om och lade märke till hur dammet samlats på högarna med svampkokböcker som låg mitt på köksbordet. Och på väggen hängde en klocka i form av en röd flugsvamp. Det var illa att Costello inte hade fört den vinkeln vidare till sina egna medarbetare. Han borde ha chansat och skickat hit en delstatspolis.

Sorrel tog trapporna upp och var noga med att hela tiden orientera sig om riktningen medan han vindlade sig upp mot fjärde våningen där han hade sett det vita tyget räcka ut tungan åt honom. När han steg in i sovrummet upptäckte han att det var något fel med rumsfördelningen. Jo, det var förstås mycket fel på alltsammans om man tänkte på husets vårdslösa arkitektur och alla tillbyggnaderna. Men det var i synnerhet en sak som han hakade upp sig på: det fanns inget fönster där han väntade sig att hitta ett. Han gick tillbaka ut i hallen för att orientera sig vid fönstret i änden av korridoren. Konstigt. Han gick tillbaka till hörnsovrummet. Det fanns bara fönster vid den ena väggen.

Och nu lade han märke till en ljusare fyrkant på tapeten bredvid det stora klädskåpet, och denna stora, ljusa fläck hade samma form som skåpet med dess rundade hörn. Så denna tunga möbel hade nyligen flyttats. Han försökte sticka in handen bakom men den fick inte plats i den smala springan mellan bakstycket och väggen. Han vickade på skåpet i akt och mening att skjuta det åt sidan, men det välte och föll i ekgolvet. Trots braket tyckte han sig höra en bilmotor ute på gården. Men nu var det dörren bakom klädskåpet som tilldrog sig all hans uppmärksamhet.

Dörren öppnades inte när han vred på handtaget. Och plötsligt blev det gamla huset oändligt mycket intressantare. Den här dörren var låst medan den därnere stod öppen för vilken förbipasserande luffare som helst. Trädörren var bastant och han tänkte inte försöka sparka in den och kanske bryta foten. Han kämpade med det tunga, omkullvälta skåpet och lyckades flytta undan det. När han nu hade större rörelsefrihet lade han all sin kraft i att vrida på dörrhandtaget och tvinga upp låset. Mekanismen var gammal och gick sönder direkt. Dörren gled upp och han steg in i ett stort badrum där ytterligare ett klädskåp hade dragits ut från fönstret. En ögla av hopknutna lakan dinglade från fönsterkarmen. En änden satt fast i fönstret och andra änden hade knutits fast i det bakre benet på klädskåpet. Och nu fick han syn på resterna av en tältsäng, med tillskrynklad smärtingbotten och knäckta ribbor.

Någonstans utanför detta rum tyckte han sig höra knaket i ett trägolv. Han stod alldeles stilla. Sedan hörde han det igen. Någonting rörde sig på våningen under, eller var det i trappan? Han stod stilla och lyssnade några sekunder till men hörde inga fler ljud.

Nå, men gamla hus hade gammal benstomme, och lederna sviktade för varje vindfläkt, knakade för varje rörelse. Och sådana här hundraåringar var inte vindtäta utan andades ut och in. Han bestämde sig för att det bara var vinden, inget annat.

Han tänkte just ta fram sin mobiltelefon för att tillkalla delstatspolisen när blicken fastnade på något annat. Sorrel föll på knä bredvid den kasserade tältsängen. Han tog upp ett långt, blont, babytunt hårstrå och höll upp det mot ljuset – så ömtåligt, så ljust.

Det gyllene hårstrået var det allra sista han såg – så snabbt och så träffsäkert föll slaget mot hans bakhuvud.

Minuter hade gått sedan de hörde bilen stanna vid huset. Gwen bar på högen med dagböcker men hon rörde sig långsamt och

ovigt. "Hjälp mig, Sadie." Hon satte ifrån sig bördan på arbets-
bänken och linkade ut ur det vita rummet och vidare längs den
breda gången mellan borden fram mot träden. "Vi måste ställa
ifrån oss allting så som det var. Om han ser den här röran – "
Men så avbröt hon sig bestört. Det låg alldeles för många bitar
av dockans huvud och bål inom räckhåll för hunden. Denna
konstgjorda manskropp var en enda otrolig röra.

Vart hade Sadie tagit vägen?

Gwen lade sig på knä och sträckte ut sig så långt det gick. Platt
på mage fiskade hon efter huvudet med ett kvastskaft. Hunden
satt kvar i Sitting Bull-ställningen, men hon var inte så dum att
hon litade på honom. När hon hade dragit till sig huvudet stir-
rade hon på bålen som låg utom räckhåll och grubblade på hur
hon skulle kunna få tag på den. "Och så all stoppningen." Gwen
kunde se alla de strimlade plastpåsbitarna som låg kringströdda
överallt.

"Vi hinner inte städa upp", sa Sadie när hon dök upp. "Och
det spelar ingen roll längre. När Flugan kommer ut genom dör-
ren tussar vi hunden på honom."

"Nej, hunden är inte redo för det än."

Hunden väntade på sitt kex. Sadie kastade det till honom.
Han hoppade upp i luften och snappade åt sig det med häp-
nadsväckande snabbhet och precision. Sedan skuttade han fram
så långt kedjan räckte, ivrig att få sig en ny omgång av Geroni-
mo och Sitting Bull.

"Hunden är redo. Vi måste göra det nu. Du måste till dok-
torn."

Gwen hade filthatten i handen och klämde på den. "Nej, det
är för tidigt. Vi klarar inte det här." Långsamt sjönk hon ner på
marken och satt med benen i kors och stirrade upp i taket tills
hon blev bländad av det starka ljuset.

Sadie satte sig på huk bredvid henne. "Varför kommer han
inte ner?" Nu tittade hon också upp i taket. "Vad tror du att han
gör där uppe?"

Jag tror inte att han är kvar i huset." Hon slog armarna hårt
om sig själv.

"Men bilen har inte kört än."

Hur skulle hon kunna förklara för Sadie att hon inte kunde

känna mannen längre. Han var någon annanstans och det var hon säker på. Alltså hade de mer tid på sig att städa upp. "Hunden behöver mer – "

"Se på mig." Sadie lade händerna på Gwens axlar. "Du vill inte göra det här. Det är du som inte är beredd, och du kommer inte att bli det heller. Du väntar fortfarande på att nån ska komma och hämta oss."

"Okej, du har rätt! Och vet du varför? Därför att det inte kommer att gå. Det här är ingen film. Det här är på riktigt! Han är inte Flugan, Sadie. Han är en *riktig*, levande man. Du kan inte döda honom, du kan inte ens göra honom illa. Det enda du kommer att göra är att avslöja oss." Hon tog bönfallande väninnan i armen. "Han blir så rasande, Sadie. Vi måste vänta tills – "

"Vi kan inte vänta längre. Ditt ben blir sämre hela tiden."

Gwen kröp ihop, drog upp knäna och tryckte båda händerna mot öronen. Hon vägrade att kännas vid sitt ben med dess mörknande hud och vidriga lukt. Hon blundade hårt tills hon kände hur Sadies hand smekte henne över håret och lugnade henne.

"Okej, vi ska ställa tillbaka allting där det var." Sadie reste sig och gick fram till den osynliga gränsen för hundens område. Hon hade kvastskaftet i handen och höll ett öga på hunden. Hon sträckte fram skaftet till dockans kropp och började maka det mot sig.

Hunden rusade fram mot henne, lömskt, med huvudet sänkt mot marken. Häpen stirrade Sadie bara på den och backade långsamt eftersom hon inte ville vända sig bort från djuret.

"Titta inte rakt på honom." Gwen försökte låta lugn när hon kravlade fram till gränsen utan att göra några hastiga rörelser som kunde reta hunden. "Om du tittar rakt på honom tar han det som en utmaning. Vänd sidan åt honom och se på mig."

För sent – det tändes en glimt i hundens ögon, en aning av något otämjt, en slughet från vildmarken. Musklerna drog ihop sig, spändes. Och nu sprang han fort, flög nästan fram. Sadie sköt fram kvastskaftet. Hunden stannade tvärt och högg tag i träkäppen så att den splittrades, samtidigt som han drog den och Sadie bakåt. Hon släppte skaftet och sprang tillbaka mot gränslinjen, en hårsmån från hundens gapande käft.

Sadie stod utom räckhåll för hunden och iakttog honom när

han drog i kopplet för att komma åt henne. Hon skakade i hela kroppen.

Gwen kom långsamt på fötter och grät och skrek på en gång. "Fattar du? Du vet inte vad du gör!" Det skadade benet vek sig under henne. Hon sjönk ner på marken och dunkade på den med knytnäven. "Det går inte! *Fattar* du inte det? Hunden kommer inte att sitta kvar." Nu gallskrek hon. "Han kommer att överfalla mannen innan han hinner ställa upp dörren. Sen när han förstått vad vi har gjort – " Hon hade sänkt rösten nu och den lågade av vrede och frustration. "Sen kommer han att göra oss *hemskt illa*, Sadie. Det är dumt, bara *dumt* att tro att det här kommer att fungera."

Sadie såg ut som om hon just hade fått en örfil av sin bästa vän. Hon var alldeles vit i ansiktet. "Förlåt." Rösten var knappt hörbar, nästan som en viskning, och blicken förtvivlad. "Jag gör så gott jag kan."

Julaftonens kvällsgudstjänst hölls i fängelsekapellet men Paul Marie tjänstgjorde inte. Han stirrade ut genom fönstret på luftschaktets gråa väggar.

Hans mest trofaste besökare hade oavsiktligt varit mycket rolig i kväll. Mot slutet av besökstimmen hade fader Domina önskat honom en mycket God jul och ett lyckligt och framgångsrikt nytt år. Den åldrige prästen hade inte kunnat upptäcka någon ironi i fångens plötsliga utbrott av munterhet. Den fine gamle mannen hade till och med glatt sig åt Paul Maries tårar som strömmat över det skrattande ansiktet.

För många år sedan hade Jane Norris också varit en trogen besökare. Deras gamla kärleksförhållande hade totalt ändrat karaktär under årens lopp men inte utplånats helt, inte på alla nivåer. Han drömde fortfarande om hennes kropp, men aldrig om hennes själ.

Under rättegången hade hon ansett det vara sin kristna plikt att stå upp i en offentlig rättssal och berätta allt om deras ungdomliga samlag, det exakta antalet penetrationer – men inte hur många gånger de hade älskat. Under ed hade det tyckts Jane mycket viktigt att hon hade varit den första som han hade – penetrerat.

I tio år hade hon besökt fängelset, troget och samvetsgrant, och använt sin tilldelade tid till att högt be för hans själ och mördat den med varje torrt uttalad förlåtelse för alla kärlekshandlingar. Jane hade inte gift sig och inte tagit sig någon annan älskare. Hon hade blivit rätt lik en galen nunna i sitt hängivna arbete för hans frälsning.

För fem år sedan hade hon dött för egen hand, och ibland undrade han om det hade varit en medveten handling som utförts i det enda ögonblick under dessa tio år då hon varit fullt normal. Kanske var det så att Jane, till skillnad mot fader Domina, mot slutet av sitt liv äntligen hade sett ironin i det hela – och så stuckit huvudet i den där ugnen.

Andra människor hade tagit hennes plats i besöksrummet och de flesta av dem hade varit poliser som velat reda upp gamla mordfall med liknande särdrag. Och vartannat år råkade en ny FBI-agent ha vägarna förbi och pratade någon timme, varpå han gick sin väg utan att ha fått någon lön för mödan. Prästen var långt ifrån övergiven.

Även i detta ögonblick hade han sällskap. Skuggan under sängen var en ständig följeslagare, en påminnelse om att han själv var allt annat än balanserad. Denna kväll hade han gett upp kampen att kalla saken vid dess rätta namn – vansinne. Han accepterade den nu och samtidigt föraktade han detta förnedrade väsen som var så betaget i honom att det låg på golvet i hans cell bara för att få vara i hans närhet.

Skuggan hade förlåtit Mortimer Cray.

Och prästen? Han skulle aldrig göra det – aldrig.

Skuggan var uppenbarligen inte så säker på det, ty hopp strålade ut från mörkret under sängen.

Julringningen från tre kyrkor klingade på avstånd. Mortimer Cray stod i växthuset bland sina blommor och betraktade ett ungt fruktträd som han hade drivit upp från frö. Formen var nästan feminin och tjocka blad rundade av timglasgestalten till en personifikation av Moder Natur, den gudom han dyrkade mest.

Han såg bort från trädet och lyssnade inåt till Gamla Testamentets mer ihärdige Gud, en grinig varelse som hade en benägenhet att tappa humöret och alltid spelade tärning med Djävulen, varvid Han förlorade och sedan tog igen förlusten på de trogna. Stackars Job hade haft oturen att bli till i fel halva av Bibeln.

Mortimer såg ner på sina skakande händer. Han borde ha dött för flera år sedan. Att hålla honom vid liv så länge var liktydigt med den yttersta sadism. I översta lådan på sängbordet låg en pistol. Han såg för sig hur han höll den i handen, och han höjde ett finger mot tinningen men började plötsligt darra och gav upp, alltför feg för att ens kunna låtsas trycka av.

Nu fångades hans uppmärksamhet av en rörelse i drivhusets glasvägg. Någon stod ute på gården och stirrade på honom. Det var ett slätt, ungt ansikte, så likt Susan Kendalls. Mortimer tog ett steg tillbaka och slog ner en krukväxt från ett bord. Krukan gick i tusen bitar men han stod som förhäxad och såg på den unge polisen på andra sidan om den genomskinliga väggen.

Rouge Kendall hade varit hans yngsta patient, den han ansåg vara ansvarig för att ha återupplivat hans känsloliv som känts dött så länge. Under hela den långa processen med sorgterapi hade pojken ovetande plågat sin doktor genom att gråta med Susans ögon, och i all oskuld hade han blottlagt Mortimers ömmaste punkt och tvingat honom att leva sig in i en tioårings smärta.

Det verkade som om unge Rouge hade förlorat sin syster och sedan sitt förstånd dagen därpå. Den lille pojken hade suttit hos sin doktor och talat om sin oro för att man valt en standardkista åt Susan, för i den skulle det inte finnas plats för henne att växa. I stället för att påpeka det irrationella i detta hade Mortimer talat med föräldrarna å hans vägnar och förmått dem att ge Susan en vuxens kista. Just då hade han trott att de skulle anse förslaget absurt, men utan protester hade de beställt den större kistan för att dämpa sitt levande barns oro.

Under begravningsakten hade han blivit förfärad när han sett den effekt som uppstått med den lilla flickan som drunknade i det ödsliga, satängvita hålet. Hans ingripande hade varit ett tragiskt misstag. Han viskade några ursäktande ord till liket. Och just då, bara ett kort, suddigt ögonblick, hade hon dubblerats och han var övertygad om att han hade sett två barn ligga där tillsammans. Han hade gnuggat sig i ögonen och intalat sig att det bara berodde på stress. Eller var det en inblick i den överlevande tvillingens mörka tankar och önskningar? Ett hemligt program för den större kistan? En tioårig pojkes tankar om självmord?

När synvillan försvunnit och Susan åter blivit sitt ensamma jag hade han sett sig om överallt efter hennes bror och hittat pojken ytterst i klungan av sörjande. Rouge betraktade honom med stor misstänksamhet som om han ögonblicket innan hade stirrat upp på Mortimer ur kistan – sett honom från Susans synpunkt.

Förvirrade gamle dåre. Det var inte ett barn som syntes genom glasrutan utan en fullvuxen man. Rouge tog någonting ur rockens innerficka och Mortimer såg en skymt av revolvern i dess hölster.

Ja, låt oss få det här snabbt avklarat.

Men det var inte en revolver som den unge polisen höll upp mot rutan. Det var ett porträtt i svartvitt av två små flickor som satt med armarna om varandra. Han satte fast papperet på fönsterrutan med tejp.

Mortimer hade sett dessa affischer överallt i stan, ändå tog det en oändlig tid för honom att läsa det enda ordet under fotografiet: *Please.*

När han flyttade blicken från papperet var Rouge Kendall borta.

I det rökiga ljuset inne i Dame's Tavern höjde Rouge handen för att vinka till sig bartendern och pekade sedan på sitt sällskap, Arnie Pyle, som ville ha en ny omgång bourbon.

FBI-agenten bad fortfarande om ursäkt för sin okunnighet. "Jag lovar att jag inte hade en aning om att din syster var ett kidnappningsoffer. Jag har läst nånting om hennes fall."

"Delstatspolisen fann mördaren, och ganska snabbt gick det också. Det fanns ingen anledning att kalla in FBI."

"En liten rackare till", sa agenten till den väntande bartendern. "Och spä ut den rejält den här gången, va? Vattnig bourbon kan passera som avhållsamhet, tycker jag."

När Pyles drink stod framför honom på disken var den redan betald. Bartendern pekade på en silverhårig man vid andra änden av bardisken. Julian Garret lyfte sitt eget glas till hälsning, tömde det och gick. FBI-mannen verkade lättad när han såg Garret närma sig dörren. Sedan svängde han runt på pallen så att han satt vänd mot Rouge. "Är vi överens då? Från och med nu samarbetar vi?"

De klingade med glasen för att bekräfta en överenskommelse som Rouge egentligen inte accepterat.

"Bra." Pyle tog en rejäl klunk från sitt glas. "Jag vet redan vad Caruthers sa. Om den gamla nedfarten till stranden en bit från båthuset? Jag hörde att BCI-teknikerna säkrade några däckavtryck från vägen."

Rouge nickade. Han brydde sig inte om att gå in på detaljer.

"Då tror ni alltså att det var där gärningsmannen ställde bilen", sa Pyle. "Snyggt. Mitt förslag är att du skaffar mig de där avtrycken och då kan FBI:s laboratorium tala om för dig var gärningsmannen handlar sina däck – och snabbt kommer det att gå. Våra killar är oöverträffade."

"Nej, de där avtrycken är inget för dig." Rouge log för att verka tillgjort anspråkslös och lyckades, för agenten vred sig redan på pallen och öppnade munnen för att säga emot. Rouge satte upp ena handen för att stoppa honom. "Vi har bara fragment av däckavtryck. Kanske tio eller tolv olika mönster och några halva skoavtryck."

"Vi kan komma långt med dem. Labbet kan berätta – "

"Arnie, jag vet redan varifrån de flesta kom. Den där vägen leder till resterna av ett nedbränt hus. Tonåringarna håller till där. De dricker öl och så röker de kanske lite gräs."

"Våra killar kunde ändå ta och undersöka fibrer och spårfragment. Kanske matchar de dem vi hittade i båthuset. Sen när vi har fått tag på gärningsmannen kan vi konstatera om hans bil har varit i närheten av brottsplatsen eller ej. Okej?"

Rouge ryckte på axlarna och antydde leda och motvillighet i denna enda åtbörd – mindre jobb. "Okej Arnie, jag ska skaffa avtrycken åt dig." Och därmed hade han löst kommissarie Costellos problem med hur han skulle få FBI att utföra trist rättstekniskt arbete utan att begära något i gengäld. "Nu är det min tur." Rouge lät ena fingret glida runt kanten på glaset. Han hade ännu inte rört sin första whiskey som han beställt för tjugo minuter sedan. "Det verkar som om du kände Julian Garret ganska väl. Är du en av hans källor?"

"Absolut inte, men vi har supit en hel del tillsammans." Pyle log över glasets kant. "Julie kommer inte att få höra någonting från mig, om det är det du oroar dig för. Inga läckor."

"Nej, det oroar mig inte alls – eftersom han är politisk krönikör. Han är inte här på grund av kidnappningarna. Är du det?"

Arnie Pyle såg djupt ner i glaset, som om nästa strategiska drag skulle vara inristat i iskuberna. Till slut vände han sig mot Rouge med ett leende som kanske var uppriktigt. "Okej, jag ger mig. Julie Garret tror att jag bara är intresserad av Marsha Hubble – att förmå henne att vittna mot senator Berman. Och jag *tror* faktiskt att hon skulle kunna binda den där lille råttskiten till pengar från maffian. Så Julie hade *nästan* rätt. Men jag hade bättre spår att följa i Washington. Om det inte hade varit för Ali Cray hade jag inte gjort mig besväret att resa hit."

"Hur visste du att Ali var i Makers Village?"

"Jag vet alltid var Ali är." Agenten ägnade sig åt sin bourbon och tycktes inte märka att Rouges glas förblev orört.

"Har Ali nån gång sagt till dig att du påminner om nån?"

"Nej. Hur så? Känner du henne? Har ni träffats på nåt annat ställe?"

"Hon bodde i Makers Village när hon var liten. Visste du inte det?"

"Jag visste inte ens att hon hade en farbror här", sa Pyle. "Inte förrän Costello bad mig att köra henne till sjukhuset. Allt som är dokumenterat och som jag har kunnat hitta om Ali kommer från Mellanvästern. Då kände du henne alltså när ni var små?"

"Vi sjöng i kyrkokören båda två när jag var nio. Året därpå fraktades jag i väg till militärskolan och Alis familj flyttade från stan. Mer är det inte. Får man höra din historia nu?"

"Min historia med Ali?" Pyle tömde glaset. "Jag träffade henne när jag arbetade med ett fall i Boston. På den tiden jobbade jag fortfarande heltid med att leta reda på försvunna ungar – och jag var den bäste som fanns. Men Ali visste mer om pedofiler än de där monstren visste om sig själva. Jag försökte rekrytera henne till byrån. Hon sa blankt nej."

Agenten satte upp ett finger för att beställa en omgång till av bartendern. "Men Rouge – vad var det du sa förut om att jag påminde henne om nån? Vem skulle det kunna vara?"

Rouge skakade på huvudet. "Du bara verkade bekant. Har du nånsin sjungit i kyrkokör?"

"Bara i mammas drömmar." Pyles drink serverades och glaset hann knappt ner på bardisken förrän det var i hans hand och på väg upp.

"Jag hade för mig att du inte var speciellt förtjust i Ali."

"Fel." Agenten satte ner glaset exakt mitt på glasunderlägget med den sortens precision som eftersträvas av berusade personer när de försöker verka nyktra. "Jag kommer att älska Ali Cray tills jag dör."

"Du visar det på ett konstigt sätt."

Pyle stirrade på Rouges orörda glas och kanske försökte han räkna sina egna drinkar för det dröjde innan han svarade. "Jag är väl inte den där känsliga New Age-typen precis."

"Du blev alltså dumpad?"

"Just precis." Pyle sköt undan sitt glas.

"För att hon var frigid eller för att hon var lesbisk?"

Han flinade. "Det var ärret. Jag bara måste få veta hur hon fick det. Det var det enda hon inte ville tala om – så jag måste ta reda på det. Jag var som besatt. Jag gjorde henne galen – lät henne *aldrig* vara ifred. Och sen drev jag bort henne – det var enbart mitt eget fel. Men jag har aldrig kunnat släppa Ali helt. Jag brukade följa efter henne överallt. Hon kunde ha förstört hela mitt liv genom att anklaga mig för trakasserier men det gjorde hon inte. En gång hamrade jag på dörren till hennes lägenhet en hel natt – jag var asberusad och vrålade av förtvivlan. Nästa morgon vaknade jag i hallen utanför hennes dörr. Jag hade en filt över mig. När jag slocknade hade hon stoppat om mig med en jävla filt. Jag tror inte att jag har träffat någon som vet så väl vad förtvivlan är som hon."

"Men du vet fortfarande inte hur hon fick ärret?"

"Nej, men jag har funderat mycket på det." Pyle stirrade på sitt glas och kanske hade han blivit så pass klar i huvudet att han insåg att det var han som stod för det mesta av givandet i detta nya förhållande som skulle baseras på ett rättvist givande och tagande. "Vet du hur hon fick det? Har du nån teori?"

"Nix. Beklagar."

"Kan du åtminstone tala om för mig varför du åkte hem till Mortimer Cray?" Det fanns en antydan till misstänksamhet i Pyles röst. "Du stannade verkligen inte länge."

"Jag ville fråga honom en sak om Paul Marie. Sen kom jag på att det vore bättre att köra ut till fängelset i morgon och tala med honom själv."

"Du menar prästen? Det besväret kan jag bespara dig. Det där uppträdet på sjukhuset – det var första gången jag hörde talas om Paul Marie. Så jag frågade Costello om honom och han sa att killen är en pedofil som just blivit nekad villkorlig frigivning. Antagligen kommer det här monstret aldrig ut ur fängelset, men så länge han tror sig ha en chans att få över nästa frigivningsnämnd på sin sida kommer han inte att samarbeta med dig. Jag har varit med om sånt här minst hund – "

"Nu ska du få höra nåt som Costello inte sagt. Vakten på fängelset sa att prästen ville döda Mortimer Cray i morse. Paul Marie vet nånting viktigt. Om han kan komma med upplysningar i utbyte mot villkorlig frigivning – "

"Ja, det förändrar ju hela saken", sa Pyle. "Gör det nåt om jag hänger med?"

"Det gör varken till eller ifrån. Visst, kom du bara." Och eftersom denna inbjudan till fängelset var sista punkten på Rouges önskelista gled han ner från barstolen. "Jag måste hem. Mamma väntar med middagen. Jag hämtar dig på hotellet. Åtta i morgon bitti?"

"Det blir bra. Men innan du går – det är en sak som jag tycker att du ska fundera på. Du borde börja läsa igen och ta din examen. Sen kan jag fixa in dig på Byrån lätt som en plätt. Du är begåvad nog att – "

"Jag tror inte det, Arnie. Men tack ändå."

"Tror du att du kommer att få nåt bättre erbjudande? Du är skärpt. Du slösar bort din begåvning i en leksaksstad med en enda polisbil och ett enda trafikljus."

"Men vi har *fyra* brandbilar. I den här stan tar vi eldsvådor på allvar. Om det nånsin blir nån är vi väl förberedda."

"I Makers Village finns det ju för fan inte ens en kinesrestaurang med mat för avhämtning."

"Behövs inte heller." Rouge böjde sig ner mot bordet bakom barstolen och tog ett sockerpaket som låg i en skål. Han läste texten som tryckts på baksidan och räckte det sedan till Pyle.

Nu kunde mannen läsa ett ordstäv utan att behöva besvära sig med att bryta upp en kinesisk lyckokaka. " 'Om dåren envisades med sin dårskap skulle han bli en vis man.' "

Arnie Pyle slog uppgivet ut med händerna och anmärkte bara att citatet var av William Blake som faktiskt inte var kines.

"Okej då", sa Gwen. "Vi säger att vi får honom att sitta som Sitting Bull tillräckligt länge. Om det faktiskt fungerar kommer den där hunden att slita mannen – "

"Flugan."

"Kommer han att slita Flugan i stycken. Han kommer att döda den – "

"Bra. Flugan dör. Det är hela grejen."

"Nej, Sadie. Du tänker inte igenom nånting." Gwen satte handen för munnen. "Förlåt. Jag är en sån – "

"Nej, inte så." Hon slog armarna om Gwen, kanske för att hon var rädd att Gwen skulle börja gråta igen. Envisa Sadie hade inte accepterat några ursäkter under den senaste tårfyllda halvtimmen och tänkte inte lyssna på några nu heller. Enligt Sadie kunde hennes bästa vän inte göra någonting fel.

"Okej." Gwen lyfte händerna för att visa att hon hade känslorna under kontroll igen. "Det kanske var så att det som hände med dig var en olyckshändelse. Han kanske inte hade tänkt att *döda* dig. Men när han begravde dig *trodde* han att du var död, eller hur? Det var du som fick honom att tro det. Du vet inte vad – "

"Nu har det gått flera timmar." Sadie gick bort till gränsen mot hundens område för att kunna se dörren bättre. "Han kan inte ha varit ute hela tiden. Han måste vara inne i huset. Varför kommer han inte hit?"

"Han har redan sökt igenom källaren med hunden. Han kanske aldrig kommer hit mer." Gwen trodde inte på det längre men det verkade viktigt att säga och tänka så gång på gång för att bli av med alla de hemska bilderna hon såg för sig. Han skulle bli så arg när han kom tillbaka och fick syn på all –

"Men vad gör han då? Varför tog han inte bilen?"

"Han kanske gick hem." Gwen ryckte till när en av dagböckerna gled ur hennes hand och snuddade vid det skadade benet så att den döda tyngden i vadmuskeln väcktes till liv. Hon kände hur de små monstren rörde på sig därinne och spärrade ut sina små fingrar med vassa naglar för att hugga mot henne inifrån. Men den här gången var det bara en mesig gest, en ynklig trudelutt med hugg och nålstick. Hon höll på att lära sig dessa sånger från helvetet, denna skala med relativ smärta. Drogerna i hennes kropp tvingade åter monsterna i sömn. Hon rörde vid benet. De kvicknade till igen och sjöng för henne, den här gången på begäran. Varje hål var en separat mun som gallskrek genom hennes nervändar.

Och nu fanns det något annat i denna underliga värld som hon kunde styra.

"Det gör ont, va?" Sadie satte sig på marken bredvid henne. "Dags för en tablett?"

Gwen skakade på huvudet. "Du hade rätt om tabletterna. Jag blir förslöad av dem." Och om Sadie verkligen tänkte genomföra det här krävdes det att timingen var rätt. Mannen måste komma in och sätta upp dörren med cementklumpen innan Sadie ropade befallningen Geronimo. Ingenting var så viktigt som timingen.

"Det gör hemskt ont i benet nu, va?"

"Det går bra." Det gjorde det inte men väntan hade varit värre än själva smärtan. "Det är inte så farligt." Och kunde hon inte tänka klarare nu? Jo, hon kunde räkna upp varje tänkbart misstag, varje möjlig katastrof. Rädslan ökade, det dunkade i benet och smärtan var en ihållande, oavbruten sång. "Jag mår bra."

"Visst." Sadie, tvivlaren, sprang iväg längs mittgången och försvann in i det vita rummet. Hon kom tillbaka med en medicinburk och en kanna vatten. "De här kan man ta varje tredje timme. Det har gått ungefär så lång tid."

"Bara en." Gwen tog tabletten och kannan.

"Ska jag kasta åt honom ett nytt kex?"

"Nej. Han kan gott vara hungrig en stund. Jag kan utnyttja det för att påminna honom om det han lärt sig." Hon satte ifrån sig kannan på marken bredvid dagbokshögen. "Det är julafton i dag, va? Han kanske inte kommer tillbaka, så kanske kan vi – "

"Bästa repliken i filmen om mördarjultomten – 'Julaftonsnatten är den kusligaste på hela året'." Hon tryckte Gwens arm och prövade ett leende, ett litet leende. "Jag vet att det här inte är nån film – och jag vet att du inte vill, men vi kan inte vänta längre."

"Miss Vickers kommer tillbaka på annandagen." Om hon bara kunde övertyga Sadie om att de borde bida sin tid, hålla sig dolda och vänta. Hon kunde ännu inte riktigt inse vidden av det de tänkte göra mot Flugan – nej – mannen, den riktige och verklige mannen. Han skulle göra henne illa när –

"Hon kommer alltså hem snart", sa Sadie. "Då blir det ännu viktigare för honom att hitta oss nu, innan miss Vickers kommer tillbaka." Sadie hjälpte henne att resa sig och förde henne sedan till en kärra som stod bredvid den som täckte den grunda graven. Även den här kärran var full av lös mylla.

"Jag ville inte att du skulle se den här. Men nu tror jag att det är på tiden att du gör det." Sadie drog ut kärran och blottade ett andra hål, en grund fyrkant i jorden.

"Det är min grav, inte sant, Sadie?"

"Ja. Ingenting händer av en slump. Han *råkade* inte bara göra mig illa. Han *tänkte* mörda mig. Du lever, men här är din grav – den väntar på dig."

"Vi dödar honom", sa Gwen.

Rouge svängde av från vägen och in på den privata uppfarten. Några meter från huset tvärbromsade han, överraskad av julgransljusen. De glittrade milt och suddigt genom gardinerna för fönsterna mot husets framsida.

Han flyttade foten från bromsen och körde in bilen under valvet som en gång gett skydd åt ett annat århundrades hästdragna vagnar. Nu kunde han se mer av de glittrande julprydnaderna. Alla fönsterna på bottenvåningen var upplysta av små lampor som satts upp längs fönsterkarmarna.

Han slog av tändningen, steg ur bilen och trampade iväg över gården i stället för att ta den stenlagda gången. Han for in genom dörren och stirrade på den norska granen på andra sidan hallen. Den var enorm och dominerade hela det stora vardagsrummet.

Hans mor hade inte skaffat julgran på femton år. Sista gången han sett en i det här huset hade varit den morgon då hans tvilling hade hittats. Han visste att systern var död innan poliserna kom med nyheten. Han kom ihåg att han hade tittat på klockan därför att han ville veta exakt vid vilken tid Susans liv hade upphört.

I det bleka gryningsljuset hade han gått barfota nerför trapporna och hittat sin mor vid julgranen. För första gången sedan Susan försvann hade det inte synts någon rädsla i Ellen Kendalls ögon. Hon var bortom allt sådant.

Hon hade också förstått.

Mor och son hade bara utväxlat blickar när poliserna, två vuxna män som grät, hade kommit dit en timme senare. Bradly Kendall hade släppt in dem. Fem personer hade stått framför granen den där juldagsmorgonen och hans far hade varit den siste som förstått att Susan var död.

Och nu stirrade Rouge på samma julprydnader, samma glittrande ljus. Han vände sig om och fick syn på sin mor som satt intill den öppna spisen där julkubbar sprakade och dånade.

"Det är julafton", sa hon som svar på hans förvirrade min. "Halva priset på granar. Vilken kvinna kan motstå nåt sånt?"

Ansiktet såg ut att glöda i brasskenet. Hon reste sig och kom fram och kysste honom ömt på båda kinderna. När hon omfamnade honom önskade han att hon aldrig ville sluta. Saknaden hade varit så stor. Alltför snart tog hon ett steg bort.

"Rouge, du minns väl Julie?"

Washingtonkrönikören satt på andra sidan om brasan. Den gamle mannen hade en konjakskupa i handen, men vid moderns plats stod bara en kaffekopp. Rouge upptäckte att hon log när hon överraskade honom med att kontrollera henne. Det fanns en retsam glimt i hennes ögon, en påminnelse om gamla tider.

Hej, mamma. Så du har kommit tillbaka – kommit hela vägen hem igen.

"Titta på det här." Hon höll upp ett presskort. "Julie har fixat det åt mig. Det är användbart." Hon log strålande mot den äldre mannen.

Krönikören reste sig och tog Rouge i hand. "Ursäkta att jag låtsades att jag inte kände igen dig på polisstationen. Du måste ha tyckt att jag var mycket oartig."

"Nej då, sir. Inte alls – "

"Jo, det gjorde du." Julie vände sig till Ellen. "Grabben fick mig att känna mig som om jag sparkat till en valp." Han dunkade Rouge i ryggen. "Men det fanns ingen anledning att sätta Arnie Pyle på spåret. Han har varken lärt sig att dela med sig av sina leksaker eller av sina vänner. Du förstår säkert. Självklart gör du det. Du var så begåvad som barn. Jag kommer att följa din karriär med stort intresse."

Reportern drog på sig ytterrocken och Ellen räckte honom halsduken. "Julie ska tillbaka till Washington i kväll."

"Jag önskar att jag kunde stanna längre men det börjar bli sent." Han skakade hand med Rouge. "Du artar dig bra, min gosse. Innan jag såg dig på polisstationen trodde jag att mor din bara skröt." Nu vände han sig till värdinnan och gjorde en subtilt elegant rörelse, en knappt märkbar antydan till bugning från midjan. "Ellen, jag hoppas att kvällen har varit matnyttig för dig. Jag önskar er bägge två en – god natt."

Rouge förstod att han ändrade på den automatiska frasen inför julhelgen. Trots granen med alla julprydnaderna mitt i rummet var detta också dagen före en mörk årsdag, och Julie var en mycket ömsint man. Därför blev Rouge förvånad när hans mor kysste reportern på kinden och sa: "God jul, Julie."

Från var sin sida av källaren iakttog flickorna tysta dörren, på samma sätt som de skulle vänta på att ridån gick upp på teatern. Hunden satt som Sitting Bull och det hade den gjort längre än någon gång tidigare.

Rätt timing var det viktigaste.

Å, varför fick de inte bara stanna här i mörkret, dolda bland träden och svampborden? Gwen såg bort på Sadie som syntes i skenet av den ensamma glödlampan över dörren till det vita rummet – allt annat låg i mörker. Taklamporna hade slocknat för natten och svampborden var mörka skuggor som stod i sträng formering. Det enda ljud som hördes var suset från elementen som vaknade till liv när den konstgjorda dagen var till ända.

Sadie vände på huvudet så att Gwen kunde se hennes ansikte. Hon visade ingen rädsla – det gjorde hon aldrig. Men Sadie visste inte hur mycket som kunde gå fel. Och då skulle mannen bli rasande. Han skulle vilja ge igen, skada dem lika mycket till-baka. Detta var vansinne. Hon ville få slut på det, hejda alltsam-mans. Kanske skulle mannen inte bli så arg om hon varnade honom.

Men Sadie då? Hon skulle aldrig förstå någonting sådant. Hon skulle bara undra vart Gwens alla goda avsikter att hjälpa henne med ett mord hade tagit vägen.

Gwen såg på dörren igen. Kanske skulle han inte komma. Kanske trodde han att hon gått vilse i skogen och frusit ihjäl. Han kanske hade stuckit.

Vad var det där? Var det dörren? Hon försökte skilja det här lju-det från suset i elementen. Ja, dörren öppnades. Han var på väg. Hon kunde se den mörka gestalten komma in i källaren.

Lugn, bara lugn. Inte än.

Hon iakttog honom medan han makade cementklumpen på plats med foten. Dörren var uppställd.

Inte än.

Han var på väg in bland träden. Hela tiden var hunden tyst, satt som han skulle, väntade, precis som Sadie väntade på signa-len. Nu tände Gwen ficklampan och Sadie skrek: "Geronimo!"

Hunden satte av med långa språng. Mannen rörde sig inte för-rän det var för sent. Skräcken naglade fast honom där han stod. Hunden var nästan framme och kröp ihop inför angreppet. Mannen vände och begav sig tillbaka mot dörren. Hunden hade tassarna på hans rygg och sträckte sig mot halsen.

Man och hund segnade ner.

Och nu exploderade hela världen med en knall. Braket fyllde hela källaren. Ljudet studsade mellan väggarna, fyllde hela huvu-det och fick henne att vackla bort från trädet. Hon kravlade sig tillbaka till sitt gömställe och satte handen mot såret för att det skulle göra ont och få henne att koncentrera sig på det som hände – inte på det som *skulle* kunna hända.

Hunden rörde sig inte längre. Mannen kom på fötter och gick mot dörren, groteskt dubbelvikt med ena handen tryckt mot benet. Hon kunde knappt urskilja pistolen i hans andra hand. Han föll omkull. Kanske hade han blivit värre skadad än hon trodde. Men nej, nu reste han sig igen, kom in i lampskenet från trappan på andra sidan dörren och haltade inte alls. Detta var värsta tänkbara scenario: mannen var bara lätt sårad, knappt skadad alls.

Från hunden hördes ingenting. Han låg så stilla att han lika gärna kunde vara död. Vad hade de gjort?

Mannen flyttade cementklumpen med foten och sedan stängdes dörren bakom honom. Gwen väntade nästan utan att andas, lyssnade efter ljudet av bilmotorn. Glödlampan över dörren till det vita rummet slocknade och så satt hon i totalt mörker.

Sedan var Sadie vid hennes sida och tog ficklampan. Hon tände den och höll den under hakan så att ansiktet fick de hemskaste skuggor. Hon pekade mot det vita rummet. "Det där var en alldeles ny glödlampa. Den var inte utbränd. Jag tror att han har skruvat ur propparna."

De väntade under tystnad tills de hörde bilmotorn dö bort. De kröp tätt intill väggarna och skyndade sedan fram mellan svampborden. Sadie var först framme i det vita rummet. Hon prövade strömbrytaren på väggen.

Inget hände. Så från och med nu skulle det alltid vara natt. Han hade dödat ljuset.

"Det är inte så farligt", sa Sadie. "Det finns massor med batterier under diskbänken. Vi kan hålla liv i ficklampan hur länge som helst." Hon lade sig på alla fyra för att söka igenom underskåpen. "Vad synd att det inte funkade. Jag är jätteledsen för det. Du hade rätt."

Gwen satt mitt på golvet i mörkret och hade slagit armarna om sig. "Det gör inget, Sadie. Vi gjorde så gott vi kunde." För första gången kände hon sig lugn utan en tablett. Det värsta som hon hade kunnat föreställa sig hade kommit och gått och benen i hennes kropp var inte brutna och inte heller rann blodet i floder ut på marken. Ingenting av det som hon hade föreställt sig hade skadat henne än. "Jag undrar om hunden är död."

"Spelar ingen roll. Han kan lika gärna vara död. Du vet att han har blivit skjuten. Antagligen är han oanvändbar nu. En revolver. Fan också – en revolver. Vem skulle väl ha kunnat gissa det? Vill du att jag ska kolla?"

"Nej", sa Gwen. "Du kan inte gå nära honom nu. Han är så svårt skadad att han är ännu farligare än han nånsin varit förut." Hon hade sett detta djur gå från vila till attack på bråkdelen av en sekund. *Modig hund.* I alla fall skulle mannen aldrig mer sparka honom. Och nu kunde man inte ens röra vid honom, för det gick inte att lita på ett sårat djur. Han skulle dö alldeles ensam.

Sadie öppnade en tablettburk och fyllde sedan kannan vid diskbänken.

Gwen tog en tablett – bara en. Hon viftade bort den andra. "Vi går ut härifrån. Det är för kallt i det här rummet." Gwen vände ficklampan mot ventilationshålet. Ett band fladdrade rakt ut från hålet som ett mått på luftströmmen. "Hur kommer det sig att luftkonditioneringen fungerar när ljuset inte gör det?"

"Olika proppar", sa Sadie. "I proppskåpet hemma hos mig finns det etiketter för var och en, och en av dem gäller just luftkonditioneringen."

De gick ut ur det vita rummet men de möttes inte av den gamla vanliga väggen av värme. Temperaturen hade fallit och det susande ljudet var borta.

"Vilket kräk." Sadie riktade ficklampan mot elementen vid bortre väggen. "Det var inte bara lampproparna. Han stängde av värmepannan också." Den gula ljusstrålen sjönk och lyste på bara fötter. "Jag fattar inte att värmen kunde gå ner så fort", sa Sadies kroppslösa röst.

"Nej", sa Gwen. "Värme stiger." Hon tog ficklampan ur Sadies hand och riktade den upp mot det höga taket bortom svampodlingen.

Och temperaturen fortsatte att falla.

Länge efter det att Rouge Kendall lämnat baren satt agent Pyle kvar ensam. Handen vilade intill glaset med bourbon. Han ville inte ha mer. Ju mer han fördjupade sig i gåtan med den kastanjebrune gröngölingen, desto mer längtade han efter nykterhet och klara tankar.

Antingen slösade Rouge Kendall bort sin begåvning eller också använde han den på ett ganska bra sätt. Arnie tänkte på sin egen trånga Washingtonlägenhet med utsikt mot en vägg, för att inte tala om långa arbetspass och brist på tillfredsställelse i jobbet. Han borde nog komma tillbaka till Makers Village en dag när Rouge blivit chef och kanske skulle han söka jobb hos honom.

Arnie stirrade ut genom fönstret mot gatan, förbi guldskriften på rutan, ut mot vuxna människor och barn som gjorde sina sista-minuten-inköp. Musik strömmade plötsligt ut ur högtalare på andra sidan gatan och han fick höra en pojkkör sjunga julsånger. Människorna saktade sina steg och vände sig mot högtalaren, och de sträckte på nackarna för att bättre kunna uppfatta tonerna av "Stilla natt".

Två pojkar stannade till på trottoaren för att plåga en tredje, vars mössa de kastade mellan sig medan han sprang från den ene till den andre och skrek oanständigheter.

Här kunde man låta barn växa upp. Han undrade om Ali ville ha barn. Ja, hon fick kanske ha en påse över huvudet under de formbara åren så att hon inte chockade ungarna med sitt ansikte.

Han skakade på huvudet.

Ånej, ynglen skulle vara stolta över Alis ärr.

Barn älskade sådant där, ju hemskare desto bättre. Det han verkligen var rädd för var att hon skulle berätta för ungarna hur hon fick sitt ärr men inte någonsin tala om det för honom.

Han lyckades inte skaka av sig den underliga känslan av att mannen som just nyss gjort honom sällskap vid bardisken visste vad som hade hänt Ali. Den där Rouge – en sådan udda kille, med sina listigt ledande frågor som lät så oskuldsfulla i hans mun, och kanske var de det också. Men tänk om Rouge faktiskt visste – utan att egentligen ha fått klart besked? Med tanke på vad den unge polisen antagligen kunde utgå ifrån –

Arnie Pyle rätade plötsligt på sig och stirrade på dåren i spegeln. Han hade löst gåtan. Han lutade huvudet mot bardisken.

Å, Ali, nej.

NIONDE KAPITLET

"Nej, rör den inte." Ellen Kendall var på väg genom hallen mot köket där sidoapparaten efter nästa ringsignal skulle ta över samtalet. "Låt det gå vidare."

Rouge stod bredvid telefonbordet i vardagsrummet och talade med hennes rygg. "Gå vidare?"

"Till telefonsvararen", ropade Ellen medan hon ilade vidare. Hon hade glömt att den här nyinstallerade anordningen var en överraskning för honom, precis som faxen som också var ansluten till telefonen.

Telefonen pep och hon hängde över den för att få veta om den skulle trycka fram ett meddelande på papper eller låta höra en mänsklig stämma. Hon vände sig och fick syn på sonen som stod i köksdörren och granskade röran. Alla ytor var belamrade med pappershögar, anteckningsböcker och elektronisk utrustning.

"Om man lyfter luren kan man avbryta ett fax." Och nu började papperet rulla ut ur maskinen. "Kaffet är färdigt. Hur kommer det sig att du är uppe så tidigt?" Hon hade ännu inte gått till sängs. Det hade tagit längre tid än hon trott att lära sig behärska teknologin.

"Jag måste gå några ärenden innan jag går på mitt pass." Han gick fram till kaffeapparaten som stod på köksbänken och hade fått sällskap av en laserprinter.

Ellen log. Han undrade antagligen vad hon hade gjort med brödrosten som levererat alla hans frukostar i många år. Med ett pojkkast langade hon en fullkornsbulle åt honom. Han tog den i luften och stirrade lätt misstänksamt på den, för den var mer näringsrik än det rostade brödet med kanel som han ätit varje dag sedan han var tio år. Det här var vad en riktig morsa gav sitt barn.

Världen var ny.

Han hällde upp kaffe ur kannan och satte sig vid bordet. Han placerade en pappershög ovanpå en annan för att göra plats för den rykande muggen och fann sig stirra på en bärbar dator.

"Den är en present från Julie Garret. Precis som faxen." Och nu höll hon upp sitt presskort, ännu en present. "Allt kommer sig av att jag har fått erbjudande om ett riktigt jobb från Julies tidning. Tanten är tillbaka i selen." Faktum var att tillkännagivandet kom en smula sent. I går kväll hade Julie åkt från stan med texten till hennes första artikel, den bästa hon någonsin skrivit. Men det fanns ingen anledning att tala om det för sonen än. Visserligen var han en nära anhörig men han var också polis.

Ellen satte på sig glasögonen för att läsa raderna vartefter som de dök upp ur faxen. "God jul, Rouge. Jag vet hur Ali Cray fick sitt ärr. Och Oz Almo håller definitivt på med nåt skumt. Vilken av julklapparna vill du öppna först?"

"Oz."

Utan att vända sig bort från de framrullande raderna pekade hon mot mitten av bordet. "Kolla i den röda mappen. Allt finns där. Lånebilden förr och nu, kontoutdragen. Det kommer en stadig ström av telefonöverföringar till Oz från banker långt härifrån. Inga av de inbetalningarna är arvoden för jobb han gjort. De stämmer inte med datumen på hans kundlista."

Han drog fram den röda mappen ur högen och ögnade igenom det första stycket i rapporten. "Vem är Rita Anderson?"

"Hon är städerska. Första ledtråden – Rita kommer en gång i veckan för att damma och Oz betalar henne femtiotusen om året. Nummer två, telefonöverföringarna kommer från sommargäster som har hus vid sjön. Alla är förmögna. Jag tog bara kontakt med tre av dem. Jag frågade om de kunde ge Rita Anderson goda referenser. Två av dem anlitade henne för städning. En gammal dam sa att Rita var hemvårdarinna."

"Rita snokar alltså reda på de här människornas hemligheter och Almo ägnar sig åt utpressning."

"Så uppfattar jag det." Fast hon hade behövt hela minuter för att komma på utpressningsmönstret med en överbetald städerska som spindel i nätet. "Men det är bara början. Julie Garret tog sig en drink med en källa häromkvällen. Den här källan ville styra bort honom från en annan historia – och kastade ur sig namnet Almo som skulle vara en av senator Bermans maffiakontakter. Sen säger killen att det inte funkade. Nu är det så att Julie alltid vet när den här killen försöker skaka honom av sig. Men han tänker sig att det kanske finns nån sanning i det hela ändå. Den här källan arbetar så, han kommer med förvirrande, men korrekt information. Så Julie lyssnar. Källan berättar att Almo är en återvändsgränd, han bara pratar och slungar ur sig senatorns namn för att få lättlurat folk att tro att han är märkvärdigare än han är."

"Så FBI tog fasta på ett rykte och buggade Oz. De var ute efter en koppling till maffian och snavade över utpressningen?"

"Har jag sagt det? Har jag talat om *buggning* eller *FBI*? Och Julies källa nämnde inte ordet utpressning." Fast sa man "lättlurat folk" antydde man praktiskt taget alltid att det handlade om någonting skumt.

Rouge läste mera noggrant nu, ord för ord, och såg inte upp när han sa: "Du vet vem som är Julies källa. Det vet jag att du gör. Säg det."

"Du förhör mig som en polis. Jag är din mamma – lägg av."

Rouge lutade sig tillbaka och tog en klunk ur muggen. "Okej då, jag gissar och så får du säga om det bränns."

Naturligtvis skulle han välja den där gamla leken från barndomen, den som hon alltid förlorade. Den hade blivit hans älsklingslek så snart han lärt sig tala. Ellen kunde fortfarande inte begripa hur han kunde vinna varenda rond. Och medan hon nu grubblade på om hon skulle ta risken eller ej började han leken utan henne.

"Källan är en FBI-agent som ingår i insatsstyrkan för organiserad brottslighet", sa Rouge, "och han heter Arnie Pyle."

Han måste ha kunnat se i hennes ansikte att han träffat mitt i prick. Han log lite; redan som barn hade han varit alldeles för artig för att visa någon skadeglädje över segern. Eller också kanske alla segrarna varit på tok för lätta.

"Rouge, du får inte föra det vidare. Oz Almo var bara en liten detalj i insatsstyrkans utredning. Du får inte kompromettera – "

"Och det som Pyle sa till Julie kunde han bara ha fått reda på med hjälp av FBI:s buggningar."

"Jag står i stor tacksamhetsskuld till Julie. Jag får inte avslöja en av hans källor."

"Pyle hade alltså tänkt sitta på utpressningsbevisen." Rouge höll upp kontoutdragen. "Två av telefonöverföringarna kommer från banker i New Jersey. Utpressning över delstatsgränser är ett federalt brott. Att undanhålla bevismaterial är ju bara meningsfullt om FBI:s buggning var illegal. Alltså måste jag dra slutsatsen att den var det."

"Nej, det kan du inte förutsätta. Håll dig till fakta. Att avslöja en buggning skulle bara kunna äventyra en legal utredning. Så om du funderar på att sätta igång med lite egen utpressning mot FBI kommer det bara att gå ut över dig själv." Det här var mer likt vanligt föräldraskap, detta att varna den lille för att leka med elden. "Om du hotar Pyle kommer du att avslöja Julie. Och mig med. Då fick jag sätta fast dig – fast du är min egen son. Man avslöjar aldrig sina källor, och särskilt inte sin egen mor."

Han nickade frånvarande och lät ett finger löpa längs kolumnen med tillgångar på ett kontoutdrag från banken. "Han har inte gjort några stora investeringar."

"Nej, jag har inte hittat några än. Bara några statsobligationer, aktiefonder, standardsparkonton – sånt. Jag tror inte att Oz är tillräckligt klyftig för att kunna ge sig på aktiespekulationer. Och inte har han gjort några stora uttag heller. Han äger inte ens huset vid sjön. Det tillhör hans faster. Han tvingade in den gamla på ett vårdhem. Så det är nog hopplöst att hitta lösensumman. Pengar lämnar spår och mina källor inom finansen är pålitliga. Om de inte kan hitta lösensumman finns den inte där. Han har säkert inte kunnat tvätta pengarna. Enligt agenten har Oz inte en enda kontakt för den sortens skumraskaffärer."

"Pappa märkte pengarna. Oz har kanske inte vågat göra av med dem."

"Det finns gränser för mina trollkonster. Jag kan inte tala om för dig vad han har gömt under sängen." Hon rev av ett långt, hoprullat papper från faxen. "Och nu, det bästa till sist – det mystiska ärret. När hon var liten hette hon *Sally* Cray, inte Ali. Men det visste jag redan i går. Den uppgiften hittade jag i kyrkans dopregister."

Hon räckte honom papperet medan ett nytt kom ut ur maskinen. "Alis familjehistoria kommer från en gammal vän till din pappa. Han skickar urklipp och privata anteckningar från sitt kontor som han har hemma. Det är där han gömmer sig. Han säger att han har barrikaderat dörren mot fem vrålande ungar."

Hon pekade på den översta raden på papperet som Rouge fått. "Datumet där är från en tidning i Stamford. Om du hade hoppats på ett samband med Susan så innebär den artikeln att du kan glömma det. Ali Cray var med om en bilolycka i Connecticut. Det klaffar med att föräldrarna flyttade från stan det året. Två vuxna och tre barn dog i olyckan. Den enda som överlevde var den lilla flickan. Är du nöjd?" Hon vände sig mot faxen som fortsatt att producera meddelanden.

"Nej", sa han. "Det måste finnas nåt mer. Det finns inga namn här. Du sa att två vuxna var med i bilen. Inte hennes föräldrar då, eller hur?"

"Ingen dum gissning." Hon böjde sig över faxen och sköt upp läsglasögonen på näsan. "Polisen väntar alltid med att offentliggöra namnen tills de har hunnit underrätta de närmast anhöriga. Här kommer fler klipp från tidningen dan därpå. Enligt lokaltidningen var det en familj vid namn Morrison. De bodde några hundra meter ifrån olycksplatsen. Det var en singelolycka. Ali var med dem när de tappade kontrollen över bilen som sladdade på en isbelagd gata."

"Tror du på allt som står i tidningen, mamma?"

Hon undrade om detta var rätta tillfället att påminna honom om att hon när hon var ung och arbetade som reporter i Chicago hade brukat sluka poliser som han till frukost – med hull och hår. "Det som kommer nu är handskrivna, privata anteckningar. Vänta nu – det här stod inte i tidningen. Den lilla flickan låg i koma i två veckor och kallades bara N.N. under de första två dygnen." Hon rev av papperet och försökte att inte se självbelåten ut när hon gav honom det – försökte vara taktfull och misslyckades, precis som vanligt. "Jag är visserligen ingen läkare men jag tror nog att vi kan tolka koma som ett tecken på skador i huvudet. Ärret i hennes ansikte – "

"Det där är faktiskt intressant." Rouge tog sidorna som ville rulla ihop sig och ögnade snabbt igenom raderna. "Fem personer dör några hundra meter från sitt hem och Alis familj får inte höra talas om olyckan förrän efter två dagar. Hur länge dröjde det innan Morrisons släktingar begärde att få kropparna?"

"Det står ingenting – Vänta." Hon fortsatte att hastigt läsa tidningsraderna allt eftersom de kom fram ur faxen. "Det finns en dödsruna här. Familjen var judisk-ortodox. De begravdes dagen därpå, som seden är. Det innebär att det inte fanns några oklarheter med olyckan och att kropparna inte obducerades."

"Skulle du kunna hitta Morrisons släktingar nu när det har gått så lång tid?"

"Ja, säkert. Det är enkelt spårningsarbete – inget särskilt med det. Vill du att jag ska fråga varför föräldrarna inte – "

"Nej, mamma. När du talar med släktingarna som hämtade kropparna kommer de antagligen att säga att de inte hade en aning om vem Ali var."

Hur kom han på någonting sådant? "Tror du att tösen hade rymt?" Hon kände sig trög av en andra natt utan sömn och det tryckte i hjärnan så hon undrade om hon höll på att få en aneurysm av ansträngningen att hänga med i hans piggare tankar.

"Vet inte, mamma." Rouge skakade på huvudet. "Jag bara tror att det inte är så enkelt."

"Men nog verkar det mest troligt att hon fick ärret i samband med olyckan. Om hon låg i koma får man väl tro att hon fick en jäkla huvudskada."

"Men ärret nämns inte i tidningen? Och det står inget om det i hans privata anteckningar heller. Det här är inte *fakta*, eller hur?"

Han hade en sådan förmåga att vända hennes egna ord mot henne. "Du har rätt igen. Skjut mig då. Det var jag som födde dig men låt inte det hindra. Okej då – *fakta*. Det här handlar om en liten tjej. Varken polisen eller sjukhuset skulle släppa nån information om en minderårig förrän föräldrarna dök upp. Men efter två dar skulle olyckan inte vara nån nyhet."

"Eller också fanns det nån annan anledning till att man inte offentliggjorde detaljerna. Jag tror att historien bakom ärret är mycket mer intressant än det här." Han sköt undan faxet och satte tänderna i sin bulle.

Och tänka sig att hon faktiskt funderat på att blanda vatten och apelsinjuicekoncentrat till hans frukost. "Okej, det *finns* kanske mer att hämta. Jag ska göra ett nytt försök." Hon drog ur faxjacket och kopplade in datorn medan hon muttrade "*Snutar*", som om de fortfarande var detta plågoris som förpestade hela hennes tillvaro. Och nu hade hon satt en till världen och till och

278

med gett honom en jävla fullkornsbulle till frukost.

"Tack mamma. Men se till så att du får sova lite också, va?"

"Ja, just det, stackars gamla morsan." Hon log när han kysste henne på hjässan. Det hade han inte gjort på länge. Hur många år sedan var det? Alltför många. "En sån snäll gosse du är. När du fraktar iväg mig till vårdhemmet ser du väl till att jag får ett rum med utsikt?" Hennes generation hade varit den som infört psykedeliska droger, rockmusik och fri kärlek, men var sonen imponerad? Nej, han gäspade när han gick ut ur köket.

"Jävla snutar."

Det ringde på dörren. "Jag öppnar", hojtade Rouge ute i hallen.

Ellen hade redan fördjupat sig i den mystiska konsten att få sökorden på Internet mer begränsade så att hon skulle kunna få färre än tusen svar på varje fråga. Medan hon bläddrade i *Internet for Dummies* hörde hon en främmande röst bakom ryggen. Hon snodde runt och fick se en man som stod i dörröppningen.

"Mrs Kendall, förlåt att jag tränger mig på." Han log ursäktande. "Det var inte meningen att – Alltså, jag väntar på Rouge. Han talar fortfarande i telefon. Jag kommer visst lite för tidigt."

Det märktes att han var villrådig och förgäves försökte hitta deras gemensamma kontaktyta. Han såg säkert tecken på att hon kände igen honom, trots att det bara var hans ögon som var bekanta – och som överraskat henne. Rouge hade tydligen väntat att denne man skulle komma. Han borde ha varnat henne.

"Ma'am, har vi – "

"Nej, vi har aldrig träffats. Det där var då ingen dålig blåtira." Tack vare en kombination av sonens berättelse om hur det blåa ögat uppstod och Julies mer färgstarka beskrivning av en elegant fårskalle med Las Vegas-stuk var det inte svårt att identifiera mannen som stod i hennes kök. "Dra fram en stol, specialagent Pyle."

Han satte sig vid bordet utan att visa någon reaktion över att ha blivit kallad vid namn och grad trots att de inte blivit presenterade. Och han brydde sig inte om att förklara varför han befann sig i hennes hem. Agenten måste ha tagit för givet att hon kände till att de skulle träffas. Och vad mer hade hennes son låtit bli att tala om? "Var det inte meningen att Rouge skulle hämta er vid hotellet?"

"Jo, ma'am. Men jag steg upp tidigt och så var det ju inte särskilt långt att gå."

Bra gissat. Rouge måste ha blivit förvånad när FBI-agenten ringde på – och rätt irriterad också. Vad det än var grabben hade planerat ville han inte att det skulle läcka ut i pressen eller, rättare sagt, att kära gamla mamma skulle få veta det. *Jävla snut.* Så han hade antagligen bett Pyle att vänta i hallen. Men FBI-mannen hade vandrat vidare, kanske vägledd av klapprande tangenter – eller också hade han ett helt annat ärende.

Ännu en bra gissning.

Arnie Pyle bredde ut ett stort papper på bordet. Överst hade någon med blyerts och stora bokstäver skrivit morgondagens rubrik HON OCH HAJARNA, varpå följde ett maskinskrivet synopsis för årets politiska skandal.

Inte precis den utpressningshistoria som Julian Garret hade antytt, nej, den här var bättre – och värre. Först kom ett porträtt av Marsha Hubble, en stark kvinna med förmåga att överleva som hon ärvt efter fyra generationer New York-familjer som ständigt förekommit i politiska krönikor och skvallerspalter. På sista tiden hade viceguvernören skaffat sig befogenheter att kalla ut det tunga, federala artilleriet, något som låg över delstatsnivå, och hon hade dubblerat antalet heltidsarbetande BCI-utredare jämfört med något tidigare fall. Men allt detta hade hon lyckats med tack vare sina fiender, senator Berman och hans lille guvernör. Frågan anmälde sig genast – hur?

Viceguvernörens mest hängivna medhjälpare hade varit stressad intill sammanbrott när Ellen till sist fått tag på henne. Assistenten hade löpt amok, läckt historien och till och med kommit med ett direkt citat från mrs Hubbles senaste möte med senatorn. Orden var understrukna på Pyles kopia av texten: "Ja, jag gör det, om det är det som behövs. Hjälp mig att hitta Gwen och Sadie – sen ska jag avgå."

Agent Pyle höll upp en cigarrett – var den tillåten? Ellen sköt fram ett kaffefat som han fick använda som askfat. "Var så god."

"Julie Garret levererade den där bomben på mitt hotell i går kväll. En liten present så att jag skulle kunna svära mig fri inför Byrån." En rökplym slingrade sig upp från mungipan. "Ni är en riktig skjutjärnsjournalist."

"Ingenting går upp mot en kopp kaffe och en morgoncigarrett." Hon sträckte sig över köksbänken och tog ner en kopp från samlingen som hängde på väggkrokar. "Förr rökte jag också. Nu lever jag genom andra." Bluffade agenten? Med tanke på vad Pyle hade i handen, där bylinen saknades, borde han ha tagit för givet att det var Julies verk. Ellen fyllde muggen och ställde den framför honom. Hon log. Agenten log inte tillbaka.

Han visste.

Men hennes egen son gjorde det *inte* – för i så fall skulle han ha varit arg på sin mor som dolt det här för honom. Någon måste ha läst upp bylinen för Pyle från korrekturet. Då hade alltså agenten andra källor på samma Washingtontidning, förmodligen någon som jobbade natt. Hon tvivlade på att Julie kände till det, men nu skulle han snart göra det.

Ellen kastade en blick på den handskrivna rubriken och skakade sorgset på huvudet. "Så synd att Julie inte gav er artikeln innan ni fick det blåa ögat." Hon ställde ifrån sig kannan och tog upp en blyertspenna så att det verkade som om hon hotade att börja anteckna. "Var det en högerkrok från viceguvernören? Jag vill gärna vara exakt."

"Hon är vänsterhänt." Han höll upp korrekturet. "Men jag vill bara säga att det här inte skulle ha hindrat mig från att gå på Marsha Hubble. Jag vet att historien bara är skit." Han skrynklade ihop papperet till en boll. "Den planterades ut avsiktligt. Tala om vem som är er källa så ska jag bevisa det. Det skulle kunna bli genant för er om – "

"Pyle, brukar den där repliken nånsin fungera?"

"På kvinnor? Nej, jag har aldrig nån framgång hos kvinnor." Han pekade med ett finger på det misshandlade ögat. "Det har ni förmodligen redan gissat." Han stoppade det tillknycklade papperet i fickan. "Men det *skulle* kunna vara en avsiktlig pressläcka. Damen har kanske ambitioner att kandidera för en högre post. Er artikel tar död på guvernörens chanser att bli omvald. Eller också kanske Marsha är ute efter senatorns tjänst. Det är nog ingen risk att han blir omvald efter – "

"Nu blir jag verkligen imponerad. Ni är ännu kallblodigare än jag."

"Tack så mycket, ma'am. Det var ingen dålig komplimang för att komma från en reporter."

Hon förstod varför Julian Garret tyckte så mycket om den här mannen, varför han talade om Arnie Pyle med samma ömhet och adjektiv som han i regel bara använde om sin golden retriever. Då hade alltså agentens tjallare inte känt till banden. Gud välsigne Peter Hubble för hans paranoida sinnelag och alla de elektroniska avlyssningsanordningarna i det stora huset.

Men vart skulle Pyle med hennes son nu på morgonen? De skulle åka i samma bil – en tripp ut ur stan? Om hon fattat den här karlen rätt skulle en rättfram fråga inte fungera. "Så klokt av er att starta så tidigt. Det är lång väg, inte sant?"

"Inte så farligt, bara fyrtio minuter kanske. Fast om Rouge håller hastighetsbegränsningarna tar det oss kanske en timma. Men en så laglydig polis har jag ännu inte träffat."

Medan agenten drack sitt kaffe räknade Ellen på avstånd och tid. Koordinaterna skulle stämma bäst med någon punkt längs motorvägen. Ett sista-minuten-arrangemang? Det skulle kunna förklara varför det tog så lång tid för Rouge att ringa. Hon kastade en blick på väggklockan. Växeln borde vara öppen. Sådana ställen stängde inte på helgdagar. "Besöker agenten släktingar?"

Han tog det som ett skämt och flinade. Då var det definitivt fängelset som var målet. Hon undrade om Pyle visste vad som väntade honom. Förmodligen inte.

Rouge stod i dörren med jackan på armen. Han blev inte alls glad åt denna mysiga och hemtrevliga kökstablå. Ellen visade upp sig i sin präktigaste mammaroll och log ömt mot sin älskade unge son, hennes livs stolthet. *Där fick jag dig, lille vän – uppkomling, gröngöling i branschen. Mamma är fortfarande den oöverträffade bedragaren.*

Gwen flöt med floden mellan mörker och ljus. Vattnet var varmt och strömdraget vaggade henne milt ner i djupare sömn. En liten vit älva till flicka sprang längs stranden och viftade med armarna. "Vakna!"

Gwen slog upp ögonen. Hon var våt i ansiktet, inte av flodvatten utan av regn. Stora droppar föll från taket igen, de trummade milt mot bladen och blötte ner hennes kläder. Ficklampsstrålen for hit och dit när Sadie drog upp henne från marken. Smärtan i benet var chockartad och överraskade henne totalt. Sadie stödde henne medan de långsamt rörde sig genom mörkret och regnet. Stigen framför dem framträdde i skenet från ficklampan och Gwen släpade sitt odugliga ben bakom sig.

"Hunden?"

"Vet inte", sa Sadie. "Han har inte rört på sig. Och inte hörs det nånting från honom heller."

När de kom in mellan svampborden upphörde regnet men pumparna över borden fortsatte att fylla luften med kylig fukt.

"Vad är klockan?"

Sadie öppnade dörren till det vita rummet och riktade ficklampan mot klockan. "Halv nio."

"Men det brukar väl aldrig regna på kvällen?"

"Det är morgon."

Luftkonditioneringen blåste på dem. Sadie lyste ner i tablettlådan. Hon tog upp burkar, läste på etiketterna och lade tillbaka dem. Nu hittade hon en som hon tyckte om. "Ta av dig täckjackan, den är våt."

Gwen tog av sig den röda dunjackan som de delat på när temperaturen hade börjat falla. Hon bredde ut den över ryggstödet på en stol och tog sedan glaskannan och tabletten som Sadie höll fram.

"Det här är det enda torra stället i källaren, men jag kan inte stänga av luftkonditioneringen." Sadie täckte Gwens axlar med lager på lager av torra handdukar. "Utloppen sitter för högt upp. Alla de där fuktspridarna därute fungerar fortfarande men marken under borden är antagligen torr. Vi kan – "

"Jag kryper inte ner i det där hålet igen. Jag kan inte. Jag vill inte." Gwen höll ficklampan medan Sadie bytte bandaget. Svullnaden hade inte lagt sig och de rann mer gulgrönt var ur såren. Stanken var vidrig och huden hade mörknat. Hon vände bort ansiktet. Tabletten hade redan börjat verka men luftkonditioneringen påverkade febervärmen. Hon kände hur kylan trängde ända in till benen.

Sadie gjorde färdigt det nya bandaget och drog upp Gwen ur

stolen. "Vi måste gå tillbaka till hålet. Det är torrt under bordet."

"Nej, jag vill inte – "

"Du kommer att tycka bättre om det nu. Det är väldigt hemtrevligt. Kom ska du få se." Hon lade ena armen om Gwens midja och så tog de sig fram längs mittgången till svampbordet som täckte hålet. Kärran var utdragen. Sadie lyste med ficklampan på graven. Den var fodrad med plast och tidningar fungerade som isolering. En hög batterier låg i ett hörn ovanpå högen med dagböcker.

"Ser du? Du kan läsa så mycket du vill. Nu går det väl an?" Sadie hjälpte väninnan ner i hålet och klättrade sedan ner själv och lade sig bredvid. Hon räckte fram en dagbok och sa: "Vill du läsa för mig?"

Gwen riktade ficklampan mot boksidorna. "Det här skrev miss Vickers för länge sen när hon hade förstått att träden aldrig skulle bli normala hur mycket ljus hon än gav dem. 'Det finns vedergällning i världen, och rättvisa. Det tvivlar jag inte på längre. Mina händer har blivit knotiga, mina fingrar är vanställda. Jag har kommit att likna mina stackars träd. Detta är straffet för att de får vrida sig och krökas, för att de hämmas i växten i denna onaturliga värld. Jag blir alltmer reumatisk och det mildrar min skuld. Smärta är mitt straff. Jag ber om förlåtelse."

Sadie vilade huvudet mot armens kudde. Ögonlocken hade fallit ihop. Hon hade lurats i sömn av den avstängda elektricitetens låtsasnatt.

Gwen lutade sig ut mellan bordet och kärran och riktade den gula strålen mot ekarna, en i taget, hon sträckte sig ut mot dem med detta ynkliga ljus. Hon tyckte synd om träden och föreställde sig deras förfäran denna första morgon när de artificiella solarna inte sken längre. De kunde inte vrida sina händer och skrika, de kunde bara tåligt lida i tyst rädsla och undran. Hon släckte ficklampan och satt i fullständigt mörker medan hon lyssnade på Sadies jämna andetag och försökte efterlikna ekarna.

Prästen hade blivit förvånad när han fick veta att han skulle förhöras trots att det inte var arbetstid. Det kunde bara vara polisen eller FBI. De flesta av hans besökare hade tillhört dessa två grupper och alla frågorna var förutsägbara. Men på en helg? Det måste handla om de försvunna flickorna.

Han satt vid bordet i sina kedjor, inställd på en stillsam timma utan fler överraskningar. När vakten fjättrade hans ben vid stolen visades två män in i rummet. Mannen i kostym ägnade sig åt att fylla i blanketter och talade med en annan vakt i dörren.

Den yngre mannen som stod framför honom var iförd urblekta jeans och en gammal fleecefodrad jacka, inte precis den vanliga FBI-klädseln. Då var det alltså en polis och Paul Marie kände genast igen honom, så lik Susan var han. Dessutom hade han sin fars mörkröda hår och nötbruna ögon.

För många år sedan hade den äldre Kendall kommit till fängelset en gång i veckan, punktlig och trogen som en älskare. Susans far hade alltid verkat nöjd när han såg nya blåmärken i prästens ansikte, en sprucken läpp eller ett igenmurat öga. Men det hade också funnits en kvardröjande besvikelse, ett uttryck i Bradly Kendalls ansikte som vid varje möte sa *Men vad nu? Inte död än?*

En månadslång isolering var det som hade räddat prästen. Andra fångar hade kommit ut ur isoleringscellen med lemmar som värkte av bristen på kroppsrörelse och magar som krånglade på grund av sörjan som kallades mat. Paul Marie hade stigit ut uppfylld av tanken att han kanske kunde överleva, samt försedd med ett träningsprogram och en identifierbar fiende.

Under besöken som följde hade Bradly Kendall kunnat föra bok över prästens framgång, för den syntes tydligt i de växande musklerna på bålen och de allt tjockare armarna. Det måste ha varit svårt för den förtvivlade fadern till ett mördat barn att se hur familjens baneman ökade i storlek samtidigt som han själv blev mindre och svagare. Och sedan hade Kendall blivit sjuk och hans besök hade upphört.

Paul Marie hade känt djup saknad när tidningsägaren slutade att komma till fängelset. Just då hade han frågat sig – var det mannens sällskap han saknade eller utmaningen att långsamt bryta ner Bradly Kendall bara genom att överleva och sedan slå honom med häpnad genom att faktiskt utvecklas på detta ställe. Många år senare hade fången blivit uppriktigt bedrövad när han fick veta att tidningsägaren dött, och då hade han kommit underfund med vad slags förlust han gjort – detta var slutet på den mest intensiva relation han haft med en annan människa. Mannen som så länge hade varit hans fiende var den ende han någonsin sörjt.

Nu såg Paul Marie begrundande på den yngre Kendall som en gång brukat sjunga i kören. Han anade ett djupt trauma hos denne man. Och det var oroande att Rouge gjorde sin egen bedömning av prästen och analyserade honom med lugn nötbrun blick medan han slog sig ner i en av stolarna på andra sidan bordet.

Besökare nummer två var fortfarande kvar hos vakten vid dörren. Han var smärt och stod bortvänd medan han undertecknade blanketter och fick sina egna handlingar tillbaka från vakten. Det översta papperet på mannens block pryddes av FBI:s välbekanta märke.

Då skulle det alltså bli den gamla vanliga visan. De skulle be att han hjälpte till att analysera det nya Monstret i Makers Village. Han lutade sig tillbaka i stolen i väntan på de oundvikliga frågorna om –

Nu kom FBI-mannen fram till bordet och inte ett ögonblick vek hans blick från Paul Maries ansikte. Båda männen blev lika överraskade och förvirrade när de betraktade spegelbilder av sina egna ögon.

Endast Rouge Kendall tycktes oberörd av den slående likheten mellan agenten och prästen. Hade den yngre mannen avsiktligt arrangerat denna konfrontation? Kunde Rouge vara så lurig? O ja, säkert. Hans syster hade varit en mycket komplicerad liten person och de var ju tvillingar, inte sant?

Men när Susan än hade kommit till honom hade hennes små bedrägerier varit oskyldiga inslag i deras gemensamma lek.

FBI-mannen stod stum medan Rouge presenterade honom som specialagent Arnie Pyle. Agenten satte sig inte på den tredje stolen utan förblev stående. Arnie Pyle hade delvis återfått fattningen men chocken dröjde kvar. Han vägde över lite åt ena sidan som om han just fått en skada som hotade att fälla honom vilket ögonblick som helst.

När FBI-agenten tog till orda lät han anklagande. "Vad slags kontakt hade du med Ali Cray?"

Detta var inte den fråga som Paul Marie hade väntat sig. "Hon kom hit för några dar sen. Hon ville ställa några frågor angående mordet på Susan Kendall."

Om Rouge tyckte att denna upplysning var intressant visade han det inte. Agenten stödde båda handflatorna på bordet, kanske för att få stöd. "Innan dess – *innan* Susan Kendall dog. Var du tänd på Ali då?"

Och nu visade Rouge Kendall ett visst intresse för samtalet, men endast flyktigt.

"Ali var en liten flicka när jag kände henne", sa Paul Marie. "Jag har varit här i – "

"Samma fråga, din jävla skitstövel." Agent Pyle tog ett steg tillbaka. Han blev röd i ansiktet av vrede. "Var du på henne?" Han vände ryggen till och tog några steg mot dörren, men vände genast och kom tillbaka till bordet. En enorm upprördhet jäste inom denne man och han tycktes oförmögen att tygla den. "Det var du, eller hur?" skrek han och orden slungades fram kraftfullt och snabbt som gevärseld. "Och du var på Susan Kendall också! Ditt kräk, din eländiga ynkrygg! Var det du som gav Ali ärret? Var det du?"

Det här var således en vän till Ali, en nära vän, en som älskade henne. "Ni tror att hon drogs till er därför att ni liknar mig? Förmodligen har ni rätt."

Arnie Pyle kastade sig över bordet och händerna grep om prästens hals. Paul Marie förmådde utan vidare bryta denne mans rygg trots att bojorna begränsade hans rörelsefrihet, men han gjorde ingenting för att avvärja överfallet. Han bara satt där passivt medan Rouge Kendall bände bort agentens händer. Nu stod Rouge och vakten på var sida om den vilt kämpande FBI-mannen och släpade honom mot dörren i andra änden av rummet. Det var bara agent Pyle som var vänd mot Paul Marie när denne sa: "Kanske sökte hon sig till er för att få tröst, för att få känna frid och trygghet. Fick hon det?"

Mannen tycktes åter chockad och slutade kämpa emot. Munnen gapade och ögonen avslöjade en oerhörd smärta. De två männen släppte honom. Pyle höjde händerna i en uppgiven, hjälplös gest. Vakten talade i snabbtelefonen och dörren öppnades.

Prästen ropade efter honom. "Agent Pyle? Ali behöver fortfarande tröst."

Pyle föstes ut ur rummet och Rouge Kendall kom långsamt tillbaka till bordet. Den unge mannen hade alltså också frågor. Prästen lutade sig tillbaka men trodde sig inte längre om att kunna förutsäga dagens händelser. "Vad kan jag stå till tjänst med?"

"Min syster hade en kedja med en liten oval i guld. Bokstäverna *AIMM* var ingraverade på den. Jag vet att hon brukade tappa bort saker under körövningarna. Min mor skulle vilja ha tillbaka det här lilla smycket – det betyder mycket för henne. Hittade du nånsin nånting i den stilen? Kanske låg det i lådan för borttappade saker?"

"Nej. Silverarmbandet var den enda av Susans ägodelar som hamnade i den lådan. I regel brukade hon komma tillbaka efter körövningen för att tala om för mig vad hon hade tappat – alltid nånting mycket litet som var svårt att hitta. Vi brukade söka i kapprummet och i kyrkbänkarna. En gång hjälpte jag henne att leta efter ett bokmärke av guld – litet och papperstunt och fint graverat. Jag minns det mycket väl. Hon sa att hon hade fått det i födelsedagspresent av dig när hon var åtta. En annan gång var det en liten silverring som hon fått av dig i julklapp. Allt som hon tappade bort var nånting som du hade gett henne. Det var hennes sätt att inleda samtalet. Hon brukade tacka mig för att jag hjälpt henne att leta och sen berättade hon varför det var så viktigt – det var därför att det kommit från dig. Du fanns ständigt i hennes tankar. Så sa hon."

Och nu reagerade Rouge och han förstod att han hade råkat röra vid ett gammalt minne som gjorde ont. "Jag tror att hon sörjde över separationen och att smärtan kändes lättare att bära om hon fick tala om dig", fortfor Paul Marie. "Men hon hade ingen erfarenhet av att anförtro sig åt andra. Den här leken var det enda sätt hon kunde komma på. Jag har inte sett halsbandet som du beskriver. Jag skulle ha kommit ihåg det i så fall."

"Det var inte ett halsband. Det var en ankellänk."

"Jag har inte sett en sån heller. Hälsa din mor att jag beklagar att jag inte kan vara till nån hjälp. Jag hade gärna – "

"När hittade du silverarmbandet?"

"Några timmar efter den sista körövningen. Jag fann det i snön nära kyrktrappan."

"Trodde du att Susan skulle komma tillbaka senare och leta efter det?"

"Sånt var mönstret. Men hon brukade alltid tappa saker *inuti* kyrkan. Jag tänkte att hon nog skulle växa ifrån den här vanan så småningom. Eller också skulle du komma tillbaka från militärskolan och då skulle hon inte behöva mig längre. När hon inte kom tillbaka till skolan den kvällen tänkte jag att armbandet tillhörde nåt av de andra barnen. Så jag lade det i lådan för borttappade saker. Var det nånting som du hade gett henne?"

"Nej, armbandet var en present från min far."

"Då ingick det inte i leken. Hon tappade det antagligen oavsiktligt."

"Du hade det aldrig i ditt rum? Oz Almo uppgav under ed att – "

"Han ljög."

Trodde Rouge på detta? Ingenting i det vackra unga ansiktet avslöjade vad han hade kommit fram till. Utan att säga adjö var den unge besökaren på väg upp ur stolen för att gå.

Ett rasslande från fotbojorna hördes när prästen reste sig – precis som en artig värd bör göra. Polisen var nästan framme vid dörren när Paul Marie ropade till honom: "Rouge? Ankellänken var från dig, inte sant?"

Rouge svarade inte.

"Inskriptionen du nämnde, *AIMM*, stod väl för *always in my mind* – ständigt i mina tankar?"

Den unge mannen böjde knappt märkbart på huvudet.

Rouge körde ut genom fängelsegrindarna och svängde upp på motorvägen. En god stund var det hans passagerare som ensam höll samtalet i gång.

"Okej, jag gjorde väl bort mig då", sa Arnie Pyle. "Du kunde väl för fan ha varnat mig. Du får väl ändå medge att kopplingen var rimlig om Ali blev utsatt för ett övergrepp som barn. Det händer ibland att barn söker sig mot förövaren. Av rädsla – ett sätt att överleva. De vill hålla sig väl med svinet. Du tror inte ett ord av vad jag säger, va?"

Rouge ryckte på axlarna och höll ögonen på vägen för att inte missa avfarten. Han satt tyst och lät den andre prata på medan de avverkade ännu ett långt stycke.

"Kanske Ali var lite kär i prästen när hon var liten", sa Arnie Pyle. "Det skulle kunna förklara saken. Hur var det med din syster? Hon också?"

"Nej, det tror jag inte. Min syster och jag hade inga kompisar. Vi hade varandra. När jag inte fanns där vände hon sig till Paul Marie – för att få tröst." Och för att bikta sig? Susan kunde tala om för en präst hur arg hon var på deras far för att han skilt på dem, för att hon förlorat sin tvilling. "Arnie, du borde ha varit trevligare mot prästen. Kanske Ali berättade för *honom* om hur hon fick ärret."

"Paul Marie kan vara en sexbrottsling ändå. En del av de där monsterna arbetar på det sättet." Pyle rätade på sig som om han plötsligt fått nya krafter. "De flesta pedofiler ger sig på känslomässigt sårbara ungar – uppmärksamheten smickrar dem. Det är ett slags förförelse – "

"Den som vi letar efter förför inga barn, Arnie, han stjäl dem. Jag tror att Ali har rätt. Mördaren är bara en jävla sadist."

"Paul Marie skulle ändå kunna stämma med mönstret. Vad vet du om hans uppväxt? Var han i klammeri med rättvisan? Om vi kunde hitta nånting från tidigare år som till exempel att han blottat sig, eller anklagats för att vara voyeur, nånting i den stilen. Kyrkan är rena magneten för pedofiler."

Rouge skakade på huvudet. "Precis som skolor och sommarläger. Prästen är ren."

De närmade sig skylten som förvarnade om avfarten till Makers Village. Avtagsvägen krökte sig och förde dem ut ur en tät träddunge, ut i ett öppet landskap. Bortom sjön med dess himmelsblå vatten böljade kullarna täckta av breda fält med gröna barrträd och ränder med bruna, döda löv från marscherande lövträd vars säsong var över. Dimma svävade över vattnet och suddade ut konturerna av alla landmärken på andra sidan.

Rouge stannade och pekade bort mot den otydliga strandlinjen. "En man som heter Oz Almo bor därborta. Han är före detta BCI-utredare. Huset ligger snett emot skolan. Jag måste få söka igenom det där huset, Arnie. Du skulle kunna skaffa tillstånd."

"Jag? Var inte så säker på det. Jag har inte mycket att säga till

om i det här fallet, inte sen mrs Green avslöjade mitt utpress-
ningsbrev med de lila underkläderna. Dessutom har jag för mig
att polisen redan sökt igenom alla husen vid sjön."

"Oz Almo var polis förut och hade en hel del inflytande hos
delstatspolisen. Oz undertecknade ett formulär som tillät en hus-
rannsakan, men det kan inte ha varit svårt att leda delstatspoli-
sen på villovägar. Dessutom sökte de bara efter två små flickor."

"Och vad är det *du* söker efter då, Rouge?"

"När Susan hade försvunnit fick mina föräldrar ett brev med
krav på en lösensumma. Oz Almo levererade pengarna själv. De
andra poliserna visste inte ens om det. Han övertygade min far
om att han hade ett idiotsäkert sätt att spåra kidnapparen. Efter-
åt påstod Oz att han tappat bort mannen – han kom med nån
historia om att det varit fel på hans utrustning." Rouge pekade
på handskfacket. "Där inne finns nåt som kanske kan intressera
dig."

Pyle öppnade handskfacket och tog fram en hög papper. Han
visslade till när han hade ögnat igenom dem. "Var fick du tag på
allt det här? Man måste råna en bank för att få såna här konto-
utdrag."

Rouge svarade inte.

Arnie Pyle nickade att han förstått. "Jag borde ha såna källor
som du. Det skulle bespara mig en massa byråkrati."

"Ser du telefonöverföringarna från banker i andra delstater?
Där finns ett utpressningsmönster. Det är väl allt du behöver för
en husrannsakningsorder? Man förstår det hela bättre om man
vet att Oz har en passiv medhjälpare. Alla de där anlitade hans
städerska, Rita Anderson."

"Det är för klent som bevis, hör du. Jag kan inte få nåt till-
stånd bara med stöd av knyckta kontoutdrag och en städerska."
Arnie fortsatte att granska siffrorna. "Den här lösensumman –
vad är det för slags pengar vi talar om?"

"Två miljoner i stora sedlar."

"Det var som fan." Arnie bläddrade igenom papperna. "Jag ser
inga spår av dem. Du måste ha missat nåt här. Även om han bara
gjorde av med lite i taget borde ju så mycket pengar – "

"Jag tror inte att han har gjort av med dem alls. Det är därför
han behöver inkomsterna från utpressningen. Han visste att

pengarna var märkta och han visste att pappa hade kvar prov-
sedlar. Det var det enda pappa talade om för honom. Han hade
stort förtroende för Oz, men helt litade han inte på någon."

"Men en polis skulle ha fått veta hur sedlarna var märkta när
polisen började spåra lösensumman. Så gör man alltid."

Rouge skakade på huvudet. "Oz ville spåra pengarna själv –
lite diskret. Han sa att det skulle vara slut med honom om polis-
ledningen fick veta hur han klantat sig med överlämnandet. Men
pappa vägrade ge honom ett prov på de märkta sedlarna. Jag tror
att pappa hade börjat misstänka Almo då. Fast jag visste inte
säkert. Pappa kanske hade lejt nån att hålla ögonen på Almo
och –"

"*Kanske?* Det är mycket du tror men jävligt lite du vet och du
har inga bevis alls. Om ingen vet hur pengarna var märkta –"

"Jag hjälpte pappa att göra det." Det hade tagit två dagar och
en natt. "Det fanns ett sista datum i utpressningsbrevet. Pappa
skulle inte ha hunnit märka alla sedlarna själv."

"Rouge, den här killen har haft femton år på sig att undersö-
ka sedlarna. Han har väl för fan kollat små hål, färgningar, allt.
Nu när vi har fått nya sedlar –"

"Man ska söka efter en enda prick som förlänger en grave-
ring." Rouge vek upp sin plånbok och tog fram en hundradol-
larsedel med en röd pil som pekade på märkningen. "Tryckfärg
– stämmer nästan perfekt. Vi använde Rapidographpennor med
fin spets. Behåll provet, Arnie. Jag vill inte gärna bli anklagad för
att ha planterat bevismaterial."

"Men det här är en före detta polis. Han vet hur liten risk det
är att en märkt sedel hittas till och med om märkningen syns
lång väg. Om han inte har kunnat hitta din pappas märkning
skulle han inte oroa sig för att nån kassör på banken skulle
komma på den." Arnie vek ihop kontoutdragen, stoppade in
dem i handskfacket och stängde luckan, som om han ville säga
att ärendet var slutbehandlat för hans del. Han såg på hundra-
dollarsedeln som han höll i handen. "Stora sedlar som den här
ökar risken men efter så lång tid tror jag att du kan säga ajöss till
bevisen." Han höll upp sedeln mellan dem.

Rouge skakade på huvudet och vägrade att ta tillbaka den. "Oz
har inte gjort av med pengarna."

"Du tar för mycket för givet, lille vän. Du vet inte – "

"Arnie, finns det nån som är mer paranoid än en snut? Och en snut som blir bunden vid ett mord? Susans kropp hittades dan efter den så kallade leveransen av lösensumman."

"Så kallade? Nu tar du för givet – "

"Att det var Oz som skrev utpressningsbrevet? Ja, men se det från min synpunkt en liten stund till. Susan är alltså död och nu är han delaktig i mordet på en liten flicka. Om någon lyckas binda Oz till bara en enda av de där sedlarna är det kört för honom. Det är den vetskapen han har levt med hela den här tiden. Slug är han men ingen expert. Jag vet att han har pengarna i huset – han har dem intill sig. Snål är han också. Så han kan inte tro att man inte försöker spåra två miljoner dollar. Vem skulle väl släppa så mycket pengar? Kanske Oz studerar pengarna varje kväll och försöker hitta ändringen. Han måste veta hur de är märkta innan han låter så mycket som en enda lämna huset. Det här har gjort honom galen i femton år nu. Oz har inte gjort av med ett nickel."

Personsökarna i deras respektive fickor signalerade samtidigt. Arnie Pyle ringde till stationen på sin mobil. När han hade fällt ihop den sa han: "Det har hänt en olycka. Man har hittat Buddy Sorrel i grannkommunen. Hans bil kramar om ett träd där."

Landskapet längs den här vägsträckan var dystert och platt. Bara någon kilometer på andra sidan kommungränsen var det långt mellan de få hus som syntes och inga barrträd bröt den monotona paraden av kala grenar och stenblock. Rouge svängde in vid en lerig vägkant som sluttade ner i ett bevattningsdike. Den grå morgonhimlen kontrasterade skarpt mot de snurrande rödljusen från dussinet fordon med lokalpolisens, kommunsheriffens och delstatspolisens beteckningar på. En bogserbil stannade vid bilvraket. Två män från rättsläkarstationen öppnade bakdörrarna på en skåpbil. En gles rad med nyfikna höll sig på avstånd bakom de blåa avspärrningarna och den gula brottsplatstejpen som var spänd över större delen av vägen. En delstatspolis vinkade fram mötande trafik på den bortre sidan av asfaltbeläggningen.

Poliser och tekniker myllrade kring vraket. Bilen hade slitits upp så att innanmätet med motordelar och axlar blottades genom den söndertrasade och skrynkliga huden av blå plåt och krom. Föraren av bogserbilen monterade fast sin kätting för att dra bort bilen från trädet och rättsläkaren böjde sig över den plastsäck som innehöll kvarlevorna efter BCI-utredaren Buddy Sorrel.

Rouge och Arnie Pyle följdes av radiobrus när de gick bort till den bistra gruppen män och kvinnor. En delstatspolis stod bredvid kommissarie Costello. Hon pekade mot en grå byggnad, märkt av väder och vind, som stod långt bort från vägen.

"Mannen som äger den där bondgården bekräftade det, sir." Delstatspolisen såg ner i sin anteckningsbok. "Bonden var på väg hem i bil från ett kalas hos grannen i går kväll. Det är tänkbart att mannen var en smula berusad – det sa han inte – men han hade knappast kunna missa nånting sånt här." Hon viftade mot vraket av metall och krossat glas som spritt sig långt ut på vägen. "Även om karln var full skulle han ha kommit ihåg om han hade fått köra runt ett bilvrak. Jag har kollat med de andra som var med på festen. Bonden har uppgivit korrekt tid. Vi kan alltså räkna med att bilen inte var här vid midnatt. Men rättsläkaren säger att offret dog så mycket som fem timmar tidigare."

"Typiskt att sånt här jävelskap ska hända på mitt skift", sa kommissarie Costello.

Men kommissarien visade inga känslor som Rouge kunde upptäcka och det var som om detta dödsfall var en stor olägenhet i stället för en stor förlust.

Doktor Howard Chainy höll på att undersöka kroppen och nickade mot rättsläkaren från den andra kommunen, den man som hade laglig rätt till Buddy Sorrels kropp.

Rouge stirrade på den dödes ansikte, den nakna, vita huden, de vidöppna ögonen som blivit skumma. Man hade tagit av rocken och rullat upp kavajärmarna så att den forne marinsoldatens kraftiga armar syntes.

"Inga sår på underarmarna som tyder på att han försökt skydda sig." Howard Chainy skakade på huvudet när han reste sig för att tala med Costello. "Men jag tror att olyckan var riggad. Det finns ett sår i bakhuvudet som inte stämmer med hans övriga skador. Rättsläkaren här drar sig tillbaka. Mina pojkar tar med sig kroppen." Chainy vände sig om för att gå.

"Vänta ett slag", sa Costello. "Din assistent Hastings sa att du träffade Sorrel en timme innan han gick för dagen. Har du nåt emot att berätta vad det var om?"

"Bara nåt jävla trams. Inget som hade med det här att göra."

Costello bläddrade igenom sidorna i en skinnklädd anteckningsbok som Rouge visste var Sorrels. Kommissarien såg upp på rättsläkaren. "Howard, ditt namn står här, det var ett planerat möte. Det var inte så att han bara råkade komma förbi för att prata bort en stund. Det ser ut som om du var den han träffade sist."

"Ja, i alla fall var det inte jag som dödade honom. Jag tyckte ju till och med om den jäveln." Howard Chainy vände tvärt ryggen mot kommissarien och svassade iväg till skåpbilen där hans mannar väntade på order.

"Vilken jävla primadonna." Costello vände sig om och granskade folket tills han fann det ansikte han sökte. "Hastings", hojtade han. "Kan ni masa er hit ett slag."

Doktor Chainys assistent kom springande. "Ja, sir?"

"Var ni med hela tiden som Sorrel befann sig i obduktionsrummet? Hörde ni vad de talade om?"

"Jag var där men jag hörde inte mycket eftersom jag var i andra änden av rummet. Nånting om ett annat fall. Jag hörde bara ett och annat ord."

"Ett annat fall? Det verkar inte troligt. Jag hade satt Sorrel på att jobba med tjejerna och inget annat."

"Då missförstod jag kanske vad de sa. Det kan nog ha varit ett privat skämt. Ja, jag tror nog att doktor Chainy retades med honom. Han frågade Sorrel hur det gick med den stora tryffeljakten. Vad har det med de försvunna flickorna att göra?"

När mannen gått vände sig Costello till Rouge. "Vet du vad Sorrel hade på sitt skrivbord?"

"En lista på folk som handlade med sällsynta svampar, importörer, tullpapper."

"Några flygfotografier?"

"Ja, de också", sa Rouge. "Men nästan allt var genomgånget. Jag vet att han planerade att låta ett gäng poliser gräva upp hasseln i brevbärarens atrium. Jag vet inte om de har kommit igång."

Costello tittade på rättsläkaren som stod och talade med Ali Cray. "Vad gör hon här?" Sedan viftade han med handen som för att säga att det inte spelade någon roll, det var inte viktigt. "Fortsätt leta efter den där revolvern", ropade han till tre delstatspoliser som sökte på marken längs vägen på andra sidan vraket. Han återgick till Rouge. "Gå och fråga den där dåren Chainy om han vill vara snäll och komma bort till kroppen igen. Jag vill bli av med det här."

Rouge gick fram till skåpbilen där Ali var fördjupad i ett samtal med rättsläkaren. När Rouge närmade sig paret stod det klart för honom att Ali irriterade Howard Chainy lika mycket som Costello hade gjort.

"Men du vet det ju, eller hur?" frågade hon. "Myles sa att du och William har känt varandra i evigheter."

"Det är meningslöst att fråga", sa Chainy. "William Penny talar inte om för mig var han är på sin semester. Om han inte vill säga det till sin jävla brorsa tror du väl inte att han skulle säga det till mig?"

Ali rörde vid ärmen på hans rock. "Snälla du?" Hon lät handen glida upp och ner längs mannens arm. "Jag skulle inte fråga om det inte var så viktigt. Min farbror har dåligt hjärta. Jag måste faktiskt ha tag på William."

Rouge stannade en bit ifrån dem och väntade. Chainy verkade smälta. Läkaren var en ingrodd ungkarl som aldrig varit gift. När hade en ung kvinna senast rört vid honom? Ali Cray fortsatte att smeka honom. Hon vred omärkligt på kroppen så att en glimt av ett naket ben syntes genom slitsen i kjolen, och Rouge trodde inte att det var en slump.

"Jag vet faktiskt inte vart William åker", sa Chainy inte utan beklagande. "Men jag vet att det inte kan vara långt från Makers Village. Ibland ser jag honom i stan, oftast när det har blivit mörkt. Hans jobb innebär stora påfrestningar, Ali. Antagligen behöver han bara lite avskildhet. Jag har då aldrig träffat en kirurg som är så efterfrågad som William."

"Så han smyger omkring på stan när det har blivit mörkt? Du tror inte – "

"Stopp ett slag. Jag såg honom i stan för en eller två dar sen i fullt dagsljus – utanför tobaksaffären. Han kan knappast vara längre bort än några timmars resa. Du skulle kunna kolla på det där vilohemmet vid motorvägen. Han kan inte vara utan den där speciella piptobaksblandningen. Jag kan mycket väl tänka mig att han kör lång väg för att fylla på förrådet."

Rouge gick fram och knackade på rättsläkarens axel. "Ursäkta, men kommissarien har ytterligare några frågor om kroppen." Han stannade kvar hos Ali när läkaren gick tillbaka mot plastsäcken. "Om det inte går med vilohemmet skulle du kunna försöka med såna motell som vänsterprasslare brukar ta in på – gifta män och kvinnor. Du kan få en lista från några av stans poliser – de som är gifta." Han vände om och gick tillbaka mot brottsplatsen.

Ali kom ifatt honom. "Men William Penny är *inte* gift."

"Han kanske känner en kvinna som är gift." Han gick bredvid henne en bit, men så tvärstannade hon.

"Vänta nu. Vet du nånting, Rouge? Finns William med i utredningen?"

"Nej." Men han tyckte att hennes fråga var intressant. "Jag gissar bara." Han tog av sig sin ring för att visa ett ärr som gick runt nästan hela fingret. "Kommer du ihåg det här – olyckan på skridskobanan? Det var William Penny som opererade mig akut. Fram till dess trodde min mor att han var gay. Ingen hade nånsin sett honom med en kvinna. Men han stötte på mamma när hon kom och hämtade mig efter operationen. Han kanske är den typen som gillar en utmaning."

"Om han bara är ute efter gifta kvinnor får mycket en förklaring. Tack då, Rouge."

Varför verkade hon besviken?

Han tog hennes arm när hon var på väg bort. "Du skulle kunna begränsa kretsen till *tacksamma* gifta kvinnor – så som mamma var tacksam när Penny hade sytt fast mitt finger igen." Han väntade för att se hur hon skulle reagera på det.

Ali blev intresserad igen. "Sårbara släktingar till patienter? Hustrur, mödrar – ett mönster med offer?"

Han nickade. Men detta var bara sannolikt om händelsen som hans mor råkat ut för inte var en isolerad företeelse. Ali skulle inte tänja sannolikheten så långt om hon inte trodde det värsta om William Penny. Och när han såg att hon långsamt nickade förstod han att det var just vad hon gjorde. Sedan undrade han om Ali försökte binda kirurgen till ett helt annat mönster med ännu mer sårbara kvinnor. Ordet *offer* dröjde sig kvar i hans tankar sedan de skilts åt.

När han kom tillbaka till de andra på brottsplatsen låg kommissarie Costello på knä på marken bredvid rättsläkaren och betraktade såret som Howard Chainy visade honom.

"Ser du, Leonard?"

"Klart jag ser – " Costello höll inne med några ord och nickade. "Ut med det nu då, Howard."

"Inget blod." Doktor Chainy verkade nästan förtjust när han stack in en metallsond i ett hål i bröstkorgen på kroppen. Det var inte en människa längre; liket var bevismaterial.

Rouge undrade om en annan rättsläkare hade gjort så med Susan, trängt in i hennes lilla kropp, i såren, och sedan flinat lika belåtet. Enligt rättegångsprotokollet hade doktor William Penny tjänstgjort som rättsläkare.

"Ett metallföremål trängde in genom huden vid stöten. Ingen blodförlust. Vid det laget hade hjärtat slutat att slå." Chainy drog i likets axel. "Ge mig ett handtag, va?"

Costello hjälpte honom att vända kroppen tills Buddy Sorrel låg med ansiktet mot marken.

"Ser du här, Leonard?" Rättsläkaren pekade på de mörka, blodiga klumparna av hår och hud på bakhuvudet. Intorkat blod täckte skjortkragen och kavajen. "Det där är såret som dödade honom, det enda som blödde. Jag skulle vilja påstå att döden kom snabbt, det kan ha tagit högst ett par minuter."

Costello nickade. "Han blev alltså överraskad."

"Det är vad jag tror." Howard Chainy pekade ner i såret då en storvuxen uniformerad polis kom upp ur diket som löpte längs vägen. "Titta nu här, Leonard, ser du?"

Delstatspolisen ropade: "Kommissarien?" I sin enorma hand, fastklämda mellan pekfinger och tumme, höll han ett par små lila sockar. Kommissarie Costello lade handen över ögonen.

Han hade sett nog.

Ali Cray stod tätt intill maktens boning, det vill säga sekreteraren Marge Jonas. Den stora kvinnan lutade sig över radiooperatören. "Du behöver en paus, lille vän. Gå och ta dig lite kaffe. Jag tar hand om radion."

När delstatspolisen hade gått satte Marge sig till rätta vid växelbordet. Hörlurarna tryckte ihop perukens blonda lockar när hon anropade stadens enda patrullbil och de två poliserna som var i tjänst. "Hej på er, grabbar ... Ja, dröj kvar ett ögonblick." Sedan kopplade hon in polismästare Croft som körde sin egen bil i dag. "Charlie? Jag måste få tag på en person åt doktor Cray ... Ja, det handlar om flickorna ... Jättebra. Kan nån av er rekommendera ett motell där era fruar skulle kunna ta in när de vill bedra er?"

Godmodiga oanständigheter susade tillbaka, kompletterade med namn och adresser. Listan var inte lång, det var bara fem motell som gick att nå på ett par timmar. Marge ringde själv till dem, utgav sig för att vara FBI-agent och uppmanade receptionisterna att inte ta kontakt med den misstänkte eftersom han kunde vara farlig. Sedan beskrev hon William Penny. "Han är en pimpinett herre med tjusiga kläder, färgat hår och en taskigt fixad näsa. Han närmar sig sextio men ser inte sån ut. Alla rynkorna är bortstrukna."

Det tog Marge tio minuter att hitta en sådan man på ett litet motell som var beryktat för diskretion och kontanta penningtransaktioner. Det låg nära kommungränsen och bara en timmes bilfärd bort. Marge log och strålade när hon tog upp några nycklar ur handväskan. "Receptionisten säger att mannen är stamgäst. Han har hållit sig gömd där i nio eller tio år, vid samma tid varje år. Kom nu, hjärtat. Vi tar min bil."

Om Marge hade hållit hastighetsbegränsningarna skulle den trekvartslånga färden på motorvägen ha tagit bra mycket längre tid. Kvinnorna svängde in på parkeringsplatsen just som doktor William Penny fördes ut genom den öppna dörren till ett av motellets hus. Två poliser stod på var sida om honom. Marge vände sig till Ali. "Är det han?"

"Ja."

"Kör hårt", sa Marge knappt hörbart. Hon rullade ner fönstret och gav poliserna ett runt okejtecken med tumme och pekfinger.

"De tänker väl inte arrestera honom?"

"Nej då, de ska bara förhöra honom. Han är ju misstänkt, eller hur? Nu är det Charlie Crofts drag. Han vill bli av med det här så att han kan spola ut delstatspolisen ur sin polisstation."

Poliserna eskorterade doktor William Penny mot patrullbilen på parkeringsplatsen. Han hade handklovar och en vit frottébadrock över byxorna med de perfekta pressvecken. Ögonblicket därpå fördes en kvinna ut från samma motellrum och placerades i Charlie Crofts privata bil. Under kvinnans flaxande vinterkappa såg Ali en billig rayonblus och polyesterbyxor som hon knappt hunnit knäppa ordentligt. Håret var ett enda vilt rufs av långa, hennafärgade lockar med råttbruna rötter.

Ali såg upp när Charlie Croft kom fram. Han lutade sig leende ner mot det öppna fönstret i Marges bil.

"Jag hoppas att ni inte råkar ut för några tråkigheter på grund av det här", sa Ali. Trots att han var Makers Villages polismästare stod han tillfälligt under befäl av kommissarie Costello. "Det är väl säkert att det här inte kommer att slå tillbaka mot er?"

"Knappast troligt, ma'am. Kvinnan är från Makers Village." Han såg ner på körkortet som han hade i handen. "Rita Anderson. Maken är invalid och har länge lidit av hjärtbesvär. Hon tror att det skulle kunna bli hans död om han fick veta att hon prasslade med Ordentlige William där borta." Han kastade en blick bort till andra sidan av parkeringsplatsen där patrullbilen stod med hjärtkirurgen i baksätet. "Även om det skulle visa sig att doktorn inte är vår man tror jag knappast att nån av dem kommer att säga ett ord om det här."

Den förskräckta mrs Anderson stod vid polismästarens bil och talade med hög röst till en av de uniformerade poliserna. "Nej! Det får ni inte!"

Ali steg ur Marges bil och följde Charlie Croft över parkeringen. När de närmade sig den upprörda kvinnan hörde de vad polisen sa. "Ma'am, om ni svarar på alla frågorna kommer vi inte att behöva skriva nån rapport. Då blir ingenting offentligt."

"Men jag vet ingenting om några försvunna flickor", sa hon. "Jag säger som det är. Jag lovar."

"Det tror jag säkert." Charlie Croft vinkade åt den andre polisen att sätta henne i bilen. Dörren öppnades och hon gled ner på passagerarsätet när polismästaren tog plats bakom ratten. "Se så. Det var ju stora nyheter – det var på tv över hela landet. Ni har väl inte varit på en annan planet hela den här tiden?"

"Ni tror mig inte, va? Kolla tv-apparaten då. William fixar alltid med den så att den inte ska fungera. Inga tidningar, ingen radio, ingenting. I tio dagar varje år – vi skulle lika gärna kunna vara på Mars."

Polismästare Croft lutade sig ut genom fönstret och talade med en polis i uniform. "Gå och kolla tv:n. Titta sen i rummet om du ser nån tidning eller radio." Han vände sig till kvinnan igen. "Du Rita, vi kan nog tänka oss hur ni tillbringade tiden. Men ni sitter knappast på rummet hela – "

"Men det gör jag! Det är sant. Jag går inte ut en enda gång. Tänk om nån skulle se mig och tala om det för maken? En sån här sak skulle kunna bli hans död. Och pojkarna? Jag skulle bli av med handikappstödet."

Ali Cray blandade sig i samtalet. "Så det är William som går ut och skaffar mat och sprit? Allt sånt?"

"Ja, och så den förbannade tobaken."

"Är det inte lite konstigt", sa Ali, "att en mor inte är hemma med barnen på julafton?"

"Jag har fyra konstiga ungar – tonårspojkar allesammans, och de tar efter sin pappa. Det är tio år sen maken märkte att jag fanns. Tro mig, pojkarna brukar inte sakna sin mor på juldagen. Visst, de måste nog hämta sin öl ur kylen själva och det känns säkert tungt för dem. Den här semestern är min julklapp till mig."

Ali fick ett intryck av att det låg en viss bitterhet inpackad i denna julklapp, att den inte enbart var till glädje.

Charlie Croft tog fram sin anteckningsbok. "Minderåriga? Som dricker alkohol?"

"Försök inte sätta åt mig för det. Förbannade ungar. Som om nån kunde få tonåringar att lyda. Man skulle ju kunna tro att deras pappa –" Hon gav upp hoppet om att Charlie Croft skulle förstå och vädjade till Ali. "Ni låter dem väl inte säga nåt till maken? Han dör om han får reda på det här. Och då menar jag *dör*."

"Mrs Anderson", sa Ali, "jag har förstått att ni har gjort så här ganska länge. I tio år?"

"Ja. När maken hade blivit opererad första gången trodde han att han skulle få en ny infarkt om han såg mig naken. Jag är fort-farande ung." Hon fick syn på sitt ansikte i backspegeln och alla rynkorna framträdde i det skarpa dagsljuset. "Ja, i alla fall är jag inte gammal." Och en gång hade hon varit vacker. "Men om maken skulle få reda på det här – "

"Ni har alltså varit ensam på semester under hela den här tiden och ni tror inte att er make har nån aning om vad ni håller på med?" sa Charlie Croft.

"Nej. Varför skulle han det? Vi har ju alla barnen. En av oss måste vara hemma med dem, inte sant? Så står det i den jävla lagen! Maken förstår det – varför gör inte ni det?"

Charlie Croft flinade när han gick bort från bilen. Han vinka-de åt Marge och Ali att följa med honom till polisbilen på andra sidan av parkeringsplatsen.

William Penny blev förtjust över att se Ali Cray glida ner i framsätet. "Tack gode Gud. Berätta för de här människorna vem jag är."

"Jag ska se om jag kan ordna upp det här. Kan du berätta nåt för polisen om Gwen Hubble eller Sadie Green? Vet du var de är?"

"Hur fan skulle jag kunna veta det?"

"Nähä. Nästa fråga: Har du nånsin varit farbror Mortimers patient?"

"Mortimer är *min* patient. Jag har skurit upp hans hjärta, minns du inte det? Hur får du ihop det här? Tror du att jag skul-le ha kunnat operera en patient som jag hade en sån relation med? Tänk lite."

Hon tänkte. Hon hade aldrig tyckt särskilt mycket om Willi-am, men var han en sadist? Om han var det skulle han ha njutit av chansen att få operera sin psykiater. Vad för en oemotståndlig skräckpotential låg inte i detta.

Men farbror Mortimer då? Hon försökte föreställa sig hur han villigt lade sig under kniven samtidigt som han kände till sin ki-rurgs mörkaste sidor. Hon kom fram till att det inte bara var tänkbart, det var till och med troligt. Psykiatern hade en så tvångsmässig inställning till sin yrkesetik. Han skulle inte byta doktor bara därför att den här var fullt kapabel att ta livet av honom. Den rigide gamle mannen skulle inte ha ändrat någonting, inte gjort någon avvikelse från det invanda, för att inte rikta uppmärksamhet mot en patientrelation. Riskerade han inte döden varje dag med sin allt större ångest och skuldmedvetenhet? Mortimer Cray skulle kanske till och med välkomna en slintande skalpell, en snabb död under narkos. Ja, det stämde perfekt med farbroderns personlighet.

Föreställningen om en sadistisk kirurg förde henne in på en annan tankebana, den som Rouge Kendall varit inne på. Hon återgick till mrs Anderson, hustru till en invalid med hjärtbesvär. "Den där kvinnans make är din patient."

William Penny lade armarna i kors över bröstet och satt grinig och tyst utan att vare sig förneka detta eller gå in på några detaljer. Kanske tog han för givet att mrs Anderson hade berättat det för Ali.

"William, jag vet att det var tio år sen du opererade honom första gången", ljög hon.

Inget förnekande nu heller, han verkade bara irriterad. "Hade du tänkt komma nån vart med det här?" Han gjorde en rullande rörelse med handen som antydde att Ali gärna fick komma till saken.

Då hade hon rätt. "Älskade Rita Anderson sin make? Den där första gången – var det inte så att du låg med henne före operationen?"

Blev han lite rädd nu? O ja.

Det enda felet med Rouge Kendalls teori var att kirurgen gjort närmanden mot hans mor *efter* en operation. William sysslade med en mycket svartare sorts känslomässig utpressning. Han utnyttjade förmodligen tacksamhet så snart tillfälle gavs, men det var fruktan han levde på.

En toppkirurgs omåttliga arvoden skulle inte kunna täckas av en allmän sjukförsäkrings minskande resurser. Att döma av Ritas lågbudgetyttre måste hennes man ha varit en gratispatient. Ali tänkte sig in i hur Rita Anderson måste ha känt sig kvällen före makens operation: Vad skulle hon göra när hon fick detta sexuella förslag? Skulle hon indignerat promenera iväg och leta rätt på en mindre framstående kirurg som fick sätta kniven i makens hjärta? Eller skulle hon lugnt och stilla låta sig föras till Williams säng?

Kanske kvinnan fortfarande älskade sin man, för mr Anderson var mycket sjuk – och hans hustru låg fortfarande i Williams säng.

Ali var arg när hon lutade sig fram för att göra slut på Ordentlige Willam med ett sista välriktat skott. "Om de andra hustrurna träder fram – Å, förlåt. Jag vet ju att åtminstone en var mor till en patient. Om alla vittnar kommer du att förlora din legitimation, eller hur?"

Ännu en fullträff. Det fanns alltså andra. Det var ett mönster. Och om hon kunde konsten att tyda ansiktsuttryck och kroppsspråk höll doktorn på att tappa kontrollen över blåsan.

Och vilka andra mönster följde han?

Ordentlige William, skulle du kunna mörda en liten flicka?

Han hade demonstrerat sadism, den mest nödvändiga faktorn. Dessutom tyckte han om utmaningar och risker. Och han tycktes inte besvärad av samvete eller etik. En sadistisk opportunist kunde dela upp sin aptit mellan flickor och kvinnor. Kvinnorna kunde hållas i schack.

Men flickorna skulle det vara nödvändigt att döda, inte sant?

Han hade inte reagerat alls när hon nämnde de små flickorna. Kunde hon ha missförstått honom? Eller var han så kallsinnig i fråga om mord? Eller kanske hade han bättre självförtroende när det gällde brottet att döda barn, eftersom vittnena inte överlevde så att de kunde berätta. Vad i helvete var det hon stod inför här?

Kommissarie Costello kunde bara se på när lågorna slickade kanten på eldningstunnan. Han hade kommit för sent för att kunna hindra Mortimer Cray. Innehållet i den stora metallbehållaren var säkert bara aska vid det här laget. "Doktor Cray är mycket grundlig. Varför inte elda i nån av de öppna spisarna inomhus?"

"För små för att det ska kunna bli nån riktig brasa." Psykiatern betraktade kommissarien utan ringaste fientlighet eller rädsla.

"Så lite tid", sa Costello, "och så många journaler att elda upp."

"Ja, det fanns rätt många. Jag har förstått att det enligt stadens lagar inte är tillåtet med eldningstunnor för sopor utomhus längre. Jag förstår att jag måste bli bötfälld för det här."

"Jag är inte här för att bli osams med er, sir. Vi hittade några klädesplagg som tillhör Sadie Green i grannkommunen, ett par små lila sockor."

"Men ingenting som tillhör Gwen Hubble?"

"Nej. Jag tror att den jäveln förstår att vi är honom tätt i hälarna och att han försöker leda oss på avvägar. Vad tror doktorn?"

"Jag tror att ett lindrigt begåvat barn skulle ha kunnat komma fram till den slutsatsen. Ska ni ta och lämna över det där tillståndet för husundersökningen nu?"

Costello räckte honom handlingen. Läkaren stoppade bara ner det i rockfickan utan att kasta en enda blick på det, och detta retade kommissarien. Han hade fått tigga och be i två hela timmar innan domaren gick med på att utfärda ett tillstånd på mycket svaga, sannolika skäl. Allmänne åklagaren, den störste idioten i fem socknar, hade faktiskt argumenterat emot. Endast Costellos lidelsefulla tro att ett barn befann sig i överhängande fara hade till slut fått domaren att ta hans parti.

Uniformerad delstatspolis hade redan satt igång med trädgården och snokat sig fram bland växterna, och nu gick fler av dem in i huset. Två hundar från polisens hundpatrull fick snusa på påsar som innehöll barnkläder. Män med skyfflar och män med svarta påsar stod på gården och väntade på klartecken. Han nickade till dem och grävandet började. Kommissarien talade med de två teknikerna som stod bredvid honom. "Jag vill ha vartenda jävla fingeravtryck i hans mottagning. Fattar ni?"

"Jag tvivlar på att de kommer att hitta några", sa Mortimer Cray. "Min hushållerska är ytterst omsorgsfull när hon dammar och polerar."

"Okej, killar, ni hörde vad han sa. Kolla i taket om så behövs. Hur lång är hushållerskan, doktor Cray?" Costello vände sig mot den flammande tunnan och log åt något han just kommit att tänka på. "Det här är kanske rätta tillfället att påpeka att jag bara ville ha er dagbok för patienttider. Tillståndet gäller inte patientjournalerna."

När Ali kom in i växthuset hittade hon sin farbror bland utspridd jord och uppochnervända, jättelika keramikkrukor. Späda fruktträd och städsegröna, formklippta buskar låg på golvet i röran. Ömtåliga orkidéer med blottade rötter hade dragits upp ur mindre krukor. Fler uppryckta plantor låg kringströdda bland små jordhögar från ena änden av det långa arbetsbordet till den andra. Och en ruta i glasväggen hade spräckts av en vårdslös spanare. Polisen hade inte missat många tillfällen till förstörelse, i det enda syftet att utöva påtryckningar på en bräcklig gammal man med hjälp av trakasserier som gränsade till terrorism.

Bra.

Mortimer stod vid arbetsbordet och öste tillbaka jord i en liten klarblå keramikkruka. Han verkade inte ha bråttom att rädda sina prisbelönta växter. Han fyllde krukan med ett litet skedmått, lite jord i taget, ingen brådska alls.

För många år sedan när hon var ett osynligt barn hade hon gått omkring bland dessa bord med blommande växter, följt efter gäster som visades runt, lyssnat på de vuxnas samtal om alla arternas härkomst, ursprung och symbolik. I dag struntade farbror Mortimer i de misshandlade hybriderna med de sällsynta och omåttliga färgerna. Han inriktade alla sina ansträngningar på en liten vanlig vit teros, sinnebilden för tystnad.

Hon undrade om våldet som drabbat hans älskade växter hade gjort honom sinnesrubbad. Kanske kändes det bara trögt att sätta igång. "Kan jag hjälpa till?"

Inget svar.

Ali tog upp en annan kruka och satte ner en späd orkidé med sönderslitna kronblad. Hon öste på jord kring rötterna, försiktigt, omsorgsfullt, utan att bry sig om jorden som trycktes in under naglarna. "Du kunde ha förhindrat det här genom att ge dem ett namn."

Hon väntade sig knappast något svar. Snart skulle hon tvingas ringa Charlie Croft och säga åt honom att släppa William Penny. Det fanns inget hållbart skäl att hålla honom kvar, inga bevis för någonting utom grovt utnyttjande av hustrur till sårbara patienter. Och med det skulle Ordentlige William komma undan. Charlie Croft skulle inte använda sig av den informationen eftersom han skulle vilja undvika alla klagomål på ett oskäligt gripande och en husrannsakan i Williams hem och mottagning.

Ali tryckte hastigt till jorden runt stjälken på plantan och sträckte sig efter en ny. Farbrodern pysslade fortfarande med samma blåa kruka och tycktes inte lägga märke till att hon arbetade vid hans sida.

"Kan du inte säga någonting som kan hålla ett barn vid liv? Vi vet ju att han redan dödat ett av dem, men den andra flickan då?"

"Hon är redan död." Den blå krukan var inte ens halvfull. "Den lilla prinsessan dör alltid tidigt på juldagsmorgonen – det har du ju själv kommit fram till i din forskning. Jag tvivlar på att det nånsin har förekommit nån avvikelse från den ordningen."

Konstigt nog uppfattade hon svaret som någonting positivt, ett tecken på att han ville kommunicera. Han hade just bekräftat mönstret. Hon tog upp en annan kruka, för hon ville inte tappa behärskningen när han var på prathumör. "Varför gör han det här?" Lyssnade han överhuvudtaget på henne nu? Han verkade så disträ. "Farbror Mortimer? Varför gör han så här? Vad handlar det om?"

"Vad brukar det handla om? En rasande, krävande, obarmhärtig Gud finns alltid med någonstans. Flickan är bara ett objekt, eller kanske en bärare, ett medium. Han bryr sig aldrig om hennes känslor, hennes rädsla och smärta. All sadism riktar sig mot mig. Han vill att jag ska lida och det gör jag. Jag har aldrig kunnat styra det här. Det gör han."

"Är han en religiös fanatiker? Är det det du – "

"Enkla människor stiger upp, de ovanliga sjunker, och allt beror på samma händelse, Ali." Han hade fyllt krukan nu men fortsatte att lägga på jord tills den flödade över. "Du minns väl att prästen en gång var en ganska vanlig man. Du vet att det är sant – om du inte färgat alla dina gamla minnen av honom i rosa. Han skulle ha kunnat vara din själsfrände när du var barn, så blyg, så mild i sättet var han, osynlig faktiskt – precis som du. Men nu? Ja, du har ju sett honom själv." Skeden skrapade mot krukkanten. Han stötte den ner i jorden, om och om igen.

"Du menar väl inte att fader Paul – "

"En märklig man numera, inte sant? Men det är inte bara han. Allt är ur balans. Allt är uppe i det blå, allt svävar i kosmiskt stoft."

"Va? Nu måste jag få hjälp. Jag är fortfarande inte världens smartaste – "

307

"Och du är också en del av det, Ali. Se vad du har gjort av ditt liv. Logiskt sett – " Han höll upp skedmåttet och undersökte det som om han aldrig hade sett ett sådant tidigare. Sedan körde han ner det i krukan så att det skrapade mot keramikkanterna och åstadkom ett skärande oljud. "Nå, logiken är som bortblåst, inte sant? Kanske handlar det mer om en känsla för balans, eller proportion – en blick för symmetri. Han väntar på att balansen ska återställas. Den håller redan på att ändras. Rouge Kendall är på väg upp och söker sig fram till sin nivå. Prästen kommer snart att förminskas."

"Och jag då, farbror Mortimer? Kommer jag att försvinna igen? Smälta in i nån vägg utom synhåll? Varifrån kommer denna profetia? Jag vet att du inte tror på parapsykologi och inte är du religiös heller."

Han låtsades inte om henne utan stirrade ut i trädgården utanför glasrutorna. "Och var är all snön, kära du? Vi har väl aldrig upplevt en enda vinter utan en halvmeter snö så här sent i december. På den här höjden är det – Ja, vart har snön tagit vägen?"

"Ursäkta."

Ali vände sig om och fick se Rouge som stod vid bordsändan. "Ursäkta att jag avbryter", sa han. "Jag måste få tala med dig. Ensam."

Hade han hört att William Penny gripits? Inte troligt. Schismen mellan delstatspolisen och lokalpolisen hade placerat Rouge på andra sidan om polismästare Crofts gränslinje. William Penny skulle sitta undangömd i något bakre rum medan polismästaren gjorde bruk av fångens husnycklar. Hon ville inte undanhålla Rouge detta, men ett barn svävade i livsfara, tiden var dyrbar och Charlie Croft borde inte behöva betala för empati med att förlora jobbet.

Farbrodern var fortfarande fixerad vid sin snölösa trädgård när hon följde Rouge ut genom sidodörren och in i det stora huset. Hallen var större än ett anspråkslöst tvåvåningshus. Taket högt däruppe var rena arkitektdrömmen och byggt för att framhäva en svängd, ståtlig trappa. På andra sidan om träräcket längs övre galleriet gick uniformerade män och kvinnor in och ut i rummen.

"Det är en sak som jag vill visa för dig." Rouge gick före till en liten dörr som ledde in under den massiva trappan. "Ursäkta skadorna. Vi fick alla nycklarna till huset av betjänten. Men ingen av dem passade i det här låset. Jag bad din farbror om nyckeln men jag tror inte att han hörde."

Hon såg på skrapmärkena och fördjupningarna som uppstått i metallen när låset brutits upp.

Rouge lade handen på dörrknoppen men tvekade. "Den där kvällen när vi träffades på Dame's Tavern berättade du att din farbror var ateist. Sen sa du det en gång till på sjukhuset. Men du anklagade honom för att utnyttja prästen som biktfar."

"Är du besvärad av en sån motsägelse? Det där med prästen hade inget med min farbrors religiösa tro att göra. Hans etik förbjöd honom inte att lägga över bördan att veta på en präst. Det var bara en ploj för – "

Rouge öppnade dörren och berövade henne såväl andan som talförmågan. En gång hade detta varit ett stort förråd med hyllor, koffertar och lådor, och med ett vanligt litet fönster på den bakre väggen. Nu var bråten bortflyttad, fönstret förstorat och försett med en religiös valvbåge samt med nytt, målat glas föreställande en mytologisk varelse, Persefone, vårens gudinna.

Andra symboler i väggmålningarna kom från kristendomen – lamm och duvor, metaforer för en treenighet och hundratals repliker av korset som hängde på varje tom väggyta. Men de snidade föremålen på piedestaler var hjortkalvar med flöjter och andra djur med mänskliga kännetecken. Hon lät blicken fara över fresken på den längsta väggen, den som följde trappans svängning. Väggmålningen var amatörmässigt gjord och hon kände igen stilen. I unga år hade farbrodern prövat på att måla. Hennes far ägde flera dukar från den tiden – men ingenting i den här stilen.

Hela väggen var överfull med bilder ur Gamla testamentet. Mittpartiet var avbildningen av Gud från Sixtinska kapellet, men ansiktet var förvridet, rasande. Det var en bild av den gamle Guden som farbror Mortimer en gång hade beskrivit som arg och grinig, en Gud som krävde blod och gav de trogna sår och förvandlade sina barn till saltstoder när de misshagade honom. Moses fanns bland hans lydiga tjänare iförd de horn som Michelangelo hade försett honom med. Andra behornade avbildningar myllrade i och omkring klart flammande eldkvastar. Glimtar ur bilderna från det tredje bildfältet i Boschs triptyk *Millennium* visade de fördömdas plågor, köttets tortyr. De mest helvetiska scenerna hade tillkommit senast och var ännu inte färdiga. Hon kunde se blyertsmarkeringarna på väggen, konturer av gestalter som ännu inte fyllts i med färg, ljus och skugga.

Det var inget mästerverk men det hade varit mycket arbetskrävande. Hon förstod att det måste ha tagit år att åstadkomma allt detta.

Bland djurföremålen fanns små statyer av en kvinna, en förnyelsens milda gudinna som delade utrymmet med en förstörelsens gudom. Alla de panteistiska naturelementen kom i skymundan för verket på väggarna.

Hon kunde känna den unkna lukten av rökelsekar. De många stearinljusen i rummet hade brunnit ner till stumpar. Ytterligare tecken på ritualer var den niosvansade katten på altaret, flagellanternas redskap.

Rouge Kendall iakttog henne med stort tålamod. Han sa ingenting och rörde sig inte för att inte hetsa henne. Hon valde sina ord med omsorg, för hon visste mycket väl vem hon hade att göra med och hon tänkte inte underskatta honom.

"Jag skulle kunna tänka mig att det började med naturinslagen, vårgudinnan." Hon stod framför det målade fönstret. "Det är en elegant gest, troligen en nyck och ganska harmlöst – med tanke på hans kärlek till allt som växer. Det här var kanske ett meditationsrum, en fridfull plats där han kunde stänga ute världen och tänka, eller bara finna ro. Han har alltid åtagit sig de mest bisarra fall. Det är inte konstigt om han behövde nånstans att dra sig undan."

Hon vände sig mot den fullmålade, svängda väggen. "Och sen flyttade Gamla testamentets Gud in och svämmade över alla bräddar. Det var förmodligen då som rummet blev en helgedom – med altare och stearinljus." Hon undvek piskan med blicken. "Då blev rummet mörkt och våldsamt. Ingen frid längre."

"Han är sjuk, inte sant, Ali?"

"Det står för en kris i hans filosofi." Hon vände sig bort från Rouge och häpnade över att hon lät så lugn. "Det visar hur pressad han är över att dölja mördaren. Det här visar hur han påverkats. Han ser inte sig själv som en villig konspiratör och han kan inte uppfatta sin ångest som ett tecken på att han gjort fel. I Gamla testamentet straffades både de trogna och syndarna. Du kände säkert igen bilderna från – "

Hon visste att han redan hade analyserat rummet på sitt intelligenta sätt och nu undrade hon om hon hade lyckats ens hälften så bra.

"Men om vi går lite längre, Ali. Tänk om han ser smärtan som en bestraffning och inte som en prövning av tron? Hur ser han på sig själv *egentligen*? Som en rättfärdig man eller som en syndare?"

"Misstänker du honom för att – " Hon såg åter på väggen. Vad fann Rouge i samma bilder? "Han ser sig själv som en ytterst moralisk person. Detta är vad det kostar honom att behålla en hemlighet, att hålla sina egna etiska lagar."

Rouge verkade inte övertygad. Han stod nära altaret och stirrade på piskan med alla dess snärtar – ett urgammalt straffredskap. Han drog sina egna slutsatser.

Hon gjorde honom sällskap vid altaret. "Det hade varit lättare för honom att skvallra. Det förstår du väl? Det var inte det att han inte ville. Men hans privata regelverk är så strängt."

Rouges ansikte avslöjade inte vad han tänkte. Inte ens när de var barn och sjöng i kören hade hon kunnat ana sig till vad tvillingarna Kendall tänkte. Hon betraktade fortfarande den överlevande av paret som en av de märkliga eleverna på St Ursula's och hon skulle alltid känna stor respekt för honom.

"Rouge? Kan du låta mig tala med min farbror innan du berättar för de andra om det här?"

Han nickade men sa ingenting. Antagligen väntade han på ett mer direkt svar på sin ursprungliga fråga, den han hade ställt när de steg in i rummet.

"Ja", sa hon. "Han är sjuk."

Ali återvände till växthuset och upptäckte att farbrodern arbetade med samma kruka, vände på jorden och grävde och grävde med skedmåttet.

Hon rörde helt lätt vid hans axel. Han bara nickade för att markera att han visste att hon var där. "Farbror Mortimer? Du sa att *han* ville att du skulle lida. Är *han* en patient? Eller är det Gud?"

Han fortsatte att gräva i den blå krukan, han riktade all sin uppmärksamhet mot den men tycktes samtidigt omedveten om att han skadade de späda rötterna.

"Var snäll och sluta." Hon lade sin hand på hans men grävandet fortsatte. "Farbror Mortimer, vi måste talas vid. Jag har sett altaret."

Ingen reaktion, bara de skrapande ljuden när skeden gick emot krukans kanter och vände på jorden. Hon höll på att bli en liten flicka igen, van att bli nonchalerad.

"Det här är viktigt för mig. Ge mig bara nån liten detalj, vad som helst. Jag tror att Gwen Hubble kanske fortfarande lever."

Han fortsatte att inte låtsas om henne utan verkade tycka att jorden i krukan var mycket intressantare. Hon höll på att bli Sally igen, det osynliga barnet, inte alls lika märkvärdig som någonting av det som växte i farbror Mortimers växthus. De vuxna som hon mindes vandrade förbi henne och samtalade högt ovanför hennes huvud medan hon själv blev allt mindre.

Ett finger sökte sig upp mot ansiktet och rörde vid ärret. Sedan sköt handen ut i vrede och den blå krukan for i golvet och krossades.

Mortimer stirrade på henne utan den minsta förvirring i blicken. Han verkade bara trött när han såg ner på keramikskärvorna och jorden på stenplattorna vid hans fötter.

Och nu tittade hon också ner på förödelsen och såg det gyllene blänket bland de mörkbruna jordklumparna. Hon föll på knä på golvet bredvid skärvorna och spred ut jorden med fingrarna för att blotta en liten ring. Hon höll upp den mot ljuset och hittade initialerna som hon hade letat efter. *S.R.*

"Sarah Ryan, tio år", viskade hon. Nu fick hon fram ett hängsmycke med ett religiöst motiv. "Mary Wyatt, tio år." Andra små saker dök upp när hon trevade sig fram och hon kunde sätta ett barns namn på var och en av dem. Hon missade nästan den tunna ankellänken med den ingraverade ovalen i guld. "*AIMM*?"

Det hade slutat regna. De flyttade in under träden där fuktspridarna inte nådde dem. Gwen höll i ficklampan medan Sadie

312

sträckte sig långt fram för att peta på hunden med ett kvastskaft.
"Jag tror att han är död."

"Nej", sa Gwen. "Man vet när de är döda." Här talade erfarenheten som upplevt generationer vita möss och hamstrar. Redan första gången hon hade hittat en mus som låg på burgolvet hade hon förstått att detta inte var sömn, trots att hon inte hade mött döden tidigare. Det gick inte att förväxla det ena med det andra. Döden var inte bara brist på liv utan ett tillbakadragande från världen.

"Den här hunden är fortfarande kvar, det vet jag." Gwen rullade bort plastskynket som var utbrett under trädet. Hon kröp fram mot djuret på alla fyra. Den senaste tabletten gjorde knappt någon nytta längre och hon hade mer ont.

"Gwen, stopp!"

Flickan hejdade sig och lutade huvudet mot armarna, helt slut av den lilla ansträngningen. Hon visste att Sadie hade rätt. Om hunden plötsligt kvicknade till skulle hon inte komma undan. Han var smart nog att kunna spela död och invänta ett fördelaktigt ögonblick.

Det värkte i benet. För var timma som gick blev det mer odugligt. Hon lyfte huvudet och riktade ficklampan mot hunden så att hon kunde studera honom på säkert avstånd dit kedjan inte nådde. Såret han fått var litet, bara ett mörkt hål med en ström av blod.

Hunden rörde på sig och hon tappade ficklampan. Hon tog upp den och lät den lysa på hans ansikte. Han gnällde på ett sätt som lät mänskligt. Hunden hade säkert också ont. "Vi kanske skulle kunna ge honom några tabletter? Vi kunde stoppa in dem i hundmat och – "

"Och sen kanske lägga förband på hans sår? Jag tror inte att han skulle tacka oss för det, Gwen. Kom ihåg vad som hände när jag gick in där förut."

"Han har ont och är döende – han är ännu räddare än vi." Fruktan skulle vara hundens sista känsla, fruktan och isolering. Gwen kunde föreställa sig den avgrundslika skräcken i att vara *ensam*. Jämförd med den var smärta ingenting.

Sadie tog ficklampan ur Gwens hand och vandrade iväg mellan svampborden. När hon kom tillbaka riktade hon ljuset mot en burk med hundkex som hon blött upp i vatten. Vita tabletter höll på att lösas upp i blandningen.

Hon räckte ficklampan till Gwen. "Rikta den mot hunden." Sadie var bara en suddig gestalt i mörkret när hon steg in i hundkopplets cirkel på väg mot den utsträckta kroppen i ficklampans sken. Hunden gnällde igen men förmådde inte lyfta huvudet.

Gwen spärrade upp ögonen när Sadie gjorde det otänkbara. Hon stoppade in handen i burken och fick ut en klick av den kletiga blandningen som hon höll fram mot hundens mun. Den stora, sträva tungan hängde ut mellan käkarna medan han slickade maten från hennes små vita fingrar. Gwen, som älskade alla djur, skulle aldrig ha kunnat göra detta.

Sadie satt kvar hos hunden och klappade honom och nynnade milda nonsensord. Gwen kunde inte längre se någonting ondskefullt hos djuret. I ögonen fanns bara kärleksfull sorg och tacksamhet. Han fortsatte att slicka Sadies fingrar en lång stund, trots att maten var slut.

Och så var hunden död. Gwen hade sett ögonblicket komma och gå. Det enda hon var osäker på var om döden hade nått honom när han andades in eller ut. Nu var djurkroppen mer som en bild av en hund, en föreställning om Hunden. Han fanns inte längre i sin kropp. Endast de levande uppehöll sig i sin hud, i sin själs hölje. Hade hunden blivit överraskad eller hade han mot slutet anat döden och till och med inbjudit den att holka ur höljet?

Sadie kom tillbaka och satte sig bredvid henne på marken.

Gwen slog armarna om sin knän. "Jag kan tänka mig att gå tillbaka till hålet nu." Hon ryste under sitt handdukstäcke. Täckjackan hade ännu inte torkat. Kvicksilvret i termometern utanför det vita rummet fortsatte att sjunka. Temperaturen var nu bara några få plusgrader. När de åter hade satt sig tillrätta i graven frågade Gwen: "Tror du att hunden har en själ? Han kanske fortfarande är kvar och vandrar omkring i källaren som Griffin i *Den osynlige mannen*."

"Claude Rains, 1933", sa Sadie. "Mr Caruthers hade fel när han sa att du är fantasilös. Du ser en massa saker som inte finns."

Och med detta uttalande var hunden definitivt borta. *Modig hund*. Gwen såg sig om i hålet där de satt, det vill säga egentligen var det ju en grav. "Vad tror du att våra föräldrar skulle säga om de kunde se oss nu?"

"*Min* mamma skulle säga att jag var i mitt esse. Det säger hon var gång jag dör." Sadie steg upp och satte en bit plast över huvudet som provisoriskt paraply. Ljusstrålen från ficklampan svängde fram och tillbaka när hon gick in bland de mörka träden och ropade över axeln: "Jag kommer strax tillbaka." Ljuset försvann bakom en tjock ekstam.

Gwen lyssnade till regnets trippande på bladen. Hon tyckte att smärtan höll på att ge sig, men hon förväxlade bara källarens mörker med ögonlockens när hon sjönk in i sömnen.

När hon vaknade igen, och kände hur det högg i benet, hade det slutat regna. Det var så tyst. Gwen ansträngde sig att uppfånga något ljud, vilket som helst. Tystnaden var enorm – större än träden, och plötsligt blev hon överväldigad av den. Var hon ensam? Tystnaden antog enorma proportioner, den var allt, den var större än himlen. "Sadie!" skrek hon.

Sadie kom springande tillbaka under ekarna och den kringhoppande ljusstrålen från ficklampan fick henne att ta form bit för bit i mörkret. Hon var smutsig från topp till tå.

"Vad har du hållit på med?"

"Det ska jag berätta sen."

"Du har grävt ett nytt hål, va?"

"Ja. Det är nära Samuel. Mycket grunt, bara så att vi kan täcka oss med jord, okej? Då kan vi komma ut kvickt. Han kommer aldrig att tänka på att leta efter oss under jorden. Medan han letar längst bak i källaren, där alla de bra gömställena finns, och dörren är uppställd, kan vi – "

"Jag vägrar att bli begravd." Gwen tänkte på insekterna som skulle kravla omkring intill henne med antenner som trevade, undersökte, letade efter ett sätt att ta sig in i henne. "Jag kan inte, Sadie. Jag kan inte lägga mig i jorden igen."

Sadie klättrade ner i hålet bredvid Gwen och lade armarna om henne. "Du är nere i marken *nu*. Det är bara det att du inte har nån jord i ögonen, så enkelt är det."

Gwen skakade på huvudet. Hon ville inte tänka på gravar. Och så var det en annan sak som oroade henne. "Han hade en revolver. Varför gick han sin väg så där bara?"

"Flugan? Du såg väl att hunden bet honom."

"Men han haltade inte ens."

"Det gjorde inte du heller, inte med detsamma. Han gick väl sin väg för att lappa ihop sig. Sen kommer han tillbaka."

"Men han hade en revolver, Sadie. Han hörde hur du skrek Geronimobefallningen. Varför – "

"Sköt han mig inte och var av med problemet? Tänk efter, Gwen. Vad gjorde han sen? Han släckte ljuset och stängde av värmen, eller hur?" Sadie riktade ljuset mot väninnans ansikte. Nu såg hon att Gwen inte hängde med. "Det är det viktigaste med hela grejen – väntandet, aningarna. Det är huvudsaken med en bra skräckfilm. Fattar du nu?"

Gwen nickade och sänkte huvudet. "Han drar ut på det", viskade hon, "han torterar oss. Precis som hunden. Hans sätt att –"

"Just det. Hunden är död. Vi är hans nya hundar."

Gwen tog ficklampan och riktade ljusstrålen på djurkadavret på marken. "Skräckfilmen ändrar sig hela tiden för mig."

"Nej. Det är samma film. Överraskningen är hela grejen."

"Men det har inte fungerat än."

"En ren teknikalitet."

"Det är jul. Miss Vickers kommer snart tillbaka. Hon kommer alltid hem dan efter – "

"Gwen, jag tror inte att hon nånsin kommer tillbaka." Sadie tog ficklampan och riktade ljusstrålen mot högen med dagböcker. Hon tog upp den för innevarande år och bladade fram den sista anteckningen. "Ser du den vindlande raden som går ända ut i kanten på sidan? Jag tror att det var då miss Vickers förstod att hon var döende."

"Det kan du inte veta. Hon var bara trött."

"Men tabletterna då som hon låtit rinna ut på golvet i det vita rummet? Har du sett nånting annat som inte var på sin plats i det där rummet? Och den snirkliga raden? Trött, säger du?" Sadie bläddrade igenom alla sidorna. "Ser det ut som om hon blivit trött nån annanstans?" Hon tog upp en annan bok och visade upp sida efter sida. "Ser du någon rad som ser ut så?"

Och nu drog Sadie fram alla dagböckerna och höll fram dem mot Gwen, den ena efter den andra, samtidigt som hon lät sidorna forsa förbi.

"Sluta!"

"Hon kommer inte tillbaka, Gwen. Om vi så väntar till – "

"Sluta! Okej då – du vinner. Nån hjälp är *inte* på väg." Hon satte upp båda händerna till tecken på kapitulation.

"Äntligen." Sadie log för att belöna sin trögaste elev.

"Men jag tänker inte låta mig begravas i jorden." Hon skulle inte kunna stå ut med det. Gwen hade redan en känsla av att hon var på väg bort, bit för bit, att hon höll på att försvinna från världen. "Om jag en gång lägger mig i jorden kommer jag aldrig att kunna komma upp igen."

"Vi får väl se."

"Du vet att det är så, Sadie. Jag kommer ingenstans. Men du skulle kunna ta dig ut härifrån."

Sadie vände ficklampan uppåt så att den sken på hennes bredaste flin, tydligen road av denna egendomliga idé att hon skulle kunna ge sig iväg härifrån utan sin bästa vän.

Gwen drog sig undan ljuset, ville döljas av mörkret så att ingenting kunde utläsas ur tårarna som steg i ögonen eller läpparna som darrade så ynkligt. Hennes väninna skulle aldrig få veta att hon – om hon hade fått chansen och två friska ben att springa med – skulle ha lämnat Sadie kvar. Gwen tryckte hårt på såret och smärtan sjöng och ylade.

TIONDE KAPITLET

Sadie hade lagt en segeldukssäck över axlarna för att skydda sig mot kylan och fukten medan hon bytte bandaget. Hon rullade ner Gwens fransiga byxben.

"Ta min täckjacka", sa Gwen. "Jag behöver den inte. Jag är så – "

"Nej, *du* ska ha den på dig." Hon svepte in fötterna i trasor som hon fäste med ståltråd vid fotknölarna. Det var för kallt att gå barfota. När detta var klart gick Sadie omkring under träden och plockade upp resterna av dockan och lade alltsammans i en hög. Hon satte sig med benen i kors på marken, tog fram sitt knivblad och högg med det i tröjan, gång på gång.

Gwen lutade sig tillbaka mot stammen på det döda trädet Samuel och tittade på. "Jag brinner upp. Jag behöver inte jackan."

"Men jag vill i alla fall inte ha den." Sadie gick bort till stenväggen och återgick till det mindre våldsamma arbetet med att slipa bladet. "Minns du videon vi körde förra lördan – den om de där riktigt bonniga yxmorden? Joan Crawford tvingade dem att ha en temperatur på bara femton grader när de spelade in den filmen. Hon påstod att det var bra för koncentrationen."

"Sadie, du är säkert genomfrusen."

"Behåll den. Du måste hålla dig varm. Du vill väl inte bli sämre?"

Kunde hon bli sämre? Hon drog ner blixtlåset på täckjackan och torkade svetten ur pannan. Huden kändes brännhet. Metallen gnisslade obarmhärtigt mot stenväggen. "Varför håller du på med det där?"

"Jag förbereder plan *B*." Sadie gned det trasiga trädgårdsredskapet fram och tillbaka mot en knottrighet i den grova stenväggen. "Bladet måste bli vassare. Han kommer att ha rock på sig så det måste kunna gå igenom ett par lager tjockt tyg. Det är en av de värsta tabbarna i filmerna – när kniven bara glider in i krop-

318

pen. Det är mycket tuffare i verkligheten. Du, Gwen, kolla nu."
Hon släppte kniven på marken och sjönk sedan ner på knä. Hon
vände sig så att benen inte syntes och gick framåt på knäskålar-
na. "Vem är jag?"

"Du är Blizzard, den benlöse mannen i *The Penalty*." Gwen
dröjde en stund, osäker på årtalet. "Var det 1920?"

"Just det. Bra." Sadie reste sig och knäppte händerna på ryg-
gen så att armarna inte syntes, bara de magra axlarna. "Vem är
jag nu då?"

Det här var alldeles för lätt. "Alonso den armlöse i *The Un-
known*, 1927."

Sadie började snurra runt mycket långsamt. När Gwen fick
syn på väninnans ansikte igen drog hon efter andan. Sadies
leende mun var full av rakbladsvassa tänder. Men hur? Papper
– hon hade stoppat in ett papper med tänder ritade med
bläck.

Gwen skrattade och applåderade. "Du är vampyren i *London
After Midnight*, samma år. Den var bra. Du höll på att skrämma
livet ur mig."

Sadie tog ut papperet ur munnen. "Jag håller på att bygga upp
din skräcktålighet." Hon tog upp kniven och återvände till dock-
ans kropp och sönderslitna lemmar.

Gwen stirrade på det halvmånformade tandpapperet som
Sadie hade kastat bort. "Vet du vad det är som gör en skräckfilm
riktigt *bra*?"

Sadie såg upp från sitt knivhuggande. "Skräck kanske? Förlåt
– det är ju självklart. Jag börjar visst bli trött."

"Jo, det är inte monsterna, inte ens de riktigt läskiga. Det
hemskaste är att bli skrämd när allting är som vanligt – som nu
med dina papperständer. Nej – som om det är blod på jultom-
tens skägg."

"Jag fattar." Sadie satte sig på huk och riktade ficklampan mot
den livlösa kroppen som tillhörde hennes gamla fiende hunden.
Hon flyttade tillbaka ljusstrålen så att den lyste på hennes ansik-
te och så log hon på sitt mest oskuldsfulla sätt. "Vi skulle kunna
äta upp honom."

"Inte kul." Gwen skakade på huvudet, för tydligen hade Sadie
missförstått henne helt. "Hunden är inte – " Hon avslutade inte

meningen. Förstummad iakttog hon Sadie som sysslade vid den döda kroppen och smetade blod från såret i sitt ansikte. Sedan tittade Sadie upp för att visa henne att hon *hade* förstått – förstått fullkomligt, även om det här inte verkade vara den mest praktiska tillämpningen, inte riktigt vad Gwen hade tänkt. "Jag tror inte att han blir rädd för – "

"Jag kan slå vad om att han aldrig har haft en fiende som har varit större än ett litet barn. Han är en fegis." Hon talade argt, lät främmande på ett sätt som överraskade Gwen. Men hon mjuknade när hon smekte den döda hundens päls. "Den här hunden var mycket modigare."

"Han är för stor, Sadie. Han kommer att – "

"Tänk nu noga. Din idé var precis rätt – det där med blodet på jultomtens skägg. Flugan *är* större. Han har all makt på sin sida, va? Så när *vi* ger oss på *honom* kommer han att bli helknäpp. Det är det sista han väntar sig." Hon drog ett blodigt finger över kinden så att det blev en taggig linje. "Han kommer att kissa på sig. Ser det här ut som en blixt?"

Gwen nickade.

Sadie beundrade sin spegelbild i det vässade knivblad som en gång varit ena hälften av miss Vickers trädgårdssax. Jag önskar att jag hade haft min blodiga låda från Technicolor. Vi kan improvisera med riktigt blod men det blir inte riktigt samma sak."

"Sadie, vi kan inte skada den här mannen. Vi försökte. Om hunden inte klarade det gör inte vi det heller."

"Men *Freaks* då?"

Gwen nickade och gav lojalt med sig, men hon var inte övertygad. Sadie syftade på filmen med dvärgarna och lilleputtarna som hade fällt en fullvuxen fiende. Och sedan hade de små människorna alldeles bokstavligt skurit ner sin motståndare till lagom storlek. Hon hade fortfarande mardrömmar då och då om denna gamla fina film, den förnämsta i Sadies samling.

"Du vet vad mr Caruthers skulle säga." Sadie strök ett inbillat grått skägg och stirrade vindögt ut i fjärran. "Det är ett intressant, logiskt problem." Sedan blev hon åter Sadie. "Om vi bara sitter här kommer han ner och dödar oss." Hon satte kniven i dockan. "Därför ska vi döda honom först. För en timme sen var du eld och lågor."

Gwen lade handen över ögonen för att slippa se vad den andra flickan gjorde med hundblodet. Det gick inte att förklara denna ändrade sinnesstämning, inte på ett sätt som skulle vara begripligt för bästa väninnan, hon som var skräckens mästarinna. Mod var någonting för stunden. Gwen kunde inte vara lika modig en hel timme. Kanske skulle ögonblicket komma tillbaka – kanske inte. Trots att hundliket bara låg någon halvmeter bort var tanken att döda totalt främmande för henne.

Att döda en *man* – det var otänkbart, omöjligt.

"Man får inte döda." Gwen visste att detta var en lam ersättning för sanningen, men rimlig. Hon betraktade en spindel som kom kravlande på marken nära hennes fot. Hon var skräcksslagen för insekterna som levde nere i jorden. Men det här spindeldjuret verkade tämligen godsint med sina åtta ben som alla var på väg åt ett visst håll, en varelse som skulle någonstans och hade saker att uträtta. "Fader Domina säger att liv är heligt. Allt liv."

När Sadie log for hennes hundblodsblixtar omkring på kinden. "Du håller på att bli av med ditt sinne för humor."

"Fattar du vad döden är *egentligen*?" Gwen lyfte handen högt upp, och trots att hon var svag lyckades hon drämma till och krossa den olyckliga spindeln. När hon vände på handen var varelsens kletiga innanmäte utspritt över handflatan. "Det där är döden. Man kan inte göra den ogjord. *Aldrig.*"

Det ryckte i alla spindelbenen en stund, som om de levde ett eget liv. Flickorna iakttog fascinerade spindeln tills den ryckte till en sista gång och låg stilla.

"Häftigt", sa Sadie. "Jag tror att du fattat hur man gör."

Och det *var* intressant. Gwen skakade av sig spindelresterna som föll ner på marken. Det enda som fanns kvar av den stackars oskyldiga varelsen var lite kladd på hennes hand.

Nå, det var väl inte så farligt.

"En enda ordentlig chock", sa Sadie. "Det är vad vi måste fixa till. Han blir helgalen när han ser det här." Hon höll upp ficklampan mot ansiktet för att blodet skulle komma till sin rätt. "Fattar du? Som hundar som återgår till vargstadiet."

"Jag tror att han har sett hemskare saker än så", sa Gwen och granskade de symmetriska sicksacklinjerna på var sida om väninnans blodiga ansikte. Sedan gled blicken bort till raderna med svampbord, vart och ett med en träkärra under. Varför hade han grävt gravarna mitt i raden? Varför inte i slutet eller i början? Såvida inte en del –

"Okej då", sa Sadie. "Men överraskningen kommer ändå att fungera. Vi behöver nåt som distraherar honom – nånting riktigt äckligt. Sen väntar vi vid dörren, fattar du? Kanske inte *under* jorden, bara med ett lite täcke av jord – som kamouflage. Och sen när han kommer in ser han nånting på andra sidan av källaren. När han går dit för att se efter vad det är springer vi ut och låser in honom. Snyggt, va?"

Gwen hängde med huvudet. "Det kommer inte att fungera." Om hon blev begravd en gång till, oavsett hur lätt jordtäcket var, trodde hon inte att hon någonsin skulle kunna stiga ur sin grav igen. Levande begravd – dö långsamt med jord i ögonen och insekter som kravlade in i öronen och näsborrarna. Och som sedan skulle kravla in i munnen när hon öppnade den för att skrika – då när hon inte kunde försvara sig mot minsta lus.

Sadie trodde att hon kunde vinna över en fullvuxen karl. *Omöjligt.*

"Du vet ju att jag inte kan springa."

"Jodå, det kan du", sa Sadie. "Jag ska hjälpa dig."

"Det är bättre att gömma sig."

"Det går inte – inte om vi inte kryper ner i jorden." Sadie gav sig inte. "Att göra någonting är bättre än att göra ingenting, bättre än – "

"Jag vet att miss Vickers inte kommer tillbaka. Men våra mammor och pappor då? Polisen? Du tror att de har gett upp, eller hur?"

"Nej, det gör jag inte. Men det kan ta väldigt lång tid innan de hittar oss." Hon föll på knä bredvid Gwen och rörde vid hennes ansikte. "Du bränns. Jag måste få ut dig härifrån."

Gwen sträckte ut sig på marken med huvudet i Sadies knä. Hon fick kämpa för att hålla ögonen öppna. "Stoppa inte ner mig i jorden även om du tror att jag är död. Lovar du det?"

"Jag lovar att du inte ska dö." Sadie smekte hennes brännande panna med sin milda, svala hand.

Gwen satte sig upp och lyste med ficklampan i väninnans

ansikte. Den här gången måste hon veta säkert att det inte var någon tröstande lögn hon fick höra. "Du gör väl inte det – du begraver mig väl inte?"

"Jag lovar. Tänk inte på döden mer." Sadie reste sig och gick bort till hundkroppen. Hon täckte över den med ett plastskynke så att Gwen inte ens skulle behöva se på döden.

Men döden fanns där ändå, i stanken, för mot slutet hade hunden tappat kontrollen över tarmen. Odören blandade sig med den ruttna lukten från hennes sår och kom att utgöra en del av hennes växande kunskap om döden.

"Ta jackan, Sadie." Gwen kämpade för att få av sig dunjackan men var för svag för att kunna krångla sig ur ärmarna. "Ta den nu! Du måste kanske gå lång väg innan du hittar hjälp. Det enda vettiga är att en av oss – "

Sadie makade tillbaka jackan över Gwens armar och drog igen blixtlåset, milt grälande. "Du är mycket sjuk."

"Sadie, bry dig inte om mig. Spring när du får chansen." *Snälla du, lämna mig inte ensam.* "Han har en revolver. Din kniv klarar inte en kula." *Jag dör om du lämnar mig.* "Du kan inte slåss mot en vuxen man. Du måste springa." *Gå inte.*

Ett barn tog det andra i famn, armar slogs om späda axlar, kind lades mot kind, båda mjuka som blomblad. Så tyst nu. Sedan Sadies viskning: "Hur skulle jag kunna överge dig?"

Arnie Pyle och Rouge Kendall satt i soffan på polisstationen. Ali Cray hade slagit sig ner på andra sidan skrivbordet mitt emot kommissarie Costello. Bara Marge Jonas förblev stående och stirrade ut mot Cranberry Street genom persiennerna i fönstret på andra våningen. Tjocka moln hade släckt solen. Bakom henne svarade Costello på en fråga som Ali hade ställt.

"Nej, din farbror har inte sagt ett jävla dugg till oss. Ingen bekännelse, inget förnekande, ingenting alls." Kommissarien lutade sig tillbaka. Blicken vandrade långsamt upp mot taket, som om han inte trodde på sina egna ord. "Doktor Cray avstod från sin rätt att ha en advokat med, men allmänne åklagaren insisterade på att vi skulle kalla på en läkare."

Han vände sig mot den stora kvinnan vid fönstret. "Marge? Ta reda på hur de där poliserna råkade hosta fram en jävla hjärtspecialist på tre röda minuter. Ibland får jag en känsla av att det inte är jag som är chef längre."

"Jag ska höra efter", sa Marge utan att vända sig om. Han kunde henne utan och innan, hon vågade inte stå ansikte mot ansikte med honom när hon ljög. De första snöflingorna singlade ner från den mörkgråa himlen. Fastän det var mitt på dagen hade hon inte blivit förvånad om de tjocka molnen hade delat sig och låtit henne se månen; sådan hade dagen varit.

Tre personer stannade på trottoaren. De tycktes vara i sällskap, ändå förekom inga hälsningsceremonier eller samtal mellan dem. Och ingen sol kunde ge dem skuggor. Den underliga lilla trion vände sig och stirrade upp mot fönstret. Marge tog ett steg tillbaka och kände sig plötsligt naken i det skarpa ljuset från taklamporna.

Costello talade fortfarande med Ali Cray. "Då säger allmänne åklagaren till mig: 'Tänk om gubben får en hjärtinfarkt och dör. Vi vill inte se nån korsfäst i kvällsnyheterna. Skaffa en läkare.' Och sen snor de där två poliserna runt hörnet med den där jäveln, den här – " Han såg ner i sina papper. "Doktor William Penny, iklädd badrock. Du känner alltså den här killen?"

Marge kastade en blick över axeln och såg att Ali Cray nickade men inte hade något att tillägga. Tydligen hade polismästare Croft gjort en korrekt bedömning. William Penny hade föredragit att hålla detaljerna kring det felaktiga gripandet för sig själv – precis som alla fakta om sexaffären.

Fler människor hade samlats på trottoaren därnere, om än inte särskilt många. Utströdda ljusa och mörka ansikten vändes mot det upplysta fönstret. Vad ville de? Inget farligt i alla fall. De såg ut som ett litet gäng turister som gått vilse på en främmande planet och måste fråga om vägen.

Bakom sig hörde hon Costello knacka med pennan mot skrivbordet – ett säkert tecken på kommande oväder. Han talade fortfarande med Ali. "Är William Penny alltid så här otrevlig mot poliser? Man skulle kunna tro att karln har varit i delo med lagen förr."

Marge hajade till.

"Har ingen aning", sa Ali. "Han är min farbrors läkare. Jag vet inget om hans privatliv. Hur mår farbror Mortimer?"

"Jo då, han mår *utmärkt*. Willy-ponken, den jävla hjärtspecialisten, gav honom nånting lugnande efter bara fem minuters förhör. Och sen flinade den satans hjärtkirurgen mot mig – på rent jävelskap – som om han njöt av att få göra mig förbannad. Det var då advokaten dök upp. Jag är rätt säker på att det var doktor Penny som ringde honom. Och så drar advokaten i alla de rätta trådarna för att få din farbror hemskickad under övervakning av doktorn."

"Men så får det inte gå till!" Rouge Kendall trodde knappt att han hört rätt och for ilsket upp ur soffan. "Jag identifierade ankellänken. Den var min systers."

Costello ryckte på axlarna. "Dessvärre hör det bevismaterialet till ett avslutat fall. Det är inte det dödsfallet vi utreder."

"Men de måste höra ihop. Alla de där – "

Costello höjde uppgivet händerna. "Hör på mig, Rouge. Det är allmänne åklagaren som säger så – inte jag. Mortimer Cray hälsade på Paul Marie i fängelset. Vi kan inte vara säkra på att inte prästen låg bakom ankellänken. Om vi inte kan bevisa att det inte har funnits ett läkare-patientförhållande är beviset utan värde."

Marge såg hur fler tysta människor samlades utanför huset och att andra kom längs trottoaren och från andra sidan gatan. Snön fortsatte att falla. Hon hade fortfarande inga onda aningar. De verkade hjälplösa. En del höll varandra i handen för att få mod eller söka tröst i mörkret denna dag.

"Vi vet inte annat än att psykdoktorn kan ha samlat souvenirer från alla sina patienter", sa Costello. "Det kan finnas fem olika pedofiler som kommer med sina bidrag till hans lilla gömma – det hävdade advokaten. De enda beskrivningarna av de andra smyckena finns i Alis fallbeskrivningar. Så allmänne åklagaren, den ärthjärnan, säger att det inte räcker för att anklaga Mortimer Cray för mord, konspiration till mord och hindrande av rättvisan. Inte ens om vi kan bevisa att varenda litet smycke kan kopplas till en död flicka."

Costello tittade ner för att läsa från papperet på skrivbordet. "Det här kommer från åklagarmyndigheten. 'En psykiater kan inte tvingas att vittna mot en patient i ett brott som begåtts i en annan stat.' " Han såg upp på Rouge. "Då är det kört. Din systers fall är avslutat. Alla de andra smyckena hör till fall i andra stater. Men det är riktigt att det är en gråzon i lagen och att vår allmänne åklagare är en idiot. Dessutom är han förbannad för att jag gick ut så hårt om den där husrannsakan, så det här papperet kanske är rena gojan, juridiskt sett. Men det är han som bestämmer. Jag kan inte hålla på och leta efter anklagelser." Kommissarien sköt tillbaka stolen. Han vände sig åter mot Ali. "Och båda barnen är döda vid det här laget. Du vet det. Du hade rätt om allt. Vilken god jul."

Marge sjönk ner på en stol vid fönstret. Hon trodde att Ali Cray tänkte säga någonting. Fanns det fortfarande en chans att hitta flickorna vid liv? Tydligen inte, för Ali satt hopsjunken och det fanns också andra tecken på att hon resignerat: blicken var sorgsen, nästan gråtfärdig, och hon knöt händerna av frustration.

Barnen var alltså döda.

Marge kikade i smyg på Costellos profil. Han hade inte rakat sig i dag – ett dåligt tecken. Hon hittade fler illavarslande omen i röran på skrivbordet. Snabbmatsförpackningar och kartonger från restaurangen som hade mat för avhämtning tycktes föröka sig på och under möblerna.

Hon vände sig mot fönstret igen och såg upp mot himlen. Hade molntaket sänkt sig ytterligare på bara några minuter? Sjönk det nu medan hon såg på? *Ja minsann, lilla kycklingen min, jorden och himlen, natten och dagen håller på att byta plats.*

Och nu samlades fler stenstoder ute på trottoaren, rymlingar från en helt annan historia. Hon räknade till femton personer som stod nedanför fönstret och stirrade upp. Marge betraktade de skarpt lysande neonrören som gick från vägg till vägg i taket.

Kanske var det ljuset som lockade dem.

"Jag vill ha tillstånd att göra husrannsakan hos Oz Almo." Rouge Kendall var på väg mot dörren och han var arg.

"Stopp nu, Rouge." Det var den auktoritative Costello som talade nu. "Det hela är över nu. Det enda som saknas är flickornas kroppar."

"Mortimer Cray bekände väl inte?" Rouge gick tillbaka till skrivbordet, satte handflatorna mot skivan och stirrade på Costello. "Och du tror väl inte att det är gubben som gjort det – å nej." Ingen fråga utan en anklagelse. "Jag vill göra husrannsakan hos Oz Almo. Om du vill kan jag gå hem till domare Riley själv och skaffa tillstånd."

Marge fångade kommissariens blick och nickade, tog parti för Rouge. *Han kan väl få göra det?*

Costello vände sig åter till sin nybörjarutredare. "Nej – inte i dag. Nu säger jag för sista gången att du har inga rimliga skäl att göra husrannsakan. Det enda du har är gammalt groll. Det vet jag och det gör du också. Ingen tar sig för någonting alls förrän vi har hittat kropparna. Jag vill att du går igenom allting på Sorrels skrivbord. Men först ska du titta in hos rättsläkaren och försöka få ur honom nånting. Jag tror fortfarande att det är nåt Chainy döljer för mig."

Marge förstod att Rouge åter tänkte gå lös på kommissarien med fler argument. Costello förstod också och skakade på huvudet. "Ingen husrannsakan – absolut inte. Sätt igång nu."

Arnie Pyle följde efter Rouge ut genom dörren. När de två männen var på väg genom grupprummet bort mot trappan stirrade Ali Cray efter dem och såg precis ut som ett övergivet barn som inte blivit valt till basebollaget. Hon gled ut och stängde försiktigt dörren efter sig.

På trottoaren under fönstret hade den tysta folksamlingen blivit dubbelt – nej, tredubbelt så stor. Människorna stod ute på gatan också och trafiken flöt långsamt runt om dem. Kanske borde hon tala om för honom att de här stumma kufarna hade samlats. Men vad fanns att säga? *Ursäkta, Leonard, men världsrymden har anfallit.* Kommissarien hade sett den filmen och han skulle veta hur man borde ta itu med dem.

Marge såg på honom nu. "Vill du kanske att jag ska säga till grabbarna att sluta gräva upp hasseln i brevbärarns atrium? Det är jul, alla har – "

"Ja, säg åt dem att lägga av."

"Och får jag tala om för dem *varför* de grävde upp brevbärarns träd? Deras korttänkte förman säger ingenting. De vill – "

"Nej. Håll det för dig själv. Det sista vi vill ha är en ny läcka till pressen. Jag hoppas bara att media inte får reda på nåt om flickornas smycken. Det var många delstatspoliser där när – "

"Du behandlar varenda polis som om han var en idiot."

"Jag har inte råd med några läckor!" Han dängde handflatorna i skrivbordsunderlägget och plastbesticken skramlade i kartongerna på bordskanten. "Jag har de förbannade reportrarna på halsen och de vill ha nånting saftigt till kvällstidningarna. Och de som läser skiten är inte en bit bättre. Det är samma avskum på tidningarna som bland allmänheten – alla är likadana."

"Du tror faktiskt inte att psykdoktorn gjorde det. Trots alla bevisen? Har Rouge rätt?"

Costello nickade. "Det är absolut inget fel på den grabbens instinkt."

"Varför kunde han inte få sitt gamla tillstånd då?"

"Marge, du vet vad det är Rouge vill göra upp med Oz. Efter vad jag har hört lurade den jäveln familjen Kendall rejält. Mjölkade dem på pengar när han blev privatdeckare och Gud vet vad allt han ställde till med för dem innan rättegången var slut."

Han såg upp på henne och veknade. "Men skicka hem killarna som gräver upp brevbärarens träd, fast säg inte ett knyst om svamp eller tryffel, va?"

Hon såg ut genom fönstret igen. Det hade slutat snöa och folkmassan hade vuxit. Där fanns inga eftersläntrare längre, alla hade samlats nu. Självklart. Det var mitt på dagen, uppgörelsens timma i västernfilmernas kultur.

Nu började det.

En av dem höll upp ett brinnande ljus, så en till och ytterligare en. Några hade cigarrettändare och tändstickor. Det var så stilla att alla de små lågorna stod rakt upp utan att fladdra.

Så var det alltså. Visste inte de här människorna att vakan med levande ljus traditionellt hölls vid midnatt?

Jo, men världen är uppochnervänd i dessa dagar.

Man drog fram papper ur fickor och handväskor och höll upp dem så att de belystes av ljusen. Det var Harry Greens affisch, porträttet av de två små flickorna. Inte ens på det här långa avståndet var det svårt att läsa det enkla budskapet i fetstil som kom igen kanske hundra gånger.

Till mannen bakom viskade hon: "Apropå avskummet du talade om. Några ur den skaran står här nu."

Han ställde sig intill henne vid fönstret. "Å, herregud."

Marge lät blicken vandra från folksamlingen till kommissariens trötta ansikte. Hon visste att om bara dessa människor hade fört oväsen, ropat på rättvisa eller skrikit i vrede hade han klarat av dem. Men det fanns inga regler, inget myndighetsrekommenderat svar på dessa tysta böner. Två av stadens barn saknades och invånarna bad honom lugnt och stilla, mycket hövligt, att vara så snäll och hitta de försvunna flickorna och föra hem dem – *please*?

Vad kunde kommissarien göra? Han slöt ögonen.

"Kanske har du gett upp lite för tidigt om flickorna?"

"Marge, säg inte så." Han vände ryggen mot fönstret och rösten var beslöjad när han sa: "Det finns en annan sak du kan göra för mig." Han släppte ner persiennen över glaset i dörren. "Jag tänker supa mig asfull. Om nån ringer har du inte en aning om hur man får tag på mig, eller hur?"

Hon nickade och gick ut. Dörren stängdes bakom henne och hon hörde nyckeln vridas om.

Klockan var tre när hon såg upp från datorn igen. Enligt schemat skulle hon inte arbeta den här helgen. Enda skälet till att hon stannat kvar satt asfull på andra sidan om en låst dörr. Vid det här laget var han förmodligen medvetslös, om hon nu kunde bedöma hans förmåga att tåla alkohol – och det brukade hon kunna. Marge kände inte tre kvinnor, eller ens särskilt många barn, som inte kunde dricka Costello under bordet. Hon gick fram till hans dörr. Hon stödde sig med ena handen mot träkarmen och lutade sig fram mot glasrutan. "God jul", viskade hon.

Sedan krafsade hon snabbt ner ett par rader på sitt gula block för att inte glömma att skaffa några saker från delikatessbutiken på Harmon Street, det enda ställe som sålde livsmedel en juldag. Jo, och så måste hon göra ett hastigt besök i kommissariens sommarstuga för att hämta en ren skjorta och lite rakgrejor. Han skulle behöva dem på morgonen. Under de tio år som deras kärlekshistoria varat hade hon också skaffat sig tillträde till byrålådan med underkläder och nu lade hon till sockor, kalsonger och en t-tröja till listan där det redan stod två liter mjölk och en burk majonnäs.

Agent Arnie Pyle stod nere vid stranden en bit bort från gruppen av poliser. Om de förstod vilken begåvad lögnhals han var skulle de kanske få för sig att inte lita på honom längre.

Han hade letat rätt på en federal domare som befann sig på sitt lantställe där han, ökänd slavdrivare som han var, brukade hålla en kader notarier sysselsatta med hans fall under helgerna. På mobilen talade Arnie in en i stort sett helt lögnaktig framställning, som han påstod var sann, på domarens bandspelare. Och sedan lämnades han ensam i telefonen där rena helvetet, i form av polkor på dragspel, bröt ut till fromma för dem som ombetts dröja kvar.

Han lade handen över luren för att dämpa musiken och lyssnade i stället till naturens ljud, vågarna som ömsom slog mot klipporna, ömsom drog sig tillbaka, och fågellivet ute på sjön. Till och med Arnie som bott i städer i hela sitt liv visste att änderna inte borde vara här nu på vintern. En enda riktig snöstorm och deras små stjärtar skulle fastna i kompakt is. Han tittade upp och fick se en vit fågel som med vingarna utbredda höjde sig mot den grå himlen – ännu en kringflyttande varelse som missat sista bussen till Miami.

Han kom alltid till korta när det gällde poetiska framställningar, för sådana krävde den själ han alltför ofta hade salufört. Illegalt hade han fördubblat priset på någonting han inte ägt på många år. Han hade just sålt den igen till en godtrogen domare som betalning för ett husrannsakanstillstånd. Var gång han gjorde så kunde han se för sig sin far som med havsblå blick betraktade en misslyckad son – en beväpnad kväkare *och* en lögnhals. Men sedan fortsatte Arnie med sina lögner, och sådant som var än värre. Vad allt gjorde han inte för sanningen, rättvisan och tioåriga flickor.

Notarien återkom i luren och Arnie lyssnade en stund. Sedan vände han sig mot Rouges bil och gjorde tummen upp medan han gick tillbaka till den privata uppfarten.

"Nu är det fixat." Arnie Pyle fällde ihop mobilen och gled ner på passagerarsätet i den gamla Volvon. "Du får ordern per telefon – det duger lika bra som att ha papperet i handen. Om Almo har en fax kan vi få det direkt från domarens skrivbord."

Genom vindrutan var utsikten magnifik över det stora viktorianska huset, de böljande kullarna, en stor del av sjön och, med hjälp av kikare, båthuset – brottsplatsen. "Rouge, om du inte hittar nånting sitter jag med skägget i brevlådan och själv har du förlorat allt. Om jag hittar tillförlitliga bevis på utpressning klarar vi oss. Om jag inte gör det är tillståndet värdelöst. Då spelar det ingen roll vad du hittar där, du kan ändå inte använda det i en rättegång."

Till vänster om ytterdörren drogs en gardin åt sidan och blottade en man med oroligt månansikte och skallig hjässa. Oz Almo stirrade på Rouges bil och raden med ytterligare tre privata bilar som tillhörde poliser i Makers Village. På andra sidan uppfarten satt poliser i fyra fordon som var märkta med delstatspolisens logotyp. Alla saftblandarna snurrade på patrullbilarna och en siren tjöt när en sista bil bromsade in med skrikande däck.

Agent Pyle räknade till femton man i deras följe. "Hur fick du ihop kavalleriet så snabbt?"

"Costello har låst dem ute", sa Rouge. "De är arga och vill att nånting ska hända. Alla i lokalpolisen ville vara med men en av dem var tvungen att inställa sig för patrullering med polismästare Croft."

Arnie lade handen på dörrhandtaget vid passagerarsätet. "Ska vi sätta igång då?"

"Nej, inte än", sa Rouge. "Vi låter Oz svettas några minuter till."

"Och förstöra lösensumman?"

"Det gör han inte. Han är alldeles för snål. Men han kanske flyttar den. Det räknar jag med. Vänta tills han går bort från fönstret. Sen ger vi honom två minuters försprång."

Fönstergardinen gled igen och Arnie såg på medan sekundvisaren på armbandsklockan släpade sig runt urtavlan två varv. "Då var det dags."

De lämnade bilen med snabba steg och tog trappan upp till dörren med två steg i taget. Rouge vred på handtaget men dörren var låst. Han bankade på dörren. "Öppna, Oz. Polis!"

En röst inne i huset ropade: "Ett ögonblick bara. Jag håller på att ta på mig byxorna, okej?"

Tydligen var det inte okej. Rouge tog om handtaget med båda händerna och tvingade det runt med ren muskelstyrka och en våldsam knyck. Metallen gav vika. Dörren gick fortfarande inte att öppna men nu var det nog bara en regel som hindrade dem. Den unge polisen tog ett steg tillbaka och sparkade på mittspegeln. Dörren svängde långsamt upp och Rouge steg in. "Oz, det där låset är bara skit."

När de kommit in i hallen hittade de mannen fullt påklädd vid foten av trappan. Munnen gapade när rummet hastigt fylldes av storvuxna män i mörka läderjackor, uniformer och revolvrar. Oz Almo log matt. "Tjänare, grabbar." Ögonen for från delstatspolis till lokalpolis, från den ene mannen till den andre medan de spred sig runt i rummet och bildade en levande vägg mellan honom och ytterdörren.

Mannens fingertoppar var sotiga och Arnie var inte den ende som märkte det. Rouge Kendall växlade blickar med en annan polis. Phil Chapel nickade och sa: "Jag räknade till fyra skorstenar på taket. Vi ska kolla allesammans."

Arnie Pyle stod i rummet intill, en liten lya full av kontorsmöbler, jakttroféer, vitrinskåp med skjutvapen och arkivskåp av plåt. Han hängde över den låga bokhyllan tills en fax tryckte ut hans tillstånd. Han gick tillbaka till det främre rummet och höll upp både papperet och polisbrickan för Oz Almo. "Bara några frågor, sir – medan vi väntar."

Oz Almo vände sig om och såg två lokalpoliser gå uppför trappan. "Hallå där, vart ska ni – ?" Han riktade sig till Arnie Pyle. "Vad handlar det här om?"

Arnie slog sig bekvämt tillrätta vid det gamla jalusiskrivbordet som dominerade rummet. Facken och smålådorna var fulla av ditt och datt, smått skräp som urskillningslöst samlats. Översta lådan innehöll större udda föremål av samma typ. Hans arbetsskrivbord var förmodligen det som stod i lyan med arkivskåpen. Han tog till den här antikviteten när han hastigt ville dölja något. Pyle drog fram en tung liggare från en låda längre ner. På pärmen fanns skvallrande spår av aska från Oz Almos smutsiga fingrar; det var alltså inte denna som den misstänkte satt överst på prioriteringslistan över föremål som måste döljas. "Mr Almo, jag hör att ni sa upp er från polisen så snart den lilla flickan Kendall hade hittats död."

Oz snurrade runt och fick se en delstatspolis som fallit på knä vid den öppna spisen och trevade med en eldgaffel uppe i skorstenen. En annan man satte sig på huk bredvid. "Tänd en brasa", sa han. "Kolla om det är bra drag."

"Vad i helvete är det ni letar efter?" skrek Almo åt deras ryggar.

Agent Pyle lät lugn och riktigt trevlig. "Ni lämnade delstatspolisen när Susans kropp hade hittats. Är det korrekt, sir?"

Oz stirrade upp mot taket nu, medan poliser vandrade omkring över hans huvud med tunga steg.

"Sir?" envisades Arnie. "Om Kendallkidnappningen?"

"Jo, jag slutade sen vi hade hittat henne." Han såg på när agenten bläddrade igenom sidorna i liggaren. "Vad tänker ni – "

"Då var det *efter* det att ni hade levererat lösensumman?" Frågan gav önskad effekt, för rädsla skymtade i mannens ögon när han vände sig till Rouge och bönfallande sa: "Det gjorde jag som en tjänst till din pappa. Han gav mig sitt hedersord – "

"Apropå det", sa Pyle, "det står ingenting om lösensumman i polisrapporterna. Och naturligtvis inte heller nåt om att ni levererade den personligen. Ni övertygade Bradly Kendall om att ni bara kunde hitta flickan vid liv om ni arbetade ensam. Senare sa ni att en utplacerad sändare inte fungerat. Är detta en korrekt redogörelse för ert samtal med den döda flickans far?"

"Javisst. Förbannade sändare – det händer jämt och ständigt att de inte fungerar. Jag tappade bort den jäveln." Oz tittade på när skåpet genomsöktes. "Vad håller ni på med nu?"

"Vi ska bara reda ut ett par saker." Arnie hittade en sida i liggaren som han blev särskilt glad över och han log mot Rouge för att tala om att tillståndet nu kunde sägas ha begärts i god tro. Många siffror stämde med uppgifterna Rouge fått från banken, men de här var handskrivna av Almo. "Enligt uppgift blev inte alla rummen här genomsökta." Arnie vände sig till en delstatspolis som stod vid dörren. "Var det inte så, Donaldson?"

"Jo, sir", sa den uniformerade polisen. Bredvid honom stod hans partner som endast var några få år äldre men mer erfaren. "Vi gick bara igenom några enstaka rum på den här våningen, sir."

Oz verkade kippa efter andan och svetten sipprade ner över ansiktet. Han bytte oupphörligt fot och tycktes nästan dansa fram morsesignalen för skuld. Tidningspapper sprakade i spisen och han snodde runt för att se när det brann. "Jag ville inte att de skulle slösa bort tiden. Spaningspatrullen skulle söka igenom ett sånt stort område. Två barn var försvunna. Tiden var – "

Rouge stod bredvid Donaldson. "Gjorde Oz nånting misstänkt? Försökte han hindra undersökningen?"

Båda männen nickade. "Han uppehöll oss", sa Donaldson. "Sen fick vi ett radioanrop och blev tvungna att gå."

"Men vi kom tillbaka", tillade partnern ivrigt. "Men det var samma skitsnack då också. Och det antecknade vi i rapporten – vi bockade inte av det här stället för vi var inte färdiga. Men till slut var det en av de där tjockskalliga utredarna som strök huset från listan. Han sa att vi slösade bort *värdefull* tid andra gången vi var här. Frågade vad vi hade i stället för hjärnor."

Arnie Pyle höll liggaren uppslagen när han reste sig och gick bort till Oz Almo. Han log inte längre.

Oz stirrade på sin räkenskapsbok. "Ni har inte rätt att läsa i den där. Jag vet vad lagen säger."

Arnie Pyle låtsades vara förbryllad när han kastade en blick tillbaka på den öppna skrivbordslådan. "Å, ni läste kanske inte husrannsakningsordern? Ni tänker förmodligen på de begränsningar som gällde förut när vi sökte igenom alla husen. Kommissarie Costello tänkte att det skulle vara lättare att få ett skriftligt medgivande om polisen inte fick lov att titta i folks underklädeslådor eller läsa deras post." Arnie höll upp liggaren bara för att retas. "Men nu när jag har en riktig order kan jag kika på ställen där en barnkropp inte får plats. Detta är en obegränsad husrannsakan som gäller bevis för utpressning."

Oz Almo såg på Rouge. "Och det här deltar du i? Efter allt jag gjorde för din familj vänder du dig mot mig så här?"

Arnie Pyle lät ett finger glida längs en sifferkolumn och såg upp på Almo. "Jag vet vad telefonöverföringarna från andra delstater gäller. Men kan ni förklara de här kontantbeloppen? De poster som har bokstaven *D* direkt efter?"

En av de uniformerade poliserna som stod på knä vid spisen talade med Rouge. "Draget är bra här. Finns inget i rökgången. Vi ska kolla eldstaden i källaren." De hade rest sig och var på väg ut genom den öppna dörren till hallen när en av lokalpoliserna kom rusande nerför trapporna, mycket smutsig i ansiktet. "Jag har hittat den! Jag har hittat den!"

Han öppnade väskan, som var täckt av sot, och pengar rasade ut över mattan i en kaskad av buntade och lösa sedlar. "Det låg uppe i skorstenen. Det finns två likadana väskor till!" Den unge polisens ögon såg ut som klara smycken i hans sotiga, tvätt-björnsliknande ansikte. Han var upphetsad, utpumpad, hög. Det var de allesammans. Och detta gick inte Oz Almo oförmärkt förbi och han stod där ensam i ett hav av adrenalin – rummet ångade av det. En del av männen riktade sin uppmärksamhet mot pengarna, men andra ögonpar vändes mot Oz och stirrade på honom som om han var lammkött – nästa måltid. De samlades runt den misstänkte, tätt intill honom, och Arnie undrade om Oz hörde hur musklerna spändes under läderjackorna.

Arnie tog ett förstoringsglas från jalusiskrivbordet. Han föll på knä på mattan bredvid väskan och tog upp en lös sedel. Han tog god tid på sig när han jämförde den med sedeln som Rouge gett honom och låtsades försöka få gravyrlinjerna att stämma. En dokumentexpert måste göra en riktig undersökning med en ren, omärkt sedel men hur stora var oddsen att detta inte var lösensumman? Han nickade. "De stämmer överens."

"Du är gripen." Rouge nickade åt delstatspoliserna som stod på var sida om Oz. De tog mannens armar och vred upp dem på ryggen och satte handklovar på handlederna. "Anklagelsen gäller medhjälp till kidnappning av och mord på Susan Kendall."

"Men Rouge? Du glömde utpressningen." Arnie vände sig om för att titta på när fången fick våndas ännu en stund. "Och jag tror att vi kan komma på fler anklagelser – massor. Såvida inte den misstänkte vill samarbeta med den federala myndigheten. Mr Almo? Får jag lov?"

Mortimer Cray stod i dörren till växthuset. Det var här i detta glasrum, så fullt av liv, som han kände frid. Detta var hans sanna helgedom.

Välsignad vare Dodd, ty under arbetsgivarens frånvaro hade betjänten satt tillbaka de späda plantorna i krukorna och räddat de mest sällsynta av orkidéerna. Mortimer blev rörd över denna enkla, goda handling, särskilt som trädgårdsskötsel inte ingick i Dodds vanliga plikter.

Det lugnande medlet höll på att släppa. William Penny hade stått över sin patient för att se på medan han svalde ännu en tablett, men sedan kirurgen gått hade Mortimer spottat ut den. Och nu, blott alltför klartänkt, granskade han raderna med bord

som täcktes av lös jord och knäckta plantor som inte stod att
rädda och ytterligare andra som fortfarande kanske kunde över-
leva. Han drog på sig trädgårdshandskarna när Dodd kom in
med en telefon.

Mortimer viftade bort den. "Jag orkar inte tala med någon.
Min advokat säger – "

"Miss Ali har ringt i flera timmar, sir", sa Dodd. Det var inte
alls likt honom att trotsa etikettsreglerna och avbryta sin arbets-
givare. "Doktor Penny tillät mig inte att störa er. Jag lovade er
brorsdotter att ni skulle ringa henne när doktorn hade gått." Han
höll åter fram telefonen. "Var snäll och ring."

Med tanke på betjäntens otroliga behärskning och distans var
det här liktydigt med ett känslomässigt utbrott och det kunde
inte avfärdas. "Naturligtvis." Han släppte handskarna på bordet.
Sedan betjänten hade slagit numret tog han luren och väntade på
att polisinspektören i växeln skulle koppla honom till rätt an-
knytning. Betjänten, diskretionen personifierad, var på väg ut ur
växthuset.

Psykiatern hade sällan funderat över vad den perfekte tjänaren
Dodd tänkte och tyckte, han som nästan var som en robot och
aldrig gav uttryck för humör eller känslor – i alla fall inte när
Mortimer såg det. Och nu började han betrakta sin betjänt som
en man bland andra, en som tog illa vid sig av små barns för-
tvivlade belägenhet.

Ali svarade.

"Dodd bad mig att – "

"Farbror Mortimer? Hur känns det?"

"Jag tror att vi kan avstå från småpratet, Ali. Jag vet vad du
gjorde mot mig, och då menar jag *alltsammans*. Att jag skulle ut-
tala mig om tryffeln, till exempel. Det var väl du som ordnade
det? Du ville att jag skulle vara nära lierad med fallet ända från
början – alla dessa extra påtryckningar. Mycket elegant, kära du."

"Farbror Mortimer." Han hörde att Ali hade gråten i halsen.
"Snälla du, säg var flickan är", bönföll hon.

"Det är jul, Ali. Hon är död sen tidigt i morse. Du konstate-
rade själv att det fanns ett sånt mönster och det var mycket – "

"De hittade en del av Sadie Greens kläder på en olycksplats i
morse. Det är väl konstigt? Under alla de här åren har han aldrig

336

visat nåt intresse för Judasbarnets tillhörigheter. Han har enbart och uteslutande varit besatt av den lilla prinsessan, huvudmålet. Gwen Hubble lever fortfarande och du *vet* det."

"Ali, du drar för långtgående slutsatser – "

"Jag hörde att du frågade Costello om man hade hittat nånting som var Gwens. I alla de fall som jag kunnat koppla ihop fortsatte han att lägga ut en del av det döda barnets kläder där polisen eller föräldrarna skulle kunna hitta dem på juldagsmorgonen, även sen han slutat att låta kropparna ligga kvar ute på vägen. Det var därför han arrangerade den där bilolyckan. Han försökte inte dölja vad Sorrel hade dött av. Han ville att nån skulle hitta de där lila sockorna i dag på morgonen – för de bevisade att *Sadie* var död, inte Gwen. Mönstret stämmer inte längre. Nånting har blivit fel. Han har inte dödat Gwen Hubble än."

"Ali, det där sa du inte till polisen, va? Costello tog inte upp det när jag – "

"Det om kläderna? Nej. Poliser tiger med upplysningar jämt och ständigt, till och med inför andra poliser. Jag tänkte att det kanske var nån av dem. Är det det? Kan du åtminstone säga det?"

Tystnad. Han sa ingenting, men han lade inte heller på luren.

"Du är för tätt inpå det här. Du förstår inte – du ser inte din egen del i det här, eller hur? Försök att förstå brytningen med det gamla mönstret – varför han inte drevs att lämna kropparna så att föräldrarna kunde hitta dem på juldagsmorgonen."

"Jag tyckte att din egen teori var ganska bra. Hans rädsla att bli avslöjad – en växande medvetenhet om kriminalteknisk bevisning, om vad kropparna skulle kunna berätta för polisen."

"Jag hade fel. Han *måste* inte göra det längre. Tänk på saken. Alla de där åren med terapin. Han fick allting från dig – *allt* det han behövde. Du har gött sadisten hela den här tiden. Det måste ha varit så tillfredsställande för honom att komma med de där små smyckena till dig."

Hon väntade tyst och trodde kanske att han skulle förneka sin delaktighet, det här samarbetet med en barnamördare. Mortimer svarade inte. Ali fortfor: "Han hade inget behov av att uppleva föräldrarnas reaktion. Han behövde inte nöja sig med mödrarna som grät inför tv-kamerorna. Han hade dig till hands, farbror

Mortimer – livs levande och på plats. Ögonblicklig tillfredsställelse."

Rösten svek henne och det hördes knappt vad hon sa. Hon grät. Sedan blev det tyst en lång stund. Och nu måste hon ha tagit sig samman, för han tyckte att hennes avskedssalva var jämförelsevis behärskad. "En sista fråga då. Blev han din patient *efter* det att Susan Kendall hade dött – eller levde flickan fortfarande när han berättade om alla detaljerna?"

Hon väntade inte på svar men dängde inte heller på luren i raseri vilket han kanske hade trott. Om det gick att urskilja djupaste förtvivlan i det enkla, mekaniska klicket när en telefonförbindelse bryts förstod han hur hon kände sig.

Marge tvekade i dörren till det mörknande rummet. Taklampan var släckt. I det djupa dunklet därinne satt en enda person, Ali Cray, i en pöl av ljus från skrivbordslampan. Agenterna och utredarna hade övergett polisstationen. Likaledes rådde det brist på delstatspoliser och vanliga snutar. Hon gissade att allesammans var ute och letade efter små flickor utan att ha stort hopp om att hitta dem.

Marge förstod.

De här männen och kvinnorna kunde inte sitta och göra ingenting och bara se på klockan i väntan på att julhelgen skulle vara över och flickorna äntligen dödförklarade i allas tankar. Därför var alla ute och skötte sitt jobb. Hon föreställde sig en hel liten armé av poliser på vägarna, på spaning efter hopp, drivna av längtan efter att få tro. En del av dem, till exempel Leonard Costello, skulle ha tappat sin tro, och i bilarnas privatsfär lät dessa människor tårarna rinna.

Men Ali Cray var där.

Det var inte troligt att den här unga kvinnan skulle tillbringa någon del av helgen tillsammans med sin farbror. Ali var hemlös.

"Lilla vän, du kan följa med hem till mig", sa Marge. "Kalkonen är färdig – den ska bara värmas lite. Alla tillbehören har jag också skaffat. Nja, *de flesta* i alla fall. Vi måste till delikatessbutiken på hemvägen."

Ali skakade på huvudet. Hon sparkade av sig de högklackade skorna och kröp ihop, slog armarna om den späda kroppen och drog upp benen under sig. De bara fötterna vilade på stolsitsen nu som om hon var ett barn som inte fått lära sig hur man ska sitta. Sedan svepte en smal hand iväg en hög med papper från bordet ner i golvet i ett enda, argt drag.

Ett blankt färgfotografi av en flicka låg vid Marges fötter och ingen behövde tala om för henne att detta var Rouge Kendalls syster. Likheten var häpnadsväckande. Om det inte hade varit för det långa håret skulle det ha kunnat vara ett gammalt fotografi av den överlevande tvillingen.

Marge knäppte kappan för att inte frysa och lämnade Ali Cray i fred – i alla fall hoppades hon det, för den unga kvinnan hade lagt huvudet på bordet med armarna som kudde och ögonlocken höll på att falla ihop.

På väg ut från polisstationen stannade Marge intill receptionsdisken, tillfälligt återerövrad av polismästare Croft som tänkte ta itu med det eftersatta administrativa arbetet för polisen i Makers Village. Han satt med telefonluren vid örat och vrålade efter Billy Poor, varpå han bockade av någonting på en lista på sitt block.

Marge bestämde sig för att hoppa över God jul-önskningarna. För första gången på många år skulle hon vara ensam på juldagskvällen och hon var inte på humör att haspla ur sig den korrekta frasen.

Billy Poor kom störtande ut från herrtoaletten och drog till bältet medan han inställde sig vid disken.

"Hör du Billy", skriade polismästaren som om den här unge polisen fortfarande hade varit kvar på toaletten. "Har ingen snackat med den där gamla damens familj än? Jag har en lapp här från – " Och nu höll Charlie Croft ett papper närmare sina närsynta ögon. "Fan också. Det är från Buddy Sorrel. Måste ha legat här sen – "

"Vilken gammal dam gäller det?"

"Det vet du väl – den *döda* som bodde vid sjön."

"Å, *svamptanten.*"

"Hallå där!" Marge Jonas var framme vid dörren men vände och gick tillbaka till den unge mannen i den blåa uniformen.

"God jul, ma'am." Billy Poor tog artigt av sig mössan.

"Åt helvete med julen", sa hon och dängde handväskan i bordet. "Vad är det jag hör om en svamptant?"

ELFTE KAPITLET

Hon sjönk längre och längre ner i febern, gled ut i mörka vatten igen och flöt, seglade på en trög flod mellan sol och måne. En liten vit gestalt sprang längs en strand med svart sand och ropade något till henne, men orden gick inte att uppfatta. Gwen såg rakt in i solskivan – rakt in i ficklampan. Sadie skakade henne och sa: "Somna inte."

"Är det en filmtitel?"

"Om det inte är det borde det vara det." Sadie drog upp henne i sittande ställning. "Kom nu, upp med dig. Vi måste vara nära dörren när han kommer."

"Ingen idé. Jag kan inte gå längre." Såret dunkade och högg i henne med sina små budskap från nervändarna. Men hon tänkte inte börja gråta, för tillsammans höll de på att bygga upp ett slags relation, smärtan och flickan. "Det var en bra idé, Sadie. Det var det. Men jag klarar mig inte ut genom dörren. Det vet du också."

"Jag bär dig. Vi ska fixa det här."

"*Du* fixar det – ensam."

Sadie skakade på huvudet. "Det här fungerar bara om jag låter dörren gå i lås bakom mig. Det är enda sättet att klara sig från nån med vapen och längre ben."

"Ta täckjackan då och stick. Ta dig ut. Hämta hjälp."

"Och lämna dig kvar inlåst här? Med *honom*? Glöm det. Upp med dig nu och gör som vi sa annars dör vi båda två."

"Jag kommer att dö ändå, Sadie."

"Inte då. Det ska jag se till."

Men nog stod det här med liv och död en bit över Sadie, inte klarade hon det med sina tricks. Gwens sår stank och svullnaden vällde ut över den vita kanten på bandaget. Hon försökte röra benet men misslyckades, för det hade blivit tyngre medan hon sov. Feberhettan övergick i rysningar och darrningar. Hon frös ända in i märgen och det här växande medvetandet om det egna skelettet förde tankarna tillbaka till hålet i marken, till graven. "Begrav mig inte. Inte ens om du tror att jag är död, för jag kanske bara sover och då – "

"Som Guy Carrell i *The Premature Burial*."

"Ray Milland, 1962. Det skulle jag inte kunna stå ut med, Sadie."

"Eller lady Madeline i *The Fall of the House of Usher*."

"Marguerite Abel-Gance, 1928. Du ska inte begrava mig. Lovar du?"

"Jag lovar. Men jag – "

"Kan du hämta en sak åt mig?" Gwen var helt koncentrerad nu. Tydligen hade den yxsvingande Joan Crawford haft rätt om sambandet mellan rysningar och klar tankeförmåga. "Det står en burk i det vita rummet."

"Vill du ha en tablett till?"

"Nej, det är en annan sak. Den står i överskåpet – med ett grönt pulver." Hon tog kraftlöst om Sadies arm. "Om jag hade kunnat hoppa från änden av lakansrepet till marken skulle vi varit hemma båda två vid det här laget. Du *vet* ju det, eller hur?"

"Nä, du hade brutit nacken. Då skulle jag ha varit alldeles ensam härnere." Sadie kramade henne. "Du har så ont. Jag ska hämta en tablett." Hon reste sig och gick mot det vita rummet.

"Nej!" ropade Gwen efter henne. "Inga tabletter. Det enda jag vill ha är burken med grönt pulver."

Sadie var på väg bort från ekarna och sparkade upp döda löv som virvlade i ficklampsskenet. När hon hade kommit till änden av raden med svampbord och gått in i det vita rummet, utom synhåll, utom hörhåll, viskade Gwen: "Jag *kunde* ha klarat det där hoppet, Sadie. Förlåt. Förlåt så hemskt mycket. Men nu vet jag vad jag ska göra."

Polismästare Croft flinade vänligt när han släntrade fram genom det stora rummet och drog fram en stol som han ställde bredvid Ali Crays bord. "Jag har hört att du är intresserad av svamp."

"Och tryffel – svamp av förnämsta sort." Marge Jonas stod i den öppna dörren och lät handen vila på en yngre, uniformerad polismans axel. "Det här är Billy Poor." Hon knuffade lätt på honom så att han gick före henne förbi tomma skrivbord och stolar. "Sätt dig." Lydigt slog han sig ner i stolen mitt emot skrivbordet. "Billy är splitter ny här", sa Marge.

Ali log, för den unge polisen såg verkligen nykläckt ut. Han hade runda, rödblommiga kinder som en pojke som just kommit hem efter att ha lekt i snön. Blicken var barnslig och renhjärtad och på något sätt kände hon på sig att Billy Poor aldrig varit mer än tio mil från hemmet.

Marge talade till honom som om hon skulle ha tillrättavisat en valp. "Billy, berätta nu för doktor Cray om svamptanten."

"Hon hade inga *riktiga* svampar, ma'am", sa den unge polisen och tog av sig mössan när han talade till Ali. "Det var bara en massa bilder och böcker – hyllor fulla med prydnadssaker och sånt krafs. Jo, och så var köksdörren formad som en svamp."

"Billy", sa Marge. "Börja nu från början."

"Vi kommer att bli sittande här hela dan." Charlie Croft drog fram en liten anteckningsbok ur fickan och granskade första sidan. "Den gamla damen fick en naturlig död. Vi sökte igenom hela huset för att vara säkra på att ingenting saknades. Ni förstår förstås att ett inbrott hade komplicerat det hela. Och Howard Chainy – det är rättsläkaren – han hade fått en jävla fix idé, ursäkta, ma'am. Han trodde att städtanten kanske hade stuckit med den gamlas värdesaker och att det kanske var därför som hon inte hade rapporterat dödsfallet." Han slog ihop anteckningsboken och viftade med ena handen för att säga *Det var allt – så var det med det.*

Ali undrade vart detta kunde tänkas leda. Tryffeln som hittats i flickjackan stämde inte med den gamla damens märkliga svampsamling. "Gick ni igenom hela huset?"

"Vartenda rum – från källare till tak."

"Var det jordgolv i källaren?" Hon ställde frågan mest av artighet. Hon hade tappat bort poängen med den exotiska svampjakten och mindes bara att odling krävde en ek, förutom jord.

"Jordgolv?" Polismästare Croft kikade åter i anteckningsboken. "Ett ögonblick, ma'am. Vi har sökt igenom så många hus under den senaste veckan." När han hade ögnat igenom några sidor såg han upp på henne igen. "Jag tog rummen på de övre våningarna. Billy och Phil Chapel gick igenom entrévåningen och källaren." Han vände sig till sin yngste polis. "Vem av er var det som sökte igenom källaren?"

"Det gjorde jag, sir. Jag är ganska säker på att det var cement-golv där. Det var bara en liten tvättstuga. Jag minns att det stod en tvättmaskin där och en torktumlare."

Charlie Croft snurrade runt i stolen så att han satt ansikte mot ansikte med den yngre mannen. "Nog var det väl mer än så."

"Där fanns en värmepanna", sa Billy. "En stor sak. Men det fanns inte plats för mycket mer därnere. Inga lådor, ingenting sånt. Det var väldigt trångt."

Marge lutade sig fram mot Billys öra och betedde sig som en teatermor som manar på sitt barn. "Då var det ett riktigt litet hus?"

"Nej, ma'am", sa Billy. "Det var stort, kanske femton rum."

Charlie Croft nickade instämmande. "Det där jävla huset brer ut sig över hela trakten." Han vände sig åter mot Billy. "Och så påstår du att hela källaren bestod av en *trång* tvättstuga?"

Sekunderna släpade sig fram medan de två männen stirrade på varandra och till slut sa polismästare Croft: "Fan också."

"Jag berättar bara vad jag såg", sa Billy och sjönk ihop i stolen. Han stirrade på en papperstallrik med kall pommes frites som stod på hörnet av Alis skrivbord. "Ska ni äta upp det där?"

"Varsågod, Billy." Ali sköt fram tallriken åt honom. "Minns du om du såg nån dörr i källaren?"

"Nej, det gjorde jag inte, ma'am."

"Letade ni efter någon?" frågade Charlie Croft.

"Nej, sir. Vi skulle bara kolla att det inte hade varit nåt inbrott i huset." Billy hade konsumerat pommes friten och nu gjorde han en bedömning av en kartong med munkar som stod på skrivbordet bredvid Alis. "Jag trodde inte att det kunde finnas nånting därnere som var värt att stjäla."

"Ingen fara, gubben min." Marge rufsade om i Billys hår medan den unge mannen slök en munk och sträckte sig efter en till. Hon räckte Ali listan över de hus längs sjön som sökts igenom. "En av utredarna bockade av den gamla damens hus."

"Ja, vi sökte ju igenom det, inte sant?" Billy hade mumsat i sig två sockermunkar med häpnadsväckande fart och nu fanns en kvar i kartongen – än så länge.

Charlie Croft såg på Ali. "Det här är mitt fel." Han vände sig åter till den yngre mannen. "Du kan gå nu, Billy. Vi klarar oss själva."

Den unge polisen tryckte in den sista munken i munnen och han hade nästan hunnit fram till dörren när Marge ropade efter honom. "Billy? Du kollade väl vad som fanns i tantens kylskåp?"

"Ja, ma'am."

Marge flinade. "Hur kommer det sig att jag känner sånt på mig?"

"Mitt i prick", sa Ali. "Men Billy – då fanns det ingen svamp där, alltså? Ingenting som såg konstigt ut?"

"Nej, ma'am, ingenting alls. Där var tomt. Jag trodde att svamptanten hade tänkt resa bort."

När Billy Poor hade gått lutade sig Charlie tillbaka i stolen och stirrade upp i taket. "Marge, om du lovar att inte nämna det här lilla klantandet för Costello skulle jag vilja ta mig en tur dit nu och kolla den där källaren."

"Lita på mig." Marge kramade hans arm för att försäkra honom om att hennes lojalitet låg hos den som undertecknade lönebeskedet och inte hos delstatspolisen som råkade vara på besök.

"Gör det nåt om jag följer med?" frågade Ali. Det var bättre att hålla sig igång, även om man bara gick i cirklar.

"Jag är glad om jag får sällskap." Charlie bläddrade igenom sin anteckningsbok igen. "Jag har för mig att det var nåt annat egendomligt med det där stället, men jag kommer inte på vad det var."

Det var synd att Oz Almos advokat inte hade lagt ner mer pengar på sin tupé. Tofsen med ungt, brunt hår satt ovanför grånande tinningar och tycktes ha kravlat dit av egen kraft. Specialagent Arnie Pyle undrade om advokaten hade gett tupén ett namn och köpt en loppkrage till den.

Arnie lutade sig tillbaka i skinnstolen och tände en cigarrett trots att det inte fanns något askfat. Almos advokat viftade med handen i luften för att skingra rök som ännu inte hade nått fram till honom. Det var den första fysiska rörelse mannen gjort sedan de satt sig för att artigt börja en förhandlingsomgång om ett erkännande. Men advokaten rörde inte på huvudet. Han vände hela tiden profilen mot FBI-agenten som förhäxat stirrade på det enda runda ögat som aldrig blinkade.

Efter att ha dragit ett djupt bloss på cigarretten för att åstadkomma längsta tänkbara askpelare log Arnie mot advokaten som han hade döpt till Fisköga. "Enligt liggaren – " Han avbröt sig för att slå upp den tunga volymen. "Oz har inkomster från en mängd olika ställen men bara från två legitima klienter. Intressant, eller hur? En del av dessa poster är telefonöverföringar från andra stater. Men den som jag särskilt fäst mig vid kommer förmodligen från en man härifrån trakten. Efter varje notering om en inbetalningar står det ett *D*. Alltid samma kontantinsättning varje månad. Jag kan spåra dessa inbetalningar så långt tillbaka som tio år."

Han stängde boken med en hård smäll. Fisköga hoppade till och Arnie log ännu bredare. Allt som kunde åstadkomma krackeleringar i en advokats behärskning var ett steg framåt. "Det ser ut som om er klient håller på med utpressning."

"Men ni vet det inte säkert."

"Jag har inte förhört offren, om det är det ni menar. Och det vill inte advokaten att jag ska göra heller. När jag väl har gjort det måste jag rapportera. Tror ni att det bara är munväder?" Arnie ryckte förbindligt på axlarna. "Okej, jag ska ge er ett namn då – Rita Anderson."

Advokaten vände sig till sin klient som satt på kanten av soffan med händerna i bojor bakom ryggen. Uttrycket i Oz ansikte sa honom att det inte var något tomt hot. Rouge hade alltså haft rätt om den överbetalda städerskan.

"Vi kan säga att anklagelsen gäller utpressning." Arnie satte upp fötterna på den sotbelagda bagen med lösensumman. "Bland annat."

Poängen gick inte Fisköga förbi, men han tycktes inte heller oroad av att hans klient figurerade i anklagelser för konspiration inför mordet på Susan Kendall. Advokaten visste också att två andra barn mycket väl kunde vara döende just då. Men han lät sig inte rubba, han visade ingen oro, ingen medkänsla, inte minsta antydan till att vara en människa av kött och blod. Fiskögas mor hade uppenbarligen lagt sin rom i kallt vatten.

"Lösensumman är en gammal historia, agent Pyle. Om ni inte har mer att komma med – "

"Ska vi se om jag kan gissa vart ni vill komma med det där. Reglerna för preskriptionstiden? Tiden räknas från den dag då upptäckten görs och det är i dag."

"Nej, jag hade tänkt fästa uppmärksamhet på det enkla sakförhållande att det finns en man som dömdes för mordet på Susan Kendall."

"Det har ni rätt i. Men det ser ut som om prästen inte var ensam. Vi har satt fast Oz för konspiration." Med frånvarande min strök Arnie över liggarens pärm. "Jag är intresserad av kontantposterna från personen som bor här i trakten."

Advokaten kastade en blick på askpelaren på Arnies cigarrett; den hade växt. "*Mr* Almo kommer gärna att bistå polisen i denna utredning, på vissa villkor." Fisköga hostade artigt – ickerökarens antydan om att cigarretten borde släckas.

Arnie skakade på huvudet. "Beklagar, vännen min. Får jag kalla er vännen min? Inte? Nå, men då hoppas jag, för Oz skull, att flickorna inte dör medan ni gör narr av mig." Arnie tog ett nytt bloss och nu hängde den långa askpelaren ut över stolens armstöd, över den handknutna mattan, men bäst av allt, den hotade nederkanten på advokatens cashmererock. "På grund av telefonöverföringarna från andra stater har FBI haffat er klient för utpressning. Men nu när lösensumman hittats har delstatspolisen bevis för kidnappning och mord – det blir vatten och bröd i fängelsehålan, även om han kan slingra sig undan mordanklagelsen. Vi säger att han skrev utpressningsbrevet själv. Det skulle minska strafftiden."

Fisköga hade redan formulerat sitt genmäle och hade öppnat munnen men Arnie satte upp ett finger och markerade att han inte var färdig än. "I morse fann vi en död BCI-man vid namn Sorrel. Han ingår också i det här. Alla är uppretade – både federal polis och delstatspolis."

Advokaten höll ut en tom nötskål som agenten kunde använda som askfat. Arnie låtsades inte om förslaget och lät skålen sväva i luften mellan sig och Almos advokat. Mannens enda öga gled över poliserna som skruvade sig, spände sina muskler, vände och vred sig så att energinivån steg i rummet.

Och så föll askpelaren i skålen som Fisköga höll fram.

"Jag har för avsikt att råda min klient att samarbeta."

"Ett gott råd."

"Men jag kan inte råda honom att kompromettera sig." Fisköga ställde ifrån sig skålen med en min av avsmak. "Under omständigheterna anser jag att immunitet från federalt åtal kunde vara rimligt i utbyte mot fullständigt samarbete."

"Ni räknar med pressen från två små flickor som inte har lång tid kvar att leva." Arnie nickade. "Okej, då säger vi det. Det blir inga anklagelser för federala brott."

"Det gläder mig att vi är ense om detta, agent Pyle, men jag måste överlägga med någon i högre befattning, någon som är *bemyndigad* att träffa avtal."

"Självklart har jag stöd av höjdarna. Advokaten vet vad som gäller. Detta är ett engångserbjudande och tiden rinner ut för flickorna."

"Använd telefonen då."

"Det är juldagen i dag. Ni – "

"Jag har ett hemtelefonnummer till statsåklagaren." Fisköga letade i sin plånbok och drog fram ett visitkort med ett handskrivet telefonnummer på baksidan. "Vi spelar golf tillsammans."

Charlie Croft körde i god fart längs den övergivna Lakeshore Drive trots att inga gatlyktor lyste upp vägen nu på kvällen. Trädstammar och låga grenar som hängde ut över vägen framträdde i strålkastarljuset från bilen.

"Som sagt, ma'am, det här är förmodligen bortkastad tid."

"Säg Ali."

"Billy kan mycket väl ha haft rätt om att källaren var trång. Om jag minns rätt har det där gamla huset byggts till rätt mycket – men alla tillbyggnader har inte gjorts samtidigt. På framsidan består väggen både av tegel och sten. Utbyggnaden på baksidan är i trä. Det skulle kunna vara så att det bara är det ursprungliga huset som har källare. Tillbyggnader på slät mark har bara kryputrymmen och ingen källare alls."

"Du försökte komma på nånting som var egendomligt med huset. Var det nånting som du såg på de övre våningarna?"

"Tror inte det. Det är ett fyravåningarshus men det finns inte mycket att se. Det såg ut som om den gamla damen inte använde övervåningarna. Det fanns inga sängkläder i sängarna och de flesta rummen var tillstängda och dörrarna isolerade. Hon använde sitt lilla vardagsrum som sovrum så jag tänkte att hon kanske försökte spara genom att stänga av resten av – Ja, jävlar." Han slog sig för pannan. "Det var det som var så konstigt och som jag inte kunde komma på – räkningarna för värme och vatten. Jag såg dem på skrivbordet när Phil Chapel sökte i röran efter en adressbok. Elräkningen var enorm, även för ett hus som är så stort."

"Det kanske har elvärme?"

"Nej, ma'am – jag menar Ali. Det fanns element i alla rummen – och alla var för ångvärme. Och vattenräkningen var också hög. Jag har stött på nåt liknande en gång tidigare – höga vatten- och elräkningar. Det var en sån där jävla hippie som hyrde ett sommarhus vid sjön. Han odlade sitt gräs i huset och sålde till barna i trakten. Om den där gamla tanten inte hade varit ensam där skulle jag ha vänt uppochned på stället och letat efter fröer eller kanske ett växthus nära villan. Om jag haft gott om tid hade jag nog gjort det ändå."

De svängde av från Lakeshore Drive in på en smal väg utan skyltar.

Rouge stod vid fönstret som vette ut mot den privata uppfarten. Där fanns nästan inga poliser eller bilar kvar. Det var bara Donaldson och hans partner som stannat och väntade på att advokaten skulle bli klar med sin smygöverenskommelse med statsåklagaren.

När Oz Almos advokat hade lagt på luren vände han sig till FBI-agenten. "Då är vi överens? Ni avstår från att sätta igång en utredning av telefonöverföringarna och mr Almo har immunitet mot åtal för federala brott. Då gäller det anklagelserna för brott på delstatsnivå. Lösensumman kommer min klient att överlämna som hittegods."

"Det ingick inte i överenskommelsen."

"Det gör det nu, agent Pyle."

"Okej. Nu fortsätter vi." Ur ögonvrån såg Arnie att Rouge var på väg fram till dem. Tydligen tyckte den unge polisen inte om tanken att Oz skulle klara sig ifrån alla anklagelserna. Arnie kastade bara en blick på honom och lyckades med en omärklig nick få honom att förstå att detta verkligen var en mycket bra överenskommelse – med tanke på två barns liv. Det var så mycket som vilade på Alis kartläggning av brottslingens profil: att det var en man från trakten, att prästen var oskyldig, att Oz varit delaktig i kidnappningen. Det svaga spåret som ledde till ett utpressningsoffer som bodde på orten kanske inte skulle leda någonstans, men detta var den enda fälttågsplan som återstod. Timmen var sen – barn väntade.

Rouge drog sig tillbaka till de två delstatspoliserna som höll på att gå igenom bagarna och lådorna med bevismaterial. Han fortsatte med det han hållit på med: att leta efter ansikten bland fotografier av lokala utpressningsoffer. Det var nästan en kapplöpning mellan den unge polisen och advokaten. Vem skulle vara den förste som satte namn på den mannen?

Och nu insåg även Fisköga detta. Han vände sig till sin klient. "Nå, ge dem namnet som hör till noteringarna med ett *D*."

"Jag bedrev utpressning mot William Penny. Han är läkare här i stan, hjärtspecialist. Jag kom på att – "

"Det räcker mer än väl", sa advokaten. Han glodde åter på Arnie. "Jag föreslår att vi fortsätter med att reda ut de återstående anklagelserna. Ett samtal med – "

"Sakta i backarna", sa Arnie Pyle. Han såg på Rouge och det var uppenbart att namnet sa honom någonting. Självklart – det var Mortimer Crays hjärtläkare. "Jag vill höra det här klart och tydligt, så att jag vet vad det är jag köper. Vad exakt handlade utpressningen om?"

Advokaten vinkade åt klienten att hålla tyst. "Det tar vi sen. Nu vill jag tala med allmänne åklagaren här i stan. Samma immunitet när det gäller konspiration. Jag har hans hemtelefonnummer. Men först föreslår jag att vi börjar med att visa lite god vilja. Be dem ta av min klients handbojor." Han viftade vagt i riktning mot poliserna, som han tydligen uppfattade som någon sorts hantlangare.

"Det tror jag inte", sa Rouge utan att avbryta arbetet med att märka bevispåsarna.

Fisköga tycktes göra en ny bedömning av den unge BCI-utre-daren. Fanns det ännu en maktutövare i rummet? Sedan avfär-dade han tanken.

Arnie lutade sig fram. "Två flickor befinner sig i livsfara, advokaten."

"Så mycket större anledning att avsluta det här snabbt. Jag vill höra allmänne åklagaren säga det själv. Det är vad som gäller. Acceptera det eller låt bli."

"Jag kanske låter bli", sa Rouge.

Fisköga vände sig mot den yngre mannen som höll upp en plastpåse mot ljuset. Advokaten såg med yttersta förakt på honom och tillrättavisade honom som om han varit ett barn som avbrutit de vuxnas samtal. "Ni är utredare inom delstatspolisen, inte sant?" Advokaten var helt klart inte det minsta imponerad.

"Han är bror till Susan Kendall", sa Arnie lågt, nästan som en avsidesreplik. "Tror ni inte att han har visst inflytande hos allmänne åklagaren här?" Han lutade sig fram och lade handen på ryggsäcken. "Det var meningen att Oz skulle köpa Susans liv med de här pengarna."

Advokaten viftade med ena handen som om han sjasade bort den tanken. "Ni vill ha upplysningar – och det är mycket brådskande, sa ni inte så?"

"Helst innan vi hittar flickorna döda, förbannade – "

Rouge ställde sig mellan dem och vände sig till Arnie Pyle. "Det finns ett annat vittne som kanske kunde ha intresse av att vittna för åklagarsidan."

Tänkte Rouge på Rita, städerskan? Tydligen trodde advokaten det för han var på väg upp ur stolen. "Jag tror att vi kan diskutera det här lite mer", sa Fisköga.

"Skit i det." Rouge vände ryggen mot mannen och gick miste om den ljuva synen av en chockad advokat. "Den här skitstöveln kommer bara undan utpressningsanklagelserna, eller hur?"

Arnie nickade. "Men överenskommelsen gäller bara om han samarbetade, och det gör han inte."

"Agenten bad om ett namn." Advokaten stod bakom dem och höjde rösten för första gången. "Han gav er namnet. Sån var överenskommelsen."

"Han har nog en poäng där", sa Arnie. "Delstatsåklagaren

gjorde en överenskommelse angående noteringen i liggaren. Det sas ingenting om att upplysningen måste leda till nånting."

"Nähä, men det här då?" Rouge öppnade bevispåsen och hällde ut de förkolnade resterna av ett antal veckotidningar på soffbordet. Bland de halvbrända fragmenten av blankt papper med hål som klippts ut med sax fanns tre små fyrkanter med bokstäver och ord. "Labbet kan kanske koppla det här till det fingerade utpressningsbrevet som gällde Gwen och Sadie."

"Då börjar vi om igen", sa Arnie och stirrade på Oz Almo utan att bry sig om advokaten. "Kommer jag att hitta stora summor som kan stämma med lösensummor för andra barn när jag än en gång går igenom denne driftige, kvalificerade knölfödas bokföring?"

Rouge vände sig till delstatspoliserna. "Grip honom." Till advokaten sa han: "Stick."

Fisköga visade båda sidorna av ansiktet nu och han såg orolig ut. Han hade underskattat den unge polisen. Alltför sent insåg han vem det var som var lagledaren i rummet.

När de gick ut räknade Arnie på påföljden. Oz Almo var ingen ung man; han skulle aldrig se världen utanför fängelsemurarna igen. När Arnie gled ner på passagerarsätet i Volvon satt Rouge i telefon och bad om numret till en domare. Han slog det och vred sedan om tändningsnyckeln. Han lade i en växel samtidigt som han med telefonen i andra handen redan lurade av domaren två tillstånd för husrannsakningar. "Ja, sir, jag vet att det är jul. ... Ring bara till statsåklagaren. Det var han som medverkade till överenskommelsen. ... Ja, sir. ... Det kan jag. Jag har hans hemnummer."

Arnie nickade gillande. Rouge höll på att ta efter agentens dåliga vanor, och fort gick det också. Att erbjuda hemtelefonnumret till statsåklagaren var så läckert att domaren antagligen inte skulle bry sig om att ringa. Och för att vara en nybörjare ljög han verkligen elegant. Det var bara ett problem – alla bevisen hade hopats mot Oz Almo. William Penny var bara ett namn i en liggare – där fanns ingen substans. Men nu tänkte den här unge polisen gripa honom.

"Rouge, du har ingenting på Penny, du har inget att säga – "

"Det skaffar jag." När de hade svängt in på Lakeshore Drive

hade Rouge gett order om att en grupp delstatspoliser skulle söka igenom läkarens hem.

FBI-agenten lutade sig fram och kom med ännu en påminnelse. "Du har inte skäl nog att söka igenom hans – "

Rouge kastade bara en blick på honom.

"Jag vet", sa Arnie. "Du skaffar fram dem." Han försökte erinra sig när han senast hade låtit sig ledas av instinkten i ett fall. Karriären kanske skulle gå åt helvete i en enda röra av lögner och brutna lagar och regler, men han gillade känslan när vägen försvann under en bil i etthundrafyrtio kilometers fart. Han tänkte inte komma med fler goda råd som skulle göra slut på denna ljuvliga jakt – inte för allt i världen.

"Han kanske är hos Mortimer Cray", sa Arnie. "Sa inte Costello att psykdoktorn hade åkt hem och att han fick vård av sin hjärtläkare?"

"Det är dit vi är på väg. Jag ringde till polisen som står på vakt. Han sa att Penny hade åkt för länge sen."

"Du tänker alltså sätta åt Cray? Bra idé. Costello klantade sig rejält när han förhörde honom på sjukhuset. Han körde med metoden snäll polis, stygg polis. Kommissarien försökte spela båda rollerna själv. Nu när vi är två om gubben kan det bli en snabb match – "

"Jag hade tänkt mig en ännu bättre match", sa Rouge. "Vi ska vara stygg polis och djävulens utsände polis."

Arnie stack handen i fickan och tog fram det lilla monstret, det som han hade fått av Becca Green så att han inte skulle glömma hennes dotter. Och trots att oddsen för att flickan skulle ha klarat sig var så dåliga upptäckte han att han inte kunde ge upp hoppet om Sadie. Han satte hennes kusliga leksak på instrumentbrädan nära vindrutan. Monstret avtecknade sig mot strålkastarljuset och blev till en mörk silhuett som hoppade och studsade på sina gummiben var gång bilen svängde. Den levde.

Charlie Croft bromsade in polisbilen på uppfarten till det gamla huset och tog fram mikrofonen till bilradion. Ali lyssnade på bruset och de obegripliga orden ur mottagaren.

"Vi måste vara under nån jävla kraftledning", sa han. "Det var likadant förra gången jag var här." Charlie höll luren mot örat och höjde ett finger för varje ord han uppfattade. "Vi måste ge oss av, Ali. Det låter som om de hade tagit den jäveln." I mikrofonen sa han: "Gjorde de det?" Han vände sig till Ali. "De tänker gripa honom nu." Efter ytterligare någon minuts brus och babbel talade han till radion. "Men ungarna då? ... Va? ... Säg om det. ... Är det vad – " Han vände sig mot Ali Cray igen. "De behöver förstärkning."

"Vem är det?"

"Inget namn, bara en adress. Jag kommer inte att veta om jag hörde rätt förrän jag är borta från ledningarna eller vad fan det nu är som orsakar störningarna. Jag släpper av dig på vägen."

"Jag skulle vilja vara kvar här. Jag klarar mig själv." Hon hade hopp om Gwen Hubble men hon ville inte vara med när de förde in Sadies kropp. Och trots att hon visste att detta var ren feghet kunde hon inte möta Becca Greens smärta. Ali såg ut över sjöns svarta vatten. Mörker, isolering, lugn, det var vad hon längtade efter i kväll.

"Jag vill helst inte lämna dig här ute ensam", sa Charlie. "Dessutom verkar det rätt meningslöst nu."

"Ge mig nyckeln bara. Jag ska vara försiktig." *Jag kan inte möta Becca.*

Han tvekade fortfarande.

"Dina killar har ju tagit mannen. Vilka är oddsen då? Det finns inte plats för två monster i Makers Village." *Och jag är feg.*

"Det har du förstås rätt i." Han log och veknade, eller kanske kände han sig snarare hetsad och ville komma iväg bort och delta i jakten. "Okej. Nyckeln ligger ovanför bakdörren. Jag lämnade kvar den där för att el- och vattenverkskillarna skulle kunna komma in. Men ta den här." Han räckte henne ficklampan. "Jag vet inte om elektriciteten är på eller av." Han pekade på väggen som belystes av bilens strålkastare. "Det där ser ut som en hel famn ved. Du kanske behöver den om – "

"Just det, oroa dig inte för mig." Hon steg ur bilen och stängde dörren.

"Jag kommer tillbaka senare och hämtar dig." Han lade in en växel. "Det ska inte dröja länge."

"Jäkta inte, Charlie." *Ju längre tid det tar desto bättre.*

"Telefonen fungerar säkert inte. Har du nån mobil?"

"Jadå." Hon tog fram mobilen ur handväskan och höll upp den så att han kunde se.

"Marge håller ställningarna för mig på stationen. Ring henne om – "

"Jag klarar mig."

När han vände bilen och körde ut mot huvudvägen lyste hon sig fram till huset med ficklampan. Fingrarna utforskade kanten ovanför dörren. Ingen nyckel. Killarna från energiverket hade antagligen tagit den med sig. Nå, men det var stället som Charlie hade valt för sin nyckel. Husets ägarinna hade kanske valt en mer fantasikrävande plats för en reservnyckel.

Tänk nu som en gammal kvinna.

Charlie hade talat om likets reumatiskt knotiga händer så hon borde ha valt ett mer tillgängligt gömställe. Ali riktade ficklampan mot fågelbadet som var gjort av cement. Nej, för tungt att tippa bakåt. På andra sidan om dörren fanns ett gammalt solur av brons som stod på en piedestal. En groda i en ljusare nyans satt på kanten. Om det inte hade varit så att grodans patina var annorlunda kunde man ha trott att den gjutits i ett stycke med soluret. Hon lyfte på den lilla grodan. Där låg nyckeln.

Hon kom in i huset genom ett modernt kök. Den snidade dörren på bortre väggen var en smula för ståtlig för rummet och förmodligen hade den varit ytterdörr innan det yttre rummet byggts till. Hon riktade ficklampan mot en rad kopparkastruller och upptäckte sedan svampklockan som Billy Poor talat om. Kanske hade polismästaren rätt i att detta var slöseri med tid.

Det var kallt i huset. Hon vred på en strömbrytare på väggen och varmt, gyllene ljus flödade över köket från taket. Då var det bara värmepannan som stängts av. Det var konstigt att det inte fanns någon nedgång till källaren utanför köket, men i denna röra av tillbyggnader väntade hon sig inte längre att hitta någonting där det borde vara. Rummet intill användes som matsal och hade tidigare varit vardagsrum.

Hon stoppade ner ficklampan och tände i alla rum som hon gick igenom. Alla var fulla av keramiksvampar som stod på hyllor och bord. Alla väggarna kantades av påmålade svampar, men det fanns inga spår av några riktiga svampar och heller ingen tryffel. Hon öppnade dörren till en smal trappa.

Det satt en lampa ovanför hennes huvud men den gick inte att tända. Hon tog fram ficklampan igen och gick nerför trappan och genom en dörr in till källaren. Den gula ljusstrålen vandrade över en tvättmaskin och en torktumlare. Precis som Billy hade sagt var det trångt här. Den överdimensionerade värmepannan dominerade utrymmet. Hon tog ett par steg in i rummet och stötte emot det kalla plåthöljet när hon riktade ficklampan mot det lilla utrymmet mellan pannan och hörnväggarna.

En annan dörr. Den var liten, kanske bara en och en halv meter, och den stod på glänt. Inte undra på att Billy hade missat den. Den hade säkert synts bättre och varit lättare att nå när huset hade en värmepanna i mer normal storlek.

Hon lyste på dörrlåset. Dörren skulle gå i lås om den stängdes. Hon satte upp låset och lät blicken följa ficklampsljuset nerför ännu en trappa.

En källare under källaren? Hon försökte tända ljuset med väggkontakten, men inte heller här fungerade lampan. Hon vände sig om och lät ljuset spela över tvättstugans väggar för att se om det fanns något proppskåp.

Mortimer Cray förföljdes både av de levande och de döda. Han undvek att se på agent Pyles ansikte för där fann han tecken på besatthet. Ja, det var Paul Maries ögon. De var isande, förfärande.

Han hade sett prästens ögon i sjukrummet. Den gången hade han förklarat synvillan med den uteblivna medicineringen och sin oerhörda ångest. Hur skulle han kunna förklara bort den här och nu? Han tänkte inte ens försöka. Vad var det för mening? Förnuftet hade flyktat, det var agentens ögon bevis för. I nästa ögonblick skulle kanske jorden spricka upp och spy ut eld och rök, och han skulle inte bry sig om det alls.

Psykiatern såg ut genom glasväggen och betraktade männen i uniform som myllrade omkring ute i trädgården och trampade ner plantor och buskar. Ett annat spöke från gångna tiders synder stod bland alla poliserna på gården, den ende av dem som inte rörde sig – så lik sin syster. Rouge Kendall öppnade en mobiltelefon och drog ut antennen.

Ögonblicket därpå dök Dodd upp till höger om Mortimer

med en sladdlös telefon i handen. "Det är en patient, sir. Han säger att det är viktigt."

Psykiatern talade till FBI-agenten utan att se på honom. "Agent Pyle, det kan var nånting allvarligt. Ni har väl inget att invända?"

"Håll bara inte på för länge och lova inte nåt hembesök." Agenten gick bort till andra sidan av rummet för att övervaka förstörelsen av ännu en rabatt med orkidéer.

Mortimer höll telefonen mot örat. "Hallå, vem är det jag talar med?"

"Kom närmare fönstret, doktorn", sa den välbekanta rösten i luren.

Mortimer gjorde som han blev tillsagd och såg ut genom glaset.

"Till vänster."

Mortimer vred sig och fick syn på den unge mannen som stod i trädgården och talade i en mobiltelefon.

"Bra, nu kan jag se ert ansikte", sa Rouge Kendall. "Nu blir det lite mer personligt."

FBI-mannen som hade prästens ögon kom fram till honom igen. "Ni får fatta er kort. Mitt ärende här är viktigare."

"Jag hörde vad han sa", hördes Rouges mildare röst i telefonen. "Lyssna inte på agenten. Han försöker bara göra er nervös. Ni behöver inte säga nånting om inte er advokat är med."

Mortimer vände sig till FBI-agenten. "Jag måste ta det här samtalet. Jag utnyttjar min rätt att tiga."

Pyle vände honom runt med våld och tryckte upp honom mot väggen. "Jag har inte tid med era rättigheter. Två barn kan vara döende. Jag har absolut ingen tid kvar."

Rouges kroppslösa röst sa: "Doktor Cray har all tid i världen."

"Vi har gripit er patient", sa Arnie Pyle och tog ett steg tillbaka. "Han tjattrar som en sparv."

"Pyle ljuger." Rouges röst var full av förakt. "FBI har inga riktiga bevis och doktor Penny är inte gripen. Agenter och poliser – de är idioter allesammans, ingen av dem kan sköta sitt jobb."

Delstatspoliserna lämnade trädgården och gick in i huvudbyggnaden. Rouge stod kvar och höll honom fången från den mörka sidan av glasväggen. Ändå var den unge mannen intim

som en älskare när han viskade i telefonen, in i Mortimers öra.
"Ni sa till er brorsdotter att jag var er patient."

"Det gjorde jag inte."

Agent Pyle höjde rösten. Prästens ögon var rasande. "Doktorns patient är en riktig sadist, eller hur? Men ni känner naturligtvis till alla detaljerna bättre än jag skulle kunna göra."

Den gamle blundade för att utestänga Arnie Pyles ansikte – Paul Maries ögon. Mortimers händer började darra och han tappade nästan telefonen. När han tittade upp igen var agenten inte där längre, han var på väg bort.

"Han bluffar", sa Rouge. "Den profil som Ali tog fram tillhörde en sadist. Det är det enda han har att arbeta med. Men det visste ni väl? Ni berättade allt om mig för Ali – allt om oss."

"Jag har inte berättat för någon att – "

"Lögn. Hon arbetade med mitt fall samma dag hon kom till stan. Hon vet nånting. Hur skulle hon kunna veta om inte ni berättat?"

"Vad skulle jag ha kunnat berätta? Det här är – "

"Sluta ljuga. Doktor Penny lovade att ni skulle bevara mina smycken. Men ni gav dem till polisen."

"Det är inte sant, inget av det där är sant." Mortimer såg Rouge gå fram och tillbaka i trädgården, såg hur han höjde ena knytnäven.

"Jag såg hur ni pysslade med den där dumma lilla krukan. Ni gjorde allt utom att hänga upp en skylt på mig."

"Jag svär på att jag inte har en aning om vad du pratar om."

"Gubbe lille, hur dum tror ni att jag är? Ni gav snuten mina tillhörigheter – mina. Jag vill ha alltsammans tillbaka och jag bryr mig inte om vad ni blir tvingad att göra för att få dem. Den jäveln Penny. Först vill han bara titta på och sen tar han mina grejer. Han sa att de skulle vara i säkerhet hos er."

"Jag har inte – "

"Jag var där." Rouge höjde rösten. "Jag såg er och den förbannade blåa krukan. Ni ville att de skulle hitta mina grejer – *mina* grejer."

"Nej, jag lovar – "

"Ni tror att det räcker med att ni inte sa mitt namn högt? Ni *gav* dem bevisen. Och ni berättade det *visst* för Ali. Jag kan inte låta henne berätta det för nån annan. Hon har inte ert sinne för *etik*. Ali kommer att bli doktor Pennys första solomord. Han kommer säkert att göra bort sig. Men jag kan ju inte vara överallt, eller hur?"

"Nu får det vara nog." Arnie Pyle var tillbaka och stod helt nära, alltför nära. "Jag behöver ett namn, en plats, någonting. Nu. Lägg på nu, för fan."

Rouge viskade i hans öra. "Kanske doktor Penny spelar in Alis skrik. Ni kan lyssna på dem under nästa terapitimme."

"Nej, låt bli. Hon är – " Mortimer viftade bort FBI-mannen när han försökte ta telefonen.

"Inte någon purist? Det går bra att döda andra människors små flickor men inte er egen älskade brorsdotter?"

Det var ett slags penetrering, denna röst i telefonen, in i hans huvud, en invasion, en våldtäkt.

"Till skillnad från mig", sa Rouge, "föredrog doktor Penny alltid vuxna offer. Han fick nöja sig med små flickor. De var de enda mord han fick biljetter till. Men jag skulle vilja påstå att hans första mord i god tro är ett tecken på verklig personlig utveckling, inte sant? Ni måste känna er så stolt. Vet ni hur mycket han faktiskt hatar kvinnor? Det gör ni förstås. Och så är han läkare. Vem vet mer om smärta än han? Alla dessa vassa instrument – "

"Ni kan inte låta honom göra detta?"

"Inte så högt", sa Rouge milt. "Ni vill väl inte att alla ska veta att ni har svikit en patient. Inte efter allt ni offrat. Fast vänta – det var andra som offrade sig, eller hur? Kanske är det så att det Ali nu får utstå – är botgöring för era synder. Ni får nog finna er i det, va?"

"Var så snäll och hejda Myles innan – "

"Myles?" Samtalet bröts och den unge polisen i trädgården fällde ihop mobilen och stoppade den i fickan.

Mortimer som bara hade nämnt Myles namn och hört Rouges frågande ton insåg förfärande snabbt och med djävulsk klarsyn att han både var svikaren och den svikne.

"Säg nu bara", sa – vrålade – Arnie Pyle, "talade den perverse jäveln om för er vart han förde flickorna? Kan ni inte ens säga det? De är bara tio år. Ni tror att jag inte kan göra nånting på grund av er tystnadsplikt mot patienterna?" sa Pyle. "Jag kanske ändrar på den jävla lagen – bara för er skull."

Polismästare Croft kom in i rummet och gick fram till agent Pyle för att fånga hans uppmärksamhet.

FBI-agenten viftade bort honom och gick på Mortimer igen med en blick – prästens blick – som åter flammade av vrede. "Oz Almo har förrått gärningsmannen. Almo har pressat pengar av William Penny. Jag vet vad doktorn gör med små flickor."

En av stadspoliserna klev fram. "Det var inte därför Oz pressade pengar av doktor Penny."

Arnie Pyles lidande var uppenbart för alla. "Men herregud, grabben, kan du hålla dig undan bara ett litet ögonblick till?"

"Kom nu, Billy." Polismästare Croft drog iväg med polisen ur skottlinjen bort mot väggen.

Den unge mannens röst hördes fortfarande tydligt in i minsta vrå. "Men Rita Anderson har ju bekänt. Berättat allt. Hon hjälpte Oz att pressa pengar av doktorn. Rita avskyr doktor Penny."

Polismästare Croft lade ena armen om den unge polisens axlar och förde honom mot dörren. "Åk tillbaka till stationen och skriv en rapport, va? Det är lugnare där."

"När vi grep doktor Penny på motellet", sa polisen som fortfarande inte fattade, "trodde Rita att det var *henne* vi var ute efter. Hon bröt ihop helt, mitt ute på parkeringsplatsen. Alla som var inom hörhåll när hon skrek vet att doktor Penny knullade sina patienters hustrur." Billys röst dog bort ute i trädgården. "Ni skulle ha sett karlns ansikte när vi satte handbojor på honom. Rita bara skrek och skrek och munnen gick som en – "

FBI-agenten led under resignerad tystnad och blicken blev okoncentrerad och förlorade sig långt bort i fjärran.

"Det gör inget, Arnie." Rouge Kendall stod i dörren. "Vi grep fel Penny. Det är Myles vi ska ha tag på. Doktor Cray bekräftade det just nu i telefon." Han vände sig mot huvudbyggnadens ytterdörr. "Donaldson?" En delstatspolis kom in. "Donaldson lyssnade i en sidoapparat – två vittnen."

Rouge hade just störtat sin gamle läkare ner i avgrunden.

Polismästare Croft hade kommit tillbaka och med honom vid sin sida gav Rouge order till alla poliserna i rummet. "Harrison? Ring Marge och be henne ta reda på *Myles* Pennys bilnummer.

Donaldson? Polismästare Croft säger att det inte är nån hemma hos bröderna Penny, så kolla mottagningen, va?"

Mortimer stirrade ut i trädgården bortom den genomskinliga väggen, försjunken i tankar på etik och svek. Fler poliser kom in i växthuset. I fönstrets mörka spegelbild såg han Rouge höja handen och be om tystnad.

"Alla enheter måste ut på vägarna. Ni ska leta efter Myles Pennys herrgårdsvagn. Marge Jonas vet numret. Hon kommer att vara samordnare för sökandet. Ni ska leta på varenda gata runt hela stan. Oavsett var ni hittar bilen är det där flickorna finns. Sätt igång."

Rummet tömdes snabbt på poliser. Rouge och polismästare Croft stod i mitten och talade med varandra. FBI-agenten använde sin mobil en bit bort från dem. Och vart hade Ali tagit vägen? Varför fanns hon inte här i detta triumfens ögonblick? Den gamle mannen rörde sig tveksamt och vacklade till när han gick över stenplattorna. Rouge vände sig om när han närmade sig.

"Jag måste få veta", började Mortimer. "Om Ali – " Och sedan sänkte han huvudet och bestämde sig för att han inte ville veta om det var hon som hade planerat hans undergång. I stället frågade han: "Var är min brorsdotter?"

"Ali kollar ett tomt hus vid sjön." Charlie Croft kastade en blick på klockan. "Jag sa till henne att jag skulle – "

"Varför det?" Arnie Pyle dök upp vid polismästarens sida. "Vad gör Ali där ute?"

"Till mig sa hon att hon skulle leta efter tryffel."

Ali såg källaren mer i detalj nu, dammlagret på apparaterna, högarna med handdukar i en flätad korg nedanför tvättnedkastet och visarna på värmepannan. Men inget proppskåp. Kanske satt det i den nedre källaren.

Hon vände sig mot trappan som ledde upp till vardagsrummet och ansträngde sig att identifiera ett avlägset ljud. Det var en bilmotor. Charlie Croft var alltså tillbaka. Hon funderade på att vänta tills han kom men bestämde sig sedan för att fortsätta nerför nästa trappa.

Dörren vid trappans fot öppnades när hon vred på handtaget.

Det här låset var inte av den sort som gick att ställa upp. Och nu såg hon en ljusstråle bakom några tjocka trädstammar. *Träd inne i ett hus – ofattbart.* Hon lät ficklampan följa grenarna upp mot ett mörkt tak som överkorsades av ledningar och kantades av miljoner glödlampor.

Häpnadsväckande.

Hon släppte dörren och gick runt ett träd för att se vad det var som lyste. Det var en annan ficklampa, riktad mot en liggande gestalt som hade långt, ljust hår och var klädd i röd jacka. När Ali rörde sig fram mot den lilla kroppen slog dörren igen bakom henne. Hon snodde runt. Fingrar slet i hennes hår, fingrar som var kvistar från en nedhängande gren.

Det fanns ingen vid dörren.

Ali vände tillbaka mot den lilla gestalten som låg under ett träd på andra sidan av den lilla skogen. De höga, vassa klackarna sjönk ner i jorden när hon sprang och hon snubblade på någonting som helt smälte ihop med mörkret. Ännu en kropp. Ficklampan lyste på kadavret av en hund. Hon kravlade sig på fötter igen och fortsatte fram mot flickan i den lilla röda jackan, Gwen Hubble.

Ali sjönk ner på knä och lyste med ficklampan på flickans ansikte. Ögonen var slutna som om hon sov. Huden lyste vit mot den svarta jorden och de döda löven. Det gyllene håret låg utspritt på marken runt huvudet, som en fantastisk gloria. Ali rörde vid flickans kropp.

Precis som hunden, kall och stel.

Någonting grönt och lätt som damm sipprade ut från flickans knutna hand och det fanns spår av det framtill på jackan. Ali vätte fingret, doppade det i pulvret och smakade på det. De få kornen brände henne genast på tungan och hon spottade ut dem. Det gick runt i huvudet när hon försökte begripa sig på vad som hänt. Mycket små barn begick inte självmord – inte på den här planeten. Så kunde det inte vara.

Lamporna i källaren tändes, skarpa som dagsljus, och bländade Ali innan hon hann föra händerna till ögonen och skydda sig. Det tog lång tid innan ögonen anpassade sig och hon kunde knappt urskilja en manlig gestalt som stod i den smala trappan och höll upp dörren med ena handen.

"Charlie?"

Nu såg hon tydligare, men mannen stod bortvänd när han stängde proppskåpet. Det satt högt uppe i trappan och var infällt i stenväggen.

"Varde ljus", sa en välbekant röst. Han makade fram en cementklump mot dörren för att hålla den öppen. Ali såg efterbilder av allting i omvända skuggor bland nebulosor av ljus. Han kom närmare. "Så du hittade Gwen", sa han.

"Myles?"

Han stod över flickans kropp och puttade på den med skospetsen. "Lilla slyna." Hela den stela kroppen flyttades som om den varit en staty. "Stendöd. Sånt slöseri."

Avgrund.

"Du verkar förvånad, Ali. Jag drar slutsatsen att det inte var tack vare mig som du hittade det här stället."

William var alltså bara en simpel opportunist. Myles var den verklige sadisten i familjen, och hon hade missat varenda signal från honom. "Nej, jag är inte förvånad." Inte nu längre. "Det var ljuset. Jag blev bländad."

Nu kunde hon se och hon arbetade sig bakåt i tiden, granskade detaljerna som gått henne förbi. Den där dagen i växthuset måste ha hänfört honom till randen av orgasm – att få diskutera obduktionen, avslöja intima detaljer i Susan Kendalls anatomi, få farbror Mortimers händer i darrning och tvinga den gamle mannen att spilla ut vin, göra honom utom sig.

"Du visste inte att det var jag." Han lät utmanande. Detta var viktigt, detta att Ali inte kunde ha gissat.

Nej, hon hade inte misstänkt honom alls. "Kommer du ihåg den första vuxna middagsbjudningen jag hade, Myles? Det var det året jag kom hit igen för jag skulle börja på college. Jag var arton." Hur länge skulle det dröja innan Charlie Croft kom tillbaka?

"Ja, den kvällen kommer jag ihåg." Myles gottade sig åt minnet.

Han hade förmodligen återupplevt den där middagen tusentals gånger, för det hade varit han som berättat för henne om Susan Kendalls död. Och så detaljerad hade hans beskrivning av brottet varit att Ali hade sett den lilla kroppen för sig varenda dag i åratal – Susan som låg i en snödriva, så kall, döende.

"Det var första gången du hörde historien, eller hur Ali? Nå, det förvånar mig inte." Han måttade en likgiltig spark mot Gwen Hubbles kropp. Gyllene hår skakade till och skimrade som om det haft liv. "Det här är det enda som kom med i rikstäckande tv-sändningar. Om jag minns rätt drog dina föräldrar iväg med dig till Nebraska det året."

Ali nickade. Farbrodern hade övertalat sin bror att ta ett jobb ute i Mellanvästern. Farbror Mortimer hade till och med erbjudit sig att sälja deras hus och tagit på sig allt arbete med att ordna upp föräldrarnas affärer så att de genast skulle kunna flytta. Ali hade legat på sjukhus i veckor. Ingen hade berättat för henne att Susan Kendall hade försvunnit och att hon senare hade hittats död.

"Har du räknat ut varför din pappa ville ha bort dig från stan?"

"Farbror Mortimer trodde att du tänkte döda mig."

"En mycket bra gissning. Han såg det förmodligen som ett yttersta test av sina etiska principer, den värsta tortyr jag kunde hitta på åt honom – att döda hans brors dotter. En sån idiot – han ser sig som en nutida Job. Jag kan försäkra att den där förvirrade gubben inte kan bestämma sig för om jag är Gud eller Djävulen. Han måste ha dött när du reste österut igen. Det var tider, det." Myles flinade och det syntes hur roligt han hade. "Kvällen när du bjöd på middag, sa du?" Han verkade nästan flickaktigt uppspelt nu. "Jag berättade faktiskt detaljer för dig som inte stått i tidningarna, saker som inte ens William kände till och han var ändå rättsläkare då."

Väntade han sig att få en komplimang för att han tagit en sådan risk? Hon sa ingenting. Han behövde ingen sporre. Monster älskade att tala om sina bedrifter. Var fanns Charlie Croft?

"Den där kvällen – gissade du då vilken roll din farbror hade i det hela? Det har jag alltid undrat."

"Förstod jag att han behandlade en barnamördare?" Farbror Mortimers blick hade varit så – ursäktande. Skuldmedveten? Ja, det med. Det var första gången hon hade sett något sådant uttryck i hans ansikte. Och det var då misstankarna hade börjat gro, det var då hon fått intrycket att farbrodern hade hört varenda kuslig detalj förr, kanske innan kroppen ens hittats. "Ja, det räknade jag ut."

"Men du hittade ingen koppling till *mig*."

Hur skulle jag ha kunnat göra det, Myles? Jag var bara arton år. Ingen match alls för dig, inte då. Hon hade missat alla signalerna. "Men till slut fattade jag."

"Du ljuger."

"Men då visste jag ingenting, inte *den* kvällen. Så spännande det måste ha varit att tala om mordet så öppet – med ett av offren. Jag fattar inte varför inte påfrestningen tog livet av gubben för länge sen. Hans hjärta – "

"Nu undrar du – varför blev jag fortfarande inbjuden till din farbrors middagar?"

"Nej, inte alls."

Myles tyckte inte om det svaret men den här gången ljög hon inte. Det var fullt begripligt. Bröderna Penny hade alltid kommit på middag en gång i veckan. Den ritualen kunde inte upphöra eller ändras efter Susan Kendalls död, inte utan att det drog uppmärksamheten till Myles. William skulle ha tyckt att det varit konstigt. Frågor skulle ha ställts och krävt svar, lögner hade fått hittas på. Det var mycket enklare för farbror Mortimer att ha en barnamördare vid sitt middagsbord än att förklara hans frånvaro.

Myles verkade en smula besviken över att hon fortsatte att tiga. Väntade han sig någonting mer av henne, ville han nära sig av henne?

På sjukhuset under förhöret av Mortimer hade Myles närt sig på den gamle mannen – all den där skräcken som flödat ur farbror Mortimer när Costello anklagat honom för att härbärgera en barnamördare. Hela tiden satt monstret en meter därifrån och lyssnade på – närde sig av – vartenda ord. Och han hade till och med lockat Mortimer att avslöja sitt patientförhållande. Ännu en omgång rädsla, oro, mer näring åt –

Monstret?

Men just nu stod hon inför en ganska trist varelse utan vare sig huggtand eller klo, en ovårdad, socialt inkompetent man, en som bara blev bjuden på kalas om han kunde hänga med när den mer aktade brodern fått en inbjudan. Hon såg ner på barnkroppen. Gwen måste ha känt sig så äcklad av denne man. Naturligtvis måste Myles stjäla ungarna. Inte kunde han hoppas på att kunna förföra någon, inte ens en liten flicka.

"Din farbror skulle inte ha lämnat mig ens om jag *hade* dödat dig. Men du var så tråkig som barn, Ali. Jag visste knappt att du fanns."

Hon log, och det irriterade honom. "Jag motsvarade alltså inte ens en pedofils krav?" Hon klev långsamt ur sina högklackade skor som skulle vara i vägen om hon rusade mot dörren. "Det är väl den yttersta avvisningen." Hon log hela tiden och det retade honom mer och mer.

"Det var *då*, Ali. Tiderna förändras."

"Farbror Mortimer svek dig." Hur skulle hon klara sig mot honom om de började slåss? "Till slut kunde han inte stå emot längre – han gav alla dina små troféer till polisen." Myles var större men hon var yngre och snabbare. "De vet allt."

"Mortimer visste inte ens att han hade mina – "

"Han *hittade* dem." Skulle hon springa? "Jag var i växthuset när han visade dem för mig." Kunde hon vinna om de slogs? "Det myllrade av snutar där när han avslöjade dig." Borde hon hellre vänta på att Charlie Croft skulle komma tillbaka?

"Han skulle aldrig svika en patient."

"Det var ju smart att gömma troféerna i Mortimers växthus." Lade han dit dem den där dagen då de träffades och drack vin? Hon makade sig lite åt sidan. Nu blockerade han inte längre vägen till dörren och därmed kunde hon välja mellan att fly eller fäkta. "Ett fint drag, Myles. Du kunde hämta dina små souvenirer när du kände dig trygg igen. Men om polisen hittade din gömma skulle de inte koppla den till dig. Mycket smart. Precis som att gömma barnen i nån annans hus."

"Det är snart mitt hus. Jag har lagt ett generöst bud hos advokaten som bevakar testamentet." Han stoppade handen i fickan. *För att ta fram en skalpell, en kniv?* Hon såg mot dörren som var så långt bort. Marken kylde mot hennes bara fötter och vissna löv prasslade när hon bytte fot.

Men vad – ?

Hon stirrade på föremålet i hans hand och trodde knappt sina ögon. Myles med en revolver? Ett sådant vapen valde inte en sadist frivilligt. Hade den tillhört den döde polisen, Sorrel? Visste

Myles hur man använde den? Ja, alla hade väl sett nattliga de-
monstrationer på tv. Det är bara att trycka till, så flyter blodet.
Så enkelt. *Var är du, Charlie Croft?*

"Några sista ord, Ali? Nånting jag kan berätta för Mortimer
när vi har vår nästa timme? Det här verkar så schablonmässigt."
Han riktade revolvern mot hennes ansikte. "Din farbror kommer
inte att avslöja mig ens när jag har dödat dig."

"Jag har ju sagt att han redan har gjort det."

"Nej, det tror jag inte. Mortimer är ett ännu värre monster än
jag. Han har ett samvete men han lyssnar aldrig till det." Revol-
vern sjönk några centimeter. "Underligt nog ser han det som ett
slags ädelhet. En god man skulle ha offrat sitt rykte och sina etis-
ka principer för att rädda den här flickan." Han riktade pipan
mot kroppen. "Men inte en ädel man – inte Mortimer. Hans fel
att det är dött."

Det?

"Jag ljög inte, Myles. Tänk efter. Hur kunde jag veta var du
förvarade dina troféer?" Varför log han?

"Du har bott för länge i Boston, Ali. Du har glömt hurdant
livet är i en liten stad. Alla har hört talas om genomsökningen av
Mortimers växthus. Jag vet att han inte avslöjade smyckena. Po-
lisen hittade dem. Jag *ville* att de skulle hitta dem."

Han hade lekt med henne. Sadistens lek – han tänkte inte låta
något tillfälle gå sig förbi. Så egendomligt att hon fortfarande
kände sig förödmjukad.

"Javisst ja, Ali, det här kommer du att gilla. De är där nu *igen*
och gräver upp växthuset. Den här gången kommer de att hitta
en amulett." Han såg ner på det lilla liket. "Nånting som dess
mor kan identifiera. Men jag tror inte att Mortimer lever så länge
att han kan ställas inför rätta."

"Polisen känner till det här stället."

Myles höll på att brista i skratt när han såg sig om i det enor-
ma rummet. "Men var är snutarna och deras spadar då? Varför är
de borta hos Mortimer? Varför är de inte *här* och gräver upp alla
de små gravarna? Varför är tjejen fortfarande kvar här?"

"Jag ringde så snart jag hade – "

"Som lögnare är du inte mycket att hänga i julgranen, Ali. Du
är bara löjlig."

Det hade han rätt i men han trodde inte på det som var sant heller. "Jag trodde att du ville bli fast, Myles. Var det inte därför som du lät den lila jackan ligga kvar på vägen? Den första avvikelsen i mönstret. Du ville att polisen skulle hitta den – och hitta dig."

"Mönstret? Varför tror du på en sån invecklad idé när sanningen är så uppenbar? Jag ville skaka dem av mig och få dem att fortsätta sökandet åt fel håll. Ibland är livet faktiskt så enkelt."

Hon blev osäker, förvirrad av hans nedlåtande leende. Tydligen var hon lika dålig som Myles på att skilja sanning från lögn. *Ett försök till.* "Men tryffeln då? Polisen hittade den i jackfodret. Det binder mördaren till det här stället. Var det inte det du ville? Inte att föra dem på villovägar utan i stället leda dem hit? Tryffel växer nere i marken, så du måsta ha lagt den – "

"Tryffeln? Nej för fan. Nu är du ute och cyklar. Den jävla hunden var så hungrig att han grävde upp dem. Det låg tryffel överallt innan han ätit upp dem. Så ditt logiska sinne – din andraklassens *analys* håller inte."

"Polisen vet var jag är. En polis körde mig hit. Han kanske är utanför. Om han hör ett skott – "

"Måste jag upprepa allting? Polisen är i Mortimers växthus. Jag tvivlar på att *någon* vet *exakt* var du är. En städerska arbetade i huset i åratal och hon visste inte om det här rummet. Evy Vickers gav alltid Rita pengar för att hon skulle lämna in hunden på hundpensionat under semestern. Men Rita ville behålla pengarna själv. Därför bad William – han sätter på henne – mig att mata den jävla rackan och – "

"Rita Anderson. Hon är luspank för att maken har så höga läkarräkningar, inte sant? Hon kände visst till det här rummet. Hon berättade om – "

"Först baktalar du Mortimer och nu Rita." Han skakade förundrat och flinande på huvudet. "Hon är usel som städerska. Skulle inte falla henne in att sopa bakom en värmepanna. Och om hon nånsin hittat den där dörren, *nånsin* upptäckt ekarna, tror du inte då att alla i hela stan skulle ha vetat om dem vid det här laget? Logik är inte din starkaste sida, va? Det är inte svårt att förstå varför du inte kom in på St Ursula's Academy."

"Hur kunde jag då veta att Ritas läkar– "

"Alla känner väl till hennes läkarräkningar och makens hjärt-besvär." Plötsligt talade han med feminin falsettröst. "*Maken är invalidiserad.*" Han log och återtog sin vanliga röst. "Det var väl det första hon sa, eller hur? Ett ynkligt försök, Ali. Stackare, du är fortfarande allt annat än klassens ljus. Ful *och* trög."

Kinderna hettade. Såg han hur hon rodnade? Njöt han nu? "Då vet du att jag faktiskt har träffat Rita och hon berättade om dörren i – "

"Du hittade det här rummet av en slump, precis som jag. Fast kanske inte på samma sätt. Jag höll på att sparka in en hund i det där hörnet när jag fick syn på den där lilla dörren. *Du* kollade att snutarna gjort sitt jobb – du letade efter kroppar. Det var din enda goda idé. De stannade högst två sekunder i den där tvätt-stugan däruppe. Det vet väl jag. Det var jag som hjälpte dem att söka."

Revolvern höjdes till hennes ansikte. Han väntade på att hon skulle skrika av fasa, ge honom näring. "Polismästare Croft är på – "

"Men lägg av." Han blev allt mer irriterad. "Du skulle aldrig säga till snuten att du tänkte åka hit och kolla upp dem. Tiden är ute, Ali. Jag önskar att jag hade kunnat förlänga den här stun-den ännu mer."

Men det gjorde han ändå. Han riktade revolvern mot hennes vänstra öga så att mynningen var helt nära. Sekunderna släpade sig fram och han lät henne titta in i pipan och föreställa sig vad som skulle hända. Hon fick god tid på sig att förstå att hon skul-le dö här. Och till slut sänkte han revolvern och siktade på hen-nes bröstkorg.

Ali hörde explosionen. Klentroget tittade hon ner och såg den röda fläcken sprida sig från det mörka hålet i hennes blus, i hen-nes kropp, och sedan föll hon på knä. Absurt nog kände hon för-våning ett kort ögonblick, för det här var inte den televisionsdöd hon hade väntat sig; hon kastades inte tillbaka av tryckvågen. Hon föll framåt med ansiktet mot marken.

Mannen föll på knä vid flickans kropp och böjde sig framåt så att huvudet kom nära och unken andedräkt spreds över det lilla vita ansiktet. Han var bara några centimeter bort när Gwen plötsligt slog upp ögonen och visade tänderna, hon drog tillbaka läpparna precis som hunden hade gjort.

Han blev förvånad. Nej – det var bättre än så, hon hade skrämt honom. Hon morrade och han såg inte hur hon höjde armen när han backade lite och drog efter andan. Gwens hand for fram och slungade iväg det gröna gödningsmedlet rakt in i hans uppspärrade och häpna ögon. Revolvern föll ur hans hand. Han tog sig åt ansiktet, tryckte in fingrarna i de brännande ögonhålorna, han skrek av smärta. Han låg på knä och stultade fram som Blizzard, den benlöse mannen.

Lon Chaney, 1920.

Hon var säker på att han var blind. Än en gång skrek han av smärta. Gwen överröstade honom, hon vrålade "Geronimo!"

Torra löv virvlade när Sadie dök upp ur marken och satte sig käpprak. Lös jord rann av hennes barbariskt målade ansikte. De blodröda blixtarna på kinderna var bortkastade på den blinde mannen men ingav Gwen lite mod. Sadie höjde knivbladet mot mannen som vacklade på knä och sedan körde hon in spetsen i höften på honom. Han vrålade av denna nya smärta och slog ut blint med knytnäven så att han träffade Sadie i huvudet och fick henne att ragla in i stenväggen.

Sadie! Nej! Så här skulle det *inte* gå.

Sadie gled ner längs den stenklädda väggen. Mannen vände sig om och såg på Gwen.

Du kan se.

Det ena ögat var blodsprängt och rann av något bubblande grönt men det andra var bara illrött och skadat. Han kom närmare och sträckte sig mot henne.

Revolvern låg bara en liten bit från hennes hand. Hon hade hört vilket oväsen vapnet åstadkom och hon tyckte att det var som en bomb. Eftersom benet inte fungerade och inte kunde springa bort med henne sprang hon bort inom sig, in i sitt mörka innersta och rusade runt, runt i yttersta fasa. Den som såg hennes orörliga kropp anade ingenting av den stigande hysterin, för hon hade blivit helt stel igen med slutna ögon och förseglad, tyst mun.

Det var bara den ena handen som inte var feg.

Hon tittade upp. Sadie kämpade för att komma på fötter.

Gwen kände hur musklerna lossade i axeln när armen följde fingrarna som kravlade fram, tum för tum, mot revolvern. Skulle hon ens orka lyfta den? Från sidan såg hon hur han lyfte upp Sadie. Gwens fingrar slöt sig om den kalla metallen. Nu såg hon bara Sadies fötter vilt sprattlande i luften.

En annan hand täckte Gwens och den häpna flickan såg in i ett annat monsters ansikte: det var märkt med ett ärr som hade taggiga kanter precis som det Sadie hade ritat med hundblodet – men det här var riktigt. Den röda munnen var förvriden och tänderna blottade. Blodet rann ur ett hål i kvinnans kropp och ansiktet var uppfyllt av skrämmande känslor. Gwen hade aldrig kommit så nära hat, aldrig sett rakt in i dess stora ögon. Hon ryckte till när metallen gled bort under hennes mindre hand.

Kvinnan stödde sig på armbågarna, höjde revolvern och siktade. Och sedan tycktes källaren explodera av ett nytt öronbedövande skott.

Mannen föll.

Sadie! Var fanns Sadie?

Gwen stelnade igen när mannen höjde sig på underarmarna och kravlade fram mot henne. Hon var paralyserad. Revolvern i kvinnans händer exploderade igen men inte så högt den här gången. Hur kunde det vara möjligt?

Och nu såg den halvt lomhörda flickan hur bitar av mannens skalle, hårtestar och hud for iväg från bakhuvudet på honom. Gwen kände sig egendomligt frånvarande och märkte knappt hur blodet sprutade där den sista kulan träffat.

Det var overkligt.

"Sadie?"

Hela världen var dödstyst. Gwen samlade alla krafter som hon hade kvar och försökte resa sig, men kroppen rullade bara över på sida och nu låg hon med ansiktet till hälften begravt i jorden och ena ögat i mörker, det andra vänt mot ljuset.

Två män kom rusande genom dörren. Den ene hade stora, sorgsna ögon och skörten på hans långa rock flaxade som stora vingar när han sprang fram mot henne. Den andre mannen, han med den bruna jackan och det mörkröda håret, var framme först.

Nu kunde hon höra igen – fler fötter trampade nerför trappan och sedan såg hon byxbenen på andra människor som kom springande. Rösterna och fotstegen smälte samman med röster och brus i radiosändare, men alla ljuden tycktes komma långt bortifrån. Trots att hon låg stilla tyckte hon att hon flyttade sig bort från dessa människor, bort från ljuset, och att hon gled iväg på svarta vatten. Hon visste vad det var för flod, men vad var det den hette?

Tillbaka till världen igen – så isande kall den var. Starka armar rullade den livlösa, tunga kroppen runt och ansiktet vändes från jorden mot det skarpa takljuset. Mannen med det mörkröda håret lyfte upp henne från marken och höll henne tätt intill sig, han slog fårskinnsjackan om henne och värmde henne med pälsfoder och kropp.

Hela tiden ropade den andre mannen förtvivlat: "Ali, herregud, Ali!"

Men Sadie då?

Gwen kände ingenting längre utom att hon färdades genom mörk feberyrsel och flöt så lätt på den svarta floden. När hon milt vaggades i en varm pälsfodrad båt på vattnet vände hon sig långsamt för att se på den andra flickan, så liten och så allvarlig, som lämnats kvar på den försvinnande stranden – som lämnats *kvar.*

TOLFTE KAPITLET

Ali Cray hade tappat sina papperstofflor och skärpet på morgonrocken gled upp när hon barfota sprang, nej rusade, genom korridoren på barnavdelningen mot rummet där ett barn skrek.

Läkarna hade uppmuntrat henne att stiga upp dagen efter operationen, men nu, mer än två veckor senare, var hon alldeles slut efter den korta språngmarschen genom korridoren. Hon lutade sig mot dörrkarmen för att hämta andan och såg två vuxna terrorisera en liten flicka som inte ens kunde gå än. Hälften av Alis medkänsla gick till terroristerna, för föräldrarna menade väl.

Marsha Hubble lutade sig över sin dotter. "Vi har ju pratat om det här, Gwen. Jag vet att du – "

"Nej! Säg ingenting!" Gwen tryckte händerna över öronen och vrålade: "Du får inte säga det *igen*!"

"Kära lilla älskling", bönföll fadern. Och nu fladdrade de båda två omkring flickan och försökte lugna henne med milda ord och hjälplösa gester och smekningar. Gwen slog bort deras händer och satte för öronen igen medan hon skrek för att slippa höra vad de sa. Föräldrarna framstod förstås som odjur för denna tioåring och deras prat måste låta som dårars förvillelser. Paret Hubble ville bara visa dottern sin kärlek men samtidigt försökte de hugga henne i hjärtat med sin egen uppfattning om vad som hade hänt i den där källaren.

Nu fick de syn på Ali. Det kunde ha varit ett komiskt ögonblick om inte flickan hade varit så förtvivlad. Föräldrarna stelnade till och sedan sjönk händerna medan de backade bort från sängen. Såg de inte en smula fåraktiga ut? Jo, det gjorde de. *Bra.* Läkning tar lång tid. En ung kropp hämtar sig snabbt men själen måste få god tid på sig.

"Men vi kom ju överens om att ni inte skulle göra så här." Ali viftade med handen mot dörren till tecken på att föräldrarna måste lämna rummet och det genast. "Jag kommer strax så får vi talas vid." *När jag har sopat ihop skärvorna.*

Marsha Hubble protesterade inte, för Ali hade gått i närkamp med henne och segrat. Kvinnan följde tyst efter sin man ut i korridoren. Ali sköt till dörren och utestängde dem för att skydda Gwen från fler välvilliga angrepp, från att bli plågad för sitt eget bästa.

"Hej på dej, hjärtat." Ali drog fram en stol till sängen och log mot den förstummade flickan. "Jag har kommit för att säga adjö. Jag ska åka hem i dag. Det kommer en annan doktor och ser till dig i eftermiddag. Jag tror att du kommer att tycka om henne." Men föräldrarna skulle inte göra det. Den barnpsykiater som Ali valt var känd för att ta barnens parti mot föräldrarna.

Flickans lilla hand slöt sig om hennes. "Innan du går – "

"Jag ska prata med dem." Det var alltid svårt att balansera rätt när det gällde barns integritet. Så småningom skulle föräldrarna förstå att flickan hade rätt till sin tro på Sadie Green. "De gör dumheter ibland men de älskar dig, Gwen – över allt på jorden."

"Jag vet. Men de vill att jag ska ändra mig så att jag ser det på deras sätt. Mitt sätt är bättre."

"Det tycker jag med." Och det tyckte Ali trots att det skakade grundvalen i hennes yrke. Hon lutade sig tillbaka lite och betraktade den här flickan som gav trovärdighet åt ryktet att alla barnen på St Ursula's var lite knepiga. Det fanns betydligt fler bottnar i Gwen än vad föräldrarna trodde, den saken var säker. De hade definierat henne som den ständigt rädda, men Ali hade en helt annan uppfattning. Att förstå sig på psyket var en konst och med konstnärens blick hade hon börjat beundra Gwen. Flickan hade mer sinnesnärvaro än de flesta vuxna – och större mod.

"Nu ska jag gå ut i korridoren och gräla på dina föräldrar. Jag ska se till att de håller sig på mattan, blir det bra?"

Gwen nickade men ville inte släppa Alis hand. "Du var ju där. Du vet vad som hände. Du såg alltsammans."

"Nej, mitt hjärta, men jag önskar att jag hade gjort det." Hon hade bara stirrat på monstret – eller Flugan, insekten, som Sadie skulle ha sagt. Under de långa konvalescensdagarna hade Ali lärt sig mycket av den döda Sadie Green, och hon höll med om den hjältemodiga flickans bedömning av Myles Penny: han hade inte varit hälften till karl jämfört med den stackars misshandlade hunden som låg under ekarna.

Ali hade inte sett miraklet i källaren men hon kunde ändå inte befria sig från de bilder som Gwen målat upp för hennes inre öga. Bilderna var så livfulla att Ali med åren skulle bli mindre säker på vad som egentligen hände den där julnatten.

Det fanns inte mycket att packa, för cellen hade alltid varit spartanskt inredd utan fotografier eller andra personliga föremål som kunnat göra den mänskligare. Vakten stod bakom prästen och väntade för att föra honom till fängelsedirektörens kontor där han skulle underteckna fler dokument innan han kunde promenera ut genom fängelsegrindarna. En vithårig städare i fångkläder doppade en mopp i en hink med såpvatten och tycktes angelägen om att bli klar med arbetet att städa Paul Maries cell.

Järndörrarna i den här äldre sektionen av fängelset var inte automatiserade. De öppnades och stängdes med konventionella lås. Vakten lät lättjefullt dörren svänga fram och tillbaka. "Du borde ha stämt de där svinen."

Den gamle fången nickade instämmande medan han svepte omkring med moppen på stengolvet.

Paul Marie skakade på huvudet. Han ville hellre bli fri denna morgon än vänta ett år på en ny rättegång. Sådan var överenskommelsen, om än usel, som han hade accepterat: fullständig nåd från guvernören i utbyte mot ett löfte att inte processa om femton års olaga frihetsberövande. De hade hotat honom med gamla anklagelser för angrepp på andra fångar – trots att varje våldshandling hade skett i självförsvar.

Vakten öppnade järndörren och tecknade åt prästen att följa med. När de kommit ut i korridoren smällde dörren igen hårt och myndigt bakom dem, men sedan svängde den upp igen. "Det har då aldrig hänt förr", sa vakten och öppnade den på vid gavel för att lättare kunna granska gångjärn och lås. Han stängde den igen så att den blev ett med gallerväggen.

Fången i cellen var färdig med svabbandet. Han hade snabbt slitit lakanen ur sängen och skulle just vända madrassen. Paul Marie kastade en blick tillbaka in genom gallret när madrassen lyftes upp, som om han oavsiktligt och mera av en slump ville pröva sin tro. Nu kunde han se genom sängbottnens järngaller ner på golvet under.

Hans gamle följeslagare var borta – ingen skugga, bara såpvatten och morgonljus.

En timme senare, när han lämnade fängelsets huvudbyggnad, var han klädd i prästdräkt och samma skor som han hade haft femton år tidigare. Han tittade inte upp förrän han var utanför de höga grindarna. Han hade väntat så länge på att se den första glimten av en himmel som inte begränsades av murar och täcktes av metallnät. När han till slut tittade upp fick han syn på tunga moln och pärlgrått dagsljus i stället för överväldigande, oändlig himlarymd. Det liknade inte alls det frihetsscenario som han föreställt sig.

Fader Domina var där och mötte honom med sitt milda leende, som om den yngre prästen bara hade varit borta några få timmar en enda dag. Paul Marie tyckte att kroppen blev lättare och lättare. Han kände hur muskelmassan föll av honom för varje steg han tog i de gamla skorna mot den åldrige mannen som så troget bevarat hans gamla liv och egentliga öde.

Medan de rullade iväg mot staden i en hyrbil mässade den gamle mannen sin klagosång om tjänstgöringsplikter och hembesök i församlingen – små detaljer i en enkel prästmans liv. Fängelset krympte till en liten grå fläck i ett slättlandskap med vidsträckta, öppna fält. Den molntäckta himlen hade gjort honom besviken men icke så jorden – dessa vidder, denna ändlösa horisont.

Men någonting saknades, någonting hade gått förlorat.

Fader Domina klappade honom på handen och log och tolkade den yngre mannens tystnad som outsäglig lycka, och han missade alla tecknen på att detta var en själsligen knäckt människa – det fåraktiga leendet, den stelt stirrande blicken, tårarna som rann.

Paul Marie skakade långsamt på huvudet och avfärdade tanken att skuggan under sängen hade dödats av ljuset. Han bestämde sig för att den hade gett sig av medan celldörren stod öppen.

Arnie Pyle kom in i sjukhusrummet innan hon var färdigklädd. Han log och hoppades att Ali skulle vända sig om och komma på honom med att tjuvtitta på henne som om rummet varit ett tittskåp. Och det gjorde hon. Blusen var öppen och avslöjade den mörka, förtjockade huden längs en krokig sutur. Det var inte det prydligaste broderi som åstadkommits på en människa, men med tanke på revolverns kaliber och det korta avståndet hade han sett värre. Hon blev inte arg när hon upptäckte att han stirrade på hennes bröst och hon försökte inte dölja sitt nya ärr.

Han visslade den sedvanliga, beundrande signalen för en halvklädd kvinna med skottsår. "Fascinerande, Ali. Från och med nu ska du bara ha urringade klänningar. Framhäv det."

"Depraverad som vanligt." Hon tittade ner för att börja knäppa blusen och dölja ärret. "Otäckt, va?"

"Skottsåret? Nej då. Det är småpotatis jämfört med ditt ansikte."

Otroliga kvinna – hon skrattade, och han hade vetat att hon skulle skratta.

"Jag älskar ditt ansikte." Han smekte kinden på den skadade sidan. "Det är inte symmetriskt, men man kan inte få allt."

"Fortfarande nyfiken?"

"Alltid lika nyfiken." Han rörde vid hennes förvridna mun med fingertopparna. "Om du vet vad du gör berättar du inte vad som hände. Då är jag din slav i resten av mitt liv och blir galen i all tysthet."

Hon drog sig inte tillbaka och inte sköt hon bort hans hand heller. Äntligen hade han fått henne att börja lita på honom igen. En vacker dag skulle han få ur sig de rätta orden, kanske i dag. Hon var nästan den enda i hans närmaste vänkrets som inte visste hur mycket han älskade henne. Det fanns lyktstolpar och bartenders från kust till kust som kände till hans kärlek till Ali Cray.

Hon höll på med de sista knapparna i blusen och med överraskande finkänslighet, eller oförklarlig ridderlighet, gick han fram till fönstret för att hon skulle få vara i fred för hans blickar. "Hur går det för flickan Hubble då? Har hon hela benet kvar?"

"Ja. Hon får åka hem om en vecka. Inga komplikationer efter operationen."

"Men?" Han kände Ali så väl att han visste när hon inte sa allt. Han vände sig om och då hade hon satt sig på sjukhussängens kant så att de höga klackarna dinglade en bit över golvet. Sådana sorgsna ögon. "Tjejen är fortfarande helknäpp alltså?"

"Hon behöver bara en massa tid för att hämta sig." Ali försökte sig på ett tappert leende. "Har du hunnit träffa Rouge Kendall än då?"

"Ja, han hämtade mig på flygplatsen. Han väntar i sjukhuskaféet nu med hela famnen full av rosor – långa stjälkar, bara till dig. Det är säkert två dussin."

"Men inte skulle han -"

"Tycker inte jag heller. Jag framstår i dålig dager." Men med hela den där återfunna lösensumman hade Rouge råd med förädlade rosor som hade ännu längre stjälkar. "Ska jag hämta honom?"

"Inte än. Jag tänker berätta för dig vad som hände när jag fick ärret i ansiktet."

"Det behövs inte." Och hur kom det sig att han efter all den här tiden plötsligt inte ville veta?

Hon log ironiskt. "Du tror att du vet, va?"

"Hur skulle jag kunna – "

"Jag vet alltid när du ljuger och det innan du ens öppnat munnen." Hon klappade på madrassen som en inbjudan till honom att sätta sig. "Inte ens mina föräldrar känner till det här."

Nu skulle han alltså få veta hemligheten, men instinktivt oroade han sig för att det skulle kosta honom kvinnan. Det var så han tolkade hennes tonfall som skvallrade om en lätt nervositet. Och sedan insåg han att de var lika rädda båda två för detta. Han satte sig på kanten av den höga sjukhussängen och lät benen dingla, fötterna marschera i tomma intet.

"Jag var det osynliga barnet", började hon. "Man måste veta det innan man kan fatta hur det gick till. Mina föräldrar släppte av mig vid kyrkan när de var på väg till flygplatsen. De skulle resa till Mellanvästern några dagar. Pappa skulle på anställningsintervju i Nebraska. De sa till mig att gå hem till farbror Mortimer när körövningen var slut. Men paret Dodd – de var hushållerska och betjänt hos min farbror – visste inte att jag väntades dit. Min farbror hade glömt att tala om det, eller också tyckte han väl inte att det behövdes.

Farbror Mortimer kom hem sent den kvällen, när Dodds hade gått till sängs. Dagen därpå gav han sig iväg tidigt till ett möte i New York. Han tog väl för givet att Dodds tog hand om mig –

377

eller också tänkte han inte alls på mig. Han bodde på sin klubb på Manhattan den natten och på eftermiddagen ringde betjänten till honom. Mina föräldrar hade kommit för att hämta mig, och var fanns jag? Min farbror hade inte en aning. Och var ska man ens *börja* leta efter ett osynligt barn?"

"Menar du allvar? Allesammans *tappade bort* dig i två hela dagar?"

"Jag kom aldrig till kyrkan. En säck drogs ner över mitt huvud. Jag kände en lukt – nånting sött, antagligen eter, och sen blev det svart. När jag vaknade låg jag på golvet i en bil som kördes av monstret på förarplatsen. Han hade en svart skidluva över hela ansiktet. Men jag minns fortfarande att han hade långa, vassa tänder. Är inte det konstigt?"

Arnie tänkte på ansiktsmasken som de hittat i källaren – de vita stygnen över filtmunnen – huggtänderna av sytråd.

Ibland hade Myles Penny tagit till gliringar av typen: "Du kommer att dö av stress om du inte skvallrar." Inte en enda gång hade doktor Mortimer Cray betraktat detta som tecken på att hans patient ville bli stoppad, för han skulle inte ha vetat vad han skulle göra med den kunskapen, så rigid var han när det gällde att leva som han lärde.

Mortimer såg upp mot himlen bortom det genomskinliga taket. Den försenade vintern hade störtat sig över hans glashus och brett ut sig överallt. Obarmhärtigt kalla vindar skakade rutorna och snön dödade bladen på alla träd och växter utanför det skyddande drivhuset.

När han kände smärtan i bröstet tänkte han först ringa efter Dodd, men handen kom i darrning över knappen på snabbtelefonen och han såg för sig den vita sjukhussängen, slangarna med vätskor som rann in i och ut ur kroppen, maskinerna som surrade och klickade och mekaniserade hans bortgång.

Han hasade fram till en stol och satte sig långsamt. Stelt såg han sig om och betraktade denna värld av ömtåliga orkidéer och sällsynta violer. Den välformade idegranen var högrest som en gudinna och grön av nya skott som stack ut utanför hennes omsorgsfullt tuktade, runda gestalt. På borden intill sköt unga plantor upp ur jord i grunda lådor. Inne i sitt skyddade drivhus satte han sig över årstidens villkor och tvingade ut nytt liv i världen, ja, han förnekade panteismen trots att Persefone var den gudom som han älskade högst.

Det var inte himlen som fördunklades, det visste han. Idegranens form var inte längre så tydlig och hade mörknat. Världen under glaset var en suddig samling svarta silhuetter och en av dessa skuggor rörde sig fram mot honom. Gentleman som han var reste han sig för att ta emot den väntade gästen, hans gudinna, Dödens brud.

Hjärtat slog orytmiskt. Smärtan satte in på allvar och spred sig utåt från bröstet. Han föll snabbt – han sjönk inte behagfullt i mjuka armar utan slog raklång ner i stengolvet som om han hade fällts av en kraft sprungen ur stark vrede.

Trots att gäster vimlade ut och in i den fullsatta, sorlande sjukhuscafeterian fick Arnie Pyle genast syn på Rouge Kendall nära fönstret. Hela hörnbordet som han satt vid täcktes av en kaskad av rosor i blomsteraffärens glada omslag.

Vid kassaapparaten på andra sidan av rummet stod en ung servitris. Hon struntade i de andra gästerna och stirrade på den stilige, jeansklädde polisen. Rouge var djupt försjunken i tidningens sportsidor och lade inte märke till tonåringen som höll på att bli kär i honom. När Arnie närmade sig såg den yngre mannen upp från sin tidning och log vänligt. "Hur mår Ali?"

"Inte så bra." Arnie drog ut en stol och satte sig vid bordet. "Jag tycker att hon ser lite darrig ut. Men de släpper hem henne i alla fall."

Genom det breda fönstret hade han utsikt över den böljande backen ner mot gatorna och husen nedanför. Snöflingor flög över hustaken och rök steg från nästan alla skorstenarna. Myrstora småbarn släpade kälkar uppför kullen och några for redan tjutande ner på snabba medar. En kälkåkare i skär vinteroverall styrde faktiskt avsiktligt sin släde mot en hjälplös liten pojke på väg upp till fots. Men Arnie ville ändå ha barn.

Han hade saknat den här lilla staden under de senaste tio dagarna i Washington. Först nu förstod han hur stor saknaden hade varit. Han betraktade en laglydig, ensam bilist som stannade framför det enda trafikljuset i Makers Village.

Rouge höjde inbjudande sin kopp. Arnie viftade avvärjande. "Tack, ingenting för mig. Jaha, nu när du har blivit rik kan du väl åka härifrån."

"Jag tror inte det. Jag har just köpt en basebollplan."

"Vad fan säger du?"

"Ta det lugnt", sa Rouge. "Det är en ödetomt bredvid polisstationen. Om du kommer hit i vår kan du få rycka ett och annat ogräs på pitcherns platta."

"Då säger vi så." Han kastade en blick på servitrisen som var så söt med sin långa blonda fläta. Om några år skulle det här kunna vara en normalt killtokig Gwen Hubble som strålade av hälsa och speglade sig i kassaapparatens krom för att måla läpparna klarröda. Han tänkte inte mycket på Sadie Green. Han hade förvisat henne till bakhuvudet där hon fick sällskap av alla de andra barnen som inte hade kommit hem levande.

"Fått svar på frågorna, Arnie?"

"Ja, Ali har rett ut en del oklarheter."

"Nu är det inte många kvar. Vi har identifierat de sista kropparna i källaren. Penny måste ha använt Vickers hus i åratal." Rouge drack upp sitt kaffe och vinkade till flickan att han ville betala. "Nu undersöker vi alla sommarstugor med jordkällare. Kanske hittar vi de andra barnen på Alis lista där."

Den unga servitrisen kom gående med raska, djärva steg och visade ett självförtroende som hon omöjligen kunde ha. Det var nästan plågsamt att se henne, för hon hade just målat läpparna och de klara ögonen hängde vid Rouge. Hon stod vid bordet och sköt fram de små brösten så långt som träningsbehån tillät, ett förslag som riktades mot den snygge polisen. Men han lade bara några dollar på räkningen som hon hade i handen och ägnade sig sedan helhjärtat åt uppgiften att vika ihop en tidning.

Flickan stod där alldeles stilla med pengarna i handen. Kinderna rodnade djupt som om hon plötsligt klätts av naken offentligt. Och det hade hon.

Så utsatt – och inget gömställe fanns.

Arnie drog ut en av rosorna med de långa stjälkarna ur Rouges bukett och räckte denna tribut till den söta tonåringen. Hon log, bara en aning besviken över att blomman kommit ur fel hand, för en erövring är en erövring.

Och en ros är en ros. Det vill säga inte alltid. Arnie ansåg att mer erfarna kvinnor använde blommor för att ana sig till de mest genanta saker om män – deras verkliga avsikter med kvinnor. Men den här flickan var för ung för att misstänka honom för att vara snäll, och han kom undan.

"Det är nånting Ali vill säga till dig." Han lutade sig tillbaka och betraktade servitrisen som gick sin väg. Han ville inte möta Rouges blick. "Jag vet att det blir tufft för henne, så – "

"Det behövs inte." Rouge tog buketten. "Jag vet."

"Nej, det tror jag inte. Du kanske har gissat rätt om ärret, men det är inte bara det."

Rouge lade ner rosorna igen. "Det enda jag inte vet är om han kastade Ali i det där diket *före* eller *efter* det att familjen Morrison kolliderade med bilen."

Å, herregud, han visste faktiskt. "Det var före olyckan och efter det att han hade knivskurit henne", sa Arnie. "Om Morrisons inte hade kört i diket skulle ingen ha hittat Ali i tid. Så stor var blodförlusten." Penny hade tänkt sig en långsam, ensam död. "Men nu – "

"Ali var bara tio år", sa Rouge. "Hon har ingenting att be om ursäkt för."

Och hur fick han ihop det?

Den unge mannen lutade sig fram för att noga förklara vad han menade. Det fick inte finnas några missförstånd mellan dem. "Min mor tänker börja ett nytt liv i Washington. Jag vill inte att det här förföljer henne överallt. Nu är det över."

Arnie satte upp händerna. "Uppfattat. Inget skriftligt, okej? Säg bara hur du räknade ut det. Och du kan hoppa över allt det storstilta och självklara – som till exempel varför Ali valde att ägna sig åt att spåra upp pedofiler."

Rouge ryckte på axlarna för att antyda att det verkligen var mycket enkelt. "Hon fogade in min syster i sitt mönster." Han trodde tydligen Arnie om att vara intelligent nog att förstå att detta krävde en andra liten flicka. Men Susan Kendall hade dött ensam – bara en enda liten plastsäck.

"En annan märklig grej är att de flesta människor tror att pedofiler är *små* män", sa Rouge.

Arnie nickade. All hans erfarenhet bekräftade den profilen, i så många avseenden.

"Men Ali – expert på området – kallade alltid den här för ett monster", fortfor Rouge. "Inte precis en teknisk term, eller hur? Inte värst korrekt heller. Jag grubblade mycket på det. Kanske var han stor som ett monster när hon såg honom sista gången."

"Han var vuxen", sa Arnie. "Och hon var bara tio år."

"Just det. Och så har vi det här med barn och *skuldkänslor*. Varför sa hon inte till någon att hon råkat ut för den här mannen?"

"Hon skämdes." Arnie stirrade på sina händer och förstod vart han ville komma. Enligt Alis fallbeskrivningar utsattes Judasbarnet inte för några sexuella övergrepp. Rouge visste alltså att orsaken inte låg där. Hon skämdes för vad hon hade gjort mot Susan Kendall. *Å, Ali*. Alla de gånger han hade plågat henne om det där ärret –

"Allt är så enkelt för dig, va?" Arnie behärskade sig och mötte den yngre mannens lugna, nötbruna blick. Skulle Rouge vara lika förstående om han visste *hur* Ali hade kallat ut hans syster? Eller visste han det redan? Den unge polisen visste allt han behövde veta för att räkna ut det. Judasbarnet var alltid bästa vän till det verkliga målet, den lilla prinsessan. Men tvillingarna Kendall hade inga nära vänner, de hade bara varandra. Susan skulle aldrig ha brytt sig om en inbjudan från Ali Cray – det osynliga barnet som hade smält samman med varenda vägg hon lutat sig mot.

Det var nog bara detaljer som gått Rouge förbi när det gällde lögnen som Susan fått höra, den om att hennes bror hade rymt från militärskolan och att han väntade på henne vid kyrkan. Den hade varit Alis verk. Vad allt kunde inte en liten flicka göra – bara för att få en vuxen man att sluta karva i hennes ansikte med en kniv, för att hejda blodflödet och få ett slut på smärta och skräck.

"Ali vill träffa dig. Hon tänker – "

"Nej, det vill hon inte. Här, ta min bil." Rouge sköt över nycklarna till Volvon. "Det kommer en polisbil och hämtar mig strax."

"Du måste tala med henne. Hon måste få berätta."

"Nej, det är vad hon *vill*, och så blir det inte. Ge henne det hon behöver, Arnie." Rouge lade rosorna i hans famn. "Ge henne de här och säg att de är från mig."

Arnie stirrade på blommorna. Han visste att de betydde någonting, någonting bortglömt. Han kunde inte minnas orden som uttryckte känslan trots att hans älsklingslyrik handlade om rosor. Doften var berusande; hans älsklingsadjektiv beskrev alkohol.

"Jag köpte en kaktus åt henne."

"Det var intressant. Men jag är säker på att Ali förstod att du ljög." Rouge log. Tydligen förstod han också faran med växter som talade till kvinnor.

När Arnie kommit ut ur cafeterian valde han trapporna, för hissen gick för fort. Medan han långsamt klev upp trappsteg för trappsteg försökte han erinra sig vilken förklaring det var som gällde de här rosorna. Hos varje florist fanns en fusklapp för män som ingenting fattade, en lista med de rätta blommorna och de rätta färgerna för att kunna säga till det täcka könet: "Låt mig komma hem igen." För andra tillfällen fanns det blommor som sa "Hej" och, i annan färg, "Farväl". Eftersom Ali var psykolog hade han alltid gett henne en blandad bukett för att förvirra henne.

Arnie hejdade sig på trappavsatsen. En enda blomma ur Rouges bukett kunde stå för "jag är svartsjuk", men det stämde inte. "Jag önskar dig allt gott", var en annan replik. Nej, inte den. Rouge var allt annat än banal. Arnie öppnade dörren från trapphallen, fortfarande besluten att komma på vad blommorna betydde innan han överlämnade dem till Ali. Om det fanns någonting subversivt i buketten tänkte han slänga den.

När han kom in i den sterila korridoren på Alis våning drog han fötterna efter sig mot dörren längst bort. "Låt oss vara vänner" var det sista han kunde komma på i blomlexikonet. Det var ett harmlöst budskap som åtminstone inte skulle göra henne illa. Men nu erinrade han sig att det bara var män som läste förklaringarna. Kvinnor förstod sig på blommor utan bruksanvisningar.

Dörren till hennes rum stod öppen och hon satt fortfarande på sängkanten och dinglade med fötterna, som ett barn uppfluget på vuxenmöbler. Den lilla flickan med stilettklackar gled ner på golvet och kom fram till honom men såg över hans axel mot korridoren bakom, för det gick trögt för henne att fatta att Rouge inte tänkte komma.

Arnie hade klantat sig med uppdraget som hon gett honom, det enda hon någonsin bett honom om. Vad skulle han kunna säga för att lindra hennes besvikelse? Han höll fram buketten, den gamla hederliga stöttepelaren för karlar som verkligen är i onåd hos kvinnor. "De är från Rouge."

Ali tog emot rosorna och bar fram dem till fönstret där det var ljusare. Han följde tätt efter, beredd att kasta sig över henne om hon tänkte hoppa från balkongen på tredje våningen – eller om hon började gråta. "Rouge hälsade och tackade för blommorna du satte på Susans grav. En hyacint och en pion?"

Ali blev förvånad. Hade han gjort bort sig? Hade ytterligare ett budskap gått honom förbi?

Hon höll om buketten med ena armen och slet av papperet för att kunna granska varje blomma, som om var och en av dem stod för ett enskilt ord i ett mycket viktigt meddelande.

Kvinnor och deras mystiska förmåga att tolka blommor.

Och nu kom han ihåg det som han trodde sig ha glömt – budskapet i rosorna, den sista raden på fusklappen. "Låt oss glömma." Arnie lutade pannan mot den svala fönsterrutan och förbannade sin dumhet.

Naturligtvis hade hon inget behov av hans tafatta försök att trösta. Hon hade velat ha smärta, och massor av smärta, för det var vad som krävdes för försoning. Och den kunde bara komma från Rouge Kendall, den överlevande av paret som dödats till hälften. Men i stället för att göra henne illa hade Rouge gett henne någonting vackert och gott. Nu var hennes famn fylld till brädden av morgonsolens färg, född ur mörkret, av symbolerna för rening genom den egna elden – förlåtelsens gula rosor.

Hon log, hel igen till kropp och själ. Självfallet hade hon kvar ärret och den förvridna munnen – Rouge var nog bra, men så bra var han inte. Men på något sätt hade den förutseende unge mannen vetat exakt vad Ali behövde och när hon skulle vara beredd att ta emot det.

Som ortsbefolkningen gärna sa – alla barnen på St Ursula's var lite speciella.

EPILOG

Även det här året kom vintern sent. Kanske var ordningen inte helt återställd i Makers Village, kanske hade dammet inte lagt sig riktigt i alla skorstenarna. Rastlöst hade han tagit sig igenom månaden december i väntan på någon händelse som han inte kunde nämna vid namn.

Denna juldagsmorgon inföll ännu en årsdag av Susan Kendalls död. Hennes äldste vän lade en bukett snövita blommor på hennes grav. Därefter stannade Paul Marie vid fader Dominas enkla gravsten. Den gamle prästen hade bara dröjt kvar i livet så länge att han kunnat överlämna ledningen av församlingen till fader Marie, och han hade aldrig någonsin tvivlat på att denne skulle ta emot den.

Kyrkan hade varit fullsatt den söndag han första gången stod i predikstolen – ett rekordartat antal besökande. Ett år senare kom de fortfarande i stora skaror, och det förbryllade honom. Visst måste de vid det här laget ha förstått att han var en bedragare, en som avverkade ritualen utan känsla eller tro. Han såg ner på tatueringarna på händerna. Kanske var det bara nyhetens behag som lockade församlingsmedlemmarna. Han lekte med idén att dekorera mässhaken med ett praktfullt broderat S för straffånge.

Han bad en sedvanlig bön över fader Dominas grav. Det var bara en ynklig ordström som betydde mycket lite för honom, och därför vandrade tankarna fritt medan han talade. Vad skulle den gamle mannen ha tyckt om han vetat att hans akolut energiskt utvecklats till en hycklare, en agnostiker *och* en kättare. När fader Marie avslutade bönen titulerade han Herren, som *kanske* fanns, med den blott alltför välkända formen "Du Din Jävel". Ibland talade han om Gud som Den Store Barnamördaren i skyn.

Han hade kvar en färgglad blombukett i handen när han vandrade vidare från den gamle prästens grav. Färgerna påminde honom om en färglåda för barn. Han stod på grusgången och höll upp dem så att Sadies mamma kunde se.

"Å, så vackra de är", sa Becca Green när han kom närmare. Hon satt på en stenbänk med sin egen bisarra bukett, ett lösligt arrangemang med döda blommor vars stora huvuden spetsats på ståltråds-stjälkar. Hon kramade dem hårt och var ännu inte beredd att anförtro dem åt marken.

"En sån lustig färg på solrosor." Han log när han föll på knä vid mässingsvasen på Sadies gravsten.

"Gwen gav dem till mig på Mors dag – i Sadies ställe. Hon kunde inte hitta nånting som var lila i blomsterbutiken, så hon tog de här. Hon trodde att Sadie skulle ha köpt solrosor till mig – de är så ljusa och glada. Fast det var förstås innan Gwen målade dem." Becca såg ner på de vissna blommorna som täcktes av tjocka klumpar lila färg. "Jag tyckte att det var så fantastiskt. Jag skrattade – men Harry grät." En stjälk föll obemärkt till marken. "Den Gwen, ett sånt praktiskt barn hon är. Jag tänkte att Sadie kanske skulle uppskatta skämtet mer än Harry."

Gwen Hubble kom aldrig i närheten av kyrkogården men han hade sett flickan i kyrkan varje söndag. Numera kunde hon gå utan käpp och den skadskjutna blicken i ögonen höll på att försvinna. Han hade uppfattat det som ett tecken på tillfrisknande.

Han stannade kvar vid Beccas fötter bredvid gravstenen, en låg, sluttande marmorsten som skiftade i lila och graverats med enkla, eleganta bokstäver. Han ordnade blommorna i mässingsvasen och såg upp på henne. "Kommer inte David Shore längre?"

Becca skakade på huvudet. "Han har hittat en ny flickvän. Sadie var så generös – när hon levde. Jag tror inte att hon skulle ha tyckt illa vara."

Under året som gått hade prästen och Becca Green funnit varandra i en märklig vänskap bland barngravar. Han hade fått höra alla de bästa Sadiehistorierna. Men det här var första gången som modern anspelat på döden. Alla deras tidigare samtal hade kretsat kring ett mycket livfullt barns påhitt. Och Becca hade aldrig haft med sig blommor förr; det var någonting man gjorde för de döda och det skulle ha kommit i konflikt med hennes fullständiga förnekande.

Månaderna efter Sadies begravning hade så många blommor hopats på detta stycke jord att den ingraverade marmorstenen dolts för världen. En familj hade kört över femton mil för att lägga en krans på graven. Och då och då mötte prästen poliser som kom gående på kyrkogården och tafatt kramade små viol-buketter i sina stora, kraftiga händer.

I dag låg stenen bar. Becca kunde läsa datumen för födelse och död – om hon ville. Men hon stirrade bara på sina fylliga, vita händer och de målade blommorna. "Gwen hälsade på i går."

"Går hon kvar hos terapeuten?"

"Ja. Hon har fortfarande en massa konstiga idéer."

"Blir du ledsen när hon kommer?"

"Nej, jag tycker så mycket om att ha henne hos mig. Å, jag höll på att glömma de här." Hon grävde långt ner i kappfickan och drog fram ett kuvert. "Det är Harrys senaste omgång baby-bilder. Gwen säger att den lilla är så lik Sadie."

Han satte sig på den kalla stenbänken bredvid Becca och be-traktade noga varje fotografi. Ja, visst fanns där en likhet i babyns stora bruna ögon och breda, generösa mun. Det fanns också lik-heter mellan modern och de många bilderna av Sadie som hon hade i plånboken.

När han tittade upp på Becca såg hon bekymrad ut och höll de lila solrosorna närmare intill sig. "Jag önskar att jag visste vad som hände i den där källaren."

Då hade Gwen alltså varit på henne igen i sina försök att trös-ta sin bästa väns mamma och gjort Becca utom sig för att hon skulle må bättre.

"Hon har såna bra argument." Becca sa det trevande som om hon prövade att ta orden i sin mun. "I går sa Gwen – " Resten av de mörka blommorna föll till marken vid hennes fötter. "Hon sa – att bara Sadie kunde ha vetat vilka befallningar hunden skul-le reagera på. Hela tiden tänker jag på den där dockan de hitta-de i källaren, den som Gwen använde för att träna hunden. Allt hände precis så som hon sa. Hålen i marken, den döda hunden – allt. Och den jäveln blev angripen av hunden, eller hur? Och knivsåret han hade – det var också på riktigt. Gwen skulle aldrig ha kunnat – "

"Becca, släpp det." Den här kvinnan hade det så svårt och han hade inga förutsättningar för att kunna hjälpa henne. I den av kyrkan godkända rollen som *advocatus diaboli* kunde han påpe-

ka att det var troligare att hundkommandona hade stått i svamp-
damens dagböcker, även om det inte hade stått någonting om
dem i de utdrag som publicerats i tidningarna.

"Hör här!" Hon tog hans hand och tryckte den hårt. "Det är
inte bara det. Sadie är den enda som kunde ha berättat för Gwen
att jag väntade barn. Jag visste det inte säkert själv förrän den ef-
termiddagen. Precis innan Sadie gick hemifrån ringde doktorn
och sa att proverna bekräftade det. Jag sa ingenting till Harry för-
rän efter begravningen. Men Gwen visste om barnet före min
egen make – och Marsha Hubble backar upp det."

Eller också kanske Becca hade avslöjat sin hemlighet mycket
tidigare genom att låta Sadie vänta på trottoaren medan hon
dröjde sig kvar framför ett skyltfönster med barnsängar och
babykläder. Ännu en möjlighet fanns. "Gwen kanske talade med
Sadie innan hon dog."

Becca skakade på huvudet. "Gwen säger att Sadie inte var vid
medvetande i båthuset. Den där rättsläkaren, Chainy, sa till mig
att hon redan var död då. Han visade mig obduktionsrapporten.
Slaget som gjorde henne medvetslös var också dödande. Sadie
dog samma dag som det där monstret stal henne från mig – mer
än en vecka innan de hittade Gwen."

"Om nu doktor Chainy har rätt." Han hade inget vidare för-
troende för någon av världarna, vare sig den övernaturliga eller
den vetenskapliga.

Hon tryckte hans hand igen. "Men vad hände i källaren då?"
En kastvind drog med sig de målade blommorna och svepte fram
dem mot graven. "Vad ska jag tro på? En liten flickas vansinniga
historia – eller en patologs rapport?"

"Båda skulle kunna vara sanna", sa han och höjde rösten så att
vinden inte skulle föra bort denna lögn. "Gwen trodde inte att
hon skulle kunna överleva ensam. Och då kom hennes bästa vän
tillbaka för att hjälpa henne. Spelar det nån roll *varifrån* Sadie
kom – från Gwens fantasi eller från den grunda graven?" Han
lyfte Beccas ansikte mot sitt och förfärades av det vansinniga
hoppet i hennes ögon.

Nej – kalla det tro. Becca hade ett behov av att tro att Sadie var
en odödlig naturkraft innan hon kunde släppa dottern. Gwen
hade förstått det. Varför hade inte han gjort det?

"Det spelar ingen roll, Becca. De var så bundna vid varandra, den ena kunde inte lämna kvar den andra – " Han började revidera illusionen som han försökt förmedla och letade efter bättre ord. För honom som hade hittat på så många sagor inför församlingen borde det ha varit lätt. Det var det inte.

Och Becca Green lät sig inte tröstas. Hon var begåvad, hon kände igen en lögn när hon hörde den. Blicken skymdes nu och han fick en vision av graven och dess följe, sådant som slingrade sig och gled, fantasins maskar. Han hade svikit henne genom att så ut tvivel på ett barns spökhistoria.

Smärtan avspeglade sig i hennes ansikte: munnen öppnades och stängdes som om hon flämtade efter luft och han hörde kvävda ljud. Han tog henne i famn och höll länge om henne. Det hade börjat snöa och den skarpa vinden drev in vassa snöflingor i huden medan han vaggade Becca och milt smekte henne över håret tills marken vid deras fötter var höljd i vitt och han hade läst orden på Sadies gravsten för hundrade gången. "Älskad dotter." Snöflingor fastnade i de ingraverade bokstäverna och han slöt ögonen.

"Sadie kan inte vara död." Rösten kvävdes mot hans. rock. Hon darrade. Han höll hårdare om henne och trodde bara att hon frös. Snöfallet hade upphört men vinden ökade och ven omkring dem. Kvinnan som han höll i famnen började skaka och slog omkring sig i ett okontrollerat utbrott. Hon skrek och han blev utom sig av förtvivlan. Detta var hans fel, det var han som hade utsatt henne för det här. Hennes smärta var så ohygglig och den störtade sig över henne – det gick för fort. Hon stod inte ut och han kunde inte komma på någonting som kunde lindra den. Hennes kropp skakade så häftigt att han var rädd att hon skulle gå i bitar.

Men sedan upphörde vinden plötsligt och hon lutade sig utmattad mot hans bröst, en stormvind som rasat ut. Det var alldeles lugnt och stilla omkring dem när hon lyfte sitt våta ansikte från vecken i hans rock.

"Hur skulle Sadie kunna vara död?" Hon höjde rösten. "Säg mig hur det skulle kunna gå till!" Hon drog med ena handen genom håret, som om hon krattade det, och flyttade sig en bit ifrån honom. "*Varenda* morgon vaknar jag och hoppas att det bara var en falsk dröm. Jag *ber* att det inte ska ha hänt – att den här jävla stenen inte ens *fanns*!"

Hon hötte vredgat mot den graverade stenen och tystnade. Förstummad vände hon sig om för att se på marken runt omkring. Blicken återvände till Sadies grav.

Deras kroppar hade bildat ett vindskydd som låtit snö samlas på detta enda ställe medan marken i övrigt hade sopats ren – det var som om snön bara fallit på Sadies grav och inte någon annanstans. Prästen visste att det var en bluff, en illusion skapad av elementen. Den rationella förklaringen var uppenbar. Men Becca strålade, förhäxad och förtjust.

Paul Marie böjde sitt huvud, men inte för att be. Kvinnan bredvid log nu och det var han som var djupt plågad. Där satt de, två människor med vitt skilda övertygelser, ty hennes var stor och hans liten.

Han förstod att hon hittade fler spöken i den nyckfulla väderleken, som om detta ömtåliga snötäcke var ett slags grandios gest – för att sudda ut graven ur hennes åsyn, dölja det påtagliga beviset på att Sadie var död och låta en moder få ha sitt barn i livet ännu en dag – en gåva till Becca.

Paul Marie stirrade på hennes strålande ansikte och fann frid. Inte ville han vara den som sa att hon var lurad. Kanske fanns det en Gud. Och kanske den Allsmäktige hade lärt sig en smula ödmjukhet, för prästen betraktade nu snöns onaturliga, bedrägliga handling som någonting nästan mänskligt, förklätt i en lögns bräcklighet.

Dalen som dränktes
av Reginald Hill
* Vinnare av Kaliber-priset 1999 *

Tre små flickor försvann spårlöst den där heta sommaren för
femton år sedan, samma år som lokalbefolkningen i byn Dendale
i Yorkshire tvingades lämna sina hem för att ge plats åt ett nytt
vattenmagasin. Ytterligare en person saknas, nämligen den unge
man som troddes ligga bakom dåden. Femton år senare tycks
historien upprepa sig på ett skrämmande sätt då en liten flicka
från grannbyn Danby anmäls saknad.

Andy Dalziel hade den gången misslyckats med att lösa fallet,
men nu får han chansen att återuppta utredningen – som vanligt
med Peter Pascoe vid sin sida. En efter en avslöjas bybornas hem-
ligheter, tills bara två saker återstår för att barnamördaren ska av-
slöjas.

Att en liten flicka hinner berätta vad hon sett och att en annan
flicka tillåter sig att minnas ...

**"Dalen som dränktes är en av årets stora läsupplevelser – inte
bara för deckarvänner."**
Johan Wopenka, GT

**"För den som gillar lite mer kött på benen i en kriminalroman
är den här romanen definitivt något att sätta tänderna i."**
Östgöta Correspondenten

**"Mycket spännande, men också en hel roman som håller intres-
set genom 400 sidor. En fantastiskt fantasifull historia."**
Vecko-Revyn

**"Dalen som dränktes är en otroligt spännande historia ... Precis
så ska en spännande deckare vara uppbyggd"**
Hans-Eric Åhman, Falköpings Tidningar

"Det är en stor roman - i flera bemärkelser!"
Jury

ISBN 91-89380-06-1   **minotaur pocket**

Porträtt i sten
av Julia Wallis Martin

När ett par dykare upptäcker kvarlevorna av en människa i ett hus som för många år sedan sattes under vatten vid tillkomsten av en reservoar, får den pensionerade kriminalare som en gång utredde offrets försvinnande sina värsta misstankar besannade: Helena Warner, studerande vid Somerville College i Oxford, blev mördad, och tre av hennes närmaste vänner hjälptes åt att skydda mördarens identitet.

När Bill Driver är tillbaka på spåret slår mördaren till igen, och Driver inser att om han skall kunna förhindra ytterligare dödsfall måste han försöka förstå de besynnerliga, dunkla band som knyter samman Helenas tre vänner och får dem att hålla tyst. Och han är fast besluten att uppfylla sitt löfte för tjugo år sedan: "Jag ska knäcka dig. Kanske inte idag och kanske inte på många år ännu, men en dag ska jag knäcka dig ..."

"...ett smått mästerligt förstlingsverk."
Johan Wopenka, GT

"Jag har svårt att tro att någon annan deckarförfattare detta år lyckas bättre än Julia Wallis Martin gjort."
Ywonne Sahlberg, Norrköpings Tidningar

"Porträtt i sten är ett av höstens säkra deckarkort på nattduks-bordet."
Alberte Bremberg, ELLE

"... en av de mest spännande deckare jag läst på länge. Ett fynd för den som gillar engelska deckare i den psykologiska genren."
Kerstin Bergman, Smålandsposten

"Lik i garderoben på traditionellt sätt, men också en fängslande psykologisk thriller i klass med Minette Walters."
Marika Hemmel, Femina

ISBN 91-89380-04-5   minotaur pocket